吴门柳

王稼句 编

苏州新闻出版集团
古吴轩出版社

图书在版编目（CIP）数据

　　吴门柳 / 王稼句编. -- 苏州 ： 古吴轩出版社，

2024. 7. -- ISBN 978-7-5546-2386-2

　　Ⅰ. I266.4

　　中国国家版本馆 CIP 数据核字第 20240W54D6 号

责任编辑：顾　熙
见习编辑：张　君
装帧设计：李　璇
责任校对：李爱华
责任照排：吴　静

书　　名：吴门柳
编　　者：王稼句
出版发行：苏州新闻出版集团
　　　　　　古吴轩出版社
　　　　地址：苏州市八达街118号苏州新闻大厦30F
　　　　电话：0512-65233679　　邮编：215123
出 版 人：王乐飞
印　　刷：苏州市越洋印刷有限公司
开　　本：700mm×1000mm　1/16
印　　张：31.25
字　　数：458千字
版　　次：2024年7月第1版
印　　次：2024年7月第1次印刷
书　　号：ISBN 978-7-5546-2386-2
定　　价：98.00元

如有印装质量问题，请与印刷厂联系。0512-68180628

引 言

王稼句

　　一九一一年十月十日武昌起义后,各地风起云涌,湖北、湖南、陕西、山西、江西、上海、贵州先后宣布独立,成立都督府。十一月五日,江苏也宣布独立,江苏巡抚程德全出任中华民国军政府江苏都督府都督,他令人挑落抚署大堂的几爿檐瓦,以示"破旧立新",苏州地方就从封建专制而变为资产阶级民主政体,兵不血刃,民不受惊,这本是改朝换代的大事,就这样平静地过渡了。

　　光复后,江苏都督府发布安民告示:"照得民军起义,同胞万众一心。所至秋毫无犯,莫不踊跃欢迎。各省各城恢复,从未妨害安宁。苏省通衢大邑,东吴素著文名。深虑大兵云集,居民不免震惊。今特剀切宣告,但令各界输诚。愿我亲爱同胞,仍各安分营生。外人相处以礼,一团和气不侵。旗满视同一体,抗拒反致死刑。共和政体成立,大家共享太平。"程德全在资产阶级革命党人和社会各界支持下,在政治、军事、经济上都采取了一些措施,努力维护苏州的社会安定和经济运转。

　　自民国成立,至一九三七年抗战全面爆发,苏州经历了五四运动、五卅运动、声援"一·二八"淞沪抗战、营救"七君子"等历史时段,除一九二四年江浙战争时,齐燮元部溃兵在阊门外抢劫商肆住家,在郊县掠抄杀戮外,苏州社会总体是和平安定的。

　　这一时期,整个苏州古城正迅速向现代开放城市转进。一九一四年至一九一八年,先后开办了苏经纺织厂、振亚织物公司、东吴绸厂等股份制丝织企业。一九二七年北伐战争后，革除厘卡制度，形成国内统一市场，推动了民族工业的全面发展。苏州工业生产已普遍使用电力机器，苏纶纱厂进入期货市场，鸿生火柴厂、华盛造纸厂、华章造纸公司、太和面粉厂等也欣欣向荣。电力、金融、交通、邮电等行业，也都有新的发展。在经济发展的同时，市政建设也按现代城市的要求而改善。一九二〇年翻修了阊门外大马路，建起毗连的三层高楼。一九二八年开始实施新的城市规划，拓宽和改造了护龙街、景德路、观前街等十条主要道路；开辟了平门、金门、相门、新胥门，改筑了各城门外的跨河桥梁；在王废基建造了公园，并在其中建起了图书馆、电影院、音乐厅等现代文化设施；在北局建造了国货大楼，与周围的戏院、书场、电影院、酒楼、茶馆等形成繁荣的商业、娱乐中心。信孚里、承德里、同德里、同益里等海派住宅小区，也出现在旷地和街巷里，给居民带来现代生活享受。厕所和垃圾箱也在街头巷尾建造起来，改善了苏州的公共卫生状况。与此同时，苏州的教育事业发展极快，东吴大学以外，各专科学校也相继创办，中小学已遍布城乡，改革教育体制，增设职业教育、成人教育，教育质量之高，居于全国首列。新文化运动对苏州有直接影响，出现了叶圣陶、顾颉刚、俞平伯、范烟桥、程小青等进步文化人。为挽回昆剧的衰落之势，在五亩园成立昆剧传习所，培养了"传"字辈一代艺人；评弹则异乎寻常地繁荣起来，流派纷呈，名家辈出；苏滩、滑稽戏拥有较多观众，话剧也受到市民欢迎。传统吴派绘画得到继承和发展，又引进西方美术，颜文樑、吴子深等创办的苏州美术专科学校，代表了现代美术教育的成绩，标志着苏州美术的新趋势。

新旧交替时代的苏州，固有的城市风貌和文化精神依旧具有醉人的魅力，而现代生活内容的进入，给人以安静、舒适、方便、丰富的生活感受。

郁达夫一九二八年三月出版的《奇零集》，收入一篇《苏州烟雨记》，记下了他游览苏州的感受："总之阊门外的繁华，我未曾见到，专就我于这葑门里一隅的状况看来，我觉得苏州城，竟还是一个浪漫的古都，街上的石块，和人家的建筑，处处的环桥河水和狭小的街衢，没有一件不在那里夸示过去的中国民族的悠悠的态度。这一种美，若硬要用近代语来表现的时候，我想没有比'颓废美'的三字更适当的了。"同年，他在《感伤的行旅》里又说："苏州本来是我侬旧游之地，'一帆冷雨过娄门'的情趣，闲雅的古人，似乎都在称道。不过细雨骑驴，延着了七里山塘，缓缓的去奠拜真娘之墓的那种逸致，实在也尽值得我们的怀忆的。还有日斜的午后，或者上小吴轩去泡一碗清茶，凭栏细数数城里人家的烟灶，或者在冷香阁上，开开它朝西一带的明窗，静静儿的守着夕阳的晼晚西沉，也是尘俗都消的一种游法。"惟有在苏州，才会有这样的感受。

一九二九年十二月，徐志摩在苏州女子中学作题为《匆忙生活中的闲想》的演讲，他充满激情地说："苏州——谁能想像第二个地名有同样清脆的声音，能唤起同样美丽的联想，除是南欧的威尼斯或翡冷翠，那是远在异邦，要不然我们得追想到六朝时代的金陵广陵或许可以仿佛……所以只剩了一个苏州准许我们放胆的说出口，放心的拿上手。比如乐器中的笙箫，有的是袅袅的馀韵；比如青青的柏子，有的是沁人心脾的留香。在这里，不比别的地处，人与地是相对无愧的，是交相辉映的；寒山寺的钟声与吴侬软语一般令人神往，虎丘的衰草与玄妙观的香烟同样的勾人留意。"

自北伐战争至抗战全面爆发之前，苏州是一个经济发展、文化繁荣、生活舒适，并充满了风物人情之美的城市。

一九三七年八月十三日，日军进攻上海，淞沪会战开始了。日机对苏州持续了三个月的轰炸，大晨《沦陷后的苏州》说："轰炸的成绩，以阊门外最惨烈，从石路口真光大戏院起，一条大马路的两对过，直到阿黛桥，背后至小菜场止，昔日的金阊繁荣，尽成一片大瓦砾场，从今听不到娇滴滴惑人的卖花声，阿黛桥头的灯红酒绿，不知何年始可重见! 巍峨大厦的火车站，只剩残壁断垣。城内东白塔子巷、曹胡徐巷一带，因戒严司令部、中央党部办事处等，一度移驻该处附近，故更为投弹目标，侥幸剩馀的房屋，仅及十分之三。苏州'南京路'的观前街，落炸弹二枚，国华银行和华达利钟表行，都遭了'祸从天上来'的赐予。府前街县政府、玄妙观中山堂，亦是轰炸的大目标，早为一般人所预料，但结果竟未蒙垂青，实意想不到。北局国货商场、县立图书馆，虽未炸及，亦已焚毁。"

十一月十九日，日军第十军海劳原部攻入苏州，烧杀抢掠三天，毁屋四千七百馀间，死三千七百馀人，十之八九居民逃离城区。许家元《劫后之苏州》说："当斯时也，重门深锁，满目凄凉，横尸遍野，行人绝迹，居民咸惴惴焉匿避山谷间，不敢一步履踏城市，号称东方威尼斯之苏州，形同死市，其愁惨阴森之气象，正有不忍以言语形容者。"此后未久，居民陆续回城，市面逐渐恢复。一九四〇年汪精卫南京国民政府成立，苏州成为江苏省城，省府设东北街八旗奉直会馆（拙政园址），城市人口畸形骤增，商业也畸形发展，当局亦以最大努力维持苏州的"繁荣"、"模范"局面。《劫后之苏州》说："今则街市两旁，店肆如云，新建房屋比比皆是，自晨至暮，行人不绝于途，景德路、观前街、临顿路等处，汽车相接，风驰电掣。商店玻橱布置美观，五光十色，绚烂夺目。北局一隅，新苏、皇后等旅社，新亚、味雅等菜馆，咸设于斯，酒绿灯红，辉煌金碧，妓馆歌场，亦荟萃于此。苏垣妓馆，向称发达，阊门外鸭蛋桥畔，钗光鬓影，燕瘦环肥，吴侬软语，更不知颠倒几许众生，但自民十七年一度禁娼后，妓业生涯，致一落千丈，曩昔歌舞楼台，遂门前冷落车马稀矣。事变而后，大有中兴气象，阊门城外及城内北局妓馆林立，每当华灯初上，粉黛如云，缠头一掷千金者亦大有人在。初不料事变后，艰难困苦之际，竟有如此景象也。"又说："且大小饮食品店，皆雇用女子招待，可供侑觞，一曲清歌，令人忘归，此亦事变后之新兴事业之一也。"与此同时，日本人和"维新政府"充分合作，成立三个垄断鸦片销售的机构，即戒烟总局、宏济善堂和特业公会，借名"戒烟所"、"戒吸所"的烟馆遍布城乡，一九四〇年前后，苏州有烟馆一百四十家至一百六十家，吸食者八千至一万人。

苏州沦陷时期，由于受日本和汪伪政权的掠夺和统制，经济凋敝，工商业、金融业萎缩，农业衰退，再加上粮食紧缺、日用品匮乏、物价高涨，民不聊生。

抗战胜利，内战爆发，苏州经济陷入困顿，面临崩溃，失业者数万人，货币贬值，百物腾贵。烟馆、赌场、妓院在社会黑暗势力庇护下，泛滥如昔。街市破残，市面冷清。署名局内人的《百业萧条话苏州》说："可是苏州这种繁盛情形，在胜利后不久就昙花一现地消灭了。省政府仍旧迁到镇江去，大批省府人员都跟着王懋功到镇江去，苏州的市面立刻由闹猛中冷落下来，现在苏州变成了一个既无消费亦无生产的死城。现在苏州百业都呈现极端萧条的状态，观前街各大商店都门可罗雀，按月能勉为敷衍过去的，不及十之一二。昔日生意鼎盛的酒楼，如新雅、味雅、红宝、红叶等等，现在'十桌九空'，挣几万只老洋的小公务员、小店员，吃阳春面、大饼还嫌太浪费，哪里还有馀款可以作大酒楼的座上客？"程小青《苏州杂写》也说："观前街是天堂的心脏，往年每逢废历岁首，总是红男绿女熙熙攘攘，圆妙观里更是灯彩耀目，百技纷陈。今年胜利来临，群丑敛形，可是街头行人未见拥挤，高跟、皮大衣之流，近乎凤毛麟角，敝衣补缀的倒触目皆是。观里点心店中的食客，也寥寥可数。杂耍摊的生意决不能用'利市百倍'的成语来形容，也许一倍也不倍。三清大帝虽仍别来无恙，高高在座，可也有些愁眉苦颜，比较战前香烟缭绕烛光辉耀中的眯眯笑，当然也不可同年而语。大街上的店铺虽还林立，但是橱窗中的货物只是薄薄的一层，有些简直是稀疏零落，空空如也的也未尝没有。除了若干囤虎把物资至今还深深地埋藏之外，大部的小商人都在吃存货，等存货吃完之后，进一步就准备吃生财。泥水木工的工资，一再地自动提高了，但是实际上好像在被迫怠工，原因是没有人造屋，连墙塌屋圮的修缮工程，也没有人敢轻轻发动。"苏州百姓和整个城市就这样苦撑着。

　　一九四九年四月二十七日，人民解放军分别从娄门、平门、阊门、金门入城，满街唱的是"解放区的天是明朗的天"，历史终于平静地翻过这沉重的一页，一个新的时代开始了。

　　民国时代已经远去，往事如烟，弥漫飘散，记忆越来越淡薄，印象越来越浮浅。有鉴于此，我计划编选民国苏州读本，初刊两册，《吴门柳》收游记，《姑苏雨》收杂记，各一百二十六篇。正因为前人留下了这些文章，我们也就可以凭借着慢慢走入苏州的昔年烟景里去。

二○二四年三月十八日

目　录

吴门游记

姚石子

余吴人也，而吴门胜迹，曾未探揽。辛亥光复之秋，与高天梅始至吴门，居可园大汉报馆，时戎马倥偬，留一日即返海上，而相会者，有陈佩忍、胡石予、吴瞿安、傅钝根、徐寄尘、徐小淑、张默君等，皆裙屐名流。佩忍置酒百尺楼上，酒酣，瞿安吹笛按曲，声裂金石，夜间更与天梅、钝根联句，极一时之胜会也。

余以去岁之杪，有幼子之殇，索然寡欢。今年正月，舅氏高吹万先生与表兄高君平，招往探梅邓尉，乃至吴门，而闻梅花以天寒未开，遂税驾游吴门，三日而返。新交得金松岑、沈雪庐二君，又晤陆云伯及沈明吾，则十年前震旦学院同学友也。上元节后三日，游环秀山庄。庄于五代时为钱武肃王幼子之宅，清代归毕秋帆，毕氏家籍时，赠于汪氏，今为汪氏义庄。地不甚广，而房舍颇觉宽畅爽朗，以精洁胜，其后假山，浑成无斧凿痕，而中极玲珑，大雨时有瀑布之声。又游拙政园，昔为八旗会馆，占地甚广，以疏旷胜，有山，有池，有堤，布置颇有章法，有数老树，甚奇致，若吴梅村氏所咏之山茶，则已无复存矣。翌日泛舟至天平山，天平在阊门外二十馀里，连峰甚多，统名曰西山，而天平为最胜，盘旋直登其巅，怪石满山，星罗棋布，不可名状，所谓万笏朝天也，石色灰黑，日光映之，尤为异景。吹万先生曰："奇石如林，不啻梅花似海矣。"其下为范坟，即范文正公之祖墓，四山环抱，松风时鸣，亦胜地也。返道更登支硎山，游寒山寺。又明日，游虎丘山，山亦在阊门西，泛乎七里山塘，而至斟酌桥下，维舟登岸。余震虎丘名久矣，乃遥望平田中一大阜耳，比登亦瓦砾满道，荒凉殊甚。山本以古迹名，今湮没亦已不少。其存者，山之东麓有短簿祠，山道旁有井曰憨憨泉，而泉水已竭。其右有坟冢崒崒特甚，则古贞娘墓也。更上则千人石，裂纹纵横有致。旁有经幢，为生公讲经之所。幢之西北有石壁，折而入其后，则二崖划开，中涵石泉，即为剑池，相传吴王阖闾即葬于其下，山之最胜处也。池上有石梁，横跨二崖。石梁之西北有浮图七级，为晋司徒王珣琴台故址。从此折而南下，经石观音殿，一观石刻《妙法莲华经》，剥落已甚。山之前可望狮子山，其形宛如狮子回头。是日西风怒号，尘沙扑面，四顾皆不可见也。下山更循山塘，过斟酌桥东，经张东阳祠，为南社第一次雅集之所，而门扃不得入，乃吊乎五人之墓。而至留园，园以富丽胜，尚不甚俗，昔为刘氏所有，称刘园，后归盛宣怀，光复时没入公家，近又归盛氏，即此一园，亦可以见世事之沧桑矣。

夫吴门之名，由来尚矣。虎丘直培塿耳，乃几与五岳并称，洵乎地以人重也，而今萧条殊甚。《诗》曰："维桑与梓，必恭敬止。"居是邦者，可毋念哉！

（《姚光集》，社会科学文献出版社 2000 年 6 月初版）

苏游小记

范烟桥

北风怒号，万象皆呈肃杀之象，重貂失温，意兴索然，学校放寒假，可以归矣。遵以风狂，河中浪花起伏，如兔起鹘落，欸乃一叶扁舟，打船头势汹汹，摇一尺反退两尺，舟子不堪胜矣，乃仍返棹焉。饭后，同事过君去苏，耸余同行，余心大动，况六出花飞，一天云冻，借酒暖怀，固胜村居，坐听玻璃窗刻刻震动，身体亦波及而微颤也。因提小笈，同至大浦桥头候轮来，四望一片皆白，粉装玉琢，满眼缟素，桥弯弯映水，如水晶宫阙，寒鸦嘿啼，树减青苍。已而汽笛声呜呜，则至矣，时十二月十九日下午二时四十五分钟也。

是轮从湖州来，有嘉兴人某，高谈时局，大具击碎唾壶之概，而语甚趣，云："云南去此殆万里，四面皆山，官军何从去打，况且四川、贵州、广东、广西，从前老弟兄也不少，如同药线四伏，一着火就如放百响了。"侧坐老者冷然语曰："原来做皇帝也不是容易的，江山铁打成，从前朱太祖打天下，何等费事，唾手而得，就容易旋踵而失。故此一番争战，也是创业时不可少的。"言时若自命为富于经验派者。又有滑稽生挽语曰："从前行了马吊扑满，那拆轴子，清一失都成谶语，满政府真个扑灭了。如今行了什么扑克，就起了云南革命，可知世事自有前定咧。"此言与湘绮老人"汉当涂异人楚归"之说，可以互相发明矣。长途中得此谈话，殊解寂寞。

七时抵金阊城外，登岸。行马路中，清凉殊甚，雪结成冰，滑不留步，冷风扑面，噤口不能声，而隐约琵琶门巷，杨柳楼台间，羌笛声声如泣诉，如怨慕，冷落人作断肠声，听来回肠荡气，感喟无已。至苏台旅馆，择安静处下榻，盖夙闻此中夜阑时，冶叶倡条，撩人可厌也。此时饥肠辘辘矣，因同过君去大庆楼小饮，过君不善饮，余乃引壶觞以自酌，诉离绪兮低徊，缘过君将于明日归无锡也。酒酣耳热，天地皆有春意，出门惘惘，又似身出玉门关外，电火轮车，不觉繁华，只见萧索。良以苏城自光复后，商业一蹶未振，而游客来往，大都志在海上，借此地一经过耳，米则无锡夺而去，丝绸则以欧战见滞顿，故彼蹀躞街头，西风砭骨，绝少大腹贾缠头十万，而此十里平康，遂各各门前冷落矣。

十二时卧，以地理上之优势，幸未受若辈之惊动，得酣然入睡乡。

翌日早起，阳火融融，照窗而入。过君尚须去第一师范追悼杨校长月如，余乃先别，唤轿乘之，至观前食面、购物。诸事就理，乃去大郎桥巷访友赵二。门巷静悄，仅中留人迹一线，此外则填平崎岖之路矣。至友家，叩门入，云："主人尚未起来也。"时已十时三十七分钟矣，"寒恋重衾觉梦多"，未免太写意也。已而主人出，一见欢然，则两眼矇眬，犹有一二分未醒意，深致歉谢。各坐谈心，方知草桥旧雨刘君无咎，忽以咯血卒。刘君年仅弱冠，学于东吴大学，学问超出侪辈，人亦和蔼，书翰小品文字，尤轻清入妙，中秋赵二婚，渠有贺诗云："他日刘郎许平视，珊珊莫怪我来迟。"其隽妙多类此。盖此时已病不能出门，而尚能握管作八分书，应酬朋友也。伤哉！予友对之颇具悲观，大有人生如梦、何事空劳之意。予笑慰之，越半时许而别。

至观前乘轿出外，于小饭店中作午餐。既果腹，出至轮埠，乘轮至同里。二时开驶，舟中晤里人叶君，方从京华来，四十八里之长途，遂倩其悬河之谈为消遣。其述刘喜奎云："刘伶之名，满布朝野，京中无论士夫走卒，皆一致推戴无异言。刘少少襆被而归，言去亦值得，而刘王之声价益增，易五樊老，亦老子婆娑，兴复不浅，咏歌之者，日见于报章，可谓盛矣。"又云："京中多演日戏，而刘伶之登场，又每在日暮，电火不似南中之灿烂，故举国若狂，一见颜色，以为荣者，恒不得饱餐秀色而去。于是于剧终时，围刘伶之马车而观者，不减诸侯军之于壁上也。"其述云南事云："都下秘密殊甚，语也不详，且侦骑四布，咸作寒蝉噤口矣。当时唐任电至，内史以为贺电也，译之，则大惊骇，惧祸至，急重封送内府，而稍稍言于亲故，于是外间遂沸腾人口，家喻户晓，谓云南反对矣。盖当时元首接得此电，尚欲收功于文字之间，消祸害于无形也，至是乃不得不宣告罪状，大起盘旋矣。"其言信否不可知，但倏忽之间，已抵故乡，若犹津津有馀味者，是则不得不致谢叶君之厚贶也。惟渠劝予读书大学之理由，予殊不赞同之。渠问予："何遂淡于进取如此？"予曰："读书亦无甚兴会。"渠云："但求有此大学毕业之资格，可以应文官考试矣。"予笑曰："做官乎，此生无此缘分也，况做官亦非易事，不观夫大批知事，只落得卡片上留一条头衔，某省候补县知事而已矣。"叶君大笑，遂同登岸，各归家。

（《馀兴》1917 年第 24 期，署名烟桥）

苏州记游

张树立

东南半壁，言山水之胜，民物之富者，辄称苏州。予侨寓京口凡九载，欲为此游，莫或息焉。九年中乘车过苏州者十数次，左望雉堞，右瞰虎丘，低徊瞻眺，终未尝一践足其地。民国三年四月五日，乘阴历清明之暇，乃与郭笑时君约为苏州一日之游。先一夕夜车发，是夜微雨，北风陡作，寒气迫人，然予二人之游兴不少衰，坐车中每作寒噤，不能成寐。抵苏州，曙色正启，望东方晓霞如绣，知今日必晴，大喜。循大路进行，人尚稀，欲至留园而留门尚闭，乃去之虎丘。既出郊外，途径未熟，惟以虎丘塔为南针，行绿茵间，宿雨未晞，野草蒙湿，步履殊碍。既又阻小溪不得前，复改途而趋询途人，凡十馀次，始达虎丘。虎丘有小径，蜿蜒屈曲，拾级而上，凡三四十丈，始得趋其巅。初从小径上时，以屈曲故，不得视远，但见径侧舍宇，已就颓圮。默念虎丘为苏州名区，平时耳闻者至熟，今日接目，竟不可信如此。俄小径既尽，忽见平地阔百步，有巨石如砌，可容百人，剑池之水，清泓在望，僧寺虽不甚宏丽，而景致绝幽。乃跨剑池之桥，俯瞰其下，惊岩绝壑，势颇险峻，更视听经顽石，尚耸然而立。越桥，乃登山之巅，始可纵目望远，而山巅之塔，形略如笋，已颓圮荒废不可登。忆昔人评虎丘之景，具有三绝："望山之形，不越冈陵，而登之者见层峰峭壁，势足千仞，一绝也；近临郛郭，矗起原隰，旁无连属，万景都会，西联穹窿，北亘海虞，震湖沧洲，云气出没，廓然四顾，指掌千里，二绝也；剑池泓渟，彻海浸云，不盈不虚，终古湛湛，三绝也。兼是绝景，冠以浮屠，僧舍精庐，重楼飞阁，碕礒峻嶒，梯岩架壑，东南之胜，无出其右。"予乃按图索骥，一一不爽，始叹向者论事，失之过躁。既乃循桥而下，由丐者指导，乃得凭吊绝代佳人真娘之墓，又不谓残碑断碣，已幽埋于棘林丛莽之间。嗟乎！世代虽易，而虎丘一撮土，终属真娘，且能使后之过者，唏嘘而凭吊之，然后知天之所以冠红颜者，即所以成红颜也。下山鉴于来时迷途，乃雇乡导，遂至留园。留园实饶泉石楼台之胜，惜少花卉林木，且乏空地，游之者如饷大宴，所餐尽山珍海错，而无蔬豆菜羹，非不适口，实觉饫厌。予所最慕留园之景者，为池边之石，虽高不数丈，峙立池际，而望如万山垂拱，层峦叠壑，一览不尽。其馀轩舍建筑，亦至精且宏，幽房幽室，至者迷其出处。纵览既毕，已九时，乃至阊门觅酒家就食。食已，赁肩舆作范坟之游。舆夫云："自阊门至范坟，计程念五里。"乃时乘时步，以节其力。沿小溪而行，每数百步，有一拱桥，桥筑以白石，饰以雕栏。以予所经桥梁之多且美，实无过苏州，观于此则苏州之富力可知矣。至午十二时许，乃至观音山，其梵宇不甚宏，山有泉，涓涓然，虽无垂帘三叠之胜，然清洁亦自可爱，山色秀淡，峰峦回伏。是日为清明，踏青仕女，联袂成群，鬓影衣香，乃与此妍媚之春山相掩映，益觉可人。山去范坟仅里许，半山有小径可通。循径而行，至两山相连处，叠石成门。过石门，则见奇峰上耸，遍望皆垂岩怪石，势绝雄伟，则范坟之本山也。范坟形家谓之万笏朝天，立山下而望，但见嶙峋之石，皆垂绅正笏，端拱而朝，为叹拟名者之当。郭君谓山石多呈凶状，而此虽岩岩，遍望绝无暴戾桀骜之气，实不多觏。乃循路至范坟本山，长林之中，堆一小阜，丰碑峨然，此墓址也。坟之右，精舍颇多，入精舍，略憩啜茗。出后门，有小径可登山巅，羊肠迂曲，至狭处容一人尚须侧身。予病足茧，且恐暮，及半而止，复循径而下。予之肩舆，本待予于观音山，至是倦极，乃复租一山中小舆，乘之至观音山。舆夫中有妇人，而其力乃不让男子。既至观音山，乃改乘来时所乘之舆以归。坐舆中瞑想今日之所历，各具其胜而不相侔。虎丘如方巾葛袍之逸士，意态闲适；留园如薰香剃面之少年，修饰合度；观音山如佳人，体态斌媚，秀色可餐；范坟如大将，挥戈跃马，英武绝伦。至阊门，已四时有半，馀兴未涤，复进城至元妙观，天已就昏，乃乘驴返阊门就晚餐。十时至车站，乘夜车返京口。既归。濡笔记之。

（《新游记汇刊》第三册，中华书局 1921 年 5 月初版）

苏州印影

杰　夫

　　七月十一日早晨，风和气清，梅雨新霁，我和承之君为着公事到苏州去，在上海附特别快车，只一时三十分已到那"六朝金粉"的苏州了。在苏州小住两天，游览名胜古迹，万影灿烂，开我眼界。只可惜心幕有限，所印下来的不多，且回沪以后，事忙身倦，又不知模糊多少。

　　阵阵阴霾，重重黑暗，几天继续不住的梅雨，今天始和我们握别。幽斋独处，新凉宜人，才能执笔略写心头残影，可是千头万绪，好像一部二十四史，不知从何说起。而前人所做底苏州游记，多且详备，什么天平、穹窿、灵岩等峰，则悬崖忽裂，峭壁千寻，令人起自然的美趣，作入山的想念；什么留园、西园、怡园、拙政园、沧浪亭，则奇石藓苔，落花流水，令人洒然出尘，徘徊不忍去；什么狮子林、可园，则曲径通幽，春波涨绿，令人得着静观的旨趣，而厌弃膏粱文绣的生活；什么虎丘山、寒山寺，则浮图古刹，梵韵钟声，令人超然物外，忘记了人间之乐。种种胜迹，描写透彻，用不着我重复申述。现在只把我所得的感想，拉杂写出，故不敢作"苏州纪游"，只作"苏州印影"罢了。

　　当太阳刚从东方的灿烂云堆里放射出它那丝丝嫩黄色的光线的时候，我正往北站附车了。上火车后，车轮一回一回碌碌碌碌地转，沿途风景，那里有若隐若现的山，那里有平坦如镜的水，那里有稻花香扑面的自私自利田园，那里有青葱的林木，那里有磔格的鸟声，那里有蜿蜒清清的小溪；田野漫游着黑的白的牛羊鸡犬，忙于生活的农人，都陈列在我的眼底。甚至一根电杆，一间草棚，几爿农舍，两三只小艇，都印在视膜上。灿烂美丽的朝阳，从树隙里露出黄金色渐渐变成赤红色的烈光，把我的灵魂唤醒了！住在单调都市生活的我，见着此自然风景，觉得我和万物的精神融化了，没有隔膜了。那时胸怀淡远，真要与太空同化，只有讴歌那循环无尽的世界罢！怎知道回沪的那一天，我的心境，就绝对的反对呢？那天朝早忽然黑云堆积起来，无情的雨点，也继续不断地繁杂打着窗上地玻璃，淅沥作响，乘兴而去，失兴而回。这种迷惘失神的态度，我脆弱的心，不知怎样难过，实在不忍回忆描写了。

苏州马路两旁最触眼帘的，不是那"亡国先锋队"的舶来品的广告，就是那"杀人不见血"的香烟广告，五光十色，到处高插。不知苏州人日与为邻，有何感想？我当时实在心酸血沸了！

苏州市笼统来说，也算是交通便利。城外新筑马路数条，有是碎石路，有是煤屑路，有是石片路，天晴乘车跑步，都觉便利，下雨时泥泞溅漫，就不免有"行路难"之叹了，想必因经济的关系，遂致因陋就简。城内街道狭窄，行人挤拥，有许多地方，明明不能通车，而偏偏有许多黄包车，横冲直撞。我在阊门坐包车到皮市街，经过几条小街，宽不满五尺，不提防两车相撞，行了一个握手礼，纠缠十分钟，才能分道而驰。加以街道龌龊，秽臭熏天，真要掩鼻而过，这是苏州的污点。我想，"上有天堂，下有苏杭"的两句话，只可对虎丘山上西子湖滨而说的。惟是苏州的马车、黄包车的车费，比上海便宜，比广州更便宜，这是生活程度的关系；且极少敲竹杠，不像上海车夫的欺骗生客，肆意强索。但有一件最讨厌的，就是那些包车，都装有橡皮喇叭，前头无论有行人与否，都随路乱捏，"狐假虎威"可许就是这一样？

天气昏暗而灰暝，细雨像密丝的落下，气压低降，四面沉寂，窗外雨丝为风吹进，桌上书也湿了，这是我在苏州饭店里呆坐想着我的朋友的时候。窗前有大树一株，被雨儿一阵一阵乱击作响，清碎如弄玉，凉风悠荡，闷气全消，随手执笔写了两封信寄给朋友，叙述游苏荡感想。未下雨之前，出外散步，车马辚辚，络绎不绝。阊门马路一带，油头粉脸、新装炫服的妓女，像夜游神般，踱来踱去，我那时仿佛置身于上海敏体尼荫路。原来苏州的妓女，除在马路温声细语，眉来眼去兜生意外，尚联群结队，到各旅馆去卖笑拉客，通宵达旦，穿房入室；燕瘦环肥，真足以动游人浪子的欲念，由此丧身败家而堕入苦海里的更不知有多少人呢？这种陋习，有地方之责者，装聋作哑，不加取缔，真是多么奇怪而不可解的谜呵！可幸我住的饭店，是不准她们乱来光顾，否则，我的房间，也在她们巡阅的范围哩。

苏州女子的俊俏，是脍炙人口的。我回上海后，有人问我到苏州见着几许美女？我说，苏州美丽女子，尽在田间作生活，因为她常亲近自然，饱受阳光的呵护，精神康健，身体强壮，举动活泼，才是真美；若以"多愁多病"、"弱不胜衣"为女子美丽的象征，我则不敢苟且赞同了！试问，"芙蓉如面柳如眉"，常带着三分病态，美在何处？

记得我初到上海的时候，见着许多男子尚垂辫的，已是万分诧异。但他们不是将与黄土为伍的满清奴隶，就是那毫无常识的车夫工人们。不料此次在苏州，于五福路见着一间书塾，有许多学生，辫发垂垂，读书的青年学生，尚且如此，其他可知。又赤膊党充斥在苏州市，各街商店，差不多都有几个活动裸体生招牌坐在柜面，不得不惊诧为苏州的特殊点缀品了！

苏州的小工业颇发达，但多是消耗品，样式陈旧，绝少人生实用的东西。我见一爿新开的帽店，招牌上还刻着一顶缨帽。卖绸缎的商店，招牌上的"缎"字，差不多十间有九间都是写错。"缎"字本"糸"从段，而他们偏偏写成"糸"从"叚"。可见写字的漫不留心，经商的又毫无研究，对于招牌尚且如此，遑论改良工艺。

苏州茶肆很多，无论到那处街道，差不多都有茶肆挂着灯笼卖茶，坐满喝茶的人。这不是懒散不振，游手好闲人多的表现么？苏州有三多，即旅馆多，妓女多，茶肆多。这样三多，恐怕不是地方的福吧？换一句说，寄生虫随处显现，真不由得人要喟然长叹了！

我叫驴子到虎丘山时，有几个驴夫，争着讲价，初则吵闹，继而挥其驴鞭演全武行了，头崩额损了！同行如敌国，或者就是这样。旁边有个警察像铜般的站着，不言不动，好比阿聋送殡，总不听鼓一样，而且在这样赤日燂怒的酷热天气，还穿着冬天黑漆漆的制服，苏州的警察的成绩，也可以推测了。

我在苏州日子有限，浮光掠影，所得印像，片碎的写来，大略于此，读者亦厌我多事否？

十二，七，十五

（《道路月刊》1923年第6卷第3号）

苏州游记

周传儒

北来三年，耳之所接，目之所触，所在冷酷，毫无生意，颇欲得闲南游江浙，与秀丽山川相晤对，一洗其沉郁萧索之气。暑假中，承商务书馆惠邀为该馆暑期编辑员，滞留沪上，前后四十馀日，因于公暇漫游，寻幽访胜，足迹所至，南北各数百里。七月杪，往谒苏州，留凡二日，匆匆涉历，不敢云游，追记所经，亦志雪泥鸿爪之意云耳。

自上海至苏州，火车三小时可达，车站距阊门三里馀，马路平坦，车驴络绎。同伴王君，苏州人也，蒙渠指导，一切俱感便利。抵阊门下榻三新旅馆，为时甚早。王君语余，谓第一日游城内玄妙、沧浪诸胜，晚间游阊门一带，第二日游城外虎丘、留园、枫桥、天平，虽仅二日，吴下名胜可得大概矣。

第一日　城内之游

阊门至玄妙观，约十里，观适当全城之中，前有广场，茶坪酒市罗列，医卜星象之流，错杂其间，叫嚣之声，声振耳鼓。度广场，匝面发立者为三清殿，九楹宏敞。殿内遍设联对堂幅等肆，名家书画，纷然杂陈。支殿柱木，雕刻精致。相传创建于宋淳熙中，宋后代有兴废，今之所存为嘉庆间韩尉所修云。殿后旧有弥勒宝阁，闻于元年八月见毁于火，今之所遗，仅颓垣败瓦而已。右偏有襄衣真人庙、东岳庙，襄衣真人庙前有石井一，今封锁，相传三清殿所用大木，悉取自井中，盖未可信也。

北寺塔，在报恩寺，相传为孙权母吴夫人所建。故有塔十一层，叠经毁坏，今塔为明僧如金所修，峥嵘宏壮，为一郡浮屠之首。三元坊有沧浪亭，自玄妙观去，可十馀里，通黄包车。余至时，适拟培修，禁人游览，与司阍者几度交涉，并告以远来不易，得许通融。入门，走廊环抱，中庭小山耸峙，其上柳榆杂植，野草丛生，有石洞，曲折蜿蜒可上，右掘深池，深广各二丈许。山顶凹处，翼然一亭，休憩其中，远挹山光，近听蝉鸣，令人作潇洒出尘之想。是亭为张树声所建，亦称沧浪亭，非沧浪亭旧址也。旧址在小山脚下，今其处仍有一亭，虽体制隘陋，而风趣幽绝，前临广潭，潭水清浅，其中菱荇错杂，游鱼出没可数，岸边有垂柳数株，长条着地，使当十五月明之夜，荡瓜皮小艇，倩吴娃唱"杨柳岸晓风残月"，则此乐虽南面王不易矣。亭内刻苏舜钦《沧浪亭记》，系应宝时所书，字极遒劲丰润，读其文，沁人脾骨，然后知尘颜俗状有足鄙者。正中为明道堂，其南有舞台一，堂之左右，东葍西爽，回廊曲折，旁植此君。遵廊而西，至五百名贤祠，壁间塑像，多有清一代著名人物，所谓状元者以十数，吴下文风之盛，可以想见。南头尽处，高台突兀，上设二程牌位，远瞩西南诸峰，林壑芊秀可人，枯坐其中，看挑菜人赤足行畦亩间，听清风打竹习习作响，移时始去。

傍晚，徘徊阊门一带，建筑宏丽，灯火万家。登一品香上酌茗，俯瞰马路上，车水马龙，游人如织。时有宛转清讴，悠扬起伏，出自窗帘阒间，随风送入耳鼓，盖密迩多秦楼楚馆，声自彼中出也。

第二日　城外之游

自阊门骑驴或雇黄包车，顺山塘行七八里，可至虎丘。余晨兴过早，无驴可雇，坐黄包车，曲折北行，至虎丘时，晨曦甫上，薤露犹滋。相传吴王阖闾葬此，三日而虎踞其上，故名虎丘。高一百三十馀尺，周二百几十丈，盖吴门第一名胜也。入门，行数十武，道左有古鸳鸯圹，上建小亭，署曰"长洲蠡口人倪士义妻杨烈妇，崇祯十四年建"。再进，道右旁有古真娘墓，墓为一岩石，跨墓建亭，有李祖年联："半丘残田孤云，寒食相思陌上路；西山横黛瞰碧，青门频返月中魂。"极为芊绵凄楚。道左有憨憨泉，为梁时憨憨尊者遗迹。又有试剑石，偃卧土中，中分若断，或谓吴王昔时试剑处，殆穿凿附会之说也。更上至千人石，大石盘盘，纵横各十馀丈，上有生公讲台。台下为白莲池，周围百三十步，莲叶田田，池水清浅，中有二石相砌，高与人齐，上书"点头"二字。相传生公讲经，人无信者，乃临池聚石，与说至理，池生千叶莲花，石皆点头，此其所谓诚心所感、金石为开者耶。迎面岩壁上，有李阳冰篆书"生公讲台"四字。其左两崖划开，中涵石泉，李秀卿品为天下第五，实则浊水一塘耳。上跨拱桥，二圆洞大可盈尺，俗因为仙人吊桶。相传阖闾葬时，以扁诸、鱼肠等剑三千殉焉，故曰剑池，有颜真卿书"虎丘剑池"四字，字极遒劲。又谓阖闾筑墓，上积九仞，下及重泉，墓成，即以是为出口，殆亦荒渺难信。由千人石，绕白莲池，登五十三级之石梯，入虎丘。寺在山最高处，其东南隅有望苏台，凭栏眺望，可瞩全城，今名小吴轩，盖取"登东山而小鲁"云云。寺西北耸然一塔凌空，状殊苍古，上下七层，为隋仁寿九年所建，塔基则晋司徒王珣琴台故址，或谓阖闾梓宫，即在其下。出虎丘寺，还过千人石，至陆羽石井，口方丈馀，石壁上刻"第三泉"三字，然名不副实，仅可濯足，难作饮料也。上土台一，方广十馀丈，相传为西施梳妆处，故俗称梳妆台，登其上，则天平、狮子诸山历历在目。南为石观音庵，内有石刻经典四十馀行，分镌十数碑上，碑高丈馀，字大如碗，系宋代名人所书，人各一行，勘比观之，丰腴瘦削，各极其妙。再南为冷香阁，阁凡二层，有鬻茗者在焉，周围环植红绿梅三百株，惜时非冬令，仅枯枝横斜，令人短兴不浅。更南为拥翠山庄，楼阁亭台，布置曲折精雅。壁间石碑上，有"海涌峰"三字，盖当春秋之际，大江口上，沉淀未广，此固当时近海之区，海涌峰之名，所由来矣。去拥翠山庄，沿堤东行，度斟酌桥，南至李公祠，祠后园曰靖园，假山历落，台馆幽邃，花木丛深，曲径逶迤，时余已稍倦，于此小憩。所雇黄包车夫，绕道来迓，行经五人之墓，五人者，颜佩韦、杨念如、马杰、沈扬、周文元，为周顺昌事，触怒魏阉，为巡抚毛一鹭所诛者也。沿山塘东，半塘桥附近下塘龙寿山房，藏有元僧继善血书《华严经》八十馀卷，用铁柜锁藏一小室中，非得住持允许，不能拜览，有宋濂题赞。

从龙寿山房至西园，可十里许，东为戒幢律寺，西为寺之放生池，所谓西园在焉。戒幢律寺中，有大殿、罗汉堂、藏经楼、方丈室、斋堂等，皆极宏敞，纠工伐木，修葺犹未竣也。殿前有池，阔七八尺，长可二三丈，其中鼋鳖甚多。西园在寺之西，入门，有紫荆一树，枝叶扶疏，后用铁栏，豢白兔两三对，驯静可爱。园中叠石成山，开畦作圃，布置尚称精雅，然园中胜景，不在此而在放生一池，方塘数亩，潆水澄清，鱼鳖之伦，涵淐卵育其内，大者尺馀，小不盈寸，投以饵饼，麇集来回追逐，俯而观之，不禁哑然自笑。池心有亭，额曰"月照潭心"，东西架曲桥，蜿蜒作"之"字。东桥通一四面厅，宏敞精洁，内多悬名人联对。西桥尽处，长廊回抱，临水爽垲，游人多啜茗于此，看鸢飞鱼跃，云影山光，虽当盛夏，清凉恍若三秋矣。

留园在西园之东，旧为刘蓉峰之寒碧庄，人称刘园。光绪初，归方伯盛氏所有，改曰留园，盖师袁子才改隋姓园为随园之意云。园之中部，为涵碧山房，署曰"胸次广博天所开"，陈设精雅。左曰恰杭，取杜诗"野航恰受两三人"句义，前临荷花池，花叶红绿相间，时有金鱼浮沉出没。池西北叠石成山，依山植树，山半有闻木犀香轩，山顶有可亭，山北有半野草堂，皆依形设胜，幽静留人。周有长廊，壁间多嵌石刻，以游人题句为多。池南有绿荫轩，池东亦有轩一，署曰"清风起兮池馆凉"，名实颇能相称。再东为楠木厅，颜其额曰"藏修息游"，庭有叠室，极为玲珑雄伟。厅角有亭，署曰"佳晴喜雨快雪"。厅北有屋，署曰"花好月圆人寿"。左为揖峰轩，其对面之屋曰洞天一碧，命名皆妥帖腻雅，景亦清逸绝尘。由揖峰轩而东为东园，湖石峥嵘，三峰挺秀，左曰岫云，右曰瑞云，中曰冠云，以冠云为最高。其下即冠云沼，金鱼成群，水可鉴底。南为四面厅，署曰"奇石寿太古"，啜茗者殊众。北有仙鹤孔雀，玉兰丛桂，有楼曰仙苑停云，颇隘陋，壁间嵌化石，两旁悬云石甚多。自四面厅前廊西行至又一村，旁有屋，署曰"少风波处便为家"。又西行至小蓬莱，有花房蔬圃，特未经治葺，已就荒废。更西行，至别有天，留园全部，曲折精雅，其他皆穷极人工，独别有天饶有自然风味，丘陵起伏，小山环绕，丘之上有二亭，成对称，一曰至乐，一曰月榭星台，远可瞰上方、狮子、天平、灵岩诸山，近亦足以揽全园之胜。前有射圃，绿草油油。右有蔬园，隔以竹篱，植以肥菜，野趣天成，令人留连徘徊，不忍遽去。

西园、留园皆以风景著名，而寒山寺独以古迹胜。寺在枫桥，距城较远，瓦屋破败，一无足观，然而游苏州者，莫不交口称道寒山不已，则文人笔墨为之也。寺起于梁天监间，相传寒山、拾得曾止此，因以为名。自唐人张继、张祐作诗纪游，名逐大噪。张继《枫桥夜泊》诗云："月落乌啼霜满天，江枫渔火对愁眠。姑苏城外寒山寺，夜半钟声到客船。"张祐诗云："长洲苑外草萧萧，却算游城岁月遥。惟有别时今不忘，暮烟疏雨过枫桥。"祐诗平平，继诗意境超绝，其"江枫渔火"一句，已成聚讼，宋龚明之《中吴纪闻》作"江村渔火"，似较易解。《秋灯丛话》：王渔洋至枫桥，夜已昏黑，风雨杂沓，摄衣着火炬登岸，迳至寺门，题诗二绝，时人皆以为狂。文人自矜风雅，其积习有如此者。寺于咸丰十年见毁于火，云阳程德全集赀重建，辛亥六月落成，故寺中题跋，德全独多。门额上书"妙利宗风"四字，正殿中刻寒山、拾得像，俗称和合是已，壁间环列碑刻，为间邱允所录寒山子诗三十六首，及韦苏州等诗十馀首。后有钟楼，唐人钟已为日人窃去，继乃仿铸一钟见还，良可惋惜。走廊长抱，花木幽深，其右有大觉楼，朽坏不能复上。禅房内联对极多，陆锺琦一联，颇能将此寺位置及历史烘托得出，可作游记观。联云："踏春西去，傍十里横塘，水木湛清华，曾移茂苑扁舟，访吴铜造像，梁塔残砖，古迹重搜，余亦北平人，濡笔拟赓翁氏记；生佛南来，振千年名刹，池台新结构，补此天台真相，与待诏遗书，解元妙笔，墨花争揖，客归东海澨，行縢宛载米家船。"寺南再上，有文徵明、唐寅所书石碑，残缺漫漶，嵌于壁间，旁有康南海诗碑，俞曲园补书张继《枫桥夜泊》诗碑，摹挲凭吊，油然起好古之思。

自枫桥骑驴返阊门，时已午后二时，本拟多留一日，嗣闻天平山距城西仅十八里，乃贾馀勇，策蹇驴，从丘垄间驰去。道旁嘉禾郁茂，野草油油，奔走其中，但觉清秀之气，扑人眉宇。原野既过，进傍溪行，两岸树木丛生，绿阴如盖，溪水平稳澄碧，时有小舟来去，欸乃咿呀，与渔歌节拍相应，清脆欲绝。未至天平山里许，至一小村，驴夫止此不前，即有村中健妇数人，荷肩舆强邀余坐，追随半里，不肯舍去，余自念以堂堂男子，乃以妇女为抬舆，似与人道相左，如其不坐，则彼等又以聒耳吴音，哀求不已，最后乃令彼等荷空舆为前导，余则追随其后。越岭至天平山麓，入白云庵。出庵后门，遵石径盘旋而上，两旁奇石突兀，或插或倚，或偃或卧，或平如镜，或矗如屏，备极怪状，好事者，像其形，镌以鸟兽鳞介之名。飞来峰最为卓异，高二三丈，下侈上锐，微附磐石，前临陡崖，极峥嵘轩昂之致。龙门，俗称一线天，双石并峙，若合而通，过者摩肩侧足。再上至山顶，平斜旷远，怪峰奇石，石穴空洞，错杂其间。时已四时馀，乃退就白云泉僧舍小憩。白云泉，在一线天下路旁山寺中，线脉萦络，下坠于沼，味冷而甘，白香山有诗云："天平山上白云泉，云本无心水自闲。何必奔冲山下去，更添波浪向人间。"白云泉旁石壁中，别有一泉，注出如线，日一线泉，为宋僧寿老所发现，其味不减白云。下山后，过范氏之高义庄，群石嵯峨。松树林立，景亦幽寂。既乃随荷舆健妇，循原道返村，按定价遣之去，彼等掩口葫芦不已。

归途，夕阳在山，人影散乱，驴夫亦急于遄返，痛加鞭策，但听习习风声，潺潺水声，与喔喔驴夫声相应和。抵车站，正苏沪快车准备开车时也，以九时馀返上海。勉熬疲困，追记梗概如此。

（《史地丛刊》1923 年第 2 卷第 2、3 期合刊）

苏州烟雨记

郁达夫

一

悠悠的碧落，一天一天的高远起来。清凉的早晚，觉得天寒袖薄，要缝件夹衣，更换单衫。楼头思妇，见了鹅黄的柳色，牵情望远，在绸衾的梦里，每欲奔赴玉门关外去。当这时候，我们若走出户外天空下去，老觉得好像有一件什么重大的物事，被我们忘了似的。可不是么? 三伏的暑热，被我们忘掉了哟!

在都市的沉浊的空气中栖息的裸虫! 在利欲的争场上吸血的战士! 年年岁岁，不知四季变迁，同鼹鼠似的埋伏在软红尘里的男男女女! 你们想发见你们的灵性不想? 你们有没有向上更新的念头? 你们若欲上空旷的地方，去呼一口自由的空气，一则可以醒醒你们醉生梦死的头脑，二则可以看看那就快凋谢的青枝绿叶，豫藏一个来春再见之机，那么请你们跟了我来，Und ich, ich Schnuere Den Sack and wandere，我要去寻访伍子胥吹箫乞食之乡，展拜秦始皇求剑凿穿之墓，并想看看那有名的姑苏台苑哩!

"象以齿毙，膏用明煎"，为人切不可有所专好，因为一有了嗜癖，就不得不为所累。我闲居沪上，半年来既无职业，也无忙事，本来只须有几个买路钱，便是天南地北，也可以悠然独往的，然而实际上却是不然。因为自去年同几个同趣味的朋友，弄了几种我们所爱的文艺刊物出来之后，愚蠢的我们，就不得不天天服海儿克儿斯（Hercules）的苦役了，所以九月三日的早晨，决定和友人沈君，乘车上苏州去的时候，我还因有一篇文字没有交出之故，心里只在怦怦的跳动。

那一天（九月三日）也算是一天清秋的好天气。天上虽没有太阳，然而几块淡青的空处，和西洋女子的碧眼一般，在白云浮荡的中间，常在向我们地上的可怜虫密送秋波。不是雨天，不是晴日，若硬要把这一天的天气分出类来，我不管气象台的先生们笑我不笑我，姑且把它叫风云飞舞、阴晴交让的初秋的一日罢。

这一天的早晨，同乡的沈君，跑上我的寓所来说：

"今天我要上苏州去"。

我从我的屋顶下的房里，看看窗外的天空，听听市上的杂噪，忽而也起了一种怀慕远处之情（sehusucht nach der Ferne）。九点四十分的时候，我和沈君就摇来摇去的站在三等车中，被机关车搬向苏州去了。

"仙侣同舟！"古人每当行旅的时候，老在心中窃望着这一种艳福。我想人既是动物，无论男女，欲念总不能除，而我既是男人，女人当然是爱的。这一回我和沈君匆促上车，初不料的车上的人是那样拥挤的，后来从后面走了上前面，忽在人丛中听出了一种清脆的笑声来。"明眸皓齿的你们这几位女青年，你们可是上苏州去的么？"我见了她们的那一种活泼的样子，真想开口问她们一声，但是三千年的道德观，和见人就生恐惧的我的自卑狂，只使我红了脸，默默的站在她们身边，不过暗暗的闻吸闻吸从她们发上身上口中蒸发出来的香气罢了。我把她们偷看了几眼，心里又长叹了一声：

"啊啊！容颜要美，年纪要轻，更要有钱！"

二

我们同车的几个"仙侣"，好像是什么女学校的学生。她们的活泼的样子——使恶魔讲起来就是轻佻——丰肥的肉体——使恶魔讲起来就是多淫——和烂熟的青春，都是神仙应有的条件，但是只有一件，只有一件事情，使我无论如何也不能把她们当作神仙的眷属看。非但如此，为这一件事情的原故，我简直不能把她们当作我的同胞看。这是什么呢，这便是她们故意想出风头而用的英文的谈话。假使我是不懂英文的人，那末从她们的绯红的嘴唇里滚出来的叽哩咕噜，正可以当作天女的灵言听了，倒能够对她们更加一层敬意。假使我是崇拜英文的人，那末听了她们的话，也可以感得几分亲热。但是我偏偏是一个程度与她们相仿的半通英文而又轻视英文的人，所以我的对她们的热意，被她们的谈话一吹几乎吹得冰冷了。世界上的人类，抱着功利主义，受利欲的催眠最深的，我想没有过于英美民族的了。但我们的这几位女同胞，不用《西厢》《牡丹亭》上的说白来表现她们的思想，不把《红楼梦》上言文一致的文字来代替她们的说话，偏偏要选了商人用的这一种有金钱臭味的英语来卖弄风情，是多么杀风景的事情啊！你们即使要用外国文，也应选择那神韵悠扬的法国语，或者更适当一点的就该用半清半俗，薄爱民语（La langue des Bohemiens），何以要用这卑俗的英语呢？啊啊，当现在崇拜黄金的世界，也无怪某某女学等卒业出来的学生，不愿为正当的中国人的糟糠之室，而愿意自荐枕席于那些犹太种的英美的下流商人的。我的朋友有一次说："我们中国亡了，倒没有什么可惜，我们中国的女性亡了，却是很可惜的。现在在洋场上作寓公的有钱有势的中国的人物，尤其是外交商界政界的人物，他们的妻女，差不多没有一个不失身于外国的下流流氓的，你看这事伤心不伤心哩！"我是两性问题上的一个国粹保存主义者，最不忍见我国的娇美的女同胞，被那外国流氓去足践。我的在外国留学时代的游荡，也是本于这主义的一种复仇的心思。我现在若有黄金千万，还想去买些白奴来，供我们中国的黄包车夫苦力小工享乐啦！

唉唉！风吹水绉，干侬底事，她们在那里贱卖血肉，于我何尤。我且探头出去看车窗外的茂茂的原田，青青的草地，和清溪茅舍，丛林旷地罢！

"啊啊，那一道隐隐的飞帆，这大约是苏州河罢！"

我看了那一条深碧的长河，长河彼岸的黏天的短树，和河内的帆船，就叫着问我的同行者沈君，他还没有回答我之先，立在我背后的一位老先生却回答说：

"是的，那是苏州河，你看隐约的中间，不是有一条长堤看得见么！没有这一条堤，风势很大，是不便行舟的。"

我注目一看，果真在河中看出了一条隐约的长堤来。这时候，在东面车窗下坐着的旅客，都纷纷站起来望向窗外去。我把头朝转来一望，也看见了一个汪洋的湖面，起了无数的清波，在那里汹涌。天上黑云遮满了，所以湖面也只似用淡墨涂成的样子。湖的东岸，也有一排矮树，同凸出的雕刻似的，以阴沉灰黑的天空作了背景，在那里作苦闷之状。我不晓是什么理由，硬想把这一排沿湖的列树，断定是白杨之林。

三

车过了阳澄湖，同车的旅客，大家不向车的左右看而注意到车的前面去，我知道苏州就不远了。等苏州城内的一枝尖塔看得出来的时候，几位女学生，也停住了她们的黄金色的英语，说了几句中国话。

"苏州到了!"

"可惜我们不能下去!"

"But we will come in the winter."

她们操的并不是柔媚的苏州音，大约是南京的学生罢? 也许是上北京去的，但是我知道了她们不能同我一道下车，心里却起了一种微微的失望。

"女学生诸君，愿你们自重，愿你们能得着几位金龟佳婿，我要下车去了。"

心里这样的讲了几句，我等着车停之后，就顺着了下车的人流，也被他们推来推去的推下了车。

出了车站，马路上站了一忽，我只觉得许多穿长衫的人，路的两旁停着的黄包车、马车，车夫和驴马，都在灰色的空气里混战。跑来跑去的人的叫唤，一个钱两个钱的争执，萧条的道旁的杨柳，黄黄的马路，和在远处看得出来的一道长而且矮的土墙，便是我下车在苏州得着的最初的印象。

湿云低垂下来了。在上海动身时候看得见的几块青淡的天空也被灰色的层云埋没煞了。我仰起头来向天空一望，脸上早接受了两三点冰冷的雨点。

"危险危险，今天的一场冒险，怕要失败。"

我对在旁边站着的沈君这样讲了一句，就急忙招了几个马车夫来问他们的价钱。

我的脚踏苏州的土地，这原是第一次。沈君虽已来过一二回，但是那还是前清太平时前的故事，他的记忆也很模糊了。并且我这一回来，本来是随人热闹，偶尔发作的一种变态旅行，既无作用，又无目的的，所以马夫问我"上那里去"的时候，我想了半天，只回答了一句："到苏州去！"究竟沈君是深于世故的人，看了我的不知所措的样子，就不慌不忙的问马车夫说：

"到府门去多少钱？"

好像是老熟的样子。马车夫倒也很公平，第一声只要了三块大洋。我们说太贵，他们就马上让了一块，我们又说太贵，他们又让了五角。我们又试了试说太贵，他们却不让了，所以就在一乘开口马车里坐了进去。

起初看不见的微雨，愈下愈大了，我和沈君坐在马车里，尽在野外的一条马路上横斜的前进。青色的草原，疏淡的树森，蜿蜒的城墙，浅浅的城河，变成这样，变成那样的在我们面前交换。醒人的凉风，休休的吹上我的微热的面上，和嗒嗒的马蹄声，在那里合奏交响乐。我一时忘记了秋雨，忘记了在上海剩下的未了的工作，并且忘记了半年来失业困穷的我，心里只想在马车上作独脚的跳舞，嘴里就不知不觉的念出了几句独脚跳舞的歌来：

秋在何处，秋在何处？
在蟋蟀的床边，在怨妇楼头的砧杵，
你若要寻秋，你只须去落寞的荒郊行旅，
刺骨的凉风，吹消残暑，
漫漫的田野，刚结成禾黍，
一番雨过，野路牛迹里贮着些儿浅渚，
悠悠的碧落，反映在这浅渚里容与，
月光下，树林里，萧萧落叶的声音，便是秋的私语。

我把这几句词不像词，新诗不像新诗的东西唱了一回，又向四边看了一回，只见左右都是荒郊，前面只是一条没有尽头的长路，所以心里就害怕起来，怕马夫要把我们两个人搬到杳无人迹的地方去杀害。探头出去，大声的喝了一声：

"会! 你把我们拖上什么地方去?"

那狡猾的马夫，突然吃了一惊，噗的从那坐凳上跌下来，他的马一时也惊跳了一阵，幸而他虽跌倒在地下，他的马缰绳，还牢捏着不放，所以马没有逃跑。他一边爬起来，一边对我们说：

"先生! 老实说，府门是送不到的，我只能送你们上洋关过去的密度桥上，从密度桥到府门，只有几步路。"

他说的是没有丈夫气的苏州话，我被他这几句柔软的话声一说，心已早放下了，并须看看他那五十来岁的面貌，也不像杀人犯的样子，所以点了一点头，就由他去了。

马车到了密度（？）桥，我们就在微雨里走了下来，上沈君的友人寄寓在那里的葑门内的严衙前去。

四

进了封建时代的古城，经过了几条狭小的街巷，更越过了许多环桥，才寻到了沈君的友人施君的寓所。进了葑门以后，在那些清冷的街上，所得着的印象，我怎么也形容不出来。上海的市场，若说是二十世纪的市场，那末这苏州的一隅，只可以说是十八世纪的古都了。上海的杂乱的情形，若说是一个 Busy Port，那么苏州只可以说是一个 Sleepy town 了。总之阊门外的繁华，我未曾见到，专就我于这葑门里一隅的状况看来，我觉得苏州城，竟还是一个浪漫的古都，街上的石块，和人家的建筑，处处的环桥河水和狭小的街衢，没有一件不在那里夸示过去的中国民族的悠悠的态度。这一种美，若硬要用近代语来表现的时候，我想没有比"颓废美"的三字更适当的了。况且那时候天上又飞满了灰黑的湿云，秋雨又在微微的落下。

施君幸而还没有出去，我们一到他住的地方，他就迎了出来，沈君为我们介绍的时候，施君就慢慢的说：

"原来就是郁君么？难得难得，你做的那篇……，我已经拜读了，失意人谁能不同声一哭！"

原来施君是我们的同乡，我被他说得有些羞愧了，想把话头转一个方向，所以就问他说：

"施君，你没有事么？我们一同去吃饭吧。"

实际上我那时候，肚里也觉得非常饥饿了。

严衙前附近，都是钟鸣鼎食之家，所以找不出一家菜馆来。没有办法，我们只好进一家名锦帆榭的茶馆，托茶博士去为我们弄些酒菜来吃。因为那时候微雨未止，我们的肚里却响得厉害，想想饿着肚在微雨里奔跑，也不值得，所以就进了那家茶馆——一则也因为这家茶馆的名字不俗——打算坐它一二个钟头，再作第二步计划。

古语说得好，"有志者事竟成！"我们在锦帆榭的清淡的中厅桌上，喝喝酒，说说闲话，一天微雨，竟被我们的意志力，催阻住了。

初到一个名胜的地方，谁也同小孩子一样，不愿意悠悠的坐着的，我一见雨止，就促施君、沈君，一同出了茶馆，打算上各处去逛去。从清冷修整狭小的卧龙街一直跑将下去，拐了一个弯，又走了几步，觉得街上的人和两旁的店，渐渐儿的多起来，繁盛起来，苏州城里最多的卖古书、旧货的店铺，一家一家的少了下去，卖近代的商品的店家，逐渐惹起我的注意来了，施君说：

"玄妙观就要到了，这就是观前街。"

到了玄妙观内，把四面的情形一看，我觉得玄妙观今日的繁华，与我空想中的境状大异。讲热闹赶不上上海午前的小菜场，讲怪异远不及上海城内的城隍庙，走尽了玄妙观的前后，在我脑里深深印入的印象，只有二个。一个是三五个女青年在观前街的一家箫琴铺里买箫，我站到她们身边去对她们呆看了许久，她们也回了我几眼。一个玄妙观门口的一家书馆里，有一位很年轻的学生在那里买我和我朋友共编的杂志，除这两个深刻的印象外，我只觉得玄妙观里的许多茶馆，是苏州人的风雅的趣味的表现。

早晨一早起来，就跑上茶馆去，在那里有天天遇见的熟脸。对于这些熟脸，有妻子的人，觉得比妻子还亲而不狎，没有妻子的人，当然可把茶馆当作家庭，把这些同类当作兄弟了。大热的时候，坐在茶馆里，身上发出来的一阵阵的汗水，可以以口中咽下去的一口口的茶去填补。茶馆内虽则不通空气，但也没有火热的太阳，并且张三李四的家庭内幕和东洋中国的国际闲谈，都可以消去逼人的盛暑。天冷的时候，坐在茶馆里，第一个好处，就是现成的热茶。除茶喝多了，小便的时候要起冷痉之外，吞下几碗刚滚的热茶到肚里，一时却能消渴消寒。贫苦一点的人，更可以藉此熬饥。若茶馆主人开通一点，请几位奇形怪状的说书者来说书，风雅的茶客的兴趣，当然更要增加。有几家茶馆里有几个茶客，听说从十几岁的时候坐起，坐到五六十岁死时候止，坐的老是同一个座位，天天上茶馆来一分也不迟，一分也不早，老是在同一个时间。非但如此，有几个人，他自家死的时候，还要把这一个座位写在遗嘱里，要他的儿子天天去坐他那一个遗座。近来百货店的组织法应用到茶业上，茶馆的前头，除香气烹人的"火烧"、"锅贴"、"包子"、"烤山芋"之外，并且有酒有菜，足可使茶客一天不出外而不感得什么缺憾。像上海的青莲阁，非但饮食俱全，并且人肉也在贱卖，中国的这样文明的茶馆，我想该是二十世纪的世界之光了。所以盲目的外国人，你们若要来调查中国的事情，你们只须上茶馆去调查就是，你们要想来管理中国，也须先去征得各茶馆里的茶客的同意，因为中国的国会所代表的，是中国人的劣根性无耻与贪婪，这些茶客所代表的倒是真真的民意哩！

五

出了玄妙观，我们又走了许多路，去逛遂园，遂园在苏州，同我在上海一样，有许多人还不晓得它的存在。从很狭很小的一个坍败的门口，曲曲折折走尽了几条小弄，我们才到了遂园的中心。苏州的建筑，以我这半日的经验讲来，进门的地方，都是狭窄芜废，走过几条曲巷，才有轩敞华丽的屋宇。我不知这一种方式，还是法国大革命的民家一样，为避税而想出来的呢？还是为唤醒观者的观听起见，用修辞学上的欲扬先抑的笔法，使能得着一个对称的效力而想出来的？

　　遂园是一个中国式的庭园，有假山有池水有亭阁，有小桥也有几枝树木。不过各处的坍败的形迹和水上开残的荷花荷叶，同暗澹的天气合作一起，使我感到了一种秋意，使我看出了中国的将来和我自家的凋零的结果。啊！遂园吓遂园，我爱你这一种颓唐的情调！

　　在荷花池上的一个亭子里，喝了一碗茶，走出来的时候，我们在正厅上却遇着了许多穿轻绸绣缎的绅士淑女，静静的坐在那里喝茶咬瓜子，等说书者的到来。我在前面说过的中国人的悠悠的态度，和中国的亡国的悲壮美，在此地也能看得出来。啊啊，可怜我为人在客，否则我也挨到那些皮肤嫩白的太太小姐们的边上去静坐了。

　　出了遂园，我们因为时间不早，就劝施君回寓。我与沈君在狭长的街上飘流了一会，就决定到虎丘去。

此稿执笔者因病中止

（《寄零集》，郁达夫著，上海开明书店 1928 年 3 月初版）

吴宫花絮录

郑逸梅

吾吴地近湖泽，产鲜芡莼菜等物。鲜芡一名鸡头，粒粒殷红，有似相思豆子，既剥外壳，即可熟煮，银匙白饴，温香满口，令人想像开元宫中艳事不置。莼菜一名水葵，为春时食品，煮之为羹，隽美无比，然亦有秋时苗生者，此所以张季鹰因秋风起而思莼菜鲈鱼脍，而欣然命驾也。

桃花坞在金阊门内，相传为宋枢密章粢别业，后为蔬圃，明唐寅于此筑桃花庵，遂因以著名。今隔数百年，风流销歇，遗迹难寻，过其地者，只觉尘嚣万丈，不足以留文人雅躅。惟基督教会设一学校，弦歌之声，尚堪媚耳而已。

茶肆以观前之吴苑深处，及胥门之小苍别墅，为最有名。吴苑深处，有爱竹居、话雨楼、四面厅等，分室列座，雅洁无尘，此地客来，风生七椀。小苍别墅在金狮巷，卉石错立，绿痕上窗，是真绝妙之销夏湾也，且有扬式点心，别有风味，但自江浙构衅，阖城风鹤，别墅亦即歇其营业，架上鹦鹉，不闻呼茶矣。

狮子林，在城东北隅，元天如禅师倡道之地，中多奇石，状若狻猊，石洞螺旋，人游其中，迷于往复，倪云林曾绘为图。清时黄氏购之，为涉园，几经变迁。至今为贝氏有矣，芜者除之，颓者立之，且别为丘壑，更易旧观，而鬼斧神工，无从再睹，惜哉！

荷花塘在葑门外，每当凉秋时节，画舫如云，管弦沸耳，盖适妓家开厂船也。塘中翠盖田田，花以素色者为多，村氓往往撷花及莲蓬，累负于背，泅水而就舫求售。自远而来，只见花叶浮动，而不睹人影，亦奇景也。

苏子美之沧浪亭，久为吴中名迹，晻暧蓊蔚，颇具树樾之胜。即门前一湾碧水，香挹红蕖，缓步其间，凉飔飘袂，已觉俗虑都捐，尘心俱泯。对宇为可园，植梅甚多，亦足供吾辈栖迟，而邺架藏书，垂签累累，任人猎涉，不必还瓻，盖已设为图书馆矣。

网师园在阔家头巷，为张氏产，已改名逸园。园中清流亹亹，绿荫眈眈，有劈阿石，为南宋故物，尤为可贵。壁间书画甚多，大都出于名手，且有清帝御笔者，惜已黢霉不堪，盖主人寄身仕宦，虽有林泉，不事退享，区区楮墨，更非其意之所注矣。

间邱坊巷之薛家园，有妙严墓。某岁忽喧传妙严灵迹，于是焚香来拜者踵相接，墓侧有池，遂汲水以盛，或罍或盂，谓为仙浆，水既涸，乃并冢土而仙之，纷纷掘以治病。有司知之，鸠工绕以垣墙，而香冢始保。按妙严为顾嗣立侍婢，嗣立筑秀野草堂，薛家园遍植绿萼华，因亦称梅花庵，鸦鬟十二皆娟美，妙严其一也，及死，嗣立即葬之于梅花庵，亦风流佳话已。

吴中画会，有美术会、冷红会。美术会崇欧化画，颜文樑、朱士杰辈主之，岁必举行展览会于旧皇宫，凡人体写生，风景动物，无不各极其胜。冷红会崇尚国粹画，樊少云、陈伽盦辈主之，岁必举行展览会于青年会，凡人物、山水、花卉、翎毛、草虫，应有尽有。而少云女公子颖初渊源家学，所作山水，意境高超，颇俱工力，且题款类翁方纲，尤为难得。文艺会有星社，月必雅集，文酒风流，翩翩裙屐，不佞亦常忝陪末座也。

顾氏为吴中巨族，建有万箎楼，盖主人喜藏扇，或书或画，无不尽力罗致，癖好如此，亦云痴矣。兹闻其子孙式微，物已乌有，而万箎楼徒存其名。

阿黛桥畔，女闾栉比，约计七八十家，丝竹曼衍之乐，郑卫幼眇之声，一片嗷嘈，荡人心魄。曩日翘楚，为小双珠、富春楼及吟香辈。吟香工小楷，能读稗史，喜与小说家周旋，短榻缠绵，厮磨耳鬓，故天笑、红蕉及已故倚虹文字中曾一再述之，许为可儿。但年来花事变迁，吟香已嫁，富春楼移帜沪渎，景象又非昔比矣。

湖山怀旧录

张恨水

恒人有言曰："上有天堂，下有苏杭。"若乎苏州之风景，未可没也。好游而未至苏州者，有二处必知之，一曰寒山寺，一曰虎丘，盖词人吟咏，见诸篇章，可闻之久矣。寒山寺距阊门有七里许，夹河桑林匝翠，一望无际，林外有石道，平坦可步。行近得一石桥，横跨两岸，即枫桥也，桥畔有人家数百户，是曰枫桥镇。寺在镇后，约三进，其间虽略具楼阁，然绝无花木草石之胜。有一楼，架一巨钟，盖应张继诗"夜半钟声到客船"句而特设者。殿外廊间，有石碑二，一破裂，一完好，皆尽枫桥夜泊诗，字大如碗口，作行书，极翩翘有致。据僧云，旧碑系张继自书，新碑则拓而复勒者。然张继吟诗，何曾题壁，伪托可知。

苏杭一带，小河如棋盘蛛网，港里交通，随处可达。平常人家，大抵前门通陆，后门通河，于河更引支流一湾，直达院内。曾于友人席上，夸谈"江南好"以为乐。一友曰："吾家环野竹篱笆，中植芭蕉、海棠、月季、腊梅之属，四时之花不断，罢约归来，引船入篱。"座有北人，不待其语毕，即笑曰："诈也，时安有引船入篱之事乎？"予即白其景实，且谓江南人家家有船，正如河北人家家有车。河入篱内，虽属为奇，而江南之河，大都宽仅数丈，水平浪稳，小舟如床，妇孺可操。且人家所分支流，有恰容一小舟者，则其入篱，自可能矣。

（《世界日报》1929 年 6 月 23 日）

胥江由将门入城，支渠绕街市，河流汩汩，沿人家绕户而过。晨曦初上，居民启户而出，上流人家虽倾倒污秽，下流人家自淘米洗菜，妇孺隔河笑语，恬不为怪。外地人谓苏州人物俊秀，其因在此，谑已。

一泓曲水，七里山塘，昔人谓其处朱楼两岸，得画船箫鼓之盛。盖朱明之际，昆曲盛行，此者架船为台，在中流奏技，出城士女，或继舟以待，或夹岸而观，山塘一带，遂为繁盛之区。降及逊清，此事早不可复观。今则腥膻扑鼻，两岸为鱼盐贩卖所矣。

山塘尽处曰虎丘，妇孺能道之江南胜迹也。此山之所以奇，在平畴十里，突拥巨阜，山脉何自，乃不可寻。初在外观之，古塔临风，丛楼隔树，孤山独峙，一览可尽。及入其中，则高低错落，自具丘壑，回环曲折，足为半日之游。惟太平天国而后，花木摧残殆尽，蔓草荒芜，瓦砾遍地，殊煞风景耳。

（《世界日报》1929 年 6 月 24 日）

江南人士，谈苏州者，无不知有留园。园为江苏巨室盛宣怀之别墅，在阊门外大约二里许。园中亭台曲折，花木参差，极奇巧之能事。园中最胜处，中为一巨池，石桥三折其上，南端为水榭，杂植桃杏杨柳之属；偏西为紫藤一巨架，与一小亭，相互倒映于水；其馀二面为太湖石，间植梧桐木樨，山下左设小斋，后植竹，宜读书，右为虚堂，无门，春草绿入其中，可小饮望月。略举一斑，其他可知。园之成传费四十万金，以予计之，成当不止此耳。

予曾读书苏州学校，为盛氏之住宅，与留园盖一墙之隔。其理化讲堂，即留园之一角，划入校中者也。教室上为西式红楼，下为精室。小苑三面粉墙，一处掩以雕栏，两处护以垂柳，廊外首植淮橘四株，其次为塞梨碧桃，交互则生，其三为垂丝槐五六本，更杂以紫薇，最末则葡萄一架，梅花围于四周，雕栏下有古井一，夭桃两树覆于上，夭桃之上，则为翠竹一排，盖隔墙之竹林也。相传此处为杏荪寝室，故其外之花木，罗列至于四季。予住校时，即卜居于此。花晨月夕，小立闲吟，俱感清趣。湖海十年，豪气全消，而一念及此，犹悠然神往。数年前乘沪车经过苏州，每见桑林之上，红楼一阁，恍然如东坡老遇春梦婆也。

与留园齐名者，有拙政园、植园、西园三处。植园以地僻未游。西园附于西园古刹（亦盛氏所建），简陋无足称。拙政园为八旗会馆之一部，虽小于留园，而池馆依花，山斋绕竹，皆精美绝伦。有玲珑馆者，满院怪石，不植花木，浅苔瘦蔓，繁华尽洗。石林中有一木屋，高不及丈，并无几榻，只设一蒲团，门上悬竹板联曰："扫地焚香盘膝坐，开笼放鹤举头看。"恰如其分。

（《世界日报》1929 年 6 月 27 日）

虎丘之胜，有剑池、憩憩泉、拥翠山庄、云岩禅寺、五云台、千顷云阁、阖间墓、真娘墓、试剑石、点头石、千人石等处。拥翠山庄，沿山之半建筑楼阁，南望天平、上方诸山，如青幛翠屏，遥遥环峙，西望麦地桑田，一碧无际，名曰拥翠，得其实也。阖间墓渺不可得，真娘墓亦土垠崩溃，杂生荆棘，当予游时，颇感不快。近得友人书，墓已仿苏小坟，建亭植树，且拥翠山庄一带，亦遍树桃李数百株，虎丘满山锦绣，已不如数年前之荒落矣。

清某君咏虎丘诗曰："苍苔翠壁无人迹，小立斜阳爱后山。"此非经过人真不能道。盖虎丘奇，在于土垠之中自生奇石。前山剑池，削壁中开，下临幽泉，人以为奇，其实斧凿之痕，斑斑可辨。而后山则石崖陡立，无阶可下，蔓藤塞泉，自有幽趣，且惟至后山，能现虎丘真形，而信此山非人工所造也。

（《世界日报》1929 年 6 月 28 日）

吴门游程

陈 彦

　　年来碌粟斗室，埋首蓬窗，闻人道及名山胜境之域，辄悠然神往。十七年三月，因事赴沪，便游吴门各处，沿路饱餐山色湖光，寻幽吊古，增精神上之快慰，增智识上之见闻，益我者多多矣。游踪所至，均随时摄有照片，以留鸿爪。归窗多暇，复草兹记，以志不忘，而偿余素愿。

　　初六日夜间十二时，由汉登轮。时房舱无一空位，统舱内地窄人多，空气非常不洁，一入即觉头晕。幸同行人多，依栏长谈，尚不寂寞。

　　初七日下午四点到九江，方得补一房舱票，始觉坐卧舒适。在九江上岸，至龙开河附近一游。横河架有木桥，可通车马，桥畔有余故宅，现已无人居住，败瓦颓垣，荒烟蔓草，回想当年景象，令人感慨不置。回船后，友人罗君坚约至大新剧社观剧。剧场在龙开河侧，场内电灯甚暗，虽助以数盏煤气灯，仍然昏黑无光，演员亦劣，门票每人售洋五角，殊觉不值。十一点，闭幕回船。

　　初八日早五点，由九江启碇，九点到彭泽，小姑山屹立在江中，高三十馀丈。山上有寺，隐蔽树林中，清逸如图画。

　　初九日，早八点到安庆。遥望高塔，耸立江畔，状极雄伟。相传安庆之塔为塔王，每年八月十五日，百塔皆来朝拜，江中可见无数塔影。同船诸人，言之确切，余惟笑而弗答，想因见其高大，遂生此不经之谈耳。夜十点到芜湖。原拟上岸访同学李子元，继闻此处划夫，每每载客中途，恶索船资，旅客多为所窘，时又夜深，因之裹足不敢，负芜湖水警之责者，似应加以取缔也。

　　初十日早十点到南京，停一刻。下午两点到镇江，上岸略购食物。岸上划夫、轿夫见客即问："游焦山吗？游金山吗？"余游兴勃勃，颇思一往，奈时间过促，又恐船开，踌躇良久，依旧回船。船上遥望焦山，翠色葱茏，孤伏白浪银花江上，真如水晶盘里拥一青螺。对岸白象山，甘露寺在其上，为三国时孙夫人投江之处。相传孙夫人死后，每作大风，舟人称为孙夫人浴，后在山下设一关公庙，风遂不作，谓其叔在此，嫂则避之。今舟过山旁，见黄庙临江者，即关公庙也。夜间十二点，过通州，江面阔八十里，为长江最宽之处。

十一日下午一点到上海，寓法租界新大兴旅馆。次日移寓复新里一号，里中滓秽堆集，臭气扑鼻，里口为乞丐宿食之所，残肴杂菜，随处遗弃，出入不堪下足。所居房间亦窄小，数人拥挤一室，饮食起居皆在其内，俨同一间牢狱。余晨出夜归，只图一宿。连日遍访各戚友，如菊如、慕周诸姻兄，云祥、逸尘诸同学，承其招宴导游，既饱眼福，又快朵颐，挚情盛意，靡可感已。所游先施、永安、大世界、城隍庙诸处，皆华丽非常，跳舞场、电影院、游艺馆之类，亦略观一二。沪上风俗淫靡，为堕落青年渊薮，街衢虽整洁，而车马喧阗，纷纭杂沓，实未可以安居。在沪五日，深感尘嚣，而余所居之地位，又不安适，乃定意赴吴门一游，便道一省三姊。当晚将整理行装，又赴千代公司购胶片数打，以备搜罗吴中胜迹。

十六日，早八点四十分钟，由寓乘电车至沪宁车站，搭特别快车，九点开行。沿途麦浪翻黄，秧针刺绿，优美景色，历历从窗中飞过，惟走马看花，嫌其太速。十点抵昆山，略停。十一点抵吴，车中遥望吴门，城廓如绣，北寺塔临城高耸，青苍之气，起伏天末，大自然之灵秀，特别锺情于姑苏，自古称为"人间天堂"，信不诬也。出车站，乘人力车至大太平巷，下榻慕周兄家，三姊见弟远来，欢溢平生，当备午餐。餐后略事休息，即偕表侄伯明，至王废基公园游览。园址极宽大，绿树成林，亭台池沼，皆布置适当，中央建新式洋屋，内设图书馆，书报罗列，清洁整齐，儿童图书部皆十五岁以下儿童在内阅书，环坐默读，绝无高诵交谈诸恶习。公园之西，为公共体育场，其中运动器具，设备甚完。每日夕阳西下，王废基之人影幢幢，或至图书馆阅书报，或至体育场作运动。如此促进智勇之娱乐所，吾鄂则不多见也。出体育场，步往观前。苏州街道，窄而甚洁，房屋皆粉黑色，古雅清幽，绝少刺眼之红砖洋屋。沿路多桥，桥皆宽大，可行车马。由大太平巷至观前，本有车有骡代步，余因游览起见，徒步而往。玄妙观在城内适中之地，观中各摊罗列，卜者、相者、卖技者、唱戏者无一不有。观前商店林立，杂食店尤多，苏人最喜杂食，妇女更甚。每日下午三点钟后，穿红着绿，手提点心篮之妇女，遍满观前。其个性尤喜装饰，婀娜身材，穿着极小短马甲，下面黑绉裙，或着旗袍、旗马甲，右面襟上，一方美丽小手巾，专为装饰点缀之品，虽小家女儿，皆人造丝、巴黎缎、印度绸一类衣料，在家粗头乱服，出外花团锦簇，无怪有"苏空头"之讽刺。游罢观前，进吴苑饮茶，苑中假山叠翠，林木扶疏，颇觉清幽可坐。由吴苑回寓，时已山含落日，灯火万家矣。

十七日早九点，与伯明雇人力车二辆，出阊门，游寒山寺。寺在枫桥，距城七里，相传为寒山、拾得二高僧之遗庙。唐人张继夜泊枫桥，作诗纪游，而寺遂名，诗曰："月落乌啼霜满天，江枫渔火对愁眠。姑苏城外寒山寺，夜半钟声到客船。"旧钟为日人取去，今悬殿后高亭者，乃摹铸之钟。首门楣曰"妙利宗风"，内有文徵明、唐寅所书石碑，及寒山、拾得之像。寺僧指像告余曰："此为和合二圣，寒山、拾得之化身也。当新夫妇参拜和合时，二圣以慧眼瞩人，见今生夫妇，而前头适为孙祖，不觉大笑。此和合含笑之原因也。"殿后大觉楼，荒圮不治，楼中供神像数尊，满面尘埃，垂首无语，亦似自叹其凋零香火者。出寒山寺，访留园。园为清初刘蓉峰所建，本名刘园，后归盛旭人所有，因改刘园为留园。园中泉石之胜，花木之美，亭榭之幽深，俞曲园品为吴下名园之冠。中部为涵碧山庄，前临荷花池。西北皆叠石为山，植桂其上，桂丛中杂有轩一，署曰"闻木犀香轩"。南为半野草堂，东为楠木厅，厅角有亭一，署曰"佳晴喜雨快雪"。左为揖峰轩，由此即转入东园。园中亭榭之类极多，游未遍至，至亦多不记其名。余等饮茶于闻木犀香轩，时下微雨，细草翠润，青气蓊勃，麂麂尘缘，一洗而空。雨霁出园，便道一观西园寺，吴中一大丛林也，高楼广殿，备极庄严。适逢本日立夏节，为香汛盛期，一般愚夫愚妇，胸悬黄布香袋，手持香篮佛珠，擦肩摩背，途为之塞，而婵娟艳饰，姹紫嫣红，尤足以引起游蜂浪蝶，一街哄动，满寺喧阗，神若有灵，当亦不堪其扰矣。出西园寺，返阊门，至添新楼晚餐。

十八日早八点起，在寓略啖点心，复由伯明导游虎丘山。乘人力车出胥门，九里至山塘街，下车行数步，折上山坡，虎丘已含笑迎人矣。循山径上，过鸳鸯坊，坊上建小亭，两旁石柱联云："身膏白刃风犹烈，骨葬青山土亦香。"碑署"长洲蠡口人倪士义妻杨烈妇"。山道之右，有石一，中分如刀切，为秦王试剑之处。左憨憨泉，梁时憨憨尊者遗迹。上为真娘墓，真娘为吴之美人，墓上亦建小亭，亭壁及两旁树上，题写殆遍。昔谭铁有句曰："何事人间偏重色，真娘墓上独题诗。"真娘墓上之诗，实多于他处也。再行数十步，登大盘石，盘陀数亩，可容千人，名千人石。东为白莲池，池中有点头石，相传生公说法，无人信者，乃聚石讲经，石皆点头。北为二仙亭，钟吕二仙会棋之处。亭侧剑池，唐颜真卿书"虎丘剑池"四字，池在圆门之内，两崖划分，深不可测。相传吴王殉葬，以扁诸、鱼肠等剑三千，投于池中，故池以剑名。西为石观音殿，殿侧新建五楹之楼，周植梅花三百株，署曰"冷香阁"，内设茶肆，游人多息于此。余等亦登阁稍息，出随带之点心充饥，凭槛饮啖，清趣盎然。惜此际不是开梅时节，犹未能领略冷香滋味也。阁中多卖扇女郎，见余等扬扇相问，余购扇数把，与谈吴下风俗，女郎应对娓娓，耳际一片清宛之声浪，如闻鸟语。"吴侬软语，最易销魂"，信然。出冷香阁，由千人石循石级而上，至虎丘寺。寺东南隅，筑高台于石壁之上，日望苏台，俯望苏城，如指顾间。寺后虎丘塔，吴王之墓即在此处，塔下已圮，无计登临。折下至西子梳妆台，一抔黄土、数级石阶而已，阶上野花妖娆，俨如效颦之东施。下山息于靖园，又谒五人墓。墓门临山塘街，双扉扃闭，由邻舍之花园而入，五墓相连，成一小丘，蔓草荒烟，现石碑五，署曰"马名杰"、"杨名念如"、"沈名扬"、"颜名佩韦"、"周名文元"。徘徊墓道，想当年周忠介公被逮时，五人跪阻马前，一种当仁不让、见义勇为之精神，令人肃然起敬，而卒因之触怒魏阉，以至于死。乱世忠良，往往如此，又不禁为之泪潸潸下矣。出五人墓，驱车入城，抵寓，将及晚餐。

　　十九日早饭后，参观外甥开琳之学校，校在三元坊，距大太平巷仅百馀步。校临沧浪亭，苏子美先生读书处，吴门胜迹之一也。亭在广陵王元璙别囿中，园前积水为池，遍植荷花，跨以石桥，内设美术图书馆，游园者先签名于簿上，以备考查。余等签名而入，园内翠玲珑馆、看山楼、瑶华世界、清香馆诸处，皆极雅宜，小山横枕，洞壑玲珑，山巅之亭，即沧浪亭也，苏子《沧浪亭记》曰："返思向之汩汩荣辱之场，日与锱铢利害相磨戛，隔此真趣，不亦鄙哉。"沧浪亭之所以至今者，亦与苏子之清志以俱存耳。古人遗迹，岂偶然哉? 对面可园，内设省立图书馆，有博约堂、学古堂、思陆亭、浩歌亭诸胜迹，余亦往游焉。出可园，瞻仰三元坊之圣庙，庙址极宽大，为他处圣庙所少及。殿前古树合抱，浓阴参天，蔓草满阶，无径可行，由两旁侧门绕曲而进，大殿寂寞，雀矢满地，左右贤祠林立，范文正、胡文忠之祠堂，皆在右侧。相传庙址为范文正公私宅，相者曰："此地建宅，代出公卿。"公思地吉如此，与其利一家，宁利一郡，乃舍宅建圣庙，吴中文士因之辈出。事虽惑于风水之谈，而公之大公至德，实令我辈钦拜于千古之后也。出圣庙返寓，劳顿连日，亟谋偃息。

二十日，早拟游天平山，被寓中诸人留为摄影。午后与琳甥步至观前，购显影、定影各少许。又至采芝斋、一枝香，购食物数钟，回寓食之，采芝斋之脆松糖，甚觉可口，惟多食之，则嫌其太甜耳。晚间无事，将连日所摄照片，自行冲洗。用红纸数叠朦于灯上，作暗室灯。菜碗二，为显影、定影之临时盘具。显定既毕，虎丘、寒山各处，又历历在目前矣。

二十一日，一梦初醒，小雨如丝，天平之游又不果矣，心殊闷闷。饭后雨霁，惟时已晏，不克远游。适竹虚兄由沪来苏，壮游江浙各处，如杭之西湖，宁之莫愁，镇江之金焦，历历谈其行程，消磨半日光阴，并约余明日同游无锡之惠泉。余以沪事定于明日接洽，不能再事勾留。胜地匪遥，无机一往，天平、惠泉两山，竟作此次遗珠，终觉怅然。

二十二日，早起整装，饭后出门，承明侄、琳甥伴送。余本拟搭三点四十五分之车，为时尚早，乃绕道一观双塔寺、北寺塔二处。游毕乃乘人力车至火车站，时车尚未至，乃在站旁为明侄、琳甥合摄一影，以作临别之纪念。车至上车，汽笛一声，倏忽数十里，回首吴门，渐隐隐不辨矣。

（《旅行杂志》1928 年第 2 卷秋季号）

苏州纪游

邵祖平

　　余自山阴归后，四月不理游屐矣。七月初，吴江金松岑见招赴苏，未定为山水游也，及到苏后，遇诸君培恩兄弟，遂同登灵岩，泛太湖，入洞庭西山包山寺，不觉遂有游观之乐。且太湖洞庭西山，盗匪所出没，游旅裹足，苏人亦罕有至者，余乃于无意中获安稳游之，益自喜诧不置。爰泚笔纪其本末，以饷好奇之读者。

　　七月三日　晨起盥漱毕，内子为料理行箧，先赴城站代买车票，余略购食物数事，于九时五十分登特快通车。车中晤毛君宗英，款谈甚乐。车于下午二时零十分抵沪站，停半时顷复开行，到苏约五时馀。遂唤人力车前往观前大陆饭店，车由平门进，忆余八年前游苏时，乘驴从阊门马路入城，此亦苏城革新之一端也。观前大陆饭店甚喧闹，金松岑寓娄门大新桥巷，以大陆饭店相距稍近，故嘱于此投憩。傍晚独登北寺塔，纵览全苏风景，作诗一首，归寓录入日记中。

　　《姑苏》："翠舞珠歌满市阛，谁知清梵引寒山。千年虎气剑如在，十里皋桥花自开。绮阁馀香惊散卒，履廊残蜡送新蠻。繁华旧日浑疑梦，剩记赢骖自往还。"

　　七月四日　晨八时雇车往访金松岑先生。松岑与余通信已半年，此次始为初见。金寓娄门大新桥巷，屋宇爽洁，花石甚多，阍者投刺入，即接晤其书斋中，谈论叙说，有如旧识。金君以诗文噪三吴，居苏俨然有隐黑晋蛟之目。其论诗于时流许郑海藏、陈仁先，而不喜散原精舍诗。壁间粘写一纸为游山预约，如峨嵋、青城、鸡足诸山，皆在拟游之目。暑中蒋竹庄尚邀其游青岛，以游屐曾经，又惮热不欲往也。此次招约来苏者，尚有北流陈柱尊、南京锺锺山，锺已先来，陈以事羁不能到。苏城诸名胜，予曩亦探之，松岑谓可多观城中私家花园，省登顿劳也。午时同出，承设饮北局合作农场，吴君得一同座。饭后往游某氏园，园驻伤兵，不得入，因折赴钱宾四穆君处。钱君续娶未久，秋季即往燕京大学任教，颇与商论游览事。松岑以予须游灵岩，谓宜取道胥塘入震泽，以至洞庭西山，方足尽兴。洞庭西山风景甲吴越，松岑已两游其地，有友人刘啸云，可为余东道主，所识包山寺方丈大休，亦可招待。惟虑土匪路劫，因即电话告苏州公安局，备具公函一通，令镇夏公安局派警保护。议定后，松岑为作书与刘啸云、大休和尚，乃同钱君等驱车至拙政园品茗。

拙政园为明王献臣故宅，清初一归陈之遴，再归王永宁，近为奉直会馆，荒废残破不堪。今由市府接收，亭台栏榭，尚存旧致，荷风披拂，追暑良佳。园侧有古藤一株，浓阴覆可一亩，龙蛇翥跃，奇古非常，传为文衡山徵明氏手植，走玩其下，叹仰不置。予归后有七古一首咏此，且赠松岑，实由衷语也。出拙政园后，吴得一导引面晤苏中校长汪典存。汪居新旧都久，与余相识，晚间汪君亦在合作农场设饮，有王达刚等在座。归大陆饭店时，天微雨。

《拙政园文衡山古藤歌赠金鹤望》："古藤何年争盘纡，架倒欲说更仆夫。三百年间世十尽，此藤遇之如童雏。炎天三伏日车避，急雨万镞跳珠疏。京垓亿兆缠束密，蛇蚓蛟螭钻逐俱。忽然跛足蹐檐际，鹰脑猛侧虬龙趋。籀篆失色鬼神哭，阴符夜发纵横舒。岂因形容惊小儿，直以精诚际太初。我闻兔丝附女萝，松柏倒卧族焦枯。又闻豫章随云雨，才美不蔽雷火除。安如此树善藏己，蓬葆长眉师禅趺。蔓老根凝金铁铸，六时止止祥和敷。植此况闻大贤手，衡山文氏长洲苏。文章书画重一时，遗此馀荫其人都。杜老四松配微茫，后山庭柏烦浇濡。看此苞桑媚乡国，后宜有作风雅儒。鹤望金君来何迟，实大声宏施三吴。爱此浓阴命车过，煮茗论诗忘曛晡。我知此藤愿有主，非君主之而谁愉。愿君日日吟其下，更煮君茗读君书。主君藤，爱君庐，请君视此主藤歌，谢遣当年嫁杏园。"（苏城古长庆里某君宅杏花开时，君方移居新桥巷，某君为绘《嫁杏图》，以代移植，见君续存诗集中。）

七月五日　晨起，吴得一君来云，苏城诗钟社雅集即至，己为主人，例不能缺席远出，而其夫人亦阻其游太湖，恐途中为匪人所乘。得一故有季常惧，言时诚恳之态可掬。瞬间,吴夫人果蹑踪至,实天人也,予知夫人为索郎而来,令得一急趋他室避之,佯言得一已出西门买船票去,夫人有何事见教,吴夫人窘极失对,但言得一本应陪往,奈身御鲜服,虑途中为豪客注视,即去亦宜追回令着旧服也。予心良不忍,急出得一释之同归。自思钱宾四穆君本初识,又属新婚,亦不宜相强出游。洞庭西山之行,如不能强松岑先生同去,即宜罢之。计决,出大陆往普益社,得遇诸培恩、颂恩兄弟,诸君兄弟从余之大问学,暑假中就暑期学校英文教授,谈说甚欢。诸君兄弟闻予述洞庭西山周折,均兴奋愿使此游实现。仓猝即议定,余即回旅馆准备,金松岑已来答访,并赠二绝句,勖灵岩、包山之行,二诗附录如左。

"六月荷风吹葛衣,相逢把酒坐渔矶。扁舟欲问灵岩路,落日苍茫指翠微。"

"吴山东下矫游龙,缥缈烟峦閟祖峰。林屋深藏禹书在,叩关为启白云封。"

正午十二时顷,予驱车复至普益社,偕诸氏兄弟出,殷君太素亦附行。胥塘小轮在西门外,轮小客多,炎蒸非常,舟行约二时达木渎镇。木渎在苏城西南三十里,近太湖口,户口稠密,苏人殷实者悉移居于此,问渡太湖者,皆取道焉。余等舍舟登镇,筹先游灵岩为快,诸君须访镇中某教会小学校长华树人君,而予亦欲访顾雍如君,问太湖津,因登埠同往。华君晤面后,约吾人在其寓晚餐。顾君愿同游灵岩,并出蔷薇露代茶,甘芳可口。

灵岩一名砚石山,在天平之南,距苏城二十五里,在木渎西。余等三时出发,沿河而行,桥影垂虹,波光艳日,菱荇着花,游儵出戏,甚觉畅适,西施荡舟采莲处,即此流也。行一时许,登灵岩御道,道半有亭可憩,吴县县长彭君有《灵岩全图》,绘此以晓游客。过百步街,有巨石突出,形如一鼋,《山志》称石龟,俗称乌龟望太湖。山左又有醉僧石,俗称痴汉等老婆,苏音读"婆"如"蒲",盖韵语也。余等缘道侧先至西施洞,传为吴王囚范蠡处,亦不可信,洞幽水滴甚阴冷,砭人肌骨,不可久留。更上山入崇报寺,寺傍有九级灵岩塔,宋时所建,耸秀可与虎丘塔并。灵岩屡经劫火,馆娃宫,响屧廊,徒有断瓦颓垣,供人凭吊。再西有石城残堞,殆宋以后城堡。山中有泉二,寺中饮料所资,或者谓之莲池,为西施赏藕花处,倾国相欢,风影讹传,无怪其然。

更西绝顶为琴台，石磴入云，湖光吞吐，灵岩于此，呈一奇观。湖中诸峰隐约，长蛾浅鬟，愈远愈秀，日光倒射入湖，成金蛇万道，一二帆影，如化蜩翼以趋。回顾天平、穹窿、岦嵂诸山，开阖万状，苏城阡陌错绣，秋针绿缛，为景温媚，至不可言。余等客杭州久，觉西湖之水软山温，尚有清刚之气，隐蓄其间。若灵岩之全苏风景，真一幅美人春睡图，如湘绮楼诗句所谓"旁边底相唤，一步已愁难"之境矣。须臾，黑云远来，斜阳西匿，忽睹长虹垂空，光景奇绝，秋风飒然。台上不可久留，乃回寺啜残茗，阵雨骤至。迟至六时始下山，饭于华君处，晚寓木渎镇顾正心堂，顾君之药肆也。今日得诗五首，写附于后。

《灵岩作》："火云欲炙馆娃宫，一样倾脂战血红。教舞记年犹有月，披襟快客已无风。采莲舟去残香爂，挂树剑非剩晚虹。万顷碧湖浮玉里，江山何事苦争雄。"

《琴台望太湖》："太湖三万六千顷，欲赞汪洋政费辞。今日琴台谁与语，真成弦绝我心悲。""天际明霞护锦衣，碧湖万顷影霏微。吴王终是多情者，迎得西施巧笑归。""江山奇处唤愁生，浩渺烟波称客情。盈世书空谁得会，海风微度雁初鸣。""馆娃宫外水云乡，珠翠山川两断肠。莫把闲情思范蠡，雨虹明灭乱斜阳。"

七月六日　昨日登灵岩之路，本有一径可至韩蕲王墓，以天黑遇雨，未披寻。晨起，顾君等复倡韩墓之行，余极爱河畔缓步，欣然和之。进早点毕，即由顾君导行，过灵岩山门口，迳前取道，度垄穿塍，相随乐甚。未几抵韩祠，门已下键，想祭享久绝。从祠后径路登山，丛莽塞道，长松蔽天，不知韩墓所在，末由诸君培恩觅得，大喜过望，盖将吊而更以贺也。墓碑题"宋韩蕲王之墓"六字，墓前拜台尚完好，有小花杂生，类剪春罗者甚多。因思世间庸夫琐妻，皆得合圹同穴，何梁夫人独不得与蕲王共垄相欢于地下耶？考梁夫人慧眼识英雄于行伍，在楚州时，织蒲自给，及蕲王围金兀朮于黄天荡，一夕不谨，兀朮得遁，梁夫人上书请置夫以纵敌养贼之罪，朝野震惊，传为佳话。韩蕲王治军以严肃著，未始非夫人之助也。后世军人之爱妻宠妾，倚爱为奢，安能织蒲？长全国之混乱战，徇一己之虚荣，安能劝夫？予谓韩蕲王可血食，梁夫人尤可丝绣也。墓道半里许有蕲王纪功碑一，高可二丈馀，广约五六尺，矗立甚伟岸，清初建立，予所见墓表，当以此为最大。谒韩墓后，有诗一章。

《谒韩蕲王墓》："松桧苍深翠霭间，英灵想象动人寰。千年俊概燕支识，半世丰功驴背间。脉脉忠情通胮骦，沈沈天祸养神奸。馆娃第宅归崇报，说与东楼恐未关。"（蕲王旧第今为崇报寺，尚寓崇功报德之意，视汾阳旧第之废为法雄寺、东楼者有间矣。）

韩墓归途中，复过严园一游，严园为木渎名园，苏州刘园即规橅严园而作。严园结构新巧，惟伤于繁，闻悬价四万金求新主。上海中国影片公司常来此取景，游客则罕到也。出严园，仍至顾君家午饭，讯得往太湖洞庭西山船名，顾君不欲从，华君夫妇则极力尼之，余亦知好山多傍贼边青，浪游至此，不克消沮其兴也。

午后一时许，卒成行。检四人衣物为一藤篮，一切稍华侈之物，悉为屏除。吾人贫士，尚恐慢藏诲盗，宁不可笑。船开行约三里许，即入太湖，但见汪洋万顷，澄碧一色，风帆沙鸟，翕忽飞扬。太湖纵广三百八十三里，周回三万六千顷，一名震泽，又名笠泽，或谓具区，又曰五湖。古者水流顺道，五湖如人手五指，后世蓄泄不时，泛滥浸淫，五湖合而为一，与巨灵之掌无异。洞庭西山四面皆湖水，与洞庭东山对峙，一名夫椒山，一名包山，一名林屋山。隋灭陈，吴州刺史萧瓛据州不下，兵败保此，隋兵击擒之；宋置甪头寨于此；明初张士诚结砦于此山，向为兵家所争。山周围百三十五里，遥望一岛，而重冈复岭，绵邈不绝。吾人于舟行后一时，顷已见其苍酽之色，为之欢舞不已。舟行甚速，渐见湖中峰峦甚多，七十二峰，宜非侈语。湖底产水竹一种，似蒲非蒲，似竹非竹，渔船布网，在在皆是。将至西山顷，雷雨骤至，东山则晴好如常，雨阵疏密相间，洒湖如缝工之嗫水然，齐白如雾，颇饶观听。予舟重碇停行，湖舟颇有穿覆者，有小舟系吾人轮泊，风急，掣铁链断裂为二。江湖多风波，有时且有暴客乘人于危，可懔惧也。大雨渐过东山，西山即晴，舟复启行，半时许抵镇夏。

镇夏即洞庭西山之惟一市镇，人口可一万，茂林平野，弥望皆是，闾巷井舍，不异市邑。居民以饲蚕为业，渔者亦多，风俗极淳古，见客来咸痴立环观，愕眙不已。此间适有农夫抗租及蚕户自缢事发生，彼等遂目余等为办案来，颇加敬礼。登埠后，迳至公安局问讯地方情形，并出苏州公安局公函相饷。公安局长郑某已外出，有巡官徐某代答，谓本镇尚无绑客危险，如虑万一，可派二警荷枪相从。余等以荷枪警士从游，既不雅观，又恐反启匪人觊觎，坚谢之。公安局距蒋祠刘啸云家甚远，距包山寺仅五里，乃投包山寺。途中遇雨，衣帽尽湿。

包山寺有大房、三房、七房之别，总称显庆寺。大休和尚所主者为大房，别称大云堂，山门松柏成林，杨梅夹道，泉流淙耳，山禽答响，幽复极矣。名山各有异禀，令人叹慕无穷，柤梨、橘柚之味相反，而皆悦于口，骚人畸士、剑客奇才之性相远，亦皆宜于人，有同理也。薄暮，寻得二山门，登大云堂，寺僧名文达者出迎，颇讶其来，余仍出松岑介绍信与之，如挂单和尚收容然者，思之可笑。文达人甚开朗，急出衣服令换着，暖汤作面，来往甚忙。方丈大休已往上海，仅文达守山，香积厨数人供役而已。大休善琴工画，曾主寒山寺，颇与苏城达官名士来往。寺中早晚惟撞钟击鼓，不做功课，独以农林实业为事，山中种树甚多，寺产洞庭碧螺春茶，尤驰名于世。大休等盖欲另立宗风，一洗僧人倚施主为食之习，亦大快事也。藏经有一部庋寺中，惜有残缺，文达师颇为我说《楞严》妙处，至其晓识山外事，尤僧伽中罕有，如新文学之《呐喊》《洪水》等书，彼得购备，即时下男女恋爱小说，彼亦蓄之不少。维摩室里，天女花飞，文达师可谓道力胜人矣。山中静寂，不类世间，寒月耀芒，冷蛩作响，洗钵斟茶，看云灵榻，自觉三十年来无此境也，结束一日奇踪，不可无诗以告山灵。

《舟入太湖遇雨晚至洞庭西山宿包山寺》："东南数名泽，太湖冠厥胜。周遭三万顷，漭瀁具区竞。气吞云梦小，势泄尾闾盛。疏岑森画戟，燕寝龙宫映。冥冥风雨会，仿佛雷车进。濑秋水气鲜，泂汩菰蒲净。万象纳笙镛，风涛切心听。光芒巨浸里，吴越昔奔命。灵宝汝何人，窃长未为正。翻留皮与陆，唱啸富寻泳。我理木渎楫，馆娃瞥残靓。舷限溷俗旅，贪纵霞上兴。终期孤屿登，一振清冷咏。漠然拓胸开，挽碧洗诗病。""湖云卷惊飙，舟热闇闻雷。急雨吞片晴，写空簇丹煤。咄嗟洞庭山，楼阁半沉霾。乱流截锦绣，春涛凌瓶罍。俄立积水怒，乖龙万鳞开。天地合嘘噫，阴阳待飞灰。幽灵况多异，鸿濛宁非才。浪游如脱骏，不絷成患胎。矧闻三山上，豪客扬眉催。韝囊孰为御，稍缓沈舟哀。雨止脱险出，蚁渡困坳杯。一笑难自劢，斯游谁能来。""湖雨岛欲秋，苍然满乡县。万绿就一涂，岭空闪残电。山家断檐溜，山泷疾飞箭。桑稀蚕已登，雨过竹犹颤。共寻包山寺，鸡栖值村膳。斜阳夺阵雨，松门接彩绚。问讯大云堂，遂识梵王殿。寺僧撒残经，苔色满空院。见我颇惊笑，衣帽烦推献。暖汤濯双足，解巾拭头面。渴吻润杨梅，香积办胡面。山空虫鸣绝，月色如华钿。纷然榆柏影，静诉劳生贱。坐深太古春，不闻尧舜禅。焉知楚汉下，篡夺苦龙战。吾侪天所厚，顷刻获清便。持谢利名徒，风尘共流转。"

七月七日　文达师昧爽即来，问讯夜来安否，予等谢之，并请导为石公山之游。诸君、殷君于二山门外盥濯清泉讫，即于大云堂共早餐。石公山距包山寺十五里，湖水环其三面，岩石最奇，中有落照台、归云洞、龙床石、风徹天、翠屏轩、来鹤亭诸胜。松岑先生曩有文记之，刻画无纤发遗，皆所以状石之奇者也，兹略摘其语如左。

"吴中之山名者，号天平、石公。天平去郡二十里，如拱笏而朝于天。石公，隐者也，岩藏壑韬，蓄奇以媚湖神。湖波淫漱，洄入窍出；礴云挫烟，骨脉呈露；龙鸾翯舞，芝菡翘颖；欹倾蹙缩，诡张牙角；剖心玲珑，缜润琢成；虎子豹孙，锐齿凿龈；魅立仙矫，漏雨通星；以族以班，萃以成奇；锢而益章，斥斯凿斯；以爱为仇，千舻万牛；縻绠百丈，舁之中州；崩驳离涣，尺砆寸玖；樵苏掇拾，腾蹈朱户，犹兼金是酬。盖攒眉以入奇章之第，而山灵始诟。艮岳崔崒，复纲引以北，石公之厄运，于是为剧焉。然山之秀灵，煦荣沐润，犹甲吴越。离群若仙，湖环其趾三面，睇之如芙蕖蘸水，兴波沈浮。"（下略）

吾人读此，可想象山石之诡奇，虽遍寻吴越，亦不能一逢也。文达戴笠僧服，余等皆作短后装。出山门，读经幢文，盖唐时年月，松林连属，亦数百年物，想见包盛时仍。山过昨日来路，隐显高下，悉依湖岸而步。经梧桐冈，为本山土著凤氏村屋，结构甚佳。道中山溜飞跃，余赤足行，亦无所苦。此间卢橘杨梅，驰声吴会，余等来晚，卢橘早过，杨梅尚有最晚摘者，妇女担负登舫，为购取一篮，价值仅铜元十馀枚。行二时许，到石公山，山磴渐高如龙脊，过落照台，湖水浩淼奔至，触山石作噌吰鞺鞳之声，于兹纵眺太湖，莫釐、缥缈诸峰，悉轩豁眼前，苍酽万状。湖心小岑，不计其数，皮袭美诗所谓"疏岑七十二，双双露矛戟"者也。落照台更进为归云洞，涛声尤撼触奇恣，有如普陀之梵音洞，特彼赖潮力，此惟湖水漱击耳。归云洞中石皆谽谺趷跰，啮搏万变，有倒挂塔、木鱼石，象形尤肖，木鱼石叩之作木鱼声，非山石之空窍者不至此。复前，石洞益开张，湖水啮拍声愈壮，石亦愈奇，俗称石公石婆者在此，石公如有妻，其莱妇孟光之流乎，一笑。石公之奇，须观其飘骞精傈之态，若行若坐，不可端倪，至湖泽吞漱之壮伟，亦穷于形况矣。时微雨飐空，即偕诸、殷等回翠屏轩啜茗。翠屏轩有楼，面湖上之三山，三山为湖匪巢穴，官军不敢剿。闻其地居民尚夥，悉以渔为业，家悬匪军军旗，相安无事，冬间匪军粮秣不继，即孥舟来石公一带掠夺民米，不伤一人。三山居户，则未尝有患，盗亦有道，无怪三山之民不甘引官军入剿也。来鹤亭在翠屏轩山巅，松岑有文纪之，闻已泐碑。予于石公有观止之叹，亦成诗一首以付寺僧。

《游石公山》："爱山不取平地峰，冠裳易到俗所蒙。好石不从背水峦，飞漱鞺鞳阒众乐。今朝我得石公山，天骄水石非人间。娲皇补天天尽碧，独留云根壮震泽。不然神禹迹未至，遗此谽谺守荒裔。澎湃撼触谁为声，龙怒鲛泣四天冥。鳌掷鲸呿有新意，虎豹当关亦何事。逐形换步峰忽改，云归瀚涌旋成海。吴儿踏浪不踏土，齐汩偕行无觅处。吴山破浪会有时，不见石公飘奇姿。韵磬铿钟扣凝碧，海水风潮夜喧吸。久坐骨清神更爽，七十二峰皆殊象。灵之纷来羌莫纪，被薜荔游粲厥齿。呜呼，石公慎勿变化为多容，抉我双眼四方上下难相从。"

石公归路访林屋山林屋洞，洞名第九洞天，东南最胜处也。洞庭西山本总称林屋山，以林屋足概全胜，石公之奇杰，或为后进，余无山志，不能考也。洞中如屋者可二三幢，昔人称仙灵所宅，不意连日山雨浸淫，洞口全漫，不得入观，缘悭至此，宁不怅然。昔山谷老人与高仲本约游岑公洞，而夜雨达晓，不果行，山谷赋诗有"定是岑公阙清景，春江一夜雨连明"之句。余为山谷乡人，相去公百馀年，而复有林屋阙其清景之事相类，可无同感，因作诗抒写其意。

《访林屋洞值雨过山潦暴积不获入观》："东南籍甚传林屋，复岛重冈引客行。应是白云缭洞宇，缘何清潦阏娜嬛。难饕饴石思王烈，远觉仙源阅暴嬴。往日黄公还有此，春江一夜雨连明。"

七月八日　昨日石公游归，足力甚乏，日来天气时阴时雨，始拟旋归苏州。缥缈峰甚高，距此三十馀里，当俟异日往寻陟也。文达师坚留不已，继出碧螺春名茶赠行，且送至轮船码头，殷殷合十，惠订后期。予告彼拟俟今冬从湖州放船往无锡梅园赏梅时，当便道谋晤，山灵如相契，当不至如祝融峰下也。舟发，湖中风霁水恬，不二时抵木渎镇，上岸谢顾、华二君款待之雅，即趁十二时小轮回苏州。此行颇冲犯风雨，兼有戒心，赖殷君兄弟照拂勤勤，佐谈忘倦，而松岑先生发踪指示之功，亦不可没也。归苏后，松岑具酒食相劳，并导游鹤园等名园四五处，又出胡云持《石笥山房全集》赠行，感念曷极。是日憩东吴大旅社，晚间决定明日离苏返杭。

（《旅行杂志》1931 年第 5 卷第 5 期）

苏州一日半

亦　庵

"苏州"，这个名词会令我们联想到许多事事物物，我们一听见这个名词，至少要想到她底秀美的人文、温软的语音、清丽的山水。

中国人大约没有一个不知道苏州的，又没有一个人不知道这是个有名的地方。远如广东，在三十年前我们就听过一个关于"苏州美女"的故事，大概西施的事迹影响后来的文艺不少，所以民间对于苏州总舍不了这个美女的概念。其实苏州之值得我们注意者或不在此，因为我到苏州的时候，遇到的女子都并不怎美。也许那些美的不大出来给人看见，于是却可见苏州女子不一定个个都很美的。孟说她能看得出苏州妇女面貌的一个共通点，她能一看而认出那一个是苏州女子。这或是她的特写的夸大之笔，然而我也承认她的话有多少根据。

日本人到中国游历考察的，无不以苏州为必至之地，他们大家鼓吹着到苏州游历。苏州有一个日本租界，但是他们到苏州的目的，或者不是要探视一下他们的租界，也未必是因为苏州的美女。他们如此热中关心者，恐怕醉翁之意别有所在吧？

苏州我是到过的，而且不止一次，但是最后的一次也远在十年前了。十年前的印象仍然历历如昨，可是最近又想去走一趟。一位熟于苏州的朋友正也因为点私事要去，我就乘便随着他同行，星期六（六月十六日）下午十二时三十五分出发，星期日晚回来，于业务时间并不妨碍。

我每次出门，就总会发生这么一个感想，若想国家的文化向上，必先使交通便利。所谓便利者，不是有舟车飞机可达便算数，像此次乘火车到苏州，就觉得既不"便"又不"利"。售票处人挤，车中人挤，票价贵而座位不舒适。我们乘的是三等车，然而也要化上一元一角。在我们这样生活程度的化一元一角坐一次车还算力量能及，不过在三等车中的多数朋友对于这一元一角的车费似乎颇吃力了。我以为如果想一般人都乐于旅行，至少要使旅客在舟车中觉得同在家时一样舒服，而所出的代价又不要使一般人觉得吃力。如此，交通就自然发达，文化自然向上，就没有国语统一会的先生来热心提倡统一国语，我国的语也就容易统一了。闻说津浦车往往有站立一两天而不得一坐的苦，无怪"在家千日好，出门半天难"的话，到现在还是适用。

火车脱班似乎是应有的事，老于乘火车的朋友都知道这一点世故，所以他们坐在车里态度多是安闲的，不似那些初出门的小伙子焦急得蹙眉引领，顿足叹气。有人说，用机械造成、用科学管理的火车尚且视脱班为当然之事，则宴会请客之迟迟其来，更应当列入当然的礼节，守时这件事，在中国不知要等若干千百年后才能实现也。幸而这回所脱的时候并不多，我因为知道时钟是没有严格的信用的，所以我没有考察它迟了多少时候，据同行的朋友说，不过误了几分钟而已。

火车到了，雨也下了。这本来是意料中的事，因为自一点钟起，天色已很阴郁，越来越暗，在途中便料到这场雨是少不了的，不过在未出发前并未计及。好在雨势不大，只是濛濛弥弥，足以润泽地面的，类似清明前后的细雨而已。

这回苏州给我的第一个印象，当然就是车站外的那条不很长而两旁没有店铺房屋、排列着两行柳树的马路。在这马路上你可以看见一道古色苍然的城墙，你可以看见巍然耸立的北寺塔的上半截。在这里所见，一切都如旧，一切都如十年前。如果十年没有到过上海的人，今天到上海北站来看看，一定会觉得上海的变迁是特别的迅速的了。

火车站外当然有的是车子，在这个苏州站有的是人力车和马车，汽车是没有的，后来我知道遍个苏州都没有汽车。由交通的观点看来，一个大城市而没有汽车，似乎是落伍的事，可是由公安方面看来，没有汽车正是苏州人的幸福，至少每年可以减少许多枉死者，可以省却许多耗费的财力。

马车和人力车多是颇敝旧的，人数多，乘马车比较人力车来得经济，所以我们经了十分钟的论价后，便雇定了一部马车到阊门去，因为旅馆都在那里。

附近车站一带的马路两旁尚有不少荒地，并无建筑，亦不围以墙篱。本来船埠车站附近，交通便利的地方，应该是建筑物最多的所在。看这情形，料想苏州的地价尚不大贵。地价不贵，也是居民的一种幸福。

在旅馆开定了房间，便临时买了几把纸伞，冒雨出去医肚，我们大半没吃中饭呢。

在旅馆附近的一间京江馆子吃了价钱颇贵、味道还好的馒头及面之后，便雇了人力车，冒雨去游览。虽然是天雨，虽然时候已经在下午四点钟，但是我们共总只有一天半的时间，明天晚上就得赶回上海，而且在旅馆里闷坐着也没意思，所以这一点点时光也实在不忍辜负。

预定今天的路程是北寺塔、拙政园、狮子林、公园，或者再到沧浪亭。其实我们这个计画太奢了。

因为苏州尚没有柏油马路的缘故，并且所经过的许多仍是旧式的石板街道，所以在人力车上，远不如在上海坐黄包车那么平稳舒适，不过也不觉得有什么大不便。街路虽然狭窄，而车马行人并不很拥挤。

坐在黄包车的一路上，我发觉一件事，就是店铺招牌所写的字体式样，很看得出同上海所习见者不相同。这件事，不止在苏州一处发觉的如此，就是杭州、南京、广州等处所见的市招，也有它们的特点。同是中国人写汉字，因为地方的不同，便自然而然成就各各不同的风向。字体如此，语言更可知，所以我觉得统一国音尚可以办得到，统一言语而消灭方言真是件不容易的事，除非交通便利到了极点，教育普及到了极点。

一会儿到了护龙街，护龙街的尽头便是北寺塔。雨停了，地上还是润滑。

北寺本来叫通玄寺，大约因为位置在护龙街之北，所以当地的人称它北寺，据说是三国时候孙权的母亲把私宅捐出来建造的。寺观的建造，大概总是千篇一律，没有什么特异。只有那座塔还有点超然的气象，出来时，发现有不少大小的鹰在塔顶盘旋栖止。我觉得这一点还可以入图画，取出了随身携带的 View Camera 照相机，对准了光，拨好了快门，装好干片，抽出了暗匣盖，那时却一只鹰都见不到了。假如就此草草摄一座塔，没意思得很，只好对不住同行的几位，累他们陪着我站在那里等候。等了五六分钟，塔顶的鹰又发见了。这等候中的五六分钟给我一点好处，同时也给我一点坏处。好处就是给我以从容择取构图和章法的机会，我选取了塔前的殿顶和两个翘起的殿角，用一些树顶做前景，那塔也可以不必呆板板放在画幅的中心，而塔的下部不关紧要的部分也可以利用殿顶来遮住。坏处是暗匣盖抽出来太久了，在等候时没有把它盖起来，以致漏进了三四条光线。好在这几条光线的方向恰恰与殿顶的瓦楞几乎平行，所以没有把章法怎样破坏。于是以f14.5的光圈，1/100的快门，在下午五点钟以后阴沉带雨的天气，用H.&G.300度的干片摄了一张。

另外在寺内摄了一张人像。

出了北寺，第二个目的地便是拙政园。到得那里时，天色已经昏暗，而且微雨又来了。然而在荷池水榭旁，以f11的光圈，四秒钟的时间，摄得了一张。此次我深幸带了三脚架，因为在这样的光线里，Snapalot是无所施其技的。"不要忘记了带三脚架"，这真是摄影者的一句名言。如果你是摄动作很快的东西的，或者是个白昼的新闻摄影记者，那你才可以把三脚架忽略了。

狮子林因为时候已晚，谢绝游人了。我们到了门口，不得其门而入，只得拨转车头回去。公园，沧浪亭，都不及去。

归途经过玄妙观，流连了一会。本来这玄妙观白天里是百货杂陈，同上海的城隍庙差不多的，现在因为已经入暮，大半摊贩都已收市。大殿内除了前面正中的神位，其馀左右两旁和后面都给卖字画的摊子占据了。这时殿内昏黑已甚，摊子也停止营业了，里头没有电灯，只有一两个摊子点起火油灯。所有字画都是卖给乡下人当装饰用的粗劣品，同上海四马路三山会馆门口的那种东西差不多。

我们又到观前一间门面很大，似乎颇有点名气的糖食店买了点糖食，买了点一元四角四分一斤的松子糖。晚饭后我们在阊门另一家不出名的糖食店去买回一样的货，只须一元二角多，而且东西似乎要比那有名的字号来的好。这种松子糖的味道确有它的好处，我觉得它比却古力、牛奶糖等洋货胜得多。

在第二天我一个人差不多吃了有半斤。

这里的水果贵得令人咋舌，较为完好的香蕉要卖到二十个铜板一只，较大的杏子也卖到这个价钱，甘蔗是用秤秤过才开价的，这都是从来所未见。至于荸荠和藕是当地的产品，价钱便宜点。然而这种东西在广东是不上果盘的，就是甘蔗、香蕉，在广东也当是粗品，不大放在果碟里的。为了水果，便悠然想到广东了。

晚饭在闾门义昌福吃的。在这饭馆里有一个老头儿，拿着一枝奇大的水烟袋往来各座给吃客装烟，烟袋的吸嘴足有一尺多长。这老头儿的面貌也很特异，眼眶皮下垂到要仰起头来才看见对面的东西。他这副尊容同他手里的特殊烟袋很相称，可惜没有带电光粉，否则在我的镜头里一定要给他留一个纪念。他老人家捧着烟袋，足恭如也地给这个客人装了两三筒烟，又转过来给第二个客装吸。那些吃客也泰然地接取他的烟袋嘴吸烟，决不介意到前一个吸烟者的嘴巴里有无传染病的危险。

久居城市的，大概都喜欢游玩山林郊野；久居乡野的，却欢喜城市。我们欢喜到郊外去，同乡下人要来逛上海，游大马路，到大世界是同一种心理。我们决定第二天要到苏州城外去玩，地点是灵岩山，因为那位向导的朋友顺道还有点料理先人坟墓的事要办。汽油船是隔夜预定好了的，我们只希望明天不要下雨，因为下雨不止扫了游兴，摄影也要打个大折扣。

我恐怕是属于神经质一类的人，为了明天要到灵岩，这天晚上就醒了五六次，再加以不知何时惹了一枚蚤虱上身，这一夜睡了至多三小时。檐口的雨声似乎愈来愈急，天色亮了，雨声还没有停止。

船已雇定，而日子也止有这一天，不论阴晴，决不中止。八点钟，每人买一双草鞋，带了东西，毅然上船了。

江浙两省水道很多，几十尺阔的河流，各处都有，我们到灵岩就是从这种水道去的。

雨势下一会，停一会，太阳终是深藏隐匿。

沿河两岸，风景很优美。我挟了奢望而来，不甘空手归去，虽然在下着雨，在舟行时也摄了好几张，冲出来的结果也还过得去。

一路穿过的桥洞不少，一道有一道的美处，当一艘船在桥洞下经过，或几个人在桥上走着时，都可以成为很悦目的画幅。

经过石湖，在七子山湾了一湾，便取道向灵岩去。

到了灵岩，雨又大了，风也不弱。

同行的有三位是太太小姐们，风雨使她们裹足。我觉得为山九仞，功亏一篑，老远地来到了灵岩山脚，就此原班回件，岂不可惜？于是动议无论如何的风雨，总要冒着上去走一遭。好在我们脚上穿的是皮鞋，再裹上一双草鞋，撑起了雨伞，那还怕什么？同意的只有男性的一部分，便决定女伴们留守在船里，我们上去。

我们到达埠头时，汽油船的声音早把河岸的人家惊扰了。我们尚未上岸，便由那矮小的屋子里来了两三个妇人，问我们要不要坐轿上山去。老于苏州的郑君告诉我们，此地抬轿的男女都有，有轿夫，也有轿妇，有时完全由妇女抬轿，他们男女一样任这苦力的工作，绝无分别。但是，我们头上可以撑雨伞，脚下有草鞋裹着皮鞋，而且摄影机在轿子上是不能运用的，所以拒绝了她们。

后来我们看看山路，并不如船夫所说的石子路，原来一路都是砖砌得很整齐的路，徒步、坐轿都不成问题，便回头招呼几位女伴一齐去，另雇了一乘轿子给年纪最大的那位老太太坐。其实下山时有一位抬轿子的妇人，年纪比我们同行的老太太还要大些。

上到半山，回头下看来路，蜿蜒一条白线，山脚下的行人点点像蚂蚁。

将到山顶之处，舆妇指点一块石头说："这就是乌龟望太湖。"我们看那石头的形状，果然活像一只乌龟。外乡人刻薄苏州人的常用"望太湖"这句话来嘲谑。

崇宝寺在山上，寺旁有圆照塔，有钟楼，这两样东西在山下便已望见了。

进崇宝寺，由侧门穿出便是两口很大的井，一口圆的，一口八角的，圆的井栏上刻有"吴王井"三字，在这样高的山上凿井而里面的水量却很充足。

经过吴王井，到山峰最高处，乱石嵯峨，最高一石刻着"琴台"二字。这里景致最佳，观临最远，而势亦最险峻。那时山风猛厉，吹人欲倒，由山后挟着团团云气扫荡过来，云气到时，一丈外看不见东西。这种景象曾在昔人游记中见过，至于自己身历，这还是初次。然而倘非今日大风大雨，亦决无如此好景，同行的都称为快事。若在晴天，则登琴台可以纵观数十百里，但是今日云气迷濛，下望只见白茫茫一片。殆近古人所谓云海。因为风大石滑，在这里未能摄影，略为退下一点才摄得一张，山石凌乱的状态，约略可得一二。

琴台之下多松树，排列如队伍。这里风云不到，摄得一张尚好。

这天晚上乘八点三十五分的火车回上海，这一班车一分钟的时候也没有误，算是平生坐国内的火车第一次满意的事。

苏州值得游览的地方尚有许多，今番所到，不过十之一二，其馀的，只好留待下次。

（《文华》1931 年第 22—23 期）

苏州城全景

苏州旅行记

陈稼轩

民国十五年双十节，商务印书馆同人俱乐部组织旅行团，集团员三十人，为苏州之游。由严齐富君为主任，何梅初君为向导，黄典华、朱镜清、雍雪江、夏笑生诸君，为分队队长。余因本年时局颇足纪念，兴致良佳，乃报名加入。先是九日下午二时，由俱乐部干事严齐富君集团员于交通科接待室，报告筹备经过情形，并说明因事不克率领出发，特请会计科何君梅初以代，因何君为苏人，且办事极精敏也。嗣由何君说明分队组织法，规定游程集合时间，并分赠纪念册印刷品等，三时散会。

国庆日凌晨，突闻窗外雨声淅沥，深觉扫兴，然犹冀天公放晴，急披衣起，从事盥沐。未几，雨稍止，雇车出发，至站则何君已先在，乃领票登车。七时车将行，瞥见有一躯干肥硕者踯躅于月台之上，谛视之，则团员中之雍君雪江也，亟招之入，询其后至之故，乃知与在站招待之何君相左，而相左之故，由于站内无旗帜为识。故嗣后俱乐部遇有旅行团出发，除于月台或车上立一旗帜外，似宜再备旗帜一面立于站中，如是则团员易于识别，不致茫然，此亦团体旅行中之小经验也。

快车至苏，中途停顿之站仅安亭、青阳港、昆山三处。青阳港并无站，乘客上下亦极稀，因外人赛船之所，故特停以示优待，此亦我国外力膨胀之表征。港内泊有小轮数只，悬有英美国旗。另划船一只，上张风帆，亦泊于岸傍。此处河幅甚阔，碧波明净，洵为赛船佳地。自昆山而西，有大湖曰阳城，分中东西三部，广约七十里，视附近诸湖泊为大，所产之蟹，味隽脂肥，为佐觞佳品。

车抵苏站为九时一刻，余与雍君雪江、王君信昌、鲍君亦孔同乘马车至大东旅社。未几，何君等亦相继至，即往义昌福午餐，所食鱼虾等味，似较沪地鲜美。二时出发至虎丘，乘车经七里山塘，拟一谒五人之墓，因雨而止。

虎丘山，又名海涌山，在吴县西北九里，高一百三十尺，周百十丈，吴王阖闾葬地也，相传葬后二日，有白虎踞其上，因名虎丘山。门有额曰"虎阜禅林"，门以内颇荒芜，房屋多半倾圮，拾级而上，甬道甚长，道西有亭翼然者，鸳鸯墓也，谓明末蠹口倪士义，负笈他乡，杳无音信，妻杨氏疑士义死，绝食而亡，至士义荣归，闻耗亦气忿而殁，后人义之，并葬于此，"鸳鸯"二字乃崇祯帝御赐，近今邑绅重建石亭，并刊一联云："身膏白刃风犹烈，骨葬青山土亦香。"再上为断梁殿，梁中断而坚固异常。过殿数十武，有憨憨泉，泉水甘洌，相传其水能治目眚，今泉上罩有铁丝网，盖防人之投秽物也。泉之对面为真娘墓，位于试剑石之上，有亭覆之，然地势局促，建筑亦劣，较钱塘苏小墓之拥抱湖山，相去远矣。泉之东有石中分如截者，即试剑石，列国时，干将、莫邪炼剑献吴王，王劈石试之，石分为二，故名。甬道尽处为千人石，黯黑而兼赭色，大可亩馀，平卧地面，二仙亭、讲经台、点头石等环峙其周围。其右有石观音殿，殿内石壁峭立，刻有大字经典数十行，均宋代名人手笔。左有巨碑二，上镌"虎丘"、"剑池"，笔力遒劲，据云"虎丘剑池"四字系颜鲁公笔。碑旁有圆门一，入其中则剑池漾然，横于绝壁之下，寒泉湛湛，不盈不虚，仰视则石壁撑空，飞桥如虹。觅径而上，登双井桥顶，俯视惊岩断涧，景象幽森，足为虎丘诸景之冠，俗称此桥为"双吊桶"，盖曩时于桥面凿穴，上设辘轳及吊桶，以汲陆羽石井之水也。最高处有虎丘寺，寺前有石阶五十三级，取佛典"五十三参，参参见观音"之义。寺后有御碑亭，碑系乾隆御笔，颇雄健。山巅有塔七层，隋仁寿间建，惜已倾欹，俨如意大利之斜塔，度其步雷峰塔之后尘，将不远矣。乃折回至千人石，时同人中之摄影者萃于此，各骋技能，余与何君、张君等共摄一影。何君集诸人至冷香阁，阁为近年之新建筑物，高中五楹，环植梅树数百株，登阁品茗，则狮子、上方、天平、灵岩诸山，一览无馀，觉眼界顿阔，心胸豁然。而为向导之童子，复鼓其如簧之舌，历述山中各古迹之小史，口讲指画，娓娓动听。斯时同人大乐，掌声不绝。由此而南至拥翠山庄，其地与真娘墓相对，下临憨憨泉，中有不波小艇、问泉亭、灵涧精舍、石驾轩诸处，结构良佳。门有联云："香草美人邻，百代艳名齐小小；茅亭花影宿，一泓清味问惨惨。"可谓贴切。时已三时半，余等乃步出山门，分为数组，乘车至西园。

西园，为西园戒幢律寺之一部，居寺之西偏。余等先游寺，后游园。寺之故址，为明徐冏卿（泰时）太仆之西园，其子溶舍为复古归原寺，崇祯八年兴建，改名戒幢律院，清咸丰十年毁于火，嗣由僧广慧集资重建，改称西园戒幢律寺，落成不久，彩绘犹新。大殿西侧有罗汉堂，占地甚广，迎门塑寒山、拾得二僧像，其内则罗汉五百尊，森然并列，形态各异，金色璨然，似较杭州灵隐寺所塑者尤为壮观。窃怪我国社会，对于一切公共之教育卫生娱乐等设备，类皆不甚注意，而独于佞佛媚神之举，则惟恐后人。余曩游冀北，所经虽穷乡僻壤，无不有神庙佛寺之建筑。前读谢晓钟（彬）君《新疆游记》，谓："甘肃土人，男多结辫，虱积如蚁，污秽不堪；女皆缠足，膝行操作……而贫家儿女多未着裤，囚首垢面，望之作呕。陇西更甚于陇东，官绅亦若无睹。至佛宇神庙则极其壮丽宏大，金碧耀煌，万金一掷，毫不之吝，即在东南富省，亦非多觏觌。是虽边民迷信过深，自甘窘窭，作此无益，苟上等社会不为提倡，酿钱于民，亦未必肯如兹浪费也。自生计上言，与其集此钜金献媚偶像，孰若以之广造工场，多造需要之品，以利民用，积久成俗，未始无富庶之望。"深有味乎其言。

西园与寺地址相连，另辟一门，其入门处额曰"西园一角"，联云："西已种竹栽花，培心培地；园则放生育物，养性养天。"园中胜处，首推放生池，池面宽阔，碧波漪涟，风景甚佳，池中蓄鱼鼋甚夥，同人争掷饼饵以引之，巨鱼逐食，唼喋有声。闻鼋之大者几如八仙桌面，惜余未之见也。池东有四面厅，颇轩敞，厅外木樨盛开，香气袭人，惟其较低之枝，已为游客攀折殆尽，中有小桂一株，几成秃干，憔悴可怜，无复生意。余询园丁曷不悬牌示禁，园丁以无效对，盖此地为寺产，来者皆以施主自居，虽禁亦无益也。由厅而西，有曲折石桥通池心亭，亭之额，署"月照潭心"四字，旁有联云："圣教名言，独乐何如同乐；佛家宗旨，杀生不若放生。"亭西复有石桥，通至彼岸。桥尽处建屋数楹，窗明几净，轩爽可爱，小坐其间，殊有濠梁之趣。时李君鸿泰在此摄影，同人有一部摄入者。旋因雨势稍止，乃步行至留园。

留园，在西园之东，相距甚近。为明徐太仆东园故址，曩称花步里。清嘉庆时有刘蓉峰者建筑之，名曰寒碧山庄，通称刘园。光绪二年，归于常州盛旭人氏，改名留园，取其音同而字异也。入其中则回廊复室，荷池假山，令人目不暇给，惜余欲往胥门访友，游时短促，类于走马看花，然其佳处，大概不外涵碧山房、枏木厅、小蓬莱数处。涵碧山房建筑精雅，其旁有屋曰恰杭，前临荷池，池中蓄金鱼、鸳鸯之属，残荷满池，如张破伞，微雨洒之作细碎声，颇可悦耳，昔人诗句有"留得残荷听雨声"，诚哉其为解人也。池之西北叠石为山，颇具玲珑之致。然其东部揖峰轩前之山石，尤为美观，计有大湖石三，兀然高峙，中曰冠云峰，位置最高，状亦最奇，闻系盛氏以重价购得，张子青（之万）抚吴时手书"奇石寿太古"五字以赠之，俞曲园赞其"秀逾灵碧，巧夺平泉"，其价值可想。由此往四面厅小憩，复向西行至小蓬莱，此地有花房蔬圃，再西至别有天，更有丘陵小溪，登丘眺望，则远山叠翠，风景甚佳，房有额曰"其西南诸峰林壑尤美"，运用成语，极其自然。园中动物，仅有猿猴、孔雀等，同人并见有三角羊一头，足供生物学家研究。余于四面厅侧，见有连理树一株，两干合抱，极为奇特。此外花木不多，且因房屋太密，甚乏清疏寥旷之境，此则斯园之缺点也。时已五时馀，余乃乘车往胥门访曹君，及返旅馆，偕雍、王、鲍诸君往宴月楼晚餐。归后与何梅初、黄典华诸君谈天，九时半寝。

苏地旅馆，类皆有妓女托足，入夜则粉白黛绿者到处徘徊，冀获顾客。至于丝竹嗷嘈，语声庞杂，似较沪地各旅馆尤甚。余素有失眠之疾，久不成寐，直至一时馀始沈睡。比醒已红日满窗，天色晴霁，精神为之一爽。

十一日晨，偕雍君等出外早餐，及返，将旅馆帐目结清，物件寄存茶役处，乃雇车游北寺塔。江南市街，类皆狭仄，苏地亦然。除马路外，多属羊肠，繁盛之处，菜摊相接，二车相遇，势必停一以待之，因之车夫欲增速度者，必大鸣其喇叭，呜呜之声震耳，殊为可厌。在余前部之车，有一支篷之铁梗略为伸出，凡妇女之菜篮，行人之衣服，为其攀住而几致颠蹶者凡四人。余既觉其可笑，而又窃叹我国路政之腐败，地方人民，不谋改良，熟视无睹，可怪也矣。推求其故，良由各地路政，大抵为绅界及有产阶级所把持，公家权力微弱，对于拆屋让路之举，无法推行。不知改良道路，于振兴市面有密切关系，有识之士，自应竭力提倡，于公于私，两有裨益，乌可畏难而苟安也。

北寺塔，在护龙街北端之报恩寺内，吴赤乌中建，旧为十一层，宋绍兴末重建，改为九层，明隆庆中毁于火，僧如金复建之，推为苏城各塔之冠。余每过苏时，皆于车上见之，心辄向往。既抵其地，乃急购票攀登，至最上层，则同人毕集。凭栏远视，闾阎万家，历历在目；郊外诸山，翠烟笼罩；太湖之水，隐约呈鱼白色；而车站附近，沪地早快车适至，状如委顿之蜈蚣，蠕蠕而动，绝不见其有风驰电掣之势矣。九时半下塔，步行至拙政园。

拙政园，在娄门大街，为明嘉靖中王献臣御史之别墅，嗣后几经变迁，至清同治八年张子青抚吴时，始改为八旗奉直会馆。入门有古藤一架，为文衡山先生手植物，老干屈曲，绿叶扶疏。复入园门则假山岣嵝，作为屏蔽，山后流水一湾，通以小桥，度桥即至远香堂，此为园之中心点，其东西北三面有山水花木、亭阁池桥，中如香洲、劝耕亭、拥翠亭、藕香榭、梧竹幽居、荷风四面亭等处。其远香堂联云："曲水崇山，雅集逾狮林虎阜；莳花种竹，风流继文画吴诗。"又荷风四面亭联云："四壁荷花三百柳，半潭秋水一房山"，结构之佳妙，可以想见。且每临一地，眼前风景辄觉一变，具有含蓄不尽之势，颇见意匠之巧。虽园地面积及堂皇富丽之气象，远逊于留园，但开轩豁敞，水木明瑟，足令游者心胸爽适，倘加以修葺补缀，实为苏州之大好园林。闻园中并有连理宝珠山茶一株，开时红艳如锦，吴梅村曾作长歌以纪之，惜余未之见也。时李君鸿泰为同人摄一影，即共至远香堂小憩，讨论游宝带桥事。此桥在葑门外东南六七里，长达一千二百馀尺，桥孔五十三，为我国不可多得之建筑物。余久耳其名，故亦欣然愿往，十一时出发，先游狮子林。

狮子林，在潘儒巷，与拙政园距甚近，为贝润生氏新购之别墅，改建尚未竣工，余等致函先容，故得入观。园中房屋，悉为新筑物，华美有致。荷池中有石舫一，略仿颐和园中石舫之形式，基础纯用水门汀制成。然斯园胜处，在于假山，分水陆二部，成大一环形，在陆地者尤佳，峰峦峥嵘，洞壑宛转，而山洞布置，尤极曲折之妙。余与王君信昌环游一周，觉登降不遑，目眩神迷，俨如置身鱼腹浦，而游武侯八阵之图也。余等既至大厅，同人亦继至，惟何梅初、黄典华二君久不来，雍君雪江恐其迷于洞中，乃大吹叫子以促之。未几，二君经过于大厅对面之山上，群以为瞬将至矣，乃迟至口分钟后，复见二君折回原处，盖至厅之路犹未觅得也。同人拍掌欢笑，而叹此山结构之佳。十二时半始启行，往游程公祠。

程公祠，在南显子巷，入其旁门，上署"惠荫园"匾额，再北进东之耳门，则花园在焉。园之前部有太湖石，相传洞颇深邃，然入其中则仅有暗湿之洞数四，同人伛偻而行，未几即出，逊于狮子林远矣。园中房屋虽多，然多朽败，后部之楼尤甚，登其上睹楼板腐蚀，且多摇动，颇危险。既下始有茶役至，诚余等勿登，惜已迟矣。此时觉腹中奇馁，乃集合出园，步至观前街，银行、商店之荟萃处也。经过玄妙观，便道一览，大殿后部已毁，殿前摊肆麇集，相卜卖技之流纷然杂陈，略如上海之城隍庙，惟繁盛不及耳。既出庙门，至丹凤楼午餐，堂倌见余等人多，肆应不及，手忙脚乱，状至可哂。餐毕，即往青年会。

青年会，成于民国十年，在观前街之北局，基地广大，建筑亦合法，几青年会中应有之设备，如阅报室、体操室、浴室、理发处等，无不应有尽有。干事李楚石君，招待甚殷，并略述进行概况与其成绩，闻英文夜校及平民学校悉开办，会员亦岁有增加，今在全国青年会中，已居于第十位，其前途诚未可量。时已二时馀，余等欲往宝带桥，遂返至观前街，黄君等雇车迳去，余与雍君等亦欲往，然王信昌君以时间不敷为虑，尼之。后乃决之于一古玩铺，而该铺伙友亦谓往返须三时以上，余等兴沮，乃往玄妙观内三万昌茶社，大食其铜锅菱。顺道在观前街略购苏州有名食品，觉稻香村之西瓜子、粽子糖，及陆稿荐之酱肉、酱鸭，色香味三点，确有独到之处，无怪沪上之冒牌陆稿荐、稻香村日增月盛也。五时半出阊门，至旅馆取物，略进晚餐，即雇车至车站。

既抵月台，而往游宝带桥者亦陆续至，始悔余等之游志不坚也。七时登车，甚拥挤，至九时一刻乃抵沪返寓。翌日严、何二君向余索稿，爰泚笔记之。

（《康健杂志》1933 年第 2 期）

苏州之行

光 旦

　　我是没有春假的，可是在百忙中居然也做了一桩春假以内应该做的事，并且是一桩不很时髦的事——扫墓。苏州是我母族的原籍，所有可以考见的祖宗坟墓，都在胥门以外，远一些的靠近石湖和七子山，近一些的在桑桥。四月六日那天有一位表侄到我家里来，说起明天要去扫墓，我说我也加入。出世了许多年，母族的祖墓一次都没有瞻拜过，总觉得经验里多一分欠缺，于是就决定去了。

　　七日清晨，我们搭七时快车到苏州，有和我对于外祖家有同类关系的一位表兄和嫂子已经在站守候多时，下乡船只和祭品、食物等也早就备齐，我们当场就在车站后面的城河边下了船。这在平常是不可能的，要临时雇船，总得到阊门，在清明时节家家要上坟的时候，就在阊门也未必有船可雇。这可见凡事豫则立、不豫则废了。好久不坐苏州的所谓快船，倒也别有风味，在舱中谈谈说说，不知不觉间也就过了阊胥等门、横塘、桑桥等处。横塘好像是清朝乾隆皇帝临幸过的地方，横塘镇的烧酒是有名的，所以当初乾隆帝还出过一条对子，叫做"横塘镇烧酒"，偏旁恰好是金、木、水、火、土五行，这对子到现在还没有人对得出。十一时光景，我们到了石湖口。石湖口在盘门外西南十里，靠近吴江县的境界，相传范蠡遁迹五湖，便出此路。湖口的北面，便是出名的六七个环洞的行春桥，桥接楞伽山，俗称上方山。旧说山上有五通神，乡人立庙奉祀，汤文正公做巡抚的时候，便把它捣毁了。过石湖口后，又进小港，约中午便到了坟墓的所在地，叫做澄湾里，似乎是陆墓山和七子山之间的一块小小的平地，所以三面皆山，形势极好。堪舆家的话固然玄妙得令人不懂，但我们用常识的眼光来看，也自觉得它有相当的好处。至于这好处究属和后辈子孙有甚么关系，那自然又是另一问题了。我们一起瞻拜了十一二个坟墓，其中最老的是我的外高祖父母和外曾祖父母的。外高祖是乾隆年间的一个进士，他九岁就以第一名入邑庠，后来又成江南的解元。家史相传，他本来有中状元的希望，后来因为不肯依附和珅，把殿试都放弃了。家谱上说："和珅耳公名，阴使讽公曰：'能谒我，大魁可券。'公凛以风节自励，谢不与通，由是遂黜。"二时下船，归途在桑桥上过一次岸，瞻拜外高高祖父母的墓。到苏的任务，到此才算完毕。

我们既为扫墓而来，在舟中所讨论的一大部分便是坟墓的事。我们谈起张仲仁、李根源诸先生所提倡的保墓会。苏州自洪杨乱后，人文已大不如前，旧家大族也日就陵夷，盗买墓地的案件时有所闻，所以老辈中的有心人便组织了这个保墓会。几年以来，已经有了不少的成绩。但这样一来，似乎又打动了外地人在苏州觅地造坟的兴趣，他们一面利用旧家大族的衰败，可以收买，甚至于盗买大块坟地，一面又觉得保墓会的存在，永久可以保障他们祖宗的安全，所以来者一天多似一天。我们以为此种倾向非加以限制不可，有人主张由保墓会定出规矩，凡属苏籍外的人到苏营葬，须缴纳相当的捐款，专作公益之用。又有人提出凡属营葬的人家，至少应在苏州住过几年，或至少有一部分的家族应入籍做苏州人，否则不许营葬。这好比民治国家的国民在某地方投票，应当有住居的资格一样。也有人说笑话，以为不妨援引美国和英属各邦移民先例，规定一种死人入境的法律，以资限制。

我两年前在苏演讲《苏州的人文》，说起洪杨以后，苏人文相日就凋敝，一大部分是因为吃了移民出境的亏。洪杨乱后，接着就是上海的都市的勃兴，很多有能力、有眼光的苏州人，起初为了逃难，后来为了要在大都市求新的发展，便暂时或永久的放弃了苏州的籍贯。最近省垣改设镇江，无锡的工业区一天比一天发展，也就有一部分人往西搬家的。

这样，一面活人正在离开苏州，一面死人却正向着苏州集中，这局面对于苏州是绝对的不利的。我们在船上讨论的，只是怎样限止死人入境的一些方法，至于怎样可以教苏州的活人不搬出境，好把聪明智慧留作复兴当地的人文之用，我们却并没有讨论，这要请苏州人自己想些法子了。

（《华年》1933 年第 2 卷第 15 期）

姑苏散曲

陈醉云

出发与到达

是秋末冬初天气，五点钟还没有天亮，我点灯起来，匆匆洗过面，赶到船埠上去趁轮船。轮船局的门，还紧紧关着，也不见那小轮船的影儿。问了问附近茶馆中人，据说轮船正在修理，已经停开多时了，只好趁手摇的快班船，到吴江震泽去转船。

回到埠头上一看，见有许多乌篷小船泊着，后艄上各有一块木牌，恰似倒竖的船舵，就在那上面，用白油大字标着来往及经过处的地名。我仔细找寻，果见其中的一只，牌上标着"震泽"字样。船夫们正蹲在船头上吃早饭，清霜未融，晓寒袭人，从他们饭碗中蒸腾出来的热气，更显得阵阵发白。

我向船上人作了一个问讯，他们放下饭碗表示欢迎，并且告诉我："先生请在岸上茶馆里喝碗茶，等会儿开船时，我们来叫你。"我看了看表，这时还不过六点光景，离开船时还有一个钟头，坐茶馆嫌气闷，便向街上去兜圈子，想看看早市。那知店门大都关着，摊子也未摆起，行人寥寥，街上悄悄，看不到甚么，只在一处河桥下，见有两只卖花船停泊着，满载秋菊，绚烂夺目。这些菊花，都是从苏州运来的，而我，却正要上它们的家乡去呢。

七点钟，船开了，船夫拔起撑篙，轻轻在岸旁一点，船便离开埠头，向市河中淌去，穿过了一座一座的环拱形的桥洞。两岸是人家，是古风的建筑，临水的窗门还多掩着，晓寒又怪有劲儿，自然更加冷悄悄。一个船夫，不怕惊醒别人晓梦，拿了一面小锣，站在船头上锵锵地敲起来，传布搭船的信号。那锣声刺激着清晨的空气，十分尖锐，我便在一种异样的感觉中，被那尖头小船拖过一座一座的桥洞。船到市梢，停止了，等待新加入的客人，不料足音杳然。敲锣的人颇为失望,只得收了锣,走到后艄上去帮同摇船。他们四个人,荡着两枝橹,载着我们寥寥三个客,向前钻赶。只听得浪花哗哗地在船头歌唱,表示速率并不怎样缓慢。

十一点,船到震泽,我找了一家饭店,吃过中饭,便搭十二点开行的轮船上苏州。一路上都是光秃秃的堤岸,没甚好看,只有经过平望时,见两岸中断,映水如带,堤上是垂杨,外是平湖。这湖叫莺脰湖,湖中一个土墩,墩上一个敞亭,高出柳阴,俯视碧波,那绝尘的倩影,把湖面点缀得十分俏丽,活像一幅画景。这里地名平望,倒真是名符其实,够人平望呢。船过平望,又行驶在单调的运河中了。

起先,一路过来,都是平原;现在,可以看到远山及湖泊了。在暮色苍茫中,远远地有烟囱矗立着的,便是苏州。可是虽在望中,还得费上一个钟头走,这真叫做"可望而不可即",一任那晚烟与夕阳烘出画意来诱人。

行行复行行,虽说已到苏州了,但蚪门外一停,盘门外一停,到得阊门已是七点光景。阊门外是旅馆荟萃的地方,但我因为爱静的缘故,即在城内找了一家旅馆住下。

农业都市

苏州是一个农业都市。上海的繁荣,依仗工商业;杭州的繁荣,依仗游客;苏州的繁荣,却是依仗农业。苏州的住户,除了外来的寓公外,所谓本地人,多半靠着田租、地租过活。

苏州最得地利的是太湖,雨多时靠它涵蓄,雨少时靠它灌溉,不愁水灾,不愁旱灾,农业遂有所赖。稻麦蚕桑,既提供了美食锦衣,而水泽宜于养鸭,湖中饶有鱼虾,也正是肴馔的资源所在。再加上沿湖河道复杂,舟楫往还无阻,产物的交换自更便利,文化的构成也就更易。

我们试看这周围三四十里的苏州城,四面都有河道环绕,除了流贯城内,更是远通四境。轮船所直达的重要路线,远的如上海、杭州、湖州、嘉兴、常熟等地，落乡的如木渎、甪直、黄埭、荡口、东山等处，每天都有多量的行人往来。至于定时开行的航船，藉以装货载客的，也有百数，城市与乡镇可通，而一般非定期过往的船，更是不计其数。所以讲到内河交通，可说没有比苏州再便利的地方了。这也是使它成为农业都市的重要条件。

塔与桥

为了鸟瞰苏州全景，我曾登上北寺塔，这是苏州城内最高的地方。它位置于平门香花桥报恩寺内，题额原叫多宝塔，因报恩寺在苏州城北，被称为北寺，这塔也就被称为北寺塔了。塔高九层，有级可登，翘角玲珑，颇为庄丽。塔上四面有窗，每层都可以眺望，尤其是站在顶层，最宜高瞻远瞩。试瞧城内，万家屋瓦，鳞鳞满目；炊烟时起，袅娜有致；鸡声与人语，亦隐约可闻。城东的双塔，城西的瑞光塔，也凌空高耸，尽在望中。再望城外，则太湖、灵岩等地，也历历入目，湖光山色，确有点"美不胜收"的状况。

苏州的塔真多，除了上述的四个塔之外，城外虎丘山、灵岩山、上方山也都有塔。它们代表着东方式的建筑，每每同所谓"名山"结缘，占地并不广，但在十里二十里之外，就先给你一个影子了。

讲到桥，苏州是水乡，桥当然不少，但最饶有艺术风，而工程也最大的，要算离葑门外六里的宝带桥。这是一条长达一千二百多尺的石桥，横跨在运河与澹台湖上，有五十三个环拱形的桥洞，当中的三个特别高，可以通行巨舟。桥的两端，各有两对石狮子。航行在运河中，由东往苏州去的船，是必须从它旁边经过的。那天我经过这里时，正好立在船头上，望见它那卧波的长影，整齐的建筑，衬着桥里的湖，湖里的山，被夕阳渲染着，山也红，水也红，桥也反映着淡淡的嫣红，桥头的石狮一齐昂首向着天空，真是庄丽极了。在宝带桥旁，有一条和它并行的木桥，倒也长得可观，那是新架起来的，苏嘉公路的桥梁，预备在这上面渡过长途汽车。

七里山塘

　　金阊门外，虎丘山脚，有一条河，长七里，两端通运河，叫做七里山塘。别说这名儿不坏，这地方也委实不错。苏州城是老旧了，但那山塘一碧七里水，确是苏州的灵秀所在。我们如果从靠着塘边的山塘街上去看，那是看不出好处来的，正同平常乡镇中的市街一样。我们必须站在空旷处的石桥上眺望，瞧那几丈开阔的水，泛着绿油油的秀色，即使是初冬天气，也依旧含着春酒似的媚意；若值桃花水涨，自然更有说不尽的深红浅绿的韵味。两岸是栽着些高而不密的树木，建筑物也不很稠密，颇有一种开朗明媚的景象。

　　我觉得这山塘，很可以比拟西子，虽然水面上浮着不少残败菜叶，被那伧俗的小市民糟蹋污辱，恰似西子蒙不洁，但到底还是掩不了它的秀美。这里并没有了不得的景物，仅有这一水盈盈的天然秀美，可是这秀美却有甚大的吸引力，曾使我几度流连，不忍遽去。这怪有诗意的地方，我几乎想哼出诗来，怪不得唐诗人张继，在枫桥夜泊，唱出"月落乌啼霜满天，江枫渔火对愁眠。姑苏城外寒山寺，夜半钟声到客船"那样触景生情的句子来。

　　从山塘北岸上去，便是虎丘。这是一个充满着神话的地方，几乎一泉一石，一草一木，都有来历，专有那些撒谎的人，指手画脚讲故事给游客听，藉此获得报酬来营生。其实所谓剑池、华岩泉、千人石等等，都不过是当年石矿的遗址，经过后人几番点缀，才成游览之区。不料那些庸人们，偏爱附会饶舌。山上有几所建筑物，像冷香阁、致爽阁，颇宜眺望。可惜山边隙地，荒芜不治，未免煞风景，若能种些花木，那就可好看多了。

吴宫故址

　　我冒着雨，登上了开往木渎的轮船。船向香溪进发，但溪名虽香，而溪的本身并不美，两岸是光秃秃的，没有绿如裙腰的堤，没有低枝映水的树。幸而渐渐近山的地方，两岸地上才错错落落有些青松丹枫，一丛绿，一丛红，十分讨人喜欢。但说起来也很可怜，原来那些青松丹枫，都是种在人家的墓地上的，一想到苏州人的只会替鬼打算，不肯替人打算，不由得使我短气。

到了木渎，离船上岸，穿过街道，走上市梢，这里也有一条山塘街，风景略似七里山塘，但比起七里山塘来，却显有逊色。

天气虽阴，差幸寒雨已停，我独自个踏出山塘街，迈步走上灵岩。山径上冷清清，只有漫山的红叶相迎，我左顾右盼，仿佛满身满心已与枫叶同醉。不料只到得半山，雨已来了，我张起了纸伞，急忙回头看太湖，只见远处一片白茫茫，帆影点点，出没水面。等到走上山顶再看时，太湖已不见了，帆影也不见了，远树也不见了，除了眼前的景物外，都整个儿被烟雨蒙住。

山上的灵岩寺正在筑造新屋，寺旁的废基也在发掘。那些埋在土中的墙基阶石，深至丈馀，剔去泥土之后，有几处还很完整。虽然这些东西还是后世的建筑物，但说这里是吴宫故址，却是可信的。废基上面还有两口很大的井，据说圆形的一口叫日池，八角的一口叫月池，系就岩穴凿成，深至数丈，旁砌砖石，下见岩层，工程颇为巨大。这两口井本是淤塞着的，我去时，正好新经浚掘，那些从井中掘出来的污泥、芦根、青苔之类，还堆在井旁，未曾移去呢。看这两口巨井，也颇似吴宫旧物，不若虎丘的剑池、双吊桶那样穿凿附会。

山前有一条沟渠，银白如带，直通香溪，据说是吴王夫差叫宫女泛舟采香草的地方，所以叫做采香泾。看它样子，平直如箭，显系一种有计划的人工所凿成，必与山上当年的建筑有关，也许真是王家别宫一部分的游乐之处。

花园与花市

我和朋友走过城中小巷，见黄泥墙畔虚掩着一扇板扉，有红的紫的色彩，从门隙投射出来。我们心里一动，便推进门去观光。见满园花木，有的种在畦上，有的栽在盆中，有的缘在篱头，是耀眼的，是许多灿烂齐放的秋菊。一个灌园老翁，须发斑白，正在汲水浇花，还有一个老妪，布衣楚楚，也在修整枝条。园中茅屋三间，向阳并列，土阶前面，佳卉成行，真是楚楚有致，全无一些俗相。看他们俩，好像"膝下儿女"全无，就种些花儿草儿来当儿女，倒也很够得上"兰桂齐芬"这句话。如此生活，却也耐人羡慕。我笑着对朋友说："爱刮地皮的人，大可放下铲刀来做老圃，虽然没有洋房住，但像这样的草屋，也不坏啊！"

据说苏州城里，像这样的花圃是很多的。离城六十里，有一个光福镇，那里种花的人更多。光福的邓尉山，就是以盛产梅花出名，有许多行销于京沪一带的盆梅，也是光福所出。

还有虎丘山的乡下人，也颇多以种花为业，玫瑰花、代代橘，以及其他盆栽，都有出产。山下的山塘街上，就有好多家花肆，陈列着满架的繁花，招引顾客。凡是游七里山塘的，这也是一点特殊的印象。他们除了批发与门售之外，更用船舶装载，运送到水道所通的城市去销售，所以这些有根的植物们，也像流浪汉一样，足迹遍乎四方。

旧书与古玩

苏州有一条长街，叫做护龙。这条护龙街上，是旧书铺与古玩铺所荟萃的地方。那些旧书，名目繁多，而且那些名目又是异常生疏，不是上海等处的旧书市场所常见。为甚么苏州有这许多希罕的旧书呢？大概不外两种原因：（一）从六朝以来，苏州是"文化甲东南"的地方，那些"文人雅士"与"风流才子"们，大都会弄弄笔墨，所以你也出集子，我也出集子，好像现在上海"海派文学家"们的大量创作一样，于是数量方面便很可观。（二）苏州比较少受政治上丧乱的影响，不像南京那样常遭兵燹，地方既安静，风景也不坏，"仕宦"们大都流寓于此，书籍自多庋藏。等到近代资本主义的势力兴起，那些封建旧家便日渐衰微，于是破落户中的公子哥儿们，便将那"饥不可食，寒不可衣"的旧书论斤出卖，所以旧书就充斥于市场了。

还有那些古玩，也本是"仕宦旧家"所收藏，因遭上了上述同样的原因，而流入古玩商人之手，遂列肆以出售。除了古玩铺之外，苏州还有许多旧货摊，只要天不下雨，那些摊子便陈列在广道之旁，管摊的人也席地而坐。在那破铜烂铁之间，有时也有些古瓷杯盘之类，这显然是从前的"席上珍"，而现在却被"阿有旧报纸洋瓶卖铜钿"的叫贩所收来了。从这种地方去观察，也颇可以获得一些社会转变的消息——资本势力同封建势力斗争，封建势力是吃败仗了，虽然资本势力也在摇摇欲坠之中，即将被社会主义的新兴势力所打倒。

黑的墙

苏州有两所特殊的建筑：一是娄门大街的拙政园，代表着轩敞开爽；一是阊门外的留园，代表着幽折幽邃。

我觉得拙政园最有意思，很像一个胸襟坦白的北方人，而园隅的几个院落，也颇有北方风味。正中的一个大敞轩，不用墙垣，四面开朗，却表示着一种古代的建筑作风。像这样的建筑作风，在现代的建筑物中却很少看见。我们去拙政园的时候，日已过午，餐还未进，正是枵腹往游，一看到这些可爱的建筑，却把饥饿也全都忘了。但可惜这里的一切，已多破败倾斜，如果再不修理，就将成为一片荒土了。

苏州一般住宅的建筑，则大都有一个门堂，靠外是两扇大门，同街道为界；靠里是八扇屏门，同内部障格；中间却留着空空洞洞的一间屋，就是所谓门堂了。

最普通的，几乎家家户户的墙垣都涂成黑色，白粉墙是少见的。连寺院也染了黑化，像灵岩寺的院墙，从山道上望去，但见黑色当前，不见红光耀眼。为甚么要用这可憎的色彩呢？大概是易于藏垢纳污罢，或者是房屋太老旧了，藉此易于掩蔽罢。

苏州虽是一个都市，常与杭州并称为"苏杭"，但路政却远不及杭州，除开城外有较宽的马路之外，城内却还大都保守着老样子。虽然有几处路面已稍放宽，像观前大街那样的闹市，但路面极不平整。这是因为苏州的路，十有九是用碎石片砌铺，观前大街虽具新式道路的形式，却仍用旧式方法打底铺路。

有许多小城市里，即使未曾采用新式的沥青路和混凝土路，但平坦的石板路却是有的。苏州这个大城市，为甚么袭用碎石片铺路，而不知改良呢？难道他们不脚痛吗？不感到行路难吗？我以为这是有一种历史关系的，因为从前苏州的"大人先生"们，大都是有肩舆的，出门时候，自有轿夫扛着他们走，反正痛不到他们那些有权阶级的脚上，所以不但不感到改良，而且也不赞成改良，于是成为传统的政策，至今仍被保守下来了。

宗法观念

富于保守性的苏州人，宗法观念与封建思想的浓厚，那当然是不消说的了。

我们试在苏州街上走一转，便会看见许多人家门堂的壁上，高高地挂着一座神龛，神龛里边是供着列祖列宗的牌位。倘若遭过丧事，门口也会挂起一块麻布。这种麻布，本来怪难看，经过风吹雨打，更成了惹人厌憎的招牌，但非到一定时期，他们是不撤去的。

像保墓会这样的组织，是苏州独树一帜的。只看东一处"保墓会"的揭橥，西一处"保墓会"的碑石，便可以知道保墓势力的活跃。

在一个具有崇拜坟墓的热忱之邦里，坟墓当然是十分发达的，不但苏州人的枯骨都有着落，就是外乡人，也以死在苏州为"得其所哉"。听说上海有一个富翁，正在用二十多万元，于苏州经营生圹，预备"寿终正寝"之后在这里享死福。

当我到木渎去时，曾见有两个典型的时髦朋友，口衔雪茄烟，身着西式大衣，打着苏州官话，一路上和我同舟。到了横塘过去一站，他们上去了，从舱位底下拖出一大捆香烛纸马，挟与俱去，才知他们是专诚上坟去的，虽然这时候并不是清明。

横塘上有一座断桥，仅留着靠岸的一段，似在向过往的行人喊冤。我正奇怪着："为甚么不修筑呢？"忽听得一个同船的人说："这条桥是妨碍'风水'的，自从这条桥造成之后，横塘镇上便着火，所以后来把它拆毁，禁止再造了。"这样的一个答案，真是出于我的意想之外。

有闲生活

苏州是一个享乐的都市，而且是廉价的享乐，因为什么东西都便宜。这一则是农业都市的特征，二则是与苏州人的生活条件有关。

那些以田租为生的人，生活自然颇为闲暇，于是适于消闲的东西，就随着产生。同时又因农业都市的收益，还停滞在手工生产的阶段，不像工商业都市用机器生产那样饶有巨大的进益，高度的浪费势有所不能，所以物价也受相当的限制了。

苏州有三多，一是茶馆，二是糖果，三是雀牌。这三样东西，同具着消闲的功能，也就是构成苏州生活的染色细胞。

每条街上，总有几家茶馆，连乡镇间也是这样。苏州城中有一家著名茶馆，叫做吴苑深处，里边有敞厅，有曲室，有凉亭，有假山、白藤坐椅、红木几案，布置楚楚可观，但是最好的座位，每壶茶只卖二十个铜圆。木渎镇上有一个大茶馆，我曾经因为等候轮船，在那里消磨个把钟头，泡一壶上等红茶，取费不过十二铜圆。

有许多苏州人，一早从被窝里爬出来，就上茶馆洗面、喝茶，由于与茶交互组织的固定公式，度过一个上午，回家去吃中饭，吃过中饭，又上茶馆喝茶、听书。吃过晚饭，或者依然还是上茶馆。甚至于乡下人，也每把一半可以工作的时间，耗费在茶馆生涯，因为乡村间与市镇间也有茶馆。听说党部开小组会议，以及政界要人交换意见，也是在茶馆里举行的。

观前街一带，茶食店很多，香，色，味，在在投射出诱人的魅力，大都生意兴隆，很足以表示苏人对于糖果糕饼的消费状态。

麻雀牌，则是苏州的特产。本是劳动艰苦的牛骨，与劲节虚怀的竹茎，都被采作原料，施以细磨细琢之后，居然另易一种相反的作用，而成为消闲打赌的工具了。"打麻将"这一门玩意儿，在苏州是非常普遍的，不仅资产阶级的人把它当作日常功课，就是坐在荐头店里待雇的"娘姨"们，也常凑伙儿打打"麻将"。

玄妙观的得享大名，并非偶然，除了杂耍场、食物摊不算外，还有最特色的鸟摊、虫摊。夏秋之间，那些野生的鸣虫，如金铃子、蝈蝈儿、蟋蟀、络纬等，很有不少被装在盒子和笼子里，变成商品，待价出售。其馀四时，更有各色各样的鸟，如黄雀、鸽子、画眉、白头翁等等，或用绳子系住了头颈，或用笼子拦住了身体，千百成群的供人需求。我曾见有不少人——穿锦袍的公子哥儿，着布袄的无产朋友，都把训练成熟的鸟雀，放在天空中，又用食物去引它下来，这样一来一去，竭尽操纵的能事。我又曾见清晨上学的小学生，手上也擎着一只鸟，一边在路上走，一边就练习这门操纵的功课。

苏州也有有声影戏，苏州大戏院与青年会，开映着第一流影片，花上二角三铜圆，就可进去瞧了，这不但比上海便宜，而且也比旁的小市镇偶然映映破旧片子的便宜得多。又如青年会的食堂，在清洁方面，同大都市的新式设备没有两样，但在价格方面，则仍保持着苏州式的低廉——举一个例来说罢，一碗肉馄饨，售价五分，这是别处新式餐馆中所不会有的价目。譬如旅馆，苏州七八角一天的房间，可以抵杭州两元一天的房间，而有些小市镇中，又脏又简陋的房间，也许会卖到七八角。

拿苏州的物价，与杭州的物价相比较，则杭州的物价昂贵得多，尤其是春季游客群集的时候。为甚么这两者之间差得这样远呢？这是因为杭州已被资本主义的势力所征服，像西湖边上的市场，简直是为资产阶级与买办阶级的游客们而设的。至于苏州，则因为农业都市的机构较为巩固，还能同商业化的势力相抗衡，即使吸收新式的消费方式，也用固有的生活条例作相当限制。这就是苏州社会的特殊性。

女劳动者

说苏州人都是有闲的，都是享乐的吗？那又不尽然。苏州一般无产阶级的妇女，几乎比任何地方都劳苦。当秋收时候，乡村人家，打稻之声，陆续相闻。这声音并不来自田间，而来自户内，操这打稻的工作的，却全是妇女。

在那田间，有点点的青布头巾一起一伏，这是妇女在播种，一撮撮的豆，或是一撮撮的麦，从她们手中点入土中，埋伏着未来的萌芽，而为人类的养料所仰给。雨来了，她们的衣服湿了，她们的身体湿了，然而她们并不躲避，依旧在雨中辛劳。

乡间的通道上，担柴入市的，也是妇女。甚至于扛轿的也是妇女。在天平山的道上，常有不少妇女扛着轿子走，您以为载在轿中的，是小孩？是老人？或者是猪猡吗？不，那每每是一种壮硕的动物，头戴呢帽，身穿西装，脚登皮鞋，有时还捏着一根棒，而缕缕的烟纹常从嘴中喷出。

在灵岩山的道上，我也曾遇见一群少女，挑着石灰上山来，口中喊着"哼哟，咳哟"！这些石灰，就是山上新建寺宇所用的。当她们停在半路上休息的时候，我问她们挑这石灰是怎样算，她们说："从山下埠头挑到山上，两个小钱一斤。"看她们的年纪，都不过十七八岁，或十二三岁，俊俏面庞，小巧身材，虽然粗布衣服，蓬头赤足，却饶有天然的优秀。当这个年纪，别的资产阶级的姑娘们，正养在所谓"学校"里，哼几句流行于殖民地的英文，不道她们却在做这粗重的工作！

大地主

苏州各乡镇的市梢上，每有黑色墙垣的巨厦，门上挂着"周××堂栈"或"王××堂栈"等牌子，到了秋收时节，更会在门上贴出大红纸条，写着"某月某日开栈"等字样，并且是阴历与阳历并列的。这所谓"栈"，原来就是地主们征收田租、地租的场所。"开栈"呢，则是栈中开始征收租粮的意思，是在通告佃户们，叫他们来缴租的。"栈"的里边，房屋宽大，既可堆放米粮；"栈"的门前，又每有埠头，可以停泊粮船。但不缴谷米，而缴干租——银圆钞票的佃户，也是有的。

这种"栈"，规模较差一点的，就不特设于乡镇，而附设于城中的本宅，所以苏州城里有些住宅门前，也每有"××堂栈"及"某月某日开栈"等揭示。

至于中地主与小地主，数目自是更多，不过他们的田地比较有限，收起租来也较轻易，所以用不着在门口张贴那种"官样文章"。

总之，大部分的苏州城里人，都是靠着田租过活。他们那种享乐主义的基础，也就建筑在劳动者，尤其是那些女劳动者的身上。

苏人言行录

当我在薄暮灯火中登上苏州码头，第一个所得的印象，是两位女人的问答：

一位提着茶壶，到老虎灶来泡水的女人问："倷阿打麻将哇？"

那一位刚从烟纸店买了香烟出来的女人答："打格哇。"

我虽不认识苏州，但听了这寥寥两句话，已仿佛浮出一个苏州生活的雏形了。

在开向木渎的轮船中，可以望见两岸尚未收割的稻，颇似几片黄色的云。这黄的色彩，是太可爱了，惹动了一位时髦小姐的注意，她斜倚舱门，曼声地问："该格阿是稻？"一位坐在她旁边的漂亮哥儿，用手摸了摸领带，从容地说："勿，该两天稻已经割啦，该格勿晓得是啥。"

公园里正在展览菊花，我适逢其会，也走进去看。见陈列着各色各样的品种，都标着一个好听的名称，并标着出品者是谁，如某某银行哩，某某饭店哩，某某学校哩，某某团体哩。我正暗暗思考着苏州人的好整以暇，不料忽有一种异议声刺我耳膜，是一位中年太太说的："看菊花，还是看出棺材好白相。"

果真，我也曾遇见过苏州人的"出棺材"，在观前街上，两旁聚观者数万人，那一对对的仪仗，曾赢得无数嘻嘻哈哈的彩声，确比看菊花展览会热闹得多了。

又有一次，我曾在青年会的食堂里，见邻桌上有一群公子哥儿，有的西装硬领，有的中装高领，但都傅粉洒香，一片"吴侬软语"声，从那软语声中逗出"编辑"、"报馆"等词儿，才知道他们是掌着"舆论之权威"的人物。

我吃了一些点心当夜饭，又走进青年会的影戏场。在戏片开映时，不料有一种奇异的音乐，四下齐鸣，听起来异常刺耳，原来是许许多多嗑瓜子的声音呵！

阊门外的各家旅馆中，一到夜里，常有许多艺妓，来向客人卖唱，或者卖身体，伴宿。那些爷娘们，为了要"不劳而获"，坐茶馆，打麻将，吃糖果，所以竟不惜使自己的女儿们干这种勾当。

上述种种，虽然是几个片断的迹象，但也颇足以窥测苏州社会之思想与行为的一斑。

尾声

也许是西施的后裔罢，
那些秀美的姑娘。
当年原是宫苑主人，
而今挑着石灰去粉墙。

再不见古衣冠的伍子胥，
在这吴市街头吹箫。
瞧着罢，现在许多活跃的人物，
还不是也像电影一般逝消！

枫桥已变了模样，
于此吟诗的张继已往。

当这轮舟火车时代，
还有人唱着夜泊诗章。

圆圆死了小苑香
山塘也失去美好。
市民们总是那样伧俗，
惯把满江的碧水弄糟！

一九三三年新春追记

（《东方杂志》1933 年第 30 卷第 8 期）

苏州名胜纪游

王叔明

一、参加考察团

是星期五吧，同事杨君要我参加×××考察团去苏州，并说顺便可以游览虎丘等胜迹，这真是使我喜极而狂了。我渴想到苏州去玩一回，已非一日，现在却给我这一个难得的机会，这是何等的欣幸啊！我更快活的是加入考察团，在一路上无须火车费，还可得到茶喝，并且约定在苏州阊门外新太和午餐，晚餐改在观前街丹凤，这更是我意外想不到的事呵。同事杨君把签名簿拿来时，我便在上面签了名字，看看已经签名参加的有一百馀人之多。团里随发出一张游览须知，上面列着日期，开车时间，及某地至某地的车费多少，大约需两元，须各人自备。我遂和杨君都预备着一些小费作代步之需。在参加二十几个同事的当中，就请出一位苏州籍的陈女士做我们的向导，领我们游山观景，寻幽觅胜，真难为了我们这位花枝招展的密司陈啊！

二、赴北站赶早车

星期日到了，大家都照着预定的六时半去车站集合，赶七点钟的早车到苏州。这在我的旅行的次数中，不能不说是破题儿第一次起早了。朦胧的天空，挂着三五颗晨星，赫德路口的店面都睡在梦里，街上电灯还亮着，四五个穿白制服背钱袋的，赶着上电车执行他们卖票的职务。我跳上了电车，和一些赶着去工厂做工的人并坐着。这时天空由鱼肚色变为青蓝色，东方由金黄色变成紫红色，几个车站停过之后，就到达我要到的一站，界路火车站了。

三、沿途情景

在待车室候了半点钟，大家才渐渐到站，于是随着领导的人上了另挂的一列车。车里面的人一时拥挤得满满，当中有几位莺声呖呖的女同志陪衬着，还有一对英国人白发老夫妇夹在里面，中西合璧的会话和笑声，充满了这热闹空气。忽然汽笛一鸣，车身就慢慢地移动了，一会速度比前加快，车窗外面的房屋、树木、田禾都像倒翻似的向后退。到了南翔，车停约十分钟。过去只见两边绿一片黄一片的麦田，森森的树木围着一座座的农家，木搭的亭子下，耕牛在不停步的兜着圈子戽水。我长久没看见今天这样的农村风景，尤其是那随风献媚的杨柳，碧油油绒毯似的麦田，和风吹来，波浪般的荡动，是多么宜人悦目呵。车到安亭，麦田边一流溪水，二三耕牛在吃草饮水，那水里底影子也同样的动作。远远地还望见一片白帆，在水面上漂着，更有那顶风逆行的航船，两人在岸上背牵，这又是多么使人留恋的景物呵。

车过安亭到昆山，麦田里有三四个扎黑布包头的农妇在弯腰割麦，一束束韭菜似的排着，又见麦秸一堆堆，堆的像亭子一样。停约一刻钟，车向前进，愈开愈快，两边田禾真个欣赏不尽。俄而，不见农田只见人家，据说已快到苏州了。车上茶役忙着收拾茶碗，各人在车架上取下了呢帽，整理物件，预备到虎丘。

到了苏州车站下车，人人皆争先恐后忙着雇车，那知事前我们考察团已托当地公安局雇好马车十馀辆，并派有巡警保护，这个消息一传，于是又争前恐后抢车子，有的三四人搭一辆马车的，有的五六人搭乘一车的，人声嘈杂。十几辆蛇形似的马车直望虎丘进发，一路浩浩荡荡奔向目的地而来，也有骑驴和骑马的，哈！好不热闹！会乘马的朋友，当然要显示他们的本领，策马驰骤一趟，就是稍知骑驴的密斯张和密斯李，虽然奔得短发飞蓬，一身香汗，也要坐在驴子身上出出风头，但我真替她们着急呵，万一给这撒野的驴子掀下来，这一身苹果绿印度绸旗衫不知要污到什么样。然而，回头再看看她们，非但不疲乏，反而粉红的脸上被小驴子颠簸得其乐陶陶。过了火车轨道，只见前面矗然一塔，立在山上，远远看去直似南京被毁的北极阁一样。

四、游虎丘山

车到山麓停下，两傍有花园，栽种珠兰等盆景，芬芳可爱。跨过一座石桥，穿过一条街道，来到虎丘。两边丛草芜生，左有水门汀做的鸳鸯坟，右有杂树包围的商团纪念碑，这时大家心里都蓄着一种考古觅胜的观念，视线大半注意着向导的行止，就是脚下踏步也随着她转移。从左旁转折而上，经过留屐径，到问水亭，有石碑一方长丈馀，击之铿铿似铜声，碑文模糊，为咸丰间遗物。越亭而上，便是冷香阁，登阁凭眺，附近商店民房，尽入眼底。阁上颇为冷静，名之曰"冷香"，确甚符合。穿阁循曲径而下，大树森森，平崖上有一石亭，名二仙亭，亭内供二仙石像，已模糊不辨为何仙。再向左拾级而上，便是第三泉，入门但见巉崖开处，下有一池，石壁上镌有"铁华崖"及"第三泉"六个朱红大字，泉水澈清，可以鉴人。折转而下入圆门，石壁峭峻，高数丈，有泉形长似剑，镌有"剑池"两个篆字。再看右旁直立石壁上，乾隆御笔题有"风壑云泉"四个斗大的字，其深邃幽静比之栖霞山白鹿泉较好。于是向导又领着向右曲折拾级而上，有石桥盘空，桥上有石作井穴二个，有铁板钉作叉形，不知何意。更登阶而进，入一门，上有"致爽阁"三字。进去但见虎丘塔矗立其后，高约十丈，上有洞门，塔心似空，极像杭州倒坍的雷峰塔。致爽阁有里人陈夔逸题的联句："池深有侠气，石老解微言。"并有中央委员于胡子题有横额"伏虎阁"三字，登阁俯览，半城半乡，民房田禾，一望无遗。阁内陈设亦甚雅致，稍憩品茗，殊觉幽静异常。转折而下，再向右行，小径曲折，通一佛殿，殿外隔有木栅栏，不能入内。于是折而下行，有石阶数十层，荷池一方，中有假山石鹄立池中，树荫蔽天，幽雅宜人。遂由领导的人集合我们同来的大众，在这剑池外面以塔作背景的石崖上，合拍一个男女团体的照片，那英国老人也用他手提镜箱拍一大家合演的趣照。拍了，就尾随着领导的人上了原来的马车去闾门外新太和午餐。

五、游留园

新太和苏州式饭菜倒还适口，座位也还清洁，是值得赞许的。午饭后，一般考察员去从事他们的考察，一部分去游览他们所要游的地方，我当然也在这一部分之列，遂一径向留园而来。约二十分钟到了留园，被守门的拦住要购票，于是由我们向导密斯陈照团体票半价，购了票进去。入门围栏转折，曲径通幽，至一亭，见窗外假山突兀，荷池和柳树互相掩映，不觉浏览久之。再进仍是曲径围栏，但觉桂香扑鼻，清气爽人。又至一亭，外植芭蕉、梧桐、柳、榆等树，倍觉清醒怡快，而桂树寻觅不见，但闻香气，真所谓"天香云外飘"了。这时我们的向导密斯陈开始解释一株空心树的故事："这树你们看很奇怪吧！中心是空的，在中心里面以前有一条很大的蛇，一到天黑的时候，它就昂头伸舌出来，人看见它都吓的掉转头跑，有时候它还叫，听它叫的人都怕的要命。一天下大雨打雷，把它打死了，半截头在外面，半截身子还在树里，它的身子都有大碗口粗，有两丈来长，你们看大不大！"大家听了都毛发悚然。好凑趣的老孔说："这太可惜，为什么当时不用酒精泡制，大瓶装起来，好做个标本，留给我们后来的人看看，这真可惜！"说完，大家觉得老孔的话滑稽有趣，并且有理。

六、游西园

出留园，大家奔西园而来，幻想的我，西园也许如留园一样吧？或者比留园多些点缀罢了。那知一进山门，有四大金刚伟然雄立，再越过一座有池沼的石桥，从旁门而入至一殿，上书"罗汉殿"三字，入殿金碧辉煌，香烟缭绕，供有五百尊仰卧坐俯不同的罗汉，殿的当中塑有普陀山及峨嵋山的形状，极幽邃巍峨之致。折向右行，迤至大雄宝殿，更森严壮观，正殿供有圆头大腹的三尊如来，殿后有望海观音及水漫金山寺、哪吒脚踏风火轮等塑像。出而右折，绕至殿后，有一放生池，池内有多年鱼鳖，投以饼饵即跃起啜食，多二三尺长，鳖壳大如伞。右有膳堂，内陈长椅台凳，为僧人共食之所，墙上标有格言，大意是说"一粥一饭当思来源不易"等意思。再进是僧人造饭的厨房，有三个如瓮的大锅，贴有纸标："投钱锅内，清凉眼睛。"我们当中有几个好事顽皮的，都相率向大锅内投钱，于是花枝招展的向导，也引人入胜的格外投得起劲，直投到腰袋空空才止。转身而出，经过会客堂至一池，见金鱼数尾，浮沉游泳，颇可留恋。及出大门见悬有通告牌，末注"西园戒幢律寺启"，哦！我才知道原来这西园是个寺院。

七、苏州的街市和风俗

大家出西园，要去狮子林游玩，我们的向导已预先替我们雇好了黄包车，大家遂忙忙地上车，直奔狮子林而来。一路上感觉到人多的热闹，又觉得这长川的黄包车阻碍旁人的交通。苏州除了观前街和阊门几条马路外，其馀的街道真窄，窄到和南京的马巷差不多。市面营业非常冷淡，大店高楼很少，居民多尚朴实。正穿街的当儿，只听锣鼓响处西乐杂奏，呵！这是苏州出丧的仪式，是新旧合璧、中西合参的仪式呵！玩苏州便想起我曾到过的杭州，杭州虽然也有矮屋平房，可是街道阔的多，并且浣沙溪又清静幽美。苏州真奇怪，街道既窄，桥梁高得又离奇，我们前头的车夫赶到拐弯处一个停留不住，后车冲前车直掀起来，几乎把我们花枝招展的向导跌个筋斗，亏得她是老苏州，司空见惯，很敏捷地先自跨下来，没有肇祸，不然，换了别人不知要闹出什么笑话来了。

八、游狮子林

车到狮子林，仍由向导密斯陈和守门的人交涉了一番，这才允许我们有团体组织的参观。据说这狮子林是某银行经理私人产业，陌生人是不容易进去的，不知是否？我们由向导领着进去，只见围栏曲折，亭榭院落，有大假山宛如狮形伏卧于地，此园命名，或者就是为了这座假山吧。出围栏过吊桥，又见垂杨树阴下一沟流水，直通一池，池方亩许，中有假山凉亭，有石板小桥可达。在亭稍坐，清风徐来，颇能怡人心志。沿荷池而进，有水门汀做成之石船，船上装潢间隔，与南京秦淮河之画舫一般无二。俯视池中游鱼数尾，历历可数，极活泼有趣。再沿荷池而上，有亭如翼，上雕山水花卉，嵌巧玲珑，当中悬有横额，上书"真趣"二字，镌有"乾隆御笔"方印一颗，想来这遗迹殆有百年以上了。从亭后旁门而入，迳至一厅，中悬名人书画，长台靠椅，极其清洁雅致，稍憩品茗，觉清快气爽，颇为畅适。设留客夜饮，良宵美景，飞觞醉月，真不知漏转几更了。

九、玩北寺塔

太阳仿佛暗示我们还早，表上长针才指着三点一刻，向导对我们说，我们去玩北寺塔吧？大家都表赞同。遂又出门雇着原来的黄包车，讲好车资小洋一角，便一迳投北寺塔而来，车至中途，就远远望见层层叠叠巍峨一塔，外形极像西湖钱塘江的六和塔。车抵塔下，只见塔前有一黄澄澄的殿宇，谢绝游人，于是沿围墙而进，从旁门入一庙堂，有僧人阻住要购门票，经我们向导购好，就随着上了螺旋式的短梯，花枝招展的她落伍了："我在二层上等着，你们上去吧！"自告奋勇的，也只有我们寥寥可数的六七人，转上一层又一层，爬上一级又一级，感觉得疲乏，腿酸，气促，啊！没有了！看吧，这是到了顶高的一层了！"我无意识的惊骇而厌倦地说。好稽古喜探讨的老王，也凑上一句报告，这塔共有九层，总算不矮了。更有类如统计家的梁君，计每层二十级，共计一百八十级，说这塔的层级总算很高的了。但是，登可算登上了，我不敢俯视，只望着老远的地下蠕动着的行人，车马如蚁，街道如线，附近民房小得和雀笼一样。远远还见有一铁台耸立，据说是城中钟亭，备防火警。再绕向塔的后方俯视，不克自主的腿，它竟兢战起来，又见塔边的方砖活动，便不敢轻进一步，于是凭眺一会，大家像走马看花一样，又要去沧浪亭玩，赶着时间都想多玩一些地方。

十、游沧浪亭

出北寺塔仍由向导代雇黄包车，前往沧浪亭，车资讲好两角半，遂又逶迤向沧浪亭而来。沿途又穿街越巷，看见些矮屋窄道，及小营业商店，才到达沧浪亭，外面极饶风景，门前有溪一流，过石桥便见有长牌一块，"苏州艺术专门学校"八个黑底白字。入门有签名簿，由向导代签上团体名义，就跟随着进去参观，里面也有亭园假山点缀。不一刻，我们向导因地方不熟，去大礼堂里请那洋洋盈耳的按琴女生，领我们参观。她羞答答慢吞吞地在前领着我们，经过假山，越过曲栏，穿走两个作画室，来到她们的绘画展览室，壁上悬着许多框子，有国画，有水彩画、油墨画等，看了，不禁钦仰她们艺术的高尚，但是那裸体的人像，不由的令人见了要起肉感，尤其是那丰满圆而润的肌肤，耸动的乳房，肥而圆的股肱，是多么含有神秘的美啊！然而内中要以油画张复兴肉店为最佳，它的色调和阴阳面，都非常正确调和。穿过作画室到一新建的陈列室，室内陈列石膏人像，及裸体模型等，据我们向导说，这是她们校长从法国购来，给学生们做范本的，他这样热心，学生们都十分的感激他。看了一会，仍由那女生领我们出来，至于那沧浪亭亭子呢？我连见都没见到，这或许是年久朽颓只留这么一点遗址吧？

十一、玩玄妙观和观前街晚餐

出了沧浪亭，按照游览次序该玩玄妙观，由向导宣告雇车的代价（小洋两角），大家就忙乱地上了黄包车，来到我们考察团集合的玄妙观。玄妙观中只有很多的杂货摊、茶铺、吃食店，喧嚣嘈杂，熙熙攘攘，颇像南京夫子庙前的平民市场，无奇不有。那庙宇已颓废失修，毫无瞻仰价值。出玄妙观为观前街，街道稍阔，市面颇热闹，闲逛一会，就见我们同来的人有的去公园品茗，有的去青年会找朋友，疲乏口渴的我，只想找住足的所在，去疏松疏松我这劳痛的筋骨，遂和杨君上了丹凤楼坐下，老等他们来晚餐，这时才把这颗忙乱的心定了一定。约摸半点钟光景，大家来了，在灯光灼亮里坐满了八九张圆桌，闹饥荒的肚子，不客气的要筷子去连拣带挟的往嘴里送，大嚼特嚼的向肚子里吞。席上的谈话资料，多半是经过的感想，有的说虎丘比不上南京栖霞山，有的说留园较南京的胡园要好的多，有的说玩过北平的胜迹，这些都不要看了，有的说西园的罗汉殿，的确不错，中间那普陀山的雕刻多好，也有的说狮子林避暑倒不错。诸说纷纭，各有见地。但我觉得虎丘也有虎丘的好处，虽比不上栖霞山那样深致，确有春笋般的塔点缀在上面。狮子林的假山可算得神出鬼没，若无向导，简直如入迷魂阵一样，不知是出是入，要是在这里避暑的确不错，若是比起西湖的刘庄起来，便相差远了。西园觉得缺少林园之胜，罗汉殿倒确实灿烂壮观，不如把西园改作寺院的名义好。北寺塔比之西湖钱塘江的六和塔，可说是不相上下的一对儿。

十二、感怀

讲到西湖，我便联想起前年住在杭州靠近西湖的情形了。我们的住所是前临西大街，后近造币厂，任你什么时候，只要走向造币厂旁边的大操场上去，你就看见那笋尖似的保俶塔远远树立，无论你闲步或踢球，它都在那里望着你嬉笑。操场上底草坪，它好像大自然铺着的地毯，绿油油地多么好看。在这里我又想起两个天真的处女，她们住在我们的隔壁，年龄都一样的十七岁，一个是身子苗条穿着红色旗袍，羞答答圆而尖的脸蛋，笑起来一对酒窝，一个是好素净着蓝素旗袍，活泼泼地笑容上现出一对撩人的秋波。她们在夕阳西下的当儿，常一对儿在草坪上玩耍，不是她打她，便是她撩她，捉到时两人打作一团，打跌在草坪上，格格地一笑作她们的收场。后因我的爱妻和她们闲谈认识了以后，不久的时候，我们也就有谈话的机会，从着素旗袍的她的弟弟口里得悉她俩的芳名，着素色旗袍的名叫慧珍，喜着红色旗袍的名叫翠兰。不久以后，她们因爱抱我的两岁金儿，就直接的和我时常谈话，脆而柔嫩的喉音，居然"阿哥，阿哥"的喊起来，我的确被她们陶醉了！然而现在却离开杭州的西湖已经两年了，时光真快，回想往事，真是过眼的烟云一般。

十三、夜车返沪

大家吃得杯盘狼籍，钟的指针已在八点半上，这才散席雇车，到了车站，开往上海的车还没有到，一个个都在月台上谈笑。从上海挂来的一列车虽然在站上，但是车里墨漆似的没有一盏灯火，后来经公安局饬夫役将车推近月台，我们只好摸上了这一列黑车。在火车没有到时，大家都以为这一列车接上了火车，当开放电灯，不至于摸黑了，还可以得到茶喝，像来时一样舒服，一样带着欢笑和嬉乐。然而，然而怎样？非但没有茶喝，连应该有的电灯都没有，无形中我们好像装在一列囚车里，沉闷与烦渴，搅得你昏昏迷迷，使你不知是身在火车里还是在五里雾里。这样长的朦朦瞳瞳经过有两时半之久，才算到达光明的上海车站。

（《学生文艺丛刊》1933 年第 7 卷第 4 集）

苏 州

莫子方

从上海到苏州，搭快车至多不过两小时就到，便是从南京来，也只须四五小时。此外至江浙两省各地，还有长途汽车和内河小轮船，都非常便利迅捷。原来这里山水之胜、民物之富，为江南之冠，"上有天堂，下有苏杭"，只从这句俗话里，也可以见其一斑了。

我侨寓在南京，忽忽已有四年，这四年中，仆仆京沪道上，乘车过苏州者，何止数十次。每次经过这里的时候，左望城堞，右瞰虎丘，低徊瞻眺，可惜始终未曾一践其地。今年四月六日，适为旧历清明佳节，又值星期，乃约了三位朋友，作苏州一日之游。虽然时间太匆促，但总算聊足以慰相思了。

我们于四月五日搭夜车出发，到苏州的时候，天色刚刚破晓。出站后，便望虎丘进发。因为途径不熟，只认定高耸着的虎丘塔为目标，沿路向人打听，凡十馀次，才到虎丘。循小径曲折而上，至生公说法台，有千人石，其大可容数百人，还有听经的顽石也兀然立着。然后又到剑池，池水清清，相传吴王尝试剑于此。旁有摩崖，刻颜真卿所书"虎丘剑池"四大字。乃跨剑池桥上，俯瞰下界，惊岩绝壑，势颇险峻。山巅有寺，建筑虽不怎样宏丽，但景致非常清幽。寺后便是虎丘塔，形式略如竹笋，颇为别致。

下山雇向导至留园及西园，都在阊门外，颇饶泉石楼台之胜。惜花卉林木太少，里边又乏空旷之地，使人有局促之感。

阊门一带，街市颇繁华。在宴月楼用餐毕，复赴天平山谒范坟。天平山距阊门约二十五里，沿小溪行，每隔几百步有一拱桥，桥以白石筑成，上有雕栏，备极华丽。约二小时而至观音山，山色秀淡，峰峦回伏，有泉涓涓，清洁可爱。这天恰好是清明节，踏青士女，连袂成群，与此秀丽之春山相掩映，愈觉可人。观音山与天平山只有一里多路的距离，两山之间有小径可通，中间叠石成门，算是两山的界线。过石门，但见奇峰矗立，怪石如林，这便是范坟所在的天平山，有人称它为万笏朝天，可谓名实相符。范坟在树林中，为一小阜，坟右有精舍颇多。山上有钵盂泉，泉水甘冷，称为吴中第一泉。

回至阊门，已下午五时馀，又进城一游玄妙观，各种玩物杂技，无所不有。骑驴回阊门，晚餐毕，至车站，乘夜车回南京，到京时天已大亮了。

苏州名胜，尚有邓尉山和玄墓山，未及前往。邓尉以梅花著名，玄墓以千年古松为人所知。今年冬末春初，如有暇，当再来一探其胜。

（《中国游记选》，孙季叔编注，中国文化服务社 1936 年 5 月四版）

秋游记

叶秋原

年有四季，以秋天最适于旅行。春天的风和日暖，万花争妍，总不如秋日的天高气爽，一林红叶。它没有春天的阳气勃勃，也没有夏天的炎烈迫人，也不像冬天之全入于枯槁凋零。这正如林语堂先生所谓的"秋是代表成熟，对于春天之明媚艳丽，夏日之茂密浓深，都是过来人，不足为奇。所以其色淡，叶多黄，有古色苍茏之慨，不单以葱翠争荣了。……那时暄气初消，月正圆，蟹正肥，桂花皎洁，也未陷入憭烈萧瑟气态，这是最值得赏乐的"。在秋天，你会感觉到轻快，春天却只有烦郁，惯于作海上旅行的人，当更会感觉到高空的秋月，使人能有一种不同的爽快。秋天实在是一个最好的旅行季节。

今年的秋天，我却很幸运的，有了两次秋游。虽则游程不很远，行旅的时间也不很长，然而这两次的秋游，却是印象最深，难以磨灭的。在平时，我也欢喜旅行，而又怕旅行。怕的是行旅跋涉，胜景未览，心力早疲。可是我又欢喜旅行，良朋三五，可以畅所欲谈；古迹名胜，可以开拓心怀。倘能有近代交通之利，无关津骚扰之烦，旅行正为乐事。今年的秋游，却都具备了这些。游程虽则不远，时间虽则不长，它的记忆却是最难消灭的。

十一月上旬，我刚从杭州来，邵君洵美就告诉我珂佛罗皮斯夫妇（Mr. and Mrs. Miguel Covarrubias）正同了佛里兹夫人（Mrs. Bernardine S. Fritz）到北平去玩，回来的时候，他已经邀他们一齐到苏州去。承邵君的盛意，也邀我参加。珂佛罗皮斯是我所久仰的画家，五六年来，我当拿到每一本新的 *Vanity Fair* 的时候，我总先翻开来看他的多少是幽默性质的漫画。我晓得他已到过中国；这次他重新来到，能够有机会一齐去到苏州玩，正是我心中所窃羡的。

珂佛罗皮斯来了。这一天洵美约他去吃羊肉，也约我一同参加。在准时到伟达饭店会齐的时候，在那食堂而又兼应接室的一角，我已经看见，一个面目多少是深褐的，脸儿方方大大的异国青年（其实要说是中年了），在我的想像中，这就是久仰的珂佛罗皮斯了。洵美替我们介绍，我们于是一齐到了洪长兴。那几个红的黑的碟儿，已经是够珂佛罗皮斯满意了，更何况那高大的火锅，香脆的各色碟儿。我们就在这桌面上约定了次日趁九点半的火车到苏州。谢保康君于当日午后先动身，在苏州预备一切。

我上火车的时候，洵美及珂佛罗皮斯都早已在座了。此外，还有林语堂、张光宇、张振宇以及新经洵美介绍而认识的语堂夫人，及珂佛罗皮斯夫人、佛里兹夫人。珂佛罗皮斯夫人穿的是黑的秋衣，围着一条橙黄（桂红）的围巾，她的娇小的脸儿，大的眼睛，以及黑乌珠、黑头发，已使我确定了是一位来自墨西哥的南国佳人。我们开始谈。她说我的面容是很熟的，在墨西哥常常看见。她说，墨西哥的马耶（Maya）人很像我，尤其是我的鼻头、我的侧影。我有点窘了，不自然地回答她："也许我有点儿墨西哥的、马耶的血。我很快活，能够是你的一个同胞。"

火车在疾驶着，过了南翔、昆山、外跨塘——一转眼已经看见了那高耸的北寺塔，那巍立着的苏州的府城。火车进了站，已看见了来迎接我们的谢保康，并且还来了一个苏州美专所派来的代表。

我们一行在花园饭店安顿好了房间，便跟了这位从苏州美专派来的代表一同到沧浪亭的美术学校。我们先在饭店中雇好了十一辆包车，一路浩浩荡荡地进了金门，一直奔向沧浪亭。这一中外的行列，加上了包车中的铃声，惊动了不少苏州的静寂。苏州是变了——虽则还保存着传统的岑寂。平门、金门，这些都是新添出来的。从前的恬驯的驴子，也跟了新辟的城门，因而消灭了——那可爱的驴子，时代已经不容许了。人于是代替了驴子，出现在苏州城里的狭长的幽寂的街巷上，于是城里也通行了黄包车以及包车。

我们到了沧浪亭，颜文樑先生也就出来招待。我们看见了那古色幽然的假山，穿过了圆的墙户，里面有天井，有花木很雅致地种栽着。虽则这是美专的校址，却仍旧保存了具有一种历史意味的静寂，与一种入画的、诗意的幽雅。珂佛罗皮斯夫人及佛里兹夫人欢喜极了，她于是为我们拍了一张照。我们出了一个天井、一个回廊，又进了一个。我们走到假山的巅上，我们走到美专新造的校舍——那站在河边的希腊式的建筑。啊，怎样一个对照。那古色苍然的历史的名园，那新兴的希腊寺院式的校舍。我们是可以看到美专校长颜文樑先生的苦心的——融会中西美术于一"炉"的苦心的。

颜校长为我们备好了饭食，有鸭，有鸡，有蟹，有虾，用了苏州特有的烹调，使这两位来自异国的游侣满意极了。

我们离开了沧浪亭，便向北至狮子林。荒芜的王废基，仿佛已经是苏州现在的"市中心"，那里有公园，有图书馆，有运动场，有学校。狮子林也变了，新的墙门，新的回廊，新的装饰，统统加上了一副新装。同行中，林语堂是被人称为"幽默大师"的，他看不上眼这些新装，他总觉得沧浪亭的值得流连。他说，狮子林总不能免俗，远不如沧浪亭的幽雅——这好像中国的Nouvelles Riches 的神气，仿佛一个美国的"暴发户"到法国去买了一座中古世的Chateau，装上了电灯、自来水、抽水马桶、无线电一样的滑稽。

我们到了吴苑，就进四面亭的外面下了。亭中坐满了人，坐满了男人。茶房为我们倒好了茶，佛里兹夫人及珂佛罗皮斯夫人像似惊异地说：

——为什么不看见有女子呢，怎么都坐着的是男人！啊，这样一个好地方，怎么女子不来呢！怪可怜的。

——茶室本来是专为男子而设的。无聊有闲的男子，可以到这里来杀时间；有事的男人，可以约会人到此地来商量。女人来了会使男子不便的——例如在谈话上。况且中国女子向来很少到茶寮酒肆那些公共场所的，即使有也是那些似乎是不很名誉的女子。茶室多少是一种英国式的俱乐部，你也许可以晓得为什么那些英国的俱乐部很少有妇女参加。我这样说。

林语堂又这样解释：

——你看，那些坐着饮茶的人，他们的衣衫很整齐，他们的面容很丰满，他们的态度很闲适。他们都是这一个地方的一群不愁衣着的缙绅一类的人。他们有的是闲暇，他们到这里来，完全是为了来坐坐。他们并不顾虑到时间，他们坐下，坐下，坐个半天。就是这些人，使江浙成为全国文化的重寄。例如，刚才我们所到的沧浪亭，从前就住过这类人，写出了那世界惟一的《浮生六记》。

——什么？

——《浮生六记》。一部多少是自传式的小说。一部讲爱情，讲得极纯洁、极诚挚、极幽雅的作品，在世界上除了中国除了苏州，任何地方写不出来的作品。文字是写得优美极了，诗意极了，动人极了。它没有那些表皮上的色情，那浓厚的，使人讨厌的。用了轻描淡写，写出了一个人心里的极底，写出了一个人的至爱，加上了那一种如秋天的夜里月光下独步似的情调。这真是一部世界上最伟大的写作。在我，我尤其欢喜它那种凄楚的悲凉，那幽逸的情愫。

——这样一本好书，我们欢喜能够有一种译本。

——啊，我也想将它翻译出来，但是它实在写得太优美了，简直很难译，译了要失去不少原作的神韵。赏鉴一国的文学，是只有在它的原文里去寻的。

淘美在忙着招呼茶役拿点点心来——蟹壳黄、生煎馒头、花生糖、瓜子……

我们坐下了，大家也不想要走。

时候是渐渐晚了，老坐吴苑的人，也渐渐少了下去。

我们走到松鹤楼。观前街也变了样子，已看不见玄妙观的头山门，街道也宽了许多，将从前石板砌成的街道，变成石砌的马路，将从前的零落的驴子的铃声，变成东洋车的烦嚣的踏铃。即使是在苏州，十年小别，也变动了——怎样一个变动啊！

我们在松鹤楼吃道地洋澄湖的美蟹。这其实也是为了吃蟹，我们才鼓起了兴致来到苏州，固然不完全是吃蟹。淘美在上海的时候，已经宣传了苏州洋澄湖蟹的肥美。珂佛罗皮斯夫妇以及佛里兹夫人，又是极了解吃蟹的。他们喜欢吃蟹——不单是因为蟹的肥美，因为吃蟹也是一种艺术，而他们又是艺术家。

松鹤楼为我们预备好了顶好的蟹，一盘一盘地端上来。我们的外国朋友，放弃了在吴苑里买来的专吃蟹的家伙，像我们一样地吃，用了手，用了嘴。同行中以淘美吃蟹为最敏捷，光宇、振宇兄弟技术最为纯熟，我却是完全一个门外汉，吃了两只又肥又大的已经无地自容了。至于语堂，则亦别有到家之处，可以说是最老练。在我们的外国朋友中，珂佛罗皮斯技术最精，吃得了无残馀。这都是可以佩服的。

吃完了蟹又吃菜，吃得大家都像蛇一样动弹不得了，才坐上包车回到我们的逆旅。

我们还预备载上第二天的船菜。

第二天的清晨是一个极好的初秋佳日。虽则节令早已过了"中秋"，太阳是暖和的，天是高的，更还有白云朵朵点缀着，更没有料峭的西风。天是太好了。

八点钟就从花园饭店到停泊在运河中的游船，不多一会船也就慢慢开了。船中人端上了精致的点心，有蟹粉馒头，有烧卖，都是很精巧的。烧卖是很小，形式也很整齐，它的最大的特色，是中有四种馅子，蟹、肉、虾、笋——如果我的记忆不错。

阳光是好极了。我们大家都坐在船头，或者卧着，好像在行着日光浴。河面也很宽，不时有船在上下往来着。船夫告诉我们快要到寒山寺了，我们预备上去，船仍就行驶着。淘美就告诉我们的外国朋友，我们将要到的地方，是很具有一种诗的意味与历史的；语堂将那首传诵人间的"月落乌啼霜满天"口译成英文——大家都好像陶醉于一种诗的氛围，为一种过去了的时代憧憬。

船终于停在寒山寺的山门口，我们进去所能看见的，仅是些断梁残瓦。大殿上挂着寒山、拾得的偈句，以及他们的刻像。语堂高兴极了，将偈语口译成英文，并且还颂扬了一番这种自如、自由、自在的哲学，说这是中国人的心理特征。但我却回忆到最近一位自由、自在的行吟僧——大休，他也有许多偈语，他又来两度当过寒山寺的住持，他的行为在常人也极不可解，他并且自己物化，像预言者那样的。虽则有许多地方，我们很难了解他，到了寒山寺，总使我想起，联想起寒山、拾得与大休——一个最近的翻版。

从寒山寺出来，我们的船就行向天平山。

天平山脚下的女轿夫，看见我们的船来，就抬了轿子赶是来兜我们的生意，纠缠不休。我们都能爬山跑路的人，更没有这种好奇心来坐上女人抬的轿子，我们只管自己走，但我们又不好叫她们失望，于是叫了两乘轿子空抬着……

一路走，一路走。天平山是横在前面，左右是已收刈了的农田，远远地还可以看几株高大的枫叶，来点缀着初秋的高空。

——这风景，这种山的形相，太像是在墨西哥了。我们的外国朋友珂佛罗皮斯夫人说。

——啊，中国本来也就是墨西哥；我们用的还有墨西哥的洋钱。中国与墨西哥有许多地方是太相同了。

山势是渐渐高起来，走了这些路，我同珂佛罗皮斯最不中用，已经有点气喘了。我们息了一回，越过了山岭，到了范坟，到了范坟前的古刹。

怎样一幅秋山红叶的图画！我们憩止在门面，前面山脚下，有一林高大苍老的红叶，衬上了古刹的红垣，真美极了。因为是在初秋，枫叶还没有都红，有的是黄的，有的是红的，更加上那些常青的叶子，真好看极了，爽快极了。这里的枫叶来得高大、苍老、密茂，一望过去，尽是红的、黄的，还有高大的本子，真是怎样一幅入画的、诗意的秋景！啊，天平山，天平山的红叶。

我们又到范坟，我们又讲起"万笏朝天"的故事，语堂将它们口译成了英文，但是我们都在想着那有名的船菜。

船离开了岸，船夫已铺设好了台面——小小的一只游船，能围了台子坐上十二个人。菜是一盘一盘地端上来，人是只看见抓着筷子在盘里，也不晓得有几十种不同的名目，菜是都精致而又美味。可是我们的外国朋友珂佛罗皮斯，却不能置之淡然，用了纸，一盘一盘地将名目抄下来……××鸭、××鸡、×××、××××、××× 之类。在我这些早已忘记了。人无不满意。珂佛罗皮斯的肚子装得最多——也许是因为他的人也最高大。他兴致也最高，他后来画了一张画，他自己，一个很大很大的肚子，装满了鸭，装满了蟹、笋、鱼、虾……一幅很好很有趣的画。

船回到我们的出发点，已经四点多了。我们还有时间赶上五点钟光景的火车。回到上海的时候，已经七点钟了。我们这次匆促的秋游，时间虽短，旅程虽少，但印象是最深的。我们离别了我们的游船，都觉着依依。

（《旅行杂志》1934 年第 8 卷第 1 号）

苏州之杂

黑　婴

一

　　苏州，从能够听懂人所讲的江南民间传说，以及状元故事的小时候起，就私下在心头羡慕着。但是，因为相距我的家乡是太遥远了，在南洋更不用说，直到现在，回到上海也有两年的时日了，才得到一个极其偶然的机会去逛了一天。

　　读过人家说到苏州的文章不算少，然而，我知道不如亲自来一趟。已然来了，为什么不痛快地多领略一下被誉为"人间的天堂"的苏州的风光呢？当我匆匆又跨上火车厢，怅然对苏州车站招呼的时候，还不能道出这原因来。

　　这一次的苏州之行，却也有点印象，趁着这明朗秋天，我就写下来，留待二年或许五年以后看看吧——人生是变动无常的，谁能断定自家三五年之后，会漂流到那一块地方去呢？

二

　　"上有天堂，下有苏杭"，这几乎是天经地义似的，人人承认的一句描写苏州、杭州的好句子了。跳下火车，从拥挤的旅客中走出车站，为一辆马车所载往花园饭店去的途中，那两旁的树，沙沙地为风吹得发响，疏疏的叶子飘落下来，太阳光虽然猛烈，却也因为树叶的浓密而照不到马路上来，使人觉得阴凉可爱。路是不平坦的，石子所铺的，我的身子在车里不停地颠簸着。十分钟左右，车到目的地，我于是松下一口气，让茶房给我提起那小件行李，跟在他的后面走进去。

从旅馆的租金、伙食各项看来，苏州人的生活程度也不算低了。把脸洗好，准备开饭是中午时分了，只站在门前望着外边那雅致的花园，心里想，苏州这地方究竟不同些，我好好地玩它一下吧。

三

虎丘，留园，沧浪亭……这些名字在我是早已熟悉了，只是没有去过，所以只得用着颇高的代价包了辆马车，吃饱了之后就出门。

"先到那里呢？"

"虎丘山吧。"

遵从着我的吩咐，马车夫跳上坐板，叮叮地踏响了铃，便开始了游程。

慢慢地到了郊外了，苏州的乡下风景是有着中古风味的，青的田，青的草，青的天，广阔无垠的前面，使我的心胸也豁然开朗起来。车夫背转头来告诉我，离虎丘不远了，而且——

"你看，前面的不是虎丘塔么？"

是的，那座废塔高高地、倾斜地竖在那里。不用走到塔下，我已经发现这座塔的年代是多么古老，那颤巍巍要倒下来的样子，如果不是无人照管，不加修理，总不会有这样的一天吧。

到虎丘，太阳光已显得软弱了不少。

卖风景照片的，全都朝着我这孤单的游人身上兜过来，每一个人说着他的价格。专门为人说明那些古迹的，也不管我爱不爱听而领着我去看虎丘剑池、塔影桥、鸳鸯墓……然而我却不耐烦地对他们皱起眉头来了。我想对他们说，请给我以安静吧，我要静静地看一下虎丘呢。

"白兰花，先生请买一朵。"

那些人刚因失望而离开了我之后，卖白兰花的小苏州姑娘紧接着追上来。我走快一脚，她们追上一脚，使人真是烦躁！没奈何买了一朵拿在手上，上马车往留园去了。

四

留园并没有什么给我带回来。那里边，全然是古风古色，池塘里有鱼，池塘当中有亭子，池塘边有假山。是的，像留园那么大的私园，应该到苏州去找，因为这是以前富贵的人们所留住的地方啊。

回到旅舍，天已经黑下来。苏州之夜是极其静寂的，尤其是在城外。因为实在有点困倦，便也不再打算到外面去。

可是我并没有立刻睡得着，躺在床上想起上海来——在南京路、爱多亚路这些马路上，此刻应当挤着蚂蚁那么多的人吧，舞场也没开始把爵士音乐放送出来了。大都会的上海与苏州之间，至少也有着半世纪的距离。而我，一个生活在都会里的，安于都会里的繁杂的人，如今突然有一个死一般沉寂的夜压在头顶上，不是有许多不同之处，使我马上就感觉得到么？

我知道是不易安于这幽静的夜的，我应当如何消磨呢？睡不着，我不会抽烟，却又懒得到街上去。奇怪的是，偌大的旅舍中连麻将声音也听不见！在上海的旅馆里，我最厌恶那又麻雀的声音，有时直达天亮还不见停止。而此刻，却私私地希望有一声声的什么，歌女的珠喉也好，胡琴也好，甚而至于我不屑听的麻将声也好，只要能够解除我的寂寞，就算感激不尽了。

但是，没有，什么也没有。

夜渐深，我拿起徐志摩先生的诗集念起来了。

五

第二天一早，总算到苏州城里去转了一个多钟头。在街上，我被夹在低矮的店铺中间，觉得闷，催着车夫快送我到沧浪亭去。

由于沧浪亭，我又想起寒山寺。到这城外的寒山寺去的途中，低低地念起诗来了——

"月落乌啼霜满天，江枫渔火对愁眠。姑苏城外寒山寺，夜半钟声到客船。"

游过了寒山寺，我站在一座小桥上面，吟味了一会这首诗，想到这首诗的境界，那是多么的值得留恋呵！可是，我现在看到的是什么？猛烈晒下来的太阳光，使我流汗了，而且得赶回去，赴火车时刻的呢，便又上了车。

　　想多留一天，又想马上回上海去。苏州的驴子也很有名，应该去骑一次，不过，也许因为此游缺少好伴侣吧，总不太有劲。于是，到了花园饭店，就忙着回去，只匆匆吃了一碗饭，就去了。

　　再会吧，静寂的苏州！也许不久又会到这里来的。对于这"人间的天堂"，我非常懊悔不曾好好地领略一番。如今我将搁笔了，让重游苏州之机会来到时，再抒写我的感想罢。

（《人言周刊》1934 年第 1 卷第 32 期）

姑苏烟雨记

王志钦

　　苏州是我回乡的必经之地，风景之美，可谓甲于江南。城厢四周，有奇山异水，有名胜古迹，养身修心，堪称天下独绝。我的故乡距离苏城虽近在咫尺，奈因频年在沪忙于奔走衣食，已有三个足年未回故乡。去年故乡因受灾奇重，全村农民十室九空，大都耕种无力，乞食四方，连累我祖上遗传下来的数亩不毛之地，亦弄得无人承种。我为避免负纳空头钱粮的损失起见，不得不返家一行，找觅承种佃户，就于岁尾年首的某日赴苏。临行时并预定在苏逗留数日，去寻访伍子胥吹箫乞食的名胜，展拜秦始皇求剑凿墓之古迹，乘返乡之便，作一次痛快的畅游。

　　动身的那日，气候非常温暖，到了北站购好车票后，就踏上火车，里面人头挤挤，已无插足馀地，只好摇摇地站着。须臾机轮轧轧作响，即被那风驰电掣的火车搬往苏州去了。火车脱离了上海，路旁碧草茂林，空气顿觉新鲜，探首外眺，胸襟为之一振。车过阳澄湖，苏垣的城齿和塔尖，由隐约而渐呈明显。一般赴苏的客人，一个个找拿自己所带物件，准备下车。车抵苏站，下车的人如潮涌，我亦顺着潮流挤出站外。但见路旁的车辆停歇得密密层层，途中往来的车辆，纵横如织，路警手持着木棍，东驱西逐，维护交通，倍极忙碌。我就于人群中雇坐了街车，嘱往要去的地方拖，进了古城，经过了几条狭小街巷，再越过了二块环桥，已到老友朱君之寓。付去了讲定的车资，就叩门入内，阔别了数年的老友，一见我至，连喊"难得难得，今天甚风儿把你吹来的"。我亦惟有付诸一笑。老友体态虽无大改，而额上已略呈皱纹，于三年前所见的面容气色，现在看起来，似乎已有些大同而小异了。

　　旧友重聚，愉快无已，经过了一度的寒暄，就互诉着各人的生活近况，后来略进了一些点心，就同出作户外游。

经过清冷狭小的卧龙街，两旁的旧货店鳞次栉比，触目皆是，店伙计站立门首，大声招揽顾客，逢人便喊，状殊可笑，此亦为苏城各业不景气现象之一。转入观前街，市面顿见繁华，往来行人络绎于途。举首前看，巍峨雄壮的玄妙观山门已呈眼帘。步进山门，旁有高大狰狞的佛像两尊，有人指此像为哼哈二将，也有人指系道教中的辟非、禁坛二将军，究竟谁说为是，无从稽考。上有竖头匾一，题有"圆妙观"三字，笔力雄浑，姿态饱满，闻系清末名士沙玉昭所书。依此渐进，遍游全观，所览殿宇，约二十馀所，殿殿香烛辉煌。据友云，全观共有十八景，内有运木古井者，亦为十八景中之一。相传建造弥罗宝阁时，缺乏木材，无法建造，后经施真人布施法术，木材从井中运来，命工匠在井中取拔时，切勿多言，不料一工人因捐取数日木材，已弄得筋疲力尽，在井旁说："井里的木材怎么拔不完的？"经此一说，那根透出井口的木头，就竖不起。后来量材使用，尚缺正梁一根，再看那根透出井口的木材，适合正梁之用，可惜已拔不起了。作头司务度量别的木材，都嫌短小，工匠没法，就把斧头柄接在两端，作为完工。至弥罗宝阁被毁，那根木材就沉落井底，不能再见。此种传说是否真有其事，我亦不得而知。步出三清殿，见一女子引吭高歌，驻足视细，色态均非，状殊可悯，少顷歌止，即向人索钱，乃授以铜元数枚。综观游玩之人，终日在内东荡西游的也很多。谅皆无事可做的失业流民，有人把玄妙观叫作失业公所，此说实非无因呢！

出了玄妙观，就往蒌门游逸园，经过了几条曲折的大街小巷，已到逸园大门。此园系清初宋宗元倦游归来所建之别业，进园四顾，树木苍翠，芳草如茵，园地甚广，有琳琅馆、道古轩、萝月亭、集虚斋、荷花池、九曲桥，奇花异卉，布置精然。其中尤以砌成十二生肖的假山匠心独裁，形态毕肖，更为别处所罕见。置身其中，心旷神怡，令人乐而忘返。

游罢了逸园，即乘车而返，所经街道，曲折无章，行人一多，车常塞途，可见苏垣道路，应有放阔之必要。抵寓无事，闲谈苏城近况。据友所述，现在的苏州，大非前比，从不正当的娼妓生涯，一直谈到挂金字招牌的绸庄、银行为止，各种大小商业，无不极度衰落。失业流民日见增多，治安渐趋不安，抢掠掳劫，时有所闻，向称太平无事的安乐窝，现亦变成盗贼世界。前人所谓"上有天堂，下有苏杭"的赞美词，业已徒有其名，而无其实了。谈罢各进夜膳，并计划翌日的虎丘游程。

虎丘山先名海涌山，离城约七里，相传吴王阖闾葬于该山时，坟上常有白虎发现，故改名虎丘。山高约百馀丈，峰峦苍翠，地势平斜，面积虽不大，而胜境甚多，奇诡佳话，遍传人间。与友人乘车达山门，但见游人如云，往来不绝，沿甬道向北走去，两旁杂树千本，绿叶成荫。再进即见鸳鸯冢，边有亭子一座，据云此亭由保墓会会长吴荫培氏集资建造。入断梁殿，见石碑数方，击之叮咚作声。全山古迹甚多，是日所饱览者，有鸳鸯冢、断梁殿、憨憨泉、蜒蝣石、试剑石、千人石、石观音殿、陆羽泉、剑池、双吊桶、二仙亭、点头石、仙人洞等十八景，个中妙处，已有不少骚人墨士咏叹于诗文，毋庸余再喋喋，只好略而不纪。惟对于其中的鸳鸯冢，尚有一段传说，是否实情，姑且不论。据苏人云，在崇祯年间，有倪士义者被人勒死于此，其妻得悉乃夫噩耗，奔来抱尸痛苦七天，绝食而死。乡人悯其殉夫义节，即将两尸合葬山麓，后经官府奏闻朝廷，便赐"鸳鸯"两字，故名鸳鸯冢云。游遍了虎丘全山胜境，便乘兴往天平山，所过道路污秽不堪，牛马尿屎随地皆是。抵达天平山，即越幢梓门，再进一片平坦，左有亭子一座，上刻"接驾亭"三字。过亭有荷花塘，塘架九曲桥一座，上前细视，桥已腐朽难行。转入塘边捷径前进，即达钵盂泉，倚栏静视，泉水常流，涓涓不息，泉眼之石壁上，刻着"吴中第一水"五字，旁有一泉，名叫一线泉，下有池一，青苔丛生，翠绿茸茸，静听泉水激石，咚咚作声。友云此水煮茶解渴，别有佳味。此时二人步游正倦，即入亭小坐，品茗憩息，举杯一口，芬芳触鼻，茶味之佳，确非市廛之茶所可比拟。闭目养神，但闻山鸟群鸣，嘤嘤成韵，俯首下视，湖面水平如镜，来往船只，细小若浮鸥。倦游小歇，精神渐增，旋循原路下山，两旁苍松翠柏，绿叶成荫，山坳间亭台罗布，更为引人入胜，徜徉其间，如入仙境，有此点缀，实不愧为名山胜境。

到苏之第三日，本拟作六门三关之游，再览全城七塔八幢之闻名景色，不料天不做美,事与愿违,晨间雨雪杂淋,未能出外游行。上半日倦坐斗室,殊无聊赖。午后推窗外顾,雨雪倾注如旧,徒耗一日光阴,颇觉可惜。至夜就寝,忆及家乡料理杂事,心忽忑忐不已,竟致一夜未得合眼。

翌日破晓起身,即辞别老友,乘轮返乡。船沿城河环行,速度甚慢,出了洋关,不多时即到宝带桥。桥长约一百二十馀丈,有环洞五十三个,西接太湖,东通运河,为东南之要道。桥名亦有来历,因建时经费不足,中途几乎停工,后经御史王仲舒卖去束身玉带,补助经费,遂得落成,官府钦其义举,故名宝带桥,以示宣扬。轮沿苏吴公路,驰向吴江,两岸行人络绎于途,向西遥望,群山环抱,俯首下视,河水澄清,此种山明水秀之景色,令人见之神怡。船过吴江,时已下午,肚中略觉饥饿,即命船役备蛋炒饭一客,煮来恰到好处,吃时香沁肺腑,味甚可口。再经一小时的行程,家乡已到,离船上岸四顾,则别有一境,田野菜麦碧绿,夕阳斜照,乡村景色更形富丽。踏进了三年未见的故宅,已是万家灯火近黄昏的时候。

(《旅行杂志》1935 年第 9 卷第 6 期)

苏州记游

杨振声

一

在学校教书，好容易，挨到暑假，像媳妇死了婆婆那样的自由，又像春天脱了棉袍换上夹衫那样的轻快，几乎不知道日子怎样打发才好。计划要读的书，多至一本都读不了；计划要作的事，多至一件都作不成。假使有个相熟的朋友，约你在读书作事前，先来上一游，那就像可可糖填到嘴里，美的话都说不出，只有点头而已。与老石同游，就是在这个机会。

我们同校一年，相知深了。我知道他，他也知道我，我们的计划甚多，从来未曾按照计划实行一次。这次我们暑假居然同到了上海，又计划同游南京。恐怕计划不实行，头两天就先在旅行社买好了南京车票。我们说好不坐夜车，因为都是初次去南京，乘日车可以看看路上的风景。

一天早晨我们又居然同上了快车，相视一笑。"这次我们的计划又实行了。"火车还未开，话车就先开了。我们很得意的讨论到南京后的游程，虽然我们都在耳食中的南京图画里游行。可是我们讨论的热烈，至使同车的人们都回头看，以为我们在打架。经过长时间的讨论，结果是车到后就去游鸡鸣寺，在夕阳中晚眺；晚上再乘月色去游玄武湖，闻那荷香。

"吱——唧——噗噗"，火车停下了。

"什么地方？"

"苏州。"

"苏州！"老石睁大了眼问。

我点点头。

"怎么我们计划的时候，就没想到苏州？"他有点像馋嘴猫闻到了鱼膻。

"作梦的时候，想到，计划的时候，忘了。"我也有点心动。

"我们……嘻！你看……"他话有点不好说，急的只用屁股摩擦座椅。

我猜到他的心事，同我的一样。只是我也不肯说，笑着望他让他先发难。

他擦了擦额上的汗，又抿了抿干嘴唇，"唉……我们……嗯……在这儿下车好不好？"他说了赤着牙哈哈的笑，想笑掉他的不好意思。

"那南京车票不能退。"我偏拿拿劲。他搔了搔头道："只管掉了罢！"

"我们的计划呢？"

"也算掉了罢。其实……计划那有能实行的。并且……按照计划找的快乐，像似工作赚的钱；意外找到的快乐，像似路上拾的钱，格外有个意思。不是吗？"

"分明是掉了六块钱的车票，反说是路上拾到钱！"

"你几时这样算计来，偏偏这次有算计了！"他要翻陈账。

我慢慢的吸我的烟斗，对于他的讥讽全不睬。

"嘟——嘟——嘟——"车又快开了。我偷眼看看老石，他满面是汗，一声也不响，只拚命的吸烟。

我慢慢地笑着站起来，提了皮包向外就走。他也格格的笑着跟了下来。

"我的手杖呢？"我们出了苏州车站，眼望那疾驰而去的火车，我才想起车上还有我的手杖——我从朋友敲来一枝很得意的手杖！

"丢了六块钱的车票嫌不够，还赔上一枝手杖！"我气的跺脚。

"让它代表我们游南京去罢。"老石在旁格格的笑。

二

游虎丘是当天下午的事，我们在人力车上一颠一跛的穿小街。老石东望西顾的在寻找苏州佳丽。他在德国就听说苏州的脂粉也是苏州的名胜之一。可是我们在街上所见的，都是半老黄瘦的佳丽，坐在门前小凳上，摇着蒲扇，吸着水烟袋乘凉。他皱着眉望了我一眼。

"失望吗？"我明白他的意思。"你们外国的美人，都陈列在街上，惟恐人家看不见；我们中国的美人，都关锁在房里，惟恐人家看得见。这里是内地，不比上海、广州呢。"

他又问我那节孝牌坊是甚么意思，我告诉了他后，他说："此处为甚么这样多？"

"为甚么这样多？或许是需要大罢。"我实在被他问穷了。

我们将到虎丘的时候，车子在小桥前面停下了。几个小女孩子擎着麦秸编制的小团扇，围着我们嚷着卖。那嫩黄明净的麦秸扇，映着她们白嫩带笑的小脸，你真忍不得拒绝。我们俩就一人买了一把。啊！这一来可不得了。她们马上就围上了一大群都吵着非每人买她们一把不可。"耐买俚笃个，弗买侬个，阿好意思！"赶到我们每人抱了一抱扇子逃出来，她们后面还有几个在追赶。

"开扇子店罢。"我看着我们这两抱扇子苦笑。

"这样买扇子才有意思。"他倒得意。

"有意思也许在买的时候，现在抱了这些扇子怎么游山？人家不当我们是来卖扇子的？"可巧庙前有些小孩子，我们回头望望那些卖扇子的小女孩子已经看不见我们，就拣出来两把，把其余的都分送人了。

进了虎丘的山门，在树梢上就望见那座巍立的石塔。我们在旁处略略的徘徊，便迳奔那古塔而去。

它的美在我们走近它五丈之内才全然发现。它不是玲珑，是浑成，是一块力的团结。它没有飞檐，没有尖顶，不是冲天的向上力。它是圆顶，是下沉，是一种力自天而降，抓住地面，如虎踞的威雄。它的颜色不是砖蓝——不表情感的颜色，天的颜色。它的颜色是赭丹，是半褪落的赭丹，是热烈的情感经过时代的伤痕，是人的颜色。映在夕阳的古红之下，它的颜色比我们平常所见的一切的颜色都古雅，都壮丽，都凄凉，都高傲。加以四围的荒草、断木，衬着它本身的古拙，苍凉，倔强，屹立，完全一片力量的表现，雄伟的象征！

我们简直受了它的魔力，走都走不开。直坐到夕阳衔山，它的颜色减少了力量，我们才移得动脚。老石承认在西洋建筑中，没有如此简单而表现力量又如此充足的。可惜塔身已向东北欹侧，数年以后，将与雷峰塔同为荒土一丘。世界上又失去一件重大的艺术品——悄然无声的失去了!

我们往外走的时候，南望层层叠叠的云山，在暮霭苍茫中，迷离掩映，简直分不出那是云，那是山来。老石又呆着不动了，他叹口气道:"我到了这里才了解中国的山水画!"

"你比郎世宁高明的多，是在中国学过多少年，还只会画外国狗!"想起他的画来，我总联想到在外国吃中国杂碎的风味。

出了庙门，老石说:"咱们换条路走罢，别再碰在卖扇子的手里，不好办。"于是我们就望着丘陇间有断碣残碑的地方，落荒而走。这种浪漫走法，逍遥倒也逍遥，可是走不上正路，直至天黑了，我们还在人家坟地里徘徊。村子里上了灯火，我们才像扑灯蛾般的扑上大道。

到了城里，已是不早了，还没解决吃饭问题。又不知道什么地方好，就商量车夫拉我们到个清爽点的馆子。他们当然不会拉个就近的地方，如是又在车子上晃了半天，晃到个高高门楼前面。下车一看，匾上是"松鹤楼"。"这名字真清爽，咱们就在这儿吃罢。"我们是以这个理由进了门。

进门一瞧呵!墙壁、楼梯、桌椅，全是窝肚颜色，映着红的灯光，红的炉火光，充满着黑暗时代地窖子里炼金风味，我们又以这个理由入了座。

堂倌的黑溅布在桌子上擦着，一面问我们要什么菜。这倒是个难题目，"拣好的来罢。"我装作满不在乎的溜过这难题。

酒壶是再古拙没有，老石见了就欢喜。菜呢?瞧!第一碗是溜鱼，第二碗是炸鱼，第三碗是汤鱼，直至吃的饭，都是烧鱼面。"今天是过星期五。"我说。

老石擦擦额上的汗道:"好吃。"

我倒忍不住笑了。

三

第二天吃了早点，我们商量去逛狮子林。据说清乾隆到了狮子林，就想起倪迂那张画，现打发人去北京取来对着比看。我们却是先看到倪迂那张画——自然是延光室的印影，才想到去逛狮子林。老石为了这个缘故，特别高兴。大概坐在洋车上，还梦想过皇辇的风味，及至到了门口，看门的问道可有介绍信，我才恍然这一去的突然。他又问名片，我们各人在腰里掏了半天，我掏到一张递过去。那看门的低下头看看那秃溜溜的三个字，再抬起头看看我们直挺挺的两个人，就摇摇头干脆说声"不行"。

我望望老石，老石也望望我，不约而同的两脸苦笑。

"还是坐着皇辇回去罢！"我奚落他。

"多谢你那段好听的故事！"他又奚落我。

我们去北塔溜了一转，塔是上去了，又下来，只留下筋肉的感觉。还是旁边那个禅院，僻静的乖有意思。

留园名满江南，岂可不去瞻仰一番？也不知是狮子林的钉子在作怪，还是理想中的图画太荒唐，在留园中逛来逛去，没找到一处可以沾惹点情感的地方。最后我们的结论，是有几株老树，还古拙而自然。

不知怎的我们又在城外了，是当日的下午，也许是为初来时，坐在洋车上，慢腾腾的走着，远望那一带绿杨城郭，映着明净的河流，那印象特好，把我们又引诱到城外来，至于放弃了其他的名胜？无论如何，我们是在落荒而走了。河边的一株枯柳，桥上的一个担夫，村子外几个小滩地上一丛丛野草，都逗引我们的呆看与徘徊。时间在这种不知爱惜中溜过，不觉又近黄昏了。雇他一只小艇，挂上了夕阳的红帆，沿着城墙划进城里，穿那两岸人家的小河去？不错，就是这个主意。

进了小河，忽然感觉到一种太接近的不好意思。两岸全是人家的后门，后门有点像一个家庭排泄的出口。遨游乎其中，颇感有点走近人家马桶的忸怩，窃听人家私语的唐突。也许人家满不在乎，但这十足的表现游人的没出息！别管，那个味道可真浓厚。洗衣服的胰子味，厨房的炒菜味，马桶味，酱油醋味，再加上耳边碟子、碗的脆声，锅铲的尖声，吵嘴的怒声，笑语的娇声，洗澡的水声；眼前竹竿上晾着未收的小孩子尿垫，大人的裤子、衬衣，门缝间衣袖的一角，纱窗里女子的半面。处处是太接近了，太私昵了——闻到人家身上的气息一种接近，早晨闯进睡房的一种私昵。

"这才是苏州呢！"老石正高兴，"哗"的一声，一盆水从一家后门泼出。"哎呀！"老石叫，那门边探出一个老妈子头，看了看，把嘴一张，又用手掩上，缩回头去，"哗喇"把门关上了。老石伸出袖子抖着水，问我道："这是什么水？"

"洗脚水！"我告诉他。

赶我们到一能桥头下了船，已是满街灯火了。

第三天我们在火车上，远远的还望见虎丘塔倔强的屹立在晨曦中。老石换了一套棕色衣，我手中来时的手杖，现在也换上一把轻清的麦秸扇了。

（《现代创作游记选》，姚乃麟编，上海中央书店 1935 年 4 月初版）

秋光里的姑苏

姜亦温

为了想探望归宁母家有日的妻，和两个怪可爱的孩子，趁着国庆纪念休业一天的机会，我匆匆地跨上了京沪线的车辆，预备到苏州畅游一番。

记得在五年以前，那时候我还没有成亲，在朔风凛冽、冰雪载途的岁阑，曾悄悄地拜访过这座古城，只可惜山明水秀的姑苏，已变成个银花世界了。

长关在没有花，也没有草，鸽笼般的环境中，一旦和大自然见了面，瞧着车窗外的景物，无论是一丛杨柳，一片田野，偶然间又掠过一湾流水，几间茅屋，这一切的一切，都显示着典型的江南风味。阵阵的清风，吹拂得青春的血液，似乎格外循环地流转，我不期然陶醉在秋光里了。

下了站，那巍然的古城，已展开在我的眼前，好像遇到了久别重逢的挚友，感到说不出的快慰。北寺塔还并没有和我蓦生，曲折的街道，依稀还辨得出方向，转上了几十个弯，终于载欣载奔的到了葑门外的岳家。

这仿佛是塞外归来的征人，突然间出现在里门，当然会引得他们出乎意外的兴奋，妻是满面堆起了笑容，我得知她有着无上的欣慰，两个孩子呢，爸爸、爸爸的叫着，我此时并不觉得跋涉的辛劳，我只觉得第一次享受天伦的快乐。

苏州真是水运乡，在这里吃住都舒适，游览的地方又多。这几天据说天平的枫叶，经过风拂云蒸，早变得满山通红了；还有石湖的芦苇，也放着一片银光，真应上了"芦白枫丹"的景致。只可惜匆匆来去的我，时间上不允许前往一游呢。

幸而距离得一箭之远的南塘——黄天荡，本是荷香十里的夏季胜地，现在已届深秋的时候，依旧是清波一片。那青青的菱叶下，掩映着红红的水菱，微风过处，薄薄的皱起了微波，点缀着几个铅华不施的采菱少女，另有着一种清趣，包含着无限的诗情和画意。我深恨手头没带着一具摄影机，像这样曼妙的境地，简直是人在图画中哩！就这一点儿，我已感到此行的不虚了。

苏州的确是文物之邦，它堪作养老退隐的好去处。我还爱听那女人嗑瓜子的声音，实在再清脆也没有了。在暮霭的归途中，我真舍不得这令人留恋的苏州。

（《机联会刊》1936 年第 156 期）

苏州纪游

牛　毅

春神带给人间无限的快乐，助长了人们游览的情绪。我是北方人，初到江南，所以更被它的慈爱温柔的魅力所陶醉，所以便决定藉春假的良机（四月一日至七日），一览江南的阳春烟景。

照普通流行的"上有天堂，下有苏杭"这两句话想来，苏杭二地，确可作为江南春天风光的代表。因为时间的关系，兴趣的差异，就决定游苏州，友人李君肇瑞偕行。

一日夜到下关，搭十一时半的京沪特快车东行，因为是深夜，竟未享受到沿途的风景。二日晨五时许就到了苏州，喊了两辆黄包车，拉到城外阊门大街惠中旅社，此时天还没大亮，马路上有几分泥滑，这是告诉我们苏州昨天阴雨了。那个旅社各方面尚很相当，所以就在那里住下，因火车中一夜的疲惫，所以就在店中小憩，可是因卖花女的捣乱及游性的作祟，我们二人谁也未入梦。

至七点钟左右都起来了，这时天气还阴得沉沉的，我们很担心天气不晴，没法拍照景物，有损失我们的游兴。我们用过自己携带来的早点，就商定了一个游玩的计划。我们预定在苏州作二日游，可是自己因地理生疏，不能有确定的计划，仅决定第一天游览城郊附近各名胜，第二天游览较远的名山。

这个时候把茶房喊来，问他苏州城内好玩的地方。他告诉我们，虎丘、沧浪亭、狮子林、北寺塔、观前街、拙政园、戒幢律寺、留园、张园等地方，都是游人必到的。

李君在东吴大学有两个朋友，他要一方面藉便去拜访，一方面要藉他们作指导。打听好了东吴大学是在东南隅天赐庄，我们便叫了车子离开了旅店，到东吴大学去。

到东吴大学去，路经观前街，这条街算是吴县（苏州即吴县）最繁华的大街。在书店中买了一本《苏州指南》，于是对于游览的路线更觉得有把握。到东吴大学，恰逢他们不放春假，所以决定自己照指南去旅游。我们徒步沿平江路往狮子林去，在路上很可看到苏州城内的特色。第一，城内水道交错，它的深与阔度，可以容渔船划行其中，因此桥梁很多，几乎行十几步便是一桥，很容易使人想到意大利的水城威尼斯。第二，苏州街道除几条碎石的宽路外，没有柏油马路，其馀的碎石路还狭得要命，车马往还颇为困难，所以苏州虽有很多文士学者寓此，然而却没有一部汽车，并不是他们喜好古雅的马车等，实在是街道太狭，汽车无用武之地。第三，苏州人卫生方面不甚讲求，许多人就在门前洗刷马桶，然后将水泼于路上，把洗完的马桶，陈于门前，新到的游人睹此现象，未免侧目。

我同李君且走且谈，不觉中狮子林就在目前。这时举目望天空，不禁令人满心欢喜，天公作美，期待的朝阳，竟为白云送了出来，向西一转，就是狮子林的园门。

狮子林在苏州城内西北隅的神道街中潘儒巷，现在属贝氏所有，既属私产，所以非园主许可，不得入内。我们到了那里，将要向守门人交涉，他看见了我们所穿的制服，他知道是南京中央政治学校的学生，所以没有费辞，准许了入内参观。

相传此园建于元朝至正年间，取佛书"狮子座"之意，而名此园曰狮子林。内中是中国旧式建筑，亭榭雅致，湖石玲珑，实堪寻味。至于洞壑曲折，百花争妍，更使游人留连忘返。此园大概可别为东西二部，各成一环形。东部叠石为山，形态万异，游于其中，大有迷途之感。我们想到《红楼梦》大观园里刘姥姥，不禁好笑，但在这里引起了同情之感。西部小径，盘旋曲折，有如回纹，更是别有情曲。其中叠石各有其名，狮子峰、含晖峰、吐月峰等；其楼阁亦各异其名，如立雪堂、卧云室、问梅室等。西北隅有一石舫，形状与故都颐和园的石舫相若，但是比颐和园那个小了数倍。就整个园林观之，形势局促，令人观览其中，只有纤巧奇峻之感，而缺乏如故都中山、北海等公园的舒展开阔之趣。出了狮子林园，我们坐车去拙政园。

拙政园在苏州城内娄门大街，为明朝御史王献臣别墅，其间几易其主，现在为张氏所有。甫入门，有老藤，署曰明朝文徵明手植。门有太仓王藻林联："拙补以勤，问当年学士联吟，月下风前，留得几人诗酒；政馀有暇，看此日名公雅集，辽东冀北，蔚成一代文章。"入门有垒石一座，上有亭，其后有水一曲，通以小桥，桥后有堂，曰远香堂。其西曰南轩，俞曲园署曰"听书深处"。隔水有屋如舟，曰香洲。园西北沿边皆廊，循廊而北而东，有拥翠亭、藕香榭、潇湘一角。园后面临水处多竹，园东南隅有枇杷园，及湖山数座，曰玲珑馆。此园形式虽存，但因多年失修，表现着十足荒凉味。

出园后，为经济时间计，乃包雇了两辆黄包车，这时我们都觉得肚子里有点饥饿，就叫黄包车代我们找一个食店。午饭后乘车游北寺塔。

北寺又名报恩寺，在平门内护龙街北端的香花桥。这庙因其中的高塔而著名，此即所谓北寺塔。此塔曾几毁几建，而有今日的威武笔直的身躯。在塔下徘徊一周，将要上塔上面去，据说还得买"游塔券"，我们又觉时间的不充，所以又坐上车子一直出城，向虎丘塔去。约四十分钟，到了距城七里多的虎丘。

虎丘山一名海涌山，高一百三十六尺，周二百十丈，相传为阖闾葬处，葬的当时，可谓尽奢侈的能事，以水银为灌，以金银为坑，治冢者达十万人之众，葬后三日，有白虎踞其上，故名"虎丘"。到了虎丘，便在头山门外下车。此时车夫向我们要茶钱，我们不谙当地的风俗，所以只好如请照办了。

我们刚进山门，有一群男女小贩，取大包围的形势冲了上来，要我买他们手中所提玲珑可爱的玩具，检阅一过，可惜没有一件合于我们需要的，所以来势很勇敢的他们，只好失望地散去了。

入山门不远，在二门外的右边（西边）有三个小亭，亭中全是坟墓，近的那个是鸳鸯墓，亭外有花木装成雅致的风景，亭柱上有一联："身膏白刃风犹烈，骨葬青山土亦香。"相传这是长洲蠡口人倪士义同其妻杨烈妇之墓，明崇祯十四年倪士义被冤而死，他的夫人也因之绝食七日而亡，二人合葬于虎丘。自葬之后，从远处看去，仿佛有鸳鸯集于墓顶，近看却不见了，人皆惊为奇事。当地官吏以此事呈奏于朝，故皇帝赐"鸳鸯"二字。这是鸳鸯墓的一幕传奇。

从此处再上行，是近代诗人陈去病先生墓。离开陈墓，进二山门，路旁有憨憨泉、试剑石、蟛蜞石，真娘墓诸胜迹，再上则有千人石、点头石、二仙亭以及剑池各古迹。更上入虎丘禅寺，由寺出绕上虎丘山巅，顶上有一塔，共七层，为隋仁寿九年所建，洪杨兵乱，塔外面栏檐皆毁，现在未加修葺，塔身因年代久远，已有些北倾了。

离塔不远是冷香阁，为新近所建，在阁前可以俯瞰虎丘全景。此时已经三点钟了，所以赶快循路下山。

出山门寻不见车子了，然后请问警察，才知道车子不准停在门前，过了一个小桥，又坐了车子，车行不久到了戒幢律寺。

戒幢律寺的故址是明朝徐太仆西园，这庙规模宏大，正殿为四大天王，其高更为他庙中所罕见。庙的西厢为罗汉堂，内塑全身罗汉五百尊，各个真是妙相庄严，无怪乎乡妇与村姑不断的在他们面前求灵与许愿了。

靠着这个寺的右侧（西边），就是苏州有名的西园，入门处有"西园一角"四字。园内颇饶水石之胜，尤以放生池为最美，池中有小亭，东西各通以曲桥，亭中名人墨迹很多。据说池中多鱼，投之以饵，麇集可观，可是身边无物作饵，我们没有作这种实验。此外，园中田畇垒石的布置也很配合。

这时已经是四点半了，便乘车直趋留园。留园在阊门外五福路，原为明徐冏卿东园故址。清嘉庆初，有刘蓉峰者加以重修，改名寒碧山庄，一般人称之为刘园。光绪二年归常州盛旭人所有，改为今称之留园。

此园收入门券大洋一角，园中布置特别曲折，奇石之多不亚狮子林。园中最精采的地方是荷池，池周绕以奇石，九曲桥横跨在上面。园周围的壁碑，全是有名的文人墨客的题咏，使游者大有目不暇给之势。我们在园中徘徊一周，看钟已经五点多了，决定再游两处，然后返寓。

黄包车把我们拉到张园，园中有梅树数百株，今年春讯稍迟，所以梅花开在四月，形成与桃花争艳的局势。缓步于花丛中，践踏着铺满了落红的小径，饱闻扑鼻的清香，听蜜蜂与梅花的低语，数年来怀着国恨乡亡的抑郁之心，似乎在这里得了一些舒畅。于是精神顿觉一爽，古语说"笑傲山水可以怡性清心",这真是一点也不错的名言。

出了张园的园门,已经将近六点,想再游一处,然后返回旅店。可是车夫表示着疲惫的形态,我们也有相当疲劳的感觉,所以就回到旅店去。

晚饭后躺在床上,因竟日疲劳,便醺然入梦了。一觉醒来,已是三日的早晨,急忙披衣起身,推窗外望,天空朗阔,一点云霞都没有。游兴因此更为焕发了。

八时,许君约我们同游,所以叫好了车就出发了。采取的路线是先游天平山,后到灵岩山,然后由木渎回城。

由苏州城到天平山约十八里,沿途两旁几乎全是桑田,可见这里蚕桑事业的发达。桑树上一些枯枝,稍发出一点的嫩芽,其他的树木多换了新装。一片青翠的麦浪,确是带来十足的阳春消息。不到二个钟头,就到天平山的北麓。

天平山的名胜都在山阳,我们沿着山北盘曲的小径,直达了山顶。山顶平正处名"望湖台",立其上,南望太湖,风帆沙岛,如在目前。在望湖台西南角,有一圆而面湖的巨石,名"照湖镜",在那个巨石上,坐了半点多钟,就往游山南的胜迹。

山南面奇石很多,所经过的如五丈石、穿山洞、蟾蜍石、龙头石等,皆很奇特。在下山路的中途,有一处两崖并峙,若合而实通,窄险深黑,过者侧足,那就是有名的"一线天",或俗称为龙门。

由一线天再下行,就是白云泉,水脉萦络,下坠沼中呈乳白色,其味甘凉,故有吴中第一泉之称,想起唐白居易咏白云泉诗云:"天平山上白云泉,云自无心水自闲。何必奔冲山下去,更添波浪向人间。"不禁使我们发生人间波浪何时息之感。

在山的南麓,有范仲淹功德寺,现在改为咒钵庵及高义园等庙宇。

这时已近正午了,可是天平山附近除几个肩挑的小吃饭摊外,没有一个饭铺,所以就在靠近的亭中一个饭摊吃了午饭。饭后徒步去游灵岩山,这山在天平山东南约三里馀,又名"砚石山",高三百六十丈。山北面有铺砖大路直达山巅,据当地人说,这条马路是康熙帝下江南,游此山时所修筑。

我们休息了三次，到了山的西北绝顶，上面有一巨石，上刻"琴台"二字，相传西子曾鼓琴于此。

山顶东南部平坦处，有灵岩寺，即吴王馆娃宫故址。现在正重修理，将来的游人，就可与新寺相见。寺右有吴王井二，一圆形者名曰"日池"，一八角形者名曰"月池"，又有玩花池等，皆经修理一新。寺中有一钟楼，我们听到不断的钟声，由里面传出，便好奇的跑上去看，里面光线很暗，从屋梁下悬一口大钟，旁有木槌系之以绳，拉绳，木槌即击钟。里面坐着一位青年僧人，就是专任击钟的。立在山顶向南一望，看见一条很直的水路，打游览指南查看，上面写着"山前有采香径，即香山之旁小溪也。吴王种香于香山，使美人（西子）泛舟于溪水以采香，今自灵岩山望之，一水直如矢，故俗称箭泾"。于是知道它的来历。

下山时拍照几张照片，乃乘山下公共汽车入城。车抵木渎时，本想下去一览木渎的市容，因为时间较晚，就未能如愿。沿途景色颇觉优美可爱。到城入旅店中，休息一会，已经五时多了。但是明天早车就要离开苏州，现在却还有许多未游到的名胜，心里有点不舍。于是约了李君，乘马游沧浪亭。路狭人多，不敢快跑，因此到达时已暮色苍苍了，竟遭闭门羹而返，可谓与沧浪亭无缘得很。

晚间苏州同学杨君来旅社，指导我们怎样游无锡。我们很幸运的有那么一位"江南通"的同学来指导，不然来到这个连一句话也听不懂的地方，真有点"别扭"了！

四日的早晨，别了苏州，向无锡出发。

但愿山河不改人长在，他年大业已竟再来游！别唉！苏州！再会吧，苏州！

（《现代青年》1936 年第 4 卷第 4、5 期）

苏台访古录

朱　偰

"灵岩烟雨白云濛，缥缈湖山一望中。木渎芳声传蓟北，苎萝艳色重江东。采香泾共苍茫尽，响屧廊随楼阁空。最是苏台俱泯灭，行人犹说馆娃宫。"

一、小引

在太湖的东岸，当天目山馀脉，散为天平、灵岩、穹窿、东西洞庭诸山，湖山交错的地方，有锦绣的原野，有纵横的河渠；弯弯的环洞桥，显出江南水乡的风味，而隐隐的青山，迢迢的绿水，间或衬着几叶风帆，映着峰巅塔影，每当日丽风和的暮春天气，或纷纷细雨的清明时节，不由的令人陶醉。这正是山清水秀的姑苏城外——尤其令人销魂的，是那座古色古香的苏州城，和遗迹苍凉的灵岩山！

少小生长北国，未尝到过姑苏。然而小时读《枫桥夜泊》诗："月落乌啼霜满天，江枫渔火对愁眠。姑苏城外寒山寺，夜半钟声到客船。"未尝不悠然神往。寒山寺名色，是多少幽远夜半钟声，是多少荒凉寥寂！继读《苏台览古》："旧苑荒台杨柳新，菱歌清唱不胜春。只今惟有西江月，曾照吴王宫里人。"一弹三叹，为之低徊不已。木渎是陈圆圆的故里，姑苏台是当年西子逗留之处。采香泾的名色，是多少绮丽；响屧廊的名目，是多少典雅！他如琴台、横塘、香水溪、缥缈峰，又无一不旖旎风流，无一不令人流连！记得当年经过苏州，远望青山横黛，近见波光凝碧，临水人家，楼阁相望；一霎那间，城池幻榭，又是绿草如茵的郊外，深深领会曼殊上人"江南花草尽愁根，惹得吴娃笑语频"之句。苏州好似江南文化的结晶，苏州好似中国文学中温柔旖旎的精华，而这温柔旖旎的象征，便是抽象的姑苏女儿。扬州不过是青楼式文化的结晶——"十年一觉扬州梦，赢得青楼薄幸名"——何尝比得上苏州；而杭州西子湖之所以知名，也不过因湖山之胜，假借西子之名。有人以杭州比大家闺秀，苏州比小家碧玉；实在大家闺秀，不过是后天的，而小家碧玉，风韵天成，才是先天可贵。究其实，西子浣纱，圆圆度曲，何尝尽出于大家？苏州之可歌可咏，也就是在此！

年来浪迹四方，南至粤，西至云梦，北至塞外，东至海门；江淮间名都，如扬州、无锡、镇江、嘉兴、杭州，以及浙东西名区，无不往游；独于苏州及其郊外名胜，未尝一览。二十五年四月，杨花初发，蝶倦莺飞，遂专诚往游，以二十五日，发自金陵下关车站。

二、苏州

是日向晚，车抵苏州，于夜色苍茫中进平门，护城河甚宽，初以为即运河；继询土人，始知运河绕城西南二面，此尚非运河正流也。过报恩寺，一称北寺，九级浮图，矗立空中，夜色深沉，备觉伟大。行护龙街，道旁有新筑别墅二所，琴韵悠扬，随风传来，窗中人影，楼外琴心，颇感人间情调，使我顿起他乡作客之思。幼时读海涅（Heine）《哈茚士纪游》（*Harzreise*），记得有一段故事，哈茚士一带，颇多古色古香的城镇，海涅到葛丝勒（Goslar）有一次遭遇，颇与我现在感触相同：

"葛丝勒的教堂，并不如何使人流连；但当我进城时，有一个曼妙的鬓发女儿，倚窗微笑，颇使我十分神往。用过饭后，我再去找那扇可爱的窗，但情影已杳，只有一个玻璃瓶儿，插着几朵白色铃花。我爬上去，取了几朵花儿，从容不迫地插在帽上，街上的人们——尤其是老太太们——目瞪口呆，注视着这精致的窃案，我也不去管它。过了一小时，我又从这房前经过，那可人儿又立在窗前，当她看见了我帽上的铃花，登时满面红晕，退了进去。那时她的庞儿，我看得格外清楚：那是一副甜蜜的、透明的容貌，具着夏夜的气息，皎月的光辉，夜莺的歌声，和玫瑰的芬芳——夜色深时，她走出门前。我走过去——渐走渐近——她徐徐闪了进去，隐在幽暗的过道中——我过去拉着她手，告诉她，我酷爱好花与蜜吻，要是别人不爱给我时，我会偷得来——说时我轻轻吻她一下——她要躲避时，我低低地告诉她，明天我就要走了，也许永远不再来了——我觉着她可爱的唇与纤手神秘的反应——于是我笑着赶快走开了。当我想着，我不知不觉把那征人惯说的一句含有魔力的话，那常使女人们心折的话说了出来：'明天我就要远行，也许永远不再回来。'不由地自己好笑起来。"

征人们常有征人的情绪，而这情绪却非安土重迁的人所可梦想得到的。那是异常的甜蜜，异常的陶醉；虽然这甜蜜，这陶醉，往往常伴孤寂以俱来；那是仿佛春梦一般，是来不须臾，去后又无从寻觅。我从前旅游莱茵的时候，时常感觉到；而今来游苏州，当着落花时节，目睹游春的士女，不由的又悠然神往起来。

三、名园

苏州是有名的"山水之窟"，园林之美，甲于东南，狮子林的屈折，留园的幽旷，沧浪亭的逸致，都足以使人流连。一般游苏州的人，往往盛称狮子林的假山，谓出于倪云林之手。据我看来，过于雕凿了，虽然屈折，但不免跼蹐；只有□□堂前一株枯松，几根石笋，一则霜干虬姿，一则孤峭挺拔，颇错落有致。其他部分，不免堆叠过甚，看过云林淡抹的山水，决不信是真出于倪高士之手，也许当年不是这样的。沧浪亭果然名不虚传，看它的回廊，如何高下升降，曲折有致！沧浪亭高踞丘上，飞檐凌空，玲珑剔透；五百名贤的石刻，也是吴中瑰宝。但五百名贤不都是苏州人，渔洋山人王士祯，也高踞一席。也许是他《入吴集》序中说他与渔洋山若有夙因的缘故。[1]

城南的文庙，也是一处令人流连的地方。经过洪杨兵火劫后，南城满目

[1]《入吴集》自序云："渔洋山在邓尉之南，太湖之滨，与法华诸山相连缀。登万峰而眺之，阴晴雨雪，烟鬟镜黛，殊特妙好，不可名状。予入山探梅信，宿圣恩寺还元阁上，与是山朝夕相望，若有夙因，乃自号云。"

苍凉，立在文庙棂星门前，望去是一片绿油油的草原，和迢迢的长垣；只有千百年来劫馀的古塔，矗立西南，点破岑寂；然而塔缘和檐，都已零落殆尽，塔身也是欹倾欲倒。文庙前面左右，是古色古香的两座牌坊，照例的题着"德参天地"、"道冠古今"，是就石牌坊改造，上边石雕尚存明代的作风。路北东边是棂星门，经过二重庭院，直达大成门，再进便是大成殿，黄屋崇檐，颇为庄丽。西边是府学门，再进为端门、宜门。立在大成门前，望前面院落，规模颇为宏敞；只是甬路上生满蔓草，分不出是路是草地；而曲折的水道，由泮池引入，也是遍生芜草。这里是旧式文化曾视为中心的地方，而今已零落不堪；但是水流是清澈的，松柏是苍润的，庭院固然寥落，但依然锺灵毓秀。可惜地方的当局，似乎对于此处早已忘怀了。

四、虎丘

"阖庐霸业夕阳沉，钟梵空山自古今。剑去虎丘青嶂在，水枯鹤涧碧苔侵。吴宫歌散声犹苦，越绝书成怨不任。惟有生公台畔石，年年白月照禅心。"——王渔洋《虎丘》。

虎丘山一名海涌山，离阊门不过九里，有山塘蜿蜒相通，所谓虎丘山塘是也。陆广微《吴地记》云：虎丘山避唐讳，改为武丘，原名海涌山，在吴县西北九里许。阖闾葬此山中，水银为灌，金银为坑。《史记》：阖闾冢，在吴县阊门外，以十万人治冢，取土临湖，葬经三日，白虎踞其上，故名虎丘山。《吴越春秋》：阖闾葬虎丘，十万人治葬，经三日，金精化为白虎，蹲其上，因号虎丘。秦始皇东巡，至虎丘，求阖闾宝剑，以虎当坟而踞，始皇以剑击不及，误中于石，遗迹犹存。其虎西走二十五里，至虎疁而失（唐讳虎，钱讳疁，改为浒墅）。剑无获，其石裂陷成池，故号剑池。池旁有石，可坐千人，号千人石。其山本晋司徒王珣与弟司空王珉别墅，咸和二年，舍山为东西二寺，立祠于山。

好事者尝谓天下名山，所见不及所闻，独虎丘所闻，不及所见。实则虎丘之所以得名，不过因有旖旎的传闻、香艳的古迹、伟大的建筑而已。除了剑池以外，天然风景，实无足多。至于吴王阖闾之冢，"以扁诸鱼肠等剑各三千殉焉，故以剑名池"。此种远古传闻，缥缈难寻，也只好姑妄听之而已。

剑池两崖划开，中涵石泉，深不可测；其间青藤掩映，水碧石青，阴幽窅窱，别有意境。剑池之说有三：

一、范成大《吴郡志》：剑池，吴王阖闾葬其下，以扁诸鱼肠等剑各三千殉焉，故以剑名。

二、《元和郡县志》：秦皇凿山，以求珍异，莫知所在；孙权穿之，亦无所得，其凿处遂成深涧。

三、《朱长文馀集》：剑池盖古人淬剑之地。

若不得已而求一解，余以为第二说较近。盖吴王阖闾，铸干将莫邪等剑，以剑殉葬，当时传说必甚流行。秦皇孙权，或尝凿之，以求珍异，亦属意想中事。至今石上有颜真卿书"虎丘剑池"四字，笔力雄浑，字径二尺馀；然相传"虎丘"二字，已非真卿原书，盖后人叶清臣所书，橅仿补镌，缅观确有分别。又石壁刻"风壑云泉"四字，相传米芾书，亦别有风格。

虎丘塔七层，古色苍凉，巍然山巅，塔略向北敧，摇摇欲坠。塔隋文帝仁寿九年建，与北京之天宁寺浮图、栖霞山之舍利塔，皆同时所造，作风古朴，然别具雄浑之姿。相传塔基为晋司徒王珣琴台，建塔时，掘得古砖函，内藏银盒，护舍利一粒，落成时仍置塔中。洪杨劫后，塔四周屋檐栏杆皆毁，益显苍凉。

千人石系明季复社集会之所，为大磐石，可坐千人。生公讲台系神僧竺道生讲经处，相传生公说法，寒冬白莲花开，池上顽石点头，至今石上刻"生公讲台"四字（生字已泯），宗教传闻，也无足置辨。独道旁真娘墓，令人流连不置。李祖年集吴梦窗词句，以为联云："半丘残日孤云，寒食相思陌上路；西山横黛瞰碧，青门频返月中魂。"白乐天诗云："真娘墓，虎丘道。不识真娘镜中面，惟见真娘墓头草。霜摧桃李风折莲，真娘死时犹少年。脂肤荑手不牢固，世间尤物难留连。难留连，易消歇。塞北花，江南雪。"虎丘真娘墓，与黑水青冢、燕郊香冢，可鼎足而三，同传千古矣。

五、寒山寺

"姑苏城外寒山寺，夜半钟声到客船"，是传诵天下的名句，无奈今日零落，钟呗寥寂。王渔洋至苏，舟泊枫桥，过寒山寺，夜已曛黑，风雨杂遝，摄衣着屐，把炬登岸，径上寺门，题诗二绝而去，一时以为狂。其诗云："日暮东塘正落潮，孤篷泊处雨潇潇。疏钟夜火寒山寺，记过吴枫第几桥。""枫叶萧条水驿空，离居千里怅难同。十年旧约江南梦，独听寒山半夜钟。"姑无论其词句如何，此种豪兴，为文人所不可少，所谓"乘兴而来，兴尽而归"。天寒岁暮，风雪塞途，犹不远千里万里；微风细雨，何足阻其佳兴哉！

六、木渎

二十七日侵晨，发自阊门，满天阴霾，烟雨迷濛，远山近水，尽在霏霏中。数骑沿驿道行，绿杨荫里，蹄声得得，遥望西南一带，青嶂环列，秀色宜人。二十里抵一桥，风帆片片，长桥映带，波光塔影，景物至佳。又十馀里，折入阡陌中，麦浪迎风，桑麻相望。不须臾抵木渎，为吴邑首镇，相传当年吴王得越贡神木，将筑姑苏台，积材三年，连渠塞渎，木渎之名，所由起也。越溪水与木渎水，合流为横塘，东野诗"难随洞庭酌，且醉横塘席"是也。有圆圆故里，"恸哭六军俱缟素，冲冠一怒为红颜"，圆圆之魅力大矣哉！其地三面青山，一弯香溪，有人家数百，颇称殷富。

至镇，饮于石家饭店，因子髯诗得名："老桂花开天下香，看花走遍太湖旁。归舟木渎犹堪记，多谢石家鲃肺汤。"生意鼎盛。主人索题，因即席题赠一绝云："花落横塘处士庄（石家有花园），石家妙味擅莼汤。当年西子寻芳处，煮得青茗水尚香。"应酬笔墨，不足跻于大雅也。

饮毕即行，傍渎而上，两岸皆人家，渐行渐疏朗，忽见环桥弯弯，耸临水上，而老树交柯，绿家如帷，吴溥诗云："山郭人家似水村，榆阴深处半开门。最怜微雨新晴后，染得溪流绿有痕。"如为此时写照。鹭飞桥西，旧有沈归愚宅。

小小木渎镇，词客才女，人才辈出，信乎人杰地灵，不枉山水明秀，我游横塘，心向往之矣。

七、灵岩山

"馆娃宫阙已成尘，松韵琴声听未真。寂寂芳魂招不得，苏台风物为谁春。"

由木渎缘香水溪而上，至灵岩山麓，遥见琳宫雁塔，高出层峦，即梁秀峰寺，南宋崇报禅院，明永祚寺，近年新建，复名灵岩寺。相传寺即吴王馆娃宫故址。山有灵岩塔，塔前石壁耸起为灵芝石，灵岩以是得名。循塔而西，上有小斜廊，相传为响屟廊故址。《图经》云："吴王以楩梓藉地而虚其下，西子屟行则有声，故名。"元顾阿瑛诗云："日日深宫醉不醒，美人娇步踏花行。属镂赐与忠臣后，叶落君王梦亦惊。"唐皮日休云："绮阁飘香下太湖，乱兵侵晓上姑苏。越王大有堪羞处，只把西施赚得吴。"诗人立论，或不直勾践，或致怨西子，实则古来亡国者多矣，岂皆因女色？宋苏舜钦诗云："苎萝山女入宫新，四壁黄金一笑春。步辇醉归香径月，隔江还有卧薪人。"则庶几近之矣。

由迎笑亭登山，山麓有亭榭废址，毕沅之灵岩山馆也，曾几何时，华屋山丘，零落尽矣。更上过石鼍，昂首望太湖。遥见云山苍茫中，豁然空濛，水天相接，"茫茫复茫茫，中有山苍苍"，隐约浮沉湖中者，洞庭山也。更上过灵岩寺，直上琴台，山石嶙峋，相传西子鼓琴之处。山雨欲来，松涛满壑，远望邓尉、上方诸山，烟鬟镜黛，积翠堆青；近瞰采香泾、香水溪，一泓清水，渐远渐杳，没入寒烟中。余有诗云："采香泾共苍茫尽，响屟廊随楼阁空。"盖写实也。西麓有宋韩蕲王墓，墓碑穹窿，高可三丈，自山巅可望见之，所谓万字碑是也。归避雨灵岩寺，登钟楼，寻吴王井、玩花池、砚池诸胜，半属附会。下山访西施洞，亦名石室，"废宫春尽长苍苔，不见罗裙拂地来。只恐西施是仙子，洞中别自有楼台"（明高启诗），可吟咏，别无足取。天晚雨甚，山景荒凉，乃骡骑而归。以五月一日重归白下，前后游程才六日耳。

（《汗漫集》，朱偰著，正中书局 1937 年 4 月初版）

灵岩山

春游姑苏记

杨世忠

春已光临大地，万物亦告向荣，大自然景物，随之易色，"春光明媚"，"鸟语花香"，真一年之良辰也。

春赋吾人游山戏水，赏览风景之良机，吾人岂可辜负其盛意？特于春假旅行吴中，略志见闻于下：

首日晨，自嘉起行，午后二时许抵苏，因事前已函告好友沈君，抵站，沈君已在站迎候，即由沈君引导而行。午餐毕，因时已晚，略游苏城街道。观前、护龙两街，已为苏城孔道，与号称东方巴黎之上海街道相比，不可同日而语矣。其馀多数街道，尚甚湫隘，杂草荒芜，污浊不堪。

沿途见各肆所列商品，有古式戏袍，古式乐器，及古式用具，不胜枚举，类如此者，无地无之，可谓一大规模之旧货摊也。

又沿途所见银行，皆为黑色之墙壁。予怪而问其故，始知吴县将演习防空也。

是晚寓阊门外大新旅社。

次日晨，早点后，雇马车赴虎丘。虎丘亦为吴中名胜之一，离城七八里，约行半时许始达。山不甚大，缓步而上，至山半而右折，观诸烈士之墓，行未几，路绝矣。复下，由原道而直上，有千人石，可载千人，此系天然所成，甚平。千人石后为剑池，池旁有"剑池"两字，左侧更有"虎丘"两字，系明代唐伯虎先生所书，字迹确甚佳，名不虚传，唐先生不失为明代之才子也。行抵峰顶，有虎丘塔，甚高，久无人修，将倒，业已为雀鸟之老家矣。塔之左，有三大石碑，其最左者为鸣石，击之若钟鸣，可谓奇矣。继而复登冷香阁，与友饮泉，味甚美。泉高于杯口分许，奇哉。饮毕，依原道而下，抵山麓，见两外侨，手携摄影机摄取风景要道。

下山，即往西园。行一时许，始达一佛院，内有大雄宝殿，又有罗汉五百尊，总计大小佛像，不下六百，其雕塑之工程，不可胜计。寺院异常高大，亦为吴中巨大建筑物之一也。游毕转赴留园，相距数十丈，片刻已至。留园亦名胜之一也，系清时盛杏生氏所建，然时至今日，已败矣，环堵萧然，不避风日，令人阅之，不胜有今昔之感焉。

游毕，雇人力车赴城内狮子林。园内设置，颇有条理，园尚大，有大树数株，高数丈，内中假山甚多，山旁荷池中，有石船一，系水泥建成，对岸为假山洞，名"八卦阵"，两人各入一洞，则虽于相逢，惟能隔石隙握手而已，亦可谓佳矣。回顾园中，满目桃花。风至，花瓣飞舞而下，真所谓"落英缤纷"。此时吾辈犹如处于桃花源中，如痴如醉，乐而忘倦矣。既而沈君告予曰："去，晚矣!"予始茫然应曰："诺。"乃返，然予心中尚有恋恋不舍之意也。

是晚寓东吴旅社。

三日晨，早膳毕，乘苏嘉路汽车，往宝带桥。抵站，下车至桥，桥为石所造，长三百馀尺，计五十三孔，亦可谓古时伟大之建筑也。桥左为苏嘉铁路之铁桥，右则为苏嘉公路之木桥。当吾人行桥半，忽闻机械声，仰见铁鸟，掠予而东。俯视又见汽船自南而北，继而复见火车自苏往嘉，旁则适有汽车北行。余谓沈君曰："盛哉! 此交通发达之邦也!"

予本定本日返嘉，因时将午，遂与沈君乘车返城。午餐毕，即往火车站，拟乘一时三十三分车，返嘉。因中途交车，至苏已二时许，予乃上车，与沈君作别。未几车行，余顾望苏城，念胜地不常，未知何时复来苏。转目四望，车中萍水相逢，尽是他乡之客。予乃默坐，赏览馀景。车抵南翔，时已夕时许，即乘五时五十五分之车返嘉。抵嘉已六时十三分矣。及出郭，日已夕。游苏凡四日，行程约四百馀里。抵家，母已望之久矣。乃笑谓余曰："游苏乐乎?"予答以"乐"，母喜而笑。

（《大公半月刊》1937 年第 1 期）

姑苏纪行

莫时钢

"暮春三月，江南草长，杂花生树，群莺乱飞。"丘迟先生寥寥十六个字，使我童年脑际已萦回着江南春色了。年来负笈华中，来往京沪间，经苏锡镇等名胜区者有数，然均旅程仆仆，未能一畅其游，每于车厢中遥望湖光山色塔影，辄心向往之。今年春假前二日，已决心作一次探春之举，迨届期又几经挫折，行见春光将老假满，再负良辰美景。卒得畏友吴君函约，四月四日作苏锡之行，倦游归来，深叹江南得天独厚，到处山温水软，风奇景秀，而物产富饶，人民安适，有馀闲致力美育，又造园林，巧夺天工，天时地利人和兼而有之。赋归在就，几时重践斯邦？且同游二友，因故不得已劳燕分飞，天南地北，更感人事之无常。雪痕鸿爪，瞬息就逝，因纪所忆鳞爪，以志不忘，并祷祝我友此去健康愉快，一帆风顺焉。

四月四日　上虎丘，逛观前

晨七时至北站，伴友吴君未到达。是日适逢日曜、儿童节、春假，各公司、工厂、机关、团体都休假，故游侣特增，扶老携幼，结队成群，汇集北站出发，到处熙熙攘攘，每人的颜面上都泛着欢忻、微颐、兴高采烈，与平素骊歌三叠时，别情依依、鼻酸眼赤迥异。尤其是那些十一二岁的少年男女们，手携着手，又是溜，又是跃，有时撞倒在生面的老人家怀里，他们立刻转过身来，向着老人家行个立正举手礼，还惹起旁人一阵狂笑。这些笑是热，是爱，是和平，是人类内心的共鸣。春的磅礴，春的跳跃，老年者变成壮年，青年的变成少年。

票柜前黑压压尽是人头，前边的透不过气来，后头者也冲不上去，弄成僵局。后来路警总算费了九牛二虎之力，始将那些你推我挤的人们，弄成一条一字长蛇阵，顺着次序先后购票。国人不争先怕后、顺序列队于公共场所者，作者眼睛中还算破题儿第一遭看到。要不是车站内光线不足，拍出一张照片来，也可算是新生活运动训练的成绩。

九时吴君携他的弟弟到齐，成"三人行"。购十时快车来回分程票，计议先到苏州，六日正午赴无锡，七时晚回沪。在人声噪杂中暂别红尘万丈的上海。"赶上江南春，千万同春住"，我们忙里赶，偷去春闲，然而我们赶得上吗？

车上我们的隔座，坐着沪某女校春假旅行团。她们的喜怒骂笑皆文章，有声有色，使车厢增加热闹不少，她们的嘴不住地动，燕燕莺莺的声调并出，大大小小的食品塞入，"瓜子与糖果齐飞，橘子共樱唇一色"。全车厢不时侧目她们，好像整个春天是她们的，"除却少女不知春"，颓废派诗人这样吟哦。

从车窗内看去，一片无边无垠的平原。麦陇菜畦综错，间夹些垂柳飘扬，水车茅亭。麦穗是绿的，草坪是青的，菜花是黄的，野蔷是紫的。不时三二白帆追逐于阡陌之间，宛如陆地荡舟。清澈的小河床上跨着一座古色古香的拱桥，煞是调和美丽。啊！不是小河，不是拱桥，是美人的纤指戴着一颗钻石，或者是闺秀的粉项挂着玉环。

将近十二时，半截赭黄色的塔尖，从一片古意盎然的老城的雉堞上伸出来，像是引领欣迎我们，又像弄姿诱惑我们。隔座女校旅行团内突然嚷出尖锐的声音："苏州，看苏州！"这些久蓄而忽然爆发的声调，仿佛 Waslington Irving 著哥伦布发现美洲时，船上水手的呼声："Land，Land."我希望她们蕴藏着这些发现苏州的热狂的情绪，等到将来发现荒岛或发现真理时，再尽量狂呼长啸。

我曾听过朋友说："苏州有四百馀条桥，十多座塔。"这样，桥与塔是苏州的象征、代表，构成苏州的风景线。塔是高高的，塔内供着菩萨，香烟缥缈，使我联想起烟囱也是高高的，烟囱的顶端也有缥缈的黑烟。但苏州人真奇怪，不为民族国家造烟囱，只代僧侣筑塔。也许是烟囱内出的烟太多了，有伤卫生，不如塔内烟气袅娜，像少女的柳腰曲线一样来得有诗意，有美感呢？想不竟车已靠站。

站的南边还叠些假山竹亭之类，中间装着一个小小喷水池，池内有小亭阁、拱桥。这个小天地不啻是给初来游侣们的一个开场白，或是兴尽赋归者的压轴戏。我们为交通便利起见，就寓车站附近的闾门。这里是商贾麇集、市廛栉比的地带，也是大小旅馆荟萃的所在。是苏州的南京路，日夜车水马龙；又是苏州的四马路，到处秦楼楚馆。

因为游客拥挤，旅舍多客满，走了几处才找到一个住处，安放了那小小的行装，立到一家小饭馆午膳。我感到苏州的口味是油脂多，加糖多，忒腻，略淡。我胃口素不差，且饥不择食，狼吞虎嚼，"一鼓作气，再而衰，三而竭"。吴与他的弟弟饭量均很小，至多二小青碗。因此他们在旅行期间用膳，只叫一盆蛋炒饭，经济便利之至，我则爬山跑路，"非三碗不过岗"。

我们照游览指南按图索骥，决定四日下午游留园、西园、虎丘、靖园，再绕道由平门进城，玩北寺塔、狮子林、玄妙观等处；五日全日游木渎镇、灵岩山、天平山；六日上午玩城中沧浪亭、可园、怡园等处，正午赴无锡。决定后租黄包车三辆，半天每辆国币九角，车夫都江北籍，发音格格，急促刺耳，与苏州人的婉娇侬妮，诚天壤之别。二时出发，不一里抵留园，该园为前清邮传部尚书盛宣怀氏私产，现归公。头门低隘，有小庄室风，入门票资一角，过狭曲长廊，豁然开朗，亭楼池阁毕陈，目不闲接，中池水一泓，临池叠石为假山，山顶建一亭，可远眺灵岩、天平诸山，亭额题"其西南诸峰林壑犹美"。我们坐息亭中，大有欧阳醉翁之风。东部复阁回廊，曲折幽邃，古木阴翳，桃李参间。池南傍一台榭，供游侣品茗栖息之所，窗净几洁，静恬可喜。惜时适有沪上经济旅行团百馀人在此摸彩换奖，若辈叶嚣如鸦噪，殊煞风景。迩来各种事业，都以抽签得彩为号召，偶尔一举，引人兴趣，办法固不善，然用之过滥，如赏春探胜等风雅事，也不能免俗，徒使一般国民，长育侥幸心理，此风盛行，非国家民族之福也，为政者其注意及之。

出留园数十武，到戒幢寺，寺殿建筑堂皇乔丽，庭院轩敞。入大雄宝殿，香烟氤氲，着人欲吐。更有不少摩登小姐哥儿，在那莲花座前，诚恐诚惶地"俯首低语问终身"，细察各人读签后神态，或则以喜，或则以惧，天下本无事，

128

庸人自扰之,殊足一哂。查游览指南,注明"该寺有放生池名西园,蓄鱼鳖甚多,背径大者四五尺,投以饼饵,争相衔食,其胜不减西湖玉泉云"。如此好处安可放过,入园处果有人兜卖大饼,购一,门票铜元廿枚,入内,梵宇荡然,马矢蓬草充斥,毫不足观,迳趋放生池,凭栏投饼,专候"争相衔食",以饱目福,那知眼巴巴地注看了十馀分钟,蛤儿也不见一个,只有大饼浮沉,随波上下,大失所望。俗云:"识书人常给书本骗。"今我们亲上了书的当后,愈觉"尽信书不如无书"。

　　离西园,驱车直诣虎丘。是日风和日丽,轻车如飞,途中有二鸠形菜色的雉童,奔追我们车后,口中喃喃叫声"给个铜板吧"不绝,气喘力竭,声调时续时断,追随几近半里,我遍摸衣袋出一分铜元一枚与之始歇。对此迷途的羔羊,深感号称天堂的苏州,背后也藏着一个大地狱。抬眼虎丘塔已在望,顾盼诱人,远瞧山仅如一土阜,其负盛名如此,是亦"山不在高,有塔则灵"耶? 考苏《府志》:"虎丘一名海涌山,相传吴王阖闾葬此,三日后虎踞其上,故名。"踵山门则见一条石片道,直通山顶,两旁岩挺壑幽,林峦清秀,古迹名胜犹多,什么鸳鸯冢、点头石、枕石、憨憨泉、白莲池……有些由于不伦不经的迷信传说,有些由于无中生有的附会象形,这种古迹只合那些骚客凭吊,有考据癖的人们来推敲,以启发文思,我们并不感到多大兴趣,仅一寓目就走。达山半腰,有一冷香阁,既冷而香,栽梅无疑。入内果见环阁遍植红白梅花数百本,时花事阑珊,"风动落花红簌簌",敷地成锦,芳香馥郁。从那残花嫩蕊的梅枝中,透视虎丘苍古的塔尖,宛如红颜白发相依,倍饶兴趣。出冷香阁,攀岩壁向虎丘塔走,壁缘尽处是一个幽壑,岩石削陡而深,壑底积水,闻吴王阖闾投剑于此,故名剑池,断壁处架有石桥,因壑底很深,又名为剑池,使人联想起歹人死后,要在刀山剑池受罪,愈使临桥俯瞰的人,脚栗胆寒。壁隙泉水涓涓,崖上镌有"第三泉"三字。有人攀壁及泉,手掬而饮,我看见其水面满浮着蔗屑果壳,很为那些风雅客咋舌。穿过剑池上的桥,就是虎丘的最高处,虎丘塔在焉。塔七层,传为隋代仁寿年间建筑物,外檐已毁,门也堵塞,不能登临,就是因为它削蚀斑剥不整,才表现出它是几经风霜雨雪，沧海桑田。配以古刹，迎着斜阳，古趣盎然。塔西头数十武有一茶轩，名致爽斋。推窗四瞩，迳眺太湖，波光点点，夹着烟云迷漫的远山；俯望姑苏炊烟缕缕，穿过鳞比的万家瓦屋；近郊三二田舍错落，犬吠，鸡声，人语，隐约可闻，运河如带，铁道似线；山腰苍松翠柏里，漏露出寺檐巉崒，重云黯黯，和风辑辑。这时我忘记了我，忘记了一切，我是附着于图画面上的微尘。

出山门旁小河走，迎面一片大庄园似的长垣，墙围里伸出来些枝梢亭角花影，像酥透了的满园春色关不住，像一个少女檀窗半掩地坐在楼头，又神秘又诱惑。我们既是探幽寻胜，当然不管什么"山穷水尽"，但求"柳暗花明"，跨越小拱桥，绕围垣走，果至一个庄门，额题着"靖园"，查游览指南，知此园为李鸿章家祠后园，现为一师部的军医处，贴有"现驻军队，禁止游览"字样，但并没有守岗，"门庭冷落车马稀"，我们鼓勇升堂入室，院中遇一军官，叮嘱勿入西头疗养室，东边园林，任意游览等语。园中荷池、假山、亭阁，布置非常幽雅，惟乏人行蹓修拾，地面青苔颇厚。因门外驻军所贴那张"禁止游览"的纸老虎，挡退了一般风雅客，故整个园静悄悄为我们三人独占。只有花动，影移，草偃，天地常清，乾坤永静。在这些恬静的境界里，我想吹箫，饮酒，休息——长期休息，然而事实上不许我这样幸福地休息呢。

离虎丘，乘车沿山塘大街向东驰，该街南旁小河，对岸排列很多庄院别墅的建筑，画栋红栏，碧绿边绿，倒映在水里，几疑身置天上人间。街北排尽是什么节孝坊、纪功坊、家祠之类，柴扉紧掩，雀静无声。对那些林立的节孝坊，默默地幻想到吞声饮泪、啜泣半生的孤雁，我不知道这一遍芳牌是天然生的，抑人工造的，是石砌起的，抑泪铸成的。过护城河经平门进城，约一里抵北寺塔，考《府志》，塔建于梁代，迄今已一千四百年左右，本为十一级，宋元丰年间毁于火，南宋重建，改为九级，明又被焚重建，清光绪间再大加修葺，综计此塔已二经祝融。塔中供菩萨，菩萨有灵，尚难避不测毁身之灾，喃喃膜拜之善男信女其鉴诸，主护国弭灾法会当轴诸公更鉴诸。塔作黄色，巍峨半空，翘角玲珑，惜时暗不能登临，未一穷千里眼。

距北寺塔一里为狮子林，据导游载为姑苏园林之冠，初为寺产，近为富绅贝氏所购，虽属私园，游者投以名片，也可入览云。我们怀了满怀殷望去玩这姑苏之冠的园林，抵步将近六鸣，双扉紧闭，侯门深如海，正恨无缘间，适有园丁回，阍者出，以时间已过拒客，再三商之，始得其门而入。经甬道嗅晚香扑鼻，原来是一株酥透的银花。再进内，在暮色苍茫中，只见垒嶂、亭尖、阁影、花梢……我们匆匆地走，一会儿在山丘上，一会儿穿石洞里，计算已走了许多路，那知又倒回原处，迷离扑朔，疑身置八阵图。我们沿着一泓荷池走，迎面现一艘巨艨，近观知为水门汀砌成的，旁有一小桥可登艨，艨二层，有甲板，有小厅，有走廊，有天台，书画琴棋，扁对镜幔，非常雅洁，园主或者是仿北平北海石船。时已六时半，池亭台榭，雕梁画栋，渐渐被黑幕吞没，我们又经了许多次的撞壁，还得香味引导我们的方向，方得出门。驰车至玄妙观时，已万家灯火矣。

　　玄妙观传为吴王阖闾故宫遗址，像南京的夫子庙一样，旧货摊，小食馆，玩具店，说书场，交织成一个低级的白相处。观内满布名作家的书幅画片。观后弥罗阁改建中山堂，时值苏各界在此举行庆祝儿童节游艺会，演奏口琴，其声锵锵。"在天堂"里一睹那兴高采烈的庆祝"儿童节"游艺会，使我猛忆起在虎丘途中所遇到的那一群"迷途羔羊"，狂奔追车半里路，讨到一个铜板，掬一把泪。当整个民生问题没有解决前，一切庆祝会不过是装饰场面而已。

　　出观前街，路面很阔，敷石片，霓虹灯火灿烂，排列不少新式百货商店及食店，很够得上一个摩登都市。我们买些水果、面包、牛油及橡皮鞋等数事，备次日爬灵岩、天平诸峰之需。我们便蹒跚步行回阊门旅寓，阅报知及日为清明时节，苏军政各界联合在灵岩山麓，遥祭黄陵墓，检阅保安队、消防队，这些消息更加浓我们次日爬山的兴趣。闻中央为发扬民族自信力见，规定每年清明为民族扫墓节，届时派遣大员遄赴陕西长安扫黄帝、周文王武王诸陵寝，用心固善且苦，然当此各省灾祸濒仍之际，这样糜费公帑，不为生民着想而为死鬼打算，总有些令人气短。苏各界权变办法，藉此春光明媚的清明节来集体遥祭先贤，廉顽立懦于青山绿水之间，对此锦绣河山，当联想及东北沃野千里，痛沦敌邦，倘国人同具此心，收复失地，指顾间耳。夜街声噪嚣，扰人清眠，大有"姑苏城外阊门路，夜半街声到客床"之概。

四月五日　登天平、灵岩

晨七时，乘苏福汽车赴木渎，途长卅馀里，车费仅二角四分，较琼崖各路车费都便宜，且每隔一小时对开一次，办理至为完善。途中见灰色的兵士，一队一队昂藏地朝着汽车所走的方向出发，铁蹄的的，军号呜呜，明亮的枪尾刀旗簇在朝曦内愈显得炫耀，由旗号上知是苏省保安队。这些含火药气味的早晨，使我们又是兴奋，又是悲哀，兴奋的是各地朝野均注意民众自卫能力，不致大好山河，不崇朝拱手资敌，悲哀的是人类互相残杀，何时可止。近八时，在塔影招展中抵灵岩山麓，山植松，漫目苍翠欲滴，由石片道迈步登山，晨露晶莹沾襟，到半腰，约同伴吴等在山顶会齐，我穿入松林爬蹊径，在万木丛青中，探寻大自然的秘奥，较之人步亦步有趣得多。绿影深处，伸出一苍寒古雅的石室，入内阴沁入骨，俗称西施洞，传吴王曾囚范蠡于此。古奇石洞，经此艳娅谋臣点缀，无怪乎骚客逸士流连唏嘘了。攀登石室，矗立岩颠，解带临清风，有飘然出尘之感。再进达灵岩寺，墙壁写着各种惕目惊心的军事政治标语，与各处所见黄垣朱扉，贴着"南无陀尼佛"字样大异。在此非常时期，东邻日本的僧侣尼姑都要受军事训练，我国虽未实行，惟看此佛寺标语，知道宗教也走上了国防准备途中了。自忖佛教本以慈善为怀，戒忌杀生，今竟荷枪磨戟，释迦牟尼有知，如何自解？入寺，梵殿修葺一新，朱栋画梁，纤尘不着，长廊崇亭，亦颇乔丽。无意间踱近钟亭，排扉而入，亭中有一神龛，四挂黑幔，一个削瘦苍白的老衲在内边打坐，一壁儿梵音吟哦，一壁儿撞钟，显出一种阴沉森幽的景象。寺后废墟数亩，残砾颓瓦，传为吴王馆娃宫遗址，有大井二口，一圆一八角，前者为日池，后者为月池，就岩凿成，旁砌砖石，工程浩大，非以国王富力经营，曷能臻此。且山前的采香泾，传夫差曾命宫女泛舟采香草故名，该泾平直如箭，显是有计划的人工造成，二者互相参证而益彰。按夫差胜越后，荒淫无度，留下这些香艳的古迹，供后人凭吊。今人只知道他是牺牲于勾践的卧薪尝胆计划，然而事实上他就是直接牺牲在这些香艳的古迹下面。现在那些晚钟声、松涛声，也许是夫差的叹息调；那些泾水、井泉，也许是夫差的血泪呢。出废墟趋西，丛岩突起，嶙峋相向，近观山势陡蹬，削岩千仞；遥瞩太湖，风帆万点，鳞波耀目，群峰争奇竞古如笋放；山半腰三二古刹山庄，与青松翠柳红桃相间，征鸿回渚，争栖竞啄。徜徉山巅，大有"立马吴江第一峰"之概。传西子常鼓琴于此，故名琴台。想当风和天朗、月明星稀之静夜，有美一人，端坐琴侧，粉臂颤摆，"大弦嘈嘈如急雨"，纤指轻拨，"小弦切切如私语"，其情景自当艳绝。由岩隙爬下山，时遇游侣三二，乘山舆迎面而来，舆以二长杆夹一藤椅制成，操此业者都为妇女。我未到苏州以前，以为姑苏娘娘，多是弱不禁风的袅袅多姿辈，今睹此粗枝大叶、蓬头赤脚的强壮妇女，自食其力，大出所料。高踞舆上者，间亦有些年富力强之须眉，顾盼自矜，若辈不逾岩攀堑，自寻胜境，而役于妇女，殊愧煞。踱过一峰峦环抱的阔辽腹地，篷篱竹壁，抱围三二错落的田舍，衬着一簇簇酥透的桃花，老翁曝日，扪虱而谈，稚子牧童，横骑牛背，门外还有些羊儿、鸡儿徜徉着，幽寂恬静，纯似世外桃源风味。我对吴说："暑期集三二知己，此间赁一茅屋，在大自然怀抱内，无羁无系，兴来爬爬山，伴老农谈谈，胜于什么青岛、北戴河避暑，受资本家的薰气好得多呢。"若笑颔之。但这种最低的理想幻想，也不容易实现，而现在他反离别我去了。

我们且谈且行，约莫五六里，迎面山色如黛，峭石嶙崒，瘦削矗立，微飚过处，松涛竹啸相应，绝似一幅中国式的山水画，询知就天平山。入山门，扁额字"万笏朝天"。山上削石或俯或仰，或插或倚，沿石蹬登山，半腰有精室数椽，倚岩崖筑成，玲珑古巧。石壁间有泉一缕，涓涓由崖隙中注出，名白云泉，苏舜钦先生有诗云："清溪至峰前，仰视势飞舞。伟石如长人，聚立欲言语。石窦落玉泉，冷冷四时雨。"可见其山石林泉之幽绝。出再登盘旋于罗列的乱石中，兜卖汽水者跟我们后，饶舌喋喋不休，说什么弯的是仙桃岩，椭圆的是鹅卵石，耸的是飞来峰，穿凿附会，荒谬怪诞。他们为了要推销二瓶汽水，为了要生存，煞费苦心将默默无言的石头，硬加上一个庸俗的绰号，山灵有知，未审能体谅他们否？既而山势转陡，蹬两崖峙立，中夹缝道，径仄仅容一人蟹行，肥胖者怕擦破腹皮也挤不过去，称龙门，俗号一线天，闻仅有此门可达山顶，果尔则肥硕臃胖如海上富翁者，永世与山上胜迹无缘了。过龙门，石阶已尽，岩峡巉嶂间，稍敷积粗沙，油滑不易着履，游者多策杖着芒鞋，蹒跚前进，前扶后推，一人失足，同行俱蹬，狼藉殊堪发噱，惟都能屡仆屡起，不稍怯惧，我髫龄惯涉山峦，故不以为苦，仰瞻山巅，尚嵯峨空际矗，蓬荆苍枫，错落石壁间。低崖触手处，多镌有某人某日到此一游字样，间有外人以红漆写英文姓名者。好景当前，不自欣赏浏览，而岌岌于存姓留名，可说笨伯之尤者，同时也可见人类中名利毒之深。吴友此时已呈疲态，经鼓励以不达极顶为可惜，始继续向前。他的弟弟跳跳跃跃，已身列前茅，远远领导着。这个时代是后生可畏呢，我这样想。我与吴辅车相依，终达绝顶，时正当正午。俯瞰山麓，遍植长松数千本，均摩空百尺，老干虬蟠，柏屏罗帷，触目都是，姑苏太湖都在迷离烟幕中，环抱诸峰，蜿蜒映带，近郊麦浪层层，伴着茅盖柳丝，俨然一幅立体地图。我们选一块较平坦的崖石坐下，披襟解带，凉风飒飒，出面包、水果、鸡蛋果腹，峰杪会食，啖凉风，餐山色，别饶风趣。我们在山上盘桓约一个钟头，"高处不胜寒"，伴友均加衣。又是一番攀手蹑脚，扶掖落山。我觉得攀爬峭陡山道，愈是怕跌，越易滑倒，到不如胆壮脚捷，一着趾就跃过，使不容其溜滑，来者其试之，当保证得心应"足"也。

　　由天平山本有小径经寒山寺回苏，但没有详细地图覆按，交臂失之，仍走十几里山道，越灵岩倒回木渎。姑苏人文荟萃，风景优美，应设立导游机关，便利旅者，俾吸引游资。今竟一苏州详图，也遍购不得，殊使人惆怅。途中伴友已疲乏不堪，但他非常兴奋愉快。为了要换口味，改由木渎沿香径乘渡船回苏州。轮渡以汽艇拽一木船，分头二三等级，可容三百馀人，设备尚属简洁，头等与汽车票价相等，三等则仅收二百文，与汽车票资为四与一之比，虽然速率稍逊，舒适则过之，甚合农村社会运输，又没有汽油之漏卮，且汽车路一逢对外战争，立有被炸毁之虞，故内河运输，不仅在农村经济上比公路占优势，站在国际立场，也很有提倡之必要。五时解缆，我与吴出来默默站在船艄，尔时夕阳衔山，金光漾荡，两堤沃野空旷，满敷着麦陇菜畦，酥透的菜花，浓香阵阵扑鼻，归鸟环掠相送，野旷云低树，泾清天近人。船轻捷如射，穿过数不尽的桥环，经西跨塘、横塘等镇，七时抵苏州胥门。

四月六日　城中

今日正午赶车赴无锡，上午乘便玩城中各园，我们为巡察苏州市容，七时由阊门步行赴沧浪亭街上，墙是黑的，门是黑的，屏壁也是黑的，路面隘狭，间有黄包车未能互闪躲处，汽车绝对不能通行。闻当局屡有改议马路之议，都因士绅以"妨碍风水"反对作罢。流线汽车既无用武之地，耀亮的私用黄包车便应运而生，故途中时见闪目新式东洋车，载着老绅或摩登小姐少爷，叮叮当当地掠身而过。八时达沧浪亭，先入美术专门学校观画，作品极夥，友伴精丹青，流连不舍就离，入园轩馆亭榭罗列，长廊上下迂曲。趋东有新建罗马式之艺术宫一幢，直而有力的线条美，与那嵯峨岩亭、折檐拱角相映，中西对峙，别开生面。对面为可园，江苏省立图书馆在焉，馆中读者，手披口吟，鸟雀无声，民族教育环境如此优良，无怪乎苏浙人文荟萃矣。我们经登临那旷塈峭岩，对那些局促的人造园林，兴趣减轻了不少，同时感到人力太渺小，总不外乎垒石浚池，莳花栽竹，建亭筑阁，多大同小异。无论什么中国式园林，按诸陈眉公的素描都合，他在集景中有"门内有径，径欲曲；径转有屏，屏欲小；屏进有阶，阶欲平；阶畔有花，花欲鲜；花外有墙，墙欲低；墙内有松，松欲古；松底有石，石欲怪；石面有亭，亭欲朴；亭欲有竹，竹欲疏；竹尽有室，室欲幽；室旁有路，路欲分；路合有桥，桥欲危；桥边有树，树欲高；树阴有草，草欲青；草上有渠，渠欲细；渠引有泉，泉欲暴；泉去有山，山欲深……"今日之建造园林者，也许是拜陈眉公为总工程师、设计师呢。出可园，经孔庙，卷檐飞角，建筑非常宏伟，惜无人管理，毁败不堪，苇芦没胫，倍极荒凉。赴瑞光塔，塔为三国时代孙权报母恩所建，宋代重修，残瓦毁砾，伴此孤塔，我们只远远地观望留影而别。如此古迹胜地，怀古富绅如云的姑苏，竟任其荒芜，真不解其故。闻泰西诸国如巴黎、罗马等名城，珍惜古迹，每年吸收游资达万万以上，影响于国计民生不鲜，甚至可以弥补国际贸易之入超而使其平衡。就今日苏州居民，靠游侣消费来维持生存者也不少，据京沪杭甬铁道当局统计，春假中到苏州游览者五万人以上，平均每人以五元计算，其数已大有可观，倘再加以整理风景区，修葺古迹，设导游社，则收入不难加倍也。经无量殿、怡园等处，走马看花，无特异可纪。时不我待，已十时半，走马看花，匆匆驰赴车站，五十分钟火车，又把我们送到无锡。由一个正在没落的古城，再进入一个朝气蓬勃的近代都市。

（《琼崖留沪同学会会刊》1937 年第 2 期）

姑苏台畔探梅花

恩 訏

蒙上东方"威尼斯"色彩的苏州，是春到江南后的游春胜地。在"上有天堂，下有苏杭"的赞美下，愈觉来得名贵了。

这里有着上古罗马文化的城头，蔓长着一层好像中古世纪遗下来的青苔。在那褐色的泥土下面，也许还有很多没有给考古学家发掘去的古代文化的瓷片咧！直通上海苏州河的水，就在这里那块大砖头的脚下涟漪的流着，这条曲径通幽般的河是多么神秘呵！这个经过兵燹洗礼的城头，劫后沧桑，自多令人兴叹之处，且莫去说他，还是学着古人"今夕止可谈风月"的态度，来探探春消息吧！

杨柳春风的季节又悄悄的来临，红的玫瑰开遍了古城的每一个角落。路旁油绿色的法国梧桐，从叶缝里灿烂的阳光。石子铺的道路，皆不停地被探春的游人诗客所践踏着，春的情调已充分使人留恋了，尤其是受梅花的逗诱！

苏州的梅花景，有虎丘山的冷香阁、元墓山的香雪梅，沧浪亭的可园和张家花园的梅林。虎丘山因军队驻扎甚久，毁损颇剧，冷香阁梅树亦遭受滥伐之劫，凋零殆尽，故游踪阒寂。元墓山则以山僧维护得计，影响尚鲜，所以香雪梅亦告无恙，但因园丁四散，修剪失时，已萎谢二春了。幸近日幽香缥缈，花意盈盈，含苞梅枝已大部苗然怒放，邓尉看梅，此其时了。

至可园、梅林是苏州二个著名的私家园场。可园是以植着"铁骨红梅"驰誉遐迩的。这种梅树，虽高不逾丈，躯干却很伟大，且树质坚固像铁，故有"铁骨"称号，花瓣作胭脂色，娇艳夺目，朵头亦大，实为大江南北稀有的佳种。可惜此园僻处城南，为交通所梗阻，故来苏州探春者，多交臂失之，惟有望梅止渴，聊效古人过屠门之大嚼也。梅林地处小河沿张家花园，园场拓地极广，梅树繁植如林，一到春初，万蕊齐放，千娇百媚，映眼生眩，绿梅亦多，小憩其下，须眉几为之尽绿了。闻此园系张祥丰主人所培植，用以采取梅实配制蜜饯者。此地亦经兵劫，损失尚微，可惜园丁都散，修剪灌溉皆失时宜，故亦不免日就颓废了。

（《康乐世界》1940 年第 2 卷第 5 期）

苏台怀古
——札徐讦

周黎庵

伯訏兄：吾乡陈钧堂（康祺）先生，同光间浙东诗坛的祭酒，大概可算吾乡数一数二的人物了。据说后来他终老在苏州，不曾回乡去，这位乡前辈太有风趣了。你大概总看过他的《郎潜纪闻》、《燕下乡脞录》这一类书，我早知道铜臭熏人的甬江山水，是勾留不住这样一位潇洒人物的。

我这回到苏州已是第三次了，一二两次都来得鲁莽。第一次来的时候年纪太轻，而且当天来回的，今日回忆起来，只有马车是坐过的，和虎丘剑池上有两个石洞，此外都忘了，"苏游如梦"，这是算不得了。第二次为的是"公干"，背了武装皮带到这里驻过两天，白天到观前街、阊门骑马，晚上关上门睡觉，为什么不领略领略吴中山水呢？第一是为"公干"来的，再则穿上这种不像样的军装，也去游山玩水，不免吓跑和尚，唐突山灵，虽说美人爱英雄，但苏州姑娘又不喜欢雄赳赳英雄们的，第二次又是"苏游如梦"了。两次的苏游，只剩得零零碎碎片断的回忆，正如倾国倾城的佳人，惊鸿一瞥，只给人以一颦半笑，愈令人增进想象的丰富。"人生只合扬州死，禅智山光好墓田"，"扬"字给我用"苏"字来代替了；但不知怎样，扬州我总没有好感，大概家里的苏北老妈子给我影象太劣罢。

今年找着一个难得的机会，预备在苏州长住几时。你知道这两年来我读了许多诗——但可不是你所哼的新诗。车过昆山，已入苏州地界了，我念起白石道人的：

"夜暗归云绕柁牙，江涵星影鹭眠沙。行人怅望苏台柳，曾与吴王扫落花。"
"美人台上昔欢娱，今日台空望五湖。残雪未融青草死，苦无麋鹿过姑苏。"

白石这两首诗的题目我忘了，大概总是"苏台怀古"之类吧，怀古的幽情，又有些油然了。最近在苏州看到一出本地风光的"名剧"《西施》，剧情滑稽得可笑，一位千古绝唱的西子，却用一个都市脂粉来扮，装成一副杀气腾腾、蛇蝎心肠的泼妇腔调，吴娃宫里，大唱其西洋乐曲，唐突西子，罪过罪过。

白石的"苦无麋鹿过姑苏"，不知是什么意思，诅咒呢，还是灵岩山前真的没有麋鹿；其实麋鹿过姑苏的日子也不远了。那时或许我们还可以到海戈的家乡四川去，那边不是蜀主孟昶和浣花草堂的遗迹很多吗？再感慨下去，不免又要涉到那个，大概你也很明白，且叙别的吧！

车到苏州，我因为要补上两次的缺憾起见，这一次一定要仔仔细细领略二十年来梦魂萦思的金阊繁华了。我知道身上的西装是不合地利的，赶快换了一件长衫，外加半臂一件，自视如黄少尹登太白楼，白袷年少，飘飘欲仙去，据说马车不好进城，于是只好雇平生最不喜欢的人力车。

车站在平门，而我的住处却在葑门，要经过的是一条直贯苏城的大道，坐在车上，看看摩登少年真不少，似我这般的地道苏装，却一个没有，这才懊悔西装不该临时换去，这种衣饰也或许要给苏人所笑的。

中国的都市，以城门著名的，除南北两京外，苏杭的城门也相当著名。今春我到杭州去，就不曾见过什么门，大概是拆去了，而苏州的城门却巍然独存，但已变了样子，加上水门汀石灰尚说得过去，不知谁作孽，更刷上蓝底白字的标语，标语之下更加以丑不可言的符号，而且又狗屁不通。人家办市政愈办愈好，我们愈办愈丑，我真是不得其解。

讲到美，我不懂艺术，更不是诗人，和你说来真是般门弄斧。但我总觉得一刹那的美乃是真美，仔细看来难免要失望；理想的美才不可捉摸，一现实就没有味儿。记得我第二次来苏"公干"时候，因为要显出革命军人的气概，尽用着全副精神走路，引得许多娘儿们跑出家门都来看我们，其中有一位黑衣女郎，真太漂亮了，一刹那的时间，态度之美，殆无以复加，待回头去看，队伍已走得很远了，倘使要丢了队伍去看，那又不是痴子，何况苏州的娘儿们多咧，尽可慢慢地欣赏。但是呀，到今天为止，连一个像样些的女人也没有见过，难道数千年来的山川灵秀宣泄尽了吗？就是在第一天进城的车上，看见一个中年以上的妇人，露了上身赤了足，除一条裤以外，一丝不挂，很大方地坐在街前吸烟，这副样子真丑死人。从这一回到现在，盖差不多三个月于兹矣，美丽的姑娘半个也没有见过，这个，你能禁止我怀古吗？

我说了这许多疯话，你是知道我的，但神经过敏的人看来，又要骂下流了，其实我真没有什么坏念头，只觉得一个美丽的女子可敬可爱可怜而已。一国的人都不爱看西施、王嫱，而爱看无盐、嫫母，风俗便敦厚起来，我相信是没有这回事的。

苏州人完全不是我理想的，太太小姐以及摩登学生不必说，跑影戏院是知道的，上冠生园吃西式中菜也学会了，一切都市文明享乐都学会了，但是像《浮生六记》中三白、芸娘这一种享乐法，却早已"落伍"，她们脑子却还是十六世纪的，依旧愚笨得可笑。绅士学人们呢？吴愙斋、潘郑庵这班人物早已没有了，剩下的是专门排难解纷"闻人"式的绅士，鸳鸯蝴蝶的姑苏才子，和新兴起的一班"杭唷杭唷"的青年文豪。呜呼！似这样的姑苏，除了"怀古"，还有什么可做？

至于山水呢，虎丘是天下闻名的，但照我看来实在太庸俗，只有人迹不到的后山是略有些意思。这次来苏，因游留园之便，顺便游一游虎丘，这里面真闹热，各色人种都有，有西装少年四五人，在点头石旁拍照，其姿势都装出极其风雅，可惜我描写不来，倘叫舒白香写来，一定又有妙文可读，我不忍再看走了。记得陈尧佐《虎丘》诗："人间灵迹遍曾游，只欠吴门访虎丘。今日偶来无限感，阖闾坟左剑池头。"诗虽并不高明，"今日偶来无限感"，是可以借来用用的。

倘使你一定要问我姑苏山水何处最好，则留园尚可说一声不差。留园是逆产，现在充公了，我又要怀古了，留园的山水虽是民脂民膏筑成的，但究竟我们今日还可玩玩，而现在的政客军阀呢，刮了钱造不知所云的洋房，存外国银行……留园布置得确是不凡，中国士大夫怎样消磨其晚年生活，这里颇可看到。上月海戈偕语堂来游，海戈川人，他第一次来苏，曾在留园口号一绝，可惜首尾两句都忘了，只记得二三两句是"……居然我也到苏州；留园颇有红楼味……"。现在归商人经营的狮子林，和留园就差得远了，古今人不相及，真奇怪得很，这何能禁止我怀古吗?

至于离城较远的地方，我差不多都没有去过，一个人去游山，究竟还没有这种闲情逸致。苏地的友人呢，有是有的，他们不知是受了谁的影响，听说游山玩水，便嚷落伍。譬如天平的红叶，闻名好久了，这一次总该一去了，于是邀亢德，亢德没有空，约蛰存，蛰存太忙，只得去和苏地友人说，他们先前都不肯，好容易引古道今把他们说服了，预备星期日早晨雇船去，不料星期六晚上他们都到上海去了，去什么，上"火山"，不去天平而去火山，红叶有知，亦当油然而生怀古之情。

友人浑家君谓苏州有二美，一是吴娃，一是小巷。吴娃我不敢承认，苏州城里的曲折小巷，确是不差，和"吾乡"粪坑载途比起来便大不相同，尤其是路名题得好，例如"黄鹂坊"、"干将坊"、"锦帆路"、"诗巷"，真是有诗意的。不过这名字也还是拜前人之赐，他们或许以为"南京大马路"较为漂亮呢! 呜呼! 令人哪得不"怀古"。

话写得太长，颇想结束了。现实的鞭子，打破了我十馀年来苏州的迷梦。现在的苏州，早不是唐宋以来诗人们所歌颂的苏州，正如观前街上，我所见到小脚而烫头发的女人，真成了不死不活的丑东西。除了对着书本生生怀古的幽情以外，更叫我做些什么?

(《蓟门集》,周黎庵著,庸林书屋 1941 年 6 月初版)

苏游散记

朱　朴

　　四月二十九日在由沪返京的火车中，无意地遇到阔别已久的江苏省政府主席李士群先生。他一见我面就盛赞《古今》，说创刊号及第二期里的文章他篇篇都读过，爱不忍释。他希望最好以后《古今》能改为半月刊，俾慰一般读者的渴望。

　　车快到苏州了，他和他的夫人诚恳地邀我往苏州一游。我深感他俩的盛意，觉得却之不恭，遂于五月二日约了汪曼云兄一同由京赴苏。

　　中午十二时十二分车抵苏站，江苏省政府秘书长唐惠民兄已在站相候。惠民兄告诉我士群兄因有要事又已赴沪，不日即返，闻言之下，不胜怅然。出站后我们一直往松鹤楼午餐，大吃一顿。

　　饭后我们往游闻名已久的灵岩山，车出胥门约二十馀分钟即达。惠民兄先期已派了许多人在那里照料，我们一到后即坐藤舆登山，这时候绿阴蔽日，轻雾霏微，正是春游的最好天气。抬我的舆夫是一男一女，系一对少年夫妇，在滑泽的山道上健步如飞，令我生欣羡而又惭愧之感。

　　山道的两旁松柏参天，涧流潺湲，舆行忽东忽西，忽左忽右，约十分钟抵达山巅，到时灵岩寺方丈妙真和尚已在寺前相迎。他引导我们先参拜了大雄宝殿，后到殿左香光厅饮茶，壁间悬着张溥泉氏的一副对联，笔锋甚为苍劲。继到东阁稍憩，壁间悬着四幅画，一曰"灵岩云海"，一曰"秀峰晨钟"，一曰"琴台秋月"，一曰"石壁瞻经"，都系描写灵岩之特色者，可惜那四幅画的本身不甚高明，未免美中不足。

　　在琴台上远眺，太湖即在目前，波光帆影，一览无馀，胸襟为之一畅。返至山麓，蔓草遍地，杂花满野，欲探西施遗迹，杳不可得。只有智积井中见黄色鲤鱼一尾，灿烂如金，颇堪纪念而已。

下山后我们到木渎著名的石家饭店吃点心。石家饭店有两块招牌，一块悬在旧房子上，为邵元冲氏所书；一块悬在新房子上，为叶恭绰氏所书。我们在新房子的楼上吃点心，两壁满挂书画，有一幅是于右任氏手书的最堪注目，书曰："老桂花开天下香，看花走遍太湖旁。归舟木渎犹堪记，多谢石家鲃肺汤。十七年十月五日邓尉看桂，归次木渎，酒后书赠石家饭店主人。于右任。"还有一幅横匾，为李根源氏所书，题曰："鲃肺汤馆。民国甲戌，与太炎先生饮于木渎石家饭店，食鲃肺题此。李根源。"石家饭店的菜和点心真不错，我所最赏赞的是三虾豆腐。（三虾者，即虾子、虾仁、虾脑之谓也。）

从石家饭店返城，时已薄暮，我同曼云兄浏览各旧书店，在文学山房购得《吴中旧事》、《平江记事》、《烬馀录》、《邓尉探梅诗》、《别下斋书画录》、《明辨斋丛书》等数十卷，价不很贵，得意之至。

五月三日上午由惠民兄导游狮子林及省政府，前者系沪上富商贝姓之别墅，后者系补园旧址，各尽庭园之胜。狮子林中的假山，听说系倪云林氏所设计，曲折巧妙，匪夷所思，真是名不虚传。十八曼陀罗花馆前茶花盛开，娇艳非常。卅六鸳鸯馆后有山有池，景物如画。

中午与惠民、曼云二兄同赴西园戒幢寺，应方丈六净和尚素餐之邀，先到放生池去看癞头鼋。进门时，恰巧一只癞头鼋浮在池面，曼云兄看见了大声叫呼，那只癞头鼋闻声立即沉下池底，永不再起，结果我们抛了许多个馒头，都为鲤鱼所吞。我于失望之馀，深怨曼云"一鸣惊鼋"，他们听此怪语，个个笑不可仰。

午后士群兄返苏，相叙至欢。晚承邀宴，席间除曼云、惠民二兄外，并晤唐生明、张北生、陈光中、袁殊、明淦诸兄。

五月四日我因与沪上友人有约，预定乘中午十二时十二分的火车来沪，士群兄坚留再盘桓几天无效，就于十一时开中饭，匆匆吃了一半即起身告辞，又承惠民兄代表士群兄陪送到火车站上车，真是盛意可感。

返沪后回想这一次短短在苏两天的经验，颇有所感。第一，就我个人说，一年来的心境，真是不堪为外人道，可是在这两天的时间内，至少我已暂时忘却了一切的痛苦。第二,就苏州的一般说,我所见到的那种熙熙攘攘的情形,决非目前在上海的一般居民所能梦想,这不能不归功于从政者之努力。就此两点,我想已足够纪念的了。

卅一年五月五日于上海

（《古今》1942 年第 3 期）

人间的天堂：苏州

张　扬

　　蜿蜒的火车，开出上海北站，约莫经过二小时光景，便看得见那里塔尖刺空，环城若带，这不用说，便是清嘉之地——江南有名的苏州。

　　"上有天堂，下有苏杭。"

　　你只要看那郭外的青山如屏如幛，天上的白云若隐若现，拥护着这盆景似的一座孤城。在暮春三月中，将同乳酪似的溶成一块。可赞美的苏州，呵！真可以说是人间的天堂。

　　一到苏州，首先要去的，便是观前街。那儿，街道宽阔，商肆林立，是全苏州商业繁荣的中心区，类似上海的南京路。这一条街，是横在玄妙观前的。那玄妙观，是雄伟庄严的一所寺观，可惜弥罗宝阁已于十年前付之一炬，遗留下的，只有后一进殿宇。上面悬着个金字匾额，相传为元世祖手笔，题着"妙一统元"四个大字，读时应加标点，读作"妙！一统元"。想见题字的人，登高一望，踌躇满志的情怀。

　　那观前一片广场上面，麇集下许多做买卖的人，有旧货摊，有杂耍台，有卖解的，有玩具店……最凑热闹的是吃食摊子，你在那儿，要吃什么东西都有。

　　"着在杭州，吃在苏州。"

　　苏州的吃，原很有名的，当你走出玄妙观的山门口，便鳞次栉比地开着不少吃食店。因为苏州的面粉不受当局限止，所以比较他处便宜，沿山门口一带便开下不少的点心店——观振兴、五芳斋、五味斋，那几家全是卖面食的馆子，价钱相当公道，味道也特别的可口，一碗面足以抵得上海三碗之多，观振兴的小蹄膀面是远近驰名的，可以称赞它鲜美无伦！

　　面食以外，那要轮到糖食，采芝斋、稻香村、叶受和、采芝春……都是百年以上的老铺。旅客们假使没有尝到一粒玫瑰水炒的西瓜子，便不能算你到得苏州。苏州人嗑瓜子是全世界闻名的，他们把一粒瓜子送进了口齿，吐出不会有两爿以上的壳，这一项艺术，据称是生小练就的。除瓜子以外，各色各样的糖果，名目繁多，假如你初到苏州，谁也记不清这许多名儿，从一条观前街上蹓跶一过，起码使你咽下百十口馋涎。"吃在苏州"一语，绝对不是欺人之谈。

从观前街经临顿路直往狮林寺巷去逛苏州的名胜——狮子林。

那狮子林，可并不是公开地任人参观的一所园囿，非得有当地绅士们的介绍片，是谁也不能进去游逛的。当我在没有去狮子林以前，意识中认为准定是一所森林，或者畜养着雄狮，在那儿郊外地方。可是，并不如我的想象，出乎意料的是一座私人的园林——贝家所有的别墅。

狮子林这别墅，大半出于人工点缀的，比不上西园来得清幽，西园的放生池，真清幽绝俗，要比狮子林好玩得多。但从观前到西园的路径较远，不如到狮子林来得近，所以我们决定先游狮子林别墅。

在这别墅中，见到玲珑的一座假山，几乎占据全园三分之一。据称这假山当年堆叠的时候，曾经倪云林高士的设计，所以曲折有致，走了进去，如入孔明八阵图，一时使你不容易走出来，非走得你脚酸腿软不可。这座假山，可以说是园中的特点。此外，水榭风廊，也装点得十分幽趣。在东部有一个荷花池，池子里很特别地造下一艘石船，这是仿照北京颐和园内的石船式样造的，可惜池子太小，放着这样庞大的石船在池子里，有些不称配，而且这石船是用水门汀造的，非常恶俗。

在一座亭子里，有"真趣"二字的一块匾额，这二个字，是清朝乾隆皇帝下江南，游狮林寺时写的。据称当乾隆皇帝游这园时，游得非常有趣，所以他便提起笔来写着"真有趣"三字，给侍卫的某尚书见了，认为这三字不通，于是便屈膝向皇帝请求，说："请圣上将这三字中间的一个'有'字赐了臣吧。"皇帝准他的请求，改为"真趣"二字，便觉得比较通顺一些，于是相传迄今。这是一则逸史，从故老口中传说出来，毕竟真不真，我也无从考究起。

走出狮子林,沿东北街直到北寺塔。北寺塔当然也是一般游人要去的地方。记得去年逛北寺塔时,有一个老香伙守门,他只索香金每人二毛钱。现在还是这个老香伙,香金已涨到五角,也许为了生活的高涨,他们"靠佛吃佛"的,也就不得不增加起来了。

记得北寺里的和尚,世守着两件传宗之宝,往年我曾经寓目过的。一件是三尊铜佛,还有一件是赤乌遗迹一块雕刻的石碑。那三尊铜佛的面貌,活像印度阿三,这可以证明并不是中国人冶铸的,而是从印度流入的,当然是非常宝贵。那赤乌遗迹的一块石碑呢,是三国时吴国太舍入庙中的,碑体很大,雕刻很工细,也是很可珍贵的东西。到现在不知这二件东西,还存在不存在,我没有碰见这里的和尚,一时无从问讯起。

当下,我拾级登塔,一层一层的走上去,眼见塔中四壁满涂着恶俗的字句,"某某到此一游","某某携妾到此,藉留纪念"。有的用红墨水写的,有的用黑墨水写的,写下牛鼻子字体、于右任字体、杨草仙字体……如果你也要想去写上一行字,找块空处,非得找上半天,可见墙壁文学发展的一斑了。

记得以前有人见着这样恶俗的题壁,便使气地题上一首诗:

"从来未见诗人面,今见诗人丈二长。不是诗人长丈二,如何放屁到高墙。"

这一首诗便骂尽了一切。又见有人续下一首道:

"放屁在高墙,如何墙不倒?这边也有诗,所以撑住了。"

这首诗尤其骂得恶毒,然而,中国人的脾气,喜欢在众目昭彰之处显本领的,所以任你怎样恶骂,粉壁两面的诗句,还是题一个满。像这北寺塔里面,就没有一块完肤。

一层层的走上去时,在起初几层走得非常快,后来渐渐地我的妹妹吃不消了,腿有些儿酸,腰背有些儿痛,可是我拚命的鼓励她说:

"欲穷千里目,更上一层楼。"

终于,她给我拖到最高一层(第九层),她累得要命,靠在墙上只是喘气。

塔的内部并没有什么,可是只要站在栏干上向外眺望,那就有些目不暇接了。

瞧吧，那碧云天外，浮云姗姗地蠕动着，苍穹是这样的静穆，可是仅仅是静穆，并不寂寞，太湖滨畔的沙鸥和白鹭，不是翱翔地盘旋着吗？

太湖，呵！洋洋三万六千顷的太湖一角，我们眼睛也能够眺望得到了。

当然，苏州的全境也全在我们的眼下了，一堆堆，全是平房瓦屋，似乎是填满了整个的大地。

人，呵！我几乎不能称他们是人了，因为实在太小了，一个个的，不，一只只的简直是像蚂蚁在爬动。

薄薄的银灰色的流云，拖拉着夕阳西游；夕阳似乎很怕羞地踌躇着最后的步伐，显出鲜艳的绯红色，徐徐地下坠，跟着流云真的西游去了。

我们目送它徐徐西坠下后，拖着笨重的脚步，踏着沉静的灯光和幽娴的月色，摇摆地归来。

南京有个夫子庙，苏州有个"孔子庙"，它们虽然都是"孔夫子庙"，可是情形大不相同。夫子庙畔笙歌喧腾，孔子庙畔冷如冰。前者你来我去，挤得满头是汗；后者楼空鬼啸，静得了无半人。

可是，它的建筑物却适相反，前者仅仅是一个普通的庙，而苏州的却浩大如海，大门有三道，进了一层又一层，从正门到大成殿，足足要走十分钟，庙内鸦雀无声，风儿吹着边侧的木门，作咿咿呀呀的声音，正有些疑人疑鬼。如果在夜里，我是决不敢来的，即使是白昼，如果没有一个人伴着我，恐怕我也不敢进去的。

苏州除了北寺塔以外，尚有双塔和瑞光塔，但它们一个是太远了，一个却因年久失修，所以我们没有去玩。

在瑞光塔及孔子庙之间，有一个"无梁殿"。

无梁殿也称"无量殿"，据浮图所言，说是六朝时代所造，殿内没有半根木头，全部都是砖头和石头所筑成。

我们由浮图领路，钻过了暗黑无光的石梯，到达了楼上。

"先生，你们瞧吧，这里没有木料帮助造屋，没有梁子，如果找得出，你们要什么就给你们什么。"领路的和尚，微笑地对我们说。

"哈哈，这菩萨不是木头做的吗？"友人宋君忽然胜利似的叫了起来。

"不！"和尚并不自失败，他却仍旧态度极自然的回答说："这菩萨是石头做的，而且放在水中是浮的呢！"我们去摸摸菩萨的足，真的是石头所做的，因相信了和尚的话，相与走下石梯来。

出了无梁殿，到沧浪亭去游览。

苏州的沧浪亭，这是人人都知道的名字吧。苏子美（名舜卿）曾化了许多心血为了沧浪亭，台楼亭桥，花草树木，差不多样样都有，更有《沧浪亭记》，这是有名的一篇记事文章，后来归有光，也作有《沧浪亭记》，前者是记亭之胜，后者是记所以为亭的原因。

可是现在的沧浪亭，真有些"踉踉跄跄"了，没有人居住，没有人管理，正像一个野孩子，而且野得不堪，虽然不能说"荒烟野蔓，荆棘纵横"，可是我却可以说："连山绝壑，长林古木，振之以清风，照之以明月，此皆骚人思士之所以悲伤，憔悴而不能胜者，乌睹其为快也哉。"（苏辙《快哉亭记》）正可借用。

风雅、清娴、幽致的沧浪亭，虽然它的一树一木没有改变，可是它的"面目"已经改变了。

沧浪亭呵！踉跄亭！我不禁替它叫屈。

再从观前街坐黄包车，可以直达苏州最有名的虎丘山。黄包车只要四元半（这是苏州黄包车的"限价"），否则，非五六元，或近十元不可，你尽可以不必跟他讲价钱而坐上去。

如果不乘黄包车，那末马车也有，骑马骑驴子都可以，约五十元左右。

到虎丘以前，我们可以先到留园和西园。留园比西园略大一些，可是西园有罗汉殿，有放生池，都是够玩儿的。

它们虽然没有狮子林和沧浪亭这样大，但内部却整理得井井有条，大有小家碧玉之概。小河的清水中，虽然没有涟漪的流波，可是却有如织的波纹；假山及花坛上，虽然没有名贵的月季蔷薇，可是却有数枝蜡梅和天竹。尤其是西园，有生龙活虎的伟大的罗汉殿，和湖心的放生池中的鱼儿。

虎丘山本身并不高，仅仅是个土阜而已，山上的塔也因年纪太老了，所以不能上去，山中有别有洞天、点头石、剑池等。

当我们在冷香阁茶楼下来的时候，已经是傍晚了，我遥望着山地的日落。是的，苍茫的情调的夕阳，它涂红了山林、野草，又涂红了西天，这罗曼色的绯红，像十万八千的子弟兵揭起了叛旗，焚起了野火。

"虎丘归来！"山塘道上，驴子、马儿荡荡地驰驱，烟尘四起，颇有点儿"古道西风瘦马"的情调。

一层层淡淡的云幕卷了起来，夕阳是这么的雍穆，这么的和煦，虎丘山可赞美的夕阳呵！

从虎丘山归来，即乘夜车回到上海，凭着这次春假的游程，纪下这"苏州之行"的小文，藉留鸿爪。

（《万象》1943 年第 2 卷第 11 期）

苏州的回忆

周作人

　　说是回忆，仿佛是与苏州有很深的关系，至少也总住过十年以上的样子，可是事实上却并不然。民国七八年间坐火车走过苏州，共有四次，都不曾下车，所看见的只是车站内的情形而已。去年四月因事往南京，始得顺便至苏州一游，也只有两天的停留，没有走到多少地方，所以见闻很是有限。当时江苏日报社有郭梦鸥先生以外几位陪着我们走，在那两天的报上随时都有很好的报道，后来郭先生又有一篇文章，登在第三期的《风雨谈》上，此外实在觉得更没有什么可以纪录的了。但是，从北京远迢迢地往苏州走一趟，现在也不是容易事，其时又承本地各位先生恳切招待，别转头来走开之后，再不打一声招呼，似乎也有点对不起。现在事已隔年，印象与感想都渐就着落，虽然比较地简单化了，却也可以稍得要领，记一点出来，聊以表示对于苏州的恭敬之意，至于旅人的话，谬误难免，这是要请大家见恕的了。

　　我旅行过的地方很少，有些只根据书上的图像，总之我看见各地方的市街与房屋，常引起一个联想，觉得东方的世界是整个的。譬如中国，日本，朝鲜，琉球，各地方的家屋，单就照片上看也罢，便会确凿地感到这里是整个的东亚。我们再看乌鲁木齐，宁古塔，昆明各地方，又同样的感觉这里的中国也是整个的。可是在这整个之中别有其微妙的变化与推移，看起来亦是很有趣味的事。以前我从北京回绍兴去，浦口下车渡过长江，就的确觉得已经到了南边，及车抵苏州站，看见月台上车厢里的人物声色，便又仿佛已入故乡境内，虽然实在还有五六百里的距离。现在通称江浙，有如古时所谓吴越或吴会，本来就是一家，杜荀鹤有几首诗说得很好，其一《送人游吴》云："君到姑苏见，人家尽枕河。古宫闲地少，水港小桥多。夜市卖菱藕，春船载绮罗。遥知未眠月，乡思在渔歌。"又一首《送友游吴越》云："去越从吴过，吴疆与越连。有园多种橘，无水不生莲。夜市桥边火，春风寺外船。此中偏重客，君去必经年。"诗固然做的好，所写事情也正确实，能写出两地相同的情景。我到苏州第一感觉的也是这一点，其实即是证实我原有的漠然的印象罢了。我们下车后，就被招待游灵岩去。先到木渎在石家饭店吃过中饭，从车站到灵岩，第二天又出城到虎丘，这都是路上风景好，比目的地还有意思，正与游兰亭的人是同一经验。我特别感觉有趣味的，乃是在木渎下了汽车，走过两条街往石家饭店去时，看见那里的小河，小船，石桥，两岸枕河的人家，觉得和绍兴一样，这是江南的寻常景色，在我江东的人看了也同样的亲近，恍如身在故乡了。又在小街上见到一爿糕店，这在家乡极是平常，但北方绝无这些糕类，好些年前曾在《卖糖》这一篇小文中附带说及，很表现出一种乡愁来，现在却忽然遇见，怎能不感到喜悦呢？只可惜匆匆走过，未及细看这柜台上蒸笼里所放着的是什么糕点，自然更不能够买了来尝了。不过就只是这样看一眼走过了，也已很是愉快，后来不久在城里几处地方，虽然不是这店里所做，好的糕饼也吃到些，可以算是满意了。

第二天往马医科巷，据说这地名本来是蚂蚁窠巷，后来转讹，并不真是有个马医牛医住在那里，去拜访俞曲园先生的春在堂。南方式的厅堂结构原与北方不同，我在曲园前面的堂屋里徘徊良久之后，再往南去看俞先生著书的两间小屋，那时所见这些过廊，侧门，天井种种，都恍惚是曾经见过似的，又流连了一会儿。我对同行的友人说，平伯有这样好的老屋在此，何必留滞北方，我回去应当劝他南归才对。说的虽是半玩半笑的话，我的意思却是完全诚实的，只是没有为平伯打算罢了。那所大房子就是不加修理，只说点灯，装电灯固然了不得，石油没有，植物油又太贵，都无办法，故即欲为点一盏读书灯计，亦自只好仍旧蛰居于北京之古槐书屋矣。我又去拜谒章太炎先生墓，这是在锦帆路章宅的后园里，情形如郭先生文中所记，兹不重述。章宅现由省政府宣传处明处长借住，我们进去稍坐，是一座洋式的楼房，后边讲学的地方云为外国人所占用，尚未能收回，因此我们也不能进去一看，殊属遗憾。俞章两先生是清末民初的国学大师，却都别有一种特色，俞先生以经师而留心轻文学，为新文学运动之先河；章先生以儒家而兼治佛学，倡导革命，又承先启后，对于中国之学术与政治的改革至有影响，但是在晚年却又不约而同的定住苏州，这可以说是非偶然的偶然，我觉得这里很有意义，也很有意思。俞章两先生是浙西人，对于吴地很有情分，也可以算是一小部分的理由，但其重要的原因还当别有所在。由我看去，南京、上海、杭州，均各有其价值和历史，惟若欲求多有文化的空气与环境者，大约无过苏州了吧。两先生的意思或者看重这一点，也未可定。现在南京有中央大学，杭州也有浙江大学了，我以为在苏州应当有一个江苏大学，顺应其环境与空气，特别向人文科学方面发展，完成两先生之弘业大愿，为东南文化确立其根基，此亦正是丧乱中之一切要事也。

在苏州的两个早晨过得很好，都有好东西吃，虽然这说的似乎有点俗，但是事实如此，而且谈起苏州，假如不讲到这一点，我想终不免是一个罅漏。若问好东西是什么，其实我是乡下粗人，只知道糕饼点心，到口便吞，并不曾细问种种名号。我只记得乱吃得很不少，当初《江苏日报》或是郭先生的大文里仿佛有着纪录。我常这样想，一国的历史与文化传得久远了，在生活上总会留下一点痕迹，或是华丽，或是清淡，却无不是精练的，这并不想要夸耀什么，却是自然应有的表现。我初来北京的时候，因为没有什么好点心，曾经发过牢骚，并非真是这样贪吃，实在也只为觉得他太寒伧，枉做了五百年首都，连一些细点心都做不出，未免丢人罢了。我们第一天早晨在吴苑，次日在新亚，所吃的点心都很好，是我在北京所不曾见过的，后来又托朋友在采芝斋买些干点心，预备带回去给小孩辈吃，物事不必珍贵，但也很是精炼的，这尽够使我满意而且佩服，即此亦可见苏州生活文化之一斑了。这里我特别感觉得有趣味的，乃是吴苑茶社所见的情形。茶食精洁，布置简易，没有洋派气味，固已很好，而吃茶的人那么多，有的像是祖母老太太，带领家人妇子，围着方桌，悠悠的享用，看了很有意思。性急的人要说，在战时这种态度行么？我想，此刻现在，这里的人这么做是并没有什么错的。大抵中国人多受孟子思想的影响，他的态度不会得一时急变，若是因战时而面粉白糖渐渐不见了，被迫得没有点心吃，出于被动的事那是可能的。总之在苏州，至少是那时候，见了物资充裕，生活安适，由我们看惯了北方困穷的情形的人看去，实在是值得称赞与羡慕。我在苏州感觉得不很适意的也有一件事，这便是住处。据说苏州旅馆绝不容易找，我们承公家的斡旋得能在乐乡饭店住下，已经大可感谢了，可是老实说，实在不大高明。设备如何都没有关系，就只苦于太热闹，那时我听见打牌声，幸而并不在贴夹壁，更幸而没有拉胡琴唱曲的，否则次日往虎丘去时马车也将坐不稳了。就是像沧浪亭的旧房子也好，打扫几间，让不爱热闹的人可以借住，一面也省得去占忙的房间，妨碍人家的娱乐，倒正是一举两得的事吧。

　　在苏州只住了两天，离开苏州已将一年了，但是有些事情还清楚的记得，现在写出来几项以为纪念，希望将来还有机缘再去，或者长住些时光，对于吴语文学的发源地更加以观察与认识也。

民国甲申三月八日

（《苦口甘口》，周作人著，上海太平书局 1944 年 11 月初版）

苏州印象记

予 且

一、车中

在上海常坐电车的人，没有不感到拥挤之苦况的。我就是一个每日要乘四次电车，每次都要换车一次的人。所以在火车中，虽然是一般的拥挤，却感觉到舒适的况味。其一，因为时间长，可以和人畅谈。其二，因为停的站头少，绝无颠动摇晃的苦。我们从前把火车看得太高贵了，坐二等的人，一个人还要想占两个位子，面前还要放上茶以及其他的食品、书报。其实，火车和电车是一般的交通工具，它的价目，比三轮车也不知要便宜多少，载运的路程又是那么远，我们还希冀什么？所以我在上车之后，只看见满满的人，和在电车中一般，就想到这样满满的站着，比一两人站着好。以前二等车中有一两个站着，面上必现不悦之色，那一个人占两个位子的人呢，必故作恶态，令人不敢逼视。故车虽较空，而车中人之情感则甚恶劣。今车中虽较挤，却绝无此种面孔，且笑容浮于面，一似能上车，即为快事者。站者如此，坐者，亦有多觉不安者。吾见一客让一座与一抱孩之少妇，谦逊良久，令人起敬，电车之法，竟行于火车。假使有人问，以前好还是现在好，那我真是毫不迟疑的答："现在不错！"

二、苏州琵琶

一个在外作客的人，深深的夜里，在一个静寂无哗的旅店中，能有一个妙龄聪慧的女郎抱着琵琶，曼声对你弹唱一曲，我想无论如何总是件赏心乐事罢。这种赏心乐事，大概只有在苏州，方能遇着的。旅馆中消遣的方法，当然很多，然终抵不上听琵琶。这次琵琶演奏者，叫做樊素素，一位极为聪颖美丽的大眼女郎。我想无论男女，全身之主要处，就在一双眼，眼大者最容易犯两种毛病，其一就是光太露，其二就是无神。她不但没有这两种毛病，而且坐在那里，真像蚌珠之在月下，光彩照耀全室。照她们唱弹词的说法，女子是不上相书的，只能算命。即使我能预测她的将来，也犯不上写出来的。不过在这里，令我想到苏州弹词作家的作品，极有艺术的和社会的价值，决非普通弹唱而已。就拿"女子不上相书"的一句话来说，相书上明明的是有女子相法的，而他们说没有，大概作者是鉴于女子不宜抛头露面给人看相的缘故。即使不抛头露面，迷信相法，找个女看相到家里来，也是害多益少，不如就说"女子不上相书"了。这是有功于世道人心的话，足见作者的苦心以及弹词社会价值之一端。就它艺术价值言，表情和写景用韵文，表现思想和行动则用语体。这是一种很完美的表现方法。和京戏、昆曲相同，像《西游记》一类章回小说，表情虽亦有语体，写景仍用韵文。到了表情写景悉用语体的小说，也许有时很精细，可是在"神"、"味"上就比较的差了。樊素素之佳处，并不在其弹唱的艺术，她本人的行动也是很优美的。我前五年曾读过关于戏剧导演的书籍，中间说，演员之能引人入胜处，在她的进门出门、坐下起立，如果这些上的姿态，美丽而得体，观众的印象一定会好的。樊素素在这些地方都可称赞。她并不是个女演员，可是在她唱过一曲之后，她忽起身去开门说"一歇就来"时，却充满了戏剧意味。她曾唱过《啼笑因缘》的《别凤》，接着就《江北夫妻相骂》，最末为《疯狂世界》，都是她自选自唱的。回顾我们所谓一般的社会趣味的进步，不是由"别凤"而"江北夫妻"而"疯狂世界"吗？她只是一个幼小的女孩子，她揣摩我们爱听的心理如此。我们就真没有话可说了。

三、印光大师五色舍利

次日我到灵岩，灵岩最吸引我注意的就是印光大师的五色舍利。"大师生西百日而荼毗，适逢世尊涅槃节。是日天气忽尔晴朗，缁素送者二千馀众，真达老和尚举火。入晚，烟白如雪，现五色光。翌日晚，灵岩住持妙真和尚偕众赴茶毗所检骨，色白质坚，重如矿，触之作金声，顶骨裂五瓣如莲花，齿全不坏，三十二颗。发现舍利无数，其形有珠粒者，有花瓣者，有块式者；其色有红者，有白者，有碧者，有五彩者，色殊异，数以百计。检毕，别为六聚，各盛以盘。识之曰，五色舍利珠，珠者，粒圆而散者也；曰，五色小舍利花，花者，珠粒相黏成花状也；曰，五色大舍利花，大花者，薄片如花朵者也；曰，五色血舍利，血者，肉所化也；曰，五色舍利块，杂形如块者也；曰牙齿三十二粒，所谓牙齿舍利也。此六聚者，将珍藏于山，以资纪念。"

四、天平山饮茶处

天平山有个地方叫"一线天"，从一线天向下望就有两个饮茶处。一个离一线天很近，一个比较的远。你到底到那一个饮茶处？自然到最近的一个了。一线天是山石中间的夹道，过夹道就可以登山顶。登顶归来的人，当然急于要寻一个休息之所。如果最近的一个并非招待不良的话，游客决不会舍近而求远的。而最近一个饮茶所的和尚招待并不恶，那较远的一个，自然招待的机会就比较的差了。平心而论，上山下山都是一样，下山的人固然急于休息，上山的人，老远的走来，也是需要休息。较远的一个，对下山虽较远，对上山则较近，游客需要休息该是一样。不想游客大半是坐轿子来的，并不疲倦，下轿之后，急于上山，没有那些闲空来坐着喝茶了。来的人，都说游了山再来喝，结果往往是一张空头支票，他们仍旧到那较近的一所去喝茶了。可是凡是拾轿子的能随你上山，他们必定劝你到较远的一所，他们说："那边有亭子。"其实亭子两边都有的，为什么定要劝客人到较远的一个呢？这就是"天平"。因为游客上山不休息是由于坐轿不疲倦，轿夫为免除心中的抱歉，就劝客人到那里去了。虽然较近一所的主人曾经向我说，下面一所常运动轿夫拉游客，给百分之二十的抽头。我想假使轿夫向他讨抽头，他给不给呢？"他一定给的。"这也是"天平"！

五、卖玳玳花者

卖玳玳花者是我在虎丘见着的，他是一位年近五十岁的人。他有微笑的容颜，从容不迫的态度，手中虽拿了玳玳花的盒子，可是并不引起你的注意。他引你注意之点是他向你说的话。例如他陪你走到庙门口，他会指出秋香向唐伯虎三笑，第二笑是在什么地方。他一路跟着我们说说笑笑的，说的东西，虽然是"常谈"，但是他的态度好，所以也就不觉得讨厌。等到我们绕了一周，回到休息处所的时节，他把卖玳玳花的事说出来了。他说："我说的一切，你们那里会是不知道，你们都是老虎丘呵！我不过是要卖花罢了！"他的态度是好的，一点没有生意气息。买的人也像是送他一点导游费，一点没有嫌贵的意思。他将花送到买的人手中，好像是一种赠品，一点没有卖的意思。那些讨价还价、品评优劣、选择掉换、争多较少的态度，是完全没有的。我看过《镜花缘》中的君子国，虽然是店员、顾客客气异常，终究脱不了讨论价钱，终究免不了俗气。就是近代"不二价"的大商店，虽然没有讨论价钱的事，终究脱不了鼓吹自己的货品好，每天忙于装潢货品，迎送顾客，脱不了生意气。要是不论价钱不看货品，用赠与的形式来交易，当然是交易的最高形式。所谓"剖斗折衡，而民不争"的好处，我从卖玳玳花者身上看出来了。

六、留园所留下的

留园所留下的是什么？

简单的说，不过是墙壁、假山、空屋子而已。留园在以前，我是见过的，它像一个浓装艳抹、曼妙多姿的女郎。小小的一个所在，红红绿绿，够你瞧的地方，可就真多着。如今这位女郎态度变更了，她脱下了那美丽的衣衫，显出她本来的面目。所谓浓装艳抹，固然好看，本来面目，亦未尝难看。我们现在有许多花枝招展的小姐太太们，都变成布裙荆钗下了厨房了。我们不说她们难看，有时还称她们的"美"。美原是主观的，我们只要有欣赏"美"

159

的心胸，那怕只有一草一木，又焉知它们没有美的存在呢？

（《杂志》1944 年第 12 卷第 6 期）

苏游杂记

谭惟翰

不上苏州已有十多年了。近几年来，说去总没去成，不是为了事忙，便是为了没人作伴。这回杂志社招待上海各作家赴苏作一次春游，我能跟随他们同去，真是一件极大的快事！

十二日下午四点钟，一班特快车把我们载到了苏州，《杂志》主办人袁殊先生早就派人在车站候接，我们即乘汽车到了拙政园。

拙政园真乃人间之仙地，建筑古雅秀美，身居其中的人，定有隔世之感。我爱那曲折的廊道，廊道中悬着的古式的琉璃灯；我爱那细挺的竹枝，清高的立在泥土之上；我爱墙角上不同形式的花洞，这儿可以看出当初设计者的智慧与才力。还有鸳鸯厅中的陈设也是极古朴别致的，无论柱石、椅桌都显得端庄伟大。我对班公兄说，华影正在拍摄《红楼梦》影片，倘若布景与道具的设计，能以此作参考，或借此地拍取大观园的外景，定可使该片生色多多。班公兄也有同感。

第二天早晨，我们在乐乡饭店会齐，一行人同乘公共汽车上灵岩山。

到了灵岩山脚下，有些人都坐上了轿子，我却和予且、正璧、公侠几位先生步行。我觉得爬山是难得的机会，用自己的脚一步一步朝上爬，比靠了别人的力量带上去的有意味得多。

山上有一座大庙，庙门前布满了地摊，妇女们坐在地上推销各种木制的小型物件，大半都是玩具之类的东西，然而也有实用的。我很爱这些东西，便在这个摊上买几样，又在那个摊上买几样，一会儿我的两只手已经捧不下了。费了许多的言语，好容易向一位作这买卖的乡下姑娘讨到了一只纸盒，我将买来的各物一齐放在里面。我高兴极了，可是，我望望四周，除了我之外，其馀同行的人都不见了。这时，我赶忙抱着那个纸盒跑进了庙内的客堂。

他们都在那儿喝茶，有和尚招待。我赶到不久，和尚就领我们同去拜见印光法师的灵堂。

这位法师，据说生前颇爱清静，主张提倡道德，有精深的修养。我们走进灵堂之先，在门口各人换了拖鞋，挨次步入室内，对灵案行跪拜之礼，以示尊敬。

灵堂里布置得非常洁致，燃着清香，这时连最爱说话的人也闭住了口，空气颇为沉寂。壁上悬着法师的遗像，桌上有一个宝塔式的描金的木匣内藏着法师火葬后的骨灰。桌前边沿上置着一只长条的玻璃盒子，里面放着五六个小磁碟，磁碟中有黑色而带光彩似煤屑一类的东西，即所谓神秘的"舍利子"，是人体被焚后，从骨髓中取得的精华，非有数十年长期修养的人是无从得着这样的遗物的。尚有一件特别的小物放在桌上，这是法师口中留下的三十二粒牙齿。我们普通人一到老年，牙齿总会脱落，但此公年上八十，口齿竟无一个落者，岂非怪事？

再有一点值得记载的是，这位法师的思想很玄妙，从壁上他亲笔写下的文字不难看出一二，虽然有几句容易引起女人的反感！他说极乐世界里没有女人和畜牲……女人们读了真要说触霉头！怪不得苏青女士要发这样的感慨："女人处处倒霉！就是女人做尼姑，男人做和尚，到底还是和尚出风头！"

走过大雄宝殿，我们在另一所小庙堂里，看到十六幅地狱幻想图，画此画的好像是无锡的王霍先生。站在这十六幅画的前面，我真舍不得走。每一幅画的构图实在美极了，作者由幻想绘成的这些图景，大可与但丁的《神曲》争一长短。我当时忽有这么一种奇思，华影公司倘若能依照这十几幅画的设计，制成卡通，非但别开生面，即以道德方面来讲，劝导人们为善的心也是值得推崇的。我盼望有一天，它能成为活动的画景，让千百万人共同鉴赏鉴赏。

在木渎石家饭店吃过午餐，我们又出发天平山。天平山是我在十三年前随光华附中童子军团旅行露营的所在。我一面朝山上爬，一面引起我对童年的追忆。那些同我夜宿在一个营帐内的小朋友们上那儿去了？口琴声、歌唱声飘向那一个方向？我们掘的壕沟被人踏平了！那山巅上不再见红白双旗的影子！记得晚上在熊熊的柴火旁边我们曾表演馀兴，我拿一条白丝巾变成了红色，在大众的鼓掌之中，我的脸色也变得愈红了。朋友们叫我"魔术大家"，可是我这位魔术大家却无法挽回已经消逝的年华……

别说这些吧，让我带着我的身体再往上爬。十三年了，天平山的石头，在这十三年的风雨之中也似乎显得更苍老了一些，再过十三年呢？……我把它当作我的老友，它整个的身子都在我的关怀之中，我从它的脚留心到它的头。我依旧住上爬，穿过了"一线天"，我还是往上爬，我已经达到了最高峰了！

卢施福大医生兼大摄影家为我们几个人拍了好些张照片——人生的痕迹被关在那个小盒子里去了，这又是日后给我们回忆的好材料。回忆的好处就在甜蜜里隐藏有一丝丝的苦痛，我爱回忆。

第三天下午，本来规定游虎丘的，我因应当地江苏教育学院之请，作了一次演讲，所以虎丘没有去成。幸喜狮子林就在附近，便同吴江枫先生、关露、吴中女士等同去一玩，尤其难得的是有一位名画家王大文先生为我们作领导，此公对于狮子林的遗物全熟极了，他一样一样指点给我们看，并且有详细的说明。如果他能抽闲把他知道的材料记载下来，倒不失为一篇大好的文章呢！

（《杂志》1944 年第 12 卷第 6 期）

苏州记行

实　斋

　　多年前鄙人曾在苏州住过多时，此次能够旧地重游，自然万感纷集，不过这些纷集的万感究竟是些什么，可又难以言说，反正是些因旧地重游而引起的万感罢了。这类的万感，凡是去重游旧地的人总是都有的，所以实在也无须说明。

　　且说火车驶出北站不久，在真茹附近看见某大学的幢幢房舍，只是破败不堪，显然现下无人使用。

　　苏州著名的说书，从前是领教过的，只是觉得平凡得极，并不感觉十分浓厚的兴趣。此次在苏州听到钱锦章的说书，却是大为钦佩，始知此道确也可以成为艺术之一种。从前看过白玉霜唱蹦蹦戏，当下也叹赏不已，觉得确乎富有艺术意味，也曾看过梅兰芳的戏，当下也叹赏不已，觉得确乎富有艺术意味，何以故？因为白玉霜与梅兰芳在心神上有能与观众打成一片的本领，叫人看了出神。钱锦章的说书所以能成为艺术，也是这个道理。钱君嗓子洪亮悲壮，像是已故王无能一般，他边说边做姿势，都恰到好处。说的是王文越墙一段，说到某处，加上一段插话，道是曾有听客问他女人的白眼与俏眼之分别何在，他说他当下答不出来，思索了一个晚上，才给他想出一个端绪来了，原来女人做白眼时，眼睛先小而后大，做俏眼时却是先大而后渐小的。仔细思之，果然。

　　临别赴站时，承当地严先生陪同上车，至感。记得黄包车拉到金门左近时，顿觉颈项奇痒，心知是旅舍里带来的臭虫，只是捉不着，也是无可奈何。至站下车，严先生注视我的领际，说道嘎吓，这里有个跳蚤，当下为之捉去，此为尤可感者。只不知这也是所谓韵事否？

　　火车开动时，目望苏城远去，少不得又要感慨一番，只是心知这种感慨是不必要的。苏城离沪旅程只是一小时半，试思由外滩挤电车到沪西兆丰公园需要多时？凑得不巧，恐怕一小时半是不够的。试问自兆丰公园挤电车回外滩时会有什么感慨？不过离开一个地方时，恰与望月思家一样，正如金圣叹所说，虽身在家，心头也会起与思家类似的感念的。故而说目击苏城渐渐远去，心头少不得要感慨一番。至于究竟感慨什么，可又说不出来，反正是离开一个地方时人人都有的感慨罢了。

（《杂志》1944 年第 12 卷第 6 期）

苏游日记

苏　青

二月十二日

早晨实斋来，穿着雨衣，我说："怎么样？下雨了吗？"他没精打采地回答道："是呀，苏州恐怕去不成了。"

但是结果我们还是动身，车中与文载道君并坐，谈谈《古今》、《天地》，不觉到了苏州。

游拙政园毕，我只有两个感想：第一便是园中最好不站警察而由女侍代之；第二便是此园太荒凉了，夜行不免怕鬼。

晚上在鹤园吃饭，吃完了饭，到乐乡饭店，听樊素素说书。樊素素相当海派，回眸一笑，百媚横生，弹琵琶姿势也好。

二月十三日

上海游灵岩山，在××寺中瞻印光法师像，并观舍利。进去时，大家端肃跪拜，像煞有介事，我想恐怕同行诸人中连法师大名都不知道的也有吧，我只在弘一法师《永怀录》中见到过他的名字，但是此外也便什么都不知道了，虽然随众一脸正经地拜下去，心里总有些莫名其妙。

外室有法师手书训诫，大意无非劝人为善，中有几句话颇有些那个，他说的是"极乐世界，无有女人，女人畜生，出生于此，皆现童男身"（大意如此）。于是我怫然跑到天井中，看黄狗舐屁股，谭惟翰君也出来了，笑着指狗向我说道："此地只要它与你一离开，便是极乐世界了。"我也骂他嚼舌头，死后烧掉时一定没有舍利的。

中午在石家饭店进膳，豆腐羹果然鲜美，但是仔细一想，一则游山饿了，二则也许是味精放得多，吃时设非有于右任、知堂诸人诗句提醒，恐怕囫囵咽下了亦未必细细辨味，即辨味亦未必一定敢说比其他各家馆子所作的鲜好几分或几度也。但大体说来，这家的菜是不错的。

席上向汪正禾先生索稿，汪先生命先喝酒，乃一饮而尽，不觉即醉。下午去天平山，不得不坐轿子，在轿中睡了一觉，途中风景不详，抵山时尚醉眼矇眬，爬到一线天时，才感到危险，稍为清醒一些。归途中抬轿女人絮絮索小帐，游兴为之大减。

晚上大家聚坐打扑克，连钱锦章说书也无心听了，归寝已三时馀矣。

二月十四日

实斋先回沪，文载道君又倦又乏力，今天去虎丘的人便少了。留园、西园都走遍，佛像上有些金都给刨去，我想，将来战争下去，这些金屑不知是否将受统制？而寺中铁香炉等物，不知要不要收买？若然，岂不是和尚大倒霉了。

夜里又打扑克，有的人连眼睛都睁不开，有的人喉咙也哑了，但都不肯罢休。我想，何苦来呢，要打扑克，难道上海不好打，又何必巴巴跑到苏州来呢？

二月十五日

今天汪先生陪我们去参观古迹，先到沧浪亭，访沈三白旧址，就有人拍照为证。沧浪亭风景很好，但风景很好的地方多得很，大家为什么一定要拣有名的地方来呢？这大概也同爱嫖名妓一般，一则是盲从心理，一则是虚荣。因此游山必天平、灵岩，而自己屋附近后门山前门山便不愿瞩目了。而《浮生六记》尽可不读，三白（即误记为三黑也可）的旧址则看看也好。因此在古碑之旁，就大书"翠贞你真美呀"或"张国耀到此一游"等等，以冀名垂不朽，至少可以自己安慰自己说不虚此行了。而我们呢？惭愧得很，看这些歪句的兴趣实在比看古碑高，只是不忍辜负汪先生殷殷指导好意，只得含糊点点头，伸手向碑上一摸，算是懂得了。

曲园故址是从裁缝店里进去的，里面都是蛛网尘迹，不堪入目。春在堂中凄凉万状，所谓曲园也者，还不及我的乡下家中后庭耳。此屋现由洪钧侄媳住着，堂中有一架旧钢琴，据说是赛金花弹过，真是人亡物在了。我见了别的倒不会感慨，就是在省立图书馆中见了这许多藏书，倒有些觉得人寿几何，这些书如何读得完呢？汪先生说："又何必要读完它们！"

在去狮子林的途中，又去瞻仰章太炎先生墓。太炎先生的文章我一篇没有读过，关于他的传说倒看得不少，因此对之颇有敬意。汪先生站在他的墓前深深一鞠躬，他的蓬乱的头发飘动起来了，更加蓬乱，我觉得他的学者风度着实可爱。

我希望古老的苏州也能像汪先生般一样保持着自己的风度，不要被标语及西洋或东洋化建筑物破坏了固有的美点。

（《杂志》1944 年第 12 卷第 6 期）

春山小品

班　公

　　袁随园说得最好——他说："书非借，不能读也。"借来的书总是人家的东西，即说主人雅量，总有归还之一日，于是只好匆匆读完，了此一重公案，而且明知日后翻检不易，所以在紧要的地方还非摘录一点不可。一本书就算这样读过了。但是既着"匆匆"二字，就难免走马看花，很容易有生吞活剥之憾。于是一看见了心爱的书，就想买，一定要等到放在自己的书架上了，才算是心满意足，以为可以慢慢的细读一遍，甚至再读、三读不已了……

　　其实呢，自己的书总是灰尘积得最厚的。没有适当的心情，没有充分的空闲，没有适当的环境——都不想读。反正已经是自己的东西，何必急急呢！

　　于是有一本书就尘封了二十几年！这本"书"就是苏州的山。

　　这次，以前远望过不少次的灵岩、天平总称已经涉足了，可是这本书读过了没有呢？还没有。我只是把这本书稍为翻了一翻，草草读过头上几页，在页边上折了一只角，做了一个记认而已。

　　吴山之美，在于灵秀，远眺近观，莫不尽态极妍，有一种清新明净之气。从公路上一路走近，就觉得这些春山有无数姿态，各各不同。天平峰峦稍陡，却有奇石高耸，远看时就像是比灵岩高一点了，可是一走近了却觉得灵岩秀逸，偏胜一筹。灵岩寺的山门迎人而立，梵宇远钟，立刻叫我想起了这是一位高僧苦修的地方，会发生一种虔敬之念。天平却带三分俗气，老和尚拉客饮茶，香伙开门索钱——作风竟像上海的三轮车夫，真乃名山一蠹！不过钵盂泉水毕竟清冽，而在那个地方卖茶的和尚倒也颇有意思，这却又令人驰思了。

　　曾告同游友人，游山绝非一二小时甚至一天两天所能了事。一般游客总是匆匆而至，接着便一鼓作气爬山。斯时双目只留心脚下山径，决无游目骋怀的兴致，必须要等到已至某一个已经著名的"景致"（灵岩有所谓十八景云），才稍稍驻足，看一看，靠在山石边上拍一张照，算是玩过了，于是又低头赶路，拾级而登。如此者屡，到了山顶了，就说是玩过某某山了。这种人朝气横溢，极可佩服，无如勇则勇矣，却和有些人在山顶大书"某月某日某某人来此一游"又有什么不同呢！

领略山景，第一不能求速，峰回路转，惟于悠闲中得之。故最理想的游山是一路多停，而且必须过夜，方才能见日出日落的奇景。山景最美最奇的时候，未必是晴天，更决非游人如鲫，排队齐奔山顶的时候。我想天平山在夏夜雷电交作大雨倾盆的时候一定极为壮观。试想在电光闪烁中看那些危然高峙的奇石，那白如匹练的山涧！同样的，在初秋晴天的傍晚，在寂静的灵岩塔旁，遥望落日如一个火球冉冉下坠，其时乃忽闻庄严静妙的钟声，馀韵袅袅，尽绕着静静的禅室不散，该又是何等的情景啊！

尝谓"山不在高"，实是不刊之论。不能欣赏湖山石的人，恐怕也就未必能领略山景罢？吴中诸山皆不甚高，可是适处太湖之滨，沃田相接，渔村无数，令人能生出一种亲切之感。云南的横断山脉未始不雄奇峻险，而仰望则高不知其所止，目眩神夺，俯视则悬崖千尺，竟叫我栗然心惊。若照姚姬传论古文的法子，则这些山属于阳刚，而吴中诸山为阴柔了，毕竟是"要舟而渡"的人罢，我是宁愿喜欢后者的，我喜欢 Schubert 甚于 Beethoven，我喜欢温八又甚于坡公的"大江东去"。

实在，游春何必探梅，探梅又何必邓尉！山上群树，枝头已茁新绿，石上的苔痕也渐渐青葱起来了。我最忘不了那天我们饮山泉煮成的清茶，因为在那时我今年第一次听见了鹧鸪……

（《杂志》1944 年第 12 卷第 6 期）

天平山

苏州印象

黄果夫

自己是一个喜欢旅行的人，而且常有机会在京沪线上奔来奔去，可是机会一多，新鲜的也变成熟习的了。

就拿苏州来说，近年来至少也去过七八次，而且一次比一次厌倦，这大概便是去的机会一多，新鲜的也变成熟习的了吧！于是，有顶好的机会也只想放弃了，只愿在上海登登，吃一点最适口的小菜，闲散时坐坐咖啡馆，睡睡午觉，读读闲书，最好是一步也不出外。

可是，最近却有很久没有出门了，游兴勃勃，很想到苏州一带的名胜地方去跑跑。

这次，到苏州去的目的，原是想嗅一点春的气息，领略一番江南茅屋草舍的诗的情调，让都市的噪杂气息，呆笨的心情，一齐消失在地旷人稀的地方，高歌或者低唱，在性情纯朴的农人面前，娓娓地谈一点与大事无关的私话。

可是，一踏上苏州的观前街，这种心情却完全两样了。从无线电中播送出来的时髦小调，比上海还要来得典型的和标准的，不想几个月未来苏州，却另外换上一副新的面貌了。咖啡馆增加了这么许多，连观前街开了几十年木板门面专卖船菜的鹤园也改换了新装，漆成奶油色，刺眼的年红灯刻划出"音乐茶座"、"CPC 咖啡"、"歌唱明星 ×× 女士日夜伴唱"等字样。

想不到在这古老的城市中，这爱学时髦的咖啡馆中，我也热恋似的呆上了几个钟点，听听那位女士的靡靡之音，不觉心花撩乱起来。于是，那许多有山有水的地方——天平、灵岩、虎丘，反而使我不感到兴趣了。倒是"音乐茶座"里的歌唱明星，旅馆里的弹词女郎，隔壁房间里的麻将声，向导女的笑声……特别撩起人们的兴趣来。

这种反常的心情却说不出理由来，如果有人一定要问它，那末大概苏州只有这一点吧？再不然，便是游子思乡，飞鸿倦旅，时间把人弄得一年一年意气消沉起来，连真正的故乡的风味也不愿意领略了。

在苏州登了三天，它给我的印象，便是女人、麻将，和吃得不想再吃的酒菜。

（《杂志》1944 年第 12 卷第 6 期）

游春小记

王 予

  上海的作家到苏州来，被派做招待，这几天偏偏牙痛舌痛，又加扁桃腺发炎，真是说话也不便，回头也不便，不想动一动的时候，但来的既是作家，叨为同行，招待是义不容辞的事，只好硬硬项颈担任了下来。

  那客人是来游春的，我却是对季节的感觉既不敏锐，对游山玩水也从不起劲的懒人。我在苏州一住两年，觉得暮春三月江南草长的兴会很难得有过，现在是初春，草也许青了，我不留意，以为苏州的城内比郊外好，苏州是宜于静居不宜于蹓跶的地方，平时我的足迹所及就仅仅是半条临顿路，半条皮市街，三分之一的护龙街，和观前太监弄。这是阿勃罗摩夫式的脾气使然，是我辜负了大好的青山绿水了。

  这就使我对等于向导的招待感到不胜任了。在游程中不过次要的虎丘、留园和西园，我总算在去年的春天匆匆地去过了，主要的灵岩和天平，我却从不曾到过，这是说出来使自己也不能相信的可笑的。灵岩还是西施和夫差同居过的遗址，我是浙东人，会得这样轻视了这位绝世美人的同乡！是潜意识的还对越国的仇人怀着反感，所以连遗址也不想看一眼吗？会稽乃报仇雪耻之乡，吴越之仇，早由我们的卧薪尝胆的勾践报过了，我倒是可以用胜利者的傲态跨我的大步的，何况，我至少可以很痛快地望望那条据说范蠡带了西施逃入太湖的狭长的箭溪。其实，这样的想头我都不会有，让过去是过去，对历史上的千百里的邻国的剑拔弩张的往昔，我们还有什么馀恨未息的心情，我们倒反可以借此打开我们的狭隘的心境，作超然的解慰的。我所以两年不到近在三十里内的木渎，第一还是由于懒得不把名山大川放在心上，第二则是为了怕看接惯了老爷的梅花一样的胜迹而已。

  感谢这一次有所不同的游览的机会，使我得以呼吸了一点新鲜的空气，在印光和尚的舍利子的陈列室内读到一些佛徒的警偈，在另一个幽暗的小殿的壁上看到十八张无锡的名画家凭幻象所作的近代化的杰作，使我得以在天平山上舒展了一下我的久不爬山的浙东人的手脚。此外，我欣赏了给文载道抬轿的一个乡下姑娘的美，我买了一根有一点像我的身体的手杖，在石家饭店吃了一顿非常落胃的酒饭。

还有一件大可喜事，是忙了三四天，我的牙痛舌痛好了，扁桃腺也消了炎。我想，如果我所招待的不是这一班朋友，不但不能如此，也许还要加上十分厉害的头痛的。

二月十九日应江枫嘱

（《杂志》1944 年第 12 卷第 6 期）

苏州点滴

霜　叶

二月十二日

到苏州这是第三次了，可是兴趣却一次浓于一次，原因极简单，我是一个典型的江南人，爱闲散，好吃食，讲究与人生关系极少的东西，欢喜欣赏生活中的小趣味，爱躺在沙发上看《水浒》，爱穿起丝棉袍子读德苏的冬季战事消息，而苏州正是最江南性格的城市，因此我爱苏州。

今天到苏州已是傍晚，由汪正禾先生率领，游拙政园与补园。拙政园显得冷落与零乱一点，补园却整洁和紧凑得多。补园是第一次游，厅堂和走廊里挂的古式的灯真美，恍惚回到了旧式传奇中的时代。院子里几堆细竹子，每一竿都修长而有风度，也许是略有一点风息的缘故，发出一种细碎的声音，当人们谈话停止的时候，你会偶而听见。

在某一间厅堂前的院子里，种着好几枝曼陀罗花，便是我们平常称作山茶花的，有点憔悴了，但收拾得清清楚楚，据说这茶极毒，不知怎么一来，我忽然想起幼时所读的《天方夜谭》中的故事，我问汪先生，为何用铁丝篱笆隔起来？他说这花是非常名贵的，在苏州。

这天晚上在"乐乡"听樊素素说书，书并不说得好，表情不够，不过听苏州女人说苏州话，总觉入耳。苏青女士说，樊素素弹琵琶的两只手蠕动得很美，说穿了再看，信然！那天晚上大家又说笑话，不过鲁风兄说的那一个，据我看来，有点"俗"，可是在座诸君却不以为俗，也同样是哈哈一番，也许那个笑话是俗得够人情味的缘故。

二月十三日

晚上睡得晚，早上又不得不早起，因此精神不太好，可是兴致勃勃，因为今天要游山，而苏州的山，我是一次也不曾游过的。

灵岩的美，可以"玲珑"两字概括之。山径都用砖块铺成，一点也不难走，可是还有山轿可供乘坐，我们谁都不会为了累而坐轿，坐上去，无非是觉得好玩。轿夫以女子居多，便是苏州著名的女轿夫。我听到过有下山倒抬之说，问她们，她们都摇头，说没有这回事。我记得关于倒抬下山，还有一首很香艳的竹枝词，因此听她们说没有这回事，不免感到轻微的幻灭。

轿夫们到了行程将终之前，总是絮絮不休，一路讨小帐。记得从前有一个作家（似乎是孙福熙）到苏州去游山，回到上海写游记（这似乎是文人的分内事），别的都赞美，就是说女轿夫讨小帐，非常讨厌。于是有另一个作家出来讽刺，说他是"小布尔乔亚气"，对于苏州乡下女子的健康和勤劳是赞美的，可是一向他要小帐，就觉讨厌了。轿夫一路讨小帐，使我记起了这个故事，不禁笑出声来。

灵岩寺里有印光法师的"舍利"，大家都去参观一下，又在壁上读法师所书的一篇劝善文，文中将女人与畜生并提，我忍不住笑出声来，而且声音相当大，因为参观法师遗物一行中，也有几个是女人！不过颇悔笑出声来，打破了这严肃的空气。

灵岩寺前有许多卖木制小工艺品的贩子，大多是女的，苏州乡下女人的勤劳可以想见。我们都买了一点，有的买小风车、小玩具，以其"好玩"，有点罗曼谛克的倾向，有的买木碗，买滚面用的面杆子，取其"实用"，则纯然是实利主义者了。

到离山麓不过数百步的著名的"石家饭店"，君匡先生、杰兄等已先在，大家随便的谈话，随便的吃和喝。这家饭店的菜是确实好的。载道兄看见于右任和知堂都题过诗，于是诗兴勃发，即席吟诗一首，可惜后来不曾发表。苏青为《天地》向汪正禾先生拉稿，汪先生必欲苏青尽一杯，方允执笔，苏青自称不善饮，惟为拉稿故，竟费大气力，一饮而尽，终至于醉，吞卢施福医师带来的醒酒药两片，若苏青，方可以做编辑。

下午游天平，二十辆小轿形成一字长蛇，遥望天平，山上满是"石赘疣"。将天平缩小下来，可作盆景观。天平山多奇石，石隙石间，杂生草树，很美。我们跑到半山里，只见一条狭隘的石径耸立着，抬头望去，看不出顶上还有路可走，我们以为至此已不能再上去了，可是后来一想，不妨爬上去看一看，也许还有路，一爬到顶上，才知道上面还有广阔的山坡，有豁然开朗之概。这就是有名的"一线天"，因为两边巨石耸立，中间只容一人侧身而上，故名。

二月十四日

第三天上午，有的人游虎丘去了，我们应志岳兄之约，到教育学院去演讲。讲毕到附近的"狮子林"去，"狮子林"的假山在江南是无比的，据说是倪云林设计的，所以这样曲折有致。同行的大文兄指点我们看墙上用砖瓦构成的各式图案，他说他曾经想搜集中国建筑上的各种图案，出一本集子，可是没有成功。

中饭在"松鹤楼"吃，由明淦先生招待。"松鹤楼"在苏州，与"吴苑"同是著名的所在，不过后者是一家大茶楼。

开过"苏沪文化人座谈"，与班公在观前闲步，看看市景，随便瞎谈，非常适意。

晚上陈人鹤先生在补园设宴招待，饭后在拙政园官邸听君匋先生讲故事，谈见闻，令人有"胜读十年书"之感。可是君匋先生本人却更看重书，常劝人多读书，他自己也是挺爱书的，无论是读或是买。

二月十五日

实斋昨已返沪，今天潘先生等先行，剩下了我们五人，为的是下午还要去玩沧浪亭。载道兄也没有去，不过他已"放单挡"，我们再也不见他的影踪。

沧浪亭对面是省立图书馆，院中梅花欲放，馆内非常清静，是读书的好地方。我素有卜居苏州的志愿，如能实现，定必常来沧浪亭散散步，在图书馆里读上一二小时的书。馆内的月洞门极美，院子里还有一枝很古雅的梅树，含苞欲放。汪先生说，这是宋朝的梅花，我显然不相信。我说，宋朝的梅花会留到现在？汪先生又说，这里的古物多着哩，数百年前的遗物，一点也不稀奇，他似乎不肯放弃对于"宋梅"的有味的憧憬，我也只好相信了。其实我也愿意这会真的是"宋梅"，因为见过一枝宋朝的梅花，不是更有意思吗？

苏州的古物古迹真多，其实上海也不乏有，远的可以追溯到三国时代，可是谁注意这些？上海的文人到苏州，苏州作家陪我们看宋朝的梅花、元人设计的园林，如果苏州的作家到上海来，那我们也许只能陪他们到大世界去白相游艺场，或是到"金国剧场"去看二本《小山东到上海》。

从省立图书馆出来，便到沧浪亭去。读过《浮生六记》的，都知道苏州有沧浪亭。据汪先生说，沈三白大约是住在沧浪亭左面小河弯过去的一带房子里。他的论据是沧浪亭一带一向都是官产，只有那里是民房，而且靠河，书中就记着河水鬼的事，因此大约可以推定沈三白的遗址就在那里。我一面听着，一面想着《浮生六记》里的故事，而浸沉在古远的怀念中。

俞曲园的春在堂遗址和章太炎墓只有一点历史意味，看是大可不必的。去看章太炎墓要从两三家小户人家的院中走过，他们有的在洗菜，有的在客堂里坐，充分表现了苏州的静的美，可是给我们这一班冒充雅的上海人破坏了这寂然的空气。

我应该提一提"吴苑"。不曾到"吴苑深处"去喝过几次茶的，不会领略到苏州的趣味。"吴苑"有好几个堂子，各个堂子的茶客不同，有的是雅士品茗的所在，有的是商贾论价的地方，有的是少爷们聚首的场所，虽然茶楼不替你划定，可是是那一等人，自会往那里跑。前年修明、何之两兄第一次去苏州，到"吴苑"去吃茶，以为楼上必然"高尚"一些，于是登楼，回来对人说，他们到过"吴苑"，觉得并无是处，就是楼上也并不好！于是被我们中间的老苏州大笑,原来"吴苑"高尚的所在都在楼下,而楼上是道士、轿夫们喝茶的所在,因此他们觉得"呒意思"。

这一次在苏州,吴苑虽然去过两次,可是太匆促,在苏州,"匆促"是最最要不得的,你看,那一个苏州人会现着匆促的样子?我想下次如果到苏州,定要王予兄陪半个下午,在"吴苑"吃茶。

(《杂志》1944 年第 12 卷第 6 期)

苏行散记

陈烟帆

一

去苏州的前数日寄了一信给在 Y 城的朋友毅君，预备顺道弯过去也到那边去玩玩，但结果一来是没有等到回信，二来在苏州多留了几天，陪寸照、易生等各处去走走，春假期没有几天，在时间上也就来不及再去 Y 城了。

苏州是四五年来最常去的城市，我每次去却总有些无来由的感喟。那样古老的且恬静闲适的城市，去了总要有若干日子的流连，在我的感觉中，苏州是较之我的故乡鄞县更为重要的，我于故乡的好感也较之苏州为淡，这也许是我年轻时候留在那边时间多了的缘故。凡这里所有的景物、风俗习惯都有叫人起无限怀想的地方，它是那么优柔的，恬淡的，陈旧的，——也许是在衰朽中吧，但是它的气息是温厚而教人留恋的，我的故乡我只是在十二岁以前住留过一段很长的时间，故乡的一切，我虽然不怎样忘记它，但是留着的记忆是淡了。

四五年来苏州虽说常去，却还是以住在上海的时间为多，去也没有多少时间的停留，上海的生活同苏州比起来，无疑要显得非常忙迫、急促而冗杂。这种情形于二三年前更为显著，现在的上海差不多没有什么夜生活了，几年前的上海，即使在很迟时的夜间在街上走，还是闹杂繁华，初来的人就要有点不大好受，熙来攘往的人与声音庞杂的公共车辆合起来，就觉得紧张迫促万分，人们好像都在一个急遽的漩涡里卷着，冗杂而不知所终。过去数年间，一年有二三次去苏，但都非为专诚游玩而去，甚至连附带的游玩也没有，游山玩水必需要经济上的条件宽裕，这是原因之一，而没有从容的心情，也的确打消不少游玩的念头。

这一次去苏却一连去了许多地方，有几处是三五年没有到了，重临一次，终有一番另外的感念。这却不是要故意自苦，或者要兴沧桑一番的文章。譬如灵岩山吧，我上次去的时候，记得同行有我的从弟、W先生及S小姐等，玩得很是兴高采烈，事隔好多年了，不免旧梦如烟，许多在当时非常平淡的，事后都会极可怀念。我现在还收集在书箧中几张友人的照片，现在多半音讯全无，有一张在某大楼屋顶合摄的五六个好朋友，现在简直除自己以外没有一个在一起的了，当时亦为一时高兴的平淡事情罢了。又如留园，我尚记得事变以前去时，楼台亭榭均极工致，这次去时，已是多年失修，窗户圮塌，竟致荒凉满目！人的感觉虽麻木多了，但终不能无感于此，虽是极平常的事情，在一个遍历过尘世创痛的人，也真感慨万端。事变以前，自己还是并不知道什么是可贵而可恋的，生活也并无若何想望与忧虑，那时想起初来苏州时，父亲曾陪我去留园玩，想罢也便不留痕迹，所以幸福之感觉，便是幸福的失去。到留园去，必过一所故乡的同乡会所办的会馆，——这便是同乡寄柩的殡舍。——父亲于二年前的夏天去世了，一时不能迁回乡下去，至今还寄留在那里。人纵令如何对这些毫无感觉，也终不能不有一些怅喟吧？

二

到苏的第二天上半天，即去狮子林，前一些时候那地方尚为某机关的办公处所，故一般游客皆不能入内畅游，现在虽仍非任何人皆可入内，但已宽松多了，我们由熟悉的人陪去，便无一些阻难。

狮子林仍极修洁工致，在石船上坐坐，我们想起最初筑这个园林的倪云林，并且想起倪云林的"洁癖"，洁而成癖，自然很有些可笑的事情。据说，云林有一次被一个恶俗暴虐的官召去讲话，他不愿去，结果硬要他去了，回来之后想想非常难堪，关在家里洗了三天三夜的澡。事虽近于虚构，却也可想见那位明代画家的迂阔了。《红楼梦》里也有个洁癖的尼姑，洁到如何程度，现在已经模糊了，总之洁癖的人，相信自己才是非常清洁的，以致别人用过的器物，他必需揩拭再三，甚至弃掉，但《红楼梦》里的尼姑，后来好像被强盗劫去做押寨夫人了。

狮子林的假山是著名的，苏州生活至今很悠闲恬淡，明代时有这样的园林建筑，使人想见当时的生活，还要远过于今日的恬淡悠闲。这种用以堆积假山的石头，很难想象它是从什么地方采下来的，因为山上的自然的石头决无如此灵巧，各具形态，有的像蹲着的狮子，有的像恐龙，像虎，像熊，而又无人工的痕迹。我想最可能的大概多系水成岩吧，或是把采来的不成形的石头，推入流水急的地方，石头在水底经年累月被水冲激，才激成许多形状与孔眼。明代迄今的狮子林，大概已经易过很多主人了，现在所看到的大概除假山及几处古迹以外，很少真是明代的遗迹，石船及多处房子的建筑，看来多是新近的罢。——下午，承《江苏日报》方面假清乡纪念馆招待，三时以前还到皇废基公园去，一个下午也就很轻便的过去了。

三

第三天的上午，与易生、寸照三人一同出城，寸照到苏州来是第二次，上一次来并未到什么地方去玩，易生也并不熟悉，倒由我做了向导。我以前好像记得，到留园去是可以沿一条大路去的，那一次便因过于信仰自己而愈走愈不像起来，结果还是问了路人的方向。以前记得不须过桥的，这次却过了一座高高的桥，走过的路也特别转弯抹角，狭仄而冷僻，这条路回来才没有走错。

留园的景色，原来与狮子林无甚异致，但留园因久失修葺，已经落得散漫零落了，狮子林与留园的分别之点是，前者紧凑灵巧，后者宽敞散落，假山则是本来没有狮子林的多而精致。留园现在房舍、走廊、门窗已经坍落，愈觉有些荒凉感了。虽然有些荒凉感，但从许多地方看来，可以收入画幅的景色倒颇多。这里有几棵树很苍老有姿的，傍荷池的二三株尤其挺拔嵯峨，人假如站在走廊上，从细细的花叶枝桠缝里望过去，曲折的小桥旁，有二个绛衣女郎坐歇其间，衬一片穆静的青空，桥下有一些影子恍动，一片淡青色的水，浮着二三片云絮，在古树挺拔奇伟的姿态的比例下，二个绛衣的人便显得异常渺小，又小得异常可爱，如描下在青白的大理石上的小花一样。

仔细看看老树的枝干上，还有时时游动的从水面反映过来的日光的影子，影子爬在树干背阴的地方，游动着，上上下下，教人疑心仿佛是发光的小蛇或锦带，这种情景却非绘画所能表现的了。在水面上反映上来的日光的游动的锦带，有一丝丝的暖意，好像也能有近午的倦怠，和春的温存，这暖意和温存和倦怠丝丝扣人心弦。

四

留园是同西园戒寺同路的，那天连下来便游了西园。西园的著名的处所，是那些姿态各各不同的罗汉五百尊。听说同样有五百尊罗汉的，本来尚有杭州一处，杭州的一处已于几年前遭火烧毁了，现在便只剩下苏州的这一处，全国没有第二处了，其实也便是世界没有第二处了。罗汉堂里游客特别的多，那一天有几个西服青年女子，和二个小弟弟，拿了竹手杖在跑来跑去点罗汉的数目，寸照忽然想起来说："假如换做我们，坐着在做罗汉，他们一、二、三、四，一遍二遍的点数，真要跳起来教训他们一番才好呢。"其实没有忍耐心的人，确要光起火来，听他们指指点点，五，六，念五，念七，况且罗汉的身后明明有一块木牌，注明××罗汉，第几百几十的呢。

玩得最畅意的还是灵岩山，差不多废掉整整一天的时间。第五天的早晨，仍是三个人去，后来碰巧有一位何先生也是去玩灵岩山的，同在城外碰到，他还有二个孩子，以及他的太太，本来预备雇小汽车的，不料候了好久没有来的，乃雇马车，讲定来回，车夫的要价真大得骇人，是一千七百元。后来几经折让，仍要一千三百元，我们一共是七人，算算比乘小汽车每人多出数十元，也便议定合乘一辆。出发时的天气本来不很好，阴沉沉的看不见阳光，但乘在马车上的人，却终希望它会好起来。自苏州至木渎的公路甚为崎岖，所谓出租的小汽车，也多半已经不甚灵活了，并且用木炭燃烧的，不时看见在路旁停下来，看它很吃力的轧轧半天。我们的车子马匹尚好，因而追过前面不少车子。

午饭是在石家饭店吃的，这家饭店老早就很著名的了，"鲃肺汤"一菜早经名人品题，差不多上这里来的都要去一尝美味，只是现在春天，此菜尚未上市。那饭店的楼上，挂有周作人的书题，原文还能记得来："多谢石家豆腐羹，得尝南味慰离情。吾乡亦有妫家菜，禹庙开时归未成。"跑堂的走来点菜时，我们就点了那只豆腐羹，滋味的确是不同凡响的。

餐后上灵岩山，走至半山时。已经觉得有飘忽的细雨了。那时我们已与何先生等分道，——约定四时下山同车而返。三个人杖着白木手杖，山上有雨意时的风息和青灰的空中驶过的云朵，停下来望望，用手杖指指远峰，在夹道的青松间，真觉得如画里的人物了。半小时后，我们在山顶的寺院里喝茶了，这时雨点骤急，看看门外的塔影和阵阵被雨打下来的花片，有莫名的快感。雨大时无聊，便去观音殿求签，得上上，因此却使我另想起许多感想来，我拟另外写一篇文字，题云"签得上上"。

四月，十日毕稿于沪

（《驿站》，陈烟帆著，人间社1944年10月初版）

苏台散策记

文载道

一、重见了苏州城

近年来海上幽居，在情绪与精神上大约谁都感到两无着落。其间也很想能够换一个地方去小憩一下，时间不管长短，地方也不限通都大邑或穷乡僻壤，只要那里有山有水、有石有木就够。这说起来原是容易办到，在大江南北的任何一方都足以勾留我们的游屐。但是因了事变以后一直未离过上海，印象中又有许多离奇的、麻烦的影子，觉得徜非必要，还是少走动为妙。

然而也许正惟其这样吧，想"出门"的念头，却也跟着显得更迫切而深刻。至于旅游的目标，在较近的几个地方说来，自不外苏州、杭州或者金陵了，而尤以前者为最适惬方便。一来是坐车的时间较少，二来是那边还有几位相熟的朋友，三来是听说目前苏州的繁荣超过了过去。记得去年的秋天，何之先生还在苏州供职时，偶然相遇于上海，即谈起苏游的事，后来误于我的因循，把它搁了下来，不料直到今天才始偿了这段宿愿。

先是，袁殊（学易）先生在《古今》上读了张爱玲先生《西洋人看京戏及其他》后，觉得颇多人情味的同感。于是写信给编者周黎庵先生，约周张二位及我到苏州去随便地玩几天，看看尚未绽开的邓尉的梅与灵岩、天平之胜。后来在锦江曾跟鲁风先生谈起这事，他就想多约几个朋友作一次集团性的旅游。第二天又接到杂志社江枫先生的正式通知，说已经将人数与行期等确定了，只待翌日在新中国报社集中。当下我略略料理一下行件之后，即于二月十二日——星期六中午二时"报到"，于三时许分乘汽车多辆至北站。不过遗憾的是，最先被邀的周张二位，一个为了住惯香港怕天冷感冒，一个为了《古今》编政的丛集皆未能同去。同时丘石木先生也因家事而临时"误卯"，这不能不说此行的一种逊色。

车到北站，大队人马跨出了木栅以外，一切皆经鲁风先生豫先的照料，故而丝毫不曾受到轧队的麻烦。只有在走近车厢等候开驶对，才略受半小时的挤立。但这与传说中的种种奇异行动相比，真说得上一声"喜出望外"了。

跳上车厢，我和何冯等因为走得前一步，幸而占着了几个位置，后来人愈来愈多，要想回头看看江枫兄等，却已把我们的视线遮没了。接着，车子蠕蠕地活动起来，自徐缓而迅疾，渐渐的又从窗外窥到了江南的翠碧野景，正向远处展了开去，心灵中顿时换上别一番的情调。清人诗有"一水涨喧人语外，万山青到马蹄前"之句，我这时虽倒坐在车上而非马上，却自然地想起这两句句子，低下头轻声地吟哦着。

车过了真如，窗外忽然下起霏微的雨点来了。心想我们的运气未免太坏了一些，万一天不作美，像前几天那样的洒它三两天，岂不虚负此行了吗? 心里一纳闷，就只有抽出纸烟与书本来消遣。刚巧《天地》第四期已出版了，冯主编正带着一大叠打算往苏分送，我就顺手取得一分，一开头看到有知堂翁的《论小说教育》一文，于通俗文学的效果上发挥许多的警句。其前面还引自《庚子西狩丛谭》中的故事，而凑巧我这次随身所带的惟一的书，也就是这册《丛谭》，于是又乘此看完了几节。我一面看，一面复胡乱地想起了两宫的仓皇出走，八国的直逼京师，以及清末的许多次政局的起迭，……不禁忘记了此身尚在车中了。等到抬头向外看时，最感到愉快的天已放起晴来，而且雨后的江南原野，又有一番柔润而明媚的色泽，虽然气候还是显得峭寒一些。

这样的行行重行行，当我们迎面瞥见姑苏城时，同车中有几位惯于旅行的，忽然操着吴语高声说起来:

"哦! 苏州的城子已经看见了!"

"快只有几分钟了!"

随着这些嚣杂的呼声，我也就把视线移了过去，哦! 我看见了苍莽的古旧的苏州城了。

苏州! 阔别了近十年的苏州，今天居然旧地重临，给我们看一看劫后的风光，看一看这号称中国的威尼斯！

在我的游踪中，最多的还得推苏州，连这次一共三趟。第一次，是十几岁时随父亲母亲同来，虽然也玩了许多名胜，但现在追想，却真的变成苏游如梦了。不过记得最牢的似乎要算寒山寺，在我的想象中——不，在一般人的想象中，以为寒山寺总该是一个神秘、古朴的所在，岂知事实上凡是到过那边的人，无不感到重重失望。而这也许是所谓实行的悲哀，为的是它将我们的一线距离打破了，正如看到目前的秦淮河一般。不过，要是我们另用历史与哲理的眼光来看，倒又并不怎样失望了。

第二次，是民国二十五年二月二十一日，与卫聚贤、金祖同、张叔驯、张葱玉诸氏往七子山、灵岩山等考古。因卫先生正在主持吴越史地文化研究会，在奄城、金山等处拾得吴越时的陶片后，即想把江南的文化拉长，而进一步地至苏杭等查访遗迹或古物。这一次共住三天，耽搁在苏州旅社，但那时市政的繁荣就远不及今天。记得那年跳下车站，便乘张先生自备的汽船到石湖，湖水清莹，情景似画，而且也惟有这样，方能体会到江南水乡的特色。现在相隔正是八个足年，我居然又来拜访姑苏的山光水色了。忆范石湖成大[1]有《除夜自石湖归苕溪》诗十首，其中有三绝云：

"笠泽茫茫雁影微，玉峰重叠护云衣。长桥寂寞春寒夜，只有诗人一舸归。"

"桑间篝火却宜蚕，风土相传我未谙。但得明年少行役，只裁白纻作春衫。"

"黄帽传呼睡不成，投篙细细激流冰。分明旧泊江南岸，舟尾春风飐客灯。"

这所描写的虽尚是深冬除夕的意象，但其他几首中的风土人情，到现在还能使我们依稀领略，而自冬徂春间的气候，也不至有多欠的变化。至于第二首中末二句，则以南渡诗人而有此种感慨，尤其与我们有些相近吧。可惜的是我们这次虽登临不少的丘壑，却尚少一次水上的夜泊。像当年郁达夫、林语堂、潘光旦诸氏在皖南屯溪夜泊的风味，使我们到今天犹为憧憬不已。郁先生在《屯溪夜泊记》中曾说："浮家泛宅，大家联床接脚，在篷篷底下，洋油灯前，谈

---

[1]误，当为"姜白石夔"。

着笑着，悠悠入睡的那一种风情，倒的确是时代倒错的中世纪的诗人的行径。"
单是在纸面上看到这样几句轻描淡写，即已足撩起我们无限情思了。

二、拙政园风光

我们到达苏州站后，即由汪正禾诸先生等来照料，并豫备了几辆汽车。我们一拥而上，直驶至拙政园下车，然后又迂回曲折地到园内一角袁先生的公馆。这是一所三开间的中式平房，略须拾级而上，刚到了客厅，袁先生已出来相迎。他的头发已经剃光，身上所着的是大布之衣。由鲁风先生逐一介绍后，复由正禾先生陪我们畅游拙政园的全部名胜。这里面有水榭，有回廊，有碑亭，有台阁，有小楼……总之，凡是中国旧诗词中所常见的玲珑精巧的建筑，差不多都形形色色地齐备了。也许像我这样腹笥贫狭者，有几种还无法适惬地举出名称来。但究竟因为经过历史的推移了，一眼看去，不免处处有荒凉萧索之感。而且大家都感到如果将拙政园当作《红楼梦》的背境，将它摄入电影，倒是异常的吻合。同时，刘姥姥进了大观园弄得眼花缭乱口难言，现在，要是第一次去游拙政园的人，恐怕也要错认方向的，至于我这样不善记忆的人，事后连去了三次，还是感到惝恍迷离。即此一端，它的曲折与幽深便不难想见了。

在残道曲径间徘徊着的我们，对着一抹寒流，一穹落叶，便生出各种不同的感想来——

有人为拙政园的荒凉而感叹。

有人为拙政园的几度易主而消极。

有人为拙政园的凝静而起遁世之思。

也有人把拙政园看作旧中国的废墟，而毅然地面对现实，走向宽敞的新中国之康庄。

这一切都随各人自身的环境心境而定，都有他的根据。在我，也许是旧的血液过多了一些，我觉得一切所谓名区胜地，荒凉，未始不是一个值得人流连光景的因素。因为人工的点缀到底容易，惟有经过历史的自然淘汰剥蚀，而终于还是傲然地有它吸诱来者的魅力的，那不能不说是历史的积累力量，而历史的积累决非一朝一夕所为功。有时候，还往往勾起所谓沧海桑田的喟叹。像唐王播的一首名诗（原有二首）：

"三十年前此院游，木兰花发院新修。如今再到经行处，树老无花僧白头。"

这些虚无的今昔之感，与生物的无常之恸，多少在我们的心海中飘荡着。现在，不过借着诗人的笔，为我们和盘托出罢了。

我们都是一些渺小而平凡的人物，因此不免时时为尘世的无常之惧、无常之恸所袭击，一面害怕一面却又感到亲切。唐人诗中比类著作不胜枚举，如张籍的"汾阳旧宅今为寺，犹有当时歌舞楼。四十年来车马绝，古槐深巷暮蝉愁"，及赵嘏的"门前不改旧山河，破虏曾轻马伏波。今日独经歌舞地，古槐疏冷夕阳多"。这些句子，在素描的优胜之外，还能唤起人绵绵的哲理之思索。佛氏所谓"诸行无常，是生灭法。生灭灭己，寂灭为乐"，寥寥几语，即足以概括我等凡夫的万言千语。

中国人的建设庭园，一半儿是人工雕砌，一半儿是意匠经营。而意匠之中，则又带给我们以松弛、闲散、从容、阴黯的印象，实在，也离不开中国人的人生观，仿佛为我们的喟叹凭吊留一馀地。就像有许多园台的名称，还含着中国人的伦理道德、人生哲学等在内。现成的例子该是"拙政"二字，所谓"勤能补拙"、"大巧若拙"，岂不是中国人的中和迟钝的本位思想之表白吗？

据沈德潜《复园记》所说：

"吴中娄齐二门之间，有名园焉。园以复名，蒋司马葺旧地为园而名之者也。前此为拙政园，创于王侍御，后归于陈相君，先后据于王严二镇将。其地飞楼突厦，丽栋朱甍，崇岩广池，与夫靡颜盛鬋，扬清沤，拂妙舞，穷旭继夕，极一时声色娱娱之乐。百馀年来，废为秽区，既已丛榛莽而穴狐兔矣。"

沈氏是清朝人，可见在那时已荒凉似此了。后经有力者蒋氏之修葺，以"丰而不侈，约而不陋"为原则，才始"旧观仍复，即以复名其园"。至园得名之由来，则谓"王君之言曰，昔潘氏仕宦不达，故筑室种树，灌园鬻蔬，曰此亦拙者之为政也"。这约略可看到园之来历。

游罢了拙政园，已是万家灯火了。于是又乘车至鹤园夜饭，即是著名的船菜。菜的烹调虽与上海不甚上下，但苏州物价的水准却比上海为便宜。即使是非本地产的香烟之类，似也不比上海为贵。再以人力车价为例，与这里几差十分之五模样。因为依据我一周内所坐的而论，最多的不过二十元，而路却跑得相当的远。尤其是民风比较淳厚，不论买物、问路、乘车、吃饭，多少予人以容易亲近之感。不过比较起来，苏州的建筑或设备方面，自然不及上海多了。有许多菜馆，即使外表相当华丽，然而你如果留心它们的细枝末节，那末，尽管是怎样努力地在摹仿上海，有些地方却还是脱不开"苏州的"。

俗语说："宁愿听苏州人相骂，不要听宁波人讲话。"在这一次的苏游同伴中，至少有两个是浙东之氓，而区区便是一个。当时在席间随口写出两句："十年未改浙东音，乍听吴侬别有情……"这自然是胡诌，但想写第三句时，大家却已纷纷抽身散去，我的"诗思"也跟着他们到了乐乡饭店听樊素素的弹词了。据说这是苏州一位佼佼者，不过也许为了我向来跟"女性的"引不起兴趣之故，因而这所谓"佼佼"者还是不离乎"中庸"耳。我去时她正在把着三弦唱《啼笑因缘》"别凤"开篇，总算懂得一部分。

我觉得有许多专靠清唱的人，以为只要口齿清晰，嗓音柔润，就具备了他或她的本领了。事实上，比这些还重要的还是表情。试看鼓王刘宝全，他唱《白帝城》《华容道》时，就是能够具象地唱出了先帝爷、关二爷、曹孟德等个性之变化，一一的适如其人，甚至连大自然的景色，也毕现于他面部的一张一弛间。所以，能够在口齿嗓音上下功矢，固然不错，但同时不要忘了肌肉的表现与活动。而樊素素，本身的姿色或者有馀，可惜运用姿色的艺术不够。只是在目前什么皆以"漂亮"为第一义的风气下，我作此语，真也自笑其迂腐透顶了。

三、吃茶在苏州

吃茶在上海，原是极其平凡普遍的。不过这里多少带些"有所为而为"的意味，譬如约朋友谈生意经之类。在苏州的吃茶，虽然一样有这类举动，然而更多的却是无所为而为。你尽可以从早晨泡上一壶清茶，招几件点心，从从容容地坐上它几小时。换言之，它是占据苏州人生活中的一部分。它的那种冲淡、闲适、松弛的姿态，大概是跟整个苏州人的性格不无关联。所以在紧张而活跃中过生活的上海人，就无法调和适应了。再进一步说，它不啻反映了中国人的田园性格之一脉，自然，这和苏州的经济条件也息息相关。例如在比较贫瘠的犷悍的其他区域里，就开不成这样风气了。

从吃茶，我又想到在苏州的散步与闲居。

"小楼一夜听春雨，深巷明朝卖杏花"——这样的情调，只有在苏州或类似苏州的地方，才始能够体验得到。

记得七八年前，我们住在阊门的 A 旅馆时，清晨七点钟醒来，门外还疏疏朗朗的细雨未收，而远近的天边却为迷濛的晓雾所笼罩，往楼窗远眺，似乎一方斗大的碧天，正被似烟似雾又似云的氤氲之气所围荡着，这是我离乡背井以来最令人怀恋的一个江南之晨。我在床上游目了片晌，慢慢地才听到了市声。再接着，几位乱头粗服的姑，踏破了玎琮的雨声，携了箧筐向每一个旅客兜卖白兰花来了：

"卖白兰花……呵！"

"阿要买白兰花……"

她们的语调真像水般的柔脆，仿佛只要经什么东西的一击，就立即可以碎落似的，特别是她们的语尾，往往显得悠长而纡回。

我从她们的筐子里拣了几朵珠兰，代价只有几个铜元。但是比花还喜欢的，却是那黄澄澄的花茧了，那是用麦穗制成的小而玲珑的一撮，色泽鲜明，形式精细，而这中间，却神秘地蕴着一缕不可见之芬芳。

待到卖好了花，她们又向头上戴起一块蓝粗布，冒着渐来渐急的雨珠，毫不在意的，绕着小巷陋街袅袅而去。这种风情，实在非十里洋场的上海人所能领略。这说起来固亦不足道哉，但在我辈正以有涯之生无法排遣的人，倒也是生活趣味上偶然拾来的一肢一脉。在大智大勇者大概是对此掉首去愁，至于得片刻之优游，加以驻足流连的则是平凡的我们。——可惜这次到苏州住旅馆时，也许了地气尚未转暖，还不曾重听花声到耳边也。

但是话说回来，吴苑的吃茶情形，跟记忆中的过去，倒并未两样，除了人数的拥挤之外。而茶客与茶客之间，也没有像上海那样的分成很严格的阶级，相反，倒是短衫同志占着多数，这也见得吃茶在苏州之如何"平民化"了。听说吴苑的点心售卖是有一定的时间，我们这一天去时大约是九点钟光景吧，已经熙熙攘攘的不容易找出隙地了，幸而给鲁风先生找到二张长方桌，大家围拢来随便地用点甜的、咸的、湿的、干的点心后，就乘"勃司"到了灵岩。

灵岩在我又是第二次重游了。我自知体力不胜，只得"小的梅花接老爷"一番。——说起苏州的轿夫，那是谁都闻名，多由女人抬的，这也就是天足所赐予她们的好处。轿价大约是每次一百五十元。

苏游中的气候虽颇觉峭寒，但这一天却是几日来最爽朗煦和的一天。单看朝阳暖沉沉地撒遍了山径，连轿夫都气嘘嘘地额汗四溢，就颇想跟老天爷道一声"实为德便"了。山麓间的小草，也萎萎地迎风颠舞。坐在轿上偶然驻目云天，一轮初春的旭日正反射过来，为之夺目良久。有时风势稍大，扑面吹来，竟使我担心呢帽要乘风而去的模样。

到了山巅，庙门前设着几个木制小摆设的地摊，我一共买了三十一件，价约一百十元。买毕，就立在山巅看"一箭泾"，乡人还振振有词地为我们讲乾隆皇帝与此泾的故事。再往远处看去，一碧无际的太湖也就在望了。我们立高处作一鸟瞰，只见山下阡陌纵横，水田交错，而湖上数点轻帆的移动，天际一阵归鸦的投巢，也隐约可望及，不过化为几星黑点，在浩瀚的湖波间流转而已。那横亘陇亩的曲径与田绳，则直像上海闹市的电车轨道，只是那里什么都躺在寂寞与恬淡之中而已。

犹忆昔年与卫聚贤、金祖同二君到此访古时，卫先生正指手划脚地为我们讲当时吴越两国的军事政治的大势。他指着"一箭泾"旁的小河，说这就是当年越国的女间谍——西施驾小船逃出去的路径，而灵岩寺据说便是馆娃宫，寺边的一条败道，便是响屧廊。我们被他说得眉飞色舞，却又将信将疑。

然总之，登临之馀，自也难免有了今昔之悲，信如李太白诗云：

"越王勾践破吴归，义士还家尽锦衣。宫女如花满春殿，至今惟有鹧鸪飞。"

古今来任何英雄志士悲壮卓绝的言行，大抵都逃不了我们诗人的慨叹，而且曾几何时，连这首诗的作者，岂不也为时光所窃笑了吗？"江山留胜迹，我辈复登临"。看看名山大川，大抵都不免令人虚无悲观，"固一世之雄也，而今安在哉"？然而，或者也有对此而振奋积极，像项羽、刘邦见了秦始皇的行踪之后，发出了"彼可取而代之"及"大丈夫固当如是"的慷慨之呼声！——我想，也许只有这样的人，方配游名山而溯大江吧？

这一次到了灵岩，使我们意外地收到了一个"异观"，那就是参观了一回印光法师的舍利子——舍利子云者，据说便是佛教徒火葬后焚剩的遗骸。参观的人，照例得在门外脱去鞋子，换草驮而进。先在外室行礼后，看了印光的遗墨及遗像，再在香案前三叩首，用显微镜看舍利子。那是用七八座玻璃缸盛起来的，缸中又放了半杯清水，每缸以黑色的舍利子为多，长不越一寸，但也有彩色（黄、绿、红等，但只几枚）的——据说这就珍贵非凡，非一般凡夫所能达到，完全归力于被焚者生前道行之深。至于像印光那样的，从来的佛教界也数不到几人云。我因为是一个神灭论者，只知道日光之下无新事物，人与人之间大约不至差得过远的，不论富贵贫贱，生前死后。所以对导引者的说明也感不到兴趣，自然，也不会跟他作杀风景的辩论。况且人死后的磷，想起来该也是绿色，那就思过半矣。我相信这些彩色舍利子固不是他门徒人工的染饰，但如常人焚化后，大约也一样可以有，作兴还要多，不过别人未必有这样细心去拣挑罢了。这一天同去的有医师卢施福先生，我想，他一定能够给我们以生理的解释。后来又看到印光的三十二粒遗齿，据说他死时已八十以外了，而牙齿尚如此齐备牢固。这一点，也许是他的异禀，然而我想，那仍然有生理学可解释的。

一个人死了之后，果然还有什么天堂地狱吗？果然还可以有所作、有所为吗？我想借我们先师来答复当是最妥帖了。

孔子曰："未知生，焉知死？"

孔子曰:"未能事人,焉能事鬼?"

孔丘,他总究还值得我们尊重的。

在灵岩寺的后面,又看到一位画家所写十八幅地狱之素描。我也像大家一样的很佩服这位画家想象力之丰富,而且很分明的还受过西洋画的影响。有人主张影印出来公诸"众生"。我以为用美术的或神话的立场,那当然也是一桩好事,像万氏兄弟之利用《西游记》作卡通一样。

要而言之,人就是简单明瞭的"人"。要使他遭受惩罚或酬赏,就只有在他还有一口气的时光,否则,我惟有直认隔教而已。

出了岩灵,正是大家感到饥肠辘辘的时候了,于是又到石家饭店。

四、石家饭店

自从于(右任)、周(作人)、李(根源)诸氏在石家饭店吟诗题字以后,它的声名也真的"鹊噪"起来。尤其是它的豆腐羹滋味,确值得"多谢"一声(周诗起句云"多谢石家豆腐羹")。可惜这天因时令尚早,吃不到那边名产的鲅肺汤。但另外如与众不同之馒头、菜心、烧肉诸菜,大约一半是得土膏露气之真,一半确是烹调之得当。然而其中有不需烹调却令人念念不忘的,当推一盆活跃的河虾了,即刘恂在《岭表录异》中所记的"就口跑出,亦有跳出醋楪者,谓之虾生"者是也。

石家饭店的生意果然兴盛,再加那天是星期日。出了饭店,我们又在附近买了几盒麻饼,以枣泥等为馅,味洵不同于寻常市品。我买物的原则,以上海所买不到的为限(后来到上海才晓得亦有这饼买的,然总不及它而已),盖以表此行的纪念云尔。旋又乘轿至天平,直待暮色苍茫中方始入城……

甲申二月廿一日夜,记

(《风土小记》,文载道著,上海太平书局 1944 年 6 月初版)

忆苏州

谭正璧

一

听说最近的苏州，比了过去还要繁荣，这自然是个人间可喜的消息。天堂不但没有沦为地狱，而比过去的天堂还要富丽，这在人类贪图苟安享乐的心理上，自然会感到十分的欣慰与愉快的。而且还听说那里的米价很贱，生活程度要比上海低得多，那么那边本来是著名的水乡，想来鱼虾的价钱，一定也不致昂贵到使穷措大垂涎三尺而不得一染指吧！如果是的，那么苏州毕竟是天堂，我要祝福这天堂，它将终古存在下去，我更要为住在天堂里的人们祝福，他们将永远生活在那富丽繁华的环境中。

苏州是个几乎没有一个中国人不知道的地方，它不独富丽繁华甲于天下，就是四郊的山光水色，以及许多历史上遗留下来的悲欢陈迹，也足够使人迷恋、神往。我久想改昔人诗句"人生只合扬州死"为"人生只合苏州死"，因为扬州虽好，它的繁华已成旧梦，只有梅花岭上的衣冠孤墓还值得后人凭吊，瘦西湖也名副其实，已憔悴得失去了她原来的丰美的韵姿。总之，它已渐渐入于秋娘垂暮之年，远不如苏州之青春常驻，永远是个丰腴、美丽、年轻、可爱的姑娘。

因此，凡是到过苏州的人都是有福的，住在苏州的人更不必说。我是个生长在坐火车到苏州不消三小时路程的一个乡镇上的人，为了生活，曾在那边住过二三个月，不过那时还在童年。过了七年，又去过一次，是去进一个学校，但没有成功。之后，又专诚去旅行过三次，足迹才遍到那四郊的名山。最后又在那里避难过一个星期，那么终日深居简出，几不知身在天堂的一隅，简直和没有去过一样。所以我在前面虽说凡到过苏州的人都是有福的，但是像我的初次和末次到那里，初次为了生活，末次为了避难，都应该被划在有福之外的。

二

我第一次到苏州，是在民国三年的初夏，那时我只有十四岁。那次是由表兄端文的引荐，到阊门外南濠街一家西烟行去做学徒的。说来话长，我家本来也是在上海开西烟行的，但已在辛亥那年，经理欺侮店主是老妇幼儿，趁火打劫，行遂从此倒闭，而全家不能不都回到故乡去居住。那时我只有十二岁。过了二年，依照家中旧例，必须出门去当学徒。因为那时商店习惯，大约都是十四五岁去当学徒，学满三年，才算正式伙计，而有正式薪水。到那时你已经十七八岁，家长才替你娶妻成家。所以我一到十四岁，也不能不循旧例，离开了可爱的家，而到那从来没有到过的苏州去。

记得那次是我的舅父送我去的，当夜就住在表兄任职的那家西烟行里。说来话又长，原来表兄所任的那个帐席职务，原先是我父亲担任的，那时表兄却在当伙计。后来我的父亲死了，便由表兄继任下去。有着这一段因缘，所以我到了那里，行里的经理们提起我的父亲，不免引起了故旧之情，那时我虽然还不懂什么人事，也觉得有些不堪回首的。在那里住了一晚，明天便由表兄伴送我到那家我去当学徒的西烟行去。

这家西烟行和表兄任职的那家，都开在南濠街上，相隔不过数十家门面。这条街上共有西烟行六七家，都是上海总店在此设立的分店。而上海的那些总店，又都和我家从前开的西烟行常有来往，所以我一到店，想起过去的家庭盛况，和目前的冷落相比，而自己又孤另另地离家作客，不免时兴愤慨。加之我那时已患深度的目疾，咫尺看不清东西，做事很不灵敏，而这家西烟行的经理先生，也是我的业师，人虽还风雅，因为他是绍兴人，能够绘画，可是性情很暴戾，动辄用"国骂"来责人。而我在那时候又恰是一个受过非常谨严的家庭教育的人，所以听了很起反感，而且以为骂我个人尚可，骂到我的生身之母，便引起了我的愤火。于是时常写信给我的胞兄，把这一切都告诉他。他明白我的心情，遂在他服务的商店里告了假，二次专诚由上海到苏州来看我。因了他的来，我才有一游苏州名园——留园与西园——的机会，否则尽我在苏州做学徒的时间，怕只有始终局促于南濠街一隅，连苏州城垣也不会越进一步呢。

留园在苏州城里，是个小而雅的家园，那时不知园主人是谁，记得也是出钱买票进去的。园中有池沼，有假山，有回廊，有亭榭，正是麻雀虽小，五脏俱全。那次是表兄和我们同去的，他坐在假山下的一个亭子里，泡了一壶茶等着我们，胞兄和我在园中兜了一个圈子，假山也翻过了，山洞也钻遍了，才再回到亭子里去休息。因为年代隔得太多了，离开现在已将三十年，当时所得的印象已全然模糊。但大概因为还在童年的关系，虽然是暂时的变换环境，已经乐而忘苦。况且那时又在初夏，园中花木森森，毫没有一些衰歇的景象，极能提起青春时期的奋勇精神。可是一到游罢归来，胞兄离苏返上海，一切仍都回复了不如意的生涯，不觉抚今追昔，悲从中来，独自在行里没有人到的地方，尽情放声大哭。那次大哭后，脑中所感到的畅快，现在想到，仿佛还是昨天的事，真正畅快，舒适到极点呢！

大约经过没有多久，胞兄第二次又来看我，那次记得是他独自陪着我到西园去玩了大半天。西园在阊门外一座极大的古寺傍，园址相当地大，布置得相当曲折，所以一进去后，都有不得其门而出之感。在留园，只要登上假山的顶，全园景物，可以一览无余。它是山外有楼，楼后有阁，阁旁更有池，池上另有亭阁，真像陂陀起伏的山岩一样，连绵不尽，真合于古人诗"山重水尽疑无路，柳暗花明又一村"的幽深曲折。所以游人很多，终年不绝。而苏州的有闲阶级，又大都在这里闲坐喝茶，以度过他们无从消去的时间，成为园中日常不可或缺的点缀。这是天堂里的重要的一景，凡是要研究苏州，或到苏州旅行的人，都不可以把它忽略过。但那时的我的印象如何，那么除了觉得好玩以外，一定也是无所谓的。

提起那时我对于我做学徒所抱的态度，现在想想，还以为很是合理。我以为我们做学徒，是到商店里去学习一种做生意的本领，所以所做如和生意没有关系，那就不是我们所应该做的。可是在习惯上，做学徒全和做奴仆一样，什么替业师送茶水，倒便壶，叠被褥，吃饭时添饭，生病时煮药，但这还不失为学旧道德尊师的行为，最不该的是晚上有客人来打牌，也须学徒们终夜服侍他们，白天仍须照常做事，不得睡眠，这简直是非人道的虐政。我在那边过了二三个月这样的生活，自己觉得这样下去，做人太没有意思，将来也难有希望，遂兴起了继续求学，从书本中找寻将来的出路的一念。后来终于下了决心，在某一个早上，偷偷地独自离开了那里，重新踏上了回到故乡的路。此后经过好几年的奋斗，终于达到我的目的。但这不在本文范围以内，所以不讲下去了。

三

第二次到苏州，是在民国十年，那时离开我脱离学徒生活已有七年。为了经济关系，想减短在中学校里的肄业期限，所以在报上看到苏州某中学可以自由插班的广告时，便深信不疑地由故乡带了行李独自到苏。到底是年轻没有考虑，又缺少应世的经验，到了学校，才知那是所不出名的教会学校，校舍是古旧的民房，教员也都是些不知名的人物，学生又都是些专讲吃喝的纨袴子弟。到这时候，灵机一动，因为还没有交学费和膳宿费，便托词离开了那里，仍旧带了行李回来。这次匆匆的来去，除了在阊门外石路上一家菜馆里吃了一顿饭外，什么地方都没有去过，所以简直和没有到过一样。

又是二年之后，我第三次到苏州。那次是送慧频到昆山去读书，乘便去游久想游而没有去的虎丘的。从阊门外坐了轿子，经过了长长的十里山塘，才到达虎丘山下。那天记得是个星期日，所以山塘街上，步行的坐轿的游人络绎不绝。山麓在街的右旁，两边都是人家，所以好像是座大庙门。一进庙门，便是石级。山道很阔，经过了闻名犹香的真娘墓侧，再上去便是生公石，像龟背样的一大块，中间都是斥裂的纹路，面积不过几方丈。难道当时生公说法，顽石点头，就是在这么局促的地方吗？后面的左边是剑池，从一个石洞门里进去，阴森森的，地上很潮湿，池里的水辨不出是黑是白，仰首而望，上面有一个大石隙，直通山顶，可以窥见狭狭的天空。在这时候，不觉想起了"坐井观天"那句成语，剑池虽不是一口井，但在剑池上从石隙中窥天，那简直和"坐井观天"没有什么分别。

退出剑池，由池右再登石级，由此曲折而上，直抵虎丘塔下。这就是一座在平时火车经过苏州时，车里的人都望得见的塔。因为在铁路之北，如果没有知道的人告诉他，他一定不会相信这就是天下闻名的苏州胜景虎丘塔的。塔已十分古老，不能上去游玩。据说山顶上本有极精致的楼阁，现在已为火毁去，而且连比较高大的树木也没有一株。人立在上面，可以远眺四野，但俯首看时，不免兴"濯濯"之感，因为名义当然还是虎丘山，可是实际上已不啻是座"牛山"了。

由山顶上下来，经过生公石，再去游那石右的许多雅筑，有阁，有楼，曲折幽邃，果然不同尘境。可惜我的记忆力很不好，虽然后来还去游过一次，可是总是记不起那些楼阁的名字来。所记得的似乎有一所叫冷香阁的，阁外遍植梅花，那时花正盛开，置身其间，令人遥想此时邓尉风光，不知比这里浓厚几许。在那里徘徊了好久，便慢慢走下山来。到了山麓，仍坐了原来的轿子，到西园去。这时的西园，和我九年前来游的时候，并不感到两样。由此回到阊门，重上火车，送慧频到昆山。

这次到苏州，因为时间匆促，前此没有游过的地方，只到了虎丘一处。但虎丘是苏州近郊最有名的古迹，到苏州而不登虎丘，正同到杭州而不登吴山——即城隍山——一样，那是决不会有的事。所以这次虽仅仅游了虎丘一隅，但在精神上是极快慰的。

四

民国二十年的春天，同知友盛俊作锡苏之游。那次是先到无锡，然后再由无锡到苏州的。那时好像是在废历的三月十五日，是个有名的什么节日，所以惠泉山的上上下下，人多如鲫，闹热异常。我们到了无锡，先穿过城垣，坐了公共汽车去游那著名的梅园。再由梅园到太湖滨，摆渡到鼋头渚。站渚上最高处，望着茫茫的一片，不禁想到了顾一樵的《芝兰与茉莉》，在这本小说里所看到绝妙佳境，现在竟也身履其地，自然是十分快慰的事。由鼋头渚回来，坐人力车到锡山，再由锡山到泉山，可惜的是时间已太晚，我们只上了头茅峰，亟亟下来，连天下闻名的第二泉也没有去尝过。下山时恰遇夜间赛会，山前一片灯火辉煌，游人更是拥挤。我们因为还须坐夜车到苏州，便在一家玩具店买了许多土产泥制玩具，匆匆离开了那里。

坐夜车到了苏州，这是我第四次到苏州了，在阊门找家旅馆住下。明天清晨，便坐人力车经寒山寺到天平山。寒山寺在枫桥之侧，这地方是以唐人张继一诗而著名的，那里的"夜半钟"又成为后来考据家辨证的好题目。我们一进寺，就去看那个闻名已久的古钟。据《苏州指南》所载，那只现存的钟，已非古物，而是赝鼎。可惜我们都不是考古学家，又缺乏鉴古常识，所以虽然面对赝物，设非看了《苏州指南》所载，也必把它当作真物一样的。寺很大，僧人还算不俗，并不瞧不起不肯化钱的游人。我们在周游全寺的时候，又看见了许多碑帖刻板，锺王颜柳，无所不有。我们平时在冷摊上时常看见许多从各地名山胜迹所拓得的碑帖，以为得之颇不易，才知都是这样制造出来的。世界上原有许多本身并不珍奇的东西，却给人类抬得非常珍奇，我们都不妨作如是观。

出了寒山寺，坐上人力车，经过了长长的田野和一个大村落，在一个山坳口下车。徒步行过山坳，再坐车一直到天平山下范文正公祠前。祠里设有茶座，游人们都在那里解渴和休息。我们在那里坐了一会，吃了些点心，便由祠后踏上天平山。不到半山，路旁有一只古寺，寺里也有一处现在已经忘记什么名字的著名的泉水，由此而上，经过一线天，两旁石壁如削，高入云天，中间最狭隘处，仅容一个人还须侧着身体才能过去。这里面仰首望天，但剩一线，所以有这名称。杭州飞来峰下也有一线天，那里虽也是处有名古迹，但如讲名实相副，那么彼不如此多了。过了一线天，石级渐少，不是草深没胫，便是黄沙沾履，路又时高时低，崎岖难行，有的地方，简直非爬不行，但这样才能得到游山之趣。爬上一层，又是一层，好像到了顶了，但上面还有层叠，好不容易，爬到最高顶上。那里不过是方丈的土地，游人爬到这里，差不多都已气索力尽，都要不住地喘气了。但站在那里，东望太湖，一片弥漫，群山罗列，仅如土墩。俯视附近田野，簇簇村舍，有如鸡埘。仰首则白云可搂，此身摇摇，如悬天空中，阵风吹起，疑将飘去。一个人到了这种世界，不由不尘念都尽，世情都如一梦，而兴羽化登仙之想了。

在峰顶石上坐了一回，兴致稍阑，便由另一山道下去。这时脚力虽疲，然下山容易，脚不停步，已回到山麓。在山前略作徘徊，向南而望，灵岩近在咫尺，拟寻路前往，恐时间已晚，不及回来，遂决定明日由苏城坐船往木渎，可以不致来去匆匆，游个畅快。于是依依与山灵作别，仍坐了来时坐的人力车，回到阊门去。在经过虎丘的时候，天色已黑，因此来行色匆匆，不拟再来游览，遂停车上山，兜了一个圈子。这时游人已无，所有楼阁都已闭锢，仅山顶上较我第一次来时多了一座新建的阁子，里面设有茶点铺，专供游人休憩果腹之需，但这时也座无一客。我们连走马看花也不如地匆匆而上，仍匆匆而下，惟经过真娘墓时，不由走上去抚摩了一会，儿女心情，古今如一，虎丘如无此墓，那么便要使游人感到冷落不少。人，真是最最多情的动物啊！

明天一早就起身，出了旅馆，就坐人力车到盘门外去找寻木渎的轮船，果然一找就着。上了船，不久就开驶。我们坐的是官舱，客人不多，地方也宽敞，凭舷而望，风物都很可观。同样是水，不知为什么缘故，看了这里的水，在我脑中会引起一种腻滑温柔的感觉，这大概是由于我的脑中，常存着苏州是个产生大量的美人的所在的观念的缘故吧！船过横塘，在码头略停，颇有客人上下。这里也是一个历史上著名的地方，虽然只是一个小小的市镇。凡是忆起了那时所读李白《长干行》的人，对此旖旎风光，没有不为之低首神往的。这里离太湖很近，所以水道特别地多，而且大多水与岸平，所以船行水上，都可以望远。这是水乡的特色，人到了这里，目之所见，是茫茫一片，耳之所闻，是潺潺不绝，不由你的性格不渐渐变为温柔可爱起来的。

　　再是一半水程，船已到了木渎，我们便舍船上岸。那船继续开去，一直到光福，才回头再经过这里而回苏州，我们是准备就坐这回头的船回苏城的。上岸后，到镇上一家饭店去吃了一顿饭，饭菜都选的是当地土产，少不得是鱼虾一类，但这里的鱼虾特别可口，在别地方决计不能尝到。镇并不大，走出市梢，便到了灵岩山下。我们循道上山，山巅很长，前端为一古寺，我们进去随喜时，寺僧很多，但对我们毫不注意，正似所谓"熟视无睹"一般。寺里藏经很多，陈饰亦精雅，可见住僧都不凡俗。寺后便是当年西施住在这里消夏的馆娃宫旧址，宫殿已片瓦不存，但响屧廊尚有遗址可寻。令人追想当时吴王夫差和西施住在这里尽情享乐，把人间恩怨一切置之度外，那里想得到会欢尽悲来，繁华成梦，越兵一渡太湖，吴便变为焦土。但夫差毕竟是个可儿，他懂得温柔，解得恩爱，不像越王勾践虽然复国之志可嘉，而生性残酷，狡兔死后，走狗尽烹，不独文种死不瞑目，即西施亦冤沉水底，千古以后，想到了犹令人发指。像这样的人做一国的领袖，不独臣下都为寒心，即百姓们亦不见得会享受到什么福利。你看，他一自灭去吴国之后，在历史上不是便不再有什么可陈的事迹遗留下吗？可见他的复国之志也因实逼处此，和范蠡等志士所促成，没有什么可以值得后人景仰的。

　　走完响屧廊，再过去便是日月池，只是小小的两个圆池，说是当年西施梳妆时把它们当作镜子用的。迤逦而南，到了山顶尽头，有石台高矗。台址很狭小，人立其上，虽四面都有天然的石阑围住，但俯视台下，万丈高崖如削，天风动处，足摇摇如浮，不禁心惊神怵。向东南而望，则太湖一角，显露于远山中断之处。山前的采香泾，如一直规，与此山彼湖，连系成一"工"字。采香泾的那一端，便是著名的消夏湾，可惜没有工夫也去一游，那边地临太湖之滨，烟波渺茫，一定很可观的。相传当时西施常于月夜坐在这里弹琴，所以叫做琴台。令人冥想当时景象，在一片清光之下，大地如洗，有一美人，在此轻拢慢撚，娇脆的歌声，与琤琮的琴声相和，不令目触耳闻者欲醉欲仙，愿终老于此而不肯一返身吗？于此可以悟得夫差所以甘亡国而不一悔的原因了。

在琴台右侧，另有一下山之路，据说从这里下去，可到天平。那么我们昨天如果从天平到这里，便在这里上山了。从琴台下来，循寺外沿崖的路走到山前下山。在半山里，从右边隐僻所在，找到了西施洞，那里是越王君臣被囚所在，石洞很大，但不深，像一圆幕。我们在那里徘徊了好久，仍回原路下山。在木渎买了些著名土产枣泥麻饼，便在轮埠等候轮船。少顷船至，便上船回到苏城。

这次天平、灵岩之游，回家后曾写过几首古诗，藉抒当时情绪。但诗做得并不好，不值得一读，所以不抄出来献丑了。

五

第五次到苏州，在民国二十五年，那时我已迁居上海。日子是三月十二，承盛君之约，同往邓尉探梅。七时由上海寓中出发，乘早快车到苏州，车上客人很拥挤，后到的都没座位。在苏州下车，换乘苏光路长途汽车，直达善人桥。这条路还没完全筑好，所以一路很是颠簸，有个乘客竟因此吐得狼藉不堪。到了善人桥，离邓尉还有十多里，便雇了两肩轿子，坐着前进。这段路基础已筑好，只要铺好路面，汽车便可直达光福。在十一时半，我们便到了光福镇上。

当下在镇上一家著名馆子中吃了饭，菜肴也专择鱼虾一类，所以风味很好。饭后，坐轿到香雪亭，一路梅树权枒，可惜十九已经零落。所谓香雪亭乃筑在半山的坳里，登亭而望，满目都是梅花，所以有香雪海之称。但我们去时亭已破坏不堪，所有梅花，已于二日前尽为大风刮去，所以雪既消融，香亦飘散，正像美人已经迟暮，有不堪回首之感。我们都以不曾早来为恨，在亭畔徘徊了好久。下山后，到司徒庙去看怪柏，极高大的几株，在一座围墙里，有清、奇、古、怪之分。在庙里另外一个天井中，有绿梅一株，红梅也有不少，这才是本地风光，值得一观。可惜庙僧俗不可耐，对于不受他们招待喝茶的客人，以白眼相赐，颇使游人乘兴而来，不快而返。

出了司徒庙，绕过许多小径，中间经过太湖滨，湖波渺茫，尘怀尽消，由此直抵玄墓山。玄墓为湖滨名山之一，上有圣恩寺，规模很大。寺旁有一大阁，面临太湖，湖中有山如屏，就是清诗人王士禛用为别号的渔洋山。阁中设有茶座，我们坐下来喝了一会，便下阁到寺后山上去。那里有大石像和假山，也为游人足迹所必到之处。我们也爬到石像上去玩了一会，即下山出寺，到寺左钟楼去看古钟。那钟是用铜和小石子铸成的，上面刻有全部《华严经》，蝇头细字，清楚异常。遇客往游，寺僧必以木撞钟，声音宏亮，震脑欲裂。

因为时间还早，便和轿夫说明，在归途中乘便作穹窿之游。山既比玄墓为高，路又崎岖曲折，所以轿夫邪许之声不绝。山上有一道观，规模极大，可惜不在香汛，游人也少，所以连大殿也都紧闭着。我们在观中走了一周，遂出门登上观前的山脊。下临深谷，杳无人迹，远望太湖半湾，明媚如画。比在玄墓所见太湖，另有一种景象。这时已将五时，便下山到善人桥，坐了汽车进城。

抵城中时已在晚上，便往观前街采芝斋去买了些土物。在那里，遇到友人上海商务印书馆发行所门市部主任顾君，他今天也偕同人来游天平、灵岩，也到此买些土物。在黑暗中坐黄包车到火车站，复遇顾君，等到坐上火车到上海，到家已十一时了。

六

八一三事变后，全家避难到无锡。大约在无锡住了将近一个月，因受友人顾君招回上海任事，便乘便车到了苏州，再由苏州雇祥生汽车回到上海。因在苏州候车，一住竟历一星期之久。

这是我第六次到苏州，也是末次到苏州。这次在苏州，第一夜住在阊门外一家较大的旅馆里，当夜为空袭警报所惊，所以到了明天一早晨，便迁住到胥门外一家小客栈里。那家客栈虽小，但待人很和气，上至帐房，下至茶役，都没有大客栈中见钱开眼的习气，所以住在那里很舒适。那时慧频正怀孕，已将足月，恐怕中途生产，便到当地著名产科张医生诊所去挂了一个号。此外，我又独自到阊门外去过几次，为了寄信，或者探问汽车。有一次正在邮局寄信，忽闻空袭警报，局中人员连忙停止工作，将铁门紧闭，把寄信的人尽关在里面，而他们自己，却都到局后防空壕里去。这就是我们中国公共机关大公无私的表现，现在想想，觉得为之齿痛，那么那时我的心情可想可知。

为了行路不便，这次在苏所历时日，要比以前任何一次为多，但始终没有出去游过一些园林或山水。不过从无锡到苏的途中，曾经过灵岩山下，时已薄暮，夕阳衔山，山灵似尚相识，在空中招手，恨此身不能羽化，前往重温旧梦。响屧尚存，琴台犹在，他年他日，誓必重临其地，免得山灵笑人不识抬举。

等到第七日，才买到汽车票，遂在下午四时，全家都上汽车，沿苏嘉公路直驶，再由沪杭公路直达上海。途中所经，如枫泾夜渡，龙华遇兵，都很令人惊心宕魄。但这都是题外的事，也不去多讲了。

三一年作

（《夜珠集》，谭正璧著，太平书局 1944 年 6 月初版）

在苏州

石　挥

住在曹家巷一个朋友的家里，看门的是一位白胡子老头，说的一口的苏州土话，他们生活在这所既大又深的院子里，至少也要有四五十年了。看上去很有些像小说中的人物，忠厚而风趣，他们是我旅行中的第一次交到的朋友。

夏在苏州，倒有北平的觉感，巨柳成荫，仰天而睡，茶楼小坐，共话长日，显着悠闲潇洒。她没有上海那样紧张，好像人与人也客气的多。花果小吃，好像也是代表着一部分苏州。虽然城中的河已成臭水沟，但是情调仍在。想起田汉先生的《苏州夜话》，不由得对街头巷尾的卖花女郎发生兴趣，无论是老是小，我多少总要买上这么一朵，插在胸前，或放在手中，白兰花的香气，整整陪了我十多天。

苏州有一条很有名的街叫"护龙街"，苏州人则称之为"猫龙街"，"护"本音"虎"，但苏州人何以称虎为猫耶？百思不解。后与友人谈起，则曰：苏州人性情温和，是故他乡之虎，一抵吴门，即成猫，故护龙街称为猫龙街。我说四川成都亦有一条街曰护龙街，成都人性刚强善斗，但亦称之为猫龙街，大概含意是本城之猫一抵他乡即为老虎之故。

苏城名胜极多，但城内我独喜沧浪亭。小坐石桥，荷塘在望，白色的鸭群相戏水中，桥畔巨柳下有一老人仰卧，旁立一竹竿，这大概就是鸭群的主人。偶然从树上掉下来一片或是二片树叶，也会被轻轻地送到池塘里边，让荷花来伴着它。便是这样静静地，一点声音也没有。乡人们大概都去睡午觉了，他们是不来打搅这眼前的景色的。沧浪亭是苏州最具有北平感觉的地方，也许是由于我怀乡的关系，对沧浪亭我留恋。

城外我喜留园。留园本名刘园，后改称留园。当初建刘园者，据说是昔随乾隆爷二次下江南时的一位官吏，购地而筑，但今日已破烂不堪矣，杂草横生，倍极凄凉。

左进一小门，有石额曰"长留天地间"。门旁有一怪树，曰"古木交柯"，此树为一松一槐合而为一者，松槐交柯已逾百数十年。据人云，此松与槐代表二位大仙，若干年前来此名园，同生斯地，互相斗法，结果松树不支，势将亡去，槐则独盛。园之主人认为奇观，遂用宽约二寸许之铁条将二树束在一起。时至今日，松树仅剩一片薄皮，松叶亦稀疏无几，槐树则甚茂，因树身生长，已将铁条嵌入腹内，外皮上尚有细纹可寻。

内有一大荷池，叶藕尚存，然外园假山路上已为鸟群弄得满地皆粪，一片白色，令人掩鼻。

再进有"半野草堂"、"留春"、"自在处"、"浣花"、"又一村"等景，其中我独喜"又一村"，壁上尽为游人留笔，雅俗皆备，名人亦多，游名胜看墙上题壁是比游玩更有趣味的事情。进"又一村"时经过一大梅园，前有山亭，可远眺虎丘，近览西园。苍松遍植，甚高，芭蕉随手可摘，因为词曰："蔽日苍松人不见，低头窃取美人蕉。"此所谓"诗贼"是也。此园布局绝妙，山亭前后罗列苍松，松之尽头则梅林在焉，羔羊三两来往其间，甚觉有趣。

"又一村"本不属于刘园，自方伯购得后之若干年，始将此地并入留园。因是建筑亦异，墙上尚有"杂技场由此入口"字样，想系此园曾做过游艺场。"又一村"中有一怪石，耸立池前，后有大厅，有词赞此怪石，读之颇有所感，文词绝佳，因录存之。

《冠云峰赞有序》："盛旭人方伯买刘氏寒碧山庄而葺治之，名曰留园。园之旁有奇石焉，所谓冠云峰也，方伯以善贾得之。张子青相国时抚三吴，手书奇石寿太古'五字以赠。岁在辛卯，购得其前之隙地而筑屋焉。嗟乎！此一石也，刘氏曩时不能有，而方伯始有之，方伯虽有之，历二十馀年之久，而后此石始入于园中，自兹以往，长为园中物矣。相国所谓'奇石寿太古'，其验于此乎？因为之赞，以贺其遭。其词曰：留园之侧，有奇石焉。是曰冠云，是铭是镌。胚胎何地，位置何年。如翔如舞，如伏如跧。秀逾灵璧，巧夺平泉。留园主人，与石有缘。何立吾侧，不来吾前。乃规馀地，乃建周垣；乃营精舍，乃布芳筵。

护石以何，修竹娟娟；伴石以何，清流溅溅。主人乐之，石亦欣然。问石何乐，石不能言。有客过此，请代石宣。昔年弃置，蔓草荒烟；今兹徙倚，林下水边。胜地之胜，贤主之贤。始暌终合，良非偶然。而今而后，亘古无迁。愿主人寿，寿逾松佺。子孙百世，世德绵延。太湖一勺，灵岩一卷。冠云之峰，永镇林泉。光绪壬辰夏仲，德清俞樾撰，三韩惠荣书。"

　　读之复读，坐视良久，百感综错。一蔓草荒烟的石头，为了它的形巨而奇，于是结缘于方伯，以巨价购得，善置又一村中，诚一佳话。我本姓石，性亦爱石，盖常存于天地间者率多为石，高楼巨厦不能无石，荒村僻壤中不能无石，海波深处亦有石，崇山峻岭更有石，石乎石乎，坚而且强，任凭风雨侵蚀，终能屹然而立。

　　面对着这块被誉为"奇石寿太古"的巨石，欣愉非常，同时也庆幸着自己姓石。

　　　　（《天涯海角篇》，石挥著，上海春秋杂志社1946年2月初版）

闲话苏州

李健吾

一

一位聪明透顶的苏州人，看见我从苏州回来，问我对于他的故乡有什么印象。就像作文章作到末一段，必须添上一个总结，然而我是为了散心去的，不是为了寻找知识去的，所以走马看花，真还是不敢冒然有所是非。朋友再三逼着问我。

我想了又想，鼓起勇气回答他的问话：苏州好像一个破落门第的书香人家。

二

苏州是一个有文化传统的老城。随便一个寺、一个园、一个亭，墙上嵌着珍贵的碑帖，什么王羲之、米芾、俞樾，什么《金刚经》《弥陀经》，映着红梅白梅，对着绿竹绿草，处处全是文人书生的心灵痕迹。可是中国人，不知道害着一种什么样野蛮人的疾病，逞情任性，有如神经病，不尊重文人也还罢了，也不尊重自己的性灵，在白墙上拿毛笔、铅笔瞎涂，已经是没有人格的表示，还要进一步拿刀子、拿瓦片在碑帖上横一划竖一划，留下一些并不文明的标记。或许是小孩子做的，或许是兵老爷干的，反正中国人如今缺乏教养，则是动乱之中的事实，勿需乎说了。

墙颓了，顶坍了，连年兵火，人是越发穷了，越发没有心力顾及了，毁坏原是应有的文章，可是连祖先的心血也无所用其爱惜，总归是一件令人感伤而又惭愧的事情。

三

有什么办法呢? 中国人实在是太穷了。怡园不就是一个破落门第的活写照? 爱护两个字是空的, 最要紧的是主人要有这份力量。因为没有这份力量, 只好租给越剧唱, 改做喝茶的地方。主人靠着钱打发日子, 钱用不到庭榭身上, 也就只好尽着下流人(道德上的, 教育上的) 去糟蹋了。

怡园靠前面的大庭是一个比较下级的场所, 越往里去, 越是读书种子的雅集, 什么荷花厅, 显然呈出一种精神上的优势。茶客的身份高了, 谈吐应当文雅了, 味道应当清高了, 奇怪他们怎么会穿越剧场而保持这种隔离的姿态? 人是无可奈何的动物, 妥协是其文明的特色, 苏州人, 精神上有了情性的苏州人。

四

苏州的精神文明, 犹如全中国、全世界, 显然在男性这方面。为了消磨早晨, 或者不如说, 为了利用早晨, 男人们为自己安排下一个喝茶的办法。他们在这里谈风月, 谈私生活, 谈公事, 形成一个社会, 没有女性, 是一个悠闲的交易所。怡园给我不伦不类的感觉, 然而吴苑深处大大令我尊敬这个男性的自由俱乐部。

女性在工作, 没有声音, 没有要求。她们和男子一样抬着游客去逛山。我那两位男伕子老早就在半山腰喊累了, 抬朋友的, 两个小妇人已经健步如飞, 把竹椅抬到山寺门口。当然, 她们出色的工作是在本位的挣扎。她们学唱, 学弹, 以美色倩笑应付生活的逆流。田里机旁, 熙熙攘攘, 多是这些结实的娇柔的妇女。她们的色相正如山清水秀的景物著名。

五

苏州不如一般人所说, 有如欧洲的威尼市。威尼市有大海做背景, 苏州只是一片芊芊的绿茵。她像比利时的布吕吉，有水绕屋，有船代步，安静，古老，杰作不多，处处是文墨因缘。她的缺陷正是中国所有城邑的缺陷，肮脏，一种人为的肮脏。巷口，桥头，一堆一堆全是碍眼的垃圾。苏州人不爱苏州，军政长官更无所谓，正和中国人不爱中国没有两样。

我担心苏州这个传统要在我们的世纪断绝。她的真正的生活好像一个影子，并不真实。承继这个书香门第的子弟，也就是一些风流自赏的无力的老人。儿女在现世厮混，自己则靠着房租维持生活。她好像过去的文物，精致，然而不适用；好像传统悠长的昆剧，雅丽，然而不足以表现现代。这是好东西，然而那样脆，要当心，要爱护，因为太容易受伤。

她的园林大都类似摆设。小天地，天地小，完全是"书中自有颜如玉"的颓废的情调。玲珑，没有气象；小巧，并不大方；考究，并不开展；可爱，宜于消遣。这是一种书生的自私的理想，孔夫子没有这种遗教，庄子根本厌蔑弃。然而书生有了钱，尤其是以书生本色自鸣的商人有了钱，不期然而然就完成了这种巧夺天工的虚伪的文明。

狮子林是一个代表。船是假的，山洞是假的，然而假到好处，成为一种奇迹。

但是，我爱苏州，因为书生从前在这里留下他们最后的幻想，美丽于匠心，真实于其虚摄，而我的血里也有书生的气息。它们是这样脆，这样在各别的小天地自成一个幻境，一点点外来的嘘息就可以摇动，就可以倾圮。

在沧浪亭旁边来一座气象万千的罗马式建筑，所以也就成了一种罪恶。建筑者有意炫耀，但是，他的精神上没有苏州。他在诗人腰间插了一把军刀。

六

所以苏州人是实际的，讲究吃零食，喜欢在自己的世界醉生梦死。这个甜梦的尾声将要如何凄凉！电影院早已客满，书场零落可数。雨拦住了旧一代，拦不住新一代。泡一杯茶，买一包零食，听着小小台上的苏白，我感到安适，也感到寂寞。我发现一个道士坐在前座，把宗教和享受放在一起。苏州人究竟懂得生活，他们在玄妙观后侧盖一座"肝胃二气仙宫"，正是这种人神交流的表示。

而且他们懂得尊敬破落户，把当铺开在隐僻的小巷，这给人方便，还给人面子。他们知道如何同情"百无一用是书生"的隐贫。

书生最高的成就是苏州的园林，它们属于一种心理的过程，是标记，不是一种蕴育，缺少新和力的启示。这和文人画一样，在我们的时代失却根据。但是，烦扰的心灵有时候极其需要懒惰。古老不再要求，所以尽量施舍平静。破落的书香门第，在十里洋场的游子看来，依然幸福。

（《人民世纪》1946 年第 6 期）

苏州之行

若 奋

乙酉年底，家里来了二封快信要我回家去团聚一番。本来不预备回去，听说整顿后的北站，火车票是不大容易买，但为了安慰一下老人家经历八年折磨，一无可慰的今天，不忍再让他失望，稍为把事务料理一番，第二天下午赶到火车站。北站气象一新，头二等售票房已搬进站内，新造售票房，美术家的标语，表面上已经过了一番修饰，观瞻为之一新。挤在转弯的行列里，很有耐心地等待排队，在敌伪时期受过训练，现在依旧用得着，心里着实感到快慰，看不见黑帽子的鞭子，胜利对于小百姓在这里已有了收获，值得庆幸。有些等待时间过久者在埋怨售票小姐的手脚太慢，其实只要买得到票，一样不能轧票先进，何必急乎拿到票子。在二点过十分时光，我终于买到一张二等四十列车苏州票。

等到开始轧票，人蜂拥而进，当我轧票进站，十节左右车厢已挤得十十足足，只不过不到十分钟时间，连窗口都无法钻进。找二等车，只有半节，估计刚才二等车票何至数百，这样一来，岂非较电影院对号入座不如，不知车站站长打的是什么算盘。最后听说有加车，便静待加车，开车前数分钟加了三节装货色的铁笼子车，在没有法子下，只得挤上，难怪所有的旅客都在说买了二等票，乘的特等车。

车抵真茹，依旧有很多人上车。在混乱的当儿演出了一幕趣剧，有一位彪形大汉，蓝布大褂一角斜搭在纽扣上，头戴鸭舌头帽子，手提藤篮颇有英雄气概，一不留心，踩在坐着人脚上，此公猛地一呼，声震全车厢，用手拍了一下英雄的腿子：

"妈的，你眼睛生不生？"

一口官腔，不料那位英雄反过身来，把帽子往上一推："他妈的，你打人，我揍你。"

"嗳嗳……你……你踏了我还要神气活现。"此公身子往后退缩，换了上海话。

"侬看实梗轧法，那能勿要踏着，侬自家啥咚要神气，侬神气，好要打侬。"英雄朋友居然说的一口好苏白，可惜带着浓厚江北腔，颇堪回味。

"侬加神气，我有派司晓得*?"此公突然硬朗起来，用手按着袋口。

"侬侬有，我啥吭没!"四周乘客起先有人劝解，现在都怀着好奇的眼色，在等待一位大人物各显法宝。

"侬有？侬拿出来看。"

"侬侬先拿出来。"

"侬先拿出来。"那位英雄伸进来掏出一张符号，左面有三颗三角红星，一缩又放进袋去。

"唷……上等兵，又有啥道理!"

"格没侬拿出来看。"

此公居然掏出旧皮夹一只，透明纸里有不知什么名目证章一枚：

"拨侬看看徽章，总比侬吃价。"

"嘻，嘻，弗晓得啥场化拾来格。"英雄却强作不屑，就接着此公从皮夹里抽着一纸烂熟了的身份证，一扬："喏! 喏!"又放了进去。

观剧至此，四周禁不住哄然大笑起来，一位演员也相视默笑，我弄不懂这究竟是怎么一回事？

火车在行进中，沿路停顿，至苏州站，夜已深沉，脱班二个多钟头，已逾九时矣。

下车时发觉在下濛濛细雨，风迎面扑来，感得阴寒，收票出站，跳上黄包车往城里拉去。最近几年来到处飘流，难得回家，苏州的城墙依旧，在迷濛中望去，这样的河，这样的柳，这样的塔，这样的庙门，这样的石子街，这样的小桥，这样的深巷，这样的门墙……下了雨，许多店早已打烊，路灯昏黄，在雨丝中闪闪，静听远远传来犬吠声，风打着篷，风雨从缝里钻来，黄包车的灯踏在脚下追着阴森、寒冷，假如飘几片雪，不就是一幅现实的"风雪夜归人"。不断地思索，车已停在家园门口，付掉车费，当举手打门时，我又放下，这样夜晚，家里该已睡熟，不忍把他们惊醒，望着庄严的大门，静寂包围着我。终于打门声为我解了围，打门声在寒冷空气里特别宏亮，也特别沉着，我担心不但惊醒自己家里人，同时会惊醒邻舍的好梦。这时深沉的应门声已透过几重门墙传出来，不多一会，莹妹擎了一盏油灯，为我开门，父亲的声音也在问怎么这样晚才到达，弟妹在暖和的被窝里透出头来喊我，一面泡饭，一面打水洗脸，温暖的毛巾覆到脸上时，心里也感到温暖，忘去车上脱班时的焦急。

第二天，除了在家里供神时叩头外，去看了几个久别的友人。和一个报馆里工作的友人，去红星茶室喝茶叙旧，他告诉我苏州自省府迁镇后，市面已呈衰落，没有以前的畸形繁荣，但胜利后的贪污案却已不幸地发现三起，都是县府的高级官员。我告诉他，这事上海报上已看到。话题总离不开他的本行，谈到文化，他不胜感慨地诉说着舆论在古城里没有自由，吴县县长的擅捕大华报社长及编辑就在那时，从他那里听到这民主中国的坏现象。苏州距上海不远，一向也是人文汇萃的都市，胜利后高唱民主的今日，尚能容这辈妄作妄为的家伙来苏主政，实在是十分失策的事。我们看当局会有什么措置以顺民情，相信这批作威作福的东西末日已临尚不知不觉，实属可恶。同时他告诉我，为了一篇暴露整顿市容黑幕的小文，就接到当局的警告信，言下不胜愤懑之情。我们互相期待着这次政治协商会议的成功，中国是应该换一种看法来统治了，不应该再死撅着老的、过时的、背叛民心的模型里了。

在街上蹓蹓，好几次看到一队或者五六个穿黄制服的弟兄，扛着枪，用绳索牵着三四个诚朴的乡下人模样的老百姓走过，禁不住怀疑这不要是游击队，但黄制服的弟兄当然绝对不会是和平军的，那末苏州的坏人或者犯罪的百姓特别多，天天有这许多人被牵着"游街"。当又是一大队军人牵着一个小百姓走过时，我在就近一家烟纸店买一包烟，随口问店里的学徒，这是什么意思，他告诉我这些军人是保安队，押着的是乡下种田人，追租追不到才把他们押上城来的。这才使我恍然大悟，但弄不清的当然还有胜利后蒋主席宣告天下免征田赋，难道单为有田人着想？保安队的惟一任务就是替有钱人追租？这许多种田人为什么不出租要被押到城里来？……想不通的事情实在太多，抬起头来，看到家家户户门口贴着春联——印就的春联，我只深切地看到一句："风度勿忘大国民。"这就是大国民？被绑的是大国民！牵绑的也是大国民！呜呼！"风度勿忘大国民"！

接着看到不少"友邦"人氏，手里拿着扫帚，口里含着烟卷，身上服饰整洁，丰满红润的脸上有诗意的微笑，也许他们在好笑，想不到昨日横行一时，今朝权充清道夫，后面也没有看见押解人，自由自在，行列凌乱，据说清洁街道为了欢迎白副总参谋长来苏视察。

在苏州又耽搁一天，这古城还是这样静静的，尤其在晚上。

在上海生活惯了，也许会受不住这过份的静寂、单调，第三天晚上就赶着趁特别快车返沪。

（《读者》1946 年第 4 期）

吴门雅游篇

邹　斑

　　游山玩水，实在不过是山水给我们的一种试练。试看秦淮河，多少人一提起了它的名字，就骂是一泓臭水，毫无可取之处；然而在俞平伯的笔下，秦淮河就成为古人《采莲赋》里的世界，令人低徊不止了。山只是那几座山，水也只是这几条水，无数文人雅士写下了无数游记，意境各各不同。其不同之故，就在于各人领略得不同，各人有各人的会心之处。在这春光明媚、江南草长的时候，自然正是游山玩水的最好季节。不过，我在这里所要提出的，却就是山水虽好，不要忘记带了自己的眼睛去。

　　有人游山，必称之曰"爬山"。这种人的心目中，仿佛是"山不厌高"，和韩退之的心思正好相反。我想德国人游起山来，一定就是这副神气。何以言之？因为我看见过德国式的"散步"。我在大学读书时，有五六位德国同学，每值夕阳无限好之际，常见他们二三成群，肩挨着肩，大踏步在校园中步履如飞，满面是神圣不可侵犯的样子，绝不谈笑，更决不东张西望，大家双目向前，只顾闷走。走到某一个地方，戛然而止，向后转，再走回去，就一直"闷走"到宿舍去了。天天如此。有一位中国同学有一次和他们一同走了一次，累得面红气喘，通身是汗，下次再也不敢尝试了。那几位德国学生就称这种走路为"散步"。

　　那些"爬山客"亦然，他们的打扮像猎人，他们的气概像一支奉命限时限刻达成某种任务的军队。走到山下，就"一鼓作气"起来，通身紧张，眼看脚下，拚命向上"爬"去，因为"爬"得务求其快，所以就决不肯中途休息，一定要到了山顶，于是喘一口气，说声"到了"！——又匆匆"爬"下。

　　嗟夫！平日在写字间里已经天天忙忙碌碌，辛苦非凡，好容易才抽出这一点工夫出来调剂调剂，偏还要特地来受这种罪。游山玩水本是闲事，何苦做得这样认真呢？

照我的想法,赏鉴艺术既要靠一点自己的幻想,那么游山玩水就更切忌"认真"。陶靖节的"采菊东篱下,悠然见南山"是何等写意,陶公决不会一本正经地"爬"南山,而他这样有意无意的"悠然"一"见",却正成了南山的知己。

先领略幽静之趣

你我都是草草劳人,黄山雁荡之胜,且留作异日的心愿罢。江南岂无春色,难得破两三日工夫,重温灵岩天平的旧梦,亦复不恶。让我们暂绝上海的尘嚣,过几天自在一些的日子——"自在"也就是"清福"。

你不要理睬那些新从苏州回来的豪客告诉你的话:"苏州! 苏州毫无意思,市面萧条,电影都是上海二轮影院早就开映过了的!"你要记得,我们到苏州去,决非是为了考察苏州的市面,更绝未有过苏州去看电影的雅兴也。

苏州是可爱的,但可爱之处决不在闹市的观前街之类地方。你从火车站出来,黄包车拖你上平门城外那座梅村桥的时候,你先看看那苏州的城堞,曼长秀丽,和北平城墙的苍雄,南京城墙的萧瑟,就大不相同。你再看看那城河里的明净的水,真是清得像镜子一样——一年四季都是那样莹洁无垢,你能想象这条河流到了上海,就是那条可怕的苏州河吗?

进城门之后,你马上就会觉得有一种异样之感。你觉得和上海不同,但是你也许一时说不出这不同的原因来。其实,这原因是很简单的,只是一个"静"字而已。你不是常听见人家说"苏州这地方,住家倒很相宜",或是"苏州很可以终老"的话吗? 苏州最动人也最令人留连忘返的,就在于它能让你领略到"细雨窗纱,深巷清晨唤卖花",或是"庭院深深深几许"那些梦一般的、诗一般的境界。

你且体会一下,这些境界不都是由"静"中得来的吗? 我们虽然也有过"浔阳江上……"那首描写音乐的诗,但是,古往今来,我国的那些锦心绣口的才子,十个当中倒有九个是"由静生情"的。"由静生情"是我杜撰的说法,不晓得你以为如何?

静听主人话鬼狐

苏州的旅馆是住不得的，上海旅馆的坏处他们都有，也有人会打着你的房门，用上海口音的苏州话来问你要不要女人。但是像华懋、都城那种旅馆苏州又没有，所以最好还是借住在朋友家里——你这样才能尽量多得静趣，有时还可以享受一点精致可口的真正苏州菜。试想在你住厌了上海的华贵公寓或弄堂房子之后，忽然又住几天陈设得古色古香的房间，一切家具、环境、气氛都是"纯中国的"，你在微醺之后，静听主人述说这座大房子里鬼狐的传说，这境界大概就和写字间里回来时精疲力尽吃了夜饭就睡的生活有些不同罢！

桥的美天下闻名

下一天早晨，我们该玩水了。当然，如果你性急的话，不妨一杯浓浓的咖啡之后来几片三明治就跳上汽车出城。不过，你也可以坐船，水中看山，倒底又和公路上看山不同。最理想的是，隔日先请你那位苏州的朋友代你预定好一只小船。我是领略过这种小船上的船菜的，我实在不忍不把这种好东西推荐给你。你不必点菜，他们会恰如其分地给你做好几样家常小菜，鲜洁无比。看厌了上海的粤菜馆里嵌电灯的鱼和那道无可避免的奶油布丁的人，到这时就不期而然的胃纳会好起来。

但是，无论说风景或是舒服，倒底还是水路好。有一位工程师诉我，苏州的桥是天下闻名的。尽管工程师自有工程师的一套，但从苏州城到木渎山麓，倒的确可说是每座桥有每座桥的风致，无一不可入画——然而必须要在水上看，如果你只是一辆汽车风驰电掣冲过了事，那就什么都完了。

青葱灵秀扑面来

折衷之道，还是坐小汽轮，金门外南新桥下，每天都有"木渎班"的。不过也顶好先打听一下，因为小汽轮有几艘布置颇精，有几艘却似京沪线上的三四等慢车，人头济济，令人却步。如果运气好，官舱里往往一共只有四五个人，笑笑说说，大概三个钟头也就到了木渎。

水上看灵岩，真觉得有一种青葱灵秀之气，迎面冉冉而来。若是暮春三月，水面上还常常看得见疏疏朗朗浮着的像睡莲那样的淡黄的小花，波纹过处，它们慢慢漾开，波纹平了，又慢慢回到旧处。山愈近，四周愈静了，就听得见无数珍禽婉婉转转地各逗歌喉。

游山还是坐轿好

船到了木渎，山倒一时看不见了，于是弃舟登陆。（如果是自己包的小船，它就一直送你到灵岩山麓了。）立刻有一大群抬山轿的女轿夫围住了你，兜揽生意。对于山轿，那些"爬山客"是不屑一顾的，他们见山即"爬"，乐此不疲。但是，我劝你坐山轿。

我们做起事情来，常有所谓"过程"与"目的"之不同。但游山玩水与此不同，"过程"就是"目的"之一部。我们与"爬山客"之不同，就在于我们的目的并不是跑到山顶上写一句"某某某到此一游"，而是要一路领略。如果专门走山路，则眼底所见的，最主要的倒还是自己的一双鞋子，只能偶然偷看一下四周景色，又有什么趣味！灵岩虽不甚陡，可是有几段山径很滑，如果你一路走一路还要尽量看风景，就很有跌交的可能了。所以，还是坐山轿好。须知坐了轿子并不是就不准你走路，只要你觉得有留连细看的必要，你随时都可以停下轿来走几步的，既免了面红气喘之苦，又可以玩得从容不迫，何乐而不为呢？

何况，这些朴质无华的女轿夫中，正不乏江南佳丽，她们健康、美丽，毫无都市女性那种妖妖娆娆的好莱坞腔调，却偏有楚楚动人的风致。只要你有张山来提倡的那种"以看花之心看美人"的襟怀，你就会觉得她们那莲蓬松松的大发髻，水红色的称身的短袄，明朗的眸子，天真而又怕羞的微笑，正也并不讨厌。人家提起苏州，总不免带到女人，而不知最美的苏州女人只有两种，一种是久居城内的大家闺秀，大大方方，富丽堂皇；一种就是苏州乡下的村姑，你只要将她们和扬州或杭州的村姑一比较，你就知道我的话决不过分。不过，可怕的是，我想不久之后，恐怕她们也要学烫头发了。

她们也许要向你讨稍为贵一点的价钱，但是决不会像上海的三轮车夫那样穷凶极恶，她们只是低声下气地向你恳求。你答应了，她们就高兴得笑起来，露出了雪白的牙齿。你为什么不答应她们呢——就为了这愉快的、明朗的笑声。

流连光景随心所欲

灵岩天平，名胜古迹的确不少。但我还是劝你不要忘了我们是来游山玩水的，切忌"敲钉钻脚"，一本正经。最要紧的是"美"，是景致——而风景之美，却不一定就在名胜古迹。很可爱的地方，往往一出名就有人题咏铭镌，而一经品题之后，十之八九就俗不可耐了。这是千古山水一恨事，但普天下偏是伧夫最会保养，一时未必死得完，真也无可奈何！

上山之后怎样，却就如我在本文开首时所说的，要看你自己怎样去感受了。太孟浪或太矜持，同样易为山灵所笑。我想最好还是平平常常，处处保持自己的本来面目，喜欢的地方多留片刻，不喜欢的地方则尽管人人说好，我还是弃之可也。我不是硬劝你采新立异，故意惊世骇俗，其实我的说法，倒恐怕还保存一点儒家中庸的精神。

灵岩山上有两块名垂千古的顽石，一曰"乌龟望太湖"，一曰"痴汉等老婆"，名字极俗，但是我觉得倒俗得有趣，俗得近乎雅了。灵岩是濒太湖的，"乌龟望太湖"就是沿太湖的一块巨石，其形肖龟，昂然举首。"痴汉等老婆"的名字就题得痴，你横看竖看总悟不出它有什么"等老婆"的神气，不过这是一块卧在山头的怪石——"卧"，大概就有点"思之不得，辗转反侧"的意思了，我以为这里倒有一点天籁。

灵岩寺看舍利子

说起山就要带到寺院。灵岩寺是一个大丛林，和尚倒还算不俗。印光法师的舍利子就保存在寺内一静室，如果在上海，也许和尚就惟恐游客不去赏光，一定要大吹大擂，到处宣传，顺带募捐了。但灵岩寺的和尚，却有些讳莫如深的样子，力避好奇的游客，这就有些难能可贵。

山门前有许多出卖小木碗小木磨子的摊子，小木碗的口径不过半寸，却磨得光滑非凡，北平人所谓"滑不留几"的，摸上去简直像是漆过了的。这些小东西价格极廉，买了毫无用处——也正因为毫无用处，所以很好玩。

灵岩寺的茶颇好，但尚比不上天平。

多谢石家鲃肺汤

如说西湖是美人，则灵岩是儒生，天平是隐士。

灵岩游倦之后，你应该回到停在山麓的小船里吃中饭了。如果时间充裕，那么木渎的石家饭店是不该忽略过去的。从山麓到石家饭店，不过十分钟步行的路程。你也许早听见过于右任老先生"多谢石家鲃肺汤"的诗句罢——就是这个地方。

石家饭店的鲃肺汤固然好，然而他们的拿手菜却正是多得很，如豆腐羹、乳腐肉、虾仁、雪笋……可谓美不胜收，那微带浅绿色的竹叶青更是芳香醇洌，好到极处。不过，你还是少喝一点的好，因为你还要到天平。

天平山颇有奇趣

天平颇有奇趣，天平之"奇"，又与滇越路上所见的横断山脉那种雄奇不同。云南的山，使你想起《庄子》或者《楚辞》，是那么郁郁苍苍，山上是云，云上又是山，巍巍乎不知纪极。天平却是清秀中别具幽致，一转一折，莫不令人有柳暗花明之感。云南的山叫你"景行行止"，天平却叫你留连忘返。

天平的泉水好，不要辜负了他们的好茶！定一定神，你可以曲曲弯弯地上去了。这里有西施的古迹，有幽囚勾践的石室，山腰有构筑甚奇的精舍。天平是会叫你想起石谷的山水的。

"万笏朝天"和"一线天"都是天平的胜迹。"万笏朝天"是许多奇石，如拱卫山头——但是比之云南的石林，又觉得差了。"一线天"是一条窄窄的山径，在天平之巅，颇有险峻之意，其实并不危险，大胖子也还是可以安然通行。照我的看法，却觉得与其自己去跋涉登临，累得一身是汗，不如坐在"一线天"麓平平的山石上看人家冉冉而上，倒颇为美丽。

你下天平的时候，该已是暮鸦归树的时候了，可千万不要忙，你千万先再看一看簇拥在绚烂的云彩中的群山，这幅画图，你是不能轻易放过的。

坐小船最好，欸乃声中，群山渐渐退后了，天色渐渐黑下来，一座座桥旁渐见橙黄的灯光。这时，你自然就慢慢在船舱里举起了酒杯。

（《旅行杂志》1947 年第 21 卷第 3 期）

姑苏台畔秋光好

周瘦鹃

　　秋光好，正宜出游，秋游的乐趣，实在不让春游，这就是苏东坡所谓"一年好景君须记，正是橙黄橘绿时"啊！笔者年来隐居姑苏台畔，天天以灌园为事，厮守着一片小园，与花木为伍，简直好像是井底之蛙，所见不广，几几乎不知天地之大，更不知有秋游之乐了。前天老友赵君豪兄海上书来，问我要秋游之作，一时却怔住了，无以报命，再把来书从头细读一下，这才松了一口气，原来他因为我住在苏州，特地要我说说苏州的秋日风光，为倡导各方士女来苏游览之计，这题目真出得再迁就也没有了。笔者食毛践土，原感激着苏州的待我不薄，当此国是蜩螗、民生凋敝之际，苏州也不能例外的在日就衰落，那么笔者正该尽一些宣传的义务，多拉些行有馀力的游客来，使苏州一年年的长保繁荣，长享天堂的令誉。

　　笔者虽生长上海，而原籍却是山温水软的苏州，三代祖先，也都葬在苏州的七子山下，冥冥中倒像把我的一颗心儿绊住了。所以当我没有把家搬回苏州以前，先就爱着苏州，到得搬回苏州之后，那就更加地爱上了苏州。这些年来，我衣于斯，食于斯，歌哭于斯。二十六年以后的九年间，虽为了避倭寇而流亡在外，却还是朝朝暮暮地想念着苏州。胜利后三月，我居然欢天喜地地重返苏州了，在经过了一重重的国难家难之后，居然能留得微命，归隐故园，学着那位不为五斗米折腰的陶渊明，只因我偏爱着苏州，也就心甘情愿地打算老死牖下了。当二十六年冬间避寇皖南黟县的南屏山村时，曾做了不少怀念苏州、歌颂苏州的诗词，绝句中如"我亦他乡权作客，寒衾夜夜梦苏州""瞥眼春来花似海，魂牵梦役到苏州""愿托新安江上月，照人归梦下苏州"等，都足以表示我对于苏州相思之切。又如《柳梢青》词："七子山幽。虎丘塔古，映带清流。邓尉梅稠，天平岩峭，任尔优游。　穰穰五谷丰收。可鼓腹、诗书解忧。酒冽茶香，花娇柳媚，好个苏州。"这小令中短短的十一句，可就把苏州恭维尽了。平日读昔贤诗集，见诗中着有"苏州"二字的，也爱不忍释，因便集成了好几首，如集黄仲则句云："相对空为斫地歌，酒阑萧瑟断肠多。我来惆怅斜阳里，如此苏州奈若何。"集孙子潇句云："断肠春色消魂语，愁杀新愁接旧愁。剩有丹诚心一点，满天风雨下苏州。"集龚定盦句云："春灯如雪浸兰舟，一夜吟魂万里愁。误我归期知几许，三生花草梦苏州。""人间无地署无愁，抛却湖山一邃秋。谁分苍凉归棹后，年来花草冷苏州。"集樊云门句云："青霜一夕紫兰秋，小劫还悲江上楼。红烛试停今夜雨，寒轻酒浅话苏州。""一行新雁过妆楼，眉妩萧娘满镜愁。昨夜画屏清不寐，倩郎作字寄苏州。""九死宾朋涕泪真，岁寒留得后凋身。共君曾在苏州住，千日常如一日春。"这些诗句虽是人家的，而一经我凑集拢来，可就不啻若自其口出。这七首诗，全都言之有物，也足见我之想杀苏州、爱杀苏州了。

苏州虽有它的缺点，然而仍不失其为江南一个良好的住宅区，足与杭州分庭抗礼，所谓"上有天堂，下有苏杭"，就是铁一般的明证。凡是生长在苏州的人，固然爱住苏州，就是其他地方的人，也会不约而同地住到苏州来。诗人是最敏感的，他们觉得苏州好，便要歌颂起来，所谓"怪来人说苏州好，水草崖花一味香"，"一样江南好山水，如何到此便缠绵"，这些都在给苏州作有力的宣传。而最最详细的，要算清代一位无名诗人的《吴门歌》："吴门人住神仙地，雪月风花分四季。满城排队看行春，又见花灯来炫视。千门挂彩六街红，笙歌盈耳喧春风。歌童舞女语南北，王孙公子何西东。观灯未了兴未歇，等闲又话清明节。呼船载酒共游春，蛤蜊市上争尝新。吴塘穿绕过横塘，虎丘灵岩复玄墓。菖蒲泛酒过端午，龙舟相呼喧竞渡。提壶挈盒归去来，南河又报荷花开。锦云乡中漾舟去，美人压鬓琵琶钗。玉颜皓齿声断续，翠纱汗彩红映肉。金刀剖破水晶瓜，冰山影里颜如玉。火云一天消未已，桐阴忽报秋风起。鹊桥牛女渡银河，乞巧人排明月里。南楼雁过是中秋，飒然毛骨冷飗飗。左持蟹螯右持酒，不觉今朝早重九。登高又向天池岭，桂花万树天香浮。一年好景最斯时，橘绿橙黄洞庭有。满园还剩菊花枝，雪片横飞大如手。安排暖阁开红炉，敲冰洗盏烘牛酥。寸蘖饼兮千金果，黑貂裘兮红氍毹。一年四季恣欢娱，那知更有饥寒苦。"诗虽俚俗，却可作一部苏州四时风土记读，而太平盛世的赏心乐事，几乎尽在其中，也足见苏州人的太会享受了。此外还有清代词人沈朝初的三十馀阕《忆江南》，每一阕都以"苏州好"三字开端，写尽了苏州一切的风土人情，以至饮食男女等，几于无一不好，真可谓尽其大吹大擂的能事。现在的苏州，究竟经过了十年大劫，民穷财尽，物力维艰，再也够不上诗人词客所抒写的那么好了，然而风土的清嘉，还是值得我们称颂的。我们倘从海上来，只须跨下火车，就觉得换过了一种空气，使人的呼吸特别的舒服。当此八九月已凉天气未寒时，无论是一片风，一丝雨，一抹阳光，都会给你一种温柔爽快的感觉，是俗尘万丈中所不易得到的。苏州的小巷最多，配着柳巷、紫兰巷、幽兰巷等诗意的名字，全是曲曲弯弯的，正如小说故事、电影故事一样的曲折有味。你在秋天风日晴美的时光走过时，往往有桂花香若有意若无意地送进你的鼻管，原来是从人家的园子里飘出来的，端为苏州多旧家，旧家多庭园，而庭园中总得有一二株桂树，与玉兰、海棠、牡丹为配，取玉堂富贵之意，因此你秋天走过那些门墙之外，鼻子里就常常有这种意外的享受了。

佳品尽为吴地有

苏州是稻米乡，也是鱼虾之乡，所以"吃在苏州"，也是有口皆碑的。无论果蔬鱼鲜，四季不断地由农人、贩子出来担卖，一季有一季的时新货，称为"卖时新"。清代赵筠《吴门竹枝词》云："山中鲜果海中鳞，落索瓜茄次第陈。佳品尽为吴地有，一年四季卖时新。"若以秋季的时新而言，那么莲子和藕上市之后，就有南荡鸡头追踵而来了。鸡头即是新鲜的芡实，以出在黄天荡的为上品，又糯又韧又清香，剥去了表皮，只须加了水和白糖略略一煮，即可上口，实是清秋最隽永的点心。沈朝初《忆江南》词云："苏州好，蔚水种鸡头。莹润每疑珠十斛，柔香偏爱乳盈瓯。细剥小庭幽。"此外便是各种菱的天下，小型的有沙角菱、圆角菱，大型的有水红菱、馄饨菱，先后出来应市，无论生吃熟吃，都很可口。沈朝初又有这么一首咏菱的："苏州好，湖面半菱窠。绿蒂戈窑长荡美，中秋沙角虎丘多。滋味赛蘋婆。"再说到鱼鲜，那么鲃肺汤已在筵席上出现了，只因于右任氏作了"……多谢石家鲃肺汤"一首诗，四方游客都以为只有木渎石家饭店的鲃肺汤做得好，其实苏州城内外菜馆中的鲃肺汤，全是挺好的。到了九十月间，阳澄湖蟹横行市上，声势最是浩大，更有鲈鱼也来凑趣，因此沈朝初又要抓作词料了："苏州好，莼脍忆秋风。巨口细鲈和酒嫩，双螯紫蟹带糟红。菘菜点羹浓。"至于苏州擅长的各种粗细点心，那么你只要蹓跶一下观前街，随喜一趟玄妙观，尽由你挑上甜的咸的一样一样的大嚼，也许是别处所吃大不到的。再说到筵席，谁也忘不了苏州颇颇有名的船菜，往年夏桂林的画舫，能办上一席挺好的船菜，可惜现在已烟消火灭了，继之而起的有金家画舫和王家画舫，常泊在胥门外万年桥畔，他们的船菜虽未必胜过夏桂林，却也值得去尝试一下的。游客们要是逢了风雨之天，不高兴出去游山玩水，那就不妨尝尝酒洌茶香的风味。喝酒的去处，以宫巷的元大昌为最热闹，常有人家妇女提篮携榼地把家常小菜来供人下酒，风味绝美。吃茶的去处，则以太监弄的吴苑深处为最方便，更有各种点心和零食，足快朵颐。要是吃过了茶接着喝酒而又喜欢环境清静一些的，那么宫巷碧凤坊的吴江同乡会是个好去处，那边略有庭园之胜，又有一个曲社设在一座船厅中，每逢曲期，红牙按拍，曼唱高歌，大可一饱耳福咧。

凡是游苏州的人，总得一游虎丘，好像不上虎丘，就不算到过苏州似的。虎丘的许多古迹，几于尽人皆知，不用词费，而我最爱剑池的一角，幽蒨独绝，当此清秋时节，倘于月夜徘徊其间，顿觉心腑皆清，疑非人境。苏州旧俗，中秋夜有"走月亮"之举，而以虎丘为目的地，长、元《志》有云："中秋，倾城士女出游虎丘，笙歌彻夜。"邵长蘅诗，有"中秋千人石，听歌细如发"之句。沈朝初《忆江南》词也有这么一首："苏州好，海涌玩中秋。歌板千群来石上，酒旗一片出楼头。夜半最清幽。"海涌，就是虎丘的别名，当年中秋的盛况，可见一斑。不但清代如此，明代即已有之，但看袁中郎记虎丘云："虎丘去城可七八里，其山无高岩邃壑，独以近城故，箫鼓楼船，无日无之。凡月之夜，花之晨，雪之夕，游人往来，纷错如织，而中秋为尤胜。每至是日，倾城阖户，连臂而至，衣冠士女，下逮蔀屋，莫不靓妆丽服，重茵累席，置酒交衢间。从千人石上至山门，栉比如鳞，檀板丘积，樽罍云泻，远而望之，如雁落平沙，霞铺江上，雷辊电霍，无得而状。布席之初，唱者千百，声若聚蚊，不可辨识。分曹部署，竞以歌喉相斗，雅俗既陈，妍媸自别，未几而摇头顿足者，得数十人而已。已而明月浮空，石光如练，一切瓦釜，寂然停声，属而和者，才三四辈，一箫，一寸管，一人缓板而歌，竹肉相发，清声亮彻，听者魂销。比至夜深，月影横斜，荇藻凌乱，则箫板亦不复用。一夫登场，四座屏息，音若细发，响彻云际，每度一字,几尽一刻,飞鸟为之徘徊,壮士听而下泪矣。(下略)"中郎此作，仿佛是记虎丘中秋夜的音乐会，自交响乐、大合唱、小合唱以至独唱，无所不有。可是十多年来的中秋节，除了白天还有士女前去游眺，借此点缀令节外，早已没有这种笙歌彻夜的盛况了。

不要忽视了山塘

领略了虎丘的秋光之后，可不要忽视了山塘，不管是仁者乐山，智者乐水，乐山也何妨兼以乐水，再加上一个"山塘秋泛"的节目，实在是挺有意思的。山塘在哪里？就在虎丘山门之前，盈盈一衣带水，迤逦曲折，据说有七里之长，因此有"七里山塘"之称。那水是碧油油的，十分可爱，架在上面的桥梁，以青山桥与绿水桥为最著，你要是以轻红一舸，容与其间，一路摇呀摇地摇过去，那情调是够美的。昔人咏山塘诗，有黄仲则的两首："中酒春宵怯薄罗，酒阑春尽系愁多。年年到此沉沉醉，如此苏州奈若何。""寒山迢递镜铺蓝，小泊游仙一枕酣。夜半钟声敲不醒,教人怎不梦江南。"屠琴坞《山塘访秋》云："白公堤畔柳丝柔，十二红阑隐画楼。才到吴乡听吴语，泥人新梦入新秋。""绿酒红灯映碧纱，水晶帘外又琵琶。匆匆转过桥西去，一角青山两岸花。"读了这四首诗，就觉得山塘之美，真如殢人的尤物咧。某一年的春间，笔者曾随故张仲仁、陈石遗、金松岑诸前辈，以夏桂林画舫泛山塘，玩水终日，乐而忘倦，曾有《七里山塘词》之作："七里山塘春似锦，坠鞭公子试春衣。家家绮阁人人醉，面晕桃花映酒旗。""拾翠人来打桨邀，山塘七里绿迢迢。垂杨两岸傲傲舞，只解嬉春系画桡。""吴娃生小解温存，画出纤眉似月痕。七里山塘春水软，一声柔橹一销魂。""虎丘惯自弄春柔，七里山塘满画舟。好是平波明似镜，吴娘临水照梳头。""几树疏杨斗舞腰，真娘墓畔草萧萧。山塘七里弥弥绿，不见烟波见画桥。""七里山塘宛宛流，木兰桡上听吴讴。未须更借丹青笔，柳媚花娇画虎丘。"读了这几首拙作，也足见我对于山塘是倾倒之至了。其实清代承平之岁，山塘也着实热闹过一下，曾见某笔记载："虎丘山塘，七里莺花，一湖风月，士女游观，画船箫鼓。舟无大小，装饰精工，窗有夹层，间以玻璃，悬设彩灯，争奇斗巧，纷纶五色，新样不同。傍暮施烛，与月辉波光相激射。今灯舫窗棂，竞尚大理府石镶嵌，灯则用琉璃（俗呼明角），遇风狂，无虞击碎也。"诗人王冈龄，因有《山塘灯船行》长歌之作，极尽铺张扬厉的能事。现在的金家画舫与王家画舫，金碧辉煌，就是当年灯船的遗制，我们要是坐着去作山塘秋泛，自会油然而发思古之幽情的。

石湖串月的幽趣

中秋游虎丘兼泛七里山塘，这是秋游的第一个节目，第二个节目就是八月十八夜石湖串月了。石湖在城西南十八里，是太湖的支流，恰界于吴县、吴江之间，映带着楞伽、茶磨诸峰，风景倒也不错。相传范大夫入五湖，就是在这里下船的。宋代名臣范成大就越来溪的遗址筑别业，中有天镜阁、玉雪坡、盟鸥亭诸胜迹，宋孝宗亲书"石湖"二字赐与他，因自号石湖居士。他的诗文集中关于石湖的作品很多，诗如《初归石湖》七律一首云："晓雾朝暾绀碧烘，横塘西岸越城东。行人半出稻花上，宿鹭孤明菱叶中。信脚自能知旧路，惊心时复认邻翁。当时手种斜桥柳，无限鸣蜩翠扫空。"读此一诗，就可知道他是石湖主人了。湖边有一座山岿峙着，即楞伽山，又名上方山，山上有

230

石湖

楞伽寺，年年八月十八，香汛极盛。山顶有塔，共七级，中有神龛，供五通神，据说极著灵异，清代巡抚汤斌为破除迷信计，曾把它毁灭，可是后来又重行恢复，以至于今。山之东麓有石湖书院，昔为士子弦诵之所，今已废。东南麓有普陀岩，有石池、石梁诸胜。乾隆南巡，曾经到过这里，从此身价十倍了。袁中郎把它和虎丘作比，说虎丘如冶女艳妆，掩映帘箔，上方如披褐道士，丰神特秀，倒也取譬入妙。到了农历八月十七、十八这两天，这里可就热闹起来了，苏州城乡各处的善男信女，纷纷上山进香，而入夜以后，就有苏沪士女坐了画舫，到行春桥边来看串月。所谓串月，据说十八夜月光初现时，入行春桥桥洞中，其影如串；又说十八夜从上方塔的铁链中，可以瞧到这一夜月的分度，恰恰当着铁链的中段，倒影于地，联为一串，因曰串月。沈朝初的《忆江南》词，又有一首咏其事："苏州好，串月看长桥。桥影重重湖面阔，月光片片桂轮高。此夜爱吹箫。"原来每逢此夜看串月时，画舫中往往笙歌如沸的。或说葑门外五十三环洞的宝带桥边也可一看串月，从宝带桥外出，光影相接，数有七十二个，比了行春桥边似乎更为可观。清代诗人顾侠君有《串月歌》咏之云："治平山寺何岩峣，湖光吐纳山动摇。烟中明灭宝带桥，金波万叠风骚骚。年年八月十八夜，飞廉驱云落村舍。金盆出水耀光芒，琉璃进破银瓶泻。散作明珠千万颗，老兔寒蟾景相吓。鱼婢蟹奴争献奇，手搴桂旗吹参差。水花云叶桥心布，移来海市秋风时。吴侬好事邀亲客，舳舻衔尾排南陌。红豆新词出绛唇，粉胸绣臆回歌席。绿蛾淋漓柁楼倒，醒来月在松杉杪。"看串月这玩意，大概是肇始于清代，只不知道是谁发明的，真所谓吴侬好事了。

登高推荐贺九岭

　　秋游的第三个节目，该是重九登高了。向来苏人登高，就近总是跑上北寺塔去，虚应故事，年来寺中驻着兵，早已可望而不可即。至于山，城外高低大小多的是，随处都可登高，而笔者顾名思义，却要推荐贺九岭，相传吴王曾登此岭贺重九，因以为名，崖壁上至今刻有"贺九岭"三大字，不知是甚么时代刻上去的。明代文徵明曾有《过贺九岭》诗云："巉然飞岭带晴岚，路出馀杭更绕南。往迹漫传人贺九，胜游刚爱月当三。岩前鹿绕云为路，木末僧依石作庵。一笑停舆风拂面，松花闲看落毵毵。"笔者于十馀年前也曾到过此岭，似乎平凡得很，并没有甚么胜迹。但是从这里可以通到华山，却是游腻了虎丘、灵岩之后，非游不可的。华山在城西三十里，《吴地记》载，吴县华山，晋太康二年生千叶石莲花，故名。《图经续记》云，此山独秀，望之如屏，或登其巅，见有状如莲花者，今莲花峰是也。《吴郡志》云，山顶北有池，上生千叶莲华，服之羽化，因曰华山。山半有池一泓，水作玉色，逾数十丈，厥名天池。袁中郎游天池记云："从贺九岭而进，别是一洞天。峭壁削成，车不得方轨，飞楼跨之，舆骑从楼下度。逾岭而西，平畴广野，与青峦紫逻相映发。（中略）行数里始至山足，道旁青松，若老龙鳞，长林参天，苍岩蔽日，幽异不可名状。才至山腰，屏山献青，画峦滴翠，两年尘土面目，为之洗尽，低徊片晷，宛尔秦馀，马首红尘，恍若隔世事矣。天池在山半，方可数十馀丈，其泉玉色，横浸山腹。山巅有石如莲花瓣，翠蕊摇空，鲜芳可爱。余时以勘地而往，无暇得造峰顶，至今为恨。（下略）"明代诗人高启诗云："灵峰可度难，昔闻枕中书。天池在其巅，每出青芙蕖。湛如玉女盆，云影含夕虚。人静时饮鹿，水寒不生鱼。我来属始春，石壁烟霞舒。潋潋月出后，泠泠雪消馀。再泛知神清，一酌欣虑除。何当逐流花，遂造仙人居。"对于这天池一水，可说恭维到了一百二十分。山上有石屋二座，四壁都凿着浮屠的像，此外有龟巢石、虎跑泉、苍玉洞、盈盈池、地雷泉、洗心泉、桃花涧、秀屏、鸟道诸胜迹，石壁上刻有明代赵宦光手书"华山鸟道"四字，遒劲可喜。山南有华山寺，北有寂鉴寺，寺庭中有金桂、银桂两株老树，秋仲着花累累，一寺皆香。寺旁有泉，曰钵盂泉，泉水是非常清洌的。清康熙帝南巡时，因雨欲游此山不果，赐以"清远"二字，后来乾隆帝南巡，总算游成功了。昔人游华山诗，佳作很多，而元代顾仲瑛一首足以代表一切："萦纡白云路，窈窕青山联。秋风吹客衣，逸兴良翩翩。扪萝度绝壁，蹑磴穷层巅。崖倾石欲落，树断云复连。两峰龈牙开，中谷何廓然。大山屹登登，直欲摩青天。小山亦磊落，飞来堕其前。阴阴积古铁，粲粲开青莲。神斧削翠骨，天沼含灵泉。玉龙抱寒镜，倒影清秋悬。忆昔张贞居，寄我琳琅篇。逝者不可作，新诗徒为传。举酒酹白日，万壑生凄烟。幽欢苦未足，落景忽已迁。美人胡不来，山水空青妍。"读此诗，已足使人神往，那么何妨趁贺九岭登高之便，一游华山呢？往上津桥雇船，到白马涧镇上，步行八九里到贺九岭，再由此而西，就可到达华山了。

一片枫林围翠障

"远上寒山石径斜，白云深处有人家。停车坐爱枫林晚，霜叶红于二月花。"杜牧之这一首《山行》诗，道尽枫叶之美，所以天平山看枫，也就是秋游第四个节目了。枫叶须经霜而红，红而始美，因此看枫须等到秋深霜降之后，太早则叶犹未红，太晚则叶已凋落，大约须在农历十月间吧。所以蔡云《吴歈》有"天平十月看枫约，只合诗人坐竹兜"之句。天平的枫树，硕大无朋，叶作三角形，因称三角枫，在万笏朝天一带三太师坟前，有大枫九株，俗呼九枝红。因为那枫叶经霜之后，一片殷红，有如珊瑚灼海，而昔人称颂枫叶，说是"非花斗妆，不争春色"，真是再贴切也没有了。清人李果有《天平山看枫叶记》云："天平山，予旧所游也。乾隆七年十月朔之二日，马生寿安要予与徐北山游，泛舟从木渎下沙可四里，小溪萦纡，至水尽处登岸，穿田塍行，茅舍鸡犬，遥带村落，纵目鸡笼诸山，枫林远近，红叶杂松际，西山皆松、栝、杉、榆，此地独多枫树，冒霜则叶尽赤。今天气微暖，霜未著树，红叶参错，颜色明丽可爱也。历咒钵庵，过高平范氏墓，岩壑溢秀，楼阁涨彩。折而北，经白云寺，憩泉上，升阁以望，则天平山色崚嶒，疏松出檐楯，凉风过之，如奏琴筑，或如海涛响。马生出酒馔，主客酬酢，客有吹笛度曲者，其声流于林籁，境之所涉，情与俱适，不自知其乐之何以生也。（下略）"天平不失为苏州一座最好的大山，可是粗粗领略，往往不易见它的好处，如万笏朝天一带的石笋，可就是绝无而仅有，而一线天以上，全是层层叠叠的奇峰怪石，自中白云以达上白云，一路目不暇给，消受不尽。加上深秋十月，经过了红艳的枫叶一番渲染，天平山真如天开图画一般，沈朝初所谓"一片枫林围翠嶂，几家楼阁叠丹丘。仿佛到瀛洲"，自是一些儿没有溢美啊。

春光固然易老，秋光也是不肯久留的。人生三万六千场，一岁可能游几度？姑苏台畔，秋光大好，正欢迎你们联翩蜡屐而来！

（《旅行杂志》1948 年第 22 卷第 10 期）

半日苏州

易君左

浮光掠影幻沧桑，散发文身入大荒。白马一驰三十里，虎丘孤塔映斜阳。

天涯海角更天涯，仙境云封第几家。三上虎丘三堕泪，茫茫一片影和花。

——三十五年初游虎丘诗二首

前奏曲

八月三十一日晚，上海下了一场豪雨，我被阻隔在一家北四川路的小店子里。整整一两个钟头，大雷大电，那些闪烁的霓虹灯与嘈杂的广播音乐相形之下太渺小了。水塞在马路上一尺多高，车变成船，汽车变成登陆艇。我冒着大雨点奔到隔壁几家的一个大理发店里，被索打一次电话四百元的租金，连打了五次电话，借用社中那辆"老太爷"汽车来接，伫立门内静候，而终于未来；雨稍小，雇人力车爬过大桥到社，而社中汽车也来了，载我向西行。走近先施公司路面，成了很深的泽国，"老太爷"抛锚。那时已近夜十点多钟了，用六千元的高价，换上一辆三轮车，一路风雨烟波，泛海浮槎，路灯全熄，乌风黑浪，到达开纳路口。整个中行别业洪水弥漫，波涛汹涌，车辆不能靠屋，于是赤脚涉水，扑通一声，手提两只皮鞋坠湖，摸索起来，爬上四楼，算是一颗心安定了。

雨继续地下，睡在床上，半夜还闻风雨潇潇之声。一个问题难以解决，与郎静山兄约好了的明日清晨游苏州，去不去呢？便把镜允、妞儿喊起来，并与秋慧商量，如果明早仍然大雨，决定不去，想来静山也不会去的；如果天晴，则非去不可。

仅仅迷离着睡眠几小时，天亮了，一朵红云映在斜掩的玻璃窗上。我们几人都起床，匆匆盥洗后，叫一个同居的小孩子穿着长马靴出大门，喊了两辆三轮车进来，向北车站疾驰。马路上，荡漾着一层清波，晨风吹舞着鬓丝。

鞋子要穿好

这是九月一日，约定乘八时半车赴苏州。抵北站，照例把长衫当做旗袍终年不脱的名摄影家——郎静山兄，早已站在车站里等候我们了。一边停着到常州的汽油专车，一边停着九点钟开的京沪车，而我们买到的是九点钟的头等票，乘客早已塞满车厢，还特别挂一箱，也挤得逼满，我们一行五人，仅得两个座位，轮流坐立。上午十一时抵苏州。车窗瞭望及将抵苏州时，各成一首小词（这些词全是用我的自由新腔，应该声明一下）。《锦绣江南》："锦绣江南，田园翡翠般。嵌三两点白帆，一角太湖蓝。　指轻弹，且啸傲看云山。更有人凭阑，吹金风玉臂寒。"《最爱是苏州》："重游，正初秋。红阑干畔，白粉墙头。桥影媚，橹声柔。清清爽爽，静静悠悠，最爱是苏州。　到苏州，勾起了无限今古愁。叹吴宫花草，零落荒丘。范家坟墓，残破松楸。剩几个诗人瘦。长笛一声风飚飚。先天下而忧。"

马车索价太昂，分乘人力车入城。苏州城墙一概粉刷白净，有几处涂着崭新的广告。假如利用这样长的城垣作广告牌，未始不是生财之道，但假使广告都涂满了，苏州不将成为一个广告城吗？而且，在城的建筑意义上，涂些不伦不类的广告，是否有碍观瞻呢？似乎值得再考虑一下。城门上，五个斗大的字，"鞋子要穿好"。难道苏州人都不穿好鞋子吗？否则为何只此一条叫人警惕的标语？我于是留心苏州人的脚部，发现有些是拖拖鞋的，有些鞋根不拔起来的，有些破碎的草鞋，大概就是教训这几种人吧？然而鞋子穿得循规蹈矩的也不少。我反而自己警惕一下，看看我的皮鞋是不是穿得好，却没有发生问题。只有郎静山那双乌扑扑的布鞋有点留意的必要。此外，秋慧穿的"前面卖生姜"与妞儿穿的"后面卖鸭蛋"的两双摩登女鞋，大概不在警告之列。人力车夫穿的是"精神鞋子"——赤脚两片，根本无从穿好。

松鹤楼小饮

到了苏州南京路的观前街，静山拍取了几张市景，我们各买了一点东西，如小剪刀、松子糖、瓜子之类。昨天晚上截止被上海市政府严厉取消了的美货摊，依然在苏州出现，价钱并不贵，但购者远不如上海市民之踊跃，堂堂观前街竟不如小小朱葆三路。已到午饭时间，登松鹤楼。这家菜馆与无锡的聚丰园齐名，代表纯粹江南风味。战前我数游苏州，记得一次奉陪李印泉、张仲仁二老饮酒吟诗，即在此松鹤楼，有"两三巨老飞奇彩，十万狂花抱冷香"之句，正值探梅季节。战后第一次重来，十载沧桑，印老犹存而仲老已逝，不胜感喟。

松鹤楼的房子一点未改动，建筑老式，下层炉灶，煤烟熏上楼来，广置桌椅，为何尚不改良？但此处的美味佳肴，真正值得推荐。我们《和平日报》拟出"饮食周刊"，松鹤楼欲广招生意，为何不登广告？现在我且义务介绍一次，下不为例了。我们点的几样菜，一样熏鸭，一样腰片，一样油虾，吃酒的好菜。熏鸭是松鹤楼名品，腰片既嫩且鲜，油虾个个像醉汉。一样炒蟹，一样鲫鱼清汤，一样开洋小白菜，下饭的好菜。炒蟹全是蟹肉，惜蟹黄少，还未到时候；鲫鱼汤鲜美，用火腿片夹蒸；青菜一大盘，艳如翠玉。外加冰啤酒一瓶，冰汽水一瓶，连小账在内，三万二千元整。像这几样菜，上海不是没有，而决难赶上苏州之精致，其妙尤在新鲜。但有一点憾事，即米太坏，一股霉气。饭不能配合菜，是松鹤楼的大缺点。

在饮谈时，一个马车夫上来兜揽生意，包一个下午，游览各处名胜，送上火车，需价四万五千元，后来讲到三万四千元（回来时，一个同车的苏州人说我们包得太贵了，包一整天马车也不过三万元）。游苏州一定要坐马车，孔子周游列国也是坐马车，"虽执鞭之士，吾亦为之"，孔子还当过马夫。

狮子林：比上海小姐尤美

游程的顺序是狮子林、沧浪亭、留园、西园，最后是虎丘。上了马车，先向狮子林去。苏州城内外全是碎石路，马车得得，颠簸不平，却有助于消化。穿过一些小巷，巷中还树有大木桩，不知用意何在。到狮子林门口，一个看门者启铁门，并不索钱，但要一张官衔名片。我向袋内一摸，摸出一张郑曼青兄的片子，有一个"中华民国国医联合会理事长"的台衔，就将这张名片交给他。他看了一眼，连推铁门，大概是"理事长"发生了效用。我们这些"假郑曼青"鱼贯入园，饱览园林秀色，应该向曼青道谢一声。

小巧玲珑，精美整洁，这八个字，恐怕是狮子林的批评了。这个名园虽多人工点缀，但绝不损其天然之美与山水之真，其设计之精巧，技术之神妙，非胸中有万千丘壑者，不能出此。外国花园想弄出一个狮子林，无异做梦。凡园林中应有的风景，如亭台、楼阁、花树、池桥等等，应有尽有，配合得极其自然，不能多一点，也不能少一点，不能疏一点，也不能密一点，正如宋玉咏美人："增之一分则太长，减之一分则太短，著粉则太白，施朱则太赤。"狮子林实一名园中的典型美女，赛过"上海小姐"多矣！我曾游过苏州另一座名园，不过半亩大，而回环曲折，兼山与水，上有古枫一株，覆映全园，乃是倪云林设计。狮子林何人设计，我尚不知，至少其聪明尚在倪云林上。游过狮子林，上海的一些公园，相形之下，实惭形秽。

偌大一个名园，竟空空如也，除一个看门者外，园无只影。层房曲院，水榭凉亭，四大皆空，一尘不染。上海、南京正闹房荒，把狮子林随便一角落"顶"起来，就是几根大金条。静山向我笑说："上海市政府移到苏州狮子林，就妙极了。吴市长随时在园里可以开鸡尾酒会，用不着借摩天楼。"我也笑说："还是我们狗尾会在这里开开最好。"

我是一个狮子林的歌颂者，且送她小词一阕吧。《狮子林》："玲珑娇小，如何画得了。看了半天难看饱，纵再看两三天，也难画出其中巧妙。只一亭一桥，一孔一窍，都被诗魂绕。　便起个稿儿无妨。细商量，点青绿山水，多一点儿朱磦，少一点儿藤黄。调些儿铅粉吧，忽作美人妆。一枝红艳露凝香。"

沧浪亭：荒凉如入冷宫

驱车又向沧浪亭。沧浪亭现为苏州美专校址，然而荒凉如入冷宫。前面长池莲叶，青青可爱，园内则满目榛芜，一林鸦雀，宿草没胫，遗矢覆亭。看起来，美专的经费一定拮据，否则为何这样一座园林，毫不整理？沧浪亭那个亭子，凄立乱草杂树间，呜咽啜泣而已。

却是一排石柱巨厦，巍然峙立，毫无损破。美专教室静静地锁着，从窗外望，一间标本室内还有一个男学生正静心习作，画石膏模特儿。清池边，有几株树姿态甚美，被静山摄取。除此以外，便使我们感到一切的空虚，谱小词以志感。《沧浪亭》："蓬蓬勃勃满新荷，美景忽成窝，只是凉亭一角太婆娑。唤起绿鹦哥，飞上珠帘全不管，自画修蛾。 沧浪水浅碧如罗，终是隔银河，笑与秋风携手断桥过。诗兴近如何，凄绝中与吹鼓手，渔唱樵歌。"

在松鹤楼午餐，曾电询省立图书馆馆长蒋吟秋兄，出去了未晤面，这图书馆就在沧浪亭对面，中隔一桥。馆内荷池一片，青光霭然，静山摄了两张五彩片。吟秋仍未回馆，留字而出。这里有一株著名的铁骨红梅，往年爱如至宾，今匆匆来游，未及探问，不知无恙否。

西园：鱼儿乌龟，昂头摆尾

然后回车向西园。西园的本身没有什么好看的，虽有一座庄严的佛殿，然空虚破残，只剩三数难童杂居其间。倒是从西侧门进去有那一块小天地很不错，放生池即在那里。这池相当大，里面鱼鳖全是慈善人士施放，据说是体天地好生之德。我们看见一个鼋，足足有脚盆那般大，昂首求食。其馀粗线条的鱼类很多，喂以食饵，即争先来抢。池水不清，除鱼儿伸头喋唼，或跃出水面，不易见鱼之游泳。西湖玉泉寺的鱼，五色斑斓，水清见底，远非西园可及。看鱼一定要看鱼游，悠哉悠哉，乐以忘忧。不必说到濠梁上的哲学，若像西园式向人讨饭的鱼儿乌龟，则大煞风景，兴趣毫无。

可是这个小天地的风景不坏，小亭一角，石桥三折，绰约波心。桥头有一座敞厅，尚风凉，紫藤二树，盘若虬龙，翠阴如盖。我们都觉得疲乏，因天气太热，汗流甚多，加上马车颠簸，得此少憩，饮浓茶止渴，精神渐苏。足足休息一小时，然后扬鞭向虎丘去。而路旁乞丐，络绎不断，成群结队，攀车强求，并非难胞，实乃本地好吃懒做之徒，不闻苏州警察禁止。

别西园时，亦以一词记之。《西园》："放个鱼儿入水中，斜阳飞红。小桥三折最玲珑，四面凉亭空，招一阵清风。　马车偶驻园门外，碧树阴浓。美人笑靥甚难逢，况来去匆匆，剩秋烟暮钟。"

虎丘：孤塔斜阳，万梅高阁

一别十年的虎丘，欣然重逢。考虎丘山，避唐讳改为武丘，原名海涌山，在吴县（即苏州）阊门外，自山塘桥起至虎丘正山门，计七里。高一百三十尺，周围二百十馀丈。相传吴王阖闾葬此山中，水银为灌，金银为坑。《史记》：阖闾冢，在吴县阊门外，以十万人治冢，取土临湖，葬经三日，白虎踞其上，故名虎丘山。《吴越春秋》：阖闾葬虎丘，十万人治冢，经三日，金精化为白虎，蹲其上，因号虎丘。秦始皇东巡，至虎丘，求阖闾宝剑，有虎当坟而踞，始皇以剑击不及，误中于石，遗迹犹存。其虎西走二十五里，至虎疁（唐讳虎，钱讳疁，后改为许墅）而失。剑无获，其石裂陷成池，故号剑池。池旁有石，可坐千人，号千人石。此山本晋司徒王珣与弟司空珉别墅，咸和二年，全山为东西二寺，立祠于山——这是虎丘史迹的大略。像这些神话不能说是毫无根据，然而据我看来，与其相信虎丘的历史，不如相信虎丘的地理。虎丘这座小山，远望之确像一只猛虎蹲在那里，气势雄伟，头尾岸然。

顽石点头，古道可风

山门外，有一小市廛，卖鲜藕嫩菱者甚多，尤其是大篮茉莉花，倾销为惊人之举，乡村妇女用布袋称斤量两，一大包只五百元。山门外小河一道，水滑如油，艳说唐伯虎游虎丘韵事。入山门后，情景和往年无异，两旁小肆杂摊纷然，乞丐环拱。我们首先到千人石上小坐，静山、镜允各选据点，摄取高塔全景。这千人石是一块大盘石，广可数亩，不生一草，为他山所无，适对生公讲台，可坐千人，有胡缵宗篆书。有一个传说，吴王阖闾雇匠千人，兴工筑墓，中多机关，墓成，恐露秘密，设计诱工匠于此而杀之，以灭口，后人遂名此石为千人石。在专制时代，这种残酷的杀人方法是可能的。在千人石北有生公讲台，一名说法台，系神僧竺道生讲经处，唐李阳冰篆书四字，分刻四石，今失其一，失去"生"字，只有"公讲台"三字了。明崇祯间僧达生，曾结亭其处。在生公讲台左，有山中胜景之一白莲池。生公说法，时当严寒，池中忽开白莲花。池周百三十步，巉石旁出，而中有矶，名钓月。有名的点头石，即在白莲池畔。当日生公讲经，人无信者，乃聚石为徒，与说至理，石皆点头。故老云，石尚存一二，今可月亭侧有一巨石，篆刻"觉石"二字，传即石弟子之一，见《虎丘山志》，所载《十道四番志》。生公这种说法精神是值得敬佩的，精诚感化，顽石点头。虽不必定有其事，却是古道可风。

风壑云泉，萧森幽翠

然后我们到剑池。萧森幽翠，上仰虹桥，池水凝萍，青绿冷冽。考《越绝书》：阖闾冢在虎丘山下，池广六十步，水深一丈五尺。《吴地记》：阖闾葬其下，以扁诸鱼肠等剑各三千殉焉，故以剑名池。两崖划开，中涵石泉，深不可测。又有一说，秦皇凿山以求珍异，莫知所在；孙权穿之，亦无所得，其凿处遂成深涧，见《元和郡县志》。又有一说，剑池盖古人淬剑之地，见朱长文《续集》。唐李秀卿品为天下泉之五，今则池水污浊，不堪濯足。颜真卿书"虎丘剑池"四字，石刻犹存。周伯琦篆书"剑池"二字，在崖下。又石壁刻"风壑云泉"四字，相传米芾书。在剑池旁，还有一个胜境，名第三泉，即陆羽茶井。《吴郡志》载：剑池旁，大石井，面阔丈馀，上有石辘轳，久湮塞。绍兴三年，主僧如璧始淘出，四旁皆石壁，鳞皴天成，下连石底，渐窄，泉出石脉中，其冷胜剑池，郡守沈揆作屋覆之，别为亭于井旁，以为烹茶宴坐之所。

雷峰圮后，巍然独存

我们上致爽阁吹风饮茶，此阁乃近人所筑，据虎丘绝顶，白杨萧萧，秋声一片。卖土产小蒲扇等的几个苏州小姑娘，不管你要不要，一把把瓜子抓到桌上，甚是可笑。巍然的虎丘塔，即矗立致爽阁逼近。这座名塔共七层，隋仁寿九年所建，其基为晋司徒王珣琴台。建塔时，掘得古砖函，内藏银合，护舍利一粒，落成时仍置塔中。洪杨劫后，塔外屋檐栏杆全毁，迄未修整。然而一种苍凉古老的姿态，有如烂醉之仙翁，凌云而狂啸。我对于这座塔，寄其无限的遐思。雷峰圮后，鲁殿灵光，惟一虎丘孤塔而已！特谱一词，以志怀仰。《虎丘塔》："海变田田变涨耶，终古影儿斜。庄严妙相静无哗。大业年华，小杜才华，付与南朝数点鸦。　凄凉往事不须嗟，浩劫历虫沙。昂头天外蹴飞霞。落日如瓜，落月如花，艳绝金阊十万家。"

千古梅花，同声一哭

虎丘的胜迹尚多，如鸳鸯冢、孝子墓、断梁殿、真娘墓、拥翠山庄、憨憨泉、试剑石、蟒蜒石、金刚塔、二仙亭、观音殿、仙人洞等等，似乎没有详说之必要，走马看花而已。而为我最所关心的，却是一个冷清清的所在，即冷香阁。这冷香阁也是近年苏州绅耆所建筑，高楼五楹，周围树红绿白梅三百株，远山怀抱，遥望太湖，沙鸟风帆，烟云竹树，历历在目，三面见山，一面见城，在风景线上应为全山之冠。但我每次游虎丘登冷香阁，不是看风景而是怀人。我的青春时期，有一位最好的朋友才女苏曾眉，崇明人，肄业大同大学。当我在吴淞中国公学执教时，常和她于休假日游玩山水，虎丘同游过两次。因为她的性格凄寒若梅花，而她崇明的家里，书斋旁即有一树古梅。梅花开时，我与曾眉静坐冷香阁上，一杯精茶，流连忘返，或同坐千人石上，仰视孤鹰盘旋塔顶，晚霞流丽，凝眸无言。曾眉死后，我不忍再登冷香阁。然而为着思念亡友，每游虎丘，必登冷香。曾眉逝已多年，我亦垂垂渐老。斜阳影里，鬓已成丝。寥落人天，百感萦集。哀思累叠，重谱新词。千古梅花，同声一哭。《冷香阁》："冷香阁上吊寒梅，终古泪堆堆。冷香阁上徘徊重徘徊，万云拥楼台，但馀一片哀，浊浪排空打不开。　梅花与我何缘哉，绝爱是清才。虎丘明月吻香腮，天涯地角魂长埋。朱颜改，绿鬓催，寥落人天何处归。"

留园：残红院落，荒碧池塘

别冷香阁，出山门，驱车过留园。入园参观，荒芜特甚，几令人无可留恋。此一名园，想不到今天颓废到如此地步。往年也同曾眉坐凉榭前看池中清水游鱼，万紫千红，风光绮丽，今则倾墙败瓦，尘垢蔽天。感触所及，又成一词。《留园》："尽改旧时妆，翠羽明珰，残脂剩粉袅馀香。古树犹撑三丈远，荒绿池塘。才几度沧桑，便阅尽兴亡。秋风无语自悽怆，吹红了斜阳，吹绿了垂杨，吹白了鬓苍苍。"

转入侧门，更是一片荆芜。小山上亭阁，已成废墟，只剩几株垂柳，数点荷钱，迎面浩叹而已。里面更不欲去了，也无路可通。这一个红得发紫的"邮传部尚书"遗址，君子之泽不二世而斩，实在令人叹息。而狮子林的主人则正握中央金融大权，故完整修洁如新。人存政举，人亡政息，园林有知，悲喜何从？

明湖一片，孟母三迁

马车送我们回到车站，由地道过站，已是人山人海。候车脱班约二十分钟，慢慢地到了。这是六点钟东行车，只二三等。挤上去后，幸得两个座位，而这些座位，确有介绍之必要。不知如何，座位上的绒布全被剥去，馀一空架，下面木板，后面铁丝，据说是在将接收前被坏人盗去。胜利已一整年，路局舞弊案未了结，而这徒有其名的二等车依然未加修理。我在《海天》上对此事抗议，写了一篇小文，向两路当局申诉。后游嘉兴，坐所谓游览车，票价高，走得慢，常抛锚，亦已建议路局改良，后来到嘉兴只收全程半费了，这才合理。交通是人生一件大事，若仅连此点未被破坏的路线而腐败如此，则其招致人民恨恶之程度，实较破坏尤甚。

坐在这个"特别二等车厢"里，实在恼火，不巧对面一个小商人（大概是跑单帮的），袒开出黄油的胸脯，张开口打瞌睡，而两脚之间夹着一只鸡。我们发现车上的鸡甚多，都是从无锡、苏州带到上海，也是单帮货品之一。这一段车，变成了鸡专车。鸡在车里面叫，屙屎，振动羽毛，臭气熏天。我不相信京沪路会糟到这步田地！大家无聊极了，从窗外，看那一朵突出天边孤峰特起的暮云，跟着火车跑。这云变幻真多，一会儿像这样，一会儿像那样，在车停中途时，静山摄了一张落日的远景。

抵北站，在餐厅晚膳后，想雇一辆汽车回去，餐厅旁有一处公司分店，向它租车，答"没有"。等了很久，只见一架汽车开来了，兜揽生意，价钱已讲好，正待登车，站在那公司门前一个胖子职员手一挥，向汽车夫警告，骂了一两句，汽车夫溜了。那公司既无车供应，而又不许他车供应，"霸着厕所不屙屎"，是何道理？我们都忿极了，正向那凶狠的胖子交涉，忽然发现我们报社的汽车送雷啸岑兄进了车站夜赴南京，才得欢然登车而返，如同游狮子林应该道谢曼青一样，从北站回来也应该道谢啸岑一声了。

汽车送静山到拉都路附近的他的家，然后载我们回到明湖中的孤岛中行别业，又把昨晚在先施公司门前的戏剧重演一番。静山曾向我幽默地说："你现在住的地方风景真好！"我问："何以见得？"他说："有山有水——只要下一次大雨就成湖，爬上四层楼如登高山。"但我与这"山水"无缘，小住为佳，就要学孟母的三迁了。

（《战后江山》，易君左著，江南印书馆 1948 年 8 月初版）

姑苏如画

徐　玲

暮春三月，草长莺飞，江南的春色是愈显得浓艳了。桃红柳绿，云淡风轻，点缀在郊外的是一幅如画的景色。

在这个旅行的季节里，一大批一大批的游客，涌向这夙有"天堂"之名的苏城来，于是，这暮气沉沉的古城，顿时显得活跃起来。

在观前街上，熙来攘往的是一辈天之骄子。男的是穿着新上身的春装，风度翩翩；女的是西装裤子，浅色的短大衣，玻璃的高跟鞋，加上鲜红的小嘴，漆黑的秀发，愈显得人面如桃花，婀娜多姿了。

松鹤楼，这号称有三百馀年历史的老菜馆，顿时挤的水泄不通，刚一桌坐下吃，就有一批立着在边上等，一批吃了就走，马上又是来了一批。老苏州们看了眼红，不觉脱口而说："难道不要钱的么？"同时苏州著名的茶食，糖果号"采芝斋"，也是挤满了上海来的摩登客人，西瓜子、松子糖……大包小包，一大串一大串的拾了走，据说每天要做四五亿的生意哩！

在木渎，更是游客往来如织，乡下人的山轿，顿时成了奇货可居，抬上灵岩山，对个一百来万，不以为奇。好得上海来的阔客多，一掷千金，了无吝色，故而远望一条上山的官道，连接着的是一连串的轿子，像一条长蛇似的，煞是可观。山上的灵岩寺里，也成了摩登男女的休息所在，知客僧招待在客堂里坐下，这里摩肩接踵的是穿西装及涂粉抹脂的海派男女，与道貌岸然的布衲老僧，显得不甚相衬。

不论游了灵岩或是天平山，大家一定要到木渎的石家饭店，尝尝"鲃肺汤"的味道。这被我们的"于院长"赋诗成名的名菜，说穿了是一钱也不值。在十馀年前，鲃鱼的肺还是被弃在木渎的阴沟里，后来在一个偶然的机会里，被煮成了汤，又到了要人的嘴里，于是就红了起来，但是吃的人是不计较这些，只要吃了鲃肺汤，就是不负游苏一遭了。这好像是"乾生元"的麻饼一样，其实同样的麻饼在城里的大儒巷也买得到，并且价钱便宜三分之一，但是游客们宁愿买较贵的麻饼送人，假使买了别家的，别人一定要笑你第一次到苏州。

其他的名胜地方，如狮子林、虎丘、留园、西园，也是成了终日拥挤的地方，狮子林的假山洞，虎丘的千人石，西园的罗汉堂，留园的亭台楼阁，没有不被外来的游客所向往。

至于住在天堂里的人呢？他们是一点也不觉得天堂的美丽，有钱的钻在投机市场里，青年们坐在茶馆里，女子们被关在家里，穷人们哭丧着脸，他们好像看不见四郊美丽的春色，他们几乎连春天到来也漠然不知，熙熙攘攘的，尽是些为衣食奔走的可怜的人。

惟一为天堂里点缀的，是代表民意的参议会，在中山堂隆重开会，但是参议员席上，常常是小猫三只四只，阴气沉沉的，大家提不起劲，这正象征着苏州民众的苦闷。

天堂里的景色，果然美丽得如一幅画一样，但是这仅是留给外埠游客享受的，天堂里的主人，仍是钻在嚣杂的市场里，闷闷的茶馆里，及几代传下来古老的家里。

（《中美周报》1948 年第 288 期）

闲话苏州

顾也文

记得当年才子易君左曾经为了《闲话扬州》，闹出了乱子，偶语有罪，真是"庸人自扰"。现在我掉转笔尖闲话苏州，猜想大约"天下无事"吧？

我这次苏州之游，不得不感谢有"小苏州"之美称的依姑娘，她的故乡是在离苏城不太远，而近木渎、光福的小市填——香山。上次她招待同学们游苏的时候，我竟缺席，这次她独邀请我，当然趋之若鹜了。"假使你明天真去苏州，那末明晨六时我在北站恭候。"在教室里她递过来的小条子，决定了我赴苏的命运，也决定了我的这篇《闲话苏州》。

水国苏州真是人间乐园，上有天堂，下有苏杭，吴王曾在这儿称王，造别墅、修道院的好地方，天然名不虚传啰。半带都市半带乡镇味的古城，早已使我梦寐求之，现在她能够管吃、管住、管行，再坐失良机，该是天下第一等的笨伯了。

车厢里，我们合看着田汉的短剧《苏州夜话》，这道地药材的火车座，不用说比红豆厅、弟弟斯的冒牌火车座，更为有趣。玻窗外活动如飞的布景，车厢外清脆悦耳的叫卖歌声，除此外我们还存着一个希望，那逐渐达到目的地的希望。我告诉依说，这次苏州之行好有一比，她问比从何来。告诉她有点与《水莲公主》影片中伊漱惠莲丝陪着她的男友去见祖母的情形一样，她脑海里想到"毛脚女婿见丈姆"的意识，马上唾了我一口，"当心我不理你。"这是她惩罚的预告，我立刻正襟危坐。看完了《苏州夜话》，依说："苏州是日本的旧城名古屋。"我点了点头，认为"苏州也是东方的威尼斯"。如果把杭州譬为仪态万方拿扇子的少奶奶，那末苏州该喻为楚楚动人居处无郎的小姑娘，我相信任何人将会深深地爱上了年轻可爱的后者，因为她还有一次机会，可以变成丰腴美丽的前者。

火车停住了脚步，我的心花却反比例一瓣瓣更展开了。"夜留下一片寂寞，世上只有我们两个。"我们徜徉在苏州城畔，苏州河边，我请求为苏州姑娘说苏州闲话。依本来会说一口流俐如莺的京片子，苏州人说国语，比北京人还悦耳非凡，可是在家乡，我情愿她说家乡闲话。第一句可不得了，了不得，"杀千刀"，这句苏空头出名的口头禅，为外方人所惊奇，也为三种人欢喜："一刀太少，就杀一千刀也情愿。"江南的俗语："情愿和苏州人相骂，不愿和宁波人谈话。"阿拉宁波人碰着伲格苏州人，骂脱一句。也只好却之不恭。各地商女不是苏州人，冒充说苏白，当然恶形贼腔，如今听到货真价实的吴侬软语，人家说："人生只合扬州死。"那我真要改扬州为苏州，"人生只合苏州死"。黯长的陋巷，栉比的房屋，黑灰的矮墙，年老的石路，我和她像踏进了明朝的古画。苏州有名的三不，今天也亲自领略了，"灯不明，路不平，水不清"。据说井水略咸，河水多泥，巷弄太多，固然却是美中不足，可是灯不明又何足惧哉，"但使两心相照，无灯无月何妨"。她非但与我"叙叙"（苏白"谈心"），而且哼起《苏州夜曲》来了。日本西条几十的《苏州夜曲》，倒不能因人废歌，的确能够划出苏州情调：

抱在你胸前，听到了
梦的船歌，和鸟语。
水国苏州，是为惜花谢春时，
垂柳的啜泣。

流水漂浮着落花。
那便未知明天的去处。
今宵映着了两人的姿影
莫消逝呵，到地久天长。

戴在鬓边，还是吻它一吻呢？

是你手折的，这桃花

且莫含泪呀在矇眬的目下。

钟声来自寒山寺。

从护龙街到宫巷，经过一条又窄又长的小巷，车子仅容单行，高壁上挂着搪磁仿宋体大黑字的路牌，"诗巷"。这情景使我忆起了上海蓝田路群树抱成桥洞的马路，我沉醉了。我记起罗曼·罗兰英雄的约翰·克利司朵夫的话："为什么你是这样地美？我抓住了你，你是我的！"苏州！我愿学乐天居士白居易"生于斯，食于斯，终老于斯"。

虎丘

不是太阳催醒了我们，因为到现在太阳还没有睁开睡眼。我们手心上写字，互示的结果，英雄所见略同，第一游程决定，虎丘。因为虎丘是苏州近郊有名的古迹，到苏州不登虎丘，正等于到杭州不登吴山（城隍山），到无锡不登惠泉山。虎丘在苏州城外西北七里，陆广微的《吴地记》载着，高仅一三〇尺，围二一〇丈。假使把虎丘考古一下，先翻一本《史记》，它告诉你："阖闾在吴县阊门外，以十万治冢，取土临湖，葬经三日，白虎踞其上，故名虎丘山。"《吴越春秋》也告诉你："阖闾葬此，以扁诸、鱼肠剑各三千为殉，越三日，金精结为白虎，故名。"再也来不及翻书，两人分乘了轿子，从阊门外经过十里山塘，才到山下。"一笑，再笑，三笑"，才子佳人的罗曼史，立刻涌进了脑里，好像看见唐伯虎和秋香。山麓在街右旁，从大庙门入门，就是石级，山道很阔，顺着路，我们首先拜谒了闻名犹香的真娘墓。真娘本是唐朝名妓，我以红颜多薄命怜悯的心情，拜访杭州苏小小同样的态度，参观了一下石坟亭。"唐宋以来，骚人韵士感真娘之华丽，每在墓树上题诗，鳞臻栉比。""虎丘山下冢累累，松柏萧条尽可悲。何事世人偏重色。真娘墓下独题诗。"自谭铢题后，后之来者，稍为息笔。我将这段故事告诉侬，侬交换来了一段笑话。

250

那笑话是这样的，高尔基有次批评萧伯纳："在一群蛆虫中，有一条聪明的蛆虫，忽然一天高声对大家说：'请注意，你们都是蛆虫呀！'这发现固然惊人，但那条聪明的还仍是蛆虫。"我捏住了她的小鼻尖，骂了她一声真剟辫（恶刻），她伸了伸小舌尖。

再上去是生公说法、顽石点头的古迹所在。在白莲池畔，一大叠石头，中间多裂纹路，龟背一般，一块小石那就是顽石点头的头。面积几方丈是当年的教室，生公就曾在这里从小乘中演析大乘，讲《涅槃经》，使顽石也能够点头，倒也是讲得活龙活现，入木三分。据说生公是晋朝高僧，很小出家，读经能够过目不忘，廿二岁时在长安从罗什受业，著论析经，想不到还有演说的天才。

后面左边是剑池，从石洞门入内，一小方地，巨岩沉着脸，地上有泪水涔涔，一似凛冽，池水又非黑非白，真有不寒而寒之感。狭长的池子，两侧高逾数丈，悬崖上满攀榛莽藤苔，色不光艳，仰首望上，好像一个大石隙中窥天，不啻坐井观天天亦小。宋朱长文说："剑池古人淬剑之地。"为什么造这剑池呢？依又告诉我第二个原因，《郡县志》上记载着："秦皇凿之，以求珍异，莫知所在；孙权穿之，亦无所得，其凿处遂成深涧。"旁边壁上刻着"虎丘剑池"，是唐代书法宗匠颜真卿的书法，年久剥蚀，一"虎"字中断，另一块石湮埋土中。后来等到明朝万历年间，又请著名刻手章仲玉仿摹"虎丘"二字，别石再刻"剑池"二字放石座上，现在犹屹立在剑池南。我问依"真虎丘、假剑池"的出典，苏州土产的依，瞠目不知所答，倒也是聪明一世。不料卖茉莉花的小姑嫂却指出了"虎丘"为颜真卿写，"剑池"为唐伯虎的大笔。"三人行，必有我师也"，我瞧了瞧这倒背虎丘十八景的发言人。"先生，阿要茉莉花、玳玳花、白兰花？"师生之间，情面难却，我为"茶博士"的妈咪买了二盒玳玳花，为依买了二朵白兰花。

千人石是风景区，前临山岩，绕白莲池，广达数亩的大石田，粗看平如镜，细看一方石构成高下不一。"大石盘陀，平坦者如砥，高大者如削，宽数亩，可容千人"。在江南水乡中，独具磷磷气象，倒是很使人留恋。白莲池在千人石和山岩间，石山池水，相互映照这弹丸之地。

虎丘寺，寺在山顶，山门在山脚，赭色的墙，黑色的栅，本来有一千多年悠久的历史，后遭祝融之光顾数次，现在已经是清代建筑。

头山门有鸳鸯冢，"妇为蠡口倪士义妻，士义死，妇为鸳鸯冢葬之，邻人讽之改醮，妇曰：'鸳鸯俱在，无污我耳。'遂自刭。卿士大夫醵金合葬，题其门口：'身膏白刃风斯烈，骨葬青山土亦香'"。那盖着的亭子就叫土也香。我俩相互意味深长的微笑起来，赞美她生不同时、死也当同衾的真情。

鸳鸯冢的东面，有张孝子墓，又是一节考古小史："张孝子名阿二，盐城人，垒砖为业，奉母李氏，居苏州胥门外草屋中，孝子年四十七，母年八十九，病莫能兴。民国廿年清明日，附近草屋忽起火，孝子救负母出。独力不支，三次出求人助不可得，而母已熏灼垂绝，势不能复救，孝子亦已遍体焦伤，乃向母尸三叩首，跪于旁而焚死，其子六岁亦跪后，同罹于灾。苏绅金议，葬于是处，藉以感发人之天良。"受过时代洗礼的人，都会觉得鸳鸯冢、孝子墓同样痴得可怜，但是在这人心不可收拾的年头，我俩却喜欢他（孝子）和她（寡妇）傻得可爱。

试剑石像块老豆腐，中间被筷子划条老大痕路。"吴王铸剑，成而试之"，大约宝剑削铁如泥，所以这大石馒头当中裂痕深刻整齐。虞山剑门也有同样的花样，也是吴王的把戏。试剑石对面憨憨泉，一个平凡的池子，还有一个平凡的石井，但是"汲而饮，甘冽逾中冷"。憨憨泉过去几尺是枕头石，两块面饼大石叠起来，像块定胜糕，它又名蜒蟒石，对于它有三个传说。一、华学士婢女秋香三笑姻缘中第一笑，唐伯虎头俯下去拾帽成名。二、晋高僧生公倚此石出名，等于如来佛无名指因孙悟空撒泡猴尿成名，鼋头渚侧石滩以宋高文忠公濯足成名。三、《梁书》："顾协字正礼，晋司空和七世孙，外从祖右光禄大夫张永，尝携游虎丘山。协年数岁，永抚之曰：'儿欲何戏？'协对曰：'儿正欲枕石漱流。'永叹息曰：'顾氏兴于此子。'"我站在一箭之遥，丢过去一块小石子，名落孙山。我喊了声"依依"，依也模仿着我丢了一块，却文风不动，枕头石上榜上有名，我叫了声"也也"。她睁大了黑白分明的大眼，问

252

我什么意思？我告诉她这风俗，此石可卜生男生女，坠地生女，所以我不中喊"依依"，留住生男叫"也也"。"你脑海真空"，嫩笋尖戳到了我的鼻尖，又去括了几下，她那粉红的小脸。

由剑池向右登石级曲折而上，抵虎丘塔。当火车经过苏州时，在铁路之北，你就可望见这十分古老的七级浮屠，晋王珣琴台旧址，在隋仁寿之年始建，但现为明朝建筑。檐栏飞角，洪杨之役烧去，只剩歪斜的塔身。粗壮石笋当中垂直已一裂为二，好像斧头劈了一下，砖瓦间已成鸟草同居的地方，塔门早已堵上。塔前一圆石，是护塔石，和扁平无馅光馒头倒很像，传闻一和尚在此石上以炉焚香，火势太烈，护塔石被焚裂二，塔也裂二，姑妄言之，也只好姑妄记之。时常有大好古迹，缺少人工维护，使风景渐入迟暮，就说虎丘塔倾斜度数差可与比萨媲美。

虎丘山顶本有极精致楼阁，自火毁去，永无踪影，人立在上面远眺俯首，简直感觉到牛山濯濯，像新剃的尼姑头。山下经冷香阁，阁外梅花遍目，几与邓尉风光相似。又过御碑亭，内有丰碑三块，上刻康熙、乾隆真迹。正因为秦始皇、宋仁宗、明英宗、神宗，清康熙、乾隆都"驾幸虎丘，赐物骈蕃"，所以小土丘萃集周秦三千古迹，形成麻雀虽小，肝脏俱全，大有拥挤热闹之态。

饮茶是苏州人一大节目，在致爽阁，品到了真正苏茶的风味。在吴苑深处，悠然饮茶，颇想学一学历代书香簪缨世裔摩挲字画、收旧书、买骨董的神气，孵茶馆一番，谈谈是非，说说物价，鼓动市井之谣，品评官府贪廉得失，嗑嗑瓜子，听听弹词，不迎时间，而去打发时间。可惜我与依都独缺耽搁浴室、乐天安命、自寻乐趣的苏州人情调。

山门甬道大铺里卖风景照、茶叶，摊子小贩卖牛肉干、南瓜子、花生米、甘草梅子、大王水果糖、巧克力。未脱孩子气的依，小摆设可买了不少，木制小碗、小臼、小瓶、小磨，细竹篾织的小竹篮，稻草小扇，瓷烧小生肖，精描彩画鸭蛋，佛珠。我买东西，不敢"苏州人杀半价"，万一遇见《天魔劫》里的陈燕燕，那末一顿Ａ级大菜奉送："你们出来玩，一花几百元，买只茶叶蛋也要还价！"

西园和留园

　　西园，从虎丘丘麓坐原轿到西园，西园是苏州天堂的重要一景，在阊门外，地方实在大得热昏，而且古色古香，里面布置得十分奥妙，山外有楼，楼后有阁，阁旁更有池，池上另有亭阁，陂陀起伏，山岩一样连绵不尽。当我们走到幽深曲折之处，总以为此路不通，不料尽头处，天无绝人之路，像陶渊明的《桃花源记》："行数十步，豁然开朗，土地平旷。"真是"山穷水尽疑无路，柳暗花明又一村"。吃好茶，预备到留园，可是不得其门而出，可见布置曲折，真像一对刘姥姥进了大观园。不过园主人门口以"放生池中有五色大鱼"为号召的骗局，似乎是岂有此理。

　　留园也是苏州名园之一，在城外一条街的尽头，因为它是私人家园，所以跟上海公园一样，需付门票才可登堂入室。我先走到留园最高处，于是全园景色一网打尽，一览无余。池沼、假山、回廊、亭榭应有尽有，螺蛳壳里的道场，倒容得如许多的好家伙。留园给我的总印象，可说是园雅何须大。只是花木衰衰，美中不足，还不用提，倾颓破烂，游客真像置身战后柏林。

　　还有几园太小，没有去，植园、网师园、拙政园。网师园小巧玲珑，拙政园时常听见它的大名，敌伪时期曾做过省政府。于是改道游狮子林，听得人家说，狮子林是贝祖贻的私人花园，确否待考。进门石头刻的大狮子，就是狮子林名字的记号。假山引人入胜，我和依二人分头穿假山山洞，相见容易接近难，循环得莫名其妙。还有一只大石船，上下两层，谁都想将它与隋炀帝陆地行舟的画舫比较，游狮子林决不会使你感到去苏州失望。

天平及灵岩

　　第二天我们仍从阊门做出发点，坐人力车经寒山寺，预备再到天平山。

　　寒山寺，因唐人张继的《枫桥夜泊》绝句而享盛名，张继也因枫桥而致人人皆知。寒山寺在苏州城西面十里一小镇上，寺相传是梁代建筑，本名叫妙利寺，并有七级浮屠。咸丰年间遭洪杨之乱，寺塔都毁，经江苏巡抚程德全酸资修葺，塔却未曾重建。殿里有寒山、拾得二尊碑像，因为他们曾在这儿卓锡过，大概这是得名由来。关于寒山的传记，我在《太平广记》卷五十五引《仙传拾遗》里寻着了出典："寒山子者，不知其名氏，大历中隐居天台翠屏山，其山深邃，当暑有雪，亦名寒岩，因自号为寒山子。好为诗，每得一篇一句，辄题于树间石上，有好事者随而录之，凡三百馀首……"著名诗僧，到底不凡。在枫桥两端茅舍相连的小村后面，走进了这座平凡的寺庙。当年的唐代宝钟，据说早已被日本人盗去，在大殿的角落里，便另外发现伊藤博文特别赠送的膺鼎巨钟，敲今追昔，看钟，敲钟，听钟，一过那"姑苏城外寒山寺，夜半钟声到客船"的相思瘾。至于钟的考证，又有一段值得做一下詧文公，那是《诗话总龟》引《古今诗话》的话："欧阳文忠云，唐人有'姑苏城外寒山寺，半夜钟声到客船'之句，说者云：'句则佳矣，其如三更不是撞钟时。'"但是《唐诗纪事》下又附注一项："此地有夜半钟，谓之无常钟。"寺里僧人倒还不俗，参观了一下锺王颜柳无所不有的诗碑，方才离开到枫桥。

"枫桥旧名封桥，后因张继诗'江枫渔火……'句改枫桥。今天平寺藏经多唐人书，背有"封桥常住'字。"这是《豹隐纪谈》里的考据。我们走上那座横跨运河两岸，建筑奇巧而又雄壮月牙形的石桥，看风帆点点，听犬声汪汪，发思古之幽情，依朗诵起小杜的二句诗："惟有别时今不忘，暮烟秋雨过枫桥。"再坐上车子，经过田野阡陌，和一个大村落，在一山坳口下车，徒步走过山坳，坐车到天平山下，范文正公祠便在眼前。

天平山，苏州人也叫范坟山，因为有宋朝范文正公坟。绕祠后，一直上山。天平山有一段神话，一夜天风，吹山石矗立，所以山头至今尚留"万笏朝天"四个字。在苏州西南诸山，天平特异，独立百看不厌，并且五步一景，十步一胜，沿途可以领略。爬山真是赏心乐事，依一马当先，我自然不甘示弱。不到半山，古寺泉水上有一线天。这是苏州的一线天，两旁如削的石壁，高入云天，中间狭隘仅通一人，侧身仰首望天，只剩一线，的确非常有趣。杭州飞来峰也有一线天，此一线天，不同那一线天，杭州的是石洞中间漏下一条光线，天然抵不上苏州。春夏之交，坐一线天，闻山中"鸟春"脆叫，真是另有雅趣。走上石级，草深没胫，高沙沾履，上到"中白云"，大石盈丈横出，古苔皴驳，俯卧石上，下视枫林，红叶如潮蠢涌。再上更崎岖难行，有时更非爬不可，可是却因此得爬山的真趣。爬上一层又一层，到顶还有一层层，最高总算爬至"上白云"，依是来不及喘气，实在能爬上顶高峰，不是件容易事，多少男孩子都望而却步。现在可好啊，你立在顶端的方丈土地上，仰首则白云可揽，苍鹰掠过，手可触背；俯视附近田野簇簇村舍，好像鸡埘，南面太湖起伏，浩淼苍茫，一片弥漫，群山罗列，等于土墩。清风徐来，真有随风飘去，羽化登仙样子。下山容易上山难，四只脚像穿了两双溜水鞋，一会儿工夫又回到了山麓。天平的丹枫都是千百年古物，巨可合抱的老干，大叶纷披，灿若云霞，妆成红衣女郎，所以天平红叶已成秋游目标。依拾了几片相思叶子，赠给我当书签。

坐车到盘门外，找木渎轮船，离太湖近，水道特别多。水与岸肩平，船行水上，可望远方，想起苏州是美人大量的出产地，水也连带起"温泉水滑洗凝脂"之幻觉。"帆影溪光动，桨声客梦摇"，旖旎风光，低首神往。横塘有陈圆圆故里，石湖下有行春桥，又有湖心亭（康熙皇帝观渔）、隋杨广练兵处、陆家坟等古迹。一半水程，船已到木渎，先到于右任郑重介绍的鲃肺汤石家饭店去吃饭。饭后走出市梢到灵岩山下。

山巅很长，前端是一大寺，依和我都进去"随喜"一番，里面藏经很多，陈饰也多精雅。寺后就是当年西施消夏的馆娃宫旧址，吴王夫差西施享乐之地，越王勾践一渡太湖，吴国便被迫实行焦土政策，自然宫殿片瓦不存，响屧廊倒有遗址可追求。过去是日月池，小小的两个圆池，西施却借它照过花容月貌。山前采香泾，像一直规，泾的那一端，即著名消夏湾，地临太湖，烟波渺茫，此山彼湖，连系成一"土"字。

琴台，看看像是四脚架的布景，不料却是拍照的绝妙镜头。想当年西施日夜坐着轻拢慢撚，琴声玎琮，歌声娇脆，难怪夫差要亡了。琴台右侧，另有下山路可到天平。我们循沿崖路先到山前下山，半山右边隐僻处，寻到一个大而不深的圆洞，据说是越王君臣被囚所在，它的芳名是西施洞。摸路到木山，在灵山岩麓，木渎镇近处，有才人金圣叹的遗迹，倒使我想起吃花生米与豆腐干，因为金圣叹遗嘱认为这二物同吃，味胜火腿。木渎镇的枣泥麻饼是著名的苏州土产，不好吃也是好吃的。到茶馆泡茶一碗，流连半日，扬州人生活，上午皮包水，下午水包皮，苏州人早晚都是皮包水，我俩也尝试了一下。苏州闲话，说书先生的苏州闲话最多，《珍珠塔》《英烈传》也说到了。

邓尉探梅

我们乘苏福路长途汽车，达善人桥，这条路不很好，累坏了汽车。离邓尉还有十数里，再雇两肩轿子直达光福镇，一路梅树杈枝，十九零落。

香雪亭在半山坳里，在亭里一看，满目尽是梅花，真是香雪海。"香雪海边日欲曛，花光明影杳难分"，亭已需要修理。下山后，司徒庙挡在路上，一天井中有许多红梅，只有一株绿梅，万红丛中一点绿，也是出色。更出色，有高大的怪柏几株，有清、奇、古、怪之分。绕小径中经太湖边缘，湖波渺茫，直抵玄墓山，也是湖滨名山之一。上有很大的圣恩寺，寺旁一大阁，面临太湖，湖中有山如屏，那就是清诗人王士禛用为别号的渔洋山，阁中设茶座。下阁仍旧返寺，山上有假山一般的大石。寺左钟楼，大钟用铜小石铸成，上刻全部蝇头细字的《华严经》，撞一下却像花开了大喉咙。下山到善人桥，坐汽车进城。

苏州是咀嚼日子的，所以纤巧精致的零食特别出名，观前街短短一条，规模较大的糖果店，有十数家之多。依忘不了到采芝斋买松子糖、花生糖、糖豆瓣、糖杨梅、粽子糖。观前街是苏州城内最热闹的地区，好似上海南京路，那末玄妙观该是上海城隍庙。苏州豆腐浆值得推荐，作料火腿、肉松、虾米、紫菜、油条、猪油渣、味精等，有十数味之多。松鹤楼据依说乾隆皇帝曾到此一吃，我们也不可不吃，我唯命是从答应了。

坐马车到车站，在车厢里，嗑着苏州瓜子，我还在听依的苏州闲话。她

257

说还有许多地方未去，苏州城里有名的北寺塔，火车上曾把它当苏州标记；比北寺塔更近有国学大师章太炎坟墓，灵岩东有韩世忠坟，一文一武；孔庙里还有《天文图》《地理图》，都是宋朝古碑；可园也有宋代遗物，叫铁骨红的一株梅树；曾为《浮生六记》沈三白和芸娘恬淡自持的皇废基遗址未寻，范蠡挟西施出亡的一箭河，也未去看那一笔直水泾；城内还有清趣，古风的沧浪亭、张家花园、穹窿山、宝带桥。侬不谈则已，一谈惊人，闲话滔滔不绝。侬的苏州闲话，假使请我做义务宣传，只得借重卖白果的广告："香是香来，柔是柔。"但是我的苏州话，因为阿拉宁波人捉笔，想必阅者诸公恐怕早已厌倦，对不起，只好就此封笔大吉。

（《旅行天地》1949 年第 2 期）

吴中之名园

周瘦鹃

　　吴中多好山水，亦多名园，凡游吴者，先必止于留园、西园，几成刻版之课程。愚此次旋里，亦复一往。

　　留园中孔雀开屏，白鹦鹉作人语，皆无恙也。西园一水沦涟，群鼋浮沉其中，亦无恙也。凤君以屡游生厌，小坐即行，偕赴天赐庄访程小青兄，参观东吴大学，觉吾吴风景人物，固无一不美，即此学子弦诵之地，亦饶有美的意味焉。

　　越日，偕张珍侯兄游天池山不果，因践顾明道兄之约，同访狮子林、拙政园。狮林闻尝一度属之故李平书先生，后以四万金归之贝氏。贝氏固多有贝之才，修葺一新。入其门，但觉金碧照眼，红绿纷陈，烟火之气扑人，与前此倪云林高士所布置之狮林，清俗迥异。其河舫以塞门德泥制，窗棂悉嵌五色玻璃，尤恶俗不可耐。惟旧时假山石，犹有存者，石多象形，或立如人，或伏如虎，或蟠如蛇，或如达摩之面壁，或如李白之脱靴吟诗，厥状种种不一，殆犹存旧时面目也。是日游人甚众，知为热客所喜，非吾侪冷客所可流连者，周览一过，即去而至拙政园。园已颓败，而清幽可喜，一亭一榭，一桥一水，均可入画。河亭作船形，榜之曰"烟波画船"，中有一额，曰"芳洲"，出文衡山手，其下悬硬屏四，为吴梅村《咏拙政园山茶花》长歌一首，弥见名贵，忆其末四句云："看花不语泪沾衣，惆怅花间燕子飞。折取一枝还供佛，征人消息几时归。"名花得此名句，并垂不朽矣。其他轩榭中楹联，亦多名人手笔，如南轩有王梦楼联云："睡鸭炉温小篆，回鸾笺录新诗。"玲珑馆有陈曼生联云："扫地焚香盘膝坐，开笼放鹤举头看。"见山楼有郑板桥联云："束云归砚匣，裁梦入花心。"又一小榭中有一联云："几上花能媚我，画中山欲招人。"书法与联句，并皆佳妙，特录存之。园之外厅，本为舞台，兹已芜败不堪，惟庭中有紫藤一架，敷阴满庭，花垂垂如璎珞，滋复可爱，藤根大可合抱，历时已古。

壁间泐一石，有端午桥题记云："文衡山先生手植藤，光绪三十年立。"又一石额云"蒙茸一架自成林"，具见此藤之价值，谓为紫藤之王，谁曰不宜。

两园之游，得明道兄与其夫人任向导，涉览备极周至，可感也。

（《上海画报》1928 年第 345 期，署名瘦鹃）

游拙政园记

胡石予

　　尝怪山水园林之胜，亦随人世风俗好尚为转移，一游览之细，往往前后一二十年间，已令人有今昔不同之感。闻今游杭明圣湖者，戏为西子新妆一语，知通都大邑之名胜地，不改弦易辙者鲜矣。

　　闰四月乙丑晨，游拙政园，儿子昌治从，途遇王生镇与偕。既至，遍历亭台池馆，则犹曩日之拙政园也，其中池水环流停汇，实有全园三分之一，以多水多树多空旷处胜。时当首夏，枣花莲叶，清芬袭人，弱草不除，满园皆绿，幽鸟声相呼，恍入山林深处。小憩梦池馆，吴祭酒拙政园山茶花诗勒于屏，指示镇、昌治，顷见联语之吴诗即是。远香堂外，石榴数株，花开方盛，惜不得梅村咏之。余客吴门十有九年矣，每过此辄徘徊不欲遽去，城内外诸名园，当首推是，顾游人绝少，殆僻处东北隅故，抑以其荒率耶。余以是园佳处，正在荒率有山野气。

　　游之明日，以语女弟子樊秀，秀前数日曾往游，即首肯余言，因为狮林结构一新，以视是园，草木蒙茸，丘壑天然，不雕不斫，殆不可同日语也。秀工画，得家学，宜有是言。余既屡游是，未一记，今为是文，喜名园之不与世俗风尚转移为不多觏也。

（《新月》1925 年第 1 卷第 2 期）

拙政园挹爽记

范烟桥

　　自狮子林至拙政园，半里而弱，是地为娄门大街，又称北街，清乾隆时归蒋氏，曰复园。吾里顾青庵虬尝馆于其家，见其主人藏有《复园嘉会图》，沈归愚、袁子才皆与焉，图中宾主仆从都二十九人，有诗仆曰朱尚山，青庵犹及见之，则道光时也。洪杨后易为奉直会馆，今仍之。

　　入门即见山，隐隐闻弦索声，则弹词也。过山即觉清光大来，对面为远香堂，歌唱即于斯，甚嚣尘上。左折有池甚广，驾以石桥数折，栏低可坐，若在盛暑，荷香四面，方弗在西湖三潭印月间矣，今仅存荷叶，尚碧绿可观。桥尽为廊，转入舫室，题曰"烟波画船"。坐鹢首，瀹茗以憩，歌声渡水，颇见清越，惜所歌俗陋不堪入耳；后易新剧，更为恶俗。池水渟潴不流，故无鱼乐，而蘋藻满浮，几如绿玻璃地。园中多大树，枝叶敷漫，又如碧玉之幕。吾人处此，真在绿天深处，眉宇皆碧矣。时有西方少年伉俪，从树间来，挟书与干食，并坐露庭石墩，展书默视，盖深得"坐对青山读异书"佳趣，令人意远。

　　余与徐子泉声四走穷其胜，有见山楼，叠石成坡，以砖平铺，渐上而高，不复有级，惜楼残破矣。楼下盘曲而前，为潇湘一角，盖背水有岸，琅玕无虑万竿，菁葱茂密，幽静涤尘，有桥中断，否则可以为竹林之游也。由此循柳阴路曲之廊，而登荷香四面之亭，左上培塿，可尽全园景色于四眺中，而北寺之塔，亦得望见其眉目也。更前有枇杷园，别成门户，小有结构，草地一碧，孤亭一角，夕阳射之，殷然如画。惟以地处僻隅，坍坏更甚，虿蛭阶砌，蛛冒窗棂，倍增秋气矣。

　　余与徐子登临既遍，遂返茗所，张子亦负手徘徊于柳廊下，此时俱各爽然。盖吴中林木之众，无逾乎是，而疏朗清凉，与他家不同。适游狮林，疲于登渡，颇觉闷损，竭来此间，胸臆顿舒，盖惟此间有秋爽可挹，而吾辈秋士，更自相宜耳。念夫嘉会不再，古人永思，拂壁间归愚《复园记》之作，深慨风雅之衰也。

（《申报》1922 年 10 月 24、25 日，署名烟桥）

惠荫洞天记

范烟桥

惠荫园在城北，与狮林相望，顾去余家则惠荫更迩。癸亥三月之中浣，张君圣瑜与梁溪过君瑶珪偕至，时午暖有如初夏，颇惮行远，过君虽为客，畴昔曾读书吴门，名园涉屐者甚众，盖亦好游者也，余举惠荫，独未尝游，遂共往焉。家君闻之，愿为之导。

既抵园，纳资而入。蔷薇架下，落红满地，蹑足而过，盖不忍重践也。坐渔舫，前临方池，曲桥通之，小阜立亭日霁览，实了无足览也。舫后为市渠，时闻欸乃声，有秦淮水阁风味。从左曲折，历堂轩厢庑，多不胜记，盖园实为安徽会馆，备乡之人来寄庑也。复壁窈折，几如迷楼，密坐静言，隔室无闻，然而于游观则无取也。有廊中亘，后为荷池，前为洞天，日小林屋，盖仿包山也。拾级而下，洞壁石骨嶙峋，森然生寒。洞底潺水溶溶，有石板三折，接洞左壁下石步，石步仅能容立足，疑有路可通，顾心悸不敢遽进，圣瑜促之甚迫，不容退步，乃攀壁上石角，探足盘旋而进，岩乳时滴，铿然坠洞底，幽静玄妙，不可思议。于极暗处得石梯，登之，忽得第二洞，虽小而通明，盖仿包山林屋之隔凡处也，韩是升《小林屋记》有云："苔藓若封，烟云自吐。"确有是况，惟所谓"石床神铤，玉柱金庭"，则无可仿佛。然而今之包山林屋，亦仅能伛偻入其洞口，未许深探其奇，则未能往游者，或可以等一脔之尝欤。

余谓吴中名园，就湖石布置论，狮林、汪庄以外，斯地合成鼎足，其他则都以下矣。征之刻石，知始成于明季归湛初，画家周丹泉实指点之，所谓"云壑幽邃，竹树苍凉"，其时名洽隐。后韩贞文得之，有清中叶复归倪莲舫，洪杨后李鸿章购之，建程学启祠于侧，蒯子範润饰之，辟为会馆，题日寄闲小筑。名园数易其主，惟此洞天，历四百年，依然无恙，殆亦林壑之胜，有如奇才极智，自有不可磨灭之精神欤。好事者品为八景，日柳阴系舫，日松荫眠琴，日屏山听瀑，曰林屋探奇，曰藤屋伫月，曰荷岸观鱼，曰石窦收云，曰棕亭霁雪，并绘为图，刊石张壁，具体而微，固未可绳墨求之也。

丛桂山房侧有牡丹芍药之栏，牡丹为大红，与小苍别墅相似而淡，然高及五尺，更觉烂熳可观。苔青花绣之居后，有紫藤缨络满其庭，虽不及拙政园文衡山手植者之大，而枝叶支蔓，恐亦伯仲之间矣。

既出，则蔷薇架下，落红已扫积成丘，一春花事，忽已过半，纵非姹紫嫣红，都归颓垣断井，而俯仰花前，已不胜感慨系之。瑶珪欲以夜车赴南京，遂与之别。

（《烟丝集》，范烟桥著，苏州秋社1923年8月初版）

狮子林

范烟桥

　　沈三白《浮生六记》评狮子林云："其在城中最著名之狮子林，虽曰云林手笔，且石质玲珑，中多古木。然以大势观之，竟同乱堆煤渣，积以苔藓，穿以蚁穴，全无山林气势。以余管窥所及，不知其妙。"我不禁为狮子林叫屈。所谓假山者，本来与真山意味不同，能曲折有致，起伏有势，已称绝技。盖如小品文字，究非燕许大手笔也。狮子林石多嵌空玲珑，而盘旋迂回，须走一小时许方能毕尽其妙，苏州人称"穿假山"，即此一"穿"字，已可想见其丘壑之深邃玄奥矣。其间尤多石笋，有高逾旬丈者，他处所未见，若在其他园林，有一二橛，已视同瑰宝，此中无虑数十挺，洵如雨后春笋焉。初为狮林寺附庸，后划为王氏园，辛亥光复，李平书以数万金易之，不十年归贝润身，以其多金，重加润饰，其断缺处，欲觅太湖石补之不得，以金山石充之，石质粗粝，石色庸俗，与旧石至不相合，仿佛在宋元画卷上涂以西方油画彩色，其损美观可知。复多置楼阁，益减空灵之气，诚杀风景也。使三白生今日，睹此恶札，不知更当作何语？按太湖之石，受涛浪所冲激，乃呈凹凸，宋朱勔之花石纲，即从太湖中七十二峰物色之，而以石公山为多，故今之石公山，四周山脚，已不复成坡。其最大最佳者，一曰冠云峰，今在留园；一曰瑞云峰，今在振华女学。狮子林皆拾其唾馀叠成，化零为整，尤见匠心。相传倪云林所指点擘画者，颇可信，盖非画家，不能有此经纬也。苏州有所谓"假山匠"者，叠石为山，是其所长。虽寥寥数十百拳，亦能布置楚楚，他匠当之，必手足无措。余家旧为顾阿瑛之雅园一角，庭中亦有太湖石，奉政公招假山匠来整理之，见其怀中出脚本，有各种路径图样，可以随心所欲，从知亦有衣钵也。

（《大众》1943 年 12 月号）

狮林游记

朱剑芒

　　喝酒和游览名胜，是我生平最最喜欢的两桩事。可恨我早被造物者注定命宫，只许享些口福，不许多享一点眼福。自从离乡背井，在外混了二三十年，可怜只在苏州、杭州、南京、上海一带，什么"五岳攀登"，什么"重洋远涉"，完全是青年时代的一种梦想，现在连这梦想也差不多消灭了。

　　我底家乡，本来隶属于苏州的，相距也不过百里之遥。除了小时候跟随长辈，做了几回"乡下小儿上苏州，玄妙观前团团走"，后来居然当过桃坞中学底教师，称过金昌亭畔底寓公，做过苏关公署底幕友，约略合计，至少也住过五六年以上。在这五六年中间，城外底虎丘、天平、枫桥，城内底沧浪亭、拙政园等等，倒也游历过好几次。但是，很著名的狮子林，却始终没有到过。连我自己都不相信，狮子林就在城内，况且又非常著名的，好游的我，怎么不去瞻仰一番呢？啊，我记得了，当时住在苏州，也曾几次想去游览，不是临时发生了什么事故，阻住我底游兴；便是停止游览的告白贴在门上，使我不得其门而入。那真所谓"缘悭一面"了。

　　今年元旦后的第三天，放假空闲，湘忽然发起，要到苏州去游历虎丘——湘虽在阊门寄居过二年，那更笑话，不要说狮子林与虎丘，连玄妙观底山门都没有见过——我就答允了她，立刻动身，并且带了圣儿同去。及至游毕虎丘，本想坐夜车回申，那知老天留客，连连绵绵地下起雨来。只得在阿黛桥畔底旅馆中，开了房间住下。次日清晨起来，很娇艳的太阳早爬进窗口，似乎在那儿招呼道："您俩既然来了，再玩一天回去吧！"我底脑海中，也突然想起了狮子林，得了湘底同意，携着圣儿，坐上人力车，进老阊门——新辟的金门，俗称新阊门，所以本城底人，常在阊门上加一老字——直望临顿路以西的潘儒巷进发。不过三十多分钟，已到了平生所渴慕而从没有游过的狮子林底门首。

狮子林现为富商贝淞泉所有。当开放时，和铁瓶巷顾氏底怡园相似，只须掏一张卡片给那司阍的，便可扬长直入。

我们初进园门，经过几处绝没有陈设的房屋，一条很曲折的走廊，和留园相仿佛。园林的建筑式，不过如是，见惯了，实在也引不起什么快感。到了正厅底庭前，才望见对面高高叠起的玲珑假山——相传这些假山，还是元代大画家倪云林打的图样。我所经游底园林，凡是人工堆叠的假山，果然要推狮子林的最为奇特了！倪老先生毕竟胸有丘壑，才能打此图样。我想，《红楼梦》上所说，胡山子野打的大观园图样，一丘一壑，都出人意表，大概也不过如此吧？

假山所占的面积很大，当我们去穿那螺旋式的山洞时，那真受累不浅。因为圣儿是非常顽皮的，他常看了《西游记》戏剧，最喜穿了短衣，左手在额上搭个遮阳，右手提根金箍棒——那是眠床上底一根帐竿竹，在家里专模仿孙行者的纵跳。现在他可大得其所了，把外罩的大衣脱下，抛在假山洞口，抢了我虎丘买来的一根司的克，向黑暗的山洞直蹿进去，真像齐天大圣打罢蟠桃宴，重回到花果山一般。我和湘都是皮袍大衣，着得非常臃肿，并且穿了皮鞋，那里追得过这小猴儿？又怕他驾不成觔斗云，反栽了个觔斗，只得且赶且喊着："慢走！慢走！"这假山洞的回环曲折，很像我从前在精武体育会所走过的迷阵。明明看见圣儿露出半身在相距咫尺的对面，要想悄悄地赶去抓住他，那知穿来穿去，仍旧回到初进来的地方。狡猾的圣儿，看见我们找不着跟踪他的途径，却反站在那里哈哈地笑。及至找到，他又脱手往别个山洞中一蹿，去得无影无踪了。闹了好半天，才被我找着抓住，已累得气喘喘而汗津津了。

后来在园底西部，突见了那座金碧辉煌的真趣亭，不觉忆起自己像圣儿同样年龄时所听到父亲讲述过的一段极有趣味的掌故。我便照着当时父亲所讲的演述一遍，不但湘听得津津有味，并使最顽皮的圣儿也怔怔地听，安静了好一回。这段掌故是这样的，据说清朝乾隆帝下江南游历，见了苏州狮子林，非常赞美。乾隆帝是酷喜文墨的，遇到名胜地方，总是御笔亲挥，题了许多诗歌。地方上得到这些墨宝，马上雇匠镌石，建筑起御碑亭，表示珍重帝王底手泽，足使胜地胜景，增加了不少光彩。那知乾隆帝书法虽佳，真正的文才却很有限，并且提起御笔，总要一挥而就，不加点窜，那才合得上"天资文藻，下笔成章"的两句赞美词，假使也像老冬烘摇头播脑的推敲，岂非失了帝王底体统？因之乾隆帝出游，常有一班翰林学士随从扈驾。驻驾到那里，这班翰林就把那里的所有名胜，预先做成诗句，蝇头小楷写在所留的长指爪中间。御驾到了一处，想要题咏，一声旨下，预备笔墨，长指爪中写就此处题句的这位翰林，早已趋步上前，假做铺纸，把几根长指爪伸张开来，献给龙目观览。乾隆帝仗了这些捉刀人底妙法，所以到处题咏，信笔挥洒，好像真有特具的天才。这回到了狮子林，可是糟了，那位早预备狮子林题句的翰林，还没有走到御桌旁边，偏来个狮林寺接驾的老和尚，兢兢地捧着匹黄绫，跪在地下，请求万岁爷赐题。乾隆帝一时兴到，绝不思索，竟提起大笔，写了"真有趣"三个大字。那时左右侍从的许多大臣，面面相觑，以为这样鄙俗的字句，如何用得。好在那老和尚见了御笔亲题，不慌不忙地向前启奏道："苏州地土平薄，御赐三个大字，恐怕载不起，可否分一字赐给臣僧，把去供奉在佛殿上吧？"乾隆帝何等聪明，也明白自己写的太不成话。但是删除哪一字好，一时竟想不起来。便对老和尚道："你爱哪一字，就把哪一字赐你。"和尚又启奏道："首一字臣僧万万不敢求取，请把中间的'有'字见赐了吧！"于是"真有趣"改为"真趣"，觉得非常雅致，一班翰林学士，也很佩服老和尚的大才。

父亲所讲的这段故事，究竟确不确，也不必去考求它。但是何等地有趣啊！我可要把真有趣底"有"字收回来，再把"真"字删去，连连的喊它几声"有趣"、"有趣"了！

（《红玫瑰》1931 年第 7 卷第 17 期，署名剑芒）

游苏州戒幢寺西园记

仇 僧

庚戌孟夏，旬有四日，予弟襄侯来言曰："今日吕祖诞，苏俗有所谓轧神仙者，试往游之，可乎？"余思藉以考风问俗，计亦良得。遂由金阊下塘，造吕祖殿，拥挤如云，无插足地，且多下流社会之人，心殊懊懑。因谓襄曰："我两人亦挤入此人丛中，似乎不屑也，速去之。"因复由金阊大街出城，至马路某茶楼茗坐，阅报两纸。复同游留园，略恣游览，茗憩数小时。忽药畲同素勋至，因复同游西园。西园者，一古刹也，现方重建。地敞数十亩，内有五百番佛，庄严影相，怪怪奇奇，金光灿目，讶为奇观。窈窕女子，翩然下拜，真使佛颜欢喜也。余睨其旁，一一领略之，但见金刚怒目于左右，菩萨低眉于上方，僧徒喃喃，口诵经卷，而目光斜注，亦若甚关意于彼美之蒲团起伏者。余此时目中之现象，与心中之意象，至为惝恍，不可以名状也，乃对同伴者相与目笑而已，不知深于佛学者，其能参此理乎。周视殿庑之内，复绕入僧堂，香花供奉，陈设甚盛，大书曰"水陆道场"。有某氏女施主，憩坐其间，察其意，极诚敬，若不容外人之来游者，吾辈信足而至，初不介意。房廊数十楹，危楼大厦，殊可人意。中为经堂，陈设精雅，神仙福地，诸僧固不凡矣。世有欲脱离人间世，而别求所谓仙佛者，是真愚妄之甚耳。要知人世外无仙佛，能最享人世间幸福者，则虽谓之仙可也，谓之佛可也，非仙非佛，即仙即佛，只在苦乐间耳。经堂内悬有高聋公书八尺屏条四幅，竹禅画石一轴，均奇恣可喜。文人笔墨，乃亦为佛家点染品，于此知佛本多缘，正不必离世而绝俗，人之所好，我亦好之，人之所乐，我亦乐之，万千色相，皆为庄严佛地而设者也。巡视既周，乃出刹门，向右，投资而入园。园在刹之西偏，广大不过十馀亩，不敌留园之半，而幽秀明媚，爽豁清朗，实为过之。园之中为池，池广实过园之半。池之中为亭，四围绕以栏，架曲桥而接于池之周。

池周缀以台榭，垒以山石，而掩拂乎林荫之间。林荫间辟以径，而穿乎山石之中。山石中层折而上，登乎山之巅。山巅有亭，峰然临乎池之上。池西水阁，依依波光之下，而仿佛有凭槛观鱼者。夕阳斜照，倒影入池，水天一碧，桥亭动荡其间，如彩绘焉。循径而下，入一广堂，堂容广坐，有茗而憩者，绕坐遍诵楹联佳句。复由曲廊穿径而出，渡池西，寻花径，环池由园门出。步行至留园，乘马车至某餐馆夜膳，膳毕而返。呜呼！吾于是游大有感焉，因系以诗曰：

"吾生太薄福，入世最怜才。思旧惊莺梦，凄情上鹿台。闲花宜曲径，冷月爱空杯。偶过禅房里，悠悠万念灰。"

（《中外新游记》，江伯训编，商务印书馆 1928 年 4 月初版）

沧浪抚碣记

郑逸梅

沧浪亭，吴中胜地也，但僻处城南，终年封锜，荒烟阒寂，罕有游踪。今夏亢旱，民牧乃迎香雪海之铜观音临兹以祈雨。于是钿车绣幰，士女连翩，或稽首慈云，或低徊遗迹。余亦于屈原沉江前一日，偶往览胜焉。入门右折，循曲廊行，雀粪蛛丝，泥垩剥蚀，额有"步碕"二字。过斯则为明道堂，铜观音即供奉于此，像高二三尺，御白缯文缬之围衣，端坐玻璃龛中，两侧有"瑞光普照"、"沛泽流慈"诸御赐牌，而盈盈红粉，列拜满前，盖若辈尤喜与白衣大士结一重香火缘也。柱多联语，余出袖珍册子录其一云："渔笛好同听，羡诸君判牍馀闲，清兴南楼追庾亮；尘缨聊一濯，拟明日刺船径去，遥情沧海契成连。"堂左有月窟门，进则为五百名贤祠，壁嵌碑碣，都百有馀方，悉图先彦状貌，恰符五百之数，涉足至此，自动人景仰之忱也。阶前隙地，漠泊多竹，然来此结香火皆者，辄刬一二茎叶以归，谓可疗治宿疾。不旬日间，贤祠之竹，遂如牛山之木矣。逡巡出祠，穿石洞而上陟整敦。葛藟萦缭中，有白皮松若干株，高寻丈，亦与竹同遭灾厄，干皮既尽，萎偃欲死，余不禁深为君子大夫喑惋也。时天忽霖霖，亟走入静吟水榭避之，陂塘中扶藥，方舒翠盖，雨珠激溅，其声瑟瑟然，颇足发人清机。移顷，云阴解驳，余乃于斜晖中赋归去云。

（《最新苏州游览指南》，郑逸梅著，大东书局 1930 年 3 月初版）

赏牡丹记

郑逸梅

白莲泾之牡丹，夙有声于吴邑。谷雨后二日，余与二三素侣揃裳连襟往赏焉。由朱家庄行，绣塍野陌，逶迤修回，已而流水一湾，粼粼微皱，即白莲泾是。泾涘有培德堂，趋而入，宇舍杳窈，小有园林之胜，而庭园中累石嶙峋，牡丹丛植其中，绕以曲阑，覆以幄幕，盖皆所以护花者也。时花方怒坼，其大盈碗，都数十本。有作魏家紫者，有丹艳迤鸡冠者，有浅绛比美人之飞霞妆者，而以浅绛者为夥。飔来拂之，倾侧不定，宿雨滴沥，石苔为润。对面一厅事，额有四字曰"香国花天"。再进为微波榭，别有牡丹数十本，亦以阑幕护之，而浅绛纷披中，杂以娇黄之杜鹃，益觉绚烂炫目。榭侧停槽，纵横储积，向者桐乡严独鹤履兹，曾有"牡丹花下死"之雅谑，今日思之，犹为失笑。境既遍历，乃相率出门。积善寺在其左，门前有一联云："水抱莲泾，一路枫桥人唤渡；寺藏竹院，三吴梅社客寻诗。"视其款识，荫培老人之手笔也。惜严扃不得游，吾侪遂改道，缘白莲泾，经上津桥而东，俄至永善堂，入而稍憩。是堂亦以牡丹名，有素色含苞似儿拳者，尤称佳种。庑后萝蕃荟，奇石竦列。有螺谷者，深窈幽旋，谷口屹立一嶂，仿佛螺之具掩盖然，殊有趣致也。时天已垂暮，而余踌躇花前，不忍遽去，李义山有"暮烟情态"之诗，不意适于斯际领略之。且牡丹花期綦促，而俗又有"谷雨三朝翦牡丹"之例，蜡蒂筠篮，用饷绅衿。吾侪之来也，却先一日，否则跋涉徒劳，有仅吊空枝之怅惘矣，故为之文以志喜。

(《最新苏州游览指南》，郑逸梅著，大东书局 1930 年 3 月初版)

可园探梅记

郑逸梅

　　吾吴产梅地，首推邓尉，繁花似海，缀雪生香，春序方初，宜蜡阮屐。然是地去城数十里，往还颇费跋涉，丛脞之愚，固无此清福以餐琼领艳也，不得已而思其次，则有南阃可园，巡檐索笑，堪以慰情，而吟秋、子彝二子，又致意相招，乃于一昨拨冗作半日游焉。升博约堂，与二子把晤，略述别后情况，即引愚登楼，一览藏书之富。盖可园者，亦一琅嬛胜地也，入其中，丹函翠蕴，绨帙缥囊，别类分门，垂签累累。而《图书集成》，都五千馀册，几占邺架之半。绝贵异者，有元版之《宋文鉴》十六本、《春秋属辞》两函。《昭明文选》全帙，书为胡蝶装，古香古色，使人爱不忍释。鉴藻一过，直趋浩歌亭，一赏寒枝芳蕤，以疗愚之饥渴。花有素者，有浅碧者，而以赭色为多，霞融姑射之面，酒沁寿阳之肌，裂蕾含春，烂漫极矣，虱身其间，不啻当年赵师雄之醉卧罗浮也。子彝善照景术，遂出镜机以试之，且置机捩，能自动不假人手，故得三人骈立而留真。既毕，乃循漪寻铁骨红老梅，夭矫如故，著花三四朵，弥觉酣红馥郁。既而又至对宇沧浪亭一游，亭兀立于蓁茸弗离间，日益颓废。有桃坞居士者，发愿葺治之，兹已焕然一新矣。时晷日西斜，亟辞二子而归。

（《最新苏州游览指南》，郑逸梅著，大东书局 1930 年 3 月初版）

西园听雨记

郑逸梅

微雨退暑，足音跫然，盖沧浪生白海上归来也。沧浪生与予交莫逆，过从谈文史，终日不倦。饭既，偕往西园。雨愔愔不已，垂绿跃蔓，仿佛新沐。园有池，绝清旷，池中翼然一亭，小桥通之，下蓄鱼介，唼喋沉浮，往往引人驻躅焉。是日游者绝鲜，沉寥寂历，似天故辟斯清境，以著我两人者。时雨淅沥更甚，水起浮沤，随灭随起，继而琤琤琮琮作清响，斜风掠低枝，如蜻蜓点水，然而鱼乃大乐，促鲜尺鳞，几欲出水。吾侪屑饵以抛之，于是浮者来，潜者起，争夺唼喋，一若人之希弋利禄而扰攘也。由是观之，则六合之内，何在而匪争夺之场哉，因感而记之。

(《孤芳集》, 郑逸梅著, 上海益新书社 1932 年 8 月初版)

观瑞云峰记

郑逸梅

　　吴中多奇石，若狮林之攒蹙，涵碧庄之嶙嶒，凡四方裙屐之来游者，莫不以一瞻其胜为快。然罕有访旧织造署之瑞云峰者。署僻处城南，而又久经圮废，人踵鲜及，故其名乃湮没而不彰。社友蒋子吟秋居近是地，喜徜徉泉石，遂为具道瑞云峰之状。某日，予始偕醉石生往游焉。入署左折而为园，芜榛蔓草，培塿累然，而诸石错立，环拱一池，池中垤垠孤亭，有似中流砥柱者，即瑞云峰也。池荒水涸，可得逼而摩抚之。峰高一丈五六尺，横约四尺馀，色殊黝古，而嵌空玲珑，岈然突出，自远望之，仿佛云气分溢，缥缈蒙漠，此瑞云峰之所以名欤？夫峰之玲珑，固无逊于狮林之攒蹙、涵碧庄嶙峋也，然或则彰传遐迩，或则湮没不闻，殆亦有幸不幸耶。

（《孤芳集》，郑逸梅著，上海益新书社 1932 年 8 月初版）

游龙寿山房记

郑逸梅

　　自昌亭至虎阜，计七里而强，中有半塘桥焉，桥畔为龙寿山房，藏元僧善继血经。曩与君博曾作一度之游，今年孟夏上浣之日，复偕云盦往访之。至则双扉严扃，叩款良久，始有一僮竖出而。庭院间略有池石之胜，但芜草不治，难以驻足。左折而为宝经堂，堂对石室，颜以"元僧继公血书华严经龛"十字。旁一联云："绿字赤文，烂然千古；金匮石室，藏之名山。"盖吴颖芝老人听题也。住持为启石室门，则赫然一橱，橱中累累，即华严血经是。出椟而展经，每卷辄冠以佛像二三帧，经文悉为正楷，无点画之苟，闻系继公血指谨书，都八十一卷，洵禅林之宝笈也。但字作淡褐色，谅年代久远使然。题识者甚多，如陆凤石、陈夔龙、康长素、吴老缶、朱彊村，咸有咏志。然亦有俗伧妄作解人，而加以恶劣之字若印者，是真所谓佛头著粪者矣，相与惋叹久矣。

（《孤芳集》，郑逸梅著，上海益新书社 1932 年 8 月初版）

怡园流觞记

郑逸梅

金粟如来生日，吾草桥诸学侣设宴于怡园之可自怡斋，盖袁君缵之，方自美利坚费城归，兹特为之洗尘也。是日与宴者，缵之外，则为选之、子壮、梦良、仲周、斯震、景蘧、不佞七人。酒醇果香，肉芬鱼美，而缵之为述异邦俗尚，洵为海外奇谈。酒阑，相与穿林樾，步蹊蹬，遍领拜石轩、松籁阁、螺髻亭、慈云洞之胜，而慈云洞中一石突出，未加刻削，天然作观音大士像，縻以金采，其色烂然，此洞之名之所由来欤？亭阁多联语，悉顾紫珊主人集词成之，兹录其一，云："仙子驾黄虬，玉树悬秋，清梦重游天上；中宵接瑶凤，琼楼宴尊，古香吹下云头。"好句欲仙，诵之溽暑若失。既而还至可自怡斋，凭曲栏，对菡萏，翠盖白花，敷披可爱，且沿漪多松，橚矗森萃，栗鼠两三，腾跃其间，趫捷无与伦比，殊有趣也。斋后植梅数十株，又豢鹤二，清癯入画，而不佞与梅有夙契，眄柯怡颜，不觉为之久之。明日遂草此记。

（《孤芳集》，郑逸梅著，上海益新书社 1932 年 8 月初版）

访蒋圃记

郑逸梅

　　街头巷口，有蒋圃水蜜桃之揭橥焉，揭橥为朱文，副之以画，颇具美观。记者为其所动，径往访之。圃为蒋君所有，在仓街胡相思巷口，占地二十馀亩，遍植以桃，琼实离离，殷红熟绽，凡客临门，出相当代价，可摘实盈筥。丹骨缥肌，液多核小，味坲滋春玉露，而无蟫蛴之病，人因是珍之，得快朵颐者，或比诸天台之刘晨、阮肇也。据云，斯圃本为弃地，蒋君以廉价购得，雇村氓垦治，忽掘得何首乌，形似鳄，计长三四丈，蒋君至今尚藏之。垦既熟，乃栽武陵之花，其出售早水蜜桃也。兹已为第三年，年可获千金。施肥接种，悉仿欧法，故成绩颇不恶。他日或能与奉化水蜜桃、龙华蟠桃争席也。

（《孤芳集》，郑逸梅著，上海益新书社 1932 年 8 月初版）

游环秀山庄记

郑逸梅

　　余耳环秀山庄名久矣，迄未至其地。孟秋中浣之八日，乃偕二三友侣往访之，庄在黄鹂坊桥之东，与慕家园相对宇，盖汪氏之义庄也。吾侪自侧门入，登一堂，榜以四大字曰"环秀山庄"。堂前丘石攒积，而紫薇一树，花已半瘁，落瓣浮池面，文鳞唼喋，依栏瞩之，颇得静趣。度矼而陟磴，萦旋屈折，崷崒嵚巇，疑缠连而中断，似屹峙而相辐，将升而突降，欲左而忽右，迷离惝惚，为境之奇，除倪迂所叠之狮林外，莫能与之比并也。嶂谷深邃，洞屋窈然，涓涓一勺流注于旁，人偶憩息，虽溽暑伊郁而亦憭栗有寒意。余乃笑谓侪同曰："从兹当远弃尘世，琴床丹灶，永为洞府仙人矣。"既而抵高处，一亭嵘竖，径通补秋舫。舫敞南薨，小而有雅致，其楹联云："云树绕涵青，遍教十二阑干，波平如镜；山窗浓叠翠，恰受两三人坐，屋小于舟。"洵眼前景也。舫左而地又块圠，峦壑错缪，崖际承以檐管，俾得泻雷，每逢霹霈，寒泉飞雪，渍涌回薄，厥声淙淙，好奇者往往笠屐以听也。壑多龟介之属，潜泳其间，惊之则匿岏罅中，人不得而探焉。循磴级可登楼，晶牖净几，柯影扶疏，为读书之佳地，惜乎吾侪无此清福以享领之耳。游既遍，亟出而赴青年会，因尚须一览冷红画会之成绩云。

（《孤芳集》，郑逸梅著，上海益新书社 1932 年 8 月初版）

遂园啸傲记

郑逸梅

遂园居金昌门内,吴中胜地也。处暑日,余饭后无事,爰作半日之游。入门,见碧琅玕一丛,自生凉意。竹之畔为琴舫,悬有"半窗依柳岸,一曲谱莲歌"之短联,联制以木,式若槁梧,泃琴舫中之特制点缀物也。廊腰回折,至映红轩,轩临水,池中菡萏,犹有残花,且横亘石梁。梁之西,花色纯白。梁之东,则殷红似日之初升,晔然舒彩,而雏鹅两三,浮游于田田翠盖间,不啻交颈比翼之鸳鸯也。又历诸水榭,而至容闲堂,堂上有献柳敬亭技者,妙语如环,弦曲婉曼。余亦稍觉疲乏,乃憩坐以聆之,令人神为之怡。既而曲终人散,余更攀登丘阜,萦旋而上陟,最高处一亭兀然,据兹下瞩,可以尽览园之景而无所蔽。其旁则奇石竦列,仿佛虓虎之蹲伏,隼鹫之振翮,龙锺老人之拄杖盘桓,盖随人之想像而变易其态也。小立其间,轻飔拂袂,飘飘欲举,而篁韵松涛,悉成清响,几忘身在城市中也。余聊浪于是园者屡矣,然从未有记,因思林泉胜迹,不可久使埋没焉,乃撰小文以志之。相传园为有清巨宦慕天颜所构治,故至今尚有人称为慕家花园云。

(《孤芳集》,郑逸梅著,上海益新书社1932年8月初版)

植园追胜记

郑逸梅

　　吴中园林，大都以缜密杳篠为尚，欲求空豁旷朗，涉之嘘翕清爽者，则舍植园外罕觏也。园在盘门孔庙之侧，有清末季，为中丞程雪楼所辟治，辇土疏泉，疲极人力。逮落成，倾城士女，错踵集止，而于夏日，尤宜品茗荈以当风，挥冰䌈而临水。不敏亦常随先王父锦庭公，杖履盘桓，往往留恋不忍遽去。清鼎既革，斯园日就荒废，游者遂绝迹，并齿及而寡俦矣。今夏小暑前五日，浴罢，初试绤衣，散步城南，偶忆旧游，往访故址。至则园已易名为苗圃，而门扃不得人，询诸人，始知由耳舍之，舍留一媪，凡入园者，媪必索一名刺，盖司阍之职也。出舍为一陂塘，芙蕖方者华，色妍而素，有薄晕轻绛者，弥可爱，出水一二尺，亭亭似凌波仙子焉。左为长堤，柯叶骈织，不漏日光。彳行其间，翛然意适。两旁皆水田，秀秧怒苗，蜻蜓款款而飞，绝妙一幅田村夏景图也。堤尽则芜草支蔓，难辨蹊径。野花一自如雪，接叶亭頫然立于其中，而斜阳影里，三五帆鞿玄裳之女学子，展画具以写生，意态闲靓，衣袂飘举。更南行，修篁一丛，窈然沉碧，前有重楼，严闭不可登，景象萧槭，缅怀畴昔之盛，有不觉令人惝恍者。趋而出，便瞻瑞光佛寺浮图，浮图傍城堙，计级七，陊阤垩蚀，相轮亦年久而隳，然连一索铁，尚牵挂未下。时鸦群噫哑，苍烟勃勃，不敏乃徐步而归，明日记之如此。

（《孤芳集》，郑逸梅著，上海益新书社 1932 年 8 月初版）

游濂溪别墅记

郑逸梅

　　金昌亭畔，有濂溪别墅焉，别墅为周姓产，占地若干亩，有水木清华之胜。予于一昨偶偕杨君往访之。入门，循文廊行，有精室数楹，壁悬玉屏，案陈古盉，并有吴昌硕、左孝同、王一亭诸名公题额，盖主人之所居也。园之布置，前密而后疏，密则奇石耸叠，疏则细草平铺。中洿一大池，微飔吹来，水沦漪作皱纹。吾侪凭榭闲瞩，而白鹅三两，浴波刷羽，颇得游潜之乐。令人对之悠然而意远也。池畔多蟠桃，结实离离，尚未熟绽，脱迟一二月者，当可举行蟠桃胜会矣。后为一大花房，覆以玻璃，即四壁亦以玻璃为之，晶莹朗澈，适于养花。花乃欧种，大都不知其名，色尽为赤，或浅绛，或秾红，或绯而间白，或艳而微黄，其状綦媚，正似十七年华之妙女郎也。吾侪遍行一周，深叹主人构思，非胸无丘壑者。惜乎门临大衢，有飙轮驰逐声之足以扰耳，为可厌云。

（《孤芳集》，郑逸梅著，上海益新书社 1932 年 8 月初版）

留园兰会记

郑逸梅

留园为金昌胜地，花朝之期，特开名兰之会。午后四时，不敏偕眠云、震初二子，驱车往赏焉。兰设于冠云峰畔之厅事，计四巨案，列兰殆盈，各支以红木之文架，参错有致，盆上皆黏以书签印章，盖护兰主人之标记也。花皆名种，如玉梅、蔡梅、小打、荷瓣、翠苔、绿英、元吉梅、春程梅、贺神梅、天兴梅、张荷素、文团素等，咸饶雅韵。有五瓣者，有三瓣者；有孤芳者，有双秀者；或柔或挺，或腴或瘦；蕊或赭而卷，心或素而舒，洵大观也。时游女似云，脂香粉气，氤氲欲醉，于是花之幽芬，反为所夺。而冠云峰之左侧，有红兰一树，花绝茂艳，来游者往往嘱园丁撷一二株，带将春色，始赋归来云。

涵碧庄之名兰，前已述之矣。兹又于夏历三月二十日至二十二日，续开蕙兰之会，不敏乃于二十二日之午后往赏焉。兰仍敷陈于冠云峰畔，计六大案，都五十有八盆。在厅事者为旧本，在阶前者为今岁新茁之花，插以金彩，号以状元，盖所以宠之也。有小荡、大陈、华字、程梅、衢梅诸名色，盆上钤有怡园、隐梅庵、琼华馆、浣花室、桃坞贝、东海徐之图印者，咸护花主人也。而尤以东海徐者居首列，双枝挺秀，风韵天然，自有一种卓荦不群之概。其馀有瘠若腊枯者，有腴比玉润者，或密英以姹蕊，或疏朵以素心，而要皆以细杆扶直之，即覆泥纤草，亦茸茸具妙致，于斯可知主人培治之周至矣，是日来赏者，以女流为多，燕燕莺莺，浓妆淡抹，花香人气，两以氤氲。时峰侧孔雀，忽妒艳而挺翅，晔然舒彩，似张锦屏，约五分钟，乃渐敛合，洵奇观也。未几，赵子眠云来，既而又觏屠子守拙，遂据云飞亭以叙谭，略进茶点，至日昃，始各驱车归家。

（《孤芳集》，郑逸梅著，上海益新书社 1932 年 8 月初版）

惠荫园赏桂记

郑逸梅

惠荫园以桂著，当著花时，氤氲金粟，林壑俱香。中秋前一日，眠云、慕莲两子，过我荒止而约往游焉。园中有桂苑，有丛桂山庄，绕屋植桂，偃蹇连蜷，高三四寻，繁英细簇，虽竭目力而不得见，更疑天香自云外飘来也。慕莲大乐，予曰："子慕莲而今忽慕桂，脱濂溪翁有知，当起而叱斥矣。"慕莲为之莞尔。既而入小林屋，岩洞窈然，潴水澶湉，曲折架以石梁，梁殊窄狭，才可踵步，而奇柱下垂，几及人肩，拊壁以行，愈行而愈暧昧，其极也则又谽呀豁閜而出洞。慕莲以桄导自任，俄顷，笑咳声已在洞外，予与眠云咸不中道而废。因忆往岁偕卓呆、苕狂、济群、小青来游，相率作入穴探骊之戏，何勇于前而怯于后，并予亦无以自解也。洞上为虹隐楼，登之复室回廊，备极纤杳。闻人云，昔为男女幽会之所，莺粉燕脂，不乏艳迹，殆或然欤。游之后十日，追而记之如此。

（《孤芳集》，郑逸梅著，上海益新书社 1932 年 8 月初版）

拙政园赏蕖记

郑逸梅

　　拙政园芙蕖早著花，然惮于溽暑，科头跣足，不敢行动。今日向明起，觉殊凉爽，乃驱车至城北往游焉。入门左折，憩坐水榭，品清莽，对芙蕖，花俱绛色，亭亭然高四五尺，几可凭栏而撷取也。尤可爱者，翠盖露珠匀圆溜泻，有似柏梁铜柱仙人掌，苟得勺而饮之，当可一傲汉武当年矣。静观自得，不觉移晷，乃度小桥，历清华阁、月香亭，而至香洲。洲临水，设制若画舫，屏镌南皮张枢书吴梅村山茶诗，殊典丽可诵，惜乎宝珠名种已莞折，徒留此祭酒诗以点缀耳。再前行为藕香榭，乍见二三丽人，御浅黄旗衫，在此照影，雅韵欲流，秾芬四溢，一如与花斗艳者。由是而西，则柳阴路曲，丘石邃古，而一亭翼然，颜为"倚虹"，念及故词人毕子几庵，为之腹痛靡已。既而登远香堂，堂弘畅轩豁，联语盈壁，而以张之万一联"曲水崇山，雅集逾狮林虎阜；莳花种竹，风流继文画吴诗"最为短隽得体。时游客已满座，予不耐喧闹，乃亟出。园旁庑之庭，有紫藤一架，干粗合抱，蛇蟠虬曲，瘿赘累累，支以铁柱，覆荫可数屋，洹阳端方为立一碑"文衡山先生手植藤"，盖数百年之古物矣，归而为之记。

（《孤芳集》，郑逸梅著，上海益新书社 1932 年 8 月初版）

狮林赏菊记

郑逸梅

城北狮子林，元天如禅师倡道之地，而胜朝黄氏涉园之故址也，但荒替日久，石颓池涸，几乎为丘墟矣。绅耆贝氏遂购而治之，经营易岁，规模始具。尝与闺人寿梅偕吟秋暨碧筠夫人同游。车抵其地，门扃不得入，乃绕道前巷而涉胜焉。敞南甍为厅事，妆点綦丽，棐几檀案，列置井然，盖主人张饮宾从处也，而奇石环拱，有似屏蔽。度小矼，入岩洞，黝冥杳篠，高低回折，令人迷于往复。倪迂之构作，洵匪凡手所得而比拟也。既而循磴上陟，据高四瞩，诸峰突怒偃蹇，历历在目，或似狻猊，或似虓虎，或似丹山凤，或似巫峡猿，或似朝士执圭，或似老人拄杖，而巍然特兀者，则仿佛醉酒之李青莲，而伸足使高阉宦脱靴，妙具神态，尤为群石中之杰出者。几经曲折，出嵯岩而履坦地，不数十武，得一池，水殊莹洁，广可亩许，石舫俨然，泊止其中，吾人登之，欲作浮家泛宅想矣。岸旁陇坡，植菊若干丛，著花正盛，紫英赭蕊，郁郁菲菲。碧筠、寿梅咸爱花若命者，相与平章瞻赏久之。舫对一榭，飞翠流丹，觚棱浮动，榜以"真趣"二字，乃十全老人之御题也。榭过而为斋轩，亦皆赢镂雕琢，金碧繁饰，有失质朴萧澹之致，予无取焉。归而记之以留鸿雪，且借示吟秋夫妇云。

（《孤芳集》，郑逸梅著，上海益新书社 1932 年 8 月初版）

吴中园林琐记

汪　东

一

前纪吴中网师园，宋时所建，大误。园为清初宋鲁儒筑，沈德潜为之记，彭启丰有《网师园说》。后归太仓瞿氏，则钱大昕为记。记中有云："带城桥之南，宋时为史氏万卷堂故址，与南园沧浪亭相望。有巷曰网师者，本名王思，曩三十年前，宋光禄悫庭购其地，治别业，为归老之计，因以网师自号，并颜其园，盖托于渔隐之义，亦取巷名音相似也。光禄既殁，其园日就颓圮。瞿君远村偶过其地，为之太息，知主人方求售，遂买而有之，因其规模，别为结构。"叙述原委甚详。余当时读碑不精，又事越二十年，但记其中有"宋时"语，且涉主人之姓，而致淆混。偶翻县志，亟自正其误如此，以为轻易落笔戒。

二

余所居邻拙政园，距狮子林亦只隔一巷耳。拙政园本大宏寺地，明嘉靖中，王献臣始为园，占地之广，不可亩计。文徵明有记并图，记云："凡为堂一，楼一，为亭六，轩槛池台坞涧之属二十有三，总三十有一。"盖其界西北近齐门，东抵娄门皆是。其子不肖，以樗蒲一掷，输诸里中徐氏。清初，归海宁相国陈之遴。之遴遣戍，籍没入官，以居驻防将军。康熙初年，复为吴三桂婿王永宁所有，其时盖犹仍旧观。故《顾丹午笔记》于陈氏云："珠帘甲帐，煊赫一时。"于王氏云："益华侈也。"吴败，永宁亦死，园再入官，由苏松道署，散为民居。后蒋氏得之，名为复园，意谓因拙政废园而复之也。然地杀于前，亭林非旧，沈归愚记所云"拙政园百馀年来，废为秽区，既已丛榛莽而穴狐兔，主人得其地而有之，与客商略，因阜垒山，因洼疏池"云云，到今日所馀池馆，皆蒋氏物。世人执文徵明图，按而寻之，宜其渺不可得也。

三

所以知地归蒋氏，已"杀于前"者，据《顾丹午笔记》："康熙十七年，园改为苏松道署，缺裁，散为民居。王皋闻、顾璧斗两富室分购居之，后严总戎公伟亦居于此，今属蒋氏。西首易叶、程二氏。"盖地既分散，不可复并，势宜然也。蒋氏之后，宁海宁查氏，复归平湖吴氏。咸丰间，李秀成入苏州，为忠王府。洪杨事定，籍没为八旗会馆。清亡，改奉直会馆。倭寇据江苏，为伪省政府。今则社会教育学院假为校址。先是西首所谓叶、程二氏者，今亦无有。惟张氏宅比邻，宅后有园，与拙政园通，疑亦蒋氏旧物，学院并借赁之。其东久废为民田，今筑操场。场侧有沼，沼之南，叠石为峰，则知亦必园甲遗迹。本属贝氏，乱后，贝氏宅为他姓所有，尽撤其屋材而货之，荡然无遗。叠石佳者，并为伪省长李士群运载以去。

四

吴中名园，首数拙政，而其变革兴废亦最繁。即我居处，安知非当日歌舞地耶？一庐之寄，可谓饱阅沧桑。昔吴梅村作《拙政园山茶歌》云"百年前是空王宅"，谓本大宏寺也；"歌台舞榭从何起，当日豪家擅闾里"，又"儿郎纵博赌名园，一掷流传犹在耳"，讥王氏之既得复失也；"后人修筑改池台"以下八句，述徐氏之豪华；"齐女门边战鼓声，入门便作将军垒"，指清兵初人也；"近年此地归相公"，又"玉门关外无芳草"，综海宁盛时及迁谪之始末也。咏叹悲怀，历历如见。惜以后事非梅村所知，后之人亦不能继梅村之咏，遂令此篇独擅千古。山茶摧折已久，独徵明手植紫藤，至今犹在，蟠曲茂盛，郁为虬龙矣。

五

　　狮子林得名，或谓取佛书狮子座名之，或谓怪石有状如狻猊者，故名。又其住持天如禅师得法于中峰本公，中峰唱道天目山之狮子岩，识其授受之源也。或谓园有松五株，皆生石上，故以为名，又称五松园者是也。地本贵家别业，元至正二年，天如门人结屋奉师居之。屋不满二十楹，而佛祠僧舍，悉依丛林规制。历代修建，益增崇闳。寺初名菩提正宗，或即称狮林寺。明洪武间，并入承天能仁寺。久之，折入豪门，构市廛为利，佣保杂处。至万历二十年，僧明性求藏经于长安，规摹复旧，敕赐圣恩寺。清乾隆南巡，复赐名画禅寺，今榜额仍此。而世俗习称，惟狮林之名最著。其实逮清末叶，狮林与寺已不相属。入民国，为贝氏园，建宗祠，设学校，往游者非有因缘，辄不得入。林以叠石名，僧天如盖因贵家别业之旧，而其丘壑曲折，则与朱德润、赵善良、倪元镇、徐幼文共商成之，元镇为图，世遂称出自云林手矣。叠石佳处，相传有水陆十八景。未归贝氏前，余曾往游，虽稍有倾圮，而陟降其间，如入盘谷，玲珑深窈之致，信不可及。然所谓十八景者，未能悉睹。贝氏重加修葺，补以新石，色与质俱逊其旧，斗接处，复以水泥涂蔽，法诚便捷，然颇损美观。倪、徐而后，擅叠石之巧者，惟李笠翁，世无名手，转不如任其颓卧荆棘中为犹愈也。画禅寺有下院，原名狮吼庵，后易地重建，改名祇园，香火之盛，与画禅埒。

六

　　去祇园数十步，邑人就吴王张士诚故宫废址辟为公园，荫柳观荷，颇宜消夏。园有西亭，有东斋，皆设茶座、好弈者群趋西亭，东斋则诗人画客萃焉，韦斋隐然为盟主，首倡一韵，和篇纷叠，裒前后所得诗一百六十馀首，装为长卷。常熟杨无恙、江宁邓孝先作图，嗣又印《东斋酬唱集》，使余署签。余居南京时多，故不预会，其事亦忘之矣。戚友沈挹芝昨以一册见惠，稽览作者姓名，

狮子林

太半旧识，而十餘年间，凋谢几尽，即幸存者，亦都衰病谢客，无复雅兴。集有序两篇，一为孝先作，述诗会缘起甚详，云："癸酉春夏之交，蔡子云笙久病乍起，日必徜徉东斋，辰至午散，与云笙稔者，往往携杖相就，谈笑既洽，继之以讴吟，讴吟未已，参之以谐谑。同人本处萧散，不拘形骸，脱巾高眺，覆碗狂嬉，旁坐者或指目怪诧，而不知正吾辈至愉极快之一日也。"一为松岑作，中一节云："快风扶摇自东北来，凉雨继之，池荷万柄，漂香簸绿，珠颗喷涌，越槛跳槛，溅人裾袂，而四周万树低昂，若与风势相角拄，其声嚣悍。然在诗人听之，不嚣悍而若幽寂者，境以心殊，真天下之能自愉逸者。"举身世幽忧与所以自遣之情，一托诸写东斋景物，可谓善矣。乱后，重经其地，寥闃无人，求一闻嚣悍之声，亦不可得。故人往矣，彼所为幽忧狂吟者，以今思之，抑犹承平之遗迹也。

七

迂琐有《东斋小坐望见巽堪无恙扶藜过桥戏用陈简斋韵》一首云："摇碧池沤散复生，熨栏茗碗对凉晴。百年他日知何地，四海弥天胜此城。幽坐自能穷物妄，剧终浑不斗心兵。恩园一叟应相忆，病起筇枝约意行。"迂琐即韦斋，巽堪即云笙，恩园一叟，指常熟宗子岱也。诗中兵字一韵，殊不易押，和章可摘取者，如拂云云："剩有心情茶后梦，了知世事酒间兵。"群碧云："草边依旧鸣蛙鼓，槐下何曾息蚁兵。"又，"静听荷喧如戛佩，闲寻瓜战已休兵。"栎寄云："荷香自饶花成国，鱼乐安知世斗兵。"弹民云："笑口忽开成妙药，词锋相对斗奇兵。"沙隐云："蝉病噤如钳口士，蚊多悍似溃围兵。"巽堪云："老去鬓丝惊脱叶，久疏棋局罢论兵。"南峰云："匠石不窥尸社树，英雄原属盗潢兵。"芊绵云："吾于成佛终居后，公等登坛善将兵。"霜厓云："楼台烟雨南朝寺，子弟貂蝉北府兵。"隐庐云："结浒略义王僧达，霾照沉酣阮步兵。"皆有意味。拂云为庞次准，栎寄为陈公孟，弹民为屈伯刚，芊绵为彭子嘉，沙隐为梁少筠，南峰为翁志吾，霜厓为吴瞿安，隐庐为费玉如，群碧即孝先也。感事怀人，追和一首如下："春寒只向袖边生，十日阴霾一日晴。老我心情同落蕊，故人踪迹问佳城。囊空并厌狸为客，色变争谈虎似兵。百感填胸无可语，裁笺聊作短歌行。"声韵久荒，涩不成语。

八

侯官梁少筠，弱冠周游东南各省。民国初，一任职商务印书馆，继为吴县及丹阳县佐，有廉勤之称。后遂移家吴门，性乐施舍，创苏州济生会，督修彩虹、善人诸桥，又于胥门外浚放生池，衣粥棺药，以赒贫民者，岁有常数。暇耽吟咏，与东斋诸贤相唱和。先是陈彦通寓吴，倡诗钟之戏，集者颇众。彦通去后，社集蝉联不辍，余与少筠皆尝预焉。及余入蜀，遂不复相见。少筠子嵩生，娶于汪，与余家有连，事舅姑孝谨。姑避寇乱，客死洞庭东山，临终，示象生西，游馥盈室。少筠本奉佛，自是益虔。三十七年冬，患心脏病，然起居一切与恒人无异。适妇汪以事赴沪，少筠语之曰："期二日回，迟则予不及待。"汪心讶其言，果如期反，是夕遂卒。检其遗物，皆预为标识，又亲书遗嘱并诗一纸。遗嘱略云："予五六十年来，廉洁自持，为民为国，未取非分分文，甘以穷诗人终其身。所愧学业无成，功能无裨，羞对儒先师祖而已。此去心安意得，不必铺张，限三七至五七内，将灵岩生圹做好，异棺入葬，与吾妻同穴。近依佛土，远忏他生，此外别无所冀。"诗有"李贺甘诗鬼，栾侯倘社公"之句，自注："旅吴三十载，两佐县治，此心可质天地，可对鬼神，尤以沦陷一役，勉出拯民，先以不领俸、不受名、不见外人三条件，卒获省敛、足食、卫生三治策。今老而病，病且死，南屏慈尊梦示此去可膺社食云。"南屏慈尊，盖谓济公，吴中设坛奉之，始于郭曾基，郭亦闽人也。梦不必信，而其心无愧怍，始有此梦，则无可疑者。他日邑乘志流寓，沙隐之名，不可没也。

九

群碧先世,为洞庭山人,退食于吴,颇欲复其故籍,买宅侍其巷,优游文艺,聊以自娱。虽老辈,而未尝讴颂胜朝,以遗民自命。尝预修清史,获观内府档案,吴某公偶于众坐辩太后下嫁摄政王,必无其事。群碧私谓余:"此事礼部实有案,但执笔者讳之耳。满洲旧俗,本不以此为怪,张煌言之诗,钱谦益之得罪,俱为旁证,所谓孝子慈孙,百世不改,岂可以口舌争耶?"清史之不信,如群碧言,可见一斑。群碧工篆书,略与孙星衍、洪亮吉近,晚亦作画,洒然脱俗。藏松壶画放翁诗册,特以假余,笔秀而弱,实赝品,然其意可感也。乱中遣其子赴渝州,覆车死,迨事定,而群碧亦前没,九州告同,竟不及待,悲夫!

(《寄庵随笔》,汪东著,上海书店 1987 年 9 月初版)

苏州园林志

阿　眉

一、到苏州的话

我这次从无锡到上海，因为多带了些东西，不敢妄想乘火车。坐轮船先到苏州，好在有朋友，食宿有着，倒也不慌。顺便在虎丘、西园、沧浪亭、狮子林、留园、可园等处，做了一次走马看花般的匆匆游赏。

有人喜欢在这种情况之下，说上一句"偷得浮生半日闲"那类潇洒自得之言，我呢，在苏州时旁的没有，一个"有闲之身"，倒是的确有的，可称一无所事。迟到上海几天，也不过让人家无关大要地多候几天而已。我只觉得是偷得乱世之残生，来看寂寞之花草水石，眼前未尝没有得意的狂笑娇啼，甚至酒肉气脂粉气搅成一片触鼻生秽的肮脏气，徒然反映出我胸怀间的加倍寂寞而已，说甚么热闹？

这一次的游览，我都是独往独来。我有时怕透了寂寞，有时候也喜欢抚爱这个"寂寞"。你不用笑我，或许你有时也不免于此耳。

因为题目已经写上"园林"两字，关于虎丘，这里想不谈了。虎丘总算是山林而非园林，当然也不必刻舟求剑，不过免得文章写得太长之意。关于剑池、废塔、小吴台等处，我也是十分喜欢的，不是无话可说，或许我高兴起来，写上一个专篇。要是写的话，还是给蝶衣兄发表在《春秋》，我知道《春秋》读者有些人对我有好感，所以我也很愿意把粗浅的作品，向《春秋》读者们请教。

二、留园与园林风味

先说留园。

这是在我的生命史的页上留有烙痕的一个所在地。当我六七岁的时候，大人带我坐马车游留园去。我不知怎样，忽然撒起娇来，那时候通用银元铜元，我把大人的钱，捞来抛到车外马路上去，同时大哭。我现在想不出当时的所以然，然而这是一个让我终身怀想的童年之梦。如今丢着我一个人孤零零寄迹在这么一个世界上，叫我抚今追昔，怎无悲感？罢了，不可追寻者终不可追寻，还不是罢了么？

留园有一个值得夸称的物点，就是依然保存着强烈的中国风味。它具有中国园林风格的典型面目，这是上海那些公园望尘莫及的。我是一个中国人，我喜欢留园从容、闲静、悠雅、淡散种种趣味。西洋文明是值得摹仿的，可是，在功利观念之外，我就偏爱于中国文明。就以园林来讲，上海洋派园林得爽朗清旷之胜，也有急于自炫之意，好像惟恐你不见。中国园林一般的构筑方式，总是曲折幽深，藏锋不露，好像惟恐人家一眼就看清了它的究竟。换句话说，洋式是"社会的"，中式是"哲理的"。讲"看"，洋式气概广远；讲"思"，中式意致深长。洋式是开展的，中式是回旋的。讲临之以"眼"，洋派园林使你得纵览之便；讲临之以"心"，中式园林使你得低徊沉吟之趣。现在好些地方的中国公私园林，已走入了中西合璧之境；留园在今日，尚是停滞在"本位"上，未作多大异动。我以为临赏中国园林，与其卖其变质的混合美，不如卖其一致的纯净美。这是我的私见，也是我喜欢留园的原因。你笑我不够"二十世纪"罢。

三、留园

苏州之有留园，由来已久。据盛氏得到此园时的自述：

"此园旧属刘氏，为吴下名园之冠。咸丰庚申兵燹，四境多成墟莽，而此园如鲁灵光，岿然独存。惜台榭倾敧，荒芜不治，俯仰今昔，游人增感。光绪二年丙子，毗陵盛公购而有之，易刘园之名为留园，冀长留天地间也，且于字音不改旧称。乃大加修葺，亭阁池梁诸胜，悉复旧观。嗣又于辛卯年增辟东西两园，即今之东山丝竹、冠云峰等处，及西偏之小蓬莱及蔬畦果圃也。综计园址，广袤约四十亩，佳树葱茏，多数百年物，自非他园所及。……"

刘园一旦改成为留园，这当然是盛氏兴盛而刘氏衰落的交替下之结果。如今盛氏恐怕也不怎么盛了，而且又是经过了一度浩大的兵劫，又是不免于荒芜不治之感了，所幸还是岿然而存耳。

走进留园，就有一种阴郁郁逼人的气息，如闻大好名园，不住地吐出衰疲抑塞的叹息。一种历史上的沧桑之感，不自主地涌现在心胸间。这也为留园增加了些趣味，愈觉萧淡可思了。那天太阳很好，天时已热，而心头自有"重衾无暖气，挟纩如怀冰"的感觉。

四、留园观赏

我记得童年时第一次到留园，曾在池上一座高畅厅屋之前的池栏之畔，坐着吃过茶，那时我还曾神往于池中的游鱼，以为太有趣。现在此处仍有茶座，我仍倚栏作茶饮，不过池中满是浮萍，不可窥见一鱼。池畔三面是石块叠成的假山，假山之上，矗立着好多株参天古树，浓荫翠然欲滴，成抱覆绿池之姿。树上处处作声略如婴儿之啼，原来到处栖息着长喙长脚瘦本短尾的白色鸟类，形状像雏形的白鹤，恐怕是鸶，飞来飞去，十分忙碌，而来去不出于若干株参天覆地的大树之上。绿叶成云间，白鸟穿云上下，景味十分美妙。除鸟声如婴儿之啼外，更有间歇作着秃秃之声，从上面落下来者，那是鸟粪下堕池上萍面的声音。假山石上望去一朵朵斑然的不纯的白痕，那是鸟粪之遗迹。

少不得要到各处去走走，战前我每经苏州，乘便常到留园看看。战后重到，这是第一次，路径已颇有生疏之感了。

留园地区既广，构筑又是极力求其藏而不露，回廊曲室，互作掩映，似尽者方启其始，似始者适临其终，颇不平凡，显见匠心，而以"又一村"补救其闷郁的缺点，至此作豁然呈露之境，使游赏者到此透出一口长气。

我对于留园最具好感之处，第一是树。等于我喜欢无锡的寄畅园，也是为了树。园林构筑，对于部位的经营，亭台楼阁的布置，花草池塘的点缀等等，大都可以诉之于人力，惟有树木的培植，不是人力所可夺天，没有"时间"，树姿不壮，而园林之不可以缺树，树之不适宜于作幼稚寒乞相，乃是天经地义，否则裸然一园，尚何景趣可言，更难呼起对于大自然的"神往"了。

第二是石。苏州园林以石驰名者，首推狮子林。不过狮子林的石趣，寄其美于繁复，以多胜，以技巧胜，而留园的石趣，常是一种比较单纯的美。冠云峰屹然作峙，尤其能够表现出高古绝俗、睥睨侪辈的精神，在顽拙之中见妩媚，在僵硬之中透玲珑，在倔强之中见潇洒，在骄傲之中见幽雅，而神态悠然，不失其君子坦坦荡荡的风度，卓然独立，似乎谁也不配和它讲一句话。我独自在冠云峰下作近身的瞻仰，作稍远的遥望，为所触起者，是一种"圣洁的孤独"的感想，我同情它的孤独——精神上的孤独，又觉自己不配同情它的孤独。我也是一个十分接近于"孤独"的人，它给予我一种无言默契的孤独上的安慰，我拿什么去安慰它？它的生命力是如此顽强，尽管销蚀到肤肉卸尽，这副骨架，格外地显出顽强精神来，可以一旦化为灰尘，不可以片刻向"庸俗"低头。我真不配去安慰它。传说中有"米颠拜石"的故事，不知米颠当日，其心情亦有同于我者之一二否？

第三是廊。留园的构造，似以廊为全园的脉络，左曲右曲，斜升俯趋，蜿蜒如龙之活，沉静如蛇之躺。一路循廊观览，合了"走马看花"那一句成语，而所谓"曲径通幽"之趣，也未尝无之。

第四是庭。留园这么大的范围，虽然全境处处作掩映藏露之姿，惟恐其一览无遗，去"开门见山"的情调太远，但就其气魄方面而言，"豪壮"两字当然谈不到，遽尔视之为小家气派，也属不妥。它以长廊为脉，使此藏彼躲的亭台楼阁之类，贯串起来，并未杂乱无章，所以也不能遽以"分割"为讥，而不承认其整体之谐合。不过在气魄上说来，不无嫌其不够雄健而已。顾于此者常失于彼，凡事欲求两全，本来最是困难，园林气魄之贫弱，差不多是中国式的园林的通病，留园不能例外罢了。这仍无损于我对于留园的好感。说了许多话，尚未说到"庭"字，其实上面的话，也可算是我用反衬出庭趣之妙的旁敲侧击之谈。正因为整个的气势未曾作狂放纵泄之意，所以特别有助于小趣味，而此小趣味之最妙者，在我吟味下来，就该算庭。留园在又一村之外，大都是曲廊幽径，和小楼僻阁相通，每一间小屋，差不多都附有一庭，庭也很小，庭中常一株树，一片石，密密地躲在高墙之内。不入此屋，不见此庭；走入此屋，始得此庭。好像留园之为留园，只有这一屋一庭，在视觉上是把你的视线隔绝在这一个小范围之内，强迫你做一次"不知有汉，无论魏晋"或者"不知有魏晋，无论秦汉"的人。小庭的格式，各个不同，而大都有画中小品一般乐趣的树石为点缀。屋外是大世界，屋内是小天地，小得那么有趣，不厌其小也。

又一村也是好地方，绕以小溪，架以小桥，小阜中峙，大树四立，是人工布置，而匠迹甚淡。可惜蔓草没胫，荒凉过甚，太自然了，临此不免有"村妇蒙头"的凄涩之感，以及四郊多难的强烈慨叹耳。

五、西园

西园和留园可说是"邻园"，来去不必走太多的路，极近，游罢留园游西园，谓之曰"馀兴"，亦无不可。

西园以园名，实际是一座寺院，大门上题名是"西园戒幢律寺"。据大殿后面砌在殿后那间平房壁间的碑记，其来历如下：

"金阊之西，沿漕河有二里，北折而行数武，名西园，为前明工部郎芝青徐公别墅，后捐为梵宇，自崇祯迄乾隆百有馀年。"

以下不必多抄了。

要讲花木楼台之胜，西园殊无足称，西园惟一为人传称的"趣味"是看大鼋。而大鼋所存身的放生池，和寺院互相隔离，各自一个大门。到戒幢律寺直入无妨，到放生池要买小票，很便宜。至于戒幢律寺本身的特色，并不在园林趣味方面，可说是一个佛教艺术鉴赏之处，因为有一座罗汉堂。听说杭州灵隐寺的罗汉堂，已经遭劫，那西园的自觉格外动人爱赏之情了。汉阳归元寺的罗汉堂，我也到过，觉得比不上苏州西园。

要看大鼋，必备馒首。馒首投入池中，大鼋始肯浮出水面就食，顺便你就可以如愿了，否则它未必出来看你，你当然也看不到它。放生池相当大，水相当清，一条曲折石板平桥，通向池上大亭。桥设铁栏，游客站在桥上栏畔看鼋。鼋，我是看到了，一个小拳头那么大的馒首，老鼋只要一张口，整个吞进，竟若憾其太小焉。鼋有这么大，可以推想而得其大概，这里不报告尺寸了。

在放生池畔静僻之处的一间办事室模样的屋子门框旁，贴着一张字条，上面写着：

"墙壁上没有污点，就等于我们自己纯洁的心田一样。假使我们把它涂写了，无疑在自己的心田上染成斑点。本园主人白。"

这也不足为奇，不过是叫人不要乱涂墙壁罢了，妙就妙在有人用笔在纸尾加上一句批：

"新文艺文选之一。"

可谓恶作剧矣！

六、西园看罗汉

西园戒幢律寺的罗汉堂，在正殿之前侧。正殿与头殿之间，隔着一片广场，罗汉堂位于广场之一旁。

那是一座特式的低屋，如易其名为佛像陈列馆，我以为未尝不可。因为那屋子把五百尊罗汉，使负壁而很适当地坐在佛坛上，排列成几个口字式，口字式的口之中部，又横列着背相向、背接背列成两排，又冲破口字的正中成直路，以容瞻仰者作步。参观的人，在口字内可以环绕作行，左右顾都是佛像，有身入佛国之感。除罗汉以外，尚有进门处当门而坐的弥勒佛，与相背而立的韦陀佛，以及塑在罗汉阵势中间的济颠僧、疯僧及关羽等立像四座，此外便无杂佛。这里是罗汉的天下，馀者形同客卿，聊作点缀而已。

不论是罗汉是疯僧，全堂佛像，一律金身，望去满眼是佛像之外，又满眼是金光。可又只觉庄严静穆，并无华贵气息。

一个疯僧，一个济颠僧，相对而立，传神之至，简直像要向你说话，而且说话就要从它的嘴里漏出来。假使我们看见了两个像它们一般的真正活和尚，说不定厌恶之不暇，的确是两个丑和尚。可是这丑态一经塑成了偶像，就起了升华作用，凡属活和尚的丑处，都相反而变成偶像的美处，岂止不厌恶，分明是越看越喜欢。那种美的陶醉的力量，都从丑态中显示出来。这决不是心理上的错觉，而是真实。为什么有这种奇怪的结果呢？因为通过了"艺术"之后的"复现象"，欣赏的已是其艺术，而非其丑相的"真实"，否则艺术能够卖多少钱一斤呢？

在这罗汉堂中，不作细观，那就只觉其气氛之肃静、情调之庄重罢了。多看几眼，事情就糟了。你道甚么？告诉你一句老话，"目不暇接"，应当再加一句，"心赏无已"。真有些舍不得就离开它，甚而至于想，搬一个回去才好。

面对着五百个不同姿势、不同面貌、不同体态、不同神情的罗汉坐像，我虽然不是佛教徒，虽然不信拜佛可以升天，可不能不惊佩于佛教艺术的成就。佛的人生观，自苦太甚，我非常同情，可也不想奉行虔修，并没有把我完全征服，而佛教的艺术，则是把我征服了。要我跪下向佛祖的偶像磕头，我有我的偏见，以为这是一个值得崇拜的艺术的偶像，不过我是不忘其是偶像而已。

每一位罗汉像身后，都排有一块狭狭长长的小木牌，题上这一位罗汉的法号，例如第一百二十三位某某某尊者。我曾作痴想，找找看，哪一个最具有吸引我赏叹的力量？当然我不能仔细品评，因为没有时间，即使有时间，所评也不准确，因为我对雕塑艺术完全外行。不过外行也可有外行的成见，说说无妨，只要不自以为是便了。

经过匆匆环行各罗汉座位之后，觉得第四百八十六号（这"号"字用得不恭，真像在游佛像陈列所了）的摄众心尊者，最合我意。

摄众心尊者并无什么奇特之处，而且是姿态容貌都很平和，我就爱它在平和中的传神之处。它是高额，鼻长而鼻梁微微高起，长面略作方意，眉毛弯弯地，也相当长，上下唇微启，露齿作浅笑，两眼微作下视，耳朵平而长，右腿盘坐，左腿竖膝，露出赤脚于衣褶纹痕之外，右手举而近于额，右肘支于右膝，左手抚右臂腕下肘上之间，大袖僧衣，褶痕飘然欲动，斜襟领口，露出前头，加上些头下一小块胸肉。我微微举目视其面，它的略作下视的两眼，正和我的眼神互相接触，好像有意对着我微笑，神情之间的安暇自得，令人望而生羡。摄众心尊者呀，你对我笑些甚么？我乃劫后馀生之人，你是劫后馀存之物耳，其间岂亦有所会心者在么？

我把那些罗汉说得一无"倒霉"之色，也不尽然。有好几位罗汉，金身不知已给谁刮过一番，金色剥落，弄得衣裳破残，佛面无光，那就很像方从难民收容所里逃出来，喘息未已，欲哭无泪，看上去十分滑稽可笑。人要衣装，是今日社会不磨之论；佛要金装，确也是句真情实话。

好在已有善男信女，在做着佛面装金的"大功德"，并且已经有完全重经装金的罗汉在内，因为新锐之气太重，和原来的它的旧侣，在色彩上表现出很远的差别，不免像了个暴发户了。

七、狮子林

"吴会名园此第一，云林画本旧无双。"

这是狮子林一间什么楼，楼上所悬的对联上的句子。我有些不记得了，不知有抄错否，我当时曾用钢笔在一张小纸上抄了好些字，到上海，丢了。因此，要我说狮子林的来历，变成了无案可查。其实我尽可向书局里的朋友借书参考，急于交卷，也就不管那一套了。仅知此园一度荒废之后，经苏州贝姓购得，大事修葺，始有今日之观而已。

狮子林我战前也玩过，是从一条巷内的铁门外叫守园人开门，守园人收到了你从铁门的铁梗之隙中递给他的名片，就开了门。我不备名片，当时不知用谁的名片，想不起了。现在那铁门虽设而常关，改从一个庙宇旁边的侧门而入。门口挂了一块"江苏省立印刷所"的市招，更有一块是什么官舍的市招，站有一位武装先生。我生平对于武装大人都有敬而畏之，畏而不知向他如何办理才好的"小民卑劣感"，当然不敢胡来，经证实确可进去无妨，又经那位武装先生亲口答覆"可以"，于是振作了好大的胆，完成"白相狮子林"的壮举。

走尽了曲曲长长而平凡得使人疑心走错了路的一条长廊，始入佳境。狮子林也像一个有学问的人，才情内敛，貌不惊人，不作深谈，无由窥见其满腹锦绣。

狮子林有一点比留园好得多，里面收拾得当相干净，不像是个无人收养的野孩子，可也就不及留园一般潇洒自然。留园向人说："你要来，来罢，不欢迎，不拒绝。"狮子林就有"大人在上，小的在这里侍候大人"的神气了。当然这是一种"欲加之罪，何患无词"的暴虐话，只可说着玩，不可认真。我对于狮子林自有好感，无论如何，这样一座煞费经营的名园，不知费去了多少思考上的心力，建筑上的人力，外加财力，及历来管理者的精力，今日有此模样，实在太不容易了。我不化一文钱，自由地在这里玩上几个小时，只有权利，并无义务，这多少值得感谢。所以说说笑话则有之，侮辱狮子林，我是不敢的，狮子林何知哉？岂可欺侮不会开口的狮子林。

八、狮子林假山

相传狮子林出于画师倪云林设计，"云林画本旧无双"这话，大概就是指此。

狮子林的特色，是重门叠户，幽曲盘旋的假山。除此之外，就无足骄留园之处了。如以留园与狮子林作比，虽然占地广狭有别，在眼界的畅朗方面，狮子林无法与留园争长，而在构造方面，狮子林终嫌不无堆砌之憾，这是狮子林的顾此失彼之处罢。不过以假山论假山，的确非常有趣，以小见大，借浅作深，谈者每谓非胸有丘壑，不克臻此。诚然，其间确非经过一番煞费苦心的经营，不能有这样鬼秘神奥的成绩，匠心独运，卖尽聪明，自属杰作。

那种假山不仅配合得巧妙，石质的本身，也是很好，奇形怪状，顽丑拙劣之中，别露出玲珑透剔的面目来。它们是一副饱经沧桑，受尽时间啃咬，而负创累累，近乎体无完肤的外形，而包藏了一个聪明伶俐，尝透了辛酸，澈然别有所悟，决不以外形受磨难太甚而减削了恬然自适之致的性灵。在形和神两方面，似乎不能谐合，成就了许多怪态，怪得令人不解，又令人喜欢。把许多怪石堆叠起来，并千怪万怪为一怪，于是狮子林的假山，觉得特别深奇奥妙了。

也像留园一般，一座大厅之前，一个大池，望去环池满眼可见假山。假山作峰峦起伏之势，可是都不很高。小桥曲径绿树，和假山相配，人影出没在桥上径上树下，在山影倒映池中之处，人影也映入池中。有两三位小姐，打扮得像上海舞女之流，走到那边山上，进山洞，出山洞，走到山面显露无掩所在，娇啼浪笑，装出各种姿势，连连向隔着池水迳对的一位手持照相机的少年问："这样好么？""好么？"忽然间，啊呀一声，一位卖尽风流体态，手扶铁栏杆，立在小桥上的小姐，不好了，栏杆脱节，风流体态失去平衡，一个站不稳，只见小姐娇躯突然矮了半截，一个不由自主的"坐式"，跌坐在小桥的石板上，好灵活的一个屁股，实实地压在冷冷的无情的石板上面，两条腿挂在石板之下，好险！石板受宠不惊，倒把小姐骇得怪叫起来。一时见者之不懂怜香惜玉者，无不哈哈大笑，池水上面，四周浮动着一些笑声。那小姐惊魂既定，忍不住自己也格格格笑起来，好妖娆呀，七分含羞三分娇，如果真是交际花，叫侍候她的男子怎生消受得了？不觉为之毛发悚然。那时候假山之间，也塞满了笑声，人在山中未露形，也看见了这幕喜剧，作笑而外露其声也。这时我坐在大厅内吃茶。

全园假山，几乎都是互相连贯，钻进假山走去，盘来盘去，盘上盘下，可以把你弄一个神志昏迷。在外面看着假山占领地域，不怎么广远，而走起洞来，才叫你知道走得足痠哩。

九、沧浪亭与可园

沧浪亭我尚未去过，而向往已久。从狮子林出来，一鼓作气，去游沧浪亭。我是步行的，在狮子林园内，我已走了好多的路，再加上去沧浪亭一段长路，真有点累了。可是我并不觉得苦，因为"沧浪亭"三字，对于我有一种诱惑，我以为像我这样一个人，要得游赏之乐，非付出一些步履之劳为代价不可，我凭什么比得上人家呢？我又何必和人家去比呢？所以我脚下虽苦，心下倒也泰然，反正我还忍受得了。

不料一到沧浪亭，才使我丧气。我开始感觉到对不住自己两条腿，腿的牺牲太大，所得游赏之趣太小，至多，我是一个来凭吊古迹的人，决不是一个来游赏之人，哪有如此遗矢满地的地方而说得上"游赏"两字者？

不必多谈，总而言之，这里比败落城隍庙更不如。或竟像老太婆"朝山进香"一般虔诚，去拜访沧浪亭，沧浪亭所给予我有报酬，除了一片伤心之外，有些什么？

我已经够憔悴了，不料沧浪亭比我更不堪。纵然事前我有为沧浪亭写上万言之勇，到了这里，勇气再也留不住了。

我若写出来，羞杀苏州人。

我游沧浪亭，笑杀苏州人。

沧浪亭对面，就是可园，里面设有一个图书馆，顺便走进去看看。玩过留园、狮子林之后，对着这个平淡无奇的可园，也有曾经沧海之感。兼以天色渐暗，归心已急，自己命令自己两条腿，跑不动也要跑。两腿遵命，跑回我那朋友的住处。

（《春秋》1945 年第 2 年第 7 期）

青阳地

子 琴

      当杨柳抽着细叶条儿，户外的风吹来已觉得"沁人"时，住在苏州城南一带的居民，谁都会想到青阳地的樱花该是含苞欲放了。青阳地之被辟为日租界，已是几十年前的事；而青阳地之被冷视，使它保住着特有的恬静，一些儿也没染到商业和政治气息，也是几十年了。居民们在春服既成之后，会想到青阳地的长柳、黄沙路和浓艳的樱花，大份是给春光挑动了游心，自然地想出去蹓跶一下，不然谁个有这样的心情，去欣赏人家视为至宝的樱花呢？

      青阳地的马路是铺着一层薄薄的黄沙，和两旁的绿柳一衬，恰像给这条路披上一袭明朗的春装。虽然是一条黄沙路，可是少有如飞的汽车驶过，所以不会尘埃满天。在路上过的车辆是人力车、自行车和马车，人力车在这里是最普通的代步，尤其在青阳地上行来，更觉得它和环境是再适合不过了。我们不是称人力车为东洋车的吗？在东洋租界上行东洋车，不知坐车人作什么感想？自行车和马车也很普遍，前者可以放胆踏去，不比城内路狭容易挤扎，后者则安坐其中，正好游目骋怀，何况得得的蹄声，又能增加若干乐趣呢。

      自从青阳地被辟为租界后，这里的商业好像没有兴盛过。这种不景气的持久，该非日本人所始料。这里不预备说明为什么会不景气，因为要留些地位来谈它的风景线。

      青阳地之美，就是美在它的静。马路的一面蜿蜒着一条纤回澄清的城河，那岸是古老的城墙，黝黑的城砖上生着缠绕的青藤，望去好似古堡般底森严。河上来往的船只，除了几艘轮船以外，大都行得很迟缓，因为经过的是以载重的货船居多。苏州关就设在此地，进出的货船大都要在关口做一番手续，所以在这儿行驶起来，就特别来得慢了。在清明时节出来散步，还可以听到隔岸的野哭，一阵阵凄离的呼喊被轻轻的风带过来。原来城墙一带都被许多穷苦的居民视作公墓，死了的人不得不埋葬，就在这里掘一个坑，掩埋了事。一到清明时节，他们犹不忘记到这儿来悼亡，烧一串纸帛，哭喊几声；一面是纪念亡者，一面也是被生活的鞭子威迫下的痛苦，借痛哭发泄一下。

　　路的那面是给疏疏落落的房屋点缀着。一路走去，青青的草地，要比屋子多。这其间，当然种着樱花，使许多慕名来观的人颠倒婆娑，乐而忘返。其实论樱花的品质，远不及我国的梅花来得好，香味既没有梅花的清幽，姿态也不及梅花之有韵致。来踏青的人，不过知道青阳地有樱花的，所以顺便观赏一番而已。这里该有什么砖瓦厂吧，赭红色的屋瓦，圆洞形的，方格形的，一簇一簇地堆在青草地上，好像没有人来看管似的。近年来听说红瓦的销路不佳，因为现在的建筑，在色彩方面大都用淡黄灰，材料方面则采用钢骨水泥，所以红砖瓦的销路也不兴，厂中该要作别的打算了。路的尽头，我们看见在绿枝丛中，飘着英国国旗，临风招展，好似故意示威似的，这就是苏州关税务司的住宅了。在这里给外国人安排下一个住宅，不受到城市的噪扰，走出门就是很动人的风景，这，他们在离开祖国之前，恐怕也没梦想到的吧。

　　从青阳地回来，要经过吴门桥，是一顶石砌的大桥，结实，稳固，表示我们固有的建筑并不低落。在环洞形的桥洞中，有一条石砌的纤路，大概只有二尺阔，许多好玩的孩子们最喜欢立在那里，看来来往往的船只。站在桥面上的人，很担心他不要落在河里去，但他们是兴高采烈，指指点点地笑乐着，绝不以站在那里当作冒险的举动。或许在他们小小的童心里，正在笑着大人们只会站在桥面呆看，不会到桥洞边来直接欣赏撑船人拿篙摇橹的姿势呢。

（《机联会刊》1937 年第 169 期）

宝带桥

周瘦鹃

一

宝带桥在吾吴东南十五里，亦称长桥。考明陈循《记略》云，唐刺史王仲舒鬻所束宝带以助工费，因名。长千二百尺，其下可通舟楫者，五十三洞。予六岁失怙，尝随母扶先君榇归葬吴中七子山下，舟过宝带桥，惊为伟观。今不见此桥二十馀年矣，至今忆之。薛氏《苏台竹枝词》云："翡翠双飞不待呼，鸳鸯并宿几曾孤。生憎宝带桥头水，半入吴江半太湖。"王眉叔有《菩萨蛮》词《宝带桥作》云："烟波小舫平于屋。画衫掩冉鹦哥绿。压鬟一枝斜。樱桃双朵花。　红桥迷柳絮。瞥向花深去。著眼未分明。空闻笑语声。"玩索其意，似于宝带桥下有艳遇也。

（《紫兰花片》1923 年第 15 集）

二

愚于故乡苏州之桥梁，以宝带桥之印象为最深刻，盖愚六龄失怙，先慈扶先君遗榇归葬七子山祖茔，即由葑门外过宝带桥而赴西跨塘也。环洞凡五十有三，当时尝一一数之，苦弗能准确，而印象乃长留于心版之上，迄未之忘。桥为唐代刺史王仲舒捐所束宝带易资建成，历代迭经修葺，计长一千二百馀尺，益以五十三环洞，在苏州桥梁中允称壮观，横卧澹台湖与运河之上，宛然天半长虹也。袁袠诗有"天河乌鹊起，灵渚彩虹孤"句，王宠诗有"鲸吞山岛动，虹卧五湖平"句，皆以虹况之。洪亮吉咏以《虞美人》词云："蒲帆过尽危桥百。径纵无千尺。便将蝃蝀屈成梁。只惜都无宝带、一般长。　泠泠桥外光如电。

云朵裁成片。顷传三万六千宽。闻说真仙不觳、放渔竿。"愚亦有《宝带桥词》五首仿竹枝体云:"鸳衾独拥春宵冷,昨夜郎归喜不禁。宝带桥边郎且住,欲求宝带束郎心。""春水葑门泊画桡,月圆花好度春宵。郎情妾意谁堪比,不断连环宝带桥。""茜裙白袷双携好,促坐喁喁笑语温。宝带桥头春似海,闹红一舸过葑门。""宝带桥边柳似金,兰桡欸乃出桥阴。卧波五十三环洞,那及侬家宛转心。""卧波五十三环洞,烟雨迷离数不清。恰似郎心难捉摸,情深情浅未分明。"七年以还,未能往拜祖茔,遂亦不获一过宝带桥,五夜乡心,辄萦绕于五十三洞焉。

(《海报》1945 年 7 月 9 日)

莲塘一瞥

周瘦鹃

吾家濂溪翁要算是莲花的第一知己了，他说莲花出污泥而不染，是花中君子，这两句话，真是确切不移的定评。吾家的堂名，就唤做爱莲堂，所以我也爱莲。

夏历七月初上，正在双星渡河之前，老友张云龛伉俪忽发清兴，约我们夫妇往苏州莲花荡看莲花去。我因爱莲之故，也就不怕秋老虎的威吓，同着凤君欣然命驾了。

那天恰是七月初二星期六，我们搭了午班车出发赴苏，一路言笑晏晏，兴高百倍。车过昆山时，我们愉快的幻想中，已仿佛见莲花万朵，翠盖红裳，已一一摇漾眼底了。又哪知半个月后，这一带竟变做了血飞肉薄的大战场。

我们到了苏州，下榻苏州饭店，房间恰恰沿街，纱窗六扇，一一招风。云龛又唤侍者买了个大西瓜来，我们便剖瓜大嚼，披襟当风，顿觉得身心都有凉意了。休息了一会，打电话找程小青，兀自找不到，却找到了赵眠云，便请他明天作导游莲花荡的向导。

傍晚没处去，便脱不了寻常窠臼，到留园、西园去走走。亭啊，桥啊，水啊，水中的鱼啊，都一一如故，又有人对我们说那只只听得说而没有见过的大鼋了，我们一笑置之。云龛爱摄影，忽指着一角亭子和一抹垂柳道："这可以够得上摄影的。"可惜反光不能摄。留园池塘中，略有莲花点缀，这是我们到苏后第一次和莲花行相见之礼，心中先觉一喜。园中有孔雀二三头，曳采羽，翩翩顾影，很有瞧不起人的神情，我们都想看它们开屏，却没有看到。凤君和云龛夫人都是胆小而怕狗的，我和云龛便做了镖客，给伊们保镖，真麻烦得很。晚上眠云、逸梅同来长谈，到夜半方始别去。

第二天早上，我们便兴兴头头的游莲花荡去了。汽船从南新桥下出发，带着采芝斋的瓜子糖果，大家吃着谈着笑着，沿那青杨堤过去，好美丽的宝带桥，不一会已像长虹般现在眼前。记得六岁时，哭送父亲归葬七子山下，曾数过这五十三个桥洞，忽忽已二十四年不见了，不道今天又过桥下。

一路上过去，看夹岸随处是莲荡了，满眼新碧的莲叶，亭亭立着一朵朵的白莲花，抬头挺立，真像是志高气傲的君子一样。那清远的花香，随着微风送来，沁人心脾。一时高兴极了，心中乱乱的，想起许多莲花的故实来，甚么六郎貌如莲花啊，潘妃步步生莲花啊，叫化子唱莲花落啊……全都拉在一起，一面又暗暗哼着康步崖《采莲曲》云："侬如池上莲，郎似莲中子。风吹花不开，裹子入子里。"

我们在一个大莲荡边停下船来，我们一行人都离了船，沿着一条小径走去，走不上十多步，却见野草碍路，老树牵衣，不能再过去，只索立住，对莲花呆看了一会。凤君向花农买了一株擎在肩上，我瞧着，不由想起蒋心馀"脸际荷花开窈窕"的词句儿来。

回到船中，有花农攀着船舷兜卖莲蓬，我便买了二十枝，大家分食，凤君剥莲子相饷，又想起"不食莲菂不知妄心"之句，暗暗咀嚼了一会。云龛夫人忽把莲蓬梗做了烟斗吸纸烟，我们便也效尤起来。隔壁正泊着一艘花船，听那姑娘们和狎客谑浪笑傲，打情骂俏，倒又别有风味。

我们预备再到黄天荡去，不道船机坏了，大杀风景，修理了半点多钟，还是不能动弹，好像病人般瘫痪在那里，直急得我们求神念佛，没法摆布。直到午后两点多钟，方始开到胥门，便到金狮巷小仓别墅小息，点心之美，胜于上海五芳斋。彼此装饱了肚子，便鼓着馀兴，再游顾氏怡园，在莲花池上拍了几张照。匆匆赶到新太和用晚餐，餐后便搭火车回沪。逸梅为作《挹蕖小纪》，茂美可诵。

（《紫兰花片》1924 年第 21 集）

苏州的莲花
——夏日杂忆之一

锦　武

"江南莲花开,红光照碧水",这是梁武帝《子夜夏歌》中的二句。读了后,不禁抛卷发深思,想起我的故乡苏州来了。逃难到上海,已有一年馀,这代表物质文明的东方大都市,我已对它发生了厌恶。一天到晚,被各种车辆来往发出的重浊的声响,闹得头昏眼花。东西放在桌上,不到一刻,就铺上了一层煤灰,空气的污浊,就可想而知。还有内在的,人心的险诈与荒淫,精神上的桎梏,都足以增加你的失望与灰心。除了一条黄色的浦江,那里来所谓碧水?除了夜色下刺眼的霓虹灯光跟汽车辗毙了人地上的血光之外,更那里来什么梁武帝意忆中的红光?花是有的,不过已成为高价的商品,像囚犯似的关在商店的橱窗里。物质文明到极度,精神上的摧残也达极度,这更使我不禁想起我的故乡苏州来了!

就讲夏日吧,你倘幻想自己生了羽翼,在苏州的底空盘旋了一回,在习习的凉风中,你俯瞰地下,城之东处,有一处广袤十馀里的荷花荡,幽然的清香,在夏的空气中荡漾;你再飞进城去,疏落的园林,到处开放了满池的莲花,红的白的,何等美丽;人家的院落里,也摆着一缸缸的莲花。在苏州,莲花是不值钱的,天井又大,种上一二缸,不算一回麻烦的事。缸是特制的,外面姜黄色,里面像琉璃瓦一般的绿色,这种缸的名称,就叫荷花缸,放在石板天井中,用木架支着,风吹,雨露,日晒,莲花便自然的开放花朵了。一缸中,多起来也有二三朵。在日长似岁的夏日午后,放下了帘子,躺在竹榻上,从疏密不匀的帘衣中,望着天井中的莲花,日光下,她粉白的花瓣,胭脂般的花尖,衬着绿叶,自然有冉冉的风姿,这种静的境地支配着你,使你忘记了一切。还有些人家,他们收集了千百朵的莲花,用旧时的蒸馏法,提取她的液汁,这样便成了荷花露,可以解暑。纯粹的荷花露,其芳香之味,是最好的茶叶也比不上的。

城东的荷花荡，也是苏州名胜之一，是一个产藕的所在。因为距城太远，所以不大有人去玩，只等那里的希腊武士般的农民，把一担担的荡藕，挑进城来，踏着碎石子的街道，在烈日下高声喊卖，化了很少的代价，就可以咀嚼荡藕的清甜之味了。要去那里，新式的交通工具是不通行的，因为都是水道，必需雇一小舟，出了葑门，大约二三个钟头之内，便可以到了。清晨出发，到那里还未日中。

在距离荷花荡不远的所在，是很辽阔的大湖面，名叫玳玳湖。湖中有一座长长的石桥，名叫宝带桥，全桥有五十三环孔，像一条长蛇，曲屈在水中。河四面皆环青山，蓝色的天空，覆着碧波。波面还有农家放着的白鹅，成群的逐着水。船在湖中摇，风浪有相当的大，过了那里，便是荷花荡了。一堆堆的莲花，红色的居多，碧绿的荷叶，碧绿的水面，红莲一朵朵的镶嵌在中间，毫无次序，远远望去，好像一个美丽的画面，色与香都足使你陶醉。像田岸似的，荷花荡中，也有一条条狭窄的水道，船沿着摇，莲叶擦着船边发出嗤嗤的响，你可以伸手出去，任意摘取几只已经结实的莲蓬，乡民是不会来责备你的。

摇到荷花荡的尽头，又是浩浩的大湖了。船就掉转了头，尽在荷花荡中穿来穿去，一阵风过去，莲叶被吹得东倒西歪的，同时就有带些清苦的香味，送进你鼻子。到了吃饭的时候，你可命船家，把船摇到花叶最密的处所歇着，或傍在柳荫之下，摘几片莲叶，把船上预备的鲜肉用莲叶一片片的包了煮来吃，其味是难于形容的。

游荷花荡的人是不多的，除了赤裸着身子在水中挖藕的乡人之外，往往你的船摇了半天，遇不到第二只船，在这寂静的氛围中，除了橹声水声，远远农家的水车声，四围只是寂静。游荷花荡最好的时节，莫若夏末秋初，那时莲花将残未残，莲子已经结实，天空中多了棉花似的浮云，风紧了一些，一阵疏疏密密的秋雨，打在莲叶上，索索的声响，是再动听也没有了。有时浮云四合，天地黑暗，一叶片舟，荡在四顾无人的荷花丛中，心头觉得有些微微的紧张。但那时的情绪，真是难以形容。

不喜欢冒险的苏州人，赏荷之举，都在附近园林中举行。娄门的拙政园，建于明代，园景的点缀，被人比诸倪云林的山水，园中的荷池很大，比了荷花荡，又是别有风味，因为拙政园荷池的四周，又有亭榭之胜可以赏心悦目。一到莲花将放的时节，园中就卖起赏荷早茶来，每碗不过二百文——这个数目在上海人的眼光中看来，正好比数学家看无穷小数一样。我家就住在园之附近，每逢夏季，除了下雨之外，几乎无日不往的。因为近，就随随便便，穿了短衣，踱了进去，穿过一条深幽的夹弄，二旁的高墙，挡住了日光，数百年的苔色，已经斑剥得苍老可怕了。再跨过几座假山，那嘶嘶的蝉鸣，提醒了夏的节序，荷花池旁边，设着藤椅，茶客随便躺着，浏览着当天的报纸，闲谭着一切。有的嫌着园中的茶味太坏，自己带了上品的茶叶来，对着满池的莲花，细品慢饮，充分摆出有闲阶级的架子，这样便消磨了一个溽暑的上午。

现在呢？荷花荡的四周，都变成了游击战场，拙政园已被伪省府占据，禁止一切游人，人家已十室九空，再没有闲情逸致的人去欣赏帘外的荷花了。可是破残的家园，仍旧在我深深的回忆中留下一个永不能磨灭的影子。

（《文心》1939 年第 1 卷第 10 期）

黄天荡看荷花

范烟桥

　　苏州葑门外黄天荡多荷花，在承平时，每约伴雇舟以往，而曲院更以此为花间韵事，粉白黛绿，与水光云影相映，浅斟低酌，尽一日之欢，里俗诮为"隔水炖"，若在夕阳中归去，亦复炎燠尽消，凉意顿生。往日船菜之脍炙人口，都由于此。战乱以后，士族没落，而荒伧暴发，安有此雅兴，故荷花已冷落十年矣。小青兄于消夏湾仅见红莲一朵，以为未足，乃于前日雇瓜船邀余往游。

　　黄天荡俗称荷花荡，荡之西边，聚居相连，荷花即种于门外或屋边，以菱草为外围以护，得不受风浪所动。是日阵雨甫过，湿云漫天，故无炎日之威，而风来无遮，不禁作快哉之呼。初入荡，遥望荷叶成丛，不易见花，偶得一二，辄相与称赏。后过杨枝塘，花渐繁，洁白如玉琢粉装，亭亭净植，如遗世独立，而风过处挟清香俱来，更令人意远。料想在黎明时来此，当更有胜概。维时阵云复起，瀚然如潮涌，如絮堆，如气蒸，蔚为奇观，而色如泼墨作米颠书，西边复衬以落日馀晖，奇丽得未曾有。

　　村人方罢农事，就塘水游沐，无论老幼男女，皆袒褐裸裎，浴沂风雩，殆有原始之乐。彼等咸云将有大雨，恐不及入城。两家眷属以无所隐蔽，皆以为虑，促舟人加速返棹。风云推展，顿如天低欲压，不敢回首，盖雨势追踵而至。然余与小青披襟当风，以为难得之遇。及至横街，舍舟登岸，仅着雨数点，天公实故意吓人耳。

（《新闻报》1947 年 7 月 31 日，署名含凉）

虎丘游记

吴镂伯

　　己未六月，余适旅苏。苏之胜，向推虎丘，夙耳之而未履也。友束招，欣然往，出胥门，有舟舣以待。舟小，可受四五人，而雕楼画桨，洁无尘埃，所谓画舫者非欤？舟行轻快，转瞬渡胥江，胥江者，城河也，至虎丘可十里，又名十里山塘。当是时，暑雨初霁，荷风送凉，丹霞彩云，与盈盈绿波相辉映，两岸翠柳迤逦，因风摇曳生奇致，而莺歌呖呖，蝉声嘈嘈，若为吾人助游兴者，诚天然画稿也。既抵虎丘，舍舟，行数武，有额曰"虎阜禅林"。其间荒场广阔，多树，旁有古鸳鸯圹，碑曰"长洲蠡口倪士义妻杨烈妇"，碑无年月，不知其瘗何年也。北行有门，匾为"路接天阊"，入门西向转北，至拥翠山庄，蛎墙嵌石，镌"龙虎豹熊"四字，笔势苍劲，有龙跳虎卧之概，傍多葱茏碧树，秀蒨可挹。复经小院，有屋三椽，名抱瓮轩，轩无长物，惟楹联匾额耳，有田国俊一联，词曰："香草美人邻，百代艳名齐小小；芳亭花影宿，一泓清味问憨憨。"观此可以悟是轩之主矣。转北曰留屦径，曲折而达问泉亭，亭中有吕祖百字碑，碑文不复记。再前行，入灵澜精舍，先我而至者，高坐品新茗矣，风来气爽，时沁花香，淘避暑之佳构也。旁有月驾轩，廊之右，立钱大昕"海涌峰"碑。考虎丘，初名海涌山，《史记》载阖闾冢在吴县阊门外，以十万人治冢，取土临湖，葬经三日，白虎踞其上，故名虎丘山。碑之立。殆从古欤。精舍北，有送青簃，浓阴翠色，别饶雅趣。转西拾级登冷香阁，阁面狮子山，为邑人新建，将以备骚人墨客寻梅赏雪处也。出冷香阁，山石亘数亩，苔藓生其上，如石田然。南有千人石，北有碑曰"虎丘剑池"，碑为颜鲁公书，苍秀多致，良足宝贵。苦阻短垣，剑池未及见。垣之旁有二仙亭，碑镌吕纯阳、陈希夷像，及纯阳自传文，联云："梦中说梦原非梦，元里求元便是元。"仙人吐属，令人生潇洒出尘之想。亭前耸秀壁，交林上合，峰崖重叠，峻极瑰诡。

壁下立"可中亭"碑,《广舆记》云,宋文帝于生公讲经时,会僧施食,人谓僧律过午不食,帝曰:"始可中耳。"生公辩曰:"白日丽天,天言中,何得非中?"举箸而食。亭名以此。其外有碑曰"生公讲台",曰"千人坐",曰"生公坐位台",台均毁圮,石坳犹存,故迹荒凉,不禁盛衰之感。去二仙亭约五十步,见点头石,石凡三节,叠合而成,四围篆刻,摩挲莫辨,苍藤牵护,濯濯有生意。旋拾五十三级,登古刹,闻即和靖书院故址。刹后高耸七级浮图,名虎丘塔。循刹东檐行,至剑池,水声潺湲,池上有双井,相传阖闾墓其下。考《吴地记》,载秦始皇至虎丘,求吴王宝剑,其虎当坟而踞,始皇以剑击之,误中石,石陷成池,故号曰剑池。未闻其墓于井也,岂传之失真耶?双井架峰巅,依峭壁。斯为峰之最高处,远眺全城,天平在望,一声长啸,山谷响应。循径前游,复回古刹。更向南行,则两山对峙,碧树翳天。东山有古真娘墓,《云溪友议》云,真娘者,吴国之佳人也,行客感其华丽,竞为诗题于墓树。有谭铢者,书一绝云:"何事世人偏重色,真娘墓上独题诗。"斯意盖微而讽矣。山之西,有枕石。枕石之东,有试剑石,即吴王试剑处。更前行,泉水泠泠流石上,黏屐为湿,意所谓憨憨泉者,此其是矣,乃环山遍寻,杳不知其所在,蔓草深覆,非披蒙茸,不可得也,于是躞屐泉旁,玉花喷飞,甘香沁露,宜为陆羽所赞赏矣。徘徊久之,日已卓午,返舟共酌。以溽暑侵人,挐舟留园,纳凉荷榭。及游倦归来,已一钩新月挂云边矣。

(《新游记汇刊》第三册,中华书局1921年5月初版)

虎丘记

庄　俞

　　三吴多佳山水，而吾郡城右近，无一丘一壑，一池一沼，可以游目骋怀。余性好游，少时闻乡大夫买棹去虎丘，心辄怦怦动，及归，道其胜历历如数，益梦想而神往。比年倥偬，鲜暇日，今春竹庄、练如相约往游。

　　以二月三日之晨，附沪宁铁路汽车抵苏阊，雇驴往。及山麓望之，高不十丈，春风初动，林木未绿，山巅童童然，游兴为之一沮。道旁一败宇，瓦砾丛积，有六角石栏斜置之，旁峙片石，镌"憨泉"二字。或谓余言，井固有浅水，俗疑中有怪，游人过此，辄拾碎石投之，历久遂湮。噫，是诚可怪也矣。自此而上，至拥翠山庄，更入为灵澜精舍，户外有一亭，题曰"问泉"，殆因憨泉而建者。精舍之右，构一小阁，是为送青簃，壁间悬石揭横额，备志虎丘诸胜迹。乃进茶使而问之，则或存或亡，或且不知所指，名之不易久留也，固如是哉。自精舍西隅入，有断涧，涧上驾石桥，相传有吴王之墓址在焉。桥左一孤塔，围以短墙，圮废不可登。折而东下，为剑池，水清而浅。其旁为二仙亭，亭之壁镌"生公讲台"四字，径大三尺。亭之前一巨石，面平坦，四周驳落多隙痕，是为千夫座，而血湖池在其旁，真娘墓在其外，类皆一览无馀。由血湖池前直登正峰，乃虎丘之最高巅，有古寺。由寺后拾级而下，为山后游。过牛马王庙，高下曲折，才行半山，仍至憨泉亭。寻所谓鸳冢，则于丛草间得一阜，高约二尺许，绝无碑碣可审矣。

　　呜呼！吾之为是游也，积十馀年之羡慕，以为必有可观，乃绕山一周，所谓胜迹者，一抔土也，一片石也，一泓水也，一废塔也，一败寺也，一敝庐也，一涸井也，一圮桥也，如方寸面部而耳目口鼻毕具于是，曾何足系游人之管领哉。余喟然谓游侣曰。"古今来有名无实之事，大抵人与物多有之，不意山水亦有然者。"竹庄曰："然，然吾辈无今日游，又焉知其若此。"乃亟亟呼驴向阊门而去。

民国十二秋重游于此，则已大加修葺，新建冷香阁，可以茗坐，近且有陈去病先生公葬于山前矣。民国二十四年十一月十日注。

（《我一游记》，庄俞著，商务印书馆 1936 年 2 月初版）

虎丘游记

一　帆

韶华过眼，花事阑珊，一时绿叶成阴，已到清和天气，园中玫瑰怒放，娇红欲滴，而婪尾残矣。自甲子年至于今日，记者常奔驰于苏沪宁镇之间，国步艰难，地方多故，而姑苏城外之名园胜地，亦顿呈荒凉寂寞之观。今民军既克江南，苏人遂有欣欣向荣之象，山塘虎阜一带，游客如云，记者亦买一小艇，作虎丘之游。于是记者之不到虎丘者四五年矣，风景依然，江山如画，昂头天外，不自觉其寄思之绵邈而寥廓也。

时为清和月之十五日，风日晴融。时当卓午，舟子舣船门外，记者登舟，即放棹而行。舟小而精，由齐门水城出，循铁路之平行线，转入阊门半塘一带，双橹如飞。由新建之平门大桥经过，桥工仅成其半，屹立水中，停工三年矣。若从堪舆家眼光论之，则新辟之金平两门，于形势上皆有不利，第现在值破除迷信时代，旧学说绌于新学，即有反对辟此两门者，亦皆付诸不问不闻之列。然而自辟此两门而后，苏浙战事，随之而起，继以奉军南下、孙军驱奉、党军定难诸役，数年之间，鹤唳风声，谣啄四起。苏人胆怯，颇见栗惧，有力者纷纷迁沪，即中人之家，亦皆拮据避地，以免危险。迨租界戒严，纠察队缴械，谣言多多，转倍蓰于内地，乃纷纷仍由上海迁回，劳民伤财，亦未免自笑庸人之无端自扰，且转为反对辟门诸人，造成一种辩护之材料。昔吴王阖闾筑城，除今六门而外，尚有蛇门、平门二门，原为八门，后世惑于形家之说，乃塞蛇门、平门而为六门，此反对辟门者之根据也。

自阊门外以至半塘，水清而洁，空气澄鲜，夹岸垂杨窣地，间以杂树，树阴中时露红楼一角，掩映于万绿之间。河边时见浣女，揎其短袖，玉臂莹然，时露媚态，暖风徐来，吹其鬓发，飘飘欲动，浣女举手掠鬓，意态佳绝。昔人诗曰:“阊门过去盘门路，一树垂杨一画楼。”信不虚也。

午后二时，船泊虎丘山下矣。记者摄衣登岸，入虎阜寺之山门，门外有额，大书"虎阜禅寺"，盖原名虎阜寺，而清乾隆南巡时，改为云岩禅寺者也。入门风景，一一如旧，惟鸳鸯冢畔，新建一吴县救火联合会公墓，盖近年救火会员因救火而奋不顾身，因公殒命者之公墓也。二门以内，哼哈两将，犹昂然植立。古真娘墓，则已建一小亭，植其墓碑于亭之正中，缭以曲栏，且设石级，以供游人凭吊。真娘墓之对方，即憨憨泉，泉旁有摄影馆，兼售新书及他种器物，屋为新建，是时游人杂沓，摄影者亦甚多，此种营业，亦投机之一种也。

迤逦登山，至千人石，即"生公说法，顽石点头"之处。千人石之正中，周氏经幢，耸然而起，幢凡七层，似一缩小之塔，去年所建也。吴人有反对之者，亦以破坏风水为言，其实经幢不高，仅及五十三参之半，即以地形而言，亦无关系，特迷信者假作藉口耳。过千人石，东转而登，历石磴五十三级，即所谓五十三参也。上为佛殿，供如来及文昌、伏魔二帝。更转而东，则为观音殿，殿中塑四面观音立像，四尊皆千手千眼，法身长及数丈，顶有宝盖，缨络四垂，塑功至精。寺僧名开诚者，殷勤留坐，出茶点相饷，坐处精室三区，隔以木栏，普通游客所不能到。寺僧共十馀人，住持僧为心传，出行未返。室中书画极多，而佳者至尟，仅韩国均集吴学士彦高语为一联云："归客自伤青鬓改，高僧长共白云闲。"尚洒落有致，殆归田以后作也。因忆曩年小住扬州，汪鲁门君邀至徐园午餐，园有徐宝山铜像，韩亦有一联曰："起家吴越钱真美，死难江都来护儿。"钱真美即钱武肃王，以盐贩起家，持较徐宝山，恰如题分，而彼时方当袁氏专政，韩居然以袁比宇文化及，咄哉此老，可谓有胆。寺僧又引至轩后小憩，开窗当风，适当山后，密树交柯，绿阴如海矣。记者略餐茶点，而茶味甚清，据云即为憨泉之水。既犒以银币二枚，寺僧犹导至废塔之旁，徘徊瞻眺。寺僧谓塔后原为大殿，四围则罗汉堂、经楼，红羊时代，发军纵火焚之，火七日夜不息，而塔终不毁，但焚其飞檐栏楯而已。以前尚有登塔者，嗣以塔势倾斜欲坠，乃叠石堵其四周门户，今则为鸟雀之空中大公园矣。

旋登塔右山峰之顶，俯视剑池，水作碧色，而天风琅琅，引裾指面，心境为之一爽。盘旋而下，复登千人石，少女数人，方相将摄影，短发玄裙，似曾相识，见记者与荆人趋步而前，身后随一侍儿，乃相视微笑，翩然背面而行。石壁镌"虎丘"二字，大可方丈，作颜鲁公体，俊拔可喜。生公坐而说法之处，亦镌"讲台"二字，相传为六如手笔也。已而折磴而登，入冷香阁，登楼一望，山色当窗，湖光拂槛，全吴风物，如在目前，惜不在梅花开放之时耳。

冷香阁之建，不及十年，阁外梅花百馀株，花时寒香四彻，标格清绝，冷香阁之所以名也。阁中悬联至多，可记者仅吴人陆恢一联云："榛莽一丸泥，赖名士题碑，英雄葬剑；梅花三百树，有远山环抱，高阁凭陵。"笔力横肆，寄托恢宏。又庄思缄先生一联云："天教桃李作舆台，尚有残梅一枝亚；能遣荆棘化堂宇，莫负黄华九日期。"运用成句，皆如己出，而自负绝高，有"振衣千仞冈，濯足万里流"之概，诸联中之最佳者也。时有品茗者数人，似亦文士，而不操吴音，互议兹联之用字曰："残梅有颓唐之象，何不改残字为寒字，则全局振矣。"记者不期谓之曰："诸君之言诚是，特此联完全成句，一字不可易也。"诸人矍然曰："吾辈乃未思及此，今日承教多矣。"记者逊谢而退。行至阁之左廊，又见张仲仁先生一联曰："高阁此登临，试领略太湖帆影，古寺钟声，有如蓟子还乡，触手铜仙总凄异；大吴仍巨丽，最惆怅恨别惊心，感时溅泪，安得生公说法，点头顽石亦慈悲。"此联盖作于民八民九之时，军阀方各握重兵，互相猜忌，大有一触即发之势，而军纪风纪，又日趋腐败，先生慨然言之，以见顽石尚能点头，军阀万恶，直顽石之不如。以上三联，陆联以雄浑胜，庄联以超脱胜，而先生之联，则言下怆然，一片伤时忧国之音矣。

出冷香阁转而东下，至一小轩，见洪文卿一联云："问狮峰底事回头，想顽石能灵，不独甘泉通法力；为虎阜别开生面，看江山如画，翻凭劫火洗尘嚣。"语亦清隽不俗，且媵以跋语，谓虎阜沿磴，肆廛偪湫，红羊一炬，而山之真面始出，会郡人重建精舍，为题此联云云，皆殿元公之手笔也。盖洪杨以前，虎丘为姑苏名胜，廛肆皆鳞次栉比而居，胜于今日之元妙观数倍，且以前之米麦豆及丝茧各行，皆在苏州枫桥，而山塘且为参药行集中之地。迨李鸿章自上海进兵，攻击苏州，清军力攻，洪军力守，步步为营，猝不能拔，李乃亦以步步为营之法困之，自枫桥至于阊门城外，且攻且纵火，每进一步，必焚其所以据守之庐舍，俾洪军反攻时，无可掩蔽，攻至上津桥，去阊门止有一里，都云官等乃因戈登、程学启乞降，而枫桥至上津桥七八里间，已成焦土，可见当时战事之烈。苏州既定，各商之贩货来苏者，无行可投，遂退至无锡交易，自此无锡之米豆丝茧各行，地位营业，遂为通省之冠。此亦吾苏商业上之一段沿革史也。

时已薄暮，纵步归舟。在记者登山之顷，有童子一人，敝衣破履，年事约十龄以下，肩随记者而行，喃喃述虎丘之古迹，如数家珍。记者犒以铜币二十枚，笑曰："此《大食故宫馀载》中阿兰白拉宫之马格雷也。"

归途遇党军数人，恭而有礼，绝无犷狠伧狯之气。舟人絮絮告吾，谓前年北军驻苏之际，清明时节，有买舟扫墓者，行至中途，忽来兵士二人，大呼令泊，舟人不敢不从，移舟傍岸，兵士乃一跃而上，询舟人中何往，以扫墓对，兵士见其榼中满盛肴酒，大喜，迳取啖之。舟中人曰："此吾供献祖先者也。"兵士大笑曰："然则吾权作若辈祖先一次如何！"舟中人无敢抗拒，任其饱餐而去，亦趣闻也。

归舟之顷，电灯明矣，倒映水中，动荡闪烁，灿然若星斗之丽天也。既归寓楼，乃捉笔记之，拉杂述其所遇，不复顾及文字之体裁矣。

（《旅行杂志》1927 年第 1 卷春季号）

小吴轩

吴秋山

　　虎丘为苏州名胜之一，距城只有七八里的路程，交通便利，水陆无阻，无论是驱车，或蹇驴，或坐船，或徒步，都可往游，所以那儿的游客，几乎每日无之，若值春秋佳日，则更士女云集，往来如织。诚然，虎丘确是值得一游的胜地。虽然那山并不见得有什么奇峰邃壑，但却曲折有致，兼之许多轩阁亭台，塔坟寺院，园囿花木，泉石池井，点缀其间，更觉生色不少。其为名胜，岂偶然哉！

　　虎丘山上的胜迹，固然很多，然在不佞看来，却以小吴轩为最可爱。轩在虎丘寺东南隅，建筑在石壁之上，是一间长方形的厢房，素朴苍古，不尚时饰。轩中仅一二横匾，数对板联，和几件残旧的台凳而已，此外别无长物。然古色古香，更觉自然。而轩外风景，尤极佳丽，此所以为可爱也。《虎丘志》云："小吴轩在寺东南隅，飞架出岩外，势极峻耸。平林远水，连冈断陇，烟火万家，尽在槛外。朱乐圃文称小吴会，张氏名天开图画。"好事者云："过吴而不登虎丘，俗也；登虎丘而不登小吴轩，亦俗也。"可见此轩之妙，自古已有评价了。

　　此轩之名"小吴"，据周永年云："或谓小吴轩之所以名者，取孟子登东山而小鲁之意。"是则登是轩而小吴也。虚堂禅师诗云：

　　"结茅初不为孤峰，只爱登临眼底空。风澹云收见天末，始知吴在一毫中。"又顾阿瑛诗云：

　　"云没群山尽，天垂落日悬。凭虚俯城郭，隐见一丝烟。"又周伯琦诗云：

　　"小吴轩高出半天，吴城俯见一点烟。绿阴拂槛山寂寂，空中灵籁时泠然。"都是这个意思，因为轩在山岩高处，登临俯瞰，吴城就很渺小了。至此轩之称"小吴会"，不知有何根据，现在无从考证出来，只好暂付阙疑。而所谓"天开图画"，当是指轩外的风景而言。张宪诗云：

"何处俯姑苏，层轩列画图。玉墀行殿草，珠树寝园乌。蚁蛭观群望，牛涔视五湖。试凭空海眼，一览尽句吴。"可见这儿景物之美，直是一幅画图了。

轩又别名望苏台。据庞国钧识云："按《虎丘志》，俱云小吴轩在虎丘云岩寺东南隅，朱乐圃称为小吴会，张氏名以天开图画者也。今此轩久坍，而别有所谓望苏台者，讹传为东坡作，殆以明胡缵宗建仰苏楼，辗转附会耳。"庞氏的话，颇为合理，仰苏楼在天王殿的东面，相传为东坡楼旧址。大概小吴轩之所以别称望苏台，当是因此附会而来的。不然，若欲望苏，则山上其他轩阁庄楼都行，诚不仅小吴轩已也。

不佞每至吴门，必游虎丘，游罢虎丘，又必在小吴轩里休憩，与友伴啜茗清谈，或静静儿凭栏眺望轩外的烟景，实是颇堪骋怀的事。不过这并不是有心爱慕什么雅名，只是藉此可以暂时忘却人间苦味罢了。

游虎丘者，大抵喜欢在冷香阁或靖园休息。有时虽过此轩，似乎嫌它朴陋，每多溜过而去，很少有人作较长时间的逗留。因此，尽管游客是那么地多，而轩中却常是很清寂的，简直如像僧舍一般，虽是落叶、鸣禽、幽磬、梵呗之音，也时常可以听到，然而这种境地，在下却很耽喜，不知怎的，终觉得比什么华屋大厦，要远胜得多，故辄为留连竟日，不忍遽去也。

话虽这样的说，但是事实上能够在那里闲游的机会，却并不多，现在算来，不到小吴轩又将两年了。主要的原因，当然是受业务的羁绊，不消说没有重游小吴轩的馀闲，就连到上海的近郊去散步的时间，也是很难得的。今天接到司马君从苏州寄赠一套虎丘的风景片，又使我想起小吴轩来了，旧游的痕迹，重新映上心头。未知此去何时得再往游耳？

（《茶墅小品》，吴秋山著，北新书局 1937 年 6 月初版）

春天的虎丘道上

周黎庵

自从来苏州之后，已经有四次到过虎丘了，譬如有朋友慕天堂之名而到苏州来，能不陪他们上一趟虎丘吗？因此这样小的地方，在短短时期中竟去了四次。记得去的时候，一次是初秋，二次是深秋，还有一次竟在严冬。这几次印象于我都极劣。暖和的春天降临到人间之后，我又找着机会去了一次，我要去看看虎丘道上的春天，和袁石公集中挟红裙游山的游客。

今年的春天来得极慢，三月将尽才有一天暖和的春光；而这样瑰丽的一日春光，又正是星期日，我想起冷清清的虎丘山上，一定是游人如织了。

苏州狭小的街道，真令人对之摇头。这种曲曲折折的小巷，要两手束在袖子里踱踱方步才见合式，远远听一声吆喝声，二个人抬一顶轿子慢慢走过去，那你还可以向轿帘里望望，是一个八字须老爷，或者是二八佳人。但是一有了人力车，这种街道便不行，车子比轿子快，横冲直撞，叫人躲闪不迭；尤其是雨天，真是讨厌死人，便是最阔大的街道，也令人感不到明朗的气氛，总是旌旗蔽空、锣鼓喧天的。但是一出了金阊门，便有了异样感觉，道路是那样阔，路旁又没有普通的房子。一带狭长的走廊，你知道里面是花木甲吴中的留园，再过去便是西江会馆，转一个弯，又是一个名胜地方——西园戒幢寺。过了西园，就得一望无际，只有虎丘山塔呈于你眼前了。

虎丘道上有许多交通的器具。骑马当然最合式没有，尤其是有爱人而不是娇怯怯的，应该帽丝鞭影，做一回走马王孙；即使不娴骑术，就是并辔走走，也不辜负那一条奉供跑马的道路。但是切不可去骑驴子，那是小孩子的玩意，一个成人不敢去骑雄壮的大马，而去在瘦小驴子上显威风，这才没有救药。至于汽车，我当然也是赞成的，有些人以为汽车是近代文明的产物，和中国的山水不配，我却不以为然，至少汽车是机械的奴隶，要比轿子、人力车，或是马车好得多，至于汽车何尝不可和中国山水相配合，我就是爱西子湖畔的汽车，只要它不拚命揿喇叭。日里或者夜里，一辆汽车从苏堤或是白堤驶过，被树木隔着一隐一现的，真并不十分难看。但是在虎丘山道驶汽车，那不免有些笨拙，短短的路程，风掣电驶就过去了，七里山塘的景色，就无从领略起，岂不可惜。折中一点还是趁马车，不过马车的声音太大，铁轮和石子相迸击，除了惊颠不计，休想和同车的品评景物。其实最好的办法，还是约几个年青的朋友骑自由车去，路既不远，决不会吃力，又不会像骑马那样累。徐志摩有一篇文章说到英国剑桥的自由车，他说："在康桥骑车是普通的技术，妇人，稚子，老翁，一致享受这双轮舞的快乐。"苏州近来确也有这种气象，除了老翁外，妇人只好说是女子，其他有军官，有大学教授，有店员，只要你走遍一条街，没有一家出租自由车的店才可惊奇。因此骑自由车上虎丘并不算希奇，你可以见到穿制服的中学学主，穿红红绿绿运动衣的中学女生，三五一群，在松软的黄沙途上着，骑着，他们的景象的确是安适和美丽，好像升平时代如剑桥的学生，早已忘怀去年风雪中奔走呼号，热血沸腾情况。时期才从冬季到春季，而他们变得这样快，从风雪和热血孤愤并合中的京沪线上，搬到春光旖旎的虎丘道上。他们已经失却上京沪线这种机会了，何能怪他们不上虎丘道么？

虎丘山麓下黑簇簇围着一堆人，车夫，马夫，另外一排百馀辆的车子，你准知道今天游客是怎样的多。还有一个摊子，卖茶兼卖水果零食，这里不分贵贱，车夫可以买，绅士也得买。这摊子的主人是她们两个，一媸一妍，这才令我感到女性的伟大，她们要卖茶，又要削甘蔗，一方还在煎一种烧饼，骑自由车的人到了，她们又会分身去张罗替人家保管，取些小费。她们是手忙脚乱，可是笑嘻嘻的。我知道她们的笑或许还有悲哀，她们的父母或者丈夫或许正在高卧未起，她们替他们负担家用和大烟。更奇怪的，她们中的一位，竟是美得很，我所说的美，当然不是衣饰的美和会烫发画眉的美。她只是穿一件灰色的布衣，束上一件围裙，自有一种自然态度的美。从前读李笠翁的《闲情偶寄》，有一文说到态度之美，我看到她方才得到佐证，庸俗脂粉竟比不上朴素之美的。

虎丘的景致，似乎一天不如一天了，三年前来此，虎丘塔还可以登临，现在却成了实心的砖柱，"会当凌绝顶，一览众山小"的兴趣当然没有了。尤其可厌的是新添了不少的新坟，我知道虎丘从前有古真娘墓和古鸳鸯冢，这两处古迹，其实很够，然而中国人据说是有八景、十景癖的，有了二个坟不够，一定要再添八个，以便凑足成数，给那些骚人雅士们歌咏歌咏。三年不到虎丘，奇怪极了，新的"古迹"又添了三处，而且都是孝子墓，看看这些大人先生的墓志，又像煞是十九世纪的笔调，不像是墓碑所题民国二十三年。总之，这班维持风教的大人先生还要借虎丘一块地来提倡愚孝，来保持他们地位；人家愚忠愚孝的事迹，供给他们在酒醉饭饱拥抱姨太太之馀，提起笔来凑成一副臭对儿，写出一篇满口世道人心的文章。这样下去，唐宋来诗人所讴歌的虎丘，一定愈弄愈丑，到了我们子孙手里，大概有些名胜之区，游人聚集的地方，一定竖满贞节劝孝牌坊，而风俗也就敦厚了。我几时做吴县县长，一定不管这些大人先生怎样，非把这些丑不堪言的水泥新坟铲平不可。

我在《苏台怀古——札徐圩》一文中说到怀古，其实怀古和复古不同，我怀的是古人的心情和风度，决不是峨冠博带行动迟滞的古人。在今日又得到我的佐证，试想虎丘成为名胜何止千年，那千年中何尝不出过多少道貌岸然的大人先生，然而他们并没有在虎丘造过一个孝子的坟，树过一块贞节牌坊，他们有一个女子古真娘，再有一个有悲剧意味的鸳鸯冢，既没有碑，又没有记，大家去凭吊凭吊，就知道鸳鸯冢是何等哀艳悲恻的一对恋人埋骨之地了。然而一到二十世纪的今日，水泥西式的新坟，竟靠着旧礼教一个个建筑起来，岂不是今人胜于古人的明证。古人戆气十足维持风化，今人于拥抱姨太太之馀维持风化，我之怀古，大概也从这等处做一出发点吧！

我极厌恶拍照，然而虎丘的游客却没有一个不带照相机的。我见一个舞女爬上"点头石"上拍一张照，风致楚然；一位西装少年却硬装出风雅的样子倚在石旁，叫人家给他拍，因为他知道点头石是"古迹"，所以他一定要和"古迹"风雅一下，拍完照，他们一群挟着舞女走了。

最可笑的是乾隆御碑拓本的生意特别好，大概谁都非出四毛钱买一张不可。淑女说：

"这是谁的字呵？"

"乾隆皇帝的笔迹。"绅男说。

"是不是就是三下江南的乾隆皇帝？我们去买一张。"绅男付了四毛钱，淑女挂着笑容说：

"我们买着皇帝的字了，真便宜得很。"

在后山，有三位大学青年在考据苏城古迹，因为有人演讲过古苏城遗址便是虎丘山麓，有一位看见一块石刻的墓道，有了惊人发见似的说：

"这一定是吴王夫差的墓了，我们去看看墓志铭。"他们真的戴起近视眼镜去看二三百年前的碑铭了。然而二三百年的石刻也已是模糊，他们是失望了。一位突然看见一带突起的阡陌（大概是种菜的），指着他的朋友说：

"你看，这大概便是古苏城遗址了，外面还有河，一定是护城河！"于是"古呵！古呵"的叹息声，从另一位青年发出来，他们赶去考据古苏城的遗址了。

虎丘的风景是人，到虎丘去的人也是为人，没有人决不会有这样热闹的虎丘，谁会在冷清清的天气跑到虎丘来？在热闹之中，我有了寂寞的感觉。若一个人，在枯树寒鸦之下，细细摹挲碑碣，或者碰着一位超逸的老僧，用不着通姓名互谈几句，这该是比较有些意思吧！我看红的绿的旗袍角，踏在石子里的高跟鞋，偎贴在西装边旁的胭脂和卷发。我在热闹与叫嚣之中，成了一个最孤寂的人。热闹中的孤寂，似乎比静寞的孤寂还觉得无聊，我废然走出"吴中胜地"的大门，从山麓的女子手中接着我的自由车，我默默地抽一枝烟，看她手忙脚乱地张罗，我见到生平第一次最美的姑娘。

(《蒯门集》，周黎庵著，庸林书屋 1941 年 6 月初版)

虎阜瞻幢记

郑逸梅

虎阜去郊只七八里，然羁羁尘俗，亦不克常游。忆自岁初探梅后，足迹未涉虎谿者，已春秋代序矣。一昨于金昌亭畔，晤君博、眠云、孔章三子，因述及周梅谷之经幢，遂相偕往瞻之。辚辚车行，倏瞬即至。过短薄祠，门锸不能入，眠云曰："殆祠神知我侪枵腹而来，故特享以闭门羹乎？"匆历憨憨泉、试剑石、真娘墓、拥翠山庄，而石幢巍然在望矣。幢立于千人石上，高丈许，计级七，巍有造像，又四大字曰"思弘圣因"，周围镌《弥陀经》全部，其下有老缶所篆"周氏所建经幢"六字，馀则费韦斋之幢记也，曾熙、冯熙、方还、金天翮、张丹翁、吴湖帆、任堇叔、天台山农数十隽彦之题名也，皆由梅谷手刻。梅谷固善运铁笔者，夫与梅谷同垂孝思之石幢，在阜者计鼎足而三，一附二偃亭，一傍生公台，惟越年久，而字迹剥蚀难辨，然妆点风景，有足动人低徊焉。时塔影斜阳，游人俱杳，盖已薄暮矣，乃趋冷香阁而登之。阁中悬翁印若先生之虎阜图，图绝巨，笔意超脱，似宋元人之所为，今夏先生归道山，则此遗幅，弥可贵也。依窗憩坐，且又苦渴，饮茗莽以解之，而当炉者为一娟好之女郎，举止亦闲靓可喜。予曰："是卓文君再世也。"君博曰："然则子为重生之司马相如矣。"予以不克胜为让，相与大笑。举目远瞩，众山如拱揖于前，嶙峋者，灵岩也；突兀者，狮岭也；嵌巇屹嵲者，天平支硎也。而弥迤平原，苍烟勃勃，村舍林樾，悉为笼孕翳蔽，暧昧之状，有非昼日炯晃中所得而领略者。坐既久，乃出，而访第三泉，崖石洼然，澧泡硏砑，为今岁新疏引者，厥水清冽，可比之于中泠惠泉者也。游至此，夜气幽穆，不能再留，遂驱原车而还。

（《孤芳集》，郑逸梅著，上海益新书社 1932 年 8 月初版）

靖园窥虎记

郑逸梅

七里山塘，颇多胜迹，而李公祠之靖园其一也。谷雨后五日，于课余偕云荞往游。入门，便见曲园老人之榜书，盖即园之题名也。园不大，而洿池叠石，列植交荫，徜徉其间，有足以使人悠然意适者，斯亦难得遭止之佳境也矣。池旁山茶，渥丹赫烜，苞坼春风，而有美一人，舒其纤腕，摘琼朵以饰襟扣。余谓云荞曰："是真东方茶花女也。"相与一笑。既而入水竹居，居接春玲珑馆，深虚旷洁，可以憩坐。楹柱有联云："四面云山馀虎气，一池水月伴鸥眠。"园邻虎阜，故联语云云。稍西，一楼高峙，拾级而上，则阜塔巍峨，山庄拥翠，一一呈于目前，似披名人画本。余曰："脱携诗囊酒榼，来此醉吟啸傲，竟岁不涉城市，则是乐虽南面王不与易，奈天之靳畀吾辈以清福何！"下楼而历凝晖堂，堂对艺圃，栽有瀛岛移来之樱花，缬瓣而带浅绿，繁簇争丽，然与余往岁在青阳堤畔所见者不同。据花奴云："花类别綮夥，兹乃绿樱贵种也。"由侧户出园，寻支径而陟虎阜。岩齿中多紫荷花草，仿佛西土之毋忘侬花，厥色绝艳，余戏撷一二茎，缀诸帽檐。乘兴谒真娘墓，瞰第三泉，上五十三参，而登小吴轩，凭栏遐瞩，斜晖挂树杪，人影散乱，山风飒然至，衣袂为寒。余遂与云荞缓步而归，于青山绿水桥间，一吊五人之墓，碎砖蔓蘦，且茁若干小枫，想秋霜染叶，绚烂生红，当与义士之斑斑血痕相媲美云。

(《孤芳集》，郑逸梅著，上海益新书社 1932 年 8 月初版)

寒山寺游记

花　侍

　　"姑苏城外寒山寺，夜半钟声到客船"，此唐人张继之《枫桥夜泊》诗也。今金阊门外之寒山寺，尚屹然耸立于朔风古树之中。此寺实与虞山之兴福寺，同为唐时古刹。

　　记者于十二月五日，买舟以出金阊门外，午初登舟，一时许遂抵寒山寺门外。舍舟登陆，门内有亭翼然，迎面而立，亭中植一广碑，乃前苏抚程雪楼于宣统三年修葺之后，而立碑纪录清世宗之《寒山拾得诗序》者也。序曰："寒山诗三百馀首，拾得诗五十馀首，唐闾邱太守写自寒岩，流传阎浮提界。读者或以为俗语，或以为韵语，或以为教语，或以为禅语，如魔尼珠，体非一色，处处皆圆，随人目之所见。朕以为非俗非韵，非教非禅，真乃古佛直心直语也。永明云，修习空花万行，宴坐水月道场，降伏镜里魔军，大作梦中佛事。如二大士者，其庶几乎正性调直，不离和合因缘，圆满光华，周遍大千世界。不萌枝上，金凤翱翔；无影树边，玉象围绕。性空行实，性实行空；妄有真无，妄无真有。有空无实，念念不留；有实无空，如如不动。是以直心直语，如是如是。学者狐疑净尽，圆证真如，亦能有无一体，性行一贯，乃可与读二大士之诗，否则随文生解，总无交涉也。删而录之，以贻后世。寒山子云，有子期辨此音。是为序。"碑后又镌清高宗南巡时一诗云："姑苏城北夜泊船，寒山钟声清晓传。春容断续亦同此，传不以钟以人耳。千秋过客不一况，或听欢欣或凄怆。在悬待叩总无心，此义画师何以状。"

　　一序一诗，皆有禅理。记者方默忆时，寺僧圣修，乃来招待，语作楚音，为言住持静如，今年始主斯寺。随邀至客座，款以茶点。窗外悬一联云："昔年泥爪犹存，忆枫叶寒泾，载酒江干曾访碣；他日客船重到，听钟声半夜，打门月下好题诗。"款署"北洋大臣直隶总督前江苏巡抚陈夔龙"。古寺留题，原为骚人韵事，而自书官秩，则俗不堪医矣。室内又有俞陛云集寒山句为联云："白云抱幽石，绿水荡潭波。"又一联，似是程德全所撰，然匆匆记忆不真矣，联云："此间无江上风波，寄语丰干休饶舌；何处是桥边霜月，追忆张继再留题。"馀联虽多，无可录者。客座之旁，有碑十馀种，有岳武穆所书一联云："三声马蹀阏氏血，五伐旗枭克汗头。"字迹雄浑飞舞，而间以苍秀之气。据寺僧云，武穆于金牌召回之际，由京口、兰陵、姑苏而至杭州，过苏时曾寓寺中数日，特书此联，想见其誓灭胡虏之心，而自此一行，冤沉千古矣。至唐时之钟，竟为日人取去，而别铸一钟，送寺备用。不知当时寺僧，是否贪其重贿，抑为彼所愚，则不可知矣。民国九年庚申，康有为来游于此，曾赋一诗寄慨云："钟声已渡海云东，冷尽寒山古寺风。勿使丰干又饶舌，化人再到不空空。"

循廊而北，钟楼见矣。楼作六角式，程德全撰文志其事，而道州何维朴为之书，文长不录。钟虽非唐时旧物，然形式甚巨，土花剥蚀，亦非近代物也。钟楼外大树一章，树下一石，高不盈尺，寺僧指谓此愁眠石之故址也，张继诗中所谓"江枫渔火对愁眠"者，即指此石而言。记者笑而弗答。回廊甚修，屈曲环绕，通楼阁数处。古树参天，间以小树如荠，行列疏整，则修葺之时，参以西式之铁栏杂树也。圣修告吾，谓住持静如，发愿募建大殿，并建钟鼓二亭。当兹民力凋敝之际，此愿正未易偿耳。

考寒山寺建于唐时。寒山者，素无氏族，以其于寒岩中居止得名，貌瘁神清，布襦零落，时至天台国清寺，就拾得取残食菜滓食之。拾得者，为丰干禅师于赤城道侧所拎得，故名拾得。二人皆有灵迹，寒山有时亦至姑苏，遂建兹寺。时太守闾邱胤出牧丹邱，丰干曰："到任记谒文殊、普贤。"此二菩萨，即寒山、拾得，故寒山即文殊，拾得即普贤。又相传之和合二圣，即寒山、拾得之化身。当新夫妇参拜和合之时，二圣以慧眼洞瞩其人，则前生祖孙，而今生适为夫妇，不觉大笑。此和合皆含笑容之根据也。

自钟楼绕至大殿，佛象巍然，金容满月。殿后即分塑和合二圣。殿左一钟，周不甚巨，而制甚精实，则日人所易者也。殿右有闾邱太守赞云："菩萨遁迹，示同贫士。独居寒山，自乐其意。貌悴形枯，布裘敝止。出言成章，谛实至理，凡人不测。谓风狂子,时来天台。入国清寺,徐步长廊。呵呵抚指,或走或立。喃喃独语,所食厨中,残饭菜淬。吟偈悲哀,僧俗咄捶。都不动摇,时人自耻。作用自在,凡愚难值,即出一言,顿祛尘累。是故国清,图写仪轨。永劫供养,长为弟子。昔居寒山,时来兹地。稽首文殊,寒山之士。南无普贤,拾得定是。聊申赞叹,愿超生死。"

游眺既竟,乃以银币二枚,易拓纸数种。登舟遂返,一路寒波淡荡,髡柳萧疏,而数点飞鸦,出没于晚烟影里,夕阳返照,景乃如画。已而舟至阊门,适过二十五年前泊舟之地,小楼一角,帘影依然,而人事推移,记者鬓毛斑矣。犹忆彼时舣舟之夜,楼有歌者,发声凄婉,感赋一诗曰:"自将幽怨诉琵琶,一曲伊州恨转赊。莫向樽前弹别调,明朝此地即天涯。"

此行凡费五六小时,归舟荡桨如飞,较去时为速。今日裋褐触热之徒,应有阅世投机之想。独记者携其眷属,盘桓于荒凉寂寞之乡,自笑何心,亦可谓嗜好与俗殊酸盘者矣。至于虞山之兴福寺,当于岁暮时独往一行也。

探访寒山寺

赵德厚

　　到苏州不久，有名的名胜虎丘呀，西园呀，狮子林呀，我都去玩过了，还有这个有名的寒山寺，也想去走一趟。我领教了许多人，都不主张我去，拉洋车的也是这种说法，他们说，这所寺没有什么耍场，一所破得不堪的庙，路又远。

　　寒山寺，我就是这样没有机会去吗？也许所劝我不要去的人的见解和我是两样，它的名声在，就是现在变成一堆瓦砾也好，我还是要决心去。第一步，我到省立图书馆里找参考资料，看一看有关的掌故和沿革等。图书馆里面的藏书真够丰富，不仅县志可以找到，并且藏有《寒山寺志》的单行本，关于寺的大概情形，前清文学大家俞樾在《新修寒山寺记》里说得最为明白：

　　"考寒山寺，创建于梁天监时，旧名妙利普明塔院，以寒山子曾居此寺，故即以为名。吴中寺院不下千百区，而寒山寺以懿孙一诗，其名独脍炙于中国，抑且传诵于东瀛。余寓吴久，凡日本文墨之士，咸造庐来见，见则往往言及寒山寺，且言'其国三尺之童，无不能诵是诗者'。"

　　懿孙是号，就是唐朝的张继，他咏的诗题目是《枫桥夜泊》，诗是"月落乌啼霜满天，江枫渔火对愁眠。姑苏城外寒山寺，夜半钟声到客船"这四句，经俞樾的介绍，寺的沿革情形我们晓得，这四句诗的魅力和影响也就可以知道了。老实说，我个人对于寒山寺的向往，何尝不是受了读过这首诗的影响。

　　另外还有些零散的记载，说寺后还有一尊两尺高的铜佛，是三国时代孙权当郡主时供奉的，相传是用商纣的炮烙所改铸的。又说里面唐代的古钟已经遗失，日本首相伊藤博文捐赠了一个来，并且自己作了一篇序。又说在石阶下，还有日本领事须直手栽的樱花，和岳飞、唐伯虎、渔洋山人等等的题咏。

　　第二步，我便直接的探访了。

　　我是得了志书的力量很大的，也不用什么指南之类，一直出了阊门西去都没有问一个人，越朝西去，越接近苏州的郊外，如果我念出"暮春三月，江南草长，杂花生树，群莺乱飞"的句子来，也不能够形容出苏州暮春郊外风景的美丽，苏州乡镇水道相通，遥远处伏有淡淡的远山，到处都是梵宫庙宇，飘起一缕缕青烟，一阵阵的钟声传到耳边来，微风起处，又输送过来一股股扑鼻的幽香，倘若我们驾上一叶扁舟，顺流而下，数一数所经过的虹桥，或者静静的享受一下这田园的清景，是多么的幸福有味呀。

出去好远，一遇着岔路，不得不问路了，我首先问几位妇女，有几位年轻的见我说话，连忙让开，弄得我莫名其妙，我说的不是日本话，她们也许太误会了；问年纪长一点的呢，彼此说了一半天还是墨者黑也，看她们还有几分害怕的形状，况且这是郊外，她们都是乡下人。后来我去问男的，我比手划脚说了一半天，他才明了我的意思，并且很殷勤的陪我走上几步，指示目标给我。我经过这趟问路的遭遇后，非常感慨中国的地大物博，语言不统一是一个吃苦的问题，若果政府不来一套"标准化"的手段，彼此隔膜，的确有碍今后建国的发展。我说的是昆明话，他们说的是苏州话，彼此就不懂了，设或当中有一位是地道的广东人或安徽人，看这又怎么办？

寒山寺在枫桥东岸旁边的一块平原上，桥与寺门相距不过几十步路，站在寺门口可以听得见河里汨汨的流水声，古诗上说"姑苏城外寒山寺，夜半钟声到客船"，客人如果在船里，一定清楚地听得见寺里的钟声的。在这里，我也得附带解释一下这首古诗，题曰《枫桥夜泊》，桥对门有寺不消说了，桥的左侧接连着一个有几百家人的街子，现在名为枫桥镇，夜泊者，这位先生不喜欢上岸，恐怕是睡在船舱里，这里的船真够大，在里面吃住不成问题，因为这条河从前是沟通南北的要津；"月落乌啼霜满天"，的确是白描当时的景，这附近的参天古树和雀窝是特别的多；"江枫渔火对愁眠"，一位初来的旅客独在舟中睡觉，情况殊异，加之霜冷，手僵足冻，遂想起了家中的安乐窝，不得不"愁"了。

这是天经地义，每所寺院应该有大门的，寒山寺的大门倒了，是改在后一进，大门倒塌不知起于何时，现在看来，两边竖立着的颓垣，当中就仿佛小小的城缺口，不知又起于何时，开辟给老和尚跑警报？

老鸦吱吱地在树上叫，寺内非常凋零，除中层小小的一幢大雄宝殿是光绪末年新建，和背后侧边的一座钟楼稍微粉刷外，一切厢房内室，陈破不堪，那些古碑古迹，被捶帖的人弄得油乌墨染，看去多不顺眼！原先镶在大门头上的斗大三个"寒山寺"大字，却利用在房背后砌了大山墙，令人看了，非常心酸！这就是中国的名胜！古迹！

我进大雄宝殿朝参一会，顺便后道兜个圈子，在两尺多高悬着的一座钟的旁边，发现了一段新闻，是住持培元向众游客的一篇呼吁，上面说：

"本寺唐钟炼冶超精，云雷奇古，波砾飞动，扪之有棱，于民国初年被日人盗去，康有为先生遂有'钟声已渡海云东，冷尽寒山古寺风，勿使丰干又饶舌，化人再到不空空'之咏，此钟为日人所铸还者，窃盗经过，铸明钟身，可资证明，尚恳十方善士，护法宰官，共起追究，以保国粹。"

我看了更神往，又到日人所还我们的钟旁看看，上面也铸有日本首相伊藤博文的一篇钟铭：

"姑苏寒山寺，历劫年久，唐时钟声，于张继诗中传耳。传闻寺钟传入我邦，今失所在，山田寒山搜索甚力，而遂不能得焉，乃将新铸一钟赍往悬之，来请余铭，寒山有诗，次韵以为铭：姑苏非异域，有寺传钟声，勿说盛衰迹，法灯灭又明。明治三十八年四月十八日本侯爵伊藤博文撰，子爵杉重华书，大工小林诚义，施主十万檀那。"

看毕，我非常发指！我国唐代的古钟，早被鬼子垂涎，清末掠夺去了，伊藤博文做了好人，遮人眼目，送上一个新的来，于是乎老住持当国土重光的时候，不得不向各界呼吁而替鬼子清算了。我更怀疑纂修志书的诸君子，为什么这样一桩重大的事都不提上一提？顶多在《吴县志》上有"后钟为日人伊藤博文捐赠，并有序"这样一句，我不晓得主编县志的先生干些什么？丝毫保存国粹的观念都没有，反而"选举"、"烈女"之类的东西，塞进去几十大厚册，如果我不经这位住持的提醒，这件事是不会知道的了，也被古人抹杀了。住持还告诉我，前几年鬼子来的时候，又将孙权供奉的佛爷爷抬回东洋去。当然，鬼子侵略八年，也是一回扩大性的掠夺而已。

中国有很多名胜都是名而不胜，像寒山寺就是一例。又寒山寺的不同点是"寺以文传"，却因了张继先生的二十八个字，引得千古骚人墨客，选胜登监，连鬼子也看中了文字里面的东西，抬回去做宝贝。我因此想，倘若当时张先生的诗兴不发，寒山寺也不过是普普通通，岳飞也不会来写"文章华国"，唐伯虎也不会来咏"一声敲下满天霜"，康熙皇帝也不会来重抄一次《枫桥夜泊》了。看一看这位无名小子的张先生，倾吐了二十八个字后，他的影响多么的伟大！

我探访寒山寺，感到十分的满足，倘若因劝所阻，未免大大可惜。归途，一路欣赏江南景色，心头真是舒畅！忽而，脑中不时又浮上几句古人的话来：

"流水斜阳，犹是当年古刹；暮烟疏雨，已非昔日梵钟。"

（《旅行杂志》1946 年第 12 卷第 5 期）

吴中三山游记

梦 羽　夷 然

民国戊午正月十日，结侣四人，作山游计。是日也，日丽风和，轻寒薄暖，春光渐明媚矣。上午十时解维，阅三十分钟，舟入鹅湖，风平浪静，湖水澄碧，胸襟为之畅然。回望故乡云树，隐约迷离，如相拱别。十一时十分过延祥河桥，泛青荡，其西有华氏古墓，筑于水中，华表巍然，松楸无恙，犹想见当年盛况。四时抵浒墅关，人烟稠密，市廛栉比，出产物以席为大宗，米次之，豆饼一业，销路亦广。维舟登陆，信步南行，有重楼高出，西厦横连者，省立之女子蚕业学校也，建筑尚新，殊称宏壮。旁有第二农校分设之百亩桑园，遍植桑秧，一望无际。隔岸则蚕校之栽桑场在焉，占地亦甚宽广，枝细而长，异于常植，足见其平时研究殊有心得也。故关遗址，但馀两岸石块，隔水相望，供人凭吊而已。折而北行，品茗于得意楼。旋即下楼，至北市稍游眺一周，时已暮色苍然，游兴阑珊，遂归舟晚膳。是夕即寄泊于此。

邓尉

十一日，晴。梦醒晓回，朝暾未上，听橹声欸乃，知舟行矣。七时五十分过通安桥，一路山光引我，水色怡人，渐入佳境矣。十一时过东渚镇，东望穹窿、大石诸山，若隐若现。十二时半抵光福镇，泊舟南街典当码头。一时半整装上道，走孙家弄，越嵫崦岭，岭上有亭，名曰丰乐，可以小憩。向西行，至费家河，一小市集也。由此北行，一路石途平坦，松竹夹道。渡一小桥，即至柏因社，俗称司徒庙，由寺僧常悟导观清奇古怪四柏树，高约数丈，大可三抱，或立或卧，其状不一。有树肤蟠旋右转，作螺髻纹者；有树身为雷火所仆，根已离地，偃卧如虬龙，而旁枝入土，其上条叶葱茏，生气郁勃者。

铁栏围之，防人攀折，市乡公所新立者也。回入三星阁，见壁间悬联云："清奇古怪画难状，风火雷霆劫不磨。"诚哉其言之也。山僧献茶，茶味清香，颇为适口，略坐小憩，予以茶资银四角，即兴辞而出。向西北行，不数武为毗陵盛氏衣冠墓，入祠略观即出。复向西行，未几山半红墙，掩映林际，圣恩寺在望矣。觅径而上，登大雄宝殿，知客僧心铨导至还元阁款茗，并出示郑鼎拓本长卷，暨明人叶璠所绘之《文殊指南图》册叶，学龙眠白描，飘飘欲仙，裱装一册，不下数十幅。又胡锡珪所绘之《一蒲团外万梅花图》，中作一僧，跏趺入定，四围梅花万本，一白如雪，亦非凡品，名人题跋，卷册皆满。心铨颇知诗文，工酬酢。据云该寺创建于大唐中叶，只有寺屋数楹，至明洪武三年大殿始成，迨及明季又复衰败，经汉月禅师修葺重新，乃复旧观，故称中兴第一代祖，骨塔尚存，旁有董香光碑，详其事迹。第二代为吼崖禅师，精心禅悦，足迹尚留云。遂倩其导观诸名胜，相率下楼北行。至法堂，堂中供大法坛，其上楠木桌椅皆全，据云尚系明代物，往岁某日人愿纳重金购之，未许也，改为地藏殿，即吼崖于此参禅者，经三十年之精修，所立方砖，留二鞋印，洼然深入，足尖成二穴，圆如杯口，此可与达摩之面壁留影，同垂不朽矣。至一长廊，有清圣祖御题"松风水月"四字，尚在壁间。倚栏平眺，太湖在望，风帆沙鸟，出没可数，渔洋山对峙中流，黛色波光，怡人心目。出廊，启东侧门，即为晋青州刺史郁泰玄之墓，碑亭翼然，清乾隆年间所建。墓后为真假山，不事堆砌，自具嵌空玲珑之致。中亦有径，可容一人行，盘旋而出。去春康南海来游，于石上刻"寿洞"二字。石罅有大树一株，不着寸土，自能生长，亦所罕见。折回，至华严法海，庭中有红梅绿萼梅各一枝，惜尚未花。进为四宜堂，即当年清帝驻跸处，旁屋多坍圮，云系侍从内监所居也。进中兴祖塔，塔以石制，其下即汉月禅师藏骨处。前为方丈室，壁间有清高宗题诗。回还元阁，适方丈松樵上人已自光福回山，因得请观周钟，形如铜鉴，古色斑斓，上有乳形三十六粒，大如指头，其下文皆蝌蚪，诚镇山之宝也。为录拓本跋语一则云："郑公鼎、郑公铿，俱见《春秋经》。阮氏释郑为周，误矣。余见邱印川《隅天阁遗著》，乃知圣恩寺有是器。同治甲戌，求之不可得。今乃假得拓一本，而仍以原器归之寺。大江以南，无专鼎在焦山，王子吴铒在虎丘，与此鼎峙而三矣。光绪癸未夏五，吴县潘祖荫。"时已暝色四合，匆匆下山，寺前巨钟，不及往观，惟在还元阁上，闻其镗然之声而已。石壁、石楼，亦因路遥未往。寄语山灵，留结再来之缘也可。归舟出时计视之，已六时有半。

穹窿

十二日，晴。六时离光福，八时半抵善人桥，舟泊汇源桥堍。九时后登岸，雇笋舆四乘，游穹窿山。过半山亭，颜曰"第一灵山"，又曰"直上云霄"，自此路渐高，境渐险，两峰对峙，一径中分，舆人喘息相属。旁有泉流淙淙，巨石一方，水流其上，成二巨穴，相传为施亮生真人开山时所跪之膝印也。少息，余等各拾山石数枚，以作游山纪念。复行二里许，至头山门，额题"上通灵虚境"。右转至正山门，下舆步行，入上真观。观前司香火者，起而相导，游灵官殿、魁星阁、弥罗上宫、三清殿、天后宫。其侧为施真人殿，供有塑像，额悬"道士"二字，清初裕亲王所书也。由此登送子阁，更上一层，为火神阁，启窗眺太湖，时值狂风怒号，尘沙飞扬，一望迷漫，不辨云物。下阁越三茅真君殿、天将殿、雷神殿，至养和堂略坐。所经殿阁，不下数十，回廊曲折，随山高下，朱碧焕然，崇壮过于圣恩寺。殿宇沉沉，亦不下二千馀间。出门外望，琳宫丹宇，如在云霄。去山门数十步，有井亭一座，一井三口，望之黝黑。于此遇一山僮名海和者，云尚有宁邦寺可游，即命导往。穿上元观后门，所经路径，皆危崖悬坂，壁立千仞，行之懔懔。既至寺前，禅关浅闭，坚叩乃启。寺僧导入客堂，导观寺后百丈泉，围不过三丈，深才没胫，而上真观、宁邦寺饮水，皆取汲于此，曾无不给。清季寺僧欲垄断其利，大起交涉，卒由观中住持，请于邑令，勒碑示禁。至今观中汲水之夫，相属于道。饮之清冽，诚异品也。回寺少坐即出，并蒙寺僧赠以本山茶叶一小包，味清而香，情殊殷挚。回经上真观，步行下山，为时已一句馀钟矣。四时半，舟抵木渎镇，市肆殷繁，街道整洁，大有城市气象，不愧吴郡首镇也。是夜寄泊于山塘街。

灵岩

十三日，晴。十句钟游灵岩，自山塘西行，约里许，得一亭，额题"垂阴万古"。其北即山道，宽广而整洁，不如穹窿之峻绝。至半山，见道旁有一洞，黝然而深，其上石峰高矗，飘飘然如美人之遗世而独立，即西施洞也。迂道过之，其中扩然宽深，可容十馀人，仰望甚高，举手不能及其顶，四壁多游人题迹，余乃效其所为，记姓名年月于此。遵故道而上，至崇报禅院，于殿壁得吴郡滕君《灵岩十咏》，所谓十咏者，曰西施洞，曰吴王井，曰琴台，曰玩花池，曰采香泾，曰画船坞，曰石城，曰石鼓，曰石鼋，曰佛日岩。为摘录四绝于左："馆娃宫废已多时，登览低徊有所思。野草山花新雨后，先从古洞觅西施。"（西施洞）"宫井依然似镜开，坠钗人去有谁哀。年年山上秋风起，应化惊鸿照影来。"（吴王井）"崖畔廊空无响屟，山头台废不鸣琴。夕阳欲落天风起，但听松涛万古音。"（琴台）"吴地兵戈久已平，灵岩游眺息劳生。夜来不识雷声动，恐是山中石鼓鸣。"（石鼓）按迹求之，倩寺中人导往寺后，有池一方，所谓玩花池也，其阴即吴王井，东西并列，俗因其形，名之曰圆井、八角井，八角井可饮，圆井则否，戏投以钱，曲折而下，宛如惠麓之第二泉。自此西行，出石城，雉堞犹存，而霸业销沉，安用此荡荡者为哉。更上大石如磬，足容千人，极西石台高耸，即琴台也，上历百步之阶，旁瞻佛日之岩，盘旋而立，有巨石一方，面刻"琴台"二字，四角有穴，云系当年立柱张幔所用。四顾苍茫，西接金山，南望洞庭、渔洋诸峰，东北市廛稠密，田畴错综。其阳则采香之泾，南走如矢；其阴则峭石巉壁，竦削疑似石笋，苍翠过于虬松，诚一幅青绿山水也。悄然而返，行经寺后，尚有石柱十数，卓立未仆，应是佛殿遗址，浮图巍然，高峙其左，石础纵横，犹可指数，当年金碧伽蓝，悉成荆棘，来吊吴宫之花草者，当亦哀此古殿之榛芜也。寺前孔道岸然，以石块堆成，上敷砖路，两旁依稀有栏槛遗迹，当年响屟廊，疑即此地。道左巨石，或坐或卧，有上下浑圆者，谓之石鼓，又有作龟形，而昂首向前作夭矫状者，谓之石鼋，皆见滕君十咏中，惟画船坞不可得矣。间道至东麓，弥望平坦，独有一石，矗然如巨灵之举首远眺者，俗所谓痴汉等老婆也。循原路，越孔道而西，败井颓垣，瓦砾遍地，知为毕秋帆制军灵岩山馆遗址，即当西施洞之下。茔墓在其左，享坛犹在，石马已残。稍西一桥跨空，巨石半规，系全材所琢，桥下泉流涓涓，蜿蜒而下，直走山麓。回廊曲径，宛转随之，危墙如屏，作冰梅纹，尚完整未仆，占地之广，奄有西麓。想见当年池沼亭台，极一时之盛，至今虽所谓御书楼、澄怀观、画船云壑、砚石山房诸胜，犹可仿佛其处，而芜草没径，断碑载道，梓泽坵墟，古今同慨，又何论苏台麋鹿哉。归舟已二时有半，即张帆赴苏。越日游留园，以近在城市，不入山游之记。十五日旋里。

大抵三山风景，邓尉以梅胜，穹窿以丘壑胜，灵岩以石胜，各有所长，未易轩轾。惟此游宗旨，端为探梅，而春帆沉沉，一枝谁赠。他日者，雪夜兴思，泛剡溪之一叶；春风依旧，效崔护以重来。山灵有知，倘亦引为故人乎？

（《新游记汇刊》第三册，中华书局 1921 年 5 月初版）

吴门游志

嘿 庵

　　吴门山水，以天平、灵岩、穹窿、邓尉诸峰，及洞庭东西二山为胜，非天平等地，殆难言其佳境也。余自民十九年住持木渎法云寺，日游玩于山水间，近已殆遍，然过去事寂，追忆见闻，尚于寤寐之际，依然神往。若不知如梦且幻影者，则未尝不以天平等地为胜也。而城市风景，如留园、西园、虎丘山、寒山寺、沧浪亭、狮子林、玄妙观、北寺塔等，均属不离嚣尘烦恼之气味，何有清净幽雅之趣致云尔。兹将余游吴门天平等名胜，略以志之，以告来者。辛未十月识于木渎法云丈室。

　　天平山在城西十八里，距木渎法云寺北五六里。遥望卓笔峰直入云霄，峰高数丈，截然立双石之上。山多奇石，有穿山洞、蟾蜍石、龙头石、灵龟石、钓鱼石，如屏如耸，或插或倚，备极怪状。飞来峰高二丈，上锐下侈，微附磐石，前临崖谷。龙门俗称一线天，两崖并峙，若合而通，穿险深黑，过者侧足。其上有二石屋，大者可坐十人，小者可坐六七人，皆石空穴洞，广石覆之如屋焉。又小岩有盖，斜蔽其顶，俗名头陀崖。又有五丈石、卧龙峰、巾子峰，皆山中奇迹。山顶平正，曰望湖台。巨石圆而面湖者，曰照湖镜。山半有白云泉，线脉萦络，下坠于沼，味极甘冷，为吴中第一泉。石壁中别有一泉，注出如线，曰一线泉。山之东北麓，有范文正公高祖柱国丽水丞隋墓，旁有松数千株，其后群石林立，名万笏朝天。春秋游人，殆如蚁也。

　　灵岩山，在木渎法云寺西北二三里，距城十八馀里，高三百六十丈。山之西北绝顶为琴台，西子曾鼓琴于此。平坦有崇报寺，寺后有塔九层，宋孙承祐所建。又有吴王井二，一圆式，曰日池；一八角式，曰月池，相传吴王避暑处。又有玩花池、玩月池，二池虽旱不竭。山寺东有石鼓，大者二十围，小者半之。寺南有石室，俗称西施洞。其下为妙湛泉，更有醉僧石、石鼍、石楼、石鬐、石城、石马等，多半残毁。山之西南石壁峭拔，曰佛日岩。前有采香泾，望之一水直如矢，故又称箭泾。今山寺和尚三十馀人，道风颇著于世焉。

穹窿山，在城西南三十六里，距木渎法云寺西十二里。山顶方广可百亩，有炼丹台、升仙台，皆赤松子遗迹。又三茅峰，头如浮笠，俗呼箬帽岭。叠石为龛，名国师龛。半山有石膝痕，相传茅君礼斗处。膝印中注水不涸，名双膝泉。又有挂杖泉，大旱不竭。法雨泉下注石堰，百丈泉则在山之西，其旁有宁邦寺焉。东岭下有磐石，高广丈许，相传朱买臣读书其上。其旁有穹窿寺，俗称茅蓬，今住持僧，名曰道坚，颇受当代名流张一麐、李印泉等之信仰，大兴土木工程，佛殿经堂，奂然一新云云。

邓尉山，在光福镇，距城六十里，可由木渎法云寺前达，舟向西迤行约半日至山。山以汉有邓尉隐此故，山势雄伟，实为诸峰之纲领。山之东南有玄墓山，东晋青州刺史郁泰玄葬此。墓前有圣恩寺，明初万峰和尚居之，寺有喝石，相传穿井时有巨石下坠，万峰喝止之故。寺西南有八德泉，水如沸珠。寺后有奇石，俗谓之真假山，近康南海题"寿洞"二字于石上。寺中以还元阁为最胜，可遥望太湖之全景，藏有郏輗钟及其墨拓与觉阿和尚《一蒲团外万梅花》画册。又有四宜堂，康熙驾临时，赐以"松风水月"四字。殿右钟楼，悬有巨钟，镂《法华经》六万字，颇稀有也。再自邓尉山之东，有五云洞，洞为顾天叙所辟，明季有虎伏于内，俗名老虎洞。洞旁有寺，曰狮林寺，壁嵌《楞严经》石刻。又山之西，有石楼、石壁。石楼有寺，所据极胜，中有留馀泉，味颇清冽。石壁奇峭，崭截如削，有寺面湖，以峰为壁，如围屏状。在邓尉之近，有香雪海，四面皆树梅，康熙中巡抚宋荦题此三字于崖壁，其名遂著。又有司徒庙在焉，古柏四株，清奇古怪，势极蟠屈，不知纪年。又自山之北，有山曰龟山，上有光福寺，中供铜观音像，宋康定中久旱，祷之即雨，自是凡有祷者，无不感应，历代灵异，不胜记载。

东洞庭山，一名莫釐，在苏城西南八十里，距木渎法云寺亦有四五十里焉。

东山比西洞庭较小，而冈峦起伏，大略相似。自东山市后登山，约四里至茅峰禅院。更里许至栖云亭，亭之西谷内有老屋数间，法海寺之殿址也。更约二里至莫釐峰，俗呼大夫顶，上有一庙，曰慈云庵，香火称盛。庵后更登丈许之坡，即东山绝顶矣。由栖云亭东下至雨花院，亦称雨花台。越山而北约三里至古雪院，亦称古雪居，占地深幽，为翠峰寺故址。院前为枕流阁，中有名人诗话极多。出院过紫泉洞，南上里许得一亭，壁嵌一石，题曰"印心石屋"。下亭东行出翠峰寺之山门，然寺久废，仅留一门。途中桑叶成林，华屋山丘矣。

西洞庭山在太湖中，山之邃者包山，奇者石公，灵而秀者林屋，高者缥缈峰，险而幽者大小龙渚、石蛇，总名西山，高七十丈。由东山之渡水桥登船，路经杨湾、彭湾，港道极狭，左右皆鱼池，每池之大约三四亩，沿以桑树，池中间多荡芦，杂以荷花，行十馀里入太湖中。舟泊于西山之石公山，南行里许，有石特立路旁，曰石门。过门百步，石崖渐耸，高四五丈，下凹为洞，顶有摩崖，曰归云洞，深二丈许，中供观音像，系天然成形，现今失去真相，可惜。出洞过印月廊，至石公院，由院东出，一室倚于石屏之下，曰翠屏轩。由轩右拾级而上，一石方正，曰砺岩。岩右为断山亭，其西石磴侧转，数十步至来鹤亭。由亭左觅径更登，则出翠屏之顶，又有洞穴于矮树丛中，深可二丈，广仅容人。其外向东斜下，乃一石壁之缝，缝长十馀，沿壁侧身，仰望青天，如拖一线，即石公之一线天也。洞口北侧一石，刊有"石公"二字。南行不半里，为云梯。西转下有一洞，曰夕光洞，浅窄不足观。于一线天、石公之前，又登舟北行十多里，至镇夏市。行过里许，至林屋洞，在一小山之麓，洞门西向，题曰"林屋洞天"，亦曰"天下第九洞天"，其深不可限量，然洞口之高，仅能容人，内皆积水，深可及膝，洞内之大，约十馀丈。洞门有水，无从可通，惟南隅一罅，得以容身，但行丈许更窄，须匍匐而入，则内沉暗，莫知底蕴，蝙蝠极多。在洞外东北高起千尺，苍然壁立者，曰曲岩洞。闻东西山出品甚富，不详。

以上诸峰二山，游之悠然如世外人，足以忘忧除闷，悦襟畅怀，飘飘乎有得大解脱之以矣。

（《海潮音》1932 年第 13 卷第 1 期）

邓尉山灵岩山游记

庄　俞

　　吴中盛称邓尉之梅，文人雅士，莫不求一日闲，登山观赏。俗冗如我，亦梦想十年矣，屡约屡辍。吴君和士，有旧约之一也，复倡议，遂定丙辰正月十日往，雇定陈万财舟，三日价八元八角。整旅具，招旅伴，得王采南、马伯龙、戴劫哉、沈朵山及和士介弟悌成，与余凡七人。王君为省立第二农校教员，去岁曾率学生作修学旅行；马君则常往来于木渎、光福间，谙悉兹山情事，故此游得两君益不尟。

　　先一夕，集于阊门外惠中旅馆。十一日晨八时，在太子码头登舟。行至胥门外，悉老公茂轮船局有专开木渎之小轮，若附之行，可减少时间。小轮往来胥门、木渎，日凡四次，午前九时及午后一时自木渎开，午前十一时、午后四时自胥门开，乃茗坐万象春茶楼待之。十一时启轮，马君与局中人素相识，往来拖费仅四元。午后一时，抵木渎，胥门至此，号称三十六里。复棹桨前进，九里至塘湾，又九里至善人桥，又十八里至光福，合计之为七十二里，实则六十里不足。如遇逆风，民船竭一日之力，或不能达光福，即达光福，亦须晚间。余等以小轮拖带，故午后六时即至光福镇，泊舟于光福塔下。晚餐后，登岸，步月于山麓，夜色苍茫中，名山如阜，古树如人，四顾萧然，万籁俱寂，为之心旷神怡者久之。

　　十二日晨八时半，马君在镇雇七舆，陆续而至。每乘洋一元，惟体胖者加舆夫一。九时登山，由街口过丰乐亭，先至司徒庙，约三里。庙门颜"柏因社"三字，其后则为"第一香林"四字。入内，屋三间，中有额曰"古柏山房"。老衲导之，右入一小院，围以碧色铁栏，世所传清奇古怪四柏在焉，老衲一一指而名之。所谓清者，孤干挺拔，群枝四垂；所谓奇者，干高数丈，其顶分二枝，左右竞秀；所谓古者，其干自下达巅，外皮俱作螺旋形，微有光泽，顶已孤秃，奇枝四出；所谓怪者，其干横陷土中，向左右挺生，大小屈曲，无一直干，叶参参四出，名实颇相称。惟是院凡五六柏，小者固不足并论，其一在怪柏之后者，亦具怪形，何独无名，岂与怪柏同根而歧出者欤，抑柏之得名，亦有幸有不幸欤。抚览一周，退茗于奎星阁下，见一案，作梅花形，绘漆精致。老衲言，此为清康熙、乾隆临幸香雪海时，特制之以为御案，后移置于此者。出司徒庙不百步，登吾家山，即香雪海，志称马驾山，吾家乃俗名。山不甚高，前面多梅花，清康熙间巡抚宋荦题"香雪海"三字于崖壁，其名遂著。今则亭台遗址，湮没蔓草间。可寻觅者，为剧坛，俗称戏台基，阶级犹存；为梅花亭，已圮，亭之形及其柱石，俱作梅瓣状；御碑一方，亦横卧于地。但登高四顾，则太湖前潴，一碧迷茫，邓尉诸山，宛以列屏，潭山、虎山分峙左右，可以指数。山麓平畴万顷，沟浍纵横，农夫耦耕，其小如豆。俯视则梅树错落，一片白色，荡漾于履舄之下，此香雪海之所以名也。而马君为言，今日梅花最盛处，已不在香雪海，而在万峰台。乡之人以植梅之利，不敌种桑，故有去梅易桑者，梅死不复补种者，盖梅树越五十年即枯也。

下山，循大路至天井上（吴人读若浪），盛产红绿梅，尤多盆栽，每盆售价五角至一元不等。白梅亦盛。山中女子，升梯采红梅，胸悬笆斗承之，问之，将售于药肆及茶肆，每斤可得洋两三角。白梅则不采，以其能实也。

自天井上沿太湖西岸行，经蟠螭山，俗呼南山，过大王庙，约五六里至石壁，而舆人称为十二里。石壁者，蟠螭之绝顶也，有石壁，四周大可数亩，颇奇峭，后人傍之筑石壁精舍，实为永慧寺，然言者但称石壁，罕有称永慧寺者。入门，有望湖台，积土石为之，太湖全然在目。正面为殿三间，题曰"东湖精舍"，右附石壁，小屋数楹，三面皆向石壁，壁下遍植翠竹。若得居此，四时萧然，岂复有尘俗想哉。后为大雄宝殿三间，左右各有客室，右室亦临石壁，惟不逮左面之崭巉如削耳。

出石壁，循蟠螭山原道南行，经城隍庙，万木丛中，时有梅花迎面，靥然作笑，而山色湖光，莫不具有天趣。登弹山，是山横亘五六里，山南石楼，名万峰台，亦一古刹，有殿三间，旁为小祇园，亦三间。门侧有泉，扃不可入。

赵寒山题"石楼"二字颇佳,并镌诗一绝于石。门外有峰,乱石错峙,位置极高,万峰台即指此。俯瞰四山,无处无梅,前至之天井上,即在其下,故他处观梅只白色,此处则红绿白三者俱备,信乎香雪海之名,当移赠于此。余得句云:"十里烟云一湖水,四山香雪万梅花。"可以想见其胜景矣。

由石楼而下,西南行,循潭山之麓,折东北经骑龙山,越长岐岭,岭峻而滑,舆夫迤逦而上,喘声大作。既达巅,当出舆徒步而下,以皮履践于峻滑之石,惴惴惟恐失足。越长岐岭,至元墓山,约二三里,皆为平地。两山之间,良田片片,绿树葱茏,不啻桃源也。志称元墓山在邓尉山东南六里,实则邓尉与元墓本为一山。相传汉时有邓尉隐居于此,亦名光福山,以地名光福里也。东晋时青州刺史郁泰玄葬此,因有玄墓之名,以避御讳,易玄为元,今之人但知元墓,而不知元之为玄矣。夫邓郁二人,与此山俱有缘,郁以墓故,游者必一瞻仰;邓则杳无遗物,可以佐证。山则为一,名则并存,邓之幸欤,郁之幸欤,然何以不称郁墓,而取玄字,异矣。山有天寿圣恩寺,明初为万峰和尚道场,故又称万峰山,或万峰禅院,今则概称元墓寺。昔袁袠游记有云,元墓"面湖而险隩,丹崖翠阁,望之如屏,背邓尉而来,法华障其前,铜井、青芝迤逦其左,游龙界其右","绝顶一登,则洞庭诸山悉陷伏于湖,而湖光混茫,荡为一色"云云,洵得之矣。

天寿圣恩寺在邓尉山主峰,门前梅花繁茂。山门三间,大雄宝殿五间,自殿侧右入,至万峰精舍。其上为还元阁,面临太湖,左望铜井,风景极胜,中悬康熙时商丘宋荦题诗,及吴大庭桐云题诗,右悬沈德潜归愚题诗,左悬番禺庄有恭题诗,壁悬崔荫阶题诗,均木版,镌刻工致,陈设不俗。松樵和尚出示寺中宝藏三品,一为郘公铏鼎并搨本,鼎作扁圆形,四面有柱,凡十二列,每列三柱,长约寸许,一面为篆文,搨本题咏甚多,是鼎被劣僧售去,咸丰庚申为李氏所得,潘祖荫氏赎还之;一为《佛国禅师文殊指南图赞》,叶璠所绘五十三参图,金俊明题跋,亦为劣僧售之李氏,吴复午氏赎还之;一为觉阿诗意手卷,觉阿为本寺住持,能吟咏,光绪时其徒诺瞿为作《一蒲团外万梅花图》,裱成小册,遍征名人题咏,写作俱佳,颇可宝贵。

由还元阁后入，为法堂五间，柱皆楠木。再入为佛殿三间，龛前砖上有双足痕，左深右浅。松樵为言昔有老衲，终日在此礼佛，遗迹如是。左行至一榭，正对太湖，有御题"松风水月"四字。更上至玄墓，碑题"晋青州刺史郁泰玄墓"数字。其旁则真假山在焉，山石嶙峋，下有洞，一松穿石隙而上，临霄婆娑，别具风致。俗以此石构成，类似人造花园之假山石，而此实出于天成，故名为真假山。圣恩寺向极饶富，房屋千数百间。今不逮远矣，僧人四十馀，住持松樵名圆通，善酬应，素餐可口，且有客室，可以寄居。余等果腹于此，游侣七人，舆夫十七人，共给膳费六元，另给香伙一元。下山归舟，方四时半耳，即解缆行，至善人桥泊焉。

十三日，黎明启行，余等正在酣梦中，七时半已抵木渎，泊舟垂阴亭前。早餐既毕，登岸游灵岩山。山在吴县西三十里，高三百六十丈，一名砚石山，山连嶐村，产石可为砚，故名。《吴越春秋》："阖闾城西有山号砚石，上有馆娃宫，又名石城山。"《越绝书》："砚石山有石城，去姑苏山十里。"《寰宇记》引《郡国志》："石城山有吴王离宫，越献西施于此。"故山上多吴越故迹，旧称十八景，今犹可见者，凡十景，即西施洞、石鼋、吴王井、琴台、玩花池、采香泾、画船坞、石城、石鼓是也。然古书所称石城，为灵岩一支阜之名，游者必求所谓石城遗址，误矣；或竟指山上石壁以当之，益误矣。

登山后，马君伯龙为言，闻山麓有韩蕲王祠墓，不知在何处。余与王君采南俱言，盍往觅之。历经数墓，皆非也。遥见有石高耸，宛似华表，咸以此为目的地，向之前行，渐近，为一崇碑，知必韩墓，否则无此钜大之碑也。抵其下，读其文，信然。碑高六丈，阔一丈二尺，实高三丈六尺，阔七尺二寸，碑端题"中兴佐命定国元勋之碑"十大字，为孝宗御笔。遍觅墓址不可得，而碑之前，甬道完整，则系清代韩封官苏时所修。既而寻其祠，又不得，将登山，遥见屋宇数楹，姑往视之，则为宝藏庵。入门，一僧外出，一老妇迎客，就询韩祠，即在间壁。院中红梅两大株，花甚盛，无意得之，是为邓游馀兴。壁间有碑，知庵建于明初，及清代属之毕氏，道光时潘曾炘赎回，招僧居之，藉以管理韩祠。老妇取钥匙启左门入韩祠，屋三间，为道光十三年

350

所重建，有塑像，冕旒而红袍，陈銮有联云："高冢卧麒麟，回首感六朝风雨；神弦弹霹雳，归魂思一曲沧浪。"其他碑记甚多。向在西湖谒岳墓，固不知韩墓即在吾苏，今并得之，思古幽情，弥增惆怅。既出，见祠门题"韩蕲王飨堂"数字。门之正中有一井，则不知何意矣。山麓有蒋园遗址，即毕秋帆之读书处，旧称毕园，后归虞山蒋氏，墙圮石覆，荒废太甚，惟有九曲桥，犹宛在水中耳。

　　登山有御道，清康熙、乾隆两次临幸，自苏州胥门治道经灵岩，直达邓尉，而灵岩则自下及巅尚完整，曲折而上。太湖在前，尧封山、七子山等环列，而洞庭七十二峰，分峙于苍茫烟水中。斜坡山石齿齿，咸作苍黑色，林木繁盛，不啻泰山洗鹤湾风景。山巅有灵岩禅院，正殿塑如来三尊，颇具庄严宝相。寺内房屋不多，殿宇及客堂咸备，即馆娃宫旧址也。由寺侧至殿后，有灵岩塔，已圮不可登，塔前石壁耸起，为灵芝石。相传响屦廊（亦曰鸣屧廊）遗址即在塔下，吾未之见，其已为蔓草所湮可知也。复由寺前向右行，见一方池，当即玩花池。其前有二井，圆形者为吴王井，水藻平铺；八角者为智积禅师井，水甚精绝，无水藻而有鱼。《吴地记》："山上有池，旱亦不涸，中有莼甚美。"今虽无莼，而水能不涸，则可信也。然《府志》称池有三，砚池、玩花池、月池，或云上方池、金莲池、砚池，又云砚池即玩花池，而余所见，仅一池二井，岂昔人视井为池欤。井之南为涵空阁，尚有旧址可寻。其西有倾圮之石墙，石皆凿成冰梅纹，凑合而成，想是馆娃宫旧壁。更西登绝顶，为琴台，山石错落，当为斯山之结穴，后人就山石凿阶级，地极局促。登其巅，俯瞰太湖及洞庭两山，滴翠丛碧，如在白银世界中。所谓采香泾，则青苍一线，其直如矢，注于太湖，而佛日岩，即在足下，松杉罗障，涛声似雷。予身立琴台之巅，觉天地为之一宽焉。石面镌"琴台"二字。自琴台西南下至佛日殿，正对太湖，峭拔石壁镌三巨字，甚佳。东行为百步街，即登山大道，山石作龟形、罗汉形、鼓形者不一。半山有歧路，可至西施洞，《图经续记》谓为吴王囚范蠡处，然以西施名者，何也？崖畔有石，作鼋形，文士谓之石鼋，而俗称乌龟望太湖，以其首翘然面湖而起也。道旁有方形之台，俗称梳妆台，砖砌数层，决不适于梳妆，后世竟诬称西施梳妆于此，亦谬甚矣。下山回望，则其东南隅有石，高耸如立人，俗称望夫石，又称痴汉等老婆，何雅俗之不伦，而意义之相反若是。余见《府志》所附灵岩山图，则作寿星石，当矣。既下山，循山塘行，道路修洁，屋宇整齐，水陆巡警咸备，可见木渎之繁盛，不下于城市。过严氏花园，马君导入，楼台亭榭，备极曲折，惜尘埃满积，久无居人。见联语题志，知是园旧属钱氏，后归严氏，而名之为羡园，分东西二部，东园占地不及西园之宽广，西园尤以环山草堂为最胜，堂临池，池之四周，假山崇叠，花木幽深，炎夏至此，可避却溽暑不少也。出园至轮埠，登舟。一时许小轮至，仍以舟附轮，拖回胥门，马王两君别去。至阊门已五时，即乘人力车直赴沪宁车站，附特别快车回沪。

吁！向之欲游邓尉者，莫不以交通不便为虑，今始知交通不可为便，亦不可为不便。苟自苏州胥门附小轮，午后一时即至木渎，易小舟直往光福，五时可达，如附镗镗船尤速。既至光福，可泊舟于费家河头，即唤小舆登山，迤至元墓寺，不过四里，当晚可宿寺中。泊舟须费家河头者，因至元墓较近故也，如是则免雇民船，且省旅具。或邮信至松樵和尚，嘱伊某日雇山舆在某处迎接。然则交通，岂不便哉。抑更有言者，邓尉土厚而石少，故全山花树果树，及其他杂树，漫山遍野，莫不畅遂。于春可以观梅；于夏则枇杷盛实，全山作黄金色，以旧历五月往，亦甚可观；于秋则桂花开时，徜徉其间，无异堕入木樨香里。故游邓尉者，秋夏皆宜，固不必限于春初也。至于灵岩，则由苏附轮，二小时即达木渎，交通更较邓尉为便也。

（《新游记汇刊》第三册，中华书局 1921 年 5 月初版，署名我一）

天平山游记

庄 俞

己酉暮春既望，与蒋子竹庄、严子练如附沪宁汽车至姑苏。翌晨，雇小舟游天平山。山在吴中为诸岭冠，俗称范坟山，非上流社会人，鲜知天平之名。自阊门至山约十五里馀，两小时可达。舟泊西新桥畔，作午时餐。岸旁山舆罗列，每乘索值二元，有答以六角者，不应，乃短衣张盖，迎山而进，舆夫群尾于后，减至八角，乃各乘其一。以二杠舁竹椅，绝无围障，舆夫步甚速，殆山民之惯于此业者。

径曲折，绿林缛茂，绕路如屏。既而抵一高岭，徒步以登，类皆俯体如挽车者然，未及巅而足已疲。岭上建一休憩亭，两旁陈石条，可容十人坐，日光不入，风习习开我襟。遥望狮子山，宛如巨狮侧卧，首向前，尾蟠足下，吴谚有云"狮子回头望虎丘"，审之信然。越岭而下，四围山容黝而峭，石笋森森，不知几什伯千，迎面耸立，中镌"万笏朝天"四大字，味其意，可以想见斯山之形态矣。

山下有高义园，为屋三进，随山而高。园后辟小门，有阍者，纳微资始启。既入，无五十步不折，所遇多奇景，而以鹦鹉石为最，石上题字不一，惜难忆记。旋驻钵盂亭，小榭三四，皆具幽邃之致。老僧灏芝指庭中泉曰："此即白云泉，僧辈煮泉饮来宾，咸称其清醇。"乃令酌一杯分尝之，其言诚不虚。壁上所题泉名二三处，以"吴中第一泉"五字为尤大。出亭西行，道两峭壁间，狭仅容身，石级削而滑，及半益嶙峨，攀石隙以代杖，始出，俗呼之为"一线天"。升不数百步，即为中白云峰，败宇数楹，一盲僧导客入后院，石室颇深，是为白云洞，傍洞构小亭，远望太湖，渺如匹练。同人志在登高，乃盘旋而上，直达上白云峰，有古屋一小间，弥勒佛蹲坐其中，作无量欢喜状。右为一石屋，大可居百人，俯视其地，有薪火遗灰，仰视其顶，则悬绳垂钩，历历可指。噫，是岂可以居人乎？苟其有之，则莫审为何等人矣。其旁复有小石屋一，则荒草蔓蔽口外，未探其奥。由此更上，一峰矗立，僧言其壁有"云藏"二字，为某将军所镌，余等在山下约略见之，及此转不可觅，而四顾无径可复登，殆已身临绝顶矣。

遂回钵盂亭，茗谈片时，相率下山。谒范坟，万松茂密间，孤碑危然，读之乃为范文正公之祖坟。曩者未履其地，以为即文正公之葬所，今始恍然。墓旁为范氏祠，莲池绕于门外，有桥曲曲架池上，盛夏来游，清畅可预知也。余意欲再游观音山，或谓是山为一香火庙宇，殊无足观，乃回西新桥登舟。及阊门，已明灯满市矣。

（《我一游记》，庄俞著，商务钱书馆 1936 年 2 月初版）

天平山游记

倦 劳

　　民国十年十月十日，乃三十节，亦国庆节也，先一日即重阳节，沪上各界休业二天。洋场十里，车如流水马如龙，余苦烦嚣，喜幽静，乃与同事路君，先于八日趁晚车赴苏，作汗漫游。

　　抵苏州站，友人蒋君、严君均到站相候，乃乘马车赴旅店。翌日晨八时，与路、蒋、严诸君作天平山之游。

　　出阊门外，雇花艇，解缆后，橹声欸乃，水光荡漾。历二时许，达天平山之东，居民数十户，狭室卑隘，茅茨穿漏，穷乡僻壤，虽曰困苦，然日出而作，日入而息，耕田而食，凿井而饮，正不知理乱，隐居于此，洵足乐也。数年前，余曾游此，时维六月，天气酷热，村民男女老幼，多不穿上衣。虽礼数未周，然自彼等眼光观之，则习俗成风，概不为怪。今则凉秋九月，不复有此态矣。

　　泊船登岸，乘轿而往，轿无上盖，宛若一烂竹椅，而轿夫不限男女，皆可操此生涯。然此辈至黠，以余体壮，竟相率不顾，只得两少者，迫而舁之。蒋君最瘦，轿夫争舁，且疾步如飞而去。余怜两少者力弱，行不数步，辄下轿徒步走，以节其劳，故独后。行三里许，越一岭，远见白云古刹，危楼拔地，高阁负山，老树上参天际。抵刹前，左为高义园，清宗南巡曾驻跸于此。又左为来榭亭，榭前池广数亩，中驾九曲桥梁。榭之左，则范文正公之墓在焉，蔓草丛生，墓道已不可见。乃进高义园，其正壁嵌长方石，上镌高宗御题诗十六韵，前庭一联，文曰："花林宛转清风透，霞石玲珑瑞气开。"惜未记谁氏手笔。庭后左侧，石磴曲折，约百步许，巨石斜突当途，是名鹦鹉石，象其形也。石之东曰三级限，过限有屋三楹，附于半山之间，即云泉精舍。临窗俯视，来云榭前，池水凝碧，颇为奇观。惜重阳佳节，游人众多，舍内座为之满，不克久憩。舍后石壁千仞，下辟一池，广方丈，泉自壁上流，名钵盂泉，泉水至清。壁左刻"吴中第一水"五字，诚不虚题也。出精舍，则云中塔、白云亭，上下夹峙。折而北上，曰观音崖，崖接一线天，东西峭壁如削，中间尺许，强容半足，其下乱石纵横，偶一失足，必至碎骨，全山险巇，无逾于此。余心悸者久之，步履几乱，乃鼓气侧身而登。既越一线天，乃得方坪，据坐孤石，喘息稍定。蒋君谓此至巅有一石洞，其上奇境尚多。余足力既疲，不克再探，乃与严君共坐石上，相与清谈。路、蒋二君，复鼓其馀勇，挟杖直上矣。未几，蒋君先下，摇首呼气，为状至疲。又未几而路君亦蹒跚而下，喘息不已，相与大笑。坐有顷，乃扶杖下山。还至鹦鹉石，别出万笏朝天门。门右为范文正公祠，从其侧门入，壁衣藤萝，砌封苔藓，瞻仰文正公塑像，肃然起敬。祠中有匾额二，曰"学纯业广"，曰"济时良相"，皆清高宗御赐也。念彼往哲，后乐先忧，而俎豆名山，自足千古。晚近世风日下，惟利是趋，何古今人之不相及耶。祠前一亭，中竖石碑，镌清高宗御制褒崇文正诗，读竟，乘轿循旧径归。而余之轿夫，仍为二少者，余多予以资，始疾步走，然以其力不支，故余间亦步行。

抵艇泊处，诸友已候我久矣，乃登艇鼓棹而归。舟中小酌，有客有酒，极饶佳趣，余不善饮，然清谈亦足乐也。抵阊门外，路君先转乘夜车游锡山，余以俗冗，乃别蒋、严二君，乘夜车归沪。追念旧游，爰记之如此。

（《半月》1922 年第 1 卷第 13 号）

天平参笏记

郑逸梅

　　孟冬之中浣八日，昒爽方盥漱，闻剥啄声，启扉则程子小青也，即驱车同赴金昌阿黛桥之铁路饭店，以觌诸海上俊侣。盖先期函约者，俊侣为天虚我生、瘦鹃、小蝶、慕琴、常觉、筱巢、道邻、春及娴君、翠娜、紫绡诸女史，盍簪既，佥谋天平之游。论舟值定，嘱榜人为市肴蔬，相偕先遄涵碧庄游焉。红鳞瀺灂，小鸟聒碎，顿觉心神为旷，萦纡亭榭，匆遽历之，至观云峰，道邻出机以留真，诸子傑侬立，慕琴称尻坐，众目为猴，盖慕琴躁佻趫趭，攀石援木，为状绝肖也。入又一村，笼鹤振翎，有不群之概，瘦鹃戏以独鹤呼之，而鹤振翎如故，乃曰："独鹤跂訾哉！"呼之竟不应也，皆哑然笑。领略遍，乃趣阿黛桥下舟，填咽盈船腹，紫梨津润，榠栗罅发，慕琴更出其行坐不离视为第二生命之百代话匣，转片发声，铿戛为欧乐，继则生旦杂作。小蝶厌闻强止之，而瘦鹃清谭婵嫣，不觉已达枫桥。小蝶坐鹢首，与翠娜商量画稿，小汀云树，茆舍两三，着笔不多，而已悠然有远意。

　　午抵栖星桥，榜人谓河渠堙塞，不能再进，遂停桡而系焉。燔炙芬烈，饭以果腹。或乘轻舆，或控蹇卫，骈坒循田塍行，曼曼可五里，陂陀起伏，遂舍舆卫而步磴，奈无山轿，踬跲难前，然不肯示弱，亿亿以上。望支硎辟路，废址岿然，咸羡十全老人，弃庙堂而栖山林，善乎其游哉。旋至童子门，少憩。惜秋尽，诸枫橚槮，叶早辞柯，委地而黄，不则停车可赏，霜醉似花，不让瀛洲三岛之红樱也。

　　约半里许，长松森萃，则范文正公墓矣，钦迟久之。偶昂首上瞩，嵼巍嶂嵲，栈巇巉峣，立者，欹者，骈者，驻者，偃者，仰者，忽礛裂，忽攒蹙，忽纚连，如狻猊鬣鬐，如青龙蚴蟉，如鬼物攫人，如鸾鹤之腾跃翱翔，如怒涛之激荡渍涌，不可尽举其状态，而磐石多耸矗，仿佛手笏以朝丹霄，故有万笏朝天之号，是天平之绝胜也。更相与披榛莽而上陟，足践黄叶，屑窣有声，转折过石钟、鹦鹉石，而抵钵盂泉。小坐山楼，茗解渴吻，味甘冽可口。凭窗遥眺灵岩、狮岭，微笼薄霭，而瀰迤圹埌，空廓若无人踪。斯时超然尘壒，辟易俗虑，有终老烟云之想。楼后石隙中，涓涓水溜，洞竹通之，入钵多罗，不溢亦不涸，岁以为常，钵盂泉之得名在此。出而右向，峭壁中断成羊肠径，踽踽仅容侧身，石以级之，曰一线梯。慕琴为导，滑不受趾，几倾堕。瘦鹃因曰："不若是，不足以见名山之胜，犹行文然，尚险而病平衍也。"接踵勃窣上。翠娜御高跟鞋，亦冶步而登。卉木跃蔓，别为清境，道邻又机以收摄之。时促且疲茶，不克跻望湖台，遂联袂相扶而下，蹭蹬更甚，皆涩然汗出。

既而悉下舟，欸乃一声，绿波划破，各肆谭笑间，娴君开奁掠鬓，小蝶攫粉纸以自拭面，强娴君为之执镜，旖旎风光，有非笔墨所能形容。俄而船娘谓紫蟹熟，盖小蝶购于市中者，乃持螯而酌醁醹。铺餤毕，尽撤去，出扑克牌，为一种有趣之游戏，嗢噱不止。时已曜灵西匿，渐觉昏黄，而金昌亦至矣。还铁路饭店，眠云留札在，拟宴诸子于眉史林月娥处，晨困小极，未随屐齿，兹以尽地主谊耳。于是笙歌迭侑，流斝飞觞，若玄、转陶亦来会，一一侜价，微醺而散，诸子即长车归沪渎。夫隽游若此，能有几回，恐后惝然入梦，不可追忆也，亟于灯下奋笔以记之。

游天平山记

庞乐园

　　吴中山水甲东南，灵岩、虎丘、上方、支硎皆胜地也，而尤以天平为最。天平之麓，宋范文正父母之墓在焉。文正高风亮节，辉映千古，人杰地灵，并垂不朽。予夙慕之，顾未得一游为憾。

　　辛酉重九，天霁云开，井梧凋绿，野菊绽黄，傲霜一枝，亭亭篱落间。值此佳节，遥想故园兄弟，茱萸遍插，拾级高峰，快何如之。正凝思间，忽友人排闼入，告余曰："吾侪仆仆江湖，风霜劳顿，际兹凤岭飞觞、龙山落帽之辰，机会难逢，宁容孤负，盍一作天平之游乎？"余闻言，游兴勃发，遂欣然偕往焉。

　　竹杖芒鞋，命俦啸侣，出盘门，取道横塘。途行炊许，历永祥庵、普慈庵而达金山滨。时金山之石，正在开采，故滨内商舶麕集。过此以西，田禾毕登，原野空旷，望之苍酽一色，而蔚然深秀者，则天平已含笑迎人矣。行行重行行，经平林，踏浅坞，穿东童子门，觉豁然开朗，如别有天地，而竹篱茅舍，三五人家，桑麻铺菜，鸡犬相闻，几疑身在桃源仙境矣。不里许，抵山麓，举目四顾，但见万笏朝天，环立群峰，仿佛左右拱卫，而云影岚光，时复扑人眉宇。遵道上升，迎面有门，上镌"登天平路"四大字。自此北进，逾三陟坂，有小庵，颜曰"钵盂泉"，入庵右折，步回廊，观泉水所自出。石壁峭立，有若列屏，泉自石罅倒注，其长如线，故又号"一线泉"。其上通以铁管，管之一端，盛以石盂，水流入石，相激成声，泠泠然如临风环珮。旁有小池一，石上镌"鱼乐"二字，金鱼游泳其中，历历可数。吾观之，虽非鱼而吾亦深羡鱼之可乐也。庵中楹联颇多，惜佳句极尠，惟董其昌所书"静观时有会，乐趣斯常存"一联，最为古雅可诵，龙跳虎卧，诚不愧名笔，馀则人云亦云，不足记录已。少顷，寺僧爇薪汲水，烹茗供客。味殊清冽，迥异他处，询之，则所汲之水，盖吴中第一泉也。茶罢，时已亭午，渐觉饥肠辘辘，余等乃出饼饵以果腹。坐移时,复贾勇前进。

　　山径崎岖,委曲而上,至于龙门,悬崖夹峙,仅容只身,斧凿之奇,等诸禹迹,幸有石级可登,而羊肠鸟道,窄险萦纡,过者侧足。同游诸子,各适其适,卧者坐者,仰而啸者,俯而乐者,虽静躁不同,然会心处固自不远也。惟斯时众皆喘汗不敢进,余欲穷其胜,遂力疾而登。觉石益峭,径益狭,山景益奇,而余力益惫,屡欲中止,继又恐归后以未登绝顶为憾也,乃复褰裳奋进,捷于猿猱,攀竹树,趿乱石,履巉岩,披蒙茸,穷山之高而止焉。既陟其巅,遂拭石小坐,而天风飘拂,袭人衣袂,直令人有潇洒出尘之想。及一览众山,瞭如指掌,因益信孔子所谓"登泰山而小天下"之语为不虚也。继而起立,西望太湖,则波光泛白,岚影浮青,而三万六千顷中,间以七十二奇峰,尤觉烟波浩淼,云树苍茫;东望苏城,则城中楼阁参差,炊烟断续。因默计曰,鳞次栉比者,扑地之间阎也;凌霄耸峙者,北寺中之高塔也。而回顾灵岩、虎丘、上方、支硎诸山,冈峦起伏,草木行列,皆可指数。俯仰凭眺,不禁心目俱清。于是下瞰范坟,则苍翠欲滴之老树,嶙峋皱瘦之怪石,均各矫健不群,其一种特立独行之概,足以表示范公之为人。予因是又深感夫锺灵毓秀之说,殆非无因也。久之,循原径下,而树隐石蔽,不辨归途,其不困于荒茅丛篠之间者几希。旋幸寻至钵盂泉,复与同游者会,众皆尤予之好奇,而予亦笑彼因循退缩,不能穷兹山之胜也。于是薄采东篱之菊,为开北海之觞,饮将半,余乃高吟朱子"故山此日还佳节,黄菊清樽更晚晖"之句,亦有相与和者。游兴将阑,因振钥顿高义园,读清高宗御碑,略知其梗概。迤逦度宛转桥,时夕阳枕山,炊烟四起,于暮霭苍茫中,仅见数点寒鸦争噪林杪而已。匆匆抵阊门,已灯火万家矣,遂驱车返寓。

　　是游也,往返仅四十馀里,而饱餐山色湖光,林壑之秀美,泉石之幽邃,名胜古迹,如游山阴道上,目不暇接,智识上益我多多矣。虽然,湖山无恙,国势已非,舆图易色,即在目前,苟徒留连于青山绿水之游观,想像夫先哲伟人之芳躅,侈然自以为乐,或且并此惮为之,斯岂吾侪之本意也哉。珥笔记之,无穷之属望,自此深矣。

（《新游记汇刊续编》第二册,中华书局 1923 年 12 月初版）

天平山牌楼

红叶片片

周瘦鹃

癸亥秋尽时，和天虚我生、常觉、小蝶、慕琴、筱巢、道邻、春七人同往天平山看红叶，此外还有三位女客，一位是小蝶的夫人婉君，一位是小蝶的妹妹翠娜，还有一位是小蝶的表妹紫绡。再加上了两个向导员程小青、郑逸梅，共有十三人，好算得大队人马了。

可惜可惜，秋老了，天平山的满山红叶已脱落了一半，散满在地上，踏上去瑟瑟作声，如泣如诉。唉！此来原为看红叶，却不道等不到我们来，先就落了一半下去，我拾了一片纳在怀中，不由得起了身世枯寂之感。

进童子门时，见两面山上山石刺刺，都向天矗起着，葱青翠绿，照眼可爱。瞧那模样儿，仿佛是无数手版，这就是和天平山红叶一样有名的"万笏朝天"了。

童子门外一带山坡上，有一条很整齐的山径，直通到山上，瞧去好像一条长长的白罗带捺在那里。小青指点着山上一个方形的废基道："乾隆下江南时，曾在这里造过宫，那山径便是御道啊！"我道："乾隆真也会白相，住在这山上的宫中，好不有趣，我要替他念'琼楼玉宇，高处不胜寒'了。"

范坟前好几十株高高的松树，笔直的绿入云中，和杭州理安寺前的楠树有异曲同工之妙。人在这松阴下走去，但觉老翠欲滴，衣袂都染了绿色。听那松风稷稷，自然成韵，觉得哀丝豪竹外，另有一种妙乐。

进了高义园，曲折上山。过了鹦鹉石，入到听莺阁中，靠窗一望，四面皆山，又四面有树，料想春光好时，定有黄莺儿可听。这时秋深了，听莺阁无莺可听，但见那四壁涂鸦的题字题诗，分外恼人罢了。

听莺阁后，有钵盂泉，石壁上刻着"吴中第一水"五字。山泉汩汩从山中泻出来，由竹管导入一只大盂中，水质很厚，虽多不溢。我和道邻跳过去喝了一口，觉得清入心脾，似乎把心儿肝儿都洗了一洗。

山上分上白云、中白云、下白云三部。一线天在下白云，是两座山崖中间一条狭径，从下面望去，只见青天一线，走上去时，只能容一个瘦子的身体，胖子就走不过了，所以外国游客称为"胖人之忧"（Fat Man's Misery），分明说胖人到此是要忧虑的。我们同游十三人中，惟有涂筱巢是胖子，他横着身勉强捱过去，得意得了不得。这狭径中间，有一块方石，滑不留脚，踏上去都得吓一吓。我说："这是文章中的曲笔，一线天是好文章，哪得没有曲笔？"

我们过了一线天，拍了照，都退下来，不愿再到中白云、上白云去了。一点人数，却缺了小蝶。我知道他馀勇可贾，定是独上上白云了。我们等了好一会，不见他下来，小蝶夫人未免有些儿着急。我自告奋勇道："我来做一个侠客，上山寻他去。"于是重过一线天，像猢狲般曲曲折折跳上去，一壁喊"小蝶"，一壁喘息着，直到中白云以上，才和小蝶碰到了。小蝶道："我和你长啸几声，听众山响应，好么？"于是我们俩放声长啸起来，只听得回声隐隐，摇曳而近，正不让西子湖上的空谷传声啊。

我做了一次侠客，跑了满头满身的大汗。出高义园后，便和总队相合，同到范文正公祠中瞻仰了一会，才踏着那枯落的片片红叶出童子门去，有的坐山轿，有的骑骡子，和天平山半山夕照告别了，就中惟有丁慕琴是英雄，他始终步行。

这一次游苏，有几件可以纪念的事。小船上的船菜和洋澄湖大蟹，吃得有味。三刻钟游留园，三刻钟吃林月娥家花酒（眠云作东），吃得匆促。还有一事，便是游天平山的前一夜，在久华楼吃晚饭，小蝶偷偷的给我召了苏妓吟香来，据说是知书识字，爱读小说的。回来后，毕倚虹在《晶报》上做了一篇《香鹃初幕》，和我开顽笑，轰动一时，便引起我和慕琴的声明来。这事虽难受，也很可纪念的。

（《紫兰花片》1923 年第 16 集）

天平俊游记

周瘦鹃

生平未尝只身乘火车，亦未尝只身远游至百里以外，有之，自此次游天平始。虽无红叶可看，而有好花为伴，且同游诸子，尽属俊人，此游诚俊游也，是不可以不记。

国耻纪念前三日，晨起天阴，愔愔有雨意。予以游兴勃发，毅然启程，先是红蕉、恨我，本约同行，乃遍觅车站中，杳不可得，初欲折回，继念吾非童稚，独行踽踽，当不虞拐匪之来，因毅然购票。登车，得一座坐。对坐有佳人，似曾相识，时送微波，亟敛目避之。属车役以可可茶、火腿吐司来，恣饮恣嚼以自遣。既抵苏，迳以车赴南新桥，盖即画舫停泊处也，方旁皇间，适值瞻庐、逸梅二子于水次，寒温已，遂赴同乐里镜花阁许，以俟眠云之来。

此次之游，乃应吴中星社之招，以画舫游天平也。舫属名倡富春楼家，闳丽为诸画舫冠。星社同人，出席者仅半数，为瞻庐、烟桥、冷月、眠云、闻天、半狂、逸梅、转陶八子，自沪来会者，仅予及天笑先生。予等登舫时，天忽放晴，阳光晶晶射水面，颇自诩洪福齐天也。

舫中诸联皆俗，惟"花为四壁"一额尚佳。船菜本有声吴中，是日所制尤可口。侑觞者有富春楼、白梅花、镜花阁及二冶叶，伺应甚周至，而吴侬软语，尤呖呖如啼莺也。醉饱已，眠云别约诸友作竹林游，而予与天笑先生及七星则往游天平，别以汽油船往，白梅花、富春楼与镜花阁家四娘皆侍行，小舸载艳，一水皆香已。

舍舟而陆，即以山舆登山，舁予者为二村妇与一童子，腰脚绝健，不在诸壮夫下。至范坟前，而万笏朝天已刺刺在望，仿佛有古衣冠人千百辈，执笏来朝者，而吾侪则宛然南面王也。众既下舆，遂雁行立，摄一影以志盛会。入高义园，过鹦鹉石、钟石而达钵盂泉，就小阁中小息，四壁涂鸦几满，中壁有"张织云、杨耐梅来游"字样,不知此二星宿曾否来,抑系好事者之所为也。进茗已,群议上山,而天笑、烟桥二公则以苦热辞,予侪男女共十人,鱼贯登一线天。白梅花齿最稚,如依人小鸟,时要予及逸梅扶将而上。迤逦达上白云,隐隐见太湖,状如白练,白梅藉地眠,尼冷月摄影。予曰:"此影可名之曰眠云。"冷月问故,曰:"眠于上白云也。"群为粲然。维时日已将下,回顾极峰,高不可攀,峰巅隐约有三人踞坐,飘飘如神仙中人,予心窃羡之,苦不能登也。

是夕,眠云复设宴于镜花阁家,期为长夜之欢,诸子坚欲留予,以诘旦行,拳拳之意,义不可负。顾予以海上诸务蝟集,归心如箭,遂入阁小坐,兴辞而出,以九时十分之快车返沪。归后倦甚,着枕便梦,梦中栩栩然,似犹在画舫花阵间也。

(《上海画报》1926 年第 111 期,署名瘦鹃)

灵岩之游

周瘦鹃

灵岩，吴中名山之一也，其地在吾故乡吴县之西，吴王尝筑馆娃宫于此，厥名始彰，吊古之士，殆无不神往于西施妆台与响屟廊之间也。月之十四日，愚以赴七子山扫墓之便，偕室人凤君、盟兄珍侯往游焉。

自阊门外阿黛桥以人力车达灵岩，需资人各二羊。九时出发，逶迤循御道行，十一时半达西跨塘，易山舆至七子山下，扫墓迄，遂直趋灵岩。亭午，已抵山麓，山石纷罗于前，峭拔有奇致，有御道一，曲折达山巅，道以砖筑，其平如砥，惟厥势斜上，滑不留脚，故登陟较艰。夹道丛草中，时见石根作方形，因知昔时必有石阑，可以扶手，不知何时为人截去，滋可惜也。山头有建筑物三，一塔，一寺，一钟楼。塔中有小龛无数，每龛俱供一石佛，今已零落不全，闻间有为日人窃去者。寺曰崇报寺，规模绝小，寺僧和易近人，而不作西湖俗僧胁肩谄笑之态，可嘉也。钟楼中有钟，时复有钟声一杵，飞度客耳，清越可听，楼墙作火黄色，自山下望之，奇美入画。

愚等在寺中啜茗小息，即由寺僮导观馆娃宫遗址，碎石乱砖，遍地皆是，颓墙半堵，依然尚在，不知是否当年之宫墙也。有巨井二，一八角，一作圆形，井水已浑浊，想宫女当年，必有在此顾影自怜者，而今则无足留恋矣。其上有巨石较平，云即西施妆台，但有柱根四方，依稀可见，追想当年西施然脂弄粉之状，为之神往不置。觅响屟廊，杳无所得，殊令人苦念当年莲步过处弓弓屟响之声也。过颓墙，达最高处，岩石嶙峋，古媚可喜，携凤君造其巅，见石上镌二巨字，曰"琴台"，盖西施操琴处也。珍侯继登，相与指点当年吴王与西施坐憩之处，以为笑乐。

时已午后一时有半，渐觉腹馁，遂出所携食盒，作"辟克桌"，计得面包、加利鸡、沙田鱼、桃酱、牛油诸品，佐以红茶、水果，啖之甚甘。天风泠泠，集衣袂间，白云四匝，伸手可接，弥觉别饶奇趣焉。食已，遗加利鸡空罐于石罅间，留为纪念，即欢笑而下。

于山半得一洞，寺僧称之为仙人洞，洞壁间镌有字云："校书吴素君侍郡人顾沅来寻西施洞。嘉善黄安涛，道光乙巳十月朔。"然则此洞即西施洞矣。洞口有紫藤一树，姿致绝美，藤花灿发如活绣，妙香袭人。小坐迎笑亭中，索读壁间游人题字，多如蝇蚋，而未见有绝妙好辞，足资观摩者，殊哂题字者之多此一举也。

纵览山下远景，心目为豁，循原道，徐徐下山。途次遇一书痴，挟破书数本、牡丹一枝，对人作憨笑，琅琅诵牡丹诗，云自木渎来，与之语，多不可解，亟舍去。返阊门，则已夕阳下春时矣。

（《上海画报》1928 年第 344 期，署名瘦鹃）

天平之春

程志政

到苏州去

春之神偷偷地步进了人间，大家也似乎摆脱了严冬的困顿，而入于轻灵美快的新生活氛围。流光易逝，美景不常，为珍重春光起见，我和许多朋友们倡议利用假期，做一短距离的春游。终于在几度讨论之后，决定到苏州天平山去。

为什么要到苏州呢？一来因为苏州离上海较近，我们惟一可以利用的，仅有星期日一天，当日游毕，即可回沪；二来因为我们的朋友刘晓光昆仲，恰好是苏州人，他们很乐意来招待我们，担任指导。一切是准备妥当了，只静待着那一个星期日的降临。

是四月八日的早晨，太阳很明媚地照着，我和绮城在七点钟急忙向北站出发，匆匆地在车上觅到了一个座位，乘客愈来愈多，一辆狭小的车厢里挤满了游客。

八点钟是规定开车的时刻，然而直到八时一刻火车方才离站，大家因为游览时间的关系，都不免抱怨铁路。火车风驰电掣地前进，九时多到了苏州车站，我们的目的地，算是到达了！

引起兴趣的两件事

一下车，世中正在等候我们，大经夫妇也来了，大家很快乐地坐了车到阊门外下了，他们已代预备好的民船，接着晓光、长丰、修纲、敬炳夫妇，都联翩而至，原来他们是在星期六来的，已在昨天玩过很多的名胜了。

篙夫解缆的时候，已经敲过了十句钟。据说，到天平山水路有二十多里，加之逆水行舟，至少要下午两点钟才可到达。虽然大家谈笑很欢，可是在水程里要挨延如许时间，心里真又急煞了。

沿河的风景没有什么可取，所能引起我们兴趣的，只有两件事。一是古石牌坊，这些石牌坊，竖立在田畴里，孤零零地往往只馀了一个空架子，有些仅馀一座表门，其馀屋子都没有了，由此我们推想当年这些地方，一定是很大的宫闱巨宅，沧海桑田，现在只馀这些纪念品。一件是河道的被人侵占，由苏城往天平山的河道，原来也不阔，可是有些石桥附近，河道被人民侵占去很多，侵占的方法是异常巧妙的，在河岸的近处，先树立石桩或木桩，然后盖屋上去，这样一来，屋的地位是不费一分文地扩充了，可是此仿彼效，河身便愈来愈窄，现在仅有一舟可过，如果不加取缔，将来交通必定要全部堵塞，市政当局，对此似乎不容忽视呢！

真如另一世界

船夫和风势奋斗着前进，虽然是用尽了生平力量，然而船身终是迟缓得像蜗牛一般。心急的我，早已不耐烦了，提议舍舟登陆，从间道先到天平山麓候船。这个提议，晓光、大经、敬炳三人十分赞同，于是在一座石桥边，携了手杖，跳上岸去。最初沿着河去，后来为探胜寻幽起见，改走小道，远远地望着一座狮子山，真个宛像一个狮子在蹲伏着，神态如生，比南京的狮子山名实相符多多了。

一路都是荒野的乡村，静寂幽美，令人心旷神怡。偶然走到农家门前，叩问路径，他们都不惮烦琐地殷勤指示，并且愿任向导，使我们感觉到乡村人民的淳厚可爱，和大都市的机诈虚伪比较起来，真如另一世界了！

沿途的山很多，但也叫不出什么名字来，山都很低，然而林木森森，苍翠之色，扑人眉宇，也自可观。晓光告诉我们，在上海时，在路上来往差不多双手不能自由舒展，一伸手，也许要碰到别人，然而在这里，这么大的原野里，四面看看，除了我们，又有谁呢？两相比较起来，人口的疏密，真是不可同日而语了，在苏州尚如此，边陲一带，更不必说了。如果能移都市的不事生产者，到这些地方来，岂不是两得其利呢！我们一路感喟着。

御道到了

御道到了，什么是御道呢？原来是乾隆皇帝下江南的时候，官府特砌的，用的是青砖，竖砌着，到现在依然没有多大损坏。晓光又感叹着，觉得专制时代，皇帝一句话，什么事立刻可以做到，这条公路，据说是几天工夫里筑成的，现在到处闹着筑路，可是公路筑成的能有几何，而路面的坚固，更不必谈了。

依着御道一直前进，便到了天平山麓。天气渐暖，我们走了许路，也疲乏不堪，只好席地坐在桃花林下，静待着那民船的光临。在无聊的当儿，我和晓光到近处一个古刹里去游览，那古刹已有三百多年的历史，外观还好，而内部却破坏不堪，歪斜得令人不敢久留。据主持的人说，里面一尊观音像，是全石雕成的，可是我们又哪里能辨别它的真伪呢！

许多人伸长脖子望着我

第一个印象使得我感觉得不快的，便是天平山下的轿夫和轿妇。女子抬轿，我还第一遭看见，当然是十分惊奇。然而这些轿夫轿妇，到处成群结队地追随着我们，一定要我们乘轿上山，我们虽然一再解释，我们须待全体到达之后，始能乘坐，并且担保她们一定乘轿，可是她们总是不相信，追逐了不放松，叨叨絮絮地讲价钱，最可恨的，便是在她们失望之后，总要骂出不逊的言语。一群轿妇散了，一群又围着来，直使人悔此一行，转生不快。

时间是午刻了，我们的粮食还在船上，而疲倦之馀，饥荒又接着闹起来。晓光精神比我好，还可支持，我却非就餐不可了。所幸这小小的村落里，有一所简陋的餐馆，草草地点了一碗蛋饭，正在吃的当儿，桌子四周，又是许多人围着，伸长脖子望着我，真是如何使我难堪呀！赶快地吃完，所幸朋友们都来了。

气象万千的怪石

乘着轿上山，山道很是平坦，抬我的是一男一女，大概是夫妇吧。听说，他们在春秋二季，游客旺盛的时候，抬轿就是他们的副业，每家都有一顶轿，每年的收入，也很可观。起初，我看了她们体力很似强健的样儿，以为不亚男子，岂知到了上山的时候，便露出破绽来了，跑不了一些路，便要休息，并且要求我自己上山，到下山的时候再坐，这不是滑稽之至吗！上山我可以自己走，难道下山到反要乘轿吗？然而我为了可怜她们，当然很爽捷地答应了，况且山很平坦，也不费力。下山之后，看见一座大松林，里面是范文正公墓道，因为时间不早，没有能去凭吊。

轿子停在另一山前，这座山，才是游客的最后目的地，也就是著名的天平山了。立在山前遥望着，真是气象万千，蔚然大观。最奇怪的，便是天平山的石峰，那些怪石都朝天直立着，所以人称为"万笏朝天"，和普通山石比较起来，确是另有一番意趣。下轿步行登山，而轿妇们却又向我们需索酒资，追逐不舍，说什么腹饥难忍，必须吃些点心才能抬轿。我们当然不理会她，可是她们也竟追随我们上了山，絮絮不休，一鼓游兴，早又为她们减却不少。这种需索酒资的陋习，如果不加取缔，也许将来没有人再敢到天平山了。

从裂缝中上山

半山间有一座寺宇，可以小憩，由此登山，便到了钵盂泉，泉水很清，但不甚广。里面也有几间房屋，凭窗远眺，可以看到对面的七子山，山上坟起七处，因以得名，灵岩山的高塔，也似近在咫尺。出钵盂泉再进，是最险奇的一线天。一块硕大无朋的巨石，豁裂为二，游客们只可由那"才可通人"的裂缝中上山，体格稍大的人，便有行不得也哥哥之叹。由此上去，一路都是怪石峥嵘，朝天屹立的也有，向山旁穿出的也有，形状如屏风，如巨炮，真是描摹不尽。据说，山顶有一很平的巨石，天平山的得名，也就在此。但是我们为时间有限，也不遑登峰造极了。

游览既后，重复下山，乘轿返船。一般轿妇，为了争索酒资，又起纷扰，甚至于半路停下来强索，可恶亦复可怜，终于满足了她们的愿望而罢。

留园焕然一新

由天平山回苏州，一路顺风，不二小时就到了。暮云四合中，我们曾在寒山寺逗留一下，无甚可观，匆匆即去。到了阊门外，驱车往松鹤桥晚餐。天气燠热，急思返沪，岂知到了车站，才晓得京沪车在渣泽出轨的消息，非上午四时，不能有车赴沪。那时真是乐极生悲，大家明天都要办公，谁能等到明天呢？后来总算托人请了假，重行回到旅馆里，预备第二天一早动身。翌日起身后，因为快车尚早，所以特地抽暇到留园一游。留园我已是三度重游了，里面本来很颓废，现在却正在整理，已有焕然一新的气象。兜了一个圈子，又往西园。西园分为两部，一部是庙宇，一座大雄宝殿，很像西湖灵隐寺，备极巍峨，而旁边的罗汉堂，更与灵隐寺的罗汉堂无二，令我几乎疑心置身于西子湖畔了；另一部分是花园，额曰"西园一角"，并在墙上写着"请看五色大鱼"字样，大概也是仿杭州玉泉寺的，买了票进去，只见一大池位于全园的中央，池的中心，又有一亭，由九曲桥贯通两岸，我们最初以为池里一定有很多的五色大鱼的，可是静坐了半小时，漫说五色大鱼，即小鱼也未见一尾，不知还是大鱼酣卧未起，还是寺僧故作欺人之谈呢。

归途感想

回到旅舍，赶忙收拾行装，赴站搭车，然而十一时的快车，又要迟两小时，于是大家如热锅上的蚂蚁，大失所望地枯待着，直到下午一时半，期待着好久的火车，方始进站，大家蜂拥而上，总算在下午两点钟到了上海。

这次游览苏州，虽然很短促的仅有一天工夫，但是观感所及，觉得有几点可以郑重提出的。(一)天平山上尚须由当地人士集资加以点缀，依现在而论，这座山可玩之处很少，不易吸收游客。(二)各轿妇的需索，令游客易生不快之感，最好由官厅规定轿价，以归一律。(三)由苏州至天平，尚无平坦大道，宜设法兴筑。

末了，我对于这次在苏殷勤招待我们的晓光昆仲表示十二分的谢意。

(《旅行杂志》1934 年第 8 卷第 7 期)

木渎风景线

范烟桥

　　近来上海的游览组织很多，为了时间的限制，不能不拣比较集中一些的风景线，因此木渎成了游览苏州的目标。可是走马看花，只得到一个大概，其中真正有名胜古迹的价值的，往往忽略过去，没有注意。

　　从苏州到木渎，有三条路线，一条是水路，一条是旧时的陆路，一条是近代建筑的公路，论游览，各有其趣。现在都是乘汽车去的，所以都走公路了，可是苏州三百多年前抵抗倭寇的纪念物——敌楼（在白塔桥南），看不到了。明嘉靖三十三年（一五五四）六月五日，倭寇烧劫阊门。三十四年五月九日至枫桥，分一支到木渎、西山等处烧劫。十三日，兵备任环与总兵汤克宽提兵至木渎，倭寇入太湖焚劫洞庭两山。十月二十日又到木渎灵岩山，二十一日官兵搜伏，斩首七级，倭寇夜奔凤凰池。二十五日奔木渎，复奔前马桥，巡抚御史曹邦辅亲督王崇古等击之，尽灭倭寇。那敌楼是当时扼守要隘的堡垒，历史上一个重要的古迹，方广十三丈有奇，高三丈六尺有奇，下叠为基，四面砖砌，中为三层，上覆以瓦，旁列孔，发矢石铳炮。类此的建筑，现在还保存的，还有两处，一处在枫桥，名铁铃关；一处在北圻、平望之间的唐家河口。

　　从木渎镇到灵岩，必定经过严园的，清道光八年（一八二八）诗人钱端溪所筑，名端园，有友于书屋、眺农楼、延青阁诸胜。后来归严氏，虽然已多荒废，可是典型犹在，在那边可以远望灵岩，比近看更美。

　　灵岩山的西麓，有民族英雄宋韩世忠墓，墓前的神道碑，高二丈二尺五寸，连龟趺，达三丈馀。宋孝宗题额"中兴佐命定国元勋之碑"，每字径一尺二寸。碑文为赵雄所撰，周必大所书，计有一万三千九百字，分刻八十八行。碑的高大，文字的多，可称天下第一。可惜在抗战时跌碎了，至今没有整理。拓本也很难得，因为工程浩大，全文载《金石萃编》。以前在灵岩山上，可以望见的，现在没有人指点，谁都不会知道有此伟大的石刻了。

灵岩山一名砚石山，上有馆娃宫，是吴王的离宫，因此有许多古迹，都附会西施，如"响屧廊"、"梳妆台"、"西施洞"、"采香泾"等。最可笑的是把"西施洞"误为"仙水洞"，因此有人取洞中的泉水，涂眼睛，说可以眼目清亮。山下的溪水，称为"香水溪"，说是西施沐浴的地方，香气历久不散的，都是谰言。还有把"醉僧石"称为"痴汉等老婆"，把"石鼋"称为"乌龟望太湖"，更是俗不可耐了。

山的绝顶为琴台，范成大所谓"下瞰太湖及洞庭两山，滴翠丛碧，如在白银世界中"，这是最好的领会。

灵岩寺，晋司空陆玩舍宅建成，梁天监中在馆娃宫遗址增拓之，名"秀峰寺"，以后都有修建，清康熙、乾隆（六次）南巡，在这里驻跸的。咸丰十年为太平军所毁，同治十二年略略兴复一点，民国初年一直到现在，逐年建置，所谓"天下名山僧占多"，也只有僧人募化的功力最大了。

山下有一个"再来坟"，是诗人张永夫墓，传说有再来人奇事，不可信。

以灵岩山为起点，向北五里是天平山、支硎山，向西十五里是穹窿山，向东四里是姑苏山，吴王夫差得越贡神木，筑"姑苏台"于其上，俗名和合山。当时木材甚多，连沟塞渎，三年之久，木渎也因此得名。倘然再向西，到光福镇，山水更多更好，脍炙人口的"香雪海"的梅花，和司徒庙的"清奇古怪"四古柏，就在那里。所以单游木渎，不过是一脔之尝而已。

（《新闻报》1946 年 12 月 2 日、3 日，署名舍冷）

天平山与范坟

范烟桥

　　苏州的天平山是上海人所熟知的，苏州山水之胜，也只有天平山还能翘着大拇指说："顶好。"苏州人却称它为"范坟山"。相传我家老祖宗文正公要葬他的祖先，有堪舆家替他看定苏州城里沧浪亭附近，说是地形很好，可以每代簪缨不绝。他老人家一向抱着"先天下之忧而忧，后天下之乐而乐"的念头，怎肯自私自利，所以他把那地方设置学宫，因此苏州学风极盛，在科举时代，三鼎甲出了许多。他另外去觅地，看中了天平山。堪舆家说："这是绝地。"他说："倘然你的话灵验，让我来用了，只绝了我姓范，不再害别人了。"他就把祖先葬在那个地方。这一天忽然大雷雨，对面的山上，岩石都迸开了，成为许多峭壁。堪舆家重来看相，说绝地已成了活地，因此称他为"万笏朝天"。至今那山麓有着"丽水府君"的墓碑，大家称为"范坟"，商务印书馆的《中国地名大辞典》也说山下有范仲淹墓，其实他老人家的长眠之地在河南，这里是他祖先的坟墓。边上有"高义园"，是纪念他的"高义"，因他首先创立"义庄"，赡养后代，为后来大家所师法。《辞典》说这就是义庄，也是错误的。以前"范坟"有着为香艳的集合，每逢清明节，苏州的妓女，都要到那里去聚会的，鬓影衣香，花团锦簇，好像《板桥杂记》所记的"盒子会"，却有一个有趣的名词，称为琵琶会。我生也晚，不及躬逢其盛，推想当时那些妓女都要在那里弹琵琶唱曲子时，这又和"簇亭画壁"先后辉映了。世乱年荒，而且时异景迁，当然今昔不同了。但是"范坟"这个名词，还是挂在苏州人的嘴边，地以人传，我们做子孙的，也与有荣焉呢。

（《风光》1946 年第 2 期，署名含凉）

苏州金焦山游记

阿 英

苏郡山水，若虎丘、灵岩、支硎、天平、穹窿、邓尉、铜井诸山，游览殆遍，且早经品评，无待赘述。今予所述者，为常人所不屑往之金焦二山也，冠以"苏州"二字，恐与京口相混耳。

癸酉四月十日晨八时半，乘人力车至西津桥镇，换笋舆出发，登寒山。是山本支硎之支陇，明赵凡夫先生葬父于此，自辟岩壑，引泉缘石而下，飞瀑如雪，号千尺雪，如仙源异境，与其妻陆卿子偕隐焉，构小宛堂，藏书其中。后为僧舍，今则成荒墟矣，有假山、荷池、石桥遗迹，徒供凭吊。清高宗南巡，尝幸其地，乡人遂指此谓皇废基。别寒山，过天平山、无隐庵、鸡笼山而登羊肠岭。岭上一涧，曲折多姿，其浅而平者若潭，斜而激者似瀑，蜿蜒丛草中者，则又类泥沟，不知来踪去迹，水声潺潺，可闻里馀，据谓如日月之恒，虽久旱不涸焉。绝胜之景，而其名不彰（即《府志》亦不及一字），岂高士隐居深山，而不欲闻世邪。使涧旁栽竹，点缀一二茅亭，则更幽秀，不难与杭州九溪十八涧齐名矣。

再进数里，即至焦山。山为采石之区，故无古迹寺观之属，然山色之佳，足供欣赏。岣嵝瘦骨，玲珑奥窍，山嶂峭壁，亘续不绝，如置身重围中，四顾皆山，逆观之巉巉高岩，凹凸纵横，有如数十层高楼，有龟裂如刀劈，翔舞若波浪，其山口一峰，张牙喷沫，又如狮口山之奇险，实为吴中诸山之冠。予虽未至桂林，然偶于图画中领略一二，此山仿佛似之，盖不类江南山色也，笔拙如余，不能状其万一为恨耳。

离焦山已下午二时，即于舆中作午餐，山村荒野无食店，故游者必具糇粮。至三时抵金山，是亦天平支脉，初名茶坞山，晋宋间凿石得金，易今名，与焦山同为采石之区。昔杨循吉《金山杂志》所记，今十不存一，然山骨破残，别有风味。丘埂起伏，洼者深不可测，浅者亦十丈馀，均积水成巨池。山石突而出者类半岛，凹进者为深谷，又见残馀顽峰，壁立水中，使大雨滂沱，必众山皆鸣，飞瀑急流，可与会稽东湖相颉颃。游是山者，迤逦盘旋，侧身踯躅，两壁峻峭，苍昊一线，手攀巉岩，足登荦确，疑是无路，却复有路。水穷山尽，架空坠道，瞻之在前，忽焉在后，回顾后山，列屏攒云而上，皴廖异奇，虽多斧凿痕而不足病焉。其向前一嶂，薄如一片，尤觉伟峭，俗呼之曰笔架山，谅以形似耳。

昔沈德潜游牛头坞，见岁久锥凿，石髓俱竭，尝叹曰："天下艮而寿者惟山，犹不能保护厥体，而况人年命之促，等于蓬科蟪蛄、电光鸟影者欤。"予曰不然，自古来名山奇峰，多成自人力，今金焦二山，开凿已久，不数年地寖掘寖深，泉将自至，山人即无法再采，至是山形大定，而胜概成矣。使山灵有知，亦决不抱明哲保身之想，故不以采凿为憎也。

（《旅行杂志》1933 年第 7 卷第 7 号）

天池一勺

刘凤生

游金阊者，罔不知有天平，而于天池鲜克道其胜概，实则天池处万山环抱之中，怪石嶙峋，冈峦起伏，溪涧流泉，松篁滴翠，其形势之奇特，风景之幽闲，要为吴中山水冠。管见如斯，游者自能道其详也。

游天池者，取道凡三：一自沪乘车至浒墅关，买棹篁村，坐轿到山；一自沪乘车至苏，复乘小轮往木渎，雇轿入山；一自沪乘车之苏，再乘汽油船往善人桥，坐轿到山。三者任择其一，一日可往返，惟舟车不免劳顿耳。

今年三月下浣，予与友人吴子仲礼，适有扬子江下游及京沪线各埠之行，以四月一日公毕抵苏。清明在望，风日暄妍，仲礼以游其里居木渎为请，藉获一揽天池之胜。友人何子瑞镐，久居吴中，怂恿尤力，议遂决。是午，瑞镐宴予等于宴月楼，肴核中以烤鸭风味为最甘美。晚酌于大鸿楼，继复相将入普益就浴，皆何子一人司度支，同侪敛手。予笑谓瑞镐曰："卿何垄断乃尔？"浴后踯躅阊门道上，细雨沾衣，轻寒袭袂，仲礼蹙额曰："明日天池之游，恐天不我许，自分福薄，乃昊苍并此区区亦靳而不与耶。"是夜投宿东吴，仲礼纵谭其年前韵事，楚尾吴头，伊人渺邈，言已欷歔不置。漏三下，始各就寝。

二日凌晨即起，瑞镐与袁君鼎甫先后至。鼎甫与仲礼同里闬，有葭莩谊，年少英俊，文采赫然。予侪于八时许，车赴胥门外，即登老公茂小轮。九时轮启椗，舱中四人团坐一隅，繁谈甚乐，不觉轮行之迂缓。起而四瞩，则两岸垂杨，迎风欲舞，菜花照眼生缬，远山近水，豁我胸怀。俄而轮忽停驶，仲礼指谓予曰："此七里山塘也。"因忆己未中秋之夕，予曾泛舟横塘，坐船唇看月，去今已十三载，而同游於芰裳、王孟鸾、甘禹承、严衡斋四君，都已星散，回首昔游，恍如隔世。轮经西跨塘有顷，见左岸有崇山峻岭，势颇雄壮，叩之鼎甫，知为七子山。予闻七子山名，而故友张子武（其鍠）氏音容，辄复萦回脑际。遥想子武当年，匹马横戈，赞襄帷幄，胜概豪情，不可一世，时有智囊之称。子武工于文，尤健于谈，喜与予兄弟交。犹忆渠一日来访，授阍者以名刺，曰："汝张家否？"阍者应声曰："否否，此刘宅，非张家也。"子武凝思须臾，始恍然曰："予所欲见者，便是汝刘家某也某也。"正相持间，予已出外相视，握手言欢，相与轩渠不置。今者舟过七子山，犹仿佛想见其人，青山埋骨，何处招魂，人生匏系，可悲也。十时半，轮抵木渎。鼎甫有行箧二，左提右挈，仓皇登岸。予欲为之分劳，渠坚不允，予告之曰："卿满载而归，独毋笑我两袖清风耶。"相与莞尔。

木渎镇位于苏州之西，居民三万弱，民风淳朴，出产丰饶，距苏虽密迩，而生活程度之低，迥与苏异。吴氏卜居于此，盖已多历年所，而吴氏家庭，尤极融泄之乐。入其门，堂庑轩敞，布置井然，几净窗明，尘埃不到。仲礼并介其乃弟叔勤先生相见，叔勤英姿奕奕，倜傥不群，尤善于辞令。继复谒见其太夫人，貌清癯，善气迎人，令人肃然起敬。

十一时，仲礼昆季、瑞镐及予四人，以肩舆入山。时天已放晴，暖风吹人欲醉，一路丁香盛开，芬芳扑鼻。灵岩寺塔，悉收眼底，复经五岭山，徒步越一小岭，一时抵天池山脚。

天池山位于吴县金阊之西，在华山之南，离城约三十里。半山有池，横亘数十丈，天池因以为名焉。山中胜境，不胜枚举，以第一峰为最著，第一峰亦名莲花峰，山之最高峰也，上有一石，形似馒头，居民因名之曰馒头石。予等以惮于跋涉之劳，亦未一登其峰，仅于山坳中作鸟瞰焉。馀如金蟾峰、石鼓峰、钵盂泉、清心泉、秀屏崖、天池石、比丘石、小娘石、三摩石、天门楼、梵宇塔等等，俱属此中胜境。半山有石屋一，以石构成，盖此间产石极多，村民以石为业，首都孙陵所用之石，即取诸于此。

予侪游石屋后，憩于寂鉴寺，推窗远瞩，则万山卓立，奇石巍峨，胸襟舒畅，烦虑顿涤。据图志所载，此寺为魏晋间支公禅师结庐焚修于此，垂二十馀年，德行闻于朝，晋帝嘉其志，拨内帑十万缗，为之开辟道场，以行教化。清圣祖御驾南巡，慕天池石佛之胜，曾驻跸于此。高宗二次南巡，亦复驾幸。咸丰庚申，突遭赭寇浩劫，寺产荡然。近以住持苦力经营，稍稍复旧观矣。予等午饭于兹寺，蔬食尚可入口，然以与焦山之碧山庵，或圣湖之烟霞洞相较，则精粗又悬绝矣。

探幽既毕，馀兴未阑，四时许复乘山舆一往无隐庵啜茗，纵谈住持昭三事。庵中了无胜迹，惟竹引泉尚可一观。时已日迫崦嵫，予等遂拜别山灵，亟赋归去。

是晚予与瑞镐下榻仲礼斋中，主人款以盛馔，座中舍主人昆季外，鼎甫及其介弟敏甫亦到席。

三日晨，予与瑞镐告辞，主人馈以木渎名点枣泥麻饼数事，启而食之，风味夐绝。予等以十时三十分集成小轮旋苏，瑞镐留此间，予以午车归沪。天池胜天平而名不彰，聊书梗概，以为后之游者告焉。

天池濯足记

郑逸梅

　　苏州的名山，什么虎阜咧，天平咧，支硎咧，都玩得腻了，因想到一个没有去过的所在去顽一次。既而知道有个天池山，离城约三十里左右，很有些儿景迹，于是就把天池做了个清游目的地。但是屡次与友约期而去，总是届时天不做美，雨师阻驾。

　　今岁重九日，诸学友又约定往游，在上津桥下船。晨间小雨廉纤，兀是焦虑踌躇，不半小时，雨霁日出，我们就决计棹舟前去。到了上津桥，我们雇定的船停系在柳阴深处，即有船娘招呼下船，但榜人因市肴没有还来，我们恐一再迟延，暑促不及畅游，嘱船娘先行开船，船缓步疾，榜人可以追及的，船娘也以为然，便解维划波而行。柔橹声声，秋江寥阔，我们城里中人久锢尘嚣，一到了这种境地，顿觉眼界宽舒，心神怡适。不一会，经西园戒幢寺，而抵冶芳浜口。这冶坊浜在数十年前，素称艳薮，粉黛如云，户宇栉比，一般裘马王孙，骛趋而至，缠头浪掷，花海吹笙，确是一个销魂之窟，以视今日之败苇荒潦，相去不啻霄壤，今昔异状，那得不令人感喟呢。将近寒山寺，有一断桥，榜人已追及，船便附岸，俾榜人上登，我们见了，不觉异口同声道：是真一出"断桥相会"哩。到栖星桥，为一市集，乡人大都以编筐筥为生。时已近午了，船娘为我们陈篚数事，料理膳餐。天又儵儵而雨，黝云低奄，山容为改，不多时又云开雨歇。盖今日的天，和人们的境遇差不多，时塞时通，无从得其端倪。船既转折，境更清旷，两旁的树，岸土被水浸蚀，巨根外露，厥状一似怪兽之头，而垂条着水，拂掠篷窗，玻黎上点点留痕，间以红蓼白蘋，茈虒可爱，绝妙一幅秋江放棹画本，惜我不能绘临，未免有负佳景了。而野菱纠蔓于蘋蓼间，我们戏把司的克钩摘，得一二枚，剥而啖之，清嫩可口。又行了若干里，抵白马涧，港汊窄狭，便泊舟上岸。白马涧为一个

382

小镇，镇多茶寮，氓夫据集作摴蒲戏，呼卢喝雉之声不绝，吾国人好赌性成，于此可见一斑。市尽，则又田舍相接，门临溪塘，牧童驱羊叱犊，闲适得很，塍间又伏着一头小囊驼，毛色棕，隆峰长项，别有一种状态。愈行而途径愈僻野了，乃招一村间女郎，许以酬赏，作为向导。那女郎年事可十七八，貌尚楚楚，而捷步若飞，我们男子反有望尘莫及之概，一再请伊缓行，始克相从。此时沿途景物，幽蒨无与伦比，塘水中浮着紫色的萍藻，小鳞瀺灂，时起沤沫；杂树扶疏，中间以一二乌桕，殷红霜叶，晔若春华，杂树也有结着一颗颗的红实的，点缀秋光，益形娇丽。这样的行了八九里，陂陀起伏，达鹅九岭。循磴而上，令人汗喘，约数百步，则穿然一门，和天平山的童子门相仿佛，门旁有一巨碑，朱书"天养人"三字，这三字似乎没甚意思，想系俗子所为。据乡人道：三字朱文，从来不加硃鬃，色泽垂褪，往往风雨作而红晕如新。神灵奇妙如此，齐东野语，不足凭信。经了这门，向导的女郎道：往天池山有两条路，一条取道黄牛岭，崎岖得很；一条为平易的蹊径。究从哪里而去，我们想路愈崎岖，境亦奇突，便不辞艰险，由黄牛岭进行。上了黄牛岭，丘陵駮騀，岩嶙纆连，或峻谷嶜岑，或悬崖诡怪，而山鸟呼鸣，诀厉悄切，到了这儿，四围尽是嶂峦，几疑脱绝尘世。

忽而峰回路转，由高而下，路畔一大峦石，如经斧削，厥状颇奇，而山腰石龛相对，中供接引佛，其间有一方池，广约半亩，渟水汀滢。向导女郎道：这个更是天池了。我听了大喜，足力也有些疲乏了，便在石旁坐下，脱履濯足。因谓学友道：濯足天池，比之濯足长江万里流的，虽不及它的豪情，也有它的胜概呢。池对寂鉴寺，绕以石垣，有门可通。我们进去随喜一番，庭中黄白二桂，繁英秾馥，和旃檀的香氤氲一片。左有禅斋，数橼小筑，三面凌空，僧人烹了茗荈，请我们在禅斋中憩坐。凭窗高眺，栈巘巉嶮中，有岖峣孤亭的巨石，便为莲华峰，我们出摄影机照了一帧。这时天又冥冥而雨，潼瀯蔚荟，风声呼狶，雨滴乱绿中作清响。我们枯坐听雨，约一小时，雨势稍煞了。向导女郎道：山气暗昧，阴翳未销，难以待晴，不如趁此雨势稍煞的当儿下山去罢。我们听从出寺，因急于下山，至邻近花山的乾隆独木御座，未能前去瞻赏了。匆匆由平易的蹊径而行，草虫嘶咽，一有足声，便戛然而止。两旁多松秧，簇簇葱翠，这是山农种以鬻钱的。行不多远，雨渐渐地大了，回顾丘岚叠嶂，嵝溟郁峍。这时适在圹埌之野，四无遮蔽，过丛树下，塕然风来，柯条间留滴泻堕，点大似拳，不一会，衣履沾濡殆遍了。某学友道：今天个个湿头（俗称不幸为弗湿头），大吉大利。引得我们都笑了。

　　既而抵天养人的洞门，循原坡而下，再行三四里，始有村落。我们在农家屋檐下暂躲，榜人也随行，见有卖蕈的，便向他购买，三百青蚨可购一斤，可谓价廉极了，且山蕈不失真味，尤非城市间物所可比拟。躲了片刻，吽呀村犬，争出狂吠。我们仍冒雨急走，又走了若干里，始到泊舟处，个个和水老鸦一般。入舱解除湿衣，船娘拧来热手巾数把，将头面的淋水揩拭一干，始稍宁适，而腹中有些饥饿了，遂出晨间所备的重阳糕，嗒啖一饱。那重阳糕为应时鲜品，或赭或白，或紫或黄，中含糖馅，饥时啗之，更觉甘芳异常，正合了先哲所谓饥者易为食了。

　　船既开放，大雨滂沱，从篷窗中外望，好一派米家泼墨山水图。雨珠入水，沫起回薄，由小而扩大，加之激溅错落，不可名状；水中游鳞，因而大乐，频作泼剌声；翠鸟轻掠水面，泔润碧滑，羽泽綦美。榜人道：翠鸟喜啄鱼，有鱼虎子之称，兹闻泼剌声，又将利喙大动了。我们更促膝作拉杂话。船畜一狸奴，喜昵人，我素爱狸奴的，逗以一索，狸奴戏扑腾翻，厥状绝趣。我对学友道：这真是髦儿戏哩（髦谐猫）。达寒山寺，寥戾暮笳，天色渐暝。及到上津桥，岸上电炬在黑暗中作作生芒，乃雇街车归去。略进晚餐，便倒身而睡，梦寐中犹似此身在烟波浩淼中呢。

（《红玫瑰》1926 年第 2 卷第 50 号）

纪支硎灵岩之游

郑逸梅

驹光好迅速啊！去岁的立夏日，不佞和天笑、瘦鹃及星社诸子同作天平之游，又挟了昌亭眉史四五辈，酌钵盂之泉，寻莲花之洞，把那清峦秀壑，都薰染了脂香粉气，意兴之盛，得未曾有。而今红了樱桃，青了梅子，又是一年的立夏了。回忆前游，不觉兴为勃发，便约定万青、云葊、兰言女士及诸生徒，蜡屐雇舟，同探支硎灵岩之胜。

晨七时，在广济桥下船，柔橹声声，历枫桥、寒山而前往。我们在舱中啖甘蔗，饫甜酿，杂以谭笑，不一会已到了栖星桥。那栖星桥为一小镇，市声尘嚣，喧闹可厌。过镇则浮萍聚藻，绿涨一溪，加之岸旁柯条趺蔓垂拂，差不多把去路都遮断了，船行其中，似在蔼蔼翠幄间，那是多么有趣啊！约半小时，即停桡柳岸。这时饭已熟了，鱼羹肉脍也烹调好了，我们便团坐而食。既毕，系踵登岸而行，林麓黝儵，荒葛胃途，那些村犬，嘷嘷似欲啮人。行不多远，有穹门黄垣的，就是支硎古刹了，供有观音大士塑像，灵龛宝盖，旃檀氤氲，俗称支硎为观音山，大约即因此而有是名。其右别为一殿，中有一幢，绝高大，下以顽铁为关掤，推之可以旋转，诸生徒见了，便自告奋勇，合力旋推，以加速率。这个顽意儿，好比那海上梨园的大转舞台，那幢中的释迦文佛、迦叶、阿难，任人簸弄，兀自低眉不语。据说转了幢必施以香金，可愈头目昏眩之病，这也是僧徒敛钱的一法呢。我们随喜了一回，出刹左折，奇石错立，崖溜琤琮，厥名寒泉，勺饮之，凉沁脾腑，此身几欲仙去。泉旁镌石成文，邑名宿大圜居士书有"支硎道场"四大字，又有吴下寓公李印泉书有"支硎古为临硎，俗称观音山，又名报恩山，一山四名也"若干字，髹以硃丹，颇觉触目。然按《吴志》，支硎山今名牮崿山，一山五名，印泉先生未免失考了。由此循磴而上，愈行愈高，岖嵚峁崎，蓊苷橚矗。有已枯的巨木，葛藤縈挂枝干间，柔条殀叶，欣欣向荣,几令人混视巨木之森然未瘁。岩罅中野蔷薇方发花,离披映带,素艳可人,我们纷纷采撷,或缀之于钮扣,或插诸于帽檐,有的累累赘赘带了许多,香风飘拂,中人欲醒。而岩石嵽嵲,状益诡怪,若虎伏,若龙腾,若鹏之展翅,若厉魅之狰狞噞龂,万象森列,几有入山阴道上目不暇给之概。岭脊有一屋,断垣荒榛,相传为十全老人南游驻驾之所。过了这屋,山势便由高而下,御道峛崺,远望有似羊肠一线。到了极低处,山势又由下而高了。原来支硎已尽,已到了天平山,石级崔魁,上陟颇觉汗喘,过童子门,为高义园,长松秀矗,风来成籁。我们足力有些疲乏了,即在下白云稍憩,见亭壁间乱涂着不知所云的诗句,我们笑读了一回。又在左首发见一幅妙画,春色汉宫,备极淫亵,这种顽意儿,沾污山灵,未免罪过。有卖乌芘的,吾们买了若干枚解渴,且啖且行,还顾峭蒨青葱间,峰岚复杳,乱石岭峨,不可名状。

　　途径迂回,约行五六里,始到灵岩。斜坡迤逦,行行止止。土石间苗生稚笋,仿佛掺掺玉指,我们拔了成束,以便带了回去,煮花猪肉以下酒。既而抵最高处,石磴峻滑,非猿攀荸条不克登,我们又斫了一挺直的树枝,权当司的克,俾得支撑扶持。那最高处巨石如砥,上凿有"琴台"两字,相传为昔西施奏琴的地方;旁边有两个孔穴,又传为吴王与西施对奕时投置棋子的天然器具。但这种传说,恐不足凭信,因这陡绝的琴台,虽我们壮健的男子尚不易攀登,岂荏弱女子所能胜,这想是后人附会其事,成为艳迹罢了。我们兀立巨石上,东望太湖,烟水迷茫,帆船点点,莫釐、包山屹峙湖中,真好比水晶盘里的两个青螺。俄而山风飙发,厥声飕飗,虽非龙山,却欲落帽。势既不可留,乃相率下。时有二女郎,出其轻罗帕子,系以彩丝,以代纸鸢,帕子因风而舞,绝似纸鸢之高举,有趣得很。左折有清水一泓,为浣花池,再左则为灵岩寺,寺乃古馆娃宫故址,浮图岳立,计级七,每级供有石佛。我们进了寺,山僧瀹茗以献,饮之渴顿止,且又苦热,磅礴解衣,借了把大蕉扇来挥着,习习清风,凉生两腋。坐了一回,出寺游览,那左边的山坡上,一石块然,恰对着太湖中的鼋头渚,其状酷肖元绪公,俗因称为乌龟望太湖;又有一石直立,似伟丈夫,其容偬偬然,若有待而失望,俗因称为痴汉等老婆。据父老说,古有一男子，约女来会，不料女届时爽约，男子便僵化为石。这种有味的故事，很足以添游客的兴致。其他尚有许多名迹，什么响屟廊咧，韩王碑咧，香水溪咧……都不及遍领其胜。

我们再在寺里喝了一杯茶，即图归计。循着原径，下了斜坡，惮于越峦逾峰的劳疲，找了个童子来作向导，改由金山麓地而行。那金山为采石之所，附近数百里的石料，大都取给于此，仰望山石，垲垲赪颜，多斧凿的痕迹。过金山浜、茶坞浜的市集，那些山氓，聚在小茶寮市赌博，厮吵喧哗，令人厌恶。行不多远，为天平的东童子门，经了这门，完全为田塍了，时斜阳照墟落，乃竟赴停桡处。及归抵金昌，早已万家灯火，炫眸生缬了。

游灵岩山记

陈　蕃

苏木路汽车还未通行，这会和俞友清、陈贻谋两先生及任君锺祥至木渎去，仍坐汽轮。

我们此去，各有各的任务的。俞先生因编《灵岩山志》，特地亲自考察，以求详实；陈先生是久居北平，难得到苏，特地冒暑游览；任君受俞先生之托，特地抄写对联诗句的；我是既受俞先生之托，权作摄影者，同时又是陈先生的导游者。

早上七时，坐人力车到胥门，才知道船行时刻还近一小时（提早赴木乘光福班）。于是，我们回到马路上易安茶社喝茶，藉消无聊的短短光阴。当我们跑□□□□张桌子上拥簇着许多穿短的黑色或青色的衫裤，很多敞胸的，因此可以看见□□肌肉发达的胸脯。不多时，茶楼上的茶客稀少起来，想来他们都是苦工们，冒着炎热去替人家建筑巨厦、拉车儿、筑公路去的。他们是可怜的，但他们不像士绅坐在电扇下喊热得要命。他们埋头苦干，热得透不过气来时，才把衣角拭会汗。他们把自己的力换来的钱，来维持自己生命是光荣的。我惟自愧，谁敢说他们是下流的贱货呢？

七时三刻上轮船，甫坐定，船就西行，不上十分钟，我们脱离喧嚣的都市，到恬静的原野。我站在船头上望着前面的水流，碧绿的水分隔两岸，绵延无尽。船到横塘，记得它是有名的乡镇，并是美人遗迹的所在。这里的美人就是陈圆圆，满清的入关，主宰汉族的中原，也是她有联带关系的赐与。在英雄气短、儿女情长的囚笼中，干这些无耻的艳事，多着多着，也不必去诅咒他们，只恨我生不逢辰，不能目睹她的尊容，引为大憾，所以我每到此地，就追念和羡慕起来。

船再西行，两岸的青山向后旋转去。过西跨塘，船在青山包围中。再隔一会，

388

就望见木渎镇。船近木渎时，就见岸北的法云寺和敌楼，我们因路途较迂，就不预备去，所以在船上摄了影，清否？我在担忧着。到木渎，空气又喧嚷起来。上了岸，跑到山塘街，因气候闷热，就到友清先生的亲戚家永宁庄去休息，并在后园拜见三百馀年的古红豆树，可惜那罕觏名贵的树，不点缀于名园胜地，偏生长在荒芜的院子里，与桑林丛草为侣，岂非恨事？我可怜它，于是为它留一影，希望在俞先生行将付刊的《红豆集》里面，得与读者认识它的来历。

从俞先生的亲戚家出来，沿山塘街西走，路过严园，我们因顺道想去游览一会。明知这园已年久失修，零落不堪。然严园虽不售门票，但进出的门为仆役所锁，进去要开门钱，开口便要两角钱。我们宁愿不进去，因为游过留园与狮子林的，严园就看不上眼了。

我们直达灵岩山麓，跨街有一亭，名曰垂荫亭，即入灵岩胜地的伊始。前行约二十馀步，右有再来人张永夫墓，墓前有木栅门，荫蔽浓林下，想来长眠人一定很风凉了。稍进为灵岩下院，冷落堪怜。沿山路向上爬，路虽平阔，但爬时假若没有携带手杖，□□□用手借力的地方也没有的，同时两旁也没有林木荫蔽，所以爬山时格外吃力□炎热，好在半山有一迎笑亭，大半游客到此，总得在这儿休息一会。在这儿向上看，塔寺高耸，倍见壮丽，会兴奋游客的精神，愿继续上爬。向下一望，打边看去，惊为下临无地，形势险壮，令人惊喜。歇了片刻，再向上爬，左有西施洞，相传吴王囚范蠡之处。洞里有好事者写上英文字的哈代那个名字，不要说陈贻谋会哈哈大笑，我也默默地笑起来，因为我和陈先生在某晚到马路上去，给路旁的喊我们劳来哈代，那末岂不是最取巧也没有了。从西施洞走小径上馒头石，从此折向东南，可至醉僧石，可怜那位通宵达旦地在等着他的恋人。然而她真无情，抑在有意玩弄他，抑是有点害怕而躲避着，但他惯是含笑地等着等着。我想虎丘真娘墓里真娘搬到他跟前，让他不要失望吧！折回馒头石，向左西行，路径梳妆台，旁有望佛来，俗名即乌龟望太湖。再行百数十武，即到灵岩寺正门。入门，大殿正在重建，建筑费约三万馀元，塑佛费还在外，那是于落成以后，一定很可观的新建筑呀！殿前有砚池，跨有小石桥。砚池东为客厅，备茶敬客，并由灵岩上人殷勤接待，供给友清先生关于灵岩古迹的资料。小坐，我们到玩花池、吴王井、智积井、石城去了一会。绕出正门西行，即到琴台。我们站在琴台上披襟当风，仰天长啸，四围远山作揖，使我们大有登泰山而小天下之概。我们再静坐下来休息一歇，想到这里是美人弹过琴的地方，真像有些馀音可以听到呢！呀，往事已矣，不堪回首。

我们再从琴台回到客厅，衣衫尽湿，休息一会，便在那儿吃饭。我们素不素食，今天吃到豆子、豆腐、粉皮等，就感觉得有特别可口的风味，虽然只有四菜一汤，但我相信，连吃一星期就讨厌的呀！饭后，到客厅东，即为灵岩塔，笔般直立着，高搏云霄。塔四周为灵芝石，玲珑小巧，各自斗胜，惟细心体味者才会认识它们的美妙。塔北为食堂，东南为钟楼，钟声时震幽谷。北为立关和尚的居处。客厅北为藏经楼，楼东有一小室为方丈休养处。小室东为智积堂，我们在这儿和灵云上人合摄一影以留纪念。回到客厅，见有"太湖水胜西湖水，吴王宫作梵王宫"那副对联，真不知其言之几何悲了。

是时，已午后一时半左右，我们拟访韩蕲王碑，提早下山，虽气候炎烈，身力疲惫，但精神是兴奋着的，终于胜任了。当我们下山时，在迎笑亭买个西瓜来吃，可怜那乞丐儿们来拾我们投地的皮来啃，友清先生就说："我们不愿他们吃我们遗下的残物，至少要不在我们面前，我们少吃些吧！"于是八个乞丐都得啖一块。我们小憩后，再下山，直至山麓，折西，去访韩王碑。不多远，途经蒋园遗址，只见颓废殆尽的短的乱石墙，和长方的荷池，真可怜哪，池的四周尽是稻田，池内水草乱生，九曲桥仅剩若干石柱，上面的石桥板也不翼而飞了。呀，大有沧浪桑田之感了。

再走约里巴路，就在松柏林里找到了韩蕲王的巨碑，碑高四丈，阔八尺，据云为天下第一碑。我们在这儿留恋不舍，虽非风景美好之处，想必对于古时烈士英雄有种不可自抑的景仰吧！韩王是有宋一代的中兴大将，他是鉴于外侮侵迫而奋起抵敌的先驱，他的事业、他的功绩，都足使我们肃然起敬的。我们看到现世的危机，外侮叠至，能不战战兢兢、惕励自己、惕励别人？个个愿做个爱国的同志，救国家于垂亡，否则有何面目来见韩王呢？

从韩王墓直向南行，到香水溪，有和香水溪成丁字形的采香泾，相传为吴王开凿，神箭助成的。事虽属荒诞，但也够寻味的了。采香泾是直达太湖的，所以那儿的水是很清的。

沿山塘街东行，再到永宁庄休息，给西瓜我们吃，那时我们正需要解热的东西，倍觉西瓜的味儿更可口了。小坐片刻，去斜桥，在乾生元买枣泥麻饼，其味早已脍炙人口，其名与苏州的瓜子，南京的板鸭，无锡的肉骨头、油面筋相埒。

我们到石家饭店，因为我们久慕于右任的墨宝。可是到了石家饭店，给店伙欺骗着说："老板在外边。"可是后来主人和他的女公子（是英华学生）是在店里跑出来接见我们的。呀，可恨那个家伙还是同我们开玩笑呢？还是贪懒呢？但我不管他，总之做人固难，用人亦难。这是我从这一会体验得来的。

三时半到轮埠（乘苏木班，这是最后一班），时候还早，但有许多乘客等着。我们因怕人太拥挤，而且带些污浊的汗臭，所以跑到对街的石阶上去坐了一会，同时也觉得有些疲倦了。

四时乘轮回苏，看看明净的水波，青葱的峰峦，好似在画图中，使我忘却忧愁，心□惟欢呼跳跃。呀，现在我有些懊悔了，先前想汽车通了，轮船再也不要坐了。但此刻想来，对于坐轮船确乎有些可爱，并不是爱它价廉，实因水上的风光给我许多的乐趣，也许比坐在车厢里闻油气味好些吧！然而乘汽车也有节省时间和便利的地方。

我刚刚离别灵岩，还坐在船上，已预拟下次游程了。我想以后去灵岩，去时乘汽车，求快些到达，回来时慢些不打紧，这样可以水陆兼游，兴趣一定是很好的。或者去时乘轮船，回来乘汽车，其兴趣是相同的。

我又在回程中，对于在船行时所摄的照片，未知能否清楚倒有些担忧，且待洗印后再说吧！

五时馀到胥门，搭马车回校，太阳还在西天呢！

民国二四年八月廿日记于英华

（《灵岩山志》，俞友清编著，苏州文新印书馆 1935 年 9 月初版）

灵岩游痕

锺　祥

一、到木渎去

记得今年春假的时候，我曾和四位良友到木渎去玩了一次，可惜为着要翻山到天平去，所以只得匆匆地走了一趟，也没有去注意什么古迹名胜。前天（七月十一日）忽然俞友清先生约我到木渎去玩（因为俞先生要辑《灵岩山志》，所以再去详细考察一下）。我呢，虽是怕着炙人皮肉的夏日，可是好游性终于代我应允了。那天清早便动身，同游者除俞先生外，还有两位陈先生，都是兴致相同的：不怕热地贪着玩。到胥门光福班轮船局时还早（因为要早些到木渎，不乘木渎轮船），便在就近易安茶社品茗。茶叶虽劣，但水质很好，究竟胥江水的味道，不比城河中的烂泥汤！我们在这茶社进了些点心，便走到轮船的拖船上去，不料船舱中已客满了，幸亏前面的一只轮船还空着无人，我们四个人便下了那艘轮船。约七时五十分，船动了，波浪不住地向后退去，机声泊泊地绞乱了我们的脑筋，两岸风景深秀，山势重重相衬，至于翠盖绿丛，所在皆是。可惜"走马看花"，在回忆中更难形容。路经的重镇有横塘和西跨塘等，沿河的古迹，那么有法云庵和敌楼等。苦于我们不能上岸逛游，只能把它们一一收入镜箱，留个纪念。

九点三刻时，船抵木渎。我们便弃舟沿山塘街前进。这山塘街和苏州阊门外的山塘街相仿佛。在斜桥塝，那么又和小菜场一样：石板地上非常潮湿。严园也在这山塘街上，可没有人去负责整理，所以零乱得不堪。中国的古迹像这样的很多，我不禁为之一叹。

二、灵岩山上

走了三刻钟的光景，我们底目的地到了。山下有两处古迹：一叫垂阴亭，一叫诗人张永夫墓——一名再来人墓。我们摄影后，便向山上走去。山路和马路略同，由碎石铺成。不过因山势的关系，有几处爬上去非常费力，所好的就是不很高，到山颠不过三百六十丈。

上面又来了个亭子，叫做迎笑亭。由这里上去，山路便向右折弯。数百步后，我们折向左边小径，到了一个石室，题为西施洞，据说是吴王囚范蠡的地方。这洞极有古色，可是洞壁上不知谁去画了个方格，方格里写了些"哈台王"等英字，十分触目，真可称"杀风景"！

回到碎石路，向东由小径走去，便可找到"石鼓"和"石罗汉"等。由碎石路前进转到西施洞的左上方，是石龟望太湖处，背上刻了"望佛来"三字。又有像石幢一样的耸立着的，据说是西施的梳妆台。此外，馒头石和虾蟆石也很奇特。总括起来说，灵岩的古迹大都是石物。

喘气声中，登上了平坦的地方，这里就是灵岩寺，也就是吴王馆娃宫的故址。进□左门，便看见许多匠人正在建造大殿，规模十分雄伟，尤其是那些质□色白的□料，加上了一番人工的磨擦，美观得和洁玉相似。殿前有方池，上建石桥，四面围着铁□，桥边还镌着"砚池"二字，或云这就是玩花池。这时钟楼上"锃锃"的巨声，震得满山都响。堂中两壁满悬字画，其中右壁上只有一条对，是"太湖水胜西湖水"，同游者陈蕃先生告诉我："下联前几年在儿看到的，是'吴王宫作梵王宫'。"我们闭目一想，觉得非常有味。

转到后厅，知客僧招待得十二分周到。我们寄下了皮包零件，循塔一转后，向西北上去，便是玩花池、吴王井、智积井。过石城，怪石梗道。最高处便是西施鼓琴的所在琴台。从这里西下，便是危落百丈的佛日岩，我们在琴台上远眺像箭样笔直的采香泾，茫茫无际、万顷波光的太湖，和高下起伏、连绵相抱的峰峦，真有不忍离去之感。

三、韩世忠墓

我们回到灵岩寺，录下绝诗十章，稍休息后，便进素食。这素食虽不及功德林来得花色繁多，可是风味却很别致。我们和知客僧叙谈好久，俞先生付了茶饭金，便开始下山。这时正当一点半钟的时候，火球在高空中燃烧，云烟浮着不动，万籁都寂。

"上山容易下山难"的一句成语，在这里是不适用的，因为这山的碎石路，并不和他山的石级一样，却是一条极整齐的康庄大道。可是因山势削直，所以上山时非把身子弯得象弓一般，简直不能上去。而下山呢，既不费力，又较爽快，尤其是一阵阵的凉风吹来，火球虽热，到底不难于上山了。

到山脚向右转，差不多走了一里多路，转入松林，由这里向北进，路渐狭，两旁山松渐深。再前，杂草遍地，大有"荆榛蒙茸不可上"的趋势。稍转东，便有雄壮伟烈的高碑矗立着。那碑高约四丈，阔约七八尺，上面刊着"中兴佐命定国元勋之碑"十个大字，其馀数千小字，却看不清楚了。我暗想：目睹危难到比南宋时更甚的中国，在凭吊韩碑时的情感不知怎样？这个问题直到现在，还深刻地印在我底心版上。

四、归途

他们老是摄影，我呢，却老是被那荆棘刺痛，痛到心弦上，有"哭笑不得"的难受。回出了韩公墓，便上原道向西，领略了箭泾。更沿香水溪回到斜桥，在乾生元买了些土特产枣泥麻饼，又到殷家弄去把怡泉亭收进了镜箱。

四点一刻，集成轮船由苏开到，我们下了那船后一刻钟的光景，船便回头往苏了。六点钟左右，已到胥门了。寻思一天不到，已遍游灵岩胜境，如果苏木汽车一通，那更是游者的幸福了。

（《灵岩山志》，俞友清编著，苏州文新印书馆 1935 年 9 月初版）

记灵岩天平之游

谭正璧

　　十二日，黎明即起，偕钱、卢二君同至吴苑，盖应昨晚同游诸君之约也。钱君有事暂他往，余与卢君始就坐，而王予君亦至，遂共至爱竹居饮茗，且进点心。俟诸君皆集，乃齐赴乐乡饭店，上预定之公共汽车。本定九时开驶，而文载道、江栋良二君姗姗来迟，故至十时始成行。原拟先游虎丘，后至灵岩，兹以时促不及，遂直驶灵岩矣。

　　雨后新晴，群山皆爽，明丽如画。不及半小时，即抵灵岩之麓。诸君有乘舆者，余以山不甚高，欲一试足力，愿步行。孰知始过山门数十步，即觉双足软不能举，颇为懊丧。岂七年蛰居，竟老衰一至此乎！心大不甘，稍憩息，再努力前进，数十步后，又如前。再稍憩息，复前进，数次以后，反觉健步，遂观西施洞，竟达山巅。

　　游灵岩寺，由方丈导游印光法师纪念堂，兼观所谓法师火葬后所遗舍利子者。照规须去鞋除冠，始得入室，入室后须行膜拜礼，然后由方丈指观。法师系童时出家，守戒极严，故至八十馀岁坐化，三十二齿无一或缺。舍利子系法体火化后所成，似极细之碎砚石，黑白不一，其中有五色者，称为五色舍利，尤不易得。

　　观舍利毕，诸君或憩息，或往探古迹，余独与班公上琴台，直造其巅。时天风凛冽，撼人欲堕，遥望群山，惟天平较此为高，馀皆如儿孙之俯伏也。以不可久留，即返身下。

　　至灵岩寺前，同游诸君皆集，乃下山，健步可飞，瞬息即抵平他。中心颇自慰，倘假我馀年，此后或尚足一探天下名山佳水也。

　　饭于木渎之石家饭店。木渎地近太湖，市上鱼虾摊罗列，且行且观，馋涎欲滴。抵店，袁社长已先在。该店远近闻名，菜肴特丰，酒亦大佳，一饱之后，大快朵颐。饭后,复乘舆至天平。

由木渎至天平,约十馀里,道里平坦,四望皆山。抵山麓,在御碑亭前下舆,入白云寺,由旁门至范氏宗祠,上著棋亭,再由祠后上山。山道颇崎岖,蜿蜒而上一线天。飞来峰高踞岩侧,摇摇欲堕,两石中分,仅容人侧身而上,果奇胜也。由此而上,道路略平,但尤曲折,得观所谓石屋、石桃、石佛像。此山极高,过此即无路可循。卢君为同至诸君摄一影,即下。至白云泉,憩而啜茗。泉清冽异常,地亦佳胜。静坐其间,颇不思归。

下山后,在御碑亭前摄一全体影,复乘舆返木渎。抵公路,俟公共汽车至,遂登车返城。

夜,仍宿清乡纪念馆。卢君畅谈平生游迹,多山志游记中所未载者,颇恨相见之晚。谈者娓娓,闻者忘倦,不觉将四鼓。及拥被阖目,复神往奇山异水中矣!

摘录《苏游日记》

（《杂志》1944 年第 12 卷第 6 期）

登灵岩天平

吴婴之

春节过后，大地放射了春的气息，这时节是给人带来一种不同的感受的。虽然春游的时间还早了一点，但一种原野的渴望很强烈，终年蜷伏在笔的生活中的文化人，在旧历新岁时节，多少有一些"借此舒畅身心"的渴望吧！

此次杂志社邀请上海作家同游苏州，《杂志》的编者对记者说："你在苏州住过二年，应该是对苏州熟习的。"因此记者也就被邀为陪客与招待，如果说这是义务，那末我也是乐意接受这个邀请的。

同游作家中，有两位是女作家，一位是女声社的关露小姐，一位是《天地》的主编冯和仪小姐。在出发前一天，关露小姐就向我打听，到苏州去，要带些什么东西，苏州有什么好吃的、好玩的，她从没有去过苏州，她比谁都兴奋，都起劲。

十二日上午，天忽然下起雨来，为这旅行担忧不少，下雨是多么杀风景的事？苏州的名胜，大都在郊外，如天平、灵岩、虎丘等，如果要爬山，逢到雨天，那简直不可能了。我记得当车抵昆山后，天空忽然放明，同伴们那种高兴的样子，实在叫人兴奋。

这次，最使我们畅快的是爬山——天平、灵岩，也可以说，最使我感到兴趣的是天平和灵岩两山。

第二天的上午，十时左右，我们集合于乐乡饭店，乘公共汽车出发，路上的手续，因为事前都交涉过，所以一路很顺利，车出城后，行驶在石子马路上，原野伸展到无底的前头，我们有说不出的一种感受，久居都市的上海作家，这种感受，也许更甚于我吧！

一路上，关小姐都和我在一起，她问我苏州的名胜，其实我也是外行，但因为我待在苏州的时间有过二年，也就充当苏州佬似的指手划脚，说了这，又说了那，是天真，也是热情。

我记得在我旅行过的地方，使我最向往而感到大自然的伟大气魄的，要算是粤汉干线上的湘粤交界处的山景了。虽然湖北的鸡公山也不错，但那种雄伟深沉的姿态，是比不上这一带的山景的。记得我在那里，曾经闹了个大笑话，差一点会碰到不可设想的困难。那时正是武汉失陷前后，沿途都有轰炸，火车时停时行，我预计的时间是三天，却意外待了一星期。大热天，试想一星期的火车生活，该是多么苦？那天车站通知，火车也许要停一整天，如果要休息，不妨在车站附近走走。我因为太孩子气，同时太沉醉于这个自然的感召，就下车去一个人蹓跶，越走越远，自己已忘是在乘火车，待到回站，车身已经在开动，和我同行的一位堂房叔叔，在那里急得和司机交涉，因为所有行李和纸币在他身上，他并且还说，她还是个小孩子呀，这怎么办呢？

这次的笑话，给我的印象太深刻，我是不会忘记的。每逢旅行或者爬山的时候，我就常常想起它。

苏州灵岩、天平的景色，和我过去旅行的地方，自然相去很远，但因为在山明水秀的江南，有一种江南的特殊的柔美，所以给人的感觉也是不同的。

登灵岩山，这是第三次了。第二次是在二年前，记得当时在灵岩山顶的感受很不平凡，有许多说不出的感觉，这情景还如昨天。也许因为这二年来的生活特别空虚吧，时间没有给我带来了实际的东西。

我记得二年前，我沉浸在身心极度的空虚和苦闷中，心理非常变态，对什么都开始仇恨，怀疑和失却了对自我的信心。然而当我同上海自强学院的同学们同登灵岩山顶时，我忘记了我的痛苦，我会意到了人是多么渺小，而又是多么有趣的动物，沧海一粟，我又算得什么？我记得在山顶上，远眺着苏州景色，太湖卧在我脚下，心境豁然开朗，我深深感动了，虽然泪水沾了我的眼睛，但我依稀觉得那是温暖的。不可知的生活，我要以坚忍去迎受。

登灵岩、天平，已经是二年了，这二年，生活又带给我多少的变乱，许多朋友为我捏着一把汗，但我总算又渡过了。如果生活是冒险的话，那末在我面前，也许还有历不完的冒险。

从灵岩下来，我们在木渎有名的石家饭店饱餐了一顿，苏州是有名的"吃之乡"，特别是鱼虾之类，简直无可形容。到过木渎的人，他们是不会忘记石家饭店的新鲜鱼虾的。

天平山，我们是乘竹轿去的，一长串的竹轿穿过小径，行进于天平道上。最有趣的是同伴中的名摄影家卢施福先生，又高又大，体重超过我们任何一个人，因此本来二个轿夫就不得不增加一个替手，一路上我们都打趣着他。还说，天平山的"一线天"，卢先生准爬不上去。

天平山的石景，我不想去记它，同行的作家们会去写它的，吴中第一泉的茶，我也不想去记它，因为我不懂得茶道。但最使我感动的是苏州乡村的妇女，她们那种劳动精神，那种朴质，那种孕育在大自然怀抱中的洒脱的个性，她们绝不是我们想象中的苏州女子，那样妞妮和娇柔。苏州的妇女，在乡村里和城市，是有着多么不同的形态啊！

（《杂志》1944 年第 12 卷第 6 期）

姑苏访穹隆
——行云流水之一

顾一樵

　　"姑苏城外寒山寺，夜半钟声到客船"，这两句诗使多少人怀念着苏州。去年三月，我到日本去，有人便托我把寒山寺的钟找回来。按寒山寺钟，曾被日本人盗去。康有为尝有诗勒石："钟声已渡海云东，冷尽寒山古寺风。勿使丰干又饶舌，化人再到不空空。"张伯苓先生逢巧在上海候机飞美，他叮嘱我说，可别忘了南开海光寺的大钟，那是德国送李鸿章的，重一万三千斤。我在三月下旬到京都游览，看见吉水草庵旁有一大钟，是宽永十三丙子历洛阳东山取造。还有华严宗大本山东大寺有金铜大灯笼，高一丈三尺，为日本国宝，建造于一千二百年以前的天平胜宝年。我这次重游苏州，对于寒山寺不免有点歉意，因为"夜半钟声到客船"还飘零在劫后的三岛。

　　我到苏州为应中国社会教育社年会之约，演讲"科学与文化"。年会在国立社会教育学院举行，即明拙政园故址，有联曰："束云归砚匣，裁梦入花心。"园内有文徵明手植紫藤一株，墙有题字曰"蒙茸一架自成林"。据传拙政园即东晋辟疆园遗址，倘若可靠，则恰是顾家的旧物了。《晋书》：王献之尝经吴郡，闻顾辟疆有名园。《图经续记》：园唐时犹在，顾况尝假以居，郡守赠诗曰："辟疆东晋日，竹树有名园。年代更多主，池塘复裔孙。"卢《志》："辟疆园昔日题咏甚多，太白诗：'竹暗辟疆园。'陆羽诗：'辟疆旧名园，怪石纷相向。'"据传王献之当年贪看风景，闯入园中，竟是不速之客。我的伯父十年前在无锡筑家园，名曰辟疆，我舅父王次清先生即赠以诗曰："种花酌酒消长日，读画吟诗事事幽。见说辟疆园又辟，何妨竟作献之游。"（见《梅墅集》）

　　二十年馀前，李根源印泉葬其母阙太夫人于苏州穹窿小王山，无意中发现了顾氏的祖茔——吴丞相顾雍之墓。我怕父告诉了这个消息，好多年来，总想去一访。经过十年变乱，更觉挂念着不知道损坏情形如何。所以，游了天平山，在木渎石家饭店吃午饭以后，便经过灵岩山，驱车到穹窿山去。

《苏州府志》卷三十九页二十五：穹窿禅寺在穹窿山，旧名福臻禅院，相传朱买臣故宅。梁天监二年创禅院，唐会昌中圮，大中元年复建，景德四年修。明洪武初为丛林寺，姚广孝为僧时居之。永乐中，敕改显忠禅寺，寻毁，宣德初重建。嘉靖中，寺僧鬻其址于民。崇祯十三年，僧宏彻复购地于小灵山麓，建拈花禅院。清韩是非《重修拈花寺碑》："嘉庆辛未三年，余扫墓入山，见寺僧净远有志振兴，余与范太史芝岩及其弟参军芳谷分任其役。……"

车过善人桥，经乡人引导，约三里，抵小王山下李氏墓庐。附近张一麐题二碑曰"汉会稽太守朱买臣故里"、"明大理丞仲瞻故里"。墓庐有马振之副官殷勤招待，乃经阙茔而至顾墓。昔年乔木，劫后荡然，墓碑系嘉庆时重立，风雨剥蚀，字迹辨认十分不易，碑文曰："汉驰义侯顾氏迁吴始祖贵，吴丞相封醴陵侯顾雍，梁建安令赠侯爵顾煊之墓。"墓东为苏子瞻好友宋进士周南的墓，周南著有《山房集》，东坡曾为他作序。据我猜想，顾墓的碑，既重立于嘉庆年间，想是清韩是非、范芝岩辈发现古墓后所立。按拈花寺碑中曾题到韩、范两家的祖茔在这一带，而韩氏及范式昆仲又正经营生圹，所以发现古墓极其可能，就像后来李印泉氏因经营阙茔而发现顾墓一样。我离开苏州以前，曾把这个见解告诉顾颉刚先生，希望他能下工夫做点考证。关于江东顾氏的来历，顾亭林先生的《顾氏谱系考》已有考证，大致说来，顾氏是越王勾践之后，东汉时封于瓯越，传至无馀时始改姓。（请查《亭林全集》）

苏州之游，我虽然游了故辟疆园，访了故丞相墓，但关于我家迁锡始祖的线索还没有弄清楚。明末，周顺昌被魏忠贤遣缇骑抓去时，曾激起民众的反抗。为首的五人被杀，至今五人墓还壮烈的留在虎丘山上。我族的迁锡始祖鹤公，便是因为参加这民众运动受通缉而亡命的一位好汉。在家谱上，只记载着他的父亲是荣祥公，卒清顺治元年，享寿七十五岁，世居苏州府昆山县华定乡。我很担心，在苏州或昆山顾氏的谱上，恐怕找不出这一个失踪的子孙。就是有，恐怕名字经过更改，无法对证。抗战以前，我从顾兰洲先生处得到石印的《江东顾氏谱系图》，在这图上，亭林先生却没有挂上谱。后来我查亭林先生自著《顾氏谱系考》，发现亭林先生的前辈有连续三代的名字确在顾兰洲先生所印的谱系图上。因此，我可以说，假使我可以根据江东顾氏各种原谱把前说的谱系图校对无误，那么亭林先生的谱系可以追溯到大禹王了。在后方的时候，我遥祝伯父七十寿，有诗曰："越王昔定中兴业，吴相三分足古今。大禹世家原祖禹，东林别派有亭林。辟疆园里颐松石，宁寿庐前乐啸吟。忠厚传家犹子训，锡山遥祝惠泉斟。"柳翼谋先生看见了，笑着说："好阔的世家！"

春天游山，秋天赏月。邓尉探梅，木渎访桂。石家老店的鲃肺汤，到桂花开的时候才好吃。苏州的掌故太多了，岂是匆匆三日游可以回忆的？"朝为越溪女，暮作吴宫妃"，吴宫的夕阳岂不值得凭吊吗？梁鸿墓（在吴西门金昌亭下几一里）、要离碑，高风烈士，古今辉映。叶恭绰先生得古碑于旧京，今蒙慨赠，后归于吴。《苏州府志》载，大将军周瑜墓，《吴地记》云在吴县东二里。丞相陆逊墓，《吴门补乘》：在东山白沙坞。惜我不及前往寻访，不知道还无恙否？

我幼时在无锡，每经过专诸塔，今苏州亦有专诸巷。如专诸死在无锡，那么吴王僚被刺时候当亦在锡。我匆匆翻阅《苏州府志》，似乎得到这样一个印象：吴王僚的时候，吴都在锡，以后迁苏。这印象不知与史实合符否，还要请教历史学者。《苏州府志》说到从前把吴太伯墓放在苏州，后来发现确在无锡梅里，便已删去。

我在穹窿山麓，远眺太湖，祖茔依然，故园在望，吴越一家，快慰万分。章太炎氏曾题穹窿画册，录以终篇：

"青山何处不迎人，人入青山自有邻。不用商于采芝去，穹窿亦自可逃秦。"

（《文潮月刊》1947年第3卷第1期）

吴山的最高峰
——穹窿山

顾振霄

何处深山好物华，穹隆山下古烟霞。出林涧水成清语，上树藤枝开紫花。久住老僧如避世，初来尘客懒回家。一樽醉倒东风里，更觅砂锅谷雨茶。

——王汉卿诗

一

吴郡多山，归有光《吴山图记》："郡西诸山，皆在吴县，其最高者，穹窿、阳山、邓尉、西脊、铜井，而灵岩吴之故宫在焉，尚有西子之遗迹，若虎丘、剑池，及天平、尚方、支硎皆胜地也。"这许多山，除了虎丘、天平、灵岩早已妇稚皆知，其他的恐怕知道人就很少了。

其中最高的，当推穹窿，它和阳山，雄踞南北。袁宏道《穹窿山记》："穹窿高深，甲于他山，比阳山尤高。"古迹有赤松子采取赤石脂的炼丹台、升仙台和国师龛，以及汉代朱买臣山中采樵时的藏书庙、读书台等。到现在赤石仍随处可以捡得，又产自然铜，故亦名铜岭。

二

山的位置在苏福路善人桥站西南，距离约三里。当你游灵岩的时候，从琴台上极目西望，见到半山殿房丛集的那就是了。

它是全吴最高峰，谚云："阳山万丈高，不及穹窿半截腰。"虽嫌言之太过，然其气势的雄伟，并非虚传。依了高下，分成三个山峰，其最高的名箬帽峰，在阳山那面望来，真像浮笠一般。三茅峰最下，南毗白马岭，北连凤凰山。

从箬帽峰远眺太湖，七十二峰，尽收眼底，天平、灵岩多觉得低矮了。

其实它不单高峻，而其优点却在它的纡曲深邃，周围迤逦二十馀里，有五个山坞，那五个山坞是竹坞、白马坞、紫藤坞、宁邦坞，恰分处在山的东南西北，而以中间的皇笃坞为最著名，在箬帽峰东南山麓下，格外的窈窕灵奥，清绝人寰。

山上寺观，历经沧桑，现存的有四座，内以道家的上真观高据峰巅。其馀三座寺宇，多深藏山坞，而拈花寺近为比丘尼静修之所。一山而容僧道尼，自是罕见，穹窿却不作为奇的，有诗说得好："僧寺居然道观邻，底须同异辨疏亲。名山缀景由来久，惟愧何方牖此民。"山而无寺，便成荒山，少不得由它来点缀了。

三

上真观创于汉代，有茅盈、茅固、茅衷三个弟兄，自大茅山游历来此，始建道院。顺治七年，由施道渊重建，遂成巨构，占地百亩，殿房共计一千零四十八间，可容数千人，香火大盛，"几分龙山一席"，可以想见了。

从山麓到上真，经过的是石砌的山道，很是平整，自铁竹亭以上，山道始慢慢的向上，那时便可听到淙淙的流水的声响。

数十级后，在乱石中渐见一缕清泉，顺着曲折高下的山涧流着，要是在宿雨新晴的时候，那泉水也格外大。从小函谷到双膝泉，是最够玩赏的一段，映着日光，更有奇趣。

双膝泉在山半，巨石平铺，石面陷有二穴，深约一尺许，泉流到比，分注石穴，再合一而下。相传是茅君礼斗的地方，神话虽荒诞不可置信，泉水却此处最为可观。

再上，佳木千章，浓荫蔽日，苍松夹道，野花奋发，而潺潺水声，时闻时沓。百馀步而抵第一洞天，有楼可以登眺，供关壮缪像，正气浩然，令人生敬意。楼的四周，古树环抱，幽僻异常。

到达上真观，已是三茅峰的顶巅了。这观起先是很小的，到清代出了一位有道行的施真人，才把它兴建起来。依山的高下而筑成，层楼叠阁，回廊曲折，不熟悉的人，要是没有人引导，真会迷途的。

全观共三十六殿，而以三茅殿和玉皇殿为最著名。三茅殿供三茅真君，就是汉代茅氏三位弟兄。玉皇殿以乾隆皇帝数数往游而名更显，曾有"餐霞挹翠"和"穹宇清都"的匾额，和一副对联："百尺耸丹梯，郁罗最上；群峰环紫盖，颢气常清。"赐给他们，名声远播，即上海等地亦有专程至山进香的，春秋二季，穹窿道上，人舆络绎，殿上钟鼓之声，昼夜不绝。

观的右面，有开山祖师墓，墓内就葬着施真人。真人的事迹，因着年代不太久远，所以很能知道一些。他是横塘人，姓施，名道渊，字亮生，别号铁竹道人。小时候就已出家了，十九岁到龙虎山，在那里学得五雷法，能驱役神鬼，疗人疾苦。归来后，初在尧峰修炼，后来迁到穹窿，才把茅君故宫兴建起来，改名上真观。他对于道教的贡献很大，城内玄妙观里的三清、雷祖二殿，和已火毁的弥罗宝阁，多经他主持修建。其他神话般的传说很多，可是离开科学太远了。

经了八年战乱，和战后生活的不安定，已感到衰落的倾向了。

四

往左面爬上去，绕过上真观，或由观内侧门穿出，有径可上箬帽峰，不过路很峻峭，和天平上白云相仿，平时只有采药的乡人，采山中的特产——"穹杰"。

登峰巅远眺，太湖风帆，历历可数，俯瞰三茅峰，殿房鳞接，皇笃坞深邃幽远，何处是阳山，何处是天池，以及天平、灵岩、七子、尧峰、洞庭、邓尉、铜井等山，大有一览众山小的气概。

五

皇笃坞长达数里，中间原有一座积翠寺，最负盛名。明代建文帝退位时，曾在那儿住过一时，故寺亦名皇笃庵。清代已坍毁了，现在遗迹尚可见到，荒草乱石，供人凭吊而已。

茅蓬寺在坞的最深处，背负高峰，面临深谷，从三茅峰而下，有峰回路转之妙。丛翠中一角红墙，人迹罕至，仅只鸟鸣鹰啼，和风来时谡谡的松声，仰望岭上，白云片片，苍鹰盘旋而已。

寺本汉朱买臣故宅，梁时始改建禅院，经唐宋明清，一直很兴旺，光绪末年给火毁了。民国十八年，始由邑绅李根源等，筹款重建，十馀年来，已很可观，若干年后，也许仍是一座大寺院呢。

由寺前望，左右二岭，蜿蜒不绝，可是见不到一个村落，一所茅舍，只有远远的绿荫中，有数椽瓦屋，那便是拈花寺。寺建于明末，现在已改尼庵，占地不多，而结构很幽雅，又种芍药，开时甚是灿烂。

宁邦寺在箬帽峰北，和茅蓬寺背向，面对宁邦坞，浓荫遮覆，几不辨寺址所在，寺以韩世忠部将隐此而得名，寺内有百丈泉，对山有玩月台，及新建就的钟楼。

游览穹窿，很为便利，苏福汽车，每一小时开班一次，不会使你消耗候车的时间。山上庙宇，如能预向接洽，可供膳宿。要是能在那儿盘桓几日，则山中晨夕，清丽可爱，而如晦暝风雨，又具奇趣。他若松林月色，古寺钟声，真不知要洗涤你几许尘浊呢。

（《旅行杂志》1947 年第 21 卷第 8 期）

胥口波光

七　阳

胥口，在苏州西南，木渎镇下的小镇，是游踪罕到的所在。这次吾们去观光，非预定，不过在开往木渎的小火轮上，展开了苏州地图，吾们就盲目地指定了胥口。及船抵木渎镇，上岸，就开始向胥口进发，途遇乡农，对吾们的行动，都有疑讶的形色，大约踞于太湖滨的小乡镇，根本是少人问津的。

胥口离木渎，约有十里，是出太湖的口子。胥山在其南，香山在其北，两山相峙，它中间的一水，就名胥口。口外水光接天，银色的波涛，真是浩浩无极，座座的山屿，隐现在杳杳暮烟之中，极目望去，疑云疑山，悠然万变，云聚了，是这样，散了，又那样，到底没有看个真面目出来。我想，如果在月夜泛舟，一定另换一副面目，风惊露鸣，月舞怒涛，不要说在下这枝拙笔，就是有声电影，也摄不出那样美景。可惜萑苻不靖，这里是出入要冲，不容你有这样雅兴。

明知诸位，急欲知晓胥口是怎样的口子，所以在先就介绍口外风光，是这样伟大雄壮。想不到口以内，却又风丽邃秀，仿佛是一位绝色美人儿，要用另外一副眼光去欣赏。这里没有古迹，不是名胜，没有伟大建筑，也没有要人别墅、先烈坟墓，这里所有的，不过是竹间楼、柳边楼，一叶扁舟，排藻破萍，几个轻鸥，分明是渔樵故里，天然一幅大年《水村图》。游人过此，谁没有出尘之想。此行而有如此收获，实为始料不及。其馀如胥山、香山，想当然都是很好的去处，惜为时间所限，不能畅所欲游，只好期诸他日。

春假中，如到苏州游灵岩山，不可不带游胥口，如为时间关系，二者不能兼得，那末不妨放弃灵岩而专游胥口。

（《旅行杂志》1934 年第 8 卷第 6 号）

邓尉山探梅记

钱基博

　　无锡钱基博曰：丙辰之春正月，吴江金砚君、沈祥芝、任味知、殷静之暨博都五人，探梅邓尉之山。虽然，殆号焉尔，所历灵岩、蟠螭、弹山、青芝、虎丘诸山，大小以五六计，足迹未尝抵邓尉也，陟其麓焉。所谓"一蒲团外万梅花"，号称香雪海者，未尝见之也。疏秀横斜，枝头屋角，睹一朵两朵焉，而砚君则曰："此其所以为探也，盖探之云者，不必其为屦痕所及而躬亲面之之谓也，亦曰伺之焉尔，索之焉尔，如果陟邓尉之巅，徜徉于香雪海之中，弥望梅林，衣袖皆香，则看之而已矣，何探之云哉？"众皆曰善。

　　先是五人者于月之十二日晌午，买舟姑苏之胥门，西行，浮胥塘，流疾舟迅，不斯须，遂抵横塘。折而南，又西入香水溪，相传为西施浴处，一云吴王宫人洗妆于此，俗又呼为脂粉塘者是也。时炊已熟，舟子则虞山人也，颇善饪调，大烹小鲜，于口匪所不宜，而煮青菜尤佳，盛盂底里白色，虽匪精品，而菜色碧如绿玉，与相映成辉，弥觉苍翠扑人眉宇，而入口即化，味不甚咸而甘，隽而弥旨。谚云"冬菜胜夏肉"，不欺我也。于是五人者咀嚼菜根，容与中流，酌酒以嬉。其中四人者善饮，砚君雅人深致，浅斟慢酌；而祥芝则东方朔之俦，滑稽好谑谐，饮且噱；味知绮年玉貌，如王谢家子弟，不衫不履，数数酌巨觥；静之巨眉大眼，年二十馀，走马燕赵，出榆关，登嶅巫闾之山，遍历清初入关用兵戎马所出入处，豪士也，尤号称酒伯，而此日则固固不饮，夫惟能之而不为，此其所以为大勇者欤。只博素性不饮，四人者亦不强所难能，空杯相对。然而交遇忘形，尔汝相呼，清谭餍心，嘉肴饫口，神魂醺醺，不觉惺忪有酒意矣。餐已毕事，茗谭小睡，惟意所适，不觉日之多也。

　　薄暮抵木渎镇，系舟登岸，见有巨家玄门，面南而庐，是则吴县冯林一先生之居也，于博先世有旧。园在澄江曰似山居者，小筑亭榭，花木亦饶，先曾祖鉴远公之菟裘也，先生尝为记之，文载《显志堂集》中，以博先世父问业先生为弟子也。今园废而先生之文不废，思之不觉为肃然。循岸向西行，街颇平坦，用碎石砌如吴江，而整洁过之。沿河矮树丛杂，高不逾人，而粗如指，询之，静之曰："此枣秧也。"惟一老榆怒撑其间，柯虽不高，而桠枝纷拏，上缠古藤，巨硕如人股，虬屈欲奋，数百年物也。隔岸平山逶迤，暮色苍霭，山容欲阚矣。遂便道游端园，园地不甚大而构筑颇精，用五色砖砌地成花，蹊径曲折可念。循途入，亭台楼阁，靡所不有，惜其匠心太密，如人眉目不疏朗。其中尤胜者曰环山草堂，面堂堆假山，中有一石，植立作斧戾形，颇奇，殆所谓石之透瘦者耶。下堂，循阶折而左，拾级登望山亭。亭倚园墙，昧知乃攀危登，指示天平、灵岩诸山，嶂者崒者，历历自北而西南，迤环墙外，如拱如瓶，此环山草堂之所为名也。博考园故钱氏物也，旧主人曰照，字端溪，胜清嘉道时人，工诗，隐居不仕，有高致，士大夫尤重之。既殁，子孙不振，园为阎姓有矣。阎富绅也，颇为当地所引重，或亦称曰阎园。然而士大夫间仍以端园目之，不忍没旧主人草莱之功也，不亦足以证千乘万骑之隆赫，无以愈于蕨薇之高风也哉，相与太息。

眺览久之，乃拾级下，出园。益西行，渐近灵岩山麓。远望，睹山顶一石，耸立如人招手，而祥芝则指之语曰："此卧僧石也。"其意有不可晓者。北折，遂上山，坦途砖砌，广盈丈，乃清圣祖、高宗南巡时修砌御道也。昧知戏曰："此所谓王道荡荡者非耶？吾中道当辇路，行作皇帝矣。"博随昧知抠衣先登，静之体魁梧，大腹蹒跚，追随吾二人后，而祥芝扶筇逍遥，砚君雅步从容，行尤缓，相隔乃益远。博与昧知迤逦行，抵途转右折处，睹道左卧石累累，如龟蹲，如枕偃，靡不肖形，乃叹造物之奇，抚之洁无纤尘，则各踞一石以俟，望卧僧石犹在东北。三人者陆续至，时已皓月东升，下视，路暝无所见，仰瞻则月明星稀，清空一碧。惟二星，光巨照人眼，在月之西北，实为夙所未见。其星一巨一略小，光接若葫芦，又似古矛头形。博与昧知、静之先一日在姑苏见之，以语人，或曰："此岂所谓含誉星，见为圣主之征者耶。"至是，乃指示砚君、祥芝，亦不知其为何星。后函询北京观象台，谓系金木二星同经云。

既天晚虑盗，所谓卧僧石者，终未之顶礼焉。丞循原路折返，经林一先生居，迤东，则闹市也。赴茶楼小憩，归舟。晚餐毕，遂寝。然静之鼾声甚酣，终宵虎虎，扰诸人往往为惊醒。博则戏字之曰"龙吟虎啸"，而静之睡中闻得，颇为嗤然也，无何而虎虎之声又作矣，诸人莫如何也。

十三日晨，方酣睡，舟子已浮舟西，迤北，行塘中，依稀闻岸头低柯瑟瑟擦舱面有声。博时若醒若睡，倏闻砚君询曰："何地？"舟子应曰："近善人桥矣。"起盥洗竣事，与砚君倚窗小立，只见两岸嶂峦蜿蜒，若迎若送，而晨岚墨黑，尤如展米家泼墨山水，乃知古人设色著意之妙为不可及也。晨炊既具，遂相与围案聚食，而静之餐啖兼人，砚君戏语曰："夜来虎啸龙吟，朝起狼吞虎咽，静之不愧豪士矣哉。"相与抚掌不已。而舟子报，到光福镇泊船矣，时上午九点钟也。

光福镇者，邓尉山麓之市墟也，山亦名光福山，相传汉有邓尉隐此，亦不知何许人也，然探梅韵事，艳称旧矣。丞雇乘山桥，轿亦名竹兜，或曰即陶靖节篮舆遗制也。舆以二人肩之，过市西，折而北，山村历落，地势渐高。时睹墙头朱书"守望相助，鸣锣为号"诸俚语，可以觇盗风之盛也。丛篁夹道，间以芦荻，风吹萧萧作响，颇觉意趣别饶，而梅植尤夥，惜著花不多，山人云："小年也。"抵峙崦岭，歇舆，为一山亭，颜曰"丰乐"，居岭最高处，自此北，渐夷矣。既味知倡言曰："游者，优哉游哉之谓，非匆匆肩舆一过，即足以毕游之能事也，盍缓步以当车乎？"博善其言，静之亦以为然，乃命舆人肩空舆相随，而二人者乘肩舆先行，博与味知、静之徐行从之。道左有一株两株梅花放者，折枝微嗅，幽香沁脑。

迤逦西北行，抵天井，有广场十许亩，盆梅甚盛，山人拗折为卍字、鸟兽诸形，吴门清供，莫匪取足于此。而祥芝则谓此等矫揉造作，即曰蟠屈轮囷，亦如君子之伪，匪其本真矣。祥芝之言是也。然而广场西有一塘，塘畔一古桑，粗盈抱，植根岸下，倒干入水，已而奋腾再上，夭矫不中绳墨，如山野鲁嗒，不晓礼数，弥觉致朴有真意也。询之舆人，曰："稚年所睹，已如此矣。"

自此而西，迤南，平畴大野，地势渐开，游目四望，山环若玦，惟西南方

410

白波浩淼，帆痕若点，则太湖也。无何，抵一山足，觇二人舆空，知已登山。博偕味知、静之继之，凿石为磴道，登陟颇艰，幸道旁细竹丛生，可资攀把。询山何名，知所谓蟠螭山者是矣。山之上为平地，有寺焉，石壁四周，奇峭崯嶽如削，独其南面湖，豁然开朗，向水环山，所谓石壁坞也。寺曰石壁精舍，门外石台，斗入太湖，登眺极畅，风涛澎湃，声起足底。其上围短墙，叠石为案，一倚墙，一中处。中处者方形，环以四凳，亦叠石为之；倚墙之案，略似半棹，侧置二石，视案低，其形多角不整，然抚石面颇致滑，游人据案憩坐。有枇杷数树，横挈案傍，绿叶浓翠，致可爱也。博与味知、静之无意迳入寺而折登台，拾级尽处，有天竹一枝，叶绿丛里，朱实垂垂，摇曳枝头，殊娇媚。既登，则倚墙踞石坐，凭案望湖，萦青缭白，远视无极；俯瞩则峭岸千尺，微风涌波，与崖石薄击，泡沫喷腾。味知顾而乐之，距跃觅径，下临滩际，自下相呼曰："盍来！"闻声而顾视不见。博邀静之往从之，静之意不欲，独博摄衣下，抵半山，味知已来相导。博与味知语，偶不意失足几仆，以道崚滑不能著足也，赖矮树丛箓，交柯侧出于道旁，攀持得不仆。博曰："幸哉！天之所以惠游人也。"既抵崖下，见沙石螺壳，绛烏色驳，为浪所涌壅，滩头浪去，则水沫上幂，积久凝成一片，色灰白，经岁月已久，堆积益高广，蚀湖成石田矣，乃悟沧海桑田之所为不容已也。博与味知躐行其上，海若奔腾，汹涌足边，若欲裹余二人去者，为惴惴不敢纵步。稍上，崖石崚嶒，或卧如虎，或蹲如犬，千形万状，其为刿心骇目，不可以言说也。西北有小屿，曰白埠山者，白色，如白柈著湖面，若逐波上下而低昂也者，相叹观止。遂自崖而返，晤砚君、祥芝，知已诫寺僧具饭矣。惟寺离市远，治具匪易，博不耐久坐，与砚君转入寺后，抚视石壁题名，率同光间名人，惜无大著闻者，亘数什年，老成凋谢，无知之者矣。惟其字句款式，名士手笔，毕竟不俗耳。绿竹数十竿，猗猗石壁下，其中红实离离，尤酢艳动人，则天竹子也。

　　既饭毕，遂乘舆赴石楼。石楼在弹山南冈，弹山在蟠螭山之东北。既抵山足，屏舆徒步，磴道百馀级，夹道竹林，拔地数十尺，高欲刺天，朋硕逾人足股，盖江南竹也，与石壁之竹细秀而长所谓淡竹者异，厥质坚致任雕刻。

味知择购一竿，高及三十尺，周尺有咫，将以刻供具为志，无忘斯游也。磴道尽，有古刹，门西向，上嵌横石，镌赵凡夫"石楼"两字。入门，北为殿，其南障以墙，东为客座，略以舟室，惜窗小，不快游目。几供老树根，依形疏剔，嵌空成假山，所谓木假山也。寺僧俗姓府，颇罕闻，疑系旗籍，诘之，山民也。自去腊迄今，只四十日有奇，而为盗所困者再矣，刀创僧踝骨，解视，犹未愈。盗入，即反缚僧，胁询银物储处，然土音，不许僧之面之，且曰："若亦曾识我曹颜乎？"僧坚称曰未识，乃免，疑土盗也。僧听吾侪口音，或南或北，疑当地贵宦，必欲吁为缉盗，泥首至地，且曰："诉之有司，不过循例饬缉而已，终无获盗之日。今盗未餍所欲，而官府之力尤未足以缉之，徒为山僧府地方怨，捕系匪辜，不知命在何日也。"言下怆然。呜呼！今之从政者，日以维持秩序、保卫治安为揭帜，其能力践与否？吾侪小人不能无疑也。既山僧导出寺，西行，折而南，陟一岭，多怪石，绝顶丛石骈立，小大十数，即万峰台也。其上有杨利叔诸人磨崖题名，邓尉镌作邓蔚，蔚字多一草头，颇非习见，疑游人好事者为之增凿，而拭视则非是，以笔画匀齐如一也。博疑当日讹写，砚君则又谓同游题名者，莫匪一时名流，不应粗疏若是，归检冯林一先生《苏州府志》，云："《姑苏志》、《圣恩寺开山记》作邓蔚山，盖旧志以蔚为尉也；后得宋进士叶和甫墓志，与旧志合，乃知诸人有所本也。"攀石登览，所据极形胜，群山环抱，山断处全湖在目，其中七十二峰，了若可数，亦异境也。惟味知行落后，久俟不来，博返视之，抵向者途转处，不见。博遥呼曰："味知！"而味知则在北岭应曰："君来，此间境绝佳也。山半已盖余冠松树，置所怀书枝间志途，为君辈导矣。"乃知向者博辈方南转，而味知一人折而北行也。然博以足疲，陟北岭半，卧地不欲起，呼味知下，偕登万峰台，而味知则曰："万峰台境胜矣，然处北岭，地愈高，其足以爽人心目，尤视万峰台为胜也，即君所偃卧处，已视台为高矣，甚惜君之无意于登峰而造极也。"博意亦中悔，以博其时匪甚不能勉力也。王介甫论游，谓匪有志与力，而又不随以怠，不能无悔。如博之中道而废，其为怠也甚矣，安能无悔哉。

由石楼下，取道司徒庙，路颇险仄，低枝碍冠，辄下舆行。中道过一峰，其巅丛石骈植如万峰台，乃询舆人，不知其名，而万峰台独著，岂以所据为形势之途耶？抑亦有幸有不幸耶。司徒庙在青芝山北，额其门曰"柏因社"，曰"香林第一殿"，供邓司徒像。相传神讳禹，然无碑志可考，或又以为冯异者，谓庙有大柏树，即大树将军也，不知云台诸将何以成神于此。夫山之以邓尉著，犹之孤山之以林处士著，以其为高人之所栖也。顾独以祀邓司徒闻，岂以尉卑官末秩，不如司徒之位尊多金，为足以赫奕百世也耶。然则博向者谓千乘万骑之隆赫，无以愈于蕨薇之高风，殆犹不免书生之见也，夫博则又乌从知之。殿东客座颇修洁，楹间悬铜井山人潘遵祁、归安吴云联各一，铜井山人联曰："此中只许鸾凤宿，其上应有蛟螭蟠。"吴云联曰："清奇古怪画难状，风火雷霆劫不磨。"写作致不俗，皆指大柏说也，所谓清奇古怪者，四柏名也。下阶，向堂东，有大柏七株，围以铁栏，而其中四尤奇拔。其一植立如笏，意气端重，厥字曰清；一干尤巨，围十抱，而苍皮左纽，螺旋透顶者，谓之古；其东北隅有一株，稍小，而茎理亦拗旋作螺形也；古之西不数武，有一株偃茎横卧，而矫举其梢，绿叶氄氄，枝柯侧拿，宛如青狮，踞地昂首，髯鬣离披，攫爪欲搏者然；又一株相去数十武，在此株南者，亦已根仆横地，而矫尾厉角若游龙，生意郁如，则所谓奇与怪也，相传此两株原系一株，为雷所劈，剖而为二。出司徒庙，落日衔山矣。门外紫藤夭矫临空，离地十馀丈，附一大树，吴江凌莘庐游此，尝譬之悬度国之铁索桥焉。舆人曰："此神舟也。"得无以其形似乎？遂乘舆归，晚餐，用司马率真会例，酒至自酌，爵行无算，诸人醉颜微酡。

于时月色佳甚，味知曰："盍作月夜游乎？"莫不忻然。登岸，信足过市西，北折，有卒五人戎服执枪置哨于此，盖隘口也。无何，抵峙崦岭之丰乐亭。惟祥芝行独先，不见，砚君小憩于此，博偕味知、静之前行觅之，呼莫应，不意其隐匿与诸人戏也。博三人迤逦行，岭尽，仍不见，折回，晤砚君，砚君笑曰："祥芝适潜亭背，伺君辈过，即追踪行，今不见，当又匿何处矣。"博与味知知其戏，拂石栏坐，置不顾。惟静之必欲觅见祥芝潜何处，且呼且前，于是祥芝突自道左丛篁中跃出，静之出不意惊，相与鼓掌大噱。有一卒荷枪登岭，寻声来探视，察之，即隘口卒也，意若侦博辈何为也者。静之操北音与语，询曰："山有野兽乎？"曰："此岭无之。"味知睹夹岭二峰峭拔如双塔，而西峰尤高，辄鼓勇攀跻，祥芝奋足步武，而博与静之后继之，前呼后应相响答，意兴方高，讵意静之半山气喘，胸憋欲呕吐，博乃独上，跻其顶，平如砥，广大可数亩，西北临绝壁，产数稚松，南俯太湖，水月空明，浮光如银海，而其东则白光一线，回环若带，即香水溪来处也。味知耸身长啸，山鸣谷应，村犬四吠，知其疑为盗也。博曰："恨不携爆竹来燃之，尤当悚心夺魄作一大声响也。吾尝谓祢衡渔阳之羯鼓，吴樾北京之炸弹，莫匪郡邪辟易，万汇昭苏，伊古轰天霹地大声响也，今如有爆竹，并而三矣，惜哉！"味知意亦怃然，遂下，与砚君、静之循原途返，兴犹未阑。中途，静之戏操北音，傲古剧中山盗口吻曰："前途是平阳大道，恕不送了。"味知笑曰："此间荒山无人，吾侪正似盗王下山行迳矣。"方相嘲谑未已，抵隘口，哨卒厉声言曰："夜晚，若曹毋得大声。"静之怒叱曰："谁言者？"卒亦怒，静之喝曰："我殷姓，自苏州来，泊舟河干，若有言，少顷赴舟中说也。"卒嚛，遂不敢言。诸人大异，究不晓其何所慑而前倨后恭也，久之乃悟，现尹苏常道者亦殷姓，卒陡闻静之云，疑道尹戚，故不敢。后砚君有诗云："故将军亦饶游兴，射虎荒山气不磨。长啸一声山月坠，灞陵醉尉莫轻诃。"盖纪实也。于是叹刚不吐，柔不茹，虽欧西武士优为之，然匪所望于中国矣，其事之是非得失，不暇一一具说也。抵舟已十时过矣。

十四日晨，早餐，遂徒步赴圣恩寺。沿途多达官墓，莫不闳闶深邃，华表巍然。祥芝祖墓亦在焉，墓门有一古柏，形绝奇，盖老柏无不上长者，而此则枝梢不上长，旋而右伸，故不甚高而顶圆如华盖，干巨不盈抱，然近根处磊块多瘿瘤，臃肿虽再倍，不啻五六百年物也。过此数十武，即圣恩寺矣。寺在玄墓山南麓，而所谓邓尉山者，厥在寺之西北焉。寺因山为高，入门，拾级数十，登殿，阶下四古柏，参天拔地，亦有茎皮铁色，旋转作螺纹，如柏因社所谓古者。登还元阁，有楹联云："太华夜碧，时闻清钟；西山朝来，致有爽气。"吴县石韫玉集句书也。常熟翁松禅老人亦书一联曰："点灯默坐还元阁，磨墨重题大歇关。"砚君云，疑是老人早年书意也。中悬洪钧、陆润庠、张謇之联各一，惟张联书佳而句习见，洪、陆句好而字疑赝，然句已忘之。砚君云，陆字多系苏州人朱莘耕代笔，未知信否。无何，寺僧出际所藏邾钟，春秋时邾公作，故名，圆形而高，自于（钟口）至旋（钟悬）指约尺有咫，盖钟之小者，疑周铸钟也，回纹密镂，斑翠陆离，微露铜质，作淡红色。乡人曹衡之究心于古钟鼎者靡一日矣，曾语博曰："周汉铜器，大率色红不殷，所谓水红铜也。"此岂是耶？其上周以繁乳，一已脱去，俗亦称曰乳珠钟，钟乳以枚计，于古厥谓之枚焉。宋李昭号为知乐，其论枚乳，则谓用节馀声，盖声无以节，则鍠鍠成韵，而隆杀杂乱，其理然也。铭字笔画宛曲如仰瓦，而又深浅如一，明净分晓，无纤毫模糊。明朱载堉谓古人作事必精致，《考工》有记，匪若后世贱丈夫之事。瞻玩彝器款识，字细如发，无不匀整分晓。此盖用铜之精者，并无砂类，一也；良工精妙，二也；不吝工夫，匪一朝夕所为，三也。于此可以觇三代彝器法物之盛，宜世之珍为宝器也。然而祥芝则曰："乾清宫所睹邾钟，如此等者，大小无算，亦习见不为珍罕矣。"盖君方执事北京古物陈列所，假归未久也。然则河南侯公子记管夫人画竹，所谓天下之物，有不必荣于天子之宫者，不其信乎，慨叹靡已。僧际钟铭拓本卷子，吴县潘文勤公为释文跋之，其后署名跋记者甚夥，惟吴县吴大澂一跋，谓当日寺僧不肖，有觊觎寺住持者，辄献钟当地豪有力者之手，赖文勤公力持完璧而归之。而隐去豪有力者之姓氏不著，不知何许人也。既僧又取《一蒲团外万梅花诗册》相际，盖道光时，住持觉阿上人先以诸生祝发，有句曰"一蒲团外万梅花"，后卒为寺住持，冯林一先生称其有缘，于是属和者以为起句，已衰然成帙矣。遂下还元阁，迤东，为方丈，中置讲座，东壁嵌吴梅村撰记，字亦不恶，书石者盖同时僧某也。又东，有一堂，额曰"天开图画"，则明太常程南云笔也。折返，出方丈，向北，拾级而上，有清圣祖行宫遗址，为南巡驻跸之所，今仅葺一轩，中函石刻，有御书"松风水月"四字，凭轩下眺，高出前殿鸱吻，而向见阶下四柏之荫，森森蔽空，亦可想见其高大矣。由此下，僧导启寺后便门，有一墓，上覆以亭，盖东晋青州刺史郁泰玄墓也，故谓之玄墓山。墓东数十步，奇石嵌空，偃蹇负土而出争为奇状者，曰神狮出岫，曰海涌门，曰汲砚泉，曰涵辉洞，曰峭壁岩，曰螺髻峰，曰流云洞，曰凌空桥，盖石湖卢熊所题也。当明天顺间，于中土露见稜锷。扣之铮铮，遂加剔濯，巉岩洞越，巧若天成，俗谓之真假山者是也。夫山之人工堆砌成者曰假山，而真者，天然成之之意也。今物之可以人力为者，必蕲许之曰宛肖天成，而其自然者，又必曰虽人工不啻。吾乌知夫神工鬼斧之果有以愈于人力，而真之必匪假也耶。遂托僧雇舆返舟，砚君闻舆人言，香雪海距此匪远，意欲便道过之，后又以舆人言，梅花不大放，于是所谓香雪海者，游屐卒未之及。道半，抵天井，遇吴江王君振之、费君伯壎五六人来游。其中伯壎一人，盖与博期而后至者也；与砚君期而未至者二人，曰常熟丁先生芝荪，吴江费先生韦斋。韦斋先生期砚君归，偕游姑苏半塘，瞻龙寿庵血经焉。无何，抵峙崦岭，岭盖入山之冲道也。西指隔宿月夜所登峰，询舆人何名，舆人曰："不知。"博颇以为憾。味知曰："何害？字之曰'我登峰'可矣。"博笑曰："庸知他人之必不登，而私为己有也耶？"味知亦笑曰："君尤庸知他人之必欲登，而不许我之私有耶？且人有一我也。今日我登而私以为己，曰'我登峰'，明日他人登此，又何不可引以自为而字之曰'我登峰'乎？夫我亦何常之有哉。"博无以应。下舟，逾午矣。遂开舟归，夜泊木渎镇。

十五日晨九时，抵姑苏之阊门，于是韦斋先生来会，放舟山塘河。河唐白居易守郡时凿渠，所筑堤，吴人谓之白堤，今之山塘是也。博辈且行且饮，酒间，韦斋问祥芝曰："向见乾清宫储历朝词臣每年进呈诗扇，以备宫中赏赐者，以其乌纸泥金写，随地狼藉，颇亦不甚爱惜，今何如矣？"祥芝曰："古物陈列所已编号列册收储矣。"韦斋又曰："古物陈列所藏均窑夥乎？"均窑，率蔚蓝色，微红，质致粗，以其宋窑，颇为世所珍罕焉。于是祥芝则应曰："有盆盂十数事，腊岁朱内务总长供水仙花时，辄亦取用焉。"曰："归未？"曰："归。"娓娓未已。忽有大声发于岸上，肩舆呼停舟欲下者，味知推窗出视，则吴江陆君稼荪也。稼荪与静之莫匪味知女姊子，而一旒妮，一豪放，一美容仪，如妇人好女子，一则虎头燕颔，欲飞而食肉，一奇也。于是味知与静之酌酒较量，不猜拳，亦不哗笑，平心静气，连引数十巨盅，而面不易色，神志湛如，自谓生平未有此也。饮久，相怪半塘何不至？询舟子，已逾半塘西矣。

遂先游虎丘山。山一名海涌山，在阊门西北七里，相传吴王阖闾葬其下。《吴越春秋》言，阖闾葬于国西北，积壤为丘，抳土临湖以葬，三日，金精上扬，为白虎据坟，故名虎丘。其山高一百三十尺，周二百十丈，遥望平田中大阜耳。比登，古迹历落，夹道应接不暇。有泉曰憨憨泉，相传梁时憨憨尊者遗迹也，亦有吕升卿题字。稍上有巨石横偃，长如枕，近人张某丹书"枕石"二字而未镌，亦好事者也。其右有坟，冢宰特甚，碣石曰"古贞娘墓"，盖唐之妓人歌舞有名者。更上，则千人石矣，石盖大磐石也，然纵横裂纹，天然罫画成方形，有似棋枰，相传生公讲经，听者列坐于石者人盈千，故亦名千人坐。坐有经幢，经幢之北，有池，曰白莲池，说者谓生公说法时，池生千叶莲花也。其中有矶，矶有石半敧，向西北，若点头然，所谓点头石者是也。一说生公讲经，人无信者，乃聚石为徒，与谈至理，石皆点头，今只有此矣。西北有亭翼然，其下即生公讲台也，讲台左壁间横嵌四石，分刻"生公讲台"四字，其一已碎，相传李阳冰篆，或云蔡襄书也。其右嵌颜真卿书"虎丘剑池"四字石刻，然所谓剑池者不见，盖池隐石刻背，依岩砌短墙栏之，欲入无径也，意若止游人无许瞻视也者，不解何故。博与味知跃墙逾入，其间二崖划开，中涵石泉，如巉山腹以出，水清冽，深不可测。仰视，自崖足以迄于巅，高蔽日，其上纪名殆遍，岁月有署宋以上甲子者，盖山之尤胜处也。相传阖闾之葬，其下以扁诸、鱼肠等剑三千殉焉，故池以剑名。缘池东崖而上，西折，有石梁，横跨两崖，上凿圆孔二，以备下筒汲剑池水也。石梁之西北，有浮图七级，高耸天表，相传晋司徒王珣琴台故址也，今以短墙围之，不可登矣。浮图之西南，由小阜下，折而南，石级数十。又西，有古兰若，所谓石观音殿者是矣。石观音殿者，相传宋庆历间，吴兴臧逵梦中见大士真身，觉以语其弟宁，宁斫石为此像，所谓应梦观音也。三面环以石壁，壁间刻《大乘妙法莲华经·观世音菩萨普门品》，右仆射兼门下侍郎平章事曾公亮等所书，凡九十一人，人各书一行，以公亮结衔，考之当刻于熙宁之初矣。石壁后有"释迦文佛"四大字、"阿弥陀佛"四大字，政和中住山沙门子英所书，旁题记甚夥，惜时促不暇遍观，遂匆匆行。褚渊游虎丘数日，登览不足，乃叹曰："今之所称，多过其实。"言之虽若可喟，然以博所睹，剑池殊深矣，惟必谓其绝岩纵壑，为江左丘壑之表，如卢《志》、王僧虔《吴地记》所云，则又未免稍溢实耳，天下议论得其平，难也。

既下山，循山塘而东，谒明五人之墓。五人者，盖颜佩韦、杨念如、马杰、沈扬、周文元也，太仓张溥《五人之墓碑记》所述綦详，兹不著。于是放舟归，抵半塘龙寿庵，泊焉，将以瞻礼血经也。盖血经者，元僧善继刺指血写《华严经》，血尽，死而转三生，始克竣事者也。庋木柜，巨函数十，岁月久，血渍纸，红褪作琥珀色，字视寸楷略小，藏锋浑劲，有颜鲁公笔意。其上自宋文宪公濂作赞以迄于今，明清两朝六百年中，名卿巨儒，无不有题字者，其字好丑不一，而体数变，亦可觇世运之迁移焉。最近者有翁松禅、康南海、梁任公、易哭庵诸人，而南海先生所题尤夥，有诗有跋有题名。主僧敬谨揭际而字之曰："康大人，盖尊之甚。"夫南海先生，夙以我佛平等，标举宗风者也。顾山僧饶舌，妄生差别相，非善知识也。虽然，我佛如来大自在，一切平等，无人我相，而善男信女，皈仰瞻依者，卒不得不震而惊之，表而出之曰佛。此自众生根器浅薄，于佛无与也。于是韦斋发议题名血经，以结佛缘。砚君书曰："丙辰春正上元，无锡钱基博，吴江费树蔚、沈文炯、任传薪、殷传鋆、陆增培、金祖泽七人顶礼同观。"三十七字，盖蝇头字也。僧言，有日人赂以重金，欲购血经归，僧惧地方官绅有责言，不与，日人辄饵以偕归，赀之终身，僧固勿欲，讵意日人之夜穴壁相盗也，幸僧觉呼得免，亦危矣哉。虽然，彼都人士，非惮处心积虑以成其欲，威胁利诱，僧意终不能无动，诚不能保其必为我有也。博思上元梅伯言《记金山寺藏鼎》，谓"物惟不自有者能守之"。今浮屠氏之于物，虽其所甚宝贵，途之人观焉，莫之非也。夫然，故天下之忌有是物者，皆释然曰："彼且不能专之，吾又乌容竞之天下之欲有是物者。"又释然曰："吾未尝不与有之，吾又乌容专之。故曰守之善，莫有善于是者。"其说似矣。虽然，兹经既方见耽于日人，而向所见圣恩寺邾钟，又几如吴大澂所云为豪有力者夺去。二物者，寄之浮屠氏矣，然天下不乏专己自私者，卒未尝不欲巧取豪夺而奄有焉。是则梅氏之说，犹未足以穷世变也。夫惟人存一我，亦与有之之心，时时假道往观焉，庶以视之也勤而察之者众，如有不获观焉者，可赴告有司，必究无有所贷。彼典守者，窥伺者，或有所忌，而不敢肆志以逞其欲也乎，则兹经之幸也。韦斋曰："彼其人豪有力，觊觎邾钟而欲奄有，如吴大澂氏所云者，则世之所谓两罍轩主人吴平斋者是也，主人名云，归安人，即向之题联柏因社者，工诗文，尤号精鉴别，意不能无拳拳邾钟而觊觎诸，则钟之宝可知矣。惟欲奄天下之宝而不以供众赏，吾未见其为爱钟也。"遂相与叹息，出庵。

　　游于是乎终，历时仅四日，然所睹历有他人纪游所不及者，是兹游不为无获。独所谓邓尉之山，香雪海之梅，藉藉人口，未尝身亲及之焉。天下事往往有所获不如有所期者，大抵然也，然或有所致力，虽获之多寡不计，终亦未有无获焉者，尤宁独游也哉。

邓尉寻梅琐记

范烟桥

"一夜东风齐着力，百花头上占先魁"，咏梅之开放也；"疏影横斜水清浅，暗香浮动月黄昏"，咏梅之姿态也。梅之为群花之冠，自有不可异议处，非余之矫情推戴也。曩登孤山，拜林和靖，欲一睹梅妻丰采，以非其时不可得。今者春暖如酥，庭中盘腰驼背之老梅，亦孕一身花矣。因思邓尉香雪海梅花，与罗浮相比，不可不一看之。言于同侪，得舅氏钱子云翚，与庞子乐庵之同愿，乃于元宵前二日之晨，轮声辘辘送往焉。

轮泊金阊，驾车至胥门外，候木渎轮船来，盖将由木渎而光福，取径截也。下船晤袁先生雪莽，江南名画手也，乐庵为其画弟子。余戏作绝句赠袁先生，不敢出际，乐庵遽揽去呈之，至今犹恧然也，诗曰："料想山中春到早，冲寒香雪探梅花。昔闻今见郑三绝，倾倒江南老画家。"

过敌楼，为明戚继光筑以拒倭也，想见当时英雄功德，低徊今日能毋怆然。抵木渎，袁先生招去小叙，固谢不可，乃大扰郇厨，醉酒饱德，备极可感。席间曾聆得趣史，足供一噱。则是日吴县考塾师，有七十老翁，蹒跚而来，卷用三易韵七古十句，末云"古稀老人作童生"，不仅文不对题，并未知题目之为策论也。有向恡手借烟袋，而暗中传递者，为监视者所见，夺而撕作蝴蝶飞，亦可怜矣。席散，乐庵之友葛君石庵，招去宿。夜阑，议明日行程，或主步行，可以随处留恋山水；或主乘轿，可以省力，留以待登山也。各张其词，莫衷一是，终乃从葛君之言，明日唤小舟去光福，越日归，好在袁先生介绍当地邵君为之指引，已先关致矣。

元宵前一日晨兴，茗叙香溪楼。少顷买棹而去，溯香水溪而上，过灵岩山脚，望见山色如环，塔影高耸。乐庵笑曰："君见山半痴汉，在望我辈去也。"盖石状甚相似也。过善人桥，同登岸，缓步看山一里，而余以足瘅不胜步，乃先下船，哦诗自遣，诗曰："山入吴中平淡多，吴娘柔橹卷微波。四围峦气疑云雨，听到销魂是棹歌。"书所见也。又作诗曰："灵岩山色晓时清，孤塔崔嵬眼看明。记得五年前过此，振衣长啸有馀情。"此写真纪实也，盖五年前，余曾一度来游，崔护重来，旧游可数焉。又作诗曰："轻舟漾过善人桥，为此山光尘俗消。半日短篷谈笑剧，几回诗思向人撩。"读书人好弄，童心正未易除，所谓文人结习者，大抵如此，诗之丑劣，犹敝帚之爱也。又作诗曰："一弯香水泻成溪，山下人家合姓西。当日风流痕迹在，绿阴两岸压船低。"唐突西子，罪过罪过。时两君亦足疲，呼船泊岸曰："范大夫载西子去耶，吴王追兵踵至矣。"余曰："西子无诗，却有四绝也。"因以所作际之，同声高唱，此短篷中酸气氤氲矣。举目而见，孤塔远峙，则光福至矣。

既泊岸，即去访邵君，留午餐，相谈甚得。邵君字立斋，小学校长也。既果腹，引去玄墓。玄墓者，邓尉之别称也，其实邓尉为一带山称，而玄墓则一抔黄土，千古名山，未免喧宾夺主耳。山行三数里，山半入圣恩禅寺，坐万峰精舍，登还元阁。住持松桥出所藏邾轻鼎相际，鼎柄有刺，下如磬，为潘祖荫相国所购致者，曾为不肖僧窃，冯公桂芬觅得之，乃题诗加跋以张之，谓显之可以得数世宝护也，可谓好事矣。余因邵君之请，污卷一诗云："梅花万树中，山色入楼空。犹有禅因在，幸多诗思通。还元证鸟语，小阁听松风。历尽东南美，盛名属梵宫。"谛闲前年曾来讲《楞严经》于山中讲经精舍，而乾隆帝则有"松风水月"之题于寺后小阁，故诗中及之。云罿亦题一诗曰："寂寞乱山中，层楼曲径通。梅花千树雪，帆影五湖风。危槛依残照，声寒动碧空。如何名胜地，都在梵王宫。"又见《一蒲团外万梅花》册页，为胡三桥画，题咏甚多，画中红梅绿萼，装点殆满，中坐老衲，意境淡然，令人萧然神往。小坐食面，出游御殿，留有杖锡各一，谓当日之赐住持也。右殿佛前方砖，有额痕足印，凹入三分，云昔有老僧苦修之痕也。出登山，抚晋青州刺史郁太玄之墓碑，方知玄墓之名。墓右稍上，有石如园林之所堆叠者，而块然玲珑，不似人间斧凿也，是名真假山，谓真山而有假山之奇。初出再坐还元阁，对面太湖，凭栏细看湖光山色，山多于鳞，不能尽其名。湖心横卧者，曰渔洋山，如牛之涉水来也，是可为吴中山岭，皆从天目渡来之一证矣，或云是虞山之脉，非也。

略略盘桓，即出寺下山寻梅。既得，辄依恋芬芳不忍去，盖来时匆匆，未暇细探。邵君曰："莫贪花，日暮矣，明日可镇日梅花中生活也。"日落始抵校借宿焉。夜半闻淅沥雨声，甚嗟游福之不佳，天明见阳光，始各释然大喜，谢天公之好我也。

是日为元宵矣，佳节今宵，一年明月初圆也。晨起，唤山轿去畅游矣。邵君以事未同往，渠因命侍者相导焉。山轿即篮舆旧制也，健步如驰，而带甚稳适。余口占云："趁早入山晓气清，见花即去未忘情。桑麻细听相逢话，一片樵苏讶许声。"山中多植树为业，松柏桑梅为最，而女子则樵柴以得资，故朝时一肩黄叶，相接于道，俭而健哉。

至柏因社，俗呼司徒庙，后庭四柏具盛名，乾隆题曰"清奇古怪"，声价益重，今范以铁栏，恐相损也。清者了无异，但千仞高上，翠绿如盖耳；奇者下半中空，可藏人；古者树皮纹作绞丝状，螺旋而上，为仅见也；怪者倒而为二，本又四裂，如绕帛飞巾，不可状拟矣，极天下之奇观哉。余作诗曰："朝叩柏因社，入门见古姿。不知年久暂，难以状雄奇。摩抚叹观止，徘徊不忍离。司徒好幸福，名与此同垂。"

同社登舆，一路梅花不绝，或三四丈有十馀花，或一二尺有三四花。轿高花枝招展碍帽，不许作刘桢平视也，故余诗曰："四围山色肩尖叠，一抹湖光舆外浮。可是嫌人太暇逸，梅花故意压人头。"至最多处停舆上山，山固有御道，又荒芜没踝，颇费攀拂。登破亭，只存四柱，碑反卧作人坐具。下望熳烂皆花，是即所谓香雪海也。缘当日花更盛，洁白如雪，弥望如海，故乾隆帝有雅锡也。今则海枯石烂，只可名香雪池塘耳。下山过此，花若断若续，不绝如缕，三四里始已。余诗曰："一半梅花寒未开，寻诗苦向乱山隈。有心欲见偏难见，香每吹从无意来。"见花狂嗅，反不得香，而松风中约略带来，偏觉喜从天外也。山人云："时尚早，须再越七日，可齐放矣。"盖山中花不同家园花，山中花纯得天气，少假人力，非受春足不易开也。此中花多，绿瓣红萼，品上于千叶，且结梅子，山中人一年之一熟也，故数百年未尝减焉。

过铜壁山，至石壁，为湖边一小山。山有庵，庵侧有石壁，广十丈，如削甚平，山下即汪洋三万六千顷矣，境奇险。一登山岭，胸臆顿舒，长啸四顾，旷无古今。于石壁轩之壁间得碑，知是山为名蟠螭也。向寺僧索笔墨，题诗壁上曰："振衣立峭壁，长啸山灵惊。安得十年住，日夕听涛声。""瘗鹤摩娑记昨游，惊涛泊岸四围秋。于今健步蟠螭上，到此无心鸿爪留。门外醉看铜井立，崖头细数洞庭浮。何年天斧开翡翠，问有僧来面壁不。"去秋焦山之游，《瘗鹤铭》边，江流济溯，与此太湖涛声正相似也。时已午，乃命作午时餐，山菇树菌，同菜根香一例可口。余谓素斋第一当让烟霞洞，次则焦山，而吴中诸丛林，殊不可望及也，老饕怀抱，得毋可哂。饭后下山寻山根，爱水澄清，因坐山脚磐石濯足，冷沁肺腑，如受棒喝，心地大清，歌曰："沧浪之水清兮，可以濯我缨；沧浪之水浊兮，可以濯我足。"濯竟而舆人寻来矣，因复上。

下山乘舆至石楼，石楼非石建为楼也，以山名，名所居也。余初惑之，已而求石楼不得，问老僧，始知之。山中多竹，小阁外万竿琳琅，绿人眉宇，此境与云栖相类，不知黄冈竹楼如此否。余谓名石楼，不如名竹楼之为宜也。寺外有泉，题曰"留馀"。看泉归，寺僧即以巨石固寺门，异之，曰："山中多盗，此间已四经扰攘矣。"老僧曾被拘，扑击伤膝，逸出伏草中，盗再三践踏，搜寻未得而去，可谓险矣。名山佳丽，乃有此杀风景事，隐亦难矣，相与唏嘘久之。出寺，上登万峰台，奇石四攒而已，了无他异。下山命轿随行，余得一绝曰："空有虚声说石楼，留馀泉浊在山流。万竿竹拥三间屋，眉宇帘栊绿似油。"

过东圌山，乘舆行三四里返光福，时才未正。因别邵君，掉昨来小舟，归木渎。明月照人，满船载去，诵"只今惟有西江月，曾照吴王宫里人"，为之仰望灵岩，低徊不止。夜，云翠书联赠邵君、葛君，以谢东道，余为之撰句，赠邵君云："游山五岳东道主，拥书百城南面王。"集定公句也；赠葛君云："灵岩山色天然画，香水溪流自在春。"则本地风光也，字俱超妙，飘然有仙气。琴声曰："此去殊值得也。"渠乃得笔头精神不少。余曰："君亦不负此行，他日《邓尉探梅图》成，可传也。"余则真无所得耳，惟日记上十叶为铅笔污诗云乎哉，不如吴侬山歌之可听也。惟归之夕，梦山灵谢我曰："是游也，得诗书画三绝。"余甚愧之。翌日复雨，附轮舟而归。余念《馀兴》女郎，相结文字殆八月，献岁以来，未上椒花之颂，"江南无所有，聊赠一枝春"，迤逦写来，不暇修饰，女郎以之点额，未知入时否。

（《馀兴》1917 年第 25 期，署名烟桥）

"多情应笑"

范烟桥

在草桥中学读书的时候，我把一方鸡血昌化请吴万同学——现在应称吴湖帆了，刻"多情应笑"四字，因为我爱好苏髯的"多情应笑我，早生华发"那句词。但是当时黄发才干，哪里有什么华发。想不到三十八年后的今日，重游邓尉，梅花犹是，而我真的"黄金华发两飘萧"了。梅花有知，不是要一展笑靥么？

三十八年前的今日，我和同学四人从苏州徒步到木渎，大雨里在严园的友于书屋劣酒硬被，度了一个寒气逼人的春宵，第二天又徒步到光福看司徒庙古柏，登香雪海山亭，入圣恩寺吃素斋，至石壁望太湖之渺茫、群山之苍翠，可是徒步走还木渎，乘小航船到苏州，冻得感冒，咳呛而咯血。这种少年意气与兴会，以后从来没有再得过，而且同游四人都化为异物！那么我在三十八年后的今日，还能徜徉于旧游之地，不是得天独厚值得骄傲了么？《待晓杂诗》之一，即记当时情况："肯抛佳日一偷闲，看遍吴西附郭山。最忆横塘扶我醉，雨痕相杂酒痕斑。"

这回不是徒步了，坐着八轮汽车，同游的有一百多个和三十八年前的我一样的青年，说说笑笑，一片天真，我竟忘掉了"早生华发"，我是"年光倒流"了。长车缩地，不过一小时已到了光福，倘然在三十八年前，这时间只好是走出阊门，还不能上横塘呢，科学真是神奇，我们真是幸福。汽车站有一个招待所，门外挂着一张巨大的地图，指示出许多名胜古迹。我们为了时间经济，怕走错了路，有误归程，便出六千元招一乡妇作导游者。走上一个山坡，见有一座高楼，仅存四壁，墙上嵌着一块石碑，题"崦庐"两字。导游者说，这是苏州丁南村所建，丁从伪任警察所长，在囹圄中享铁窗风味，这山墅便不能保有了。苏州俗语"魏太监祠堂一夜拆白"，方弗似之。导游者还指点山下的丛冢，说那边有一百多个老百姓，给日本鬼子杀死的。虽然英雄无名，也可说是"青山有幸埋忠骨"了。下了山，走了些路，在树丛中望见粉墙迤逦，知是司徒庙，岁寒后凋之枝，已挺出墙外。到了里面，那"清奇古怪"四大古柏，好像永远如此的清奇古怪，并没有改变，它们才是长生不老有着仙骨的。许多游客嗟叹惊讶，各流露不同的观感。我想，一定有着同一的情味，就是大家都感觉到自己的渺小，尤其是生存的久暂，相差何止十百倍。就是那孤立在相隔一墙的花坛里的"透骨红梅花"，也相形见绌，只有花时，得人欣赏，哪里能及它们的没有时间性的荣瘁呢。

公路修筑得很好，那御道只剩着片段的痕迹了。香雪海的碑亭虽然已复旧观，那山下的梅花却所存无几，最多的一丛，不过数十株，而且今年春寒特甚，还有十之六七含苞未放，哪里能名副其实！所以我只好夸大一点，告诉同游的同学说，在百馀年前，这里的梅花是多得很的，从山上望下来，一片白茫茫，如雪如海，而且香气四溢，的确洋洋大观。其实就是在宋牧仲磨崖题字的时候，早就是夸张其词呢。

有几个脚力好的，从铜井山翻过去，有几个要上石楼、石壁去。我为了那几处都到过，大约还是老模样，因为江山是不变的，而且我到底上了年纪，脚上又生了冻瘃，犯不着多费气力，和青年人赌输赢，便折向玄墓山去。

记得以前，走过山家，常在不知名的杂树中露出一树嫣红来。或是先闻着了一缕清香，四面找寻不得，却就在眼前，一枝横出。有时花枝打到头上来了，方弗和我们开玩笑。这种趣味，别处没有的，现在这里也没有了，大约为了它不能救主人的饥荒，给主人恨恨地铲去，换上比较生产的桑树了。至于圣恩寺前的杂树，却是日兵砍去作燃料的。那一株和司徒庙年龄相近的古柏，倒还健在。

到了寺里，见有几辆吉普车和小汽车停在另一面的山下，知道梅花接到了老爷了。到了还元阁，果然见有衮衮诸公，后来有熟人来，方知那天苏州的社会贤达，由文化服务社邀来欢宴，有吴西风景建设会的发起。我不知道有着什么资格，居然也被拉入吃一顿素斋，还逼着题字，推为建设委员。我很明白，不过那么一回事，吃饱了什么都忘掉了。

记得我曾经大胆老面皮在一个卷子上题过一首诗，便向和尚索看，和尚捧出那个俗称"奶子钟"的"邾钘鼎"来。可是那题咏的卷子，只剩一半，民国以前的都失掉了，有人知道在潘经耜先生那里。还有胡三桥画的觉阿上人诗意"一蒲团外万梅花"图，都涂上似油非油似泥非泥的污迹，梅花也蒙不洁了。有易实甫先生的题诗，边上还加着君左兄的诗跋，他们父子俩的诗如骨肉相逢在这图册上，也是奇缘。

晋青州刺史郁泰玄的墓在山上，因此称为玄墓，至今碑亭完好，墓域却认不出了，左邻的真假山依旧存在，《红楼梦》说的"假作真时真亦假"，到此觉得"真如假处假还真"了。有一间很浅隘的山楼，壁上嵌着康熙题的"松风水月"石碑，比乾隆那些似通非通的诗，来得要言不烦，有味得很。于骚心曾在此处过宿，写了一副对是"钟催明月上，风送太湖来"。凭栏而望，太湖就在目前，不必风送，自然爽气扑人。此老体会得还不透，但是很能把这里的胜概包括尽，和西湖韬光的"楼观沧海日，门对浙江潮"一样的少许胜人多许，我们不必再哓舌了。

在下山的时候，听见钟声了，那是明万历年所铸，有密密的细字，是五万字的《华严经》文。据《苏州府志》说，原来嘉靖年的钟，给严分宜取去的。我很想不通，一位炙手可热的权相，只要子女玉帛声色狗马，此钟何所用之？现在这钟亭里，有一个和尚时时在撞着，我笑着对同游者说，这真是做一日和尚撞一日钟了。同游者有一位是中国之友美利坚人许安之，听不懂，要人译成英语。但是能译的，都说难译，因为倘然直译，在外国人听去，那和尚是很能尽职了，和原意不能相合的。

钟声也有个分别，在西湖上，以凤林寺的钟声为最美，宏亮，渊穆，沉着，像深含着启示的意味。倘然在日落崦嵫的时候，在归途中听到一声两声，真有出尘之想，恨不得永远留在那个与世无争的环境里。但是在玄墓，听那钟声，似乎是有所为而为，可以说是未能免俗，不如汪琬诗里所写的"稍见烟中村，微闻谷口钟"来得超脱些。但是那一群青年，是无动于中的，他们折着花枝插在衣襟上，拗着野树作拐杖，跳跳蹦蹦，只觉得爬山，登高，望远，探幽，是有兴的，静静地体味那些六朝味是耐不住的，所以游伴是最难求的。也有携着如花美眷而来的，听着导游者的指点，略略投以无聊的一眼，料知他们是有闻名不如见面之感的，所以有许多人，可以说是换换空气，石家饭店在他们的印象中，或许比梅花要深刻得多呢。

此行我做了两首诗："三十八年忆旧游，湖山历历思悠悠。当时俊侣归黄土，此日诗人已白头。古柏依然春不老，寒梅犹是半含羞。江南差幸风光好，尊酒还能与客留。""长车缩地亦优游，笑语春和几胜流。娇女健行登石壁，老夫怯力息山楼。重看邾鼎经多难，一听明钟感万休。公路平平殊御道，松风水月自千秋。"我的朋友看了，都说太萧瑟，但是每一个字都是实境。张绪攀条，不能无感，这是无可奈何的事！因此我录了一首张灵的诗作为结束，使读者高兴一点："玄墓石山久注思，不携闲伴是春时。隔窗湖水坐不起，塞路梅花行转迟。清福可教何日领，闲情曾有几人知。漫收形胜归村馆，梦里烟霞亦自追。"

（《礼拜六》1947年第70、71期，署名烟桥）

邓尉梅讯

刘麟生

予于民国九年春分日，应冀庸君之招，曾偕诸弟往光福探梅一次，以民舟往，朝发夜归，留连于该处者，不过二小时，远山竟作匆匆别，故当时一无记述。此次丹城弟又由沪约吾前往，首尾费去三日，所游较多，不可无记，以负兹游。

人之游玩心理，往往舍近而务远，以近处之游观，指日可待也。是以常住某地者，往往于该地之较远山水，转未涉足，而远方人士之过此者，必抽暇往游殆遍，所谓过屠门而大嚼者，此境似之。予与吴地友朋谈论邓尉之风景，多茫茫然若有所失，而予以异乡人，乃能有屡次领略该处湖光山色之福，"光福"二字，殆为我说法耶。

三月五日清晨，由胥江出发，同行者十二人，赁一画舫，以汽油艇曳之。行未数里，汽油艇之机坏，修理无效，驾艇者声言返苏易一新者来，嘱予等至木渎稍待。舟遂前行，途遇小轮，招之曳至木渎。即在舟中午餐，船肴风味颇不恶。餐毕，无汽油艇至，知其食言矣，则撑篙行。河狭如陌巷，舟蠕蠕行，予与二三君子不耐，舍舟步行。乡间景物晴美宜人，薄游小倦，遂驻足以观村人之迎神赛会，儿时居家之景况，复涌现于脑海中。行四里许，待舟至而登之。

舟过灵岩、穹窿二山，塔影溪痕，历历在望，以急于抵目的地，不克游也。过此以往，河流渐广，有纤路可利用焉，舟行亦较速。五时许，邓尉一带之山脉，已蜿蜒而至。时则落日渐沉，微风清拂，野色苍茫，寂无人语，兀坐船舷，神性为爽，而夕阳为云霞所半掩，倒映河中，致令平如镜面之水色，顿分浓淡，尤极自然之美。

既而光福塔已在望，舣舟水涘，时已薄暮。餐后上岸，巷陌曲如蚯蚓，觅寻梅旅社而安宿焉，地甚轩敞，盖专为春秋游客而设也（闻邓尉山秋桂亦盛）。

翌日晨起，推窗见晴山在目，喜可知也。雇笋舆登山，过铜观音寺，行田畴间二里许，时有梅香扑鼻。抵司徒庙，庙以邓禹昆仲曾居此，故名。昔年游踪，曾一至此寺。有古柏四株，不知纪年，有传为晋柏者，几经劫变，断而复荣，夭矫蟠屈，其态各殊，俗谓一株名清，一株名奇，以此类加者。予意清奇古怪，本为一种概括的名词，后殆变而为各别的称呼耳，庙亦名柏因社以此。

由此往香雪海，在马驾山上，俗称吾家山者误也，此为向日观梅极盛处。邓尉山多白梅，冷艳幽光，如高人离世绝俗，如静女有恨无言，以"香雪"二字形容之，极为得体，三字系清康熙中宋牧仲抚苏时所题，其著名亦由于此。勒石之侧，有御碑亭。登山可见山下全景及太湖一角，惟此来梅花并不够颐，香雪海之名，恐难为斯处所专有矣。

一行之人于是前往圣恩寺，山行五六里，景物至为幽绝，笋舆所过，两旁皆翠柏矗立，益以芳树葳蕤，寒花飘飓，大足供我流连。西人谓中国自不讲求森林管理，后山皆裸体（Naked Mountains）。若仅就吴越之山而论，犹可免此诮，其故由于江浙多名绅富族，相与厚葬其亲，故丘垄间喜多植树。吾行邓尉山中，屡见此种墓道，其深郁整洁，极堂皇之胜概，在彼等固无点缀溪山之用意，而游观方面，固不能不间接受其益也。

圣恩寺在玄墓山下，俯视太湖，山翠湖烟，回环映带，尤称佳盛。近寺门，有竹一园，丛绿之色，扑人眉宇。寺有屋数百间，建筑甚壮，本为唐代天寿禅寺旧址，明初万峰和尚来此说法，重建此寺。殿前有巨钟，镂《法华经》数万字于其上，为明代物。康熙廿八年南巡，即驻跸于寺中四宜堂。予等坐还元阁啜茗，寺中最胜处也，前临太湖，远望烟波缥缈，林峦环拱如列屏，阁前有红梅数株，高出墙头，吐花正盛。寺僧出邾牼钟相示，并搨本题跋一册，有潘伯寅、吴愙斋、翁松禅、王半塘诸先生题跋。钟为周器，见于扬州阮氏著录，然镂字不多，故不若散氏盘、虢季子盘之声名籍籍。又有《一蒲团外万梅花》手卷，为胡三樵手笔，亦有名公题咏。寺后为玄墓山，晋青州刺史

光福塔

郁泰玄之墓在焉。墓旁有奇石，俗名真假山，天顺间露出于土中，洗剔之后，玲珑巉削，宛若天成，后又没入于土，至康熙时始为山雨所冲出，奇物不自湮没，可谓美谈。同行之人，皆在寺中用午膳，素肴烹制甚精。餐毕下山时，已阴云蔽日，山气渐凉。行有顷，小雨已可沾衣。返舟后，狂风暴雨，沛然而来，篷窗滴沥，幻为异景，而山色模糊，波涛汹涌，尤蔚为大观。

昔人游光福多阻雨，率见之于诗歌，此典礼自不可缺。予游后告友人，友人且贺吾此游之美备，谓连邓尉之雨景，亦在欣赏之中，词虽谑，亦纪实也。予等既不敢返棹，复投宿寻梅旅社中。夜闻风雨声甚厉，至不能寐，赋《浪淘沙》词以自遣，云："省识旧芳阡，肯把花捻。横枝傍得鬓云妍。浣白褪红孤艳惯，不许蜂喧。 春色上眉尖，新绿溅溅。听风听雨自今年。云雾香魂愁似海，付与谁怜。"

迨清晨六时，舟子来速吾侪起，云可归矣。盥洗登舟，风浪已静，遂摇橹抵木渎。两岸疏枝带雨，累累如贯珠，山巅奇云缭绕，全失其轮廓。雨后山容，饱我眼福不浅。由木渎觅小轮曳之，至苏二时许，抵胥门已晴光四射矣。

此行之梅，较前次犹略逊，一则梅仅开至六成，二则年来邓尉山民，以树梅利薄，多改植桑茶。盖梅非为我辈设也，特山景之秾丽，至可爱玩。吾人久居廛市，深苦尘念世网之煎迫，得于日斜春浅中，一享清游之福，所得固已多矣。然则探梅其名，看山其实，有何不可耶。

光福游记

蒋维乔

民国十一年冬，赴苏州视察学校，晤老友金君松岑，乃有光福之游。十月四日之晨，同赴西门，登雇定之利泽小轮，到木渎，访袁君幼辛（培基），在木渎绕行一周。袁君先得松岑信，已雇小舟，预备同游，乃系舟轮后而行，并携行厨，在舟中共餐，肴馔精美，中有松蕈，尤新鲜可口。日午傍岸，同游于羡园。园中布置，曲折幽胜，登楼凭眺，灵岩山全景在目，惜已失修，渐近荒废耳。再返舟，开行，抵善人桥，水大，桥洞小，轮船不得过，余等乃自小舟过轮船，俾得加增重量，吃水较深，乃安然过去。午后二时，抵光福镇，舍舟登陆，寓寻梅旅社，光福乡董李玉卿、申子佩，第一国民学校校长邵立斋，皆来招待。因为时尚早，乃由邵君导游，出社，向西北行数十武，至光福寺。寺在光福山，为梁代所建，后有舍利塔，故亦名塔山。宋时获铜观音像，供奉寺中，亦名铜观音寺。寺后有送子洞，据山之高处，登之，可以望东西崦。出寺，再向西北行里许，至三官堂。堂北有水阁三间，面临西崦，极湖山之胜。所谓崦，乃太湖之水，汇流山间，淹没而成者也。东西二崦，一水可通，中惟隔以石梁耳。堂后复有一亭，登之，更豁然开朗，西崦全部，宛在栏下，崦之三面皆山，其南则邓尉、西碛、铜井诸山，绵延不断，直至太湖口而止。既而光福寺僧，携二手卷来，展玩移时，遂至崦西小筑啜茗。凭栏观崦，仿佛西湖，流连久之而出。折向东南行里许，至湖上读书处，冯桂芬所建，今设第一国民学校于此。自校之后门出，沿西崦行，过石梁，登虎山。山不甚高，顶有平原，上有东岳庙，已荒废。自顶远望，左为东崦，右为西崦，群山环之，风景之美，不可名状。东崦面积，略与西崦等，不过农家筑围成田，致水道日狭，不及西崦之广矣。是时夕阳西下，晚霞映入崦中，上下皆红，荡漾如濯锦，令人低徊不忍去云。

五日，阴雨，不克畅游，拟至山中著名处，作半日之盘桓。遂于晨八时，乘肩舆西行，邵君立斋为向导。约三里，至柏因社，亦名司徒庙。庙中有古柏四株，曰清、奇、古、怪，形各不同，势复蟠屈，故得此名。所谓怪者，乃经雷火，劈一株为二，倒地复能生根长茂，斯真不愧为怪矣。观毕，出庙，折回原路。再南行，约九里，至玄墓山。相传晋青州刺史郁泰玄葬此，故名，今犹存墓碑，筑亭障之。此山面对太湖，登顶一望，洞庭诸山，若隐若现，沉浸于洪波。山上有圣恩寺，规模甚大，为此间丛林之冠。住持中恕出迎，并言今年时节和暖，牡丹、桃花，非时齐开。以净瓶插牡丹、桃花各一枝，供客，并导游各处。寺后有真假山，在郁墓之侧。此山多土，惟此处奇石突出，嵌空玲珑，故呼为真假山。自山而下，复入寺，登还元阁，俯视太湖，在几席之间，惜烟雨迷离，不能了了。寺中藏有周邾公牼鼎，为珍贵之古物，中恕出示之，古色斑斓，钟带间有三十六乳，其镌刻为籀文。又有巨轴三，皆长二丈馀，一为栴檀佛像，一为西方极乐世界图，一为华严经塔，写全部《华严经》，字迹细若蝇头，为虞山弟子许恚心敬写，河南程眉绘像。余等在寺午餐。餐毕，再出寺西行，路小而窄，且雨不止，舆人缓缓而前。约五里，抵石楼，有古刹，其前修竹成林，临湖有万峰台遗址，登台可望七十二峰，惜亦迷茫不可辨，惟冲、漫之峰，距离至近，如在足底耳。午后三时，仍乘舆回，路经香雪海，为早春梅花最盛处，今则深秋，无可观者，故未停。邓尉除香雪海尚多梅树外，他处已砍伐无馀，改种桑树。询之土人，则云："种梅利薄，不如种桑利厚。"然桑树到处杈枒，山容则因之丑陋矣。三时回旅社，即乘小轮返苏州。

二十四年八月补写

（《因是子游记》，蒋维乔著，商务印书馆 1935 年 12 月初版）

湖山胜处看梅花

周瘦鹃

"年来忽抱遆仙癖，端为梅花是国花。"

一年之计在于春，一春出游之计最先在于探梅，而探梅的去处总说是苏州的邓尉，因为邓尉探梅古已有之，非同超山探梅之以今日始了。

邓尉山在吴县西南六十里，相传汉代有邓尉隐居于此，因以为名；一名光福山，因为山下有光福镇，而旧时是称为光福里的。作邓尉的附庸的，有龟山、虎山、至理山、茆冈山、石帆山等八九座小山，人家搅也搅不清，只知道主山是邓尉罢了。明代诗人吴宽有登邓尉诗云："昔年曾学登山法，纵步不忧山石滑。舍舆径上凤冈头，趁此凉风当晚发。远山朝臣抱牙笏，近山美人盘髻发。我身如在巨海中，青浪低昂出复没。山下人家起市廛，家家炊烟起曲突。梅林屋宇遥隐见，一似野鸟巢木末。寺僧见山如等闲，翻怪群山竞排闼。偶凭高阁发长笑，笑我胡为躄石钵。夕阳满目波洋洋，西望平湖更空阔。山灵为我报水仙，预设清泠供酒渴。吴人非不好登山，一宿山中便愁杀。扁舟连夜泊湖口，舟子长篙未须刺。懒游已笑斯人呆，狂游不学前辈达。若邪云门在于越，何必青鞋共布袜。"诗中除了"梅林屋宇遥隐见"一句外，对于梅花并没详细的描写，原来看梅并不限于邓尉山上，而梅树也散在四周的山野之间，即如和邓尉相连不断而坐落在东南六里的玄墓山就是一例，那边也可看梅，并且山上也有不少梅树的。玄墓之得名，因东晋青州刺史郁泰玄葬在山上的原故，现在此墓依然存在，位在圣恩寺的后面的山坡上。向右过去不多路，就是颇颇有名的"真假山"，嵌空玲珑，仿佛是用太湖石堆砌而成，正如人家园林中的假山一样，其实是出于天然，因山泉冲激所致，所以称之为"真假山"。这里一带，至今还有好几十株老梅树，而圣恩寺前，本来也种有不少梅树，不幸在暴日入寇时砍伐都尽，后来虽由伪省长陈则民补种了一百多株梅苗，可是小得可怜，不知要经过多少年才可供人观赏咧。笔者在十馀年前到此看梅，还不愧为大观，回来以后，曾怀之以诗："玄墓梅花锦作堆，千枝万朵满山隈。几时修得山中住，朝夕吹香嚼蕊来。"寺中还元阁上，原藏有《万梅花外一蒲团》长卷，也足见当年山中梅花之盛，自明清以至民国，都有骚人墨客的题咏，而经过了这一次浩劫，前半早已散失，后半只剩胡三桥的一幅画，和易实甫、樊云门以及近人所题的诗词，并且不知怎样，纸上沾染了许多黑斑，有几处竟连字也瞧不出来了。今春我上山看梅，也看过了这一个残馀的卷子，曾题了两首七绝："劫馀重到还元阁，举目河山百种宽。欲寄身心何处寄，万梅花外一蒲团。""万梅花外一蒲团，打坐千年便涅槃。佛雨缤纷花雨乱，如来弥勒共盘桓。"我虽仍然沿用着"万梅花外一蒲团"原句，其实哪里还有万树梅花之盛，只能说是万朵梅花吧。玄墓之西有弹山、蟠螭山，以石楼、石壁吸引了无数游屐，那边也有梅树，可是散漫而并不簇聚，只是疏疏落落地点缀在山径两旁罢了。弹山的西北有西碛山，其南有查山，旧时梅花最盛，宋代淳祐年间，高士查耕野莘曾隐居于此，筑有梅隐庵，庵东有一个挺大的潭，在梅林交错中，虽亢旱并不干涸，查氏就在上面的崖壁上题了"梅花潭"三字，可是这些古迹，已无馀迹可寻。不过唐六如诗有"十里梅花雪如磨"句，而李流芳文有"余买一小丘于铁山之下，登陟不十步而尽揽湖山之胜，尤于看梅为宜，盖踞花之上，千村万落，一望而收之"云云。那就足见这里一带，在明代是一个观赏梅花的胜处咧。

在光福镇之西，与铜井山并峙的，有马驾山，俗称吾家山，山并不很高，而四面全是梅树，花开时一白如雪，蔚为大观。清康熙中巡抚宋牧仲莘在崖壁上题了"香雪海"三字，复筑亭其旁，以便看梅。据说乾隆下江南时，也曾到此一游，于是"香雪海"之名藉甚人口，游人络绎而至。诗人汪琬曾有《游马驾山记》，兹摘其中段云："……前后梅花多至百许树，芳气葐蒀，落英缤纷，入其中者，迷不知出。稍北折而上，望见山半累石数十，或偃或仰，小者可几，大者可席，盖《尔雅》所谓岩也。于是遂往，列坐其地，俯窥旁瞩，濛然曷然，曳若长练，凝若积雪，绵谷跨岭无一非梅者，加又有微云弄白，轻烟缭

436

青，左澄湖以为镜，右崇嶂以为屏，水天浩漾，苍翠错互，然则极邓尉、玄墓之观，孰有尚于兹山者耶？……"读了这一段文字，就可知道这马驾山香雪海亭一带，确是看梅最好的所在，不过"百许树"疑为"万许树"之误。因为十馀年前我到此看梅，也决不止百许树，但见山下四周茫茫一白，确有曳若长练、凝若积雪的奇观，至少也该有千许树呢。可惜十年以来，既遭了兵劫，而乡人又因种梅利薄，不及种桑利厚，于是多有砍梅以种桑的。如今梅花时节，您要是上马驾山去向四下一看，怕就要大失所望，觉得香雪海已越缩越小，早变成香雪河、香雪溪了。清代画师作探梅图，多以香雪海为题材，吾家藏有横幅一帧，出吴清卿大激手，点染极精，我曾请吴氏裔孙湖帆兄鉴定一下，确是真迹，特地转请故王胜之先生题端，而由湖兄检出愙斋旧笺，抄了他老人家的遗作邓尉探梅诗七律二章殿其后，更有锦上添花之妙，我于登临之馀，欣赏着这画中的香雪海，不胜今昔之感！

明代高士归庄，字玄恭，昆山人，国亡以后，便遁入山林中，佯狂玩世，与顾亭林同享盛名，一时有"归奇顾怪"之称。遗作《观梅日记》，详记邓尉探梅事，劈头就说："邓尉山梅花，吴中之盛观也。崇祯间尝来游，乱后二十年中，凡三至……"他最后一次探梅，历时十日，从昆山乘船出发，先到虎丘，寓梅花楼，赋诗二绝句，第一首："邓尉山梅是胜游，东风百里送扁舟。更爱虎丘花市好，月明先醉梅花楼。"这首诗可算是发凡。第二天仍以舟行，过木渎，取道观音山而于第三天到崦，记中说："遥望山麓梅花林，斜阳照之，皑皑如积雪。"这是邓尉探梅之始。第四天到士墟访友人葛瑞五，记云："其居面骑龙山，四望皆梅花，在香雪丛中。余辛丑年看梅花，有'门前白到青峰麓'之句，即其地也。庭中垒石为丘，前临小池，梅三五株，红白绿萼相间。酌罢坐月下，芳气袭人不止，花影零乱，如水中藻荇交横也。后庭有白梅一株，花甚繁，云其实至十月始熟，盖是异种。"他在这里探梅，是远望与近看，兼而有之的。第五天登马驾山，他说："山有平石，踞坐眺瞩，梅花万树，环绕山麓。"这平石附近的崖壁上，就是后来宋牧仲题"香雪海"三字的所在，要看大块文章式的梅花，这里确是惟一胜处，我当年也就在这一块平石上，酣畅淋漓地领略了香雪海之胜。第六天游弹山之西的石楼，记云："石楼前临潭山，潭山之东西村坞皆梅花，千层万叠，如霰雪纷集，白云不飞。"这里的梅花也可使人看一个饱，可是现在登石楼，就不足以餍馋眼了。第七天游茶山，他说："茶山之景，梅花则胜马驾山；远望湖山，则亚于石楼。盖马驾梅花，惟左右前三面，茶山则花四面环匝。"这所谓茶山，为志书所不载，大概就是宋代高士查莘所隐居的查山吧？他既说梅花四面环匝，胜过马驾山，将来倒要登临其上，对证古本咧。随后他又游了铜井山，记云："铜井绝高，振衣山巅，四面湖山皆在目，而村坞梅花，参差逗露于青松翠竹之间，亦胜观也。"他这里所见，只是村坞间参差的梅花，已自绚烂归于平淡了。第八天上朱华岭，记云："回望山麓梅花，其胜不减马驾山。过岭，至惊鱼涧，涧水潺潺有声，入山来初见也。道旁一古梅，苔藓斑驳，殆百馀年物，而花甚繁，婆娑其下者久之。路出花林中，早梅之将残者，以杖微扣之，落英缤纷，惹人襟袖。复前，则梅杏相半，杏素后于梅，春寒积雨，梅信迟，遂同时发花，红白间杂如绣。"因看梅而看到杏花，倒是双重收获，眼福不浅，原来他记中所记时日，已是古历的二月十九日了。第九天他才游玄墓山，这是今人看梅必到的所在，圣恩寺游侣如云，直到梅花残了才冷落下来。他记中只说："途中所见，无非梅花林也。"又说："遥望五云洞一带，梅花亦可观。"对于真假山一带梅花，不着一字，大约那时还没有种梅吧？第十天上蟠螭，至石壁，经七十二峰阁，至潭东，记云："蟠螭者，在诸山之极西，梅杏千林，白云紫霞，一时蒸蔚。"又云："潭东梅杏杂糅，山头遥望，则如云霞，至近观之，玉骨冰肌，固是仙姝神女，灼灼红妆，亦一时之国色也。"他在这里都是由梅花而看到杏花，杏花正在烂漫，而梅花已有迟暮之感了。第十一天他就出士墟而至光辐，结束了他的邓尉探梅之行。归氏此行历十天之久，又遍游诸山，对于梅花细细领略，真是梅花知己。今人探梅邓尉，总是坐了小汽车风驰电掣而去，夕阳未下，就又风驰电掣而返，这样的探梅，正像乱嚼江瑶柱一样，还有甚么味儿？来春有兴，打算约烟桥、小青二兄，也照归氏那么办法，趁梅花开到八九分时，作十日之游，要把邓尉四周的山和梅花，仔仔细细地领略一下，也许香雪海依然是香雪海呢。

　　对于邓尉梅花能细细领略如归玄恭者，还有三人，其一是清代名画师恽南田，他的画跋中有云："泛舟邓尉，看梅半月而返，兴甚高逸，归时乃作《看花图》。江山阻阔，别久会稀。寤寂心期，千里无间。春风杨柳，青雀烟帆。室迩人遐，空悬梦想。"其二是名画师兼金石名家金冬心，他的画跋中有云："小雪初晴，馀寒送腊，具鹤氅浩然巾，入邓尉山，看红梅绿萼，十步一坐，坐浮一大白，花香枝影，迎送数十里，虽文君要饮，玉环奉盏，其乐不是过也。"一个是"看梅半月而返"，而尚有馀恋；一个是"十步一坐，坐浮一大白"，而以梅花比之古美人要饮奉盏，他们都是善于看梅而领略到个中至味的。其三是清末名词人郑叔问，晚年自署大鹤山人，卜居苏州鹤园，日常以作画填词自遣。他的词集《樵风乐府》一中，不少邓尉探梅之作，他自己曾说往来邓尉山中廿馀年，并因爱梅之故，与王半塘有西崦卜邻之约。他的看梅也与归玄恭一样，遍历诸山而一无遗漏的，但读他的八阕《卜算子》，可见一斑。其一云："低唱暗香人，旧识凌波路。行尽江南梦里春，老兴天悭与。　桥上弄珠来，烟水空寒处。万顷颇黎弄玉盘，月好无人赋。"这是为常年看梅旧泊地虎山桥而作。其二云："瑶步起仙尘，钿额添宫样。一闭松风水月中，寂寞空山赏。诗版旧题香，盛迹成追想。花下曾闻玉辇过，夜夜青禽唱。"这是为追忆玄墓山圣恩寺旧游而作。其三云："数点岁寒心，百尺苍云覆。落尽高花有好枝，玉骨如诗瘦。　卧影近池看，露坐移尊就。竹外何人倚暮寒，香雪和衣透。"这是因司徒庙柏因社清古怪四古柏连想到庙中梅花而作。其四云："枝亚野桥斜，香暗岩扉迥。瘦出花南几尺山，一坞苍苔静。　梦老石生芝，开眼皆奇景。大好青山玉树埋，明月前身影。"这是为青芝坞面西碛一小丘宜于看梅而作。其五云："一棹过湖西，曾载双崦雪。踏叶寻花到几峰，古寺诗声彻。　林卧共僧吟，树老无花折。何必桃源别有春，心境成孤绝。"这是为安山东坞里古寺中寻古梅而作。其六云："刻翠竹声寒，扫绿苔文细。四壁花藏一寺山，香国闲中味。　对镜两蛾翠，想像西施醉。欲唤鸱夷载拍浮，可解伤春意。"这是为常年看梅信宿蟠螭山而作。其七云："云叠玉棱棱，琴筑流渐咽。漫把南枝赠北人，陇上伤今别。　秀麓梦重寻，泉石空高洁。台上看谁卧雪来，独共寒香说。"这是为弹山石楼看梅兼以赠别知友而作。其八云："初月散林烟，近水明篱落。昨夜东风犯雪来，梦地春抛却。　最负五湖心，不为风波恶。笑看青山也白头，一醉花应觉。"这是为冲雪泛舟，看梅于法华、渔洋两山邻近的白浮而作。原词每阕都有小注，十分隽永，为节约篇幅故，不录。但看每一阕中，都咏及梅花，而极其蕴藉之致，三复诵之，仿佛有幽香冷馥，拂拂透纸背出。

邓尉的梅花，大抵以结实的白梅为多，一称野梅，浅红色和绿萼的较少，透骨红已绝无而仅有。盆梅向来盛于潭东天井上一带，往年我曾两度前去，物色枯干虬枝的老梅，可是所得不多，苏州沦陷期间已先后病死，硕果仅存的只有一株浅红色的大劈梅，十年前曾在那老干的平面上刻了一首龚定盦的绝句："玉树坚牢不病身，耻为娇喘与轻颦。天花那用铃幡护，活色生香五百春。"这二十八字和题款，还是从有正本龚氏真迹上勾下来的。以这株老梅的本干看来，也许已有了五百年的高寿，而今冬已含蕊累累，胜于往年，开放时必有可观，真不愧是"玉树坚牢不病身"咧。如今花农因盆梅并无多大利益，多半已种田栽桑，岁朝清供，再也不能求之于邓尉的了。每年梅花盛开时，大抵总在农历惊蛰节以后，所以探梅必须及时，早去时梅犹含蕊，迟去时梅已谢落，最好山中有熟人，报道梅花消息，那么决不致虚此一行。

今春我因中国文化服务社吴县分社之邀，曾与各界名流同往探梅，有钱慕尹将军、立法委员吴闻天兄等一行五十馀人，共谋整理吴西风景区，而以邓尉探梅为吸引四方游客之计，我也被推为整理委员之一。鄙意以为第一要着，就得由公家在邓尉一带广种梅树，至少要在万株以上，梅为国花，应该有这般洋洋大观，一方面使"香雪海"不致虚有其名，而每年梅花时节，也自然宾至如归了。

洞庭山水记

范烟桥

　　洞庭湖中有君山，山不以洞庭为名，而三万六千顷之太湖，乃有东西洞庭两山。夷考志乘，洞与庭为二山，后人合而称之，复以东西为别。其地山水秀逸，风土淑美，顾游者綦少，则以风涛险恶，舟楫困难耳。余于去年端午，与友人同往，虽往返不逾周星，而所见闻，已胜读书十年矣。

　　端午之晨，赴胥门日晖桥，附轮往东山。于舟中识曹、张二君，指示甚详。过横塘，在石湖中，遥见楞伽耸翠，孤塔凌霄，行春桥驾山下，湖波柔媚，若得一舟容与，清空之乐，不减西子湖中也。惜乎淫祀复燃，迷信者众，中秋串月，遂成巫师之会，致有来鬼湖之诮，湖山蒙不洁矣。七里至溪上，八里至白阳湾，十二里至横泽，吴之大市集也，以产酒闻。六里至浦庄，十二里至新开河，以丛树疏密，故东山忽隐忽见，而爽气已扑人眉宇矣，两岸皆鱼池桑林，至渡水桥泊焉。是地为东山之市集，有三元旅馆，下榻于是。因为时早，遂雇山兜游雨花台，在山半，可三里，新建危楼，题名"醉墨"，右室曰"枯石山房"，面湖南，而东山两端环抱如箕，台乃踞坐于其间。有联云："湖山成千古画图，南望吴江，西蜓夹浦，北临惠麓，东达金阊，此处足清游，古刹被名僧所占；景物极四时佳景，春风柳岸，夏岫云峰，秋正归帆，冬留积雪，我生厌尘俗，一官为胜地而来。"为秣陵俞钟彦所撰，时任江浙警务，颇能包举胜概。寺僧出素馔八色，佐以面，复向购碧螺春数斤。碧螺春者，洞庭之茶叶名也，碧者状其色，螺者状其形，春者纪其时，在清明前者最嫩，采者多为女郎，晓起入山，摘柔芽以纤指捻之使干，即蜷曲如螺矣。洞庭碧螺春，与龙井狮峰茶相颉颃，而淡远过之，其上上乘者，有白毛未去，以极沸之水泡之，饮之清香永留舌本，而无涩苦，价亦昂甚，最高者以两计，须四角许。后复托潘君少云代购若干，则以过时不可得佳，若在清明时节来，当得一餍茶癖。昔人以茶喻美人，所谓"从来佳茗似佳人"也，是则碧螺春者，苎萝村中西子之流亚矣。寺后有萃香泉，仅一小潭，水至浑混，惜哉，有茶而无泉，可见两美之难兼也。自此直上百大尖顶，即莫釐峰也，以力疲未登。下山访潘君少云，约明日游西山。

初六日，晓色昏沉，已而雨下如注，游兴大杀。至潘君处，则云风虽微而雨大，不便去。乃至安仁里，游严氏祠堂。从后门入，初闻人言，门虽设而常关，不能如湖上诸庄有"看竹何须问主人"之乐，必得当地有交谊者一言，始可入，乃舆人力言无妨，与门者相熟识也。至彼果然，门者开门延纳，得纵游观。门以内广场叠土作祠，建亭其上，回廊绕之，有敞轩，额题"曲谿"，云是文徵明旧题，为怡老堂故址。康南海游香雪海，遇严孟繁，以诗相赠，遂张于壁，诗粗犷不耐寻味。出至星庙，门前大树森森，山路浅草平铺，经雨后苍翠欲滴，山门题"第一山"。登观音阁，可看东山尽头处，山顶云气翁翳如蒸，又如画泼墨山也。返至潘君家，留共小饮。午后天霁，驾一叶扁舟，沿山麓而去。至龙头山，以山上有石龙之头二，故名。旁有炮台，已废。志称莍山，故山寺题"莍山禅院"，多塑星宿，侧为路文贞祠。文贞名振飞，甲申之变，守吴中，率家丁保洞庭，教山人借迎神习武事，保障一方，得以安谧，乃祭于社，云甚著灵异。有阁曰"诉月"，并系文贞诗云："中藏万顷愁，欲诉湖山月。事事痛关心，先从何处说。"近此有地曰西河，产茶多且佳，命童往购，约以明日出山云。略坐便返棹归寓，欲治酒食，不可得，逆旅主人以家肴相饷。主人初疑吾侪有事来此，及闻为游览，则大笑，以为蠢蠢诸山，有何可观，固不及海上陆离光怪远甚矣。不意如此湖山，解人难得也。

初七日，天阴，仍未放晴。潘君介王君为我辈作向导，雇小船，号龙飞快，顾名思义，已可得其梗概。船底平，船身小，浪作随之上下，如飘萍浮藻。湖中风浪起伏不测，惟龙飞快独擅胜场，榜人亦勇捷具好身手，且多独首一橹。若以吴中画舫，吴娘柔橹当之，无有不左支右绌者矣。太湖有种种别称固矣，而湖中人复界划为东西南北四区，北湖复有小大之别。风涛浩瀚，以西太湖为甚，三山门外，终岁浪花如人立，夏令风阵，往往扬帆之舟，不能收住，

442

随风所至，数十里而弗已，大背所向，无足奇也。是日出小北湖，张帆风微，复助以橹，过席家河头，山麓有三官堂，侧有洞，云昔通湖广，齐东野人之语也。北尽处为千圻，中立于湖中如青螺者曰徐侯，介两山之间者鼋山。舟绕后山而过，得风渐大，其行如射，前后左右皆山，四别有境界，推篷游目，眼界顿开。王君谓湖中如今日风平浪静，一年中能有几日，游福非等闲也。十一时半抵石公山，遂作午餐。既果腹，至满愿庵，在山涯，叩门而入，为比丘尼所居。折左过"石公胜迹"坊，及"一壑风烟"坊，过山亭，路侧石奇绝，有漱石居，背山面湖，侧有归云洞，洞口石幕，如片云下垂。易实甫诗云："石公山畔此勾留，水国春寒尚似秋。天外有天初泛艇，客中为客怕登楼。烟波浩荡连千里，风物凄清拟十洲。细雨梅花正愁绝，笛声何处起渔讴。"诗清丽突过南海，不负名山矣。洞中有石观音像，眉目清朗，雕琢工致，今饰以金，虽庄严而失天真矣。香火以石叩壁作清磬声，叩石案作木鱼声，俱肖，盖下空虚也。有印月亭、节孝祠、石公禅院，院内有翠屏轩，从轩侧入丹梯，拾级而登，有石圆而略平，称石脑，光致颇有相似处，惟下临峭壁，不敢俯视。下至来鹤亭，稍坐，侧与节孝祠通。出院左行数百步，为夕光洞，洞小不可入，洞背石壁刻大"寿"字。侧凿"云梯"二字，左题"联云嶂"，为平坦大石壁，颇壮观瞻，侧为一线天。临湖为钓鱼台，台前崖际有两巨石相对，谓是石公石姆，殆以山名石公，更附会而为此髭须十姨之撮合也。山脚陡落平坦，曰明月坡，湖水激湍，故山根如啮，石遂玲珑多孔。太湖石之名垂古今者，以有水为之天然雕琢也，惟自宋以花石纲尽载而去，几如冀北之马群遂空，故此时亦不易得佳石矣。惟石公犹未减奇姿，方弗置石于盎，盖山水最难得兼。余有句云："山有水环山嵌空，水有山立水玲珑。"此论颇有许为允当者。江南画家作画，有山必有水，亦此太湖之影象印人欤。一时半开行，二时半至镇夏，为西山之集中点也，吴县设行政委员于是，东山庙前亦有之，盖废厅以后之特殊制度也。镇夏市况远逊东山，时闻击鼓，询之，知有鲜鱼上市，声召主顾也。约行里许，于龙头山脚，见洞高仅四五尺，题"天下第九洞"，即林屋洞也，一名雨洞，一名晹谷洞，中低而广，可容千人，惜潮湿殊甚，且又低压，须伛偻而入，稍仰即额触嶙峋之洞顶。志乘云，有深窟曰隔凡，有石具可见，顾昏黑不堪入。土人云，若篝火匍匐而进，可行三十馀里，或过甚其词耳。惟江南洞天虽多，类皆浅狭，不能容膝，则斯洞也，允为巨擘矣，且深藏山下，若非习知者，恐交臂失之耳。相传灵威丈人得治水之书于洞中，《禹贡》所谓地脉也。出洞欲游西山，则以为时晏，恐不及，乃返棹。至中途，忽风加急，浪涌如牛，小舟虽能胜，然颠簸如醉汉矣。王君时夸其风波久历之能，至是乃亦以风大可虑为言，命榜人泊东山之背。从村落中缘山而上，两面皆石榴花，火红照眼，在万绿丛中，尤觉鲜明。杨梅亦甚盛，惜非其时，结实尚青。王君云："俗言杨梅夏至满山红，其色五变，初为白，已而青而黄而红而黑，黑始甘而可食。"山中禁例甚严，损及树木，攀摘果实者，罚十金以外，惟杨梅为例外，行旅者度山越岭，急切不可得泉水而饮，则摘路畔结实而食之，可以解渴，无剥削之烦，有甘润之乐，造物似亦以此嘉惠行人者，故山人亦慷慨无禁，惟不许怀夹耳。下山，于半途见有荷担过者，灿然如黄金，盈筐皆枇杷。枇杷为洞庭名物，顾此来所食虽多，殊未得惬心贵当之品，见是乃动食指，向问价。荷担者答以送轮舟，将以寄海上，略取数枚相赠，谓沾唇小试可耳。小而扁，即俗称荸荠种，皮薄浆足，皮脱则甘液四溢，如食荔支。盖树头初摘，新鲜甘美，除飞鸟外，端推我辈有此朵颐福矣。王君又云："此中惟龙眼、荔支无之，其他则应有尽有，而橘之洞庭红，尤出色，所谓杨梅夏紫，橘柚秋黄，此山有之也。"归寓，已夜色冥濛，沽酒相对，怡然忘倦。王君别去，遂入梦乡。

初八日，告辞潘君，返吴门。舟中有洞庭客言，东山之人好奢华，以出入便，易沾沪苏奢靡之习，西山之人则不啻农村间之生活矣，且西山之人性诚直，问讯必详告无隐，有时竟肯作导引。若日暮途穷，欲借下一榻，皆可商量，具膳有如款客，东山之人弗及也。然而出产品之价值，则反是，如枇杷、茶叶，皆以东山为高。或谓习惯上所得之信用如此，或谓物质上天然有上下之区别，二者殆皆有之。既至吴门，旋归故里，同里人饮所煮碧螺春茶，皆叹美为得未曾有。

综游程仅四日，七十二峰不过历其一之又半耳，然而游人所不常游者，其乐乃倍。愿好游者读余是记而一往焉，以证余之非过誉也。又闻鹤望卿言，西山桃花，亦有可观，则清明时节，又值茶芽初碧，苟得三日春假，便可整行滕去耳。

（《小说新报》1923 年第 8 卷第 2—4 期，署名烟桥）

游苏州洞庭山纪

陆裕枬

余性好游，年来寄迹吴中，东若虞山。西若惠山，近郊若支硎、天池、灵岩、邓尉诸山，罔不探幽索奇，登其峰而造其极。东西洞庭，久已心焉，向往未得其当。东山在城西南八十里，交通称便。西山在太湖中，无轮舟直达，往者涉风涛之险，游屐盖尠。东西洞庭虽同著称，而西洞庭尤胜。西洞庭山之奇者为石公，灵而秀者为林屋。

甲子初夏，适友有西山之役，偕乘兵舰往游焉。出胥口，行四小时抵镇夏，已傍晚，山中无旅舍，憩于西山行政署。

次晨朝曦初上，先游林屋山丙洞，洞为十大洞天第九，洞门卑狭，伛偻始可入。门内殊高广，洞有浅水。再进，有小口，窅然以黑，石益下，水益深。传者谓洞中有银房金庭、玉柱、石钟、石鼓、白芝、盆鱼，余殊未之见。洞旁苍壁数仞，为凤凰岩，有庵曰无碍，为宋李弥大居士道隐园遗址。由此跻攀而上，有石室窈以深者，曰旸阳谷，多宋人题名。缘山而东，乱石诡奇怪异，如群犀、象、牛、羊，起伏蹲卧乎，左右前后者，曰齐物观。又其东北有大石，中通小径，曲而又曲者，曰曲岩。林屋东南面太湖，七十二峰翼环之，湖山之极观也。游时晨露未晞，衣履尽湿归。

早餐后，往游石公。石公山斗入湖中，少土多石。过归云洞，洞有木鱼石、磬石，击之声宛然若鱼声。洞前为御墨亭，亭濒太湖，亭下波涛汹涌，风浪相激，若千军万马之声，荡心骇目。山陬水滨有二石对峙，谓之石公石姥，石姥巅着小树，谓为石姥戴花云。山石为水漱啮，多透空玲珑。山西壁为石公庵，壁亘延数十丈，纵可五六丈，削平如板，色黝黑。壁之有蹬级者，曰云梯；曲折如屏风者，曰联云嶂。庵右为夕光洞，巨石垂挂，恍如倒塔。庵中小筑数椽，为翠屏轩。轩临鹤涧，涧上为来鹤亭。越亭造山之巅，盘陀如亩，可容数百人坐者三四处，多石砾，有斧凿痕，相传花石纲之役，朱勔曾伐石于此。登巅四瞩，烟波浩瀚，极目千里，吴越诸山映带襟袖间，令人有悠然出世之想。碑志谓为"神仙福地"，不信然耶！

山多茶、柿、梅、橘、杨梅之属，来时枇杷初熟，到处金丸累累，间以榴花，照耀如火，山林点缀，尽态极妍。山僧就树摘枇杷供客，味甘美，异乎寻常。流连忘返，不觉日已过午。归途舰泊东洞庭，时促，仅游雨花台即止。

东西洞庭物产丰饶，民多土著，山中频见明时古屋，壁砖皆枕叠，制较今廒隘。东山尤多钜族，陆姓有前山后山之别，吾族有谓迁自洞庭者，惟代远年湮，渺不可考已。是为记。

（《申报》1924 年 6 月 19、20 日）

洞庭西山游记

彭叔夜

吴人言名胜者，首推姑苏、梁溪。梁溪，吾旧游地，无足记者。若苏，其景之名者，山有天平、虎丘，园有留、西、植、遂，或以幽静，或以石奇，不过亭榭楼阁，池鱼曲栏，足为品茗谈棋弄琴之所，其游不豁。虎丘地小，景平常，登其巅，穷目无旷爽之观。天平虽高于虎丘，而枯燥不秀，无流泉为之通灵导虚，为游不润。其翠岨玲珑，胜备而众美归者，维洞庭西山乎。西山，古包山，水石之胜，天然入画，世人称谓洞天福地者，即此。然太湖盗薮，闻名遐迩，负贩之徒，既无鉴赏山水之能力，纨袴子弟，不能行远涉险，一闻盗警，更莫不色沮而敢冒此险者。是以洞庭虽美，游客鲜至，未免姑负矣。戊辰八月中旬，友人程君寄春，适有申吴之行，便道约游，余时亦辍业在家，欣然从之。寄春好游，十倍于余，其足迹所历，辽东千山，燕京宫苑，南海落迦，江西彭蠡庐山，武林西湖，钱塘富春，桐庐钓台，以及宁镇淮扬诸山，句曲茅山，常熟虞山，姑苏之邓尉，宜兴之顾渚，吴中佳山水，所历殆遍。其好画攻诗，又与余同癖也。

十五日，下午各料理旅行简单必要用品，摄影器、《苏州指南》、手杖、电炬、指南针、时计而外，助客中娱乐者，洞箫一枝而已。为因明日欲晨起赶乘轮船，故特别早睡。

十六日，二人于上午六时许，出南门外趁溧阳开往无锡轮船。十时过荆溪城外，众流汇水，面积甚大，是谓西汶；高峰连云者，曰铜官山，晋征西将军周处射虎斩蛟处也。铜官正当宜兴南埭，故又称南山云。下午六时三十分，至无锡，泊舟通汇桥下。是夜，即在新世界宿。

十七日，破晓起，以洗盥延迟，至站，车已动，追而登之。七时抵姑苏，即雇人力车至胥门外泰让桥畔，询问苏州开往东山轮船，时尚早，于是就附近茶店中啜茗候之。十时开行，过横塘古渡，为石湖，右为尚方山，(《苏州指南》作上方山，今据归有光《吴山图记》。)巅有塔。是日吴俗，村姑妇孺，焚香乞灵于途者，络绎不绝。过尚方，舟道渐狭，自浦庄、横泾而后，两岸相迫，狭益甚，吾轮促促，尽在碧波柳阵中行，六里采莲桥，又廿馀里抵东山之前山镇。其附近纷港曲汊，水畴交错，多鱼罾荷芰之属。由前山十里，则龙头山苍然水际，盖山脉自莫釐来，忽此中断，蜿蜒虬屈，俨若蛟龙舐饮，故名。上有古寺禅院，隐于苍松翠柏间。又十里后山，泊于杨湾，盖去苏已百里矣，时已下午三时，上岸寻旅馆、饭店皆不见，借宿又不允，后询眇一目叶其姓者，指陆巷张媪家，有下处可宿，(下处，即下榻之处，该处土语，犹之住宿处也。)距此尚有六里，须绕山址，经石桥、嵩下诸镇而至。就之，果得小屋两楹于榴林深处。入其门，潮气熏人，秽恶之状，不堪言喻。其东序下有二人褐衣跣足相笑而语，辨其音，乃甬人。少选，二人出，余疑以询媪，知来此收锡箔灰者，早出晚归，居此半月矣。是夜，月色朦胧，睡后仰视天光到处，微微由屋隙下透，昏茫中见吾床乃与其厨次柴房为邻。夜半人静，虫声四起，窃鼠交啮，蟋蟀床下鸣，与户外远波澹荡声，深巷犬吠声，呼警声，(东山盛产杨梅桃李诸果品，仲秋正石榴熟时，主人为防他人窃取与野兽侵食故，多雇伙佣守之，每十馀分钟，即合呼一次，声振林谷，彻夜不绝。)一时俱起，反侧久之，始倦极睡去。

凡自苏至西山，除直接坐舢板船至西山外，必趁此路轮船，然至后山，客人不多，轮至前山，拖船即行解缆。故至后山者，宜坐汽船上为宜，使有不慎，往往亦有误事者。此不可不注意，特附注于此。

十八日，早起，南向三里抵石桥，购面作餐，见其烹调多妇女任之。昨张媪为余言，东山男子，除家有园林可垦植者，多作贾申吴。故昨自杨湾来，妇女华服鲜艳(惟无剪发者)，依门闲眺者触目皆是，男子殊仅见也。七时半，上官渡船，(即每日往还东西两山之轮摆渡船，上午由东山石桥镇开往西山，下午三时仍由西山镇夏开还东山，所渡湖面，约十八里，每客船价仅收铜元十枚，并不索价，惟无篷盖遮蔽风日，若遇阴雨，则颇不便也。)风横，斜帆敧舟而进。(湖中行船,除绝对无风外,无论风势顺逆,未有不扯篷者,往往见来往之船,都扬帆而行,亦操舟之巧妙也。)

历二小时,始达西山镇夏镇,不及留,问石公道,循山南行,降陟七八里,升则林际见湖,落者丛木参天。过石门,乃二石相峙,中径为门也。数十步,进御墨亭,后为归云洞。洞深丈馀,阔半之,其前一崖悬垂,悬崖之上,多清人题志,俱匆匆不暇细辨。洞中除木栏、香案外,右壁有石观音一具,高可五尺,传系石乳天然结成,然镂痕犹在,厥状板滞,无生动之趣,不知何人又以金色饰之,更掩天真,大为叹惋。出印月廊,寄行李于石公禅院。携杖入翠屏轩,登山,有岩正方,曰砺岩。左为来鹤亭,登来鹤,则翠屏忽在眼底。望湖中山,近者深,远者淡,起而伏者,如鼋之浮,隐而苍者,迢入云层,与天共色,若螺之抹,长洲芊绵,摩空涤影,兼与鱼鼓声相发,诚湖山胜览。夫海势汪洋,太湖清旷,一以涛澜汹涌为奇观,而太湖烟波标韵,各识其趣,不可一概论也。由此更上,宛转于荆莽中者久之,寻朝阳洞、一线天,皆不得。复返来鹤,憩断山亭。下山得小径,趋之,至夕光洞,窄小在石壁下,无他奇。出洞左行,崖上镌有"云梯"、"缥缈连云"诸字。更前行,荆棘游丝,撩颐捉裾,且丛草中多小蛇,披斩而过。见石公、石姥,兀立湖中,余欲踞其上摄一影,但水涨路断,不能超越,乃止。惟闻荡波其下,鸣珮叩玉,如弄琴瑟而已。石公之左,岩石乱叠,一崖中罅,直裂可五六丈,盖一线天也,丛莽阻其前,不得入,乃出,复还至寺。寺僧煎绿茶相饷,味极清厚,问之,是山雨前所产也,雀舌嫩牙,香泽可爱。坐顷之,别僧北行。其路沿山筑道,与上午所经自镇夏至石公同,然山林状貌,幽峭者,至此忽一变为娬媚。盖其地多柳,千条万缕,遥望成阵,轻烟笼之,如美人衣薄绡,卧绿霞而升游雾,其姿态之妍丽,有非拙笔所能形容者矣。当是时,虽仲秋下旬,炎暑犹未退,行数里,热甚,于是敧笠散怀,藉舒风凉,徐徐而进。异常之状,卒见疑于村人,一老者声色最厉,攘臂阻曰:"客何为者?来此将何干?"寄春笑曰:"专为游来。"老者殊不信,群相睢盱。余知其误认歹人,急示以行篮,详为解说,始通过。(明月湾地临外湖,防盗尤严,诸凡生客过其地者,无不详细盘问。且湾中男妇,雅不愿告游人途径,一若窥其秘者,殊为憾事。)明湾村屋数百间,前临湖,后负山,积翠四绕,山色湖庄,况如置身大年画本中。村之前,有长堤一脉,舌伸湖中,其上垂杨更多。余与寄春徜徉林下,长条拂面,湖风远至,飘飘欲仙。时已下午三时,余欲超消夏而至镇夏,问该处村人,所言殊无诚意。不得已,仍由原径还石公,迂道返镇夏,暮矣。是晚,竟不得宿处,辗转询问,方借得朝阳楼茶店楼上,一榻之地,两人共卧,蚊蚤交嘬,月色满窗,彻夜不能成寐。

洞庭东西两山,以非大道通衢,故无所谓旅馆,即饭店亦无清洁可口之物,来往其中者,多系本地乡人,外来者,亦不过负贩走卒之徒,专为游览者,殊不多见。故我等至其地,乡人目为奇事,面有相疑之色,而明湾为尤甚焉。实则地属名区,前贤如袁子才、吴梅村辈,俱有诗纪,极加赏赞,土人反不之知也。

十九日,以昨夜不眠故,起更早。七时早餐后,乃为林屋之游。林屋去镇夏里许,未几即至。先谒无碍庵,西北行,有丙洞在石壁下,口仅尺馀,较夕光洞更不足观,维石壁皴势纵横,颇有画意。过此,即为天下第九洞天,上有俞曲园先生篆题石刻"灵威丈人得大禹素书处"十大字。下即林屋洞,口北向,才容人,入则势如覆盂,高处仅可立身,电炬烛之,黝不知其涯,但闻水声冬滴而已,无他异也。土人每传其内多灵异,此次吾未深入,故亦无所遇。《越绝书》所载,吴王命灵威入此洞,七十日得书而后返,事亦荒诞,不可信也。洞之右侧,约数百步,山麓有乱石如豕羊走伏者,曰齐物观。再由齐物观东行,寻曲岩洞,绕山一周,竟不得。《苏州指南》载,自林屋东行,有苍岩壁立千尺者,曰曲岩洞。黝岩信有之,苍岩则无之,彼所谓壁立千尺者,几于诞矣。吾人非亲历其境,不能因循臆说,言过其实,以误来者,愿作名山游记者勉之。既还原处,视时计为上午十一时,度至包山,尚及往返,乃北望包山而趋。既行三里,山开目旷,桑柘其中,而包山忽移于余左侧,知误道。问前来羽士,曰:"去包山,必遵西北大道,来此,非不可至,但路小迂远,恐公等不识,不若返旧路,道警署之前为便。"从之,山渐深,径渐幽，高松乔木，罗列坞中。念昨游石公，见其树石奇秀，一路桃李，累交肩顶，始信洞庭多木，惟松柏丛集，则以包山为多焉。数里抵显庆禅寺，寺建筑巍峨，门临包山，故又名包山寺，诸峰环拱，寺当其中，人声断绝，幽寂特甚。寺之前，有宋松一株，及唐会昌二年佛顶尊胜陀罗尼经幢二具，幢上文字，一大一小，小者已剥蚀不可辨识矣。余与寄春徘徊桥上，浮绿上衣，仰望峰峦之阿，松柏叠幛，层层交翠，如凤翥鹤举，几不能去。闻其寺远创萧梁，下历唐宋，由来极古。今住持僧号大休，休蜀人，曾为杭某寺及苏州寒山寺方丈，能琴，雅善书画，性疏放不羁。相见，初不作一语，既知余等为好游喜画者，即引为知己，言谈汩汩不绝。此次相过，曾拟合作山水一卷，以时间匆促，遂约日后来游，期以消夏而别。下午二时，返镇夏，仍趁摆渡船还东山，至陆巷，暝色四下。张媪迎入，欢迓甚昵，并以鲜榴进焉。

二十日，四时半起，媪犹卧床呻欠，四顾无温水，乃就附近港边盥洗。既毕，授张媪小银币二枚，与陆巷别。是晨天阴，晓雾未退，望湖中山，若奄睡未醒者。六里至杨湾，与寄春坐茶楼中早餐。七时，天色转晴，遂登轮，以连日山行甚倦，乃倚窗假寐，不觉睡去。及抵姑苏，小雨又作，微风加凉，急雇车至站。趁下午三十四分车抵沪，车声人语，无复山中景色矣。

此次以行程不熟，食宿不便，以及种种关系，致消夏湾及大小龙渚未游，更未登缥缈峰绝顶，一览全山形势，至为憾事。闻大休言，二渚水石极险，消夏湾重阴深藏，风景过于明湾，则又勃然不能自已矣。

十七年八月二十二日夜草于上海美专明辩楼

十八年二月十八日重录于溧阳

（《旅行杂志》1929 年第 3 卷第 6 号）

记洞庭西山之胜

李申秾

"上有天堂，下有苏杭"，苏州风景的美丽是享有悠久的盛名的，外埠到苏州来游览的人，年以万计。他们到的地方，大多是虎丘山、留园、西园、狮子林、北寺塔等处，比较远些的也不过是登灵岩翻天平而已。这几个地方，有亭台楼阁，有曲栏池鱼，有名人遗迹，有嵯峨山石，在别的地方确不易看到。可是代表苏州还不够资格，因为有好多人认为这几个地方，有山无水，不能同无锡的鼋头渚等处比较。难道苏州真是不及无锡了么？不，苏州有更美丽的地方，这地方比鼋头渚美丽得多，并且可以媲美杭州的西湖，这是什么地方呢？就是太湖中的洞庭西山。

洞庭西山这个名字，大家都不会觉得陌生的吧，并且我相信很多的人都知道那是一个好地方的。但是去游览的人却很少很少，此中原委，当不外下列四点：一、没有人去开发宣传提倡，二、交通不便，三、没有旅馆，四、地方不太平。有这四个原因，游览的人哪得不少呢？不过西山地方不太平这句话，完全不确，近五六年来，西山没有出过一件盗案，怎说不太平呢？西山的居民，自己都有些田，很能安居乐业，并且有水上公安局每天到湖中巡查，盗匪根本就不敢来。至于交通方面，也不能说十分不便，从木渎乘轮船，两小时半就可到达西山。山路有些人固然很欢迎，有些人也许要感觉讨厌，那么有山轿可以代步，更有人力车十数辆，不过路径不平，乘坐时不能舒适而已。讲到住宿，从前的确有问题，现在石公饭店已于三月卅一日正式开幕了，室内整齐清洁，价目低廉。上述四个原因，地方不太平，既是传说，交通还算便利，旅馆又有了，倘再予以提倡，西山的游客不难一天增加一天。

三月廿六日，我带了应带的随身东西，还买了四圈软片，乘上午十一时开苏木长途汽车至木渎镇，接着步行一里多路，到远北西山轮船码头，已经是十二时一刻，很快地在一爿面店里吃了一碗面便上船。船准十二时三刻开，一时一刻出胥口入太湖（胥口是自胥门经胥江到太湖的一个江口）。这天风劲浪大，船身震荡得很厉害。我想不惯坐船的人，或许要晕船，真在转这个念头的时候，已有二个乘客吐呕起来了，我因身体很健，所以并不觉得怎样。出胥口，远远看见一连串隐隐约约的山峰，那就是洞庭西山了。轮船行近西山南部东蔡镇时，整个石公山顿呈眼帘，树木青葱，奇石突兀，伟大美丽，迥异群山。四时到达东蔡镇。

上岸后，我雇了仅有的一辆人力车到区公所，约半小时，车作大洋五角。在石公饭店没有开幕以前，西山根本没有旅馆，区公所为便利游客起见，就空屋架铺一二张，以为外客留宿之用。这个办法的确很好，不过"卫生"二字，当然谈不到。我因为时候已不早，同时石公饭店还没有开幕，不得已就在区公所住了一夜。是夜被跳蚤饱餐了一顿，翌晨发觉身上肿起了好几个大块，这是区公所留给我最深的印象。不过区长及几位职员招待得很殷勤，足以偿还我的损失。

二十七日，八时半我吃了早点后，偕同引导者开始我们的游程了。先向缥缈峰进发，缥缈峰是西山的主峰，我因为身体强健，并且喜欢运动，所以那天的二三十里路完全步行。我们先到林屋洞——即龙洞，距区公所约一里半。洞旁有"天下第九洞天"数字，洞口很小，弯着腰才能进去，洞内也不很高，仅五尺半左右，异常潮湿，并且黑暗无光，我们没有带灯火，所以没有走进去。据说洞深不可计，从未有人到达洞底，洞里还有许多名胜，像石鼓、石钟等等。又说从前有人入此洞七十日方出，这大概是不确的。出了林屋洞，迳往缥缈峰，一路上梅花盛开，红红白白，非常幽雅。惟田亩不多，西山的居民多数是靠副业来维持生活的，像茶叶、枇杷、蚕桑等，蚕桑是主要农业，有名的碧螺春茶叶就是西山的出品。徒步行约十里路，抵缥缈峰，山上既没有名胜，也没有古迹，假使一个人喜欢练练腿力的，不妨到山顶去走一趟，年龄大的就没法上山。要说缥缈峰无价值一登，倒也不见得，因为到达山顶，可以看见整个西山浸在太湖之中。从东蔡到山顶大约一小时，从山顶回东蔡约三刻钟。下午一时半出发，继续我们的游程，向石公山进行，途中约十馀里，三时到达。这次

454

我到西山，就因为在报上看见石公饭店的广告而引起的，所以到了石公山，先去访石公饭店创办人凤子远、吴守仁二君，和他们倾谈之下，颇为投机。承吴君美意，伴我浏览石公名胜。石公山三面临水，一面背山，风景绝佳，怪石峥嵘。到石公山，先到石门，是二块石头对立，好像开着的门一般。离石门东数十步，有御墨亭，亭后是归云洞，洞深二丈馀，高亦二丈馀，洞上有崖悬垂，好像一朵一朵云头，洞中有石观音像，据说是石乳天然结成，不知何时被人雕琢，再加金色，反而失去真相。再走几十步到石公禅院，石公饭店就在禅院内。禅院上有断山亭、来鹤亭，在下面看断山亭，好像独立山中，与他处隔绝。"来鹤亭"三字是苏州宰相彭祖贤所题的，在亭上远望湖景，仿佛远近的山头，都浮立湖中，风景之佳，实非笔墨所可描写。从亭上走下来，出禅院东行百数十步，到夕光洞，洞很浅，有一块像塔的石头倒悬洞中，所以俗称顶倒塔，附近农民只知顶倒塔而不知夕光洞。洞东数十步是云梯，其实并不是梯。再东数百步为一线天，较天平山长而阔，约有六丈长。五六尺阔，所谓一线天，就是石壁之缝，缝中似望青天如一条线，所以叫一线天。一线天的下面有二石兀立湖边，西山人称之谓石公、石婆，水深时则不能接近。石公、石婆的旁边有一块大平石，长可七八丈，阔约三丈。吴君告诉我，将来石公山游客众多时，拟在这大平石上筑湖滨浴场，我也很希望这计划能成功。石公的名胜，我已全到过了，手表时针刚指五时，因吴、凤二君忙着布置开幕，我又无事可做，就独坐在御墨亭中，穷目四眺，见一轮红日，在慢慢地向西方下降，红色在湖中反映着，美丽极了，我连眼睛都不肯转瞬，一直等到太阳完全落山。

七时晚餐后，与吴君等闲谈二小时。当晚就住宿在尚未开幕的石公饭店，卧室内被缛全新，温软舒适，十时入睡，与昨晚借宿区公所相比，不啻天堂地狱。

廿八日晨，本拟乘早船返苏，后因时间不及，改乘中班船。在上午空暇的时候，又在山上四处瞎跑了二三小时。到十一点吃了碗蛋炒饭，便同凤、吴诸君握手分别，跟了一个农民到镇夏轮船码头。船一时开，船到木渎是三时四十分，再乘汽车返苏。西山之行，到五时半宣告结束。

(《旅行杂志》1936 年第 10 卷第 6 号)

记游洞庭西山

叶圣陶

四月二十三日，我从上海回苏州，王剑三兄要到苏州玩儿，和我同走。苏州实在很少可以玩儿的地方，有些地方他前一回到苏州已经去过了，我只陪他看了可园、沧浪亭、文庙、植园以及顾家的怡园，又在吴苑吃了茶，因为他要尝尝苏州的趣味。二十五日，我们就离开苏州，往太湖中的洞庭西山去。

洞庭西山周围一百二十里，山峰重叠，我们的目的地是南面沿湖的石公山。最近看到报上的广告，石公山开了旅馆，我们才决定到那里去。如果旅馆没有，又没有住在山上的熟人，那就食宿都成问题，洞庭西山是去不成的。

上午八点，我们出胥门，到苏福路长途汽车站候车。苏福路从苏州到光福，是商办的，现在还没有全线通车，只能到木渎。八点三刻，汽车到站，开行半点钟就到了木渎，票价两毛。通过市街，开往洞庭东山的裕商小汽轮正将开行，我们买西山镇夏乡的票，每张五毛。轮行半点钟出胥口，进太湖。以前在无锡鼋头渚，在邓尉还元阁，只是望望太湖罢了，现在可亲临了太湖的波面，左右看望，混黄的湖波似乎只管在那里涨起来，远处水接着天，间或界着一线的远岸，断断续续的远树。晴光照着远近的岛屿，淡蓝，深翠，嫩绿，色彩不一，眼世中就不觉得单调、寂寞。

十二点一刻到达西山镇夏乡，我们跟着一批西山人登岸。这里有码头，不像先前经过的站头一样，登岸得用船摆渡。码头上有人力车，我们不认识石公山去的道路，就坐上人力车，每辆六毛。和车夫闲谈，才知道全西山只有十辆人力车，一般人往来难得坐的。车在山径中行，两旁尽是桑树、茶树和果木，满眼的苍翠，不常遇见行人，真像到了世外。果木多柿、橘、梅、杨梅，枇杷。梅花开的时候，这里该比邓尉还要出色。杨梅干枝高大，屈伸有姿态，最多画意。下了几回车，翻过了几座不很高的山岭，路就围在山腰间，我们差不多可以抚摩左边山坡上那些树木的顶枝。树木以外就是湖面，行到枝叶繁密的地方，湖面给遮没了，但是一会儿又露出来了。

十二点三刻，我们到了石公饭店。这是节烈祠的房子，五间带厢房，我们选定靠西的一间地板房，有三张床铺，价两元。节烈祠供奉全西山的节烈妇女，门前一座很大的石牌坊，密密麻麻刻着她们的姓氏。隔壁石公寺，石公山归该寺管领。除开一祠一寺以外，石公山不再有房屋，惟有树木和山石而已。这里的山石特别玲珑，从前人有评石三字诀叫做"皱、瘦、透"，取来品评这里的山石，大部分可以适用。人家园林中有了几块太湖石，游人就徘徊不去，这里却满山的太湖石，而且是生着根的，而且有高和宽都到几十丈的，真可以算大观了。

饭店里只有我们两个客，饭菜没有预备，仅能弄一碗开阳蛋汤。一会儿茶房高兴地跑来说，从渔人手里买到一尾鲫鱼了，而且晚饭的菜也有了，一小篮活虾，一尾很大的鲫鱼。问可有酒，有的，本山自制，也叫竹叶青。打一斤来尝尝，味道很清，只嫌薄一点。

吃罢午饭，我们出饭店，向左边走，约百步，到夕光洞。洞中有倒挂的大石，俗名倒挂塔。洞左右壁上，刻着明朝人王鏊所写的"寿"字，笔力很雄健。再走百多步，石壁绵延很宽广阔，题着"联云嶂"三个篆字。高头又有"缥缈云联"四字，清道光间人罗绮的手笔。从这里向下到岸滩，大石平铺着，湖波激荡，发出汩汩的声音。对面青青的一带是洞庭东山，看来似乎不很远，但是相距十八里呢。这里叫做明月浦，月明的时候来这里坐坐，确是不错。我们照了相，回到山上，从所谓一线天的裂缝中爬到山顶。转向南往下走，到来鹤亭。下望节烈祠和石公寺的房屋，整齐，小巧，好像展览会中的建筑模型。再往下有翠屏轩。出石公寺向右，经过节烈祠门首，到归云洞。洞中供奉山石雕成的观音像，比真人高两尺光景，气度很不坏，可惜装了金，看不出雕凿的手法。石公全山面积一百八十多亩，高七十多丈，不过一座小山罢了，可是山石好，树木多，就见得丘壑幽邃，引人入胜。

回饭店休息了一会儿，我们雇一条渔船，看石公南岸的滩石。滩石下面都有空隙，波涛冲进去，作鸿洞的声响，大约和石钟山同一道理。渔人问还想到哪里去，我们指着南面的三山说，如果来得及回来，我们想到那边去。渔人于是张起风帆来。横风，船身向右侧，船舷下水声哗哗哗。不到四十分钟，就到了三山的岸滩。那里很少大石，全是些磨洗得没了棱角的碎石片。据说山上很有些殷实的人家，他们备了枪械自卫，子弹埋在岸滩的芦苇中，临时取用，只他们自己有数。我们因为时光已晚，来不及走到乡村里去，只在岸滩照了几张照片，就迎着落日回船。一个带着三弦的算命先生要往西山去，请求附载，我们答应了。这时候太阳已近地平线，黄水染上淡红，使人起苍茫之感。湖面渐渐将起烟雾，风力比先前有劲，也是横风，船身向左侧，船舷下水声哗哗哗，更见爽利。渔人没事，请算命先生给他的两个男孩子算命。听说都生了根，大的一个并且有贵人星助命，夫妻两个安慰地笑了。船到石公，天已全黑。坐船共三小时，付钱一块二毛。饭店里特地为我们点了汽油灯，喝竹叶青，吃鲫鱼和虾仁，还有咸芥菜，味道和白马湖出品不相上下。九时息灯就寝，听湖上波涛声，好似风过松林，不久就入梦。

二十六日早上六时起身。东南风很大，出门望湖面，皱而暗，随处涌起白浪花。吃过早餐，昨天约定的人力车来了，就离开饭店，食宿小账计共六块多钱。依着昨天的原路，我们向镇夏乡而去。淡淡的阳光渐渐透出来，风吹树木，满眼是舞动的新绿。路旁遇见采茶妇女，身上各挂一只篾篓，满盛采来的茶芽。据说这是今年第二回采摘，一年里头，也不过采摘四五回罢了。在镇夏乡寄了信，走不多路，到林屋洞，洞口题"天下第九洞天"六个大字。据说这个洞像房屋那样有三进，第一进人可以直立，第二三进比较低，须得曲身而行。再往里去，直通到湖广。凡有山洞处，往往有类似的传说，当然不足凭信。再走四五里，到成金煤矿，遇见一个姓周的工头，峄县人，和剑三是大同乡，承他告诉我们煤矿的大概。这煤矿本来用土法开采，所出烟煤质地很好，运到近处去销售，每吨价六七块钱，比远来的煤便宜得多。现在这个矿归利民矿业公司经营，占地一万七千亩。目前正在开凿两口井，一口深十七丈，又一口深三十丈，彼此相通。一个月以后开凿成功，就可以用机器采煤了。他又

458

说，西山上除开这里，矿产还很多呢。他四十三岁，和我同年，跑过许多地方，干了二十来年的煤矿，没曾上过矿业学校，全凭实际得来的经验。谈吐很爽直，见剑三是同乡，殷勤的情意流露在眉目间。剑三给他照了个相，让他站在他亲自开凿的井旁边。回到镇夏乡正十一点钟。付人力车价，每辆一块二毛半。在面馆吃了面，买了本山的碧螺春茶叶，上小茶楼喝了两杯回茶，向附近的山径散步了一回，这才挨到午后两点半。裕商小汽轮靠着码头，我们冒着狂风钻进舱里，行到湖心，颠簸摇荡，仿佛在海洋里一般。全舱的客人不由得闭目倒头，现出困乏的神态。

（《越风》1936 年第 13 期）

记洞庭石公山

吴似兰

　　石公山居太湖之东，洞庭西山缥缈峰支脉，实一山嘴也。离苏恒计九十里，横亘湖中，占势绝佳，四面临水，左右皆山，高只七十馀丈，面积一百八十亩许，山石苍霭玲珑，具绉瘦透三者之妙。石穴石腹，到处咸是堆砌重叠，直假莫审，即所谓太湖石是矣。湖滨浪花飞溅，无风湍激，细聆之，则音节谐韵，得天然趣味。石公寺居山之南，新设石公旅舍，附于寺中，布置简洁，几净窗明，安乐窝也。其下有盘龙洞，于水浅时可涉下一览，屈曲皆通，石纹斑斑若鱼鳞，然惜今为水所没，不克下游。寺上有断山、来鹤二亭，倚窗面湖，风物最宜。寺数百步为夕光洞，中有巨石，倒悬如石笋，俗名倒挂塔，奇观也。洞门石色，异于他处，均似天际晚霞，五色纷呈，亦属罕见。洞之左，山壁高广，仰瞻明人王鏊书大"寿"字，周围寻丈，笔力浑厚，乃全山伟物。其侧有"云梯"二字，亦佳，惜无款识，不知何家手笔。再行百十步，则巨壁成幛，雄姿巍峨，日联云幛。其巅有长沙罗绮书"缥缈云联"四字，罗为废清道光间人。离联云幛，至一线天，高岩对峙，中留狭隙，由隙缝中登石巅，觉幽壑阴森，怪石狰狞，颇劳跋涉。若援登石顶，俯视足下，水滨有二石如人形，面坐颇肖，村人呼之石公、石婆。向南下行，越小岭而至来鹤亭，再下即断山亭，俯窥石公寺，房栊毗连，若模型仿佛。更下乃翠屏轩，对轩曰浮玉北堂，皆与石公寺衔接。由寺左行，过节烈祠，有归云洞，洞高数丈，石乳垂垂，有鹦鹉石、青龙石等胜，中央立送子观音像，高八尺许，就石壁雕凿而成，今身涂赤金，怀抱婴儿，殊为庄严，故又称观音洞，"归云洞"三字为严澂所书刻。洞之阳左壁，有一小孔，仅容手指，孔中泉水点滴不息，乡人谓此水能治目疾，来者或以指蘸水抹眼，愚乎？灵乎？不能知矣。洞前曰御墨亭，并立一亭曰漱石居，又有印月廊，圆门启处，林木扶苏，略具园落意味。由洞西行数十步，石门在望矣。

海波螺石处于附近石之空穴，用口吹之，有巨声舂然，可震闻全山，乃石公八景之一也。

按石公山为吴中著名胜境，惜从前交通极不便利，又传闻宵小之徒出没，附乡且无住宿旅舍，以此数点，足使游者裹足。今经西山人士悉心改革，利便交通，辟旅舍，增饮食，及修葺全山、指导名胜、宣传土产等等，颇有茅塞顿开、化险为夷之概，从此大好名区，得遍赏无遗。

余于前月廿八日占先一游，非敢夺人之美意，欲为同好作指南针耳。惜我笔拙才劣，不能将湖山景色移于毫端，殊为憾事。今以耳目所及，略述一过，惟石公山一部而已。

附记游览日期如下：

日期只一天半。第一日午前十一时前后，乘苏木汽车，价二角二分，或轮船，皆直达木渎，约四十分钟即至。午膳后步至三义阁西山码头，候乘轮船，票价五角五分，午后一时左右必开，出胥口，行太湖中，于四时已抵石公，至石公旅舍码头登岸，略事休息。可先游水道，命旅中代买小艇一艘，价甚廉，辅币三四毫足矣，绕游石公湖滨二小时可毕，仍由原处返逆旅。晚膳后，于九时许便熄灯安眠，明晨须带早起身，以免登山跋涉劳也。（太湖面积宽广，然水底皆不甚深，今商轮所驶水道，悉在中央，沿途经过分站，均用民船载渡登岸，至石公山亦然。游者须提前向轮中执事说明赴石公山，则届时由轮上鸣号，代雇小舟，仍由原轮拖住，少时至石公附近处，放却登山。）翌晨六时起身，食点后，即步行出寺，向左至夕光洞、大寿字石壁、联云幛、一线天，升一线天，向南行，至来鹤、断山亭，下至石公寺，再由寺向右行，至归云洞、御墨亭，出向右至石门，乃返，约二三小时足矣。如再有三小时馀暇，可即往镇夏镇（离石公六七里）林屋洞，即龙洞，及旸谷洞、岳庙等胜，返可乘黄包车，车资二毫，惜山径不甚平坦，惟时间上经济些耳。或至东蔡消夏湾（昔为吴王避暑处），是处三面环山，一曲湖水，形势绝佳，有石佛寺，寺下山径崆峒，较石公有过之无不及，往返约十馀里。游毕返旅舍，进午膳。闻轮上鸣号，便至寺前码头，再由小艇或渡登轮。一时许开，返抵木渎，正四时，可接乘末班汽车返苏。往返计一天半。若欲食太湖新鲜水族或其他异味，可在二小时前知照旅中庖人，烹调甚佳，价廉物美，鲭鱼尤不可不食。旅费一人约五元，可以应付。

（《旅行杂志》1936 年第 10 卷第 11 号）

杨梅时节到西山
——记洞庭西山之游

周瘦鹃

今春农历二月中旬，正当梅花怒放的季节，我应了江苏省立图书馆长蒋吟秋兄之约，到沧浪亭可园去观赏浩歌亭畔的几株老梅，和小西湖边那株易君左兄誉为"江南第一梅"的胭脂红梅，香色特殊，孤芳自赏，正如吟秋兄所谓以儿女容颜而具英雄性格的。饱看了名梅之后，又参观了在抗战期间密藏洞庭西山而最近完璧归赵的许多善本书籍。在茶会席上遇见了西山显庆禅寺的住持闻达上人，他就是八年间苦心孤诣保持这些珍籍的大功臣，年四十许，工书善诗，谈吐不俗，曾师事故高僧太虚、大休两大师，除显庆禅寺外，兼主苏州龙池庵，虽是僧侣，而并没有一些僧侣的习气，但觉得恂恂儒雅，绝似一位骚人墨客一般。席散之后，他就和范烟桥兄同到我家，探看梅丘梅屋下的几株白梅，它们本是洞庭西山的产物，这时就好似见了故人一样。我们畅谈之下，仿佛增加了十年的友情，上人坚邀于枇杷时节去西山一游，可在他的禅寺中下陈蕃之榻，由他作东道主，我们都欢欣地答允了。

荏苒数月的光阴，消逝得很快，我因愤世嫉俗，意兴阑珊，百无聊赖之中，只以花木水石自遣，几乎把闻达上人的游山旧约付之淡忘了。到了枇杷时节，眼见凤来仪室北窗外的一树枇杷，一颗颗的黄了熟了，尽是摘下来饱啖，也并不想到洞庭西山的白沙枇杷。倒是范烟桥兄不忘旧约，一见枇杷、杨梅相继上市，就投了一首诗给闻达上人："曾与山僧约看山，枇杷黄熟杨梅殷。偶然入市蓦然见，飞越心神消夏湾。"上人得诗也不忘旧诺，忙着与烟桥兄接洽，约定于国历六月二十七日往游，烟桥兄转达于我，并约了程小青兄等七八人同去，我是无可无不可的，立时答允下来。谁知到了二十七日那天早上，天不做美，竟下起雨来，我以为这一次西山之游，恐成画饼了。正待着老妈子去探问小青兄他们去不去？而小青兄已穿了雨衣戴了雨帽赶上门来，说别的游伴或因有事或因怕雨都来回绝，可是他和烟桥兄是去定了的，并要拉我同去。我倒也并不怕雨，他们既游兴勃发，我是个有闲之身，当然奉伴，于是毅然决然地带着雨具走了。

我们俩雇了人力车赶到胥门外万年桥下西山班轮船的码头上，闻达上人在船头含笑相迎，而烟桥兄早已高坐船舱中，悠闲地抽着纸烟。此行只有我们三人，并无外人，平日间彼此原是意气相投，如针拾芥，如今结伴同游，自是最合理想的游伴。闻达上人不在西山相候，而特地从苏州伴同我们前去，真是情至义尽，使人感激得很。轮船九时解缆，两小时到木渎镇停泊，我们在石家饭店吃面果腹之后，回到船中，直向胥口进发。一时馀出胥口，就看到了三万六千顷的太湖的面目，浩浩淼淼，足以荡涤尘襟，令人有仙乎仙乎之叹，唐代大诗人陆鲁望称太湖乃仙家浮玉之北堂，的非溢美之辞。我们先前只在岸上望太湖，只是心噤丽质，哪及此时借着舟楫投入太湖怀抱这么的亲昵，不觉想起皮日休《泛太湖》长歌的佳句来："（上略）三万六千顷，顷顷玻璃色。连空澹无颣，照野平绝隙。好放青翰舟，堪弄白玉笛。疏岑七十二，巆巆露矛戟。悠然啸傲去，天上摇画鹢。西风乍猎猎，惊波罨涵碧。倏忽雷阵吼，须臾玉崖坼。树动为虿尾，山浮似鳌脊……"太湖之美，已给他老人家一一道尽，我虽想胡诌几句来歌颂它一下，竟不能赞一辞，而烟桥兄吟哦之下，却已得了两句："山分浓淡天然画，浪有高低自在心。"大家听了，都道一声好，他意在足成一首七律，一时想不妥贴，于是又成了七绝一首："一舟划破水中天，七十二峰断复连。低似蛾眉高似髻，不须粉黛亦婵娟。"比喻入妙，倒也未经人道。今人称东南山水之美，总说是杭州的西湖，其实西湖只有南北二高峰作点缀，哪及太湖拥有七十二峰之伟大。我们在船上放眼望去，只见峰峦起伏，似是一叶叶的翡翠屏风，目不暇接，而以西山的缥缈峰和东山的莫釐峰为领袖，东西峙峙，气象万千，衬托着汪洋浩瀚的太湖，送到眼底。高瞻远瞩之馀，觉得这一颗心先已陶醉了，于是我也口占了一首诗："七十二峰参差列，翠屏叶叶为我开。湖天放眼先心醉，万顷澄波一酒杯。"太湖太湖，您倘不是一大杯色香俱美的醇酒，我怎么会陶然而醉啊？

船出胥口后又两小时许，就到了镇下，傍岸而泊，踏着轻松的脚步，跨上埠头，这才到了西山。西山原是我旧游之地，这一回是前度刘郎今又来了。记得民二十四年冬，我为了要买些老梅树种在梅丘上下，曾随同文友吴雅非兄来到西山，就宿在他的家里，他的老母和夫人，招待得十分殷勤。第二天难为雅非兄四处与山农接洽，买到了十几株虬枝老干的大梅树，代雇了船装运到苏州。可是这次除观光了林屋洞外，并未出游，第三天就买棹回苏了。如今林屋洞无恙，而雅非兄墓草已宿，追忆旧游，为之腹痛！

跨上埠头时，瞥见一筐筐红红紫紫的杨梅，令人馋涎欲滴，才知枇杷时节已过，这是杨梅的时节了。闻达上人和山农大半熟识，就向他们要了好多颗深紫的杨梅，分给我们尝试，我们边吃边走，直向显庆禅寺进发。穿过了镇下的市集，从山径上曲曲弯弯地走去，夹道十之七八是杨梅树，听得密叶中一片清脆的笑语声，女孩子们采了杨梅下来，放在两个筐子里，用扁担挑回家去，柔腰款摆，别有一种风致，我因咏以诗道："摘来甘果出深丛，三两吴娃笑语同。拂柳分花归缓缓，一肩红紫夕阳中。"这一带的杨梅树实在太多了，有的已把杨梅采光，有的还是深紫浅红地缀在枝头，我们尽拣着深紫的摘来吃，没人过问，小青兄就成了一首五绝："行行看峦色，幽径绝埃尘。一路杨梅摘，无须问主人。"可是这山里的杨梅，原也并不像都市中那么名贵，出了三四千元，就可买到大大的一筐，而路旁沟洫之间，常见成堆地委弃在那里，淌着血一般的红汁，我瞧了惋惜不置，心想倘有一家罐头食物厂开在这里，就可把山农们每天卖不完的杨梅收买了蜜饯装罐，行销到国内各地去，化无用为有用，那就不致这样的暴殄天物了。

行进约二里许，闻达上人忽说："来来来！我们先来看一看林屋洞。"于是折向右方，踏着野草前去百馀步，见有大石盘礴，一洞豁然，石上刻有"天下第九洞天"六个擘窠大字，并有灵威丈人异迹的石刻。洞宽丈许，高约四五尺，我先就伛偻着走了进去，石壁打头，不能直立，地上湿漉漉的，泞滑如膏，向内张望，只见黑黝黝的一片，也不知有多远多深。但据《娄地记》说："潜行二道，北通琅琊东武县，西通长沙巴陵湖，吴大帝使人行三十馀里而返。"

《郡国志》说:"阖闾使灵威丈人入洞,秉烛昼夜行七十馀日不穷(一说十七日),乃返,曰:'初入洞口甚隘,约数里,遇石室,高可二丈,上垂津液,内有石床枕砚。'石几上有素书三卷,上于阖闾不识,使人问孔子,孔子曰:'此禹石函文也。'阖闾复令入,经两旬却返,云不似前也,惟上闻风涛声,又有异虫挠人扑火,石燕、蝙蝠大如鸟,前去不得,穴中高处,照不见巅,左右多人马迹。"

《拾遗记》说:"洞中异香芬馥,众石明朗,天清霞耀,花芳柳暗,丹楼琼宇,宫观异常,乃见众女霓裳,冰颜艳质。"众说纷纭,都是些神话之类,不可凭信。我小立了一会,只觉凉风袭来,鼻子里又闻到一股幽腐之气,就退了出来。要不是陵谷变迁,我不信这洞中可昼夜行七十馀日,也不信可以深入三十馀里。据闻达上人说,十馀年前,他曾带了电炬,带爬带走地进去了半里多路,因见地上有很大的异兽似的脚印,才把他吓退了,不敢深入。唐代大诗人皮日休,曾探过此洞,有长诗记其事:"斋心已三日,筋骨如烟轻。腰下佩金兽,手中持火铃。幽塘四百里,中有日月精。连亘三十六,各各为玉京。自非心至诚,必被神物烹。顾余慕大道,不能惜微生。遂招放旷侣,同作幽忧行。其门才函丈,初若盘薄硎。洞气黑眹眹,苔发红鬖鬖。试足值坎窞,低头避峥嵘。攀缘不知倦,怪异焉敢惊。匍匐一百步,稍稍策可横。忽然白蝙蝠,来扑松炬明。人语散颢洞,石响高玲玎。脚底龙蛇气,头上波涛声。有时若服匿,逼仄如见绷。俄尔造平澹,豁然逢光晶。金堂似铸出,玉座如琢成。前有方丈沼,凝碧融人情。云浆湛不动,琼露涵而馨。漱之恐减算,勺之必延龄。愁为三官责,不敢携一罂。昔云夏后氏,于此藏真经。刻之以紫琳,秘之以丹琼。期之以万祀,守之以百灵。焉得彼丈人,窃之不加刑。石匮一以出,左神俄不扃。禹书既云得,吴国由是倾。薜缝才半尺,中有怪物腥。欲去既嗫嚅,将回又伶俜。却遵旧时道,半日出杳冥。屡泥惹石髓,衣湿霭云英。玄箓乏仙骨,青文无绛名。虽然入阴宫,不得朝上清。对彼神仙窟,自厌浊俗形。却憎造物者,遣我骑文星。"细读全诗,也并没有甚么新的发现,与诸记所载,如出一辙,他到底探过了洞没有,也还是可疑的,不过他并不曾说起遇到甚么神仙灵怪,以眩世而惑众,总算是老实的了。据道书所载,洞有三门,同会一穴，一名雨洞，一名丙洞，一名旸谷洞，中有石室银房，金庭玉柱，石钟石鼓，内石门名隔凡。我们所进去的，大概就是雨洞，过去不多路，就瞧见了旸谷，恰在山腰之上，洞口高约丈许，长满了野草，黝黑阴森，茫无所见，谁也不敢进去。洞外石壁上多摩崖，宋代名人范至能、至先都有题名，笔致古朴可喜。再过去不远就是丙洞，洞门也很高广，可是进口很小，似乎容不得一个人体，当然是无从进去探看。这两洞附近，多玲珑怪石，林林总总，大小不下数百块。志书所谓林屋洞之外，乱石如犀象牛羊，起伏蹲卧者，大约就是指此吧？

辞别了林屋洞，仍还原路，又走了一里多路，蓦听得闻达上人欣然说道："到了到了，这儿就是我的家！"出家人没有家，寺观就是他的家。只见一重重果树和杂树乱绿交织之间，露出红墙一角。当下又曲曲折折地走了好几百步路，度过了一顶曲涧上的石桥，好一座宏伟古朴的显庆禅寺已呈现在眼前，我们就从边门中走了进去。此寺旧为禅院，有古钟，梁大同二年置为福愿寺，唐上元九年改为包山寺，高宗赐名显庆，可是大家都称它为包山寺，"显庆"两字反而晦了。大雄宝殿外有石幢二座，东西各一，上人郑重地指点幢上所刻的字迹，一座上刻的是《陀罗尼尊圣经》，另一座上刻的是唐代高僧契元所写的偈，字体古拙而遒媚，别具风致。此寺环境之幽蒨，疑在尘外，但看皮日休那首《雨中游包山精舍》诗，即可知之，诗云："松门亘五里，彩碧高下绚。幽人共跻攀，胜事颇清便。嫋嫋林上雨，隐隐湖中电。薜带轻束腰，荷笠低遮面。湿屦黏烟雾，穿衣落霜霰。笑次度岩壑，困中遇台殿。老僧三四人，梵字十数卷。地稀无夏屋，境僻乏朝膳。散发抵泉流，支颐数云片。坐石忽忘起，扪萝不知倦。异蝶时似锦，幽禽或如钿。篥篓还戛刃，栟榈自摇扇。俗态既斗薮，野情空眷恋。道人摘芝菌，为予备午馔。渴兴石榴羹，饥惬胡麻饭。如何事于役，兹游急于传。却将尘土衣，一任瀑丝溅。"但看诗中的描写，不是好像仙境一般么？

大雄宝殿之后，有堂构三楹，中间挂一横额，大书曰"大云堂"，是清代咸丰时人谢子卿的手笔，写得倒也不坏。另有一个金字蓝地的匾，是清帝顺治的御笔"敬佛"二字，却并不高妙，真迹还保藏在藏经楼中，历数百年依然完好，可也不容易了。壁上张挂书画多幅，而以书轴为多，老友蒋吟秋兄以省立图书馆长的身份，亲书一轴，颂扬闻达上人保藏图书馆旧籍的功绩。此外有石湖名书家余觉老人一联："佳味无多，白饭香蔬苦茗；我闻如是，松风鸟语泉声。"切合本地风光，自是佳构。名艺人田汉也有一个诗轴，是他的亲笔："不闻天堑能防越，何处桃源可避秦。愿待涛平风定日，扁舟重品碧螺春。"原来民二十六年暮春，田氏曾来此一游，而中日的局势已很紧张，所以有"防越"之语，至于问桃源何处？那么这一座包山寺实在是最现成的桃源啊。（据闻达上人说，苏州沦陷期间，日寇从未到此。）堂的左右，有两间厢房，右厢是上人的丈室，左厢就是客房，前后用板壁隔成两间，各置床铺一张，这便是我们的宿所。当时决定我和小青兄宿在里间，烟桥兄宿在外间，虽有一板之隔，而两床的地位恰好贴接，正可作联床夜话咧。堂前有廊，可供小坐。廊外有院落，种着两大丛的芭蕉，绿油油地布满了一院的清阴，爽心悦目。

我们在堂上坐定以后，就进来了一位三十左右的衲子，送茶送烟的，十分殷勤，上人给我们介绍，原来是他的高徒云谷师。烟茶之后，云谷师忽又送上一盘白沙枇杷来，时期已过，蓦见此仅存硕果，我们都大喜过望，原来上人因和我们约定了游山之期，特地写信给云谷师，把最后一株树上的枇杷摘下来留以相饷的，如此情重，怎不使人感激！烟桥兄饱啖之馀，立成一诗："我来已过枇杷时，山里枇杷无一枝。入寺枇杷留以待，谢君应作枇杷诗。"吃过了枇杷，我很想到附近山上去蹓跶一下，上人却说此来不免有些乏了，不如就在寺中各处瞧瞧吧。于是引导我们先到藏经楼上，看了许多经籍，但也有不少的诗词杂书。随后又穿过了几所堂屋，到一个很幽僻的所在，见有小小的一间房，很为爽垲，当年省立图书馆的善本旧籍四十箱，就由上人密密地藏在这里，虽被敌伪威胁利诱，始终不屈，终于在胜利后完璧归赵。吴江大儒故金鹤望先生曾撰《完书记》一文记其事，吴中传诵一时。

寺中向来不做佛事，寺僧也只有他们师徒二人，不闻讽经念佛和钟磬之声，所以我们也忘却自己身在佛地，自管谑浪笑傲起来。参观一周之后，仍还到大云堂上，这时夕阳在山，已是用晚餐的时候了，香伙阿三用盘子端上了五色素肴，色香俱美，一尝味儿，也甘美可口，并不如我意想中的清淡。因为烟桥兄嗜酒，一日不可无此君，上人特备旨酒供奉，用一个旧景泰蓝的酒壶盛着，古雅可喜。我们一壁随意吃喝，一壁放言高论，一些儿没有拘束，极痛快淋漓之致。酒醉饭饱，便移坐廊下，香伙早又送上来一大盘的紫杨梅，是刚从本寺果园里摘下来的，分外觉得鲜甜，我一吃就是几十颗，微吟着宋代杨万里"玉肌半醉生红面，墨晕微深染紫裳。火齐堆盘珠径寸，醴泉绕齿蔗为浆"之句，以此歌颂包山的杨梅，实在是当之无愧的。

我们正在说古谈今，敲诗斗韵，蓦见重云叠叠，盖住了前面的山峰，料知山雨欲来，不多一会，果然下雨了，先还不大，淅淅沥沥地打着芭蕉，和我们的笑语声互相应和，谁知愈下愈大，竟如倾盆一般，小青兄即景生情，得了一首诗："大云堂上谈今古，蓦地重云罨翠峦。细雨蕉声听未足，故教倾泻作奔澜。"这时的雨，当真像倒泻的奔澜一样，简直要把那许多芭蕉叶打碎了，我很想和他一首，因不得佳句，没有和成。大家渐有倦意，就和上人说了声"明天见"，到左厢中去睡觉。我和小青兄个子较瘦，就合了一床，三十馀年老友，才是第一次抵足而眠，烟桥兄独睡在外房，隔着板壁把我们调侃一番。我的头着到枕上，听得雨声依然未止，大约雨师兴会淋漓，怕要来个通宵了，于是口占二十八字："聚首禅堂别有情，清宵鬉烛话平生。芭蕉叶上潇潇雨，梦里犹闻碎玉声。"梦里听得到听不到，虽未可知，不妨姑作此想吧。

第二天早上，云收雨歇，日丽风和，正是一个游山玩水的好日子。闻达上人提议今天不山而水，到消夏湾泛舟去。我早年就神往于这吴王避暑之所，连想到那位倾国倾城的西施，可是在苏州耽了好几年，无缘一游，今天可如愿以偿了。出得寺来，听得水声潺潺，如鸣琴筑，原来一夜豪雨，使溪涧中的水都激涨起来，我们找到一座小桥之畔，就看见一片雪白，在乱石中翻滚而下，虽非瀑布，也使耳目得了小小享受。从汇里镇到消夏镇，约有四五里路，中途在一个小茶馆中吃茶小息，向一位卖零食的老婆婆那里买了一卷椭圆形的饼，据说是吴兴出名的腰子饼，猪油夹沙，味儿很腴美，每卷五个，代价一千五百元，吴兴去此不远，每天有人贩来出卖，销路倒还不坏。沿路静悄悄的，住户似乎不多，有些很大的老屋子，坍毁的坍毁，空闭的空闭，充满了萧条气，大概小康之家，不耐山村寂寞，八年抗战期间，多有迁避到都市中去的，如今就乐不思返了。消夏镇中有士绅蔡颂芳先生，豪爽好客，闻达上人和他交称莫逆，就导我们去访问他。彼此一见如故，纵谈忘倦，承以面点、家酿相款，肴核精洁，大快朵颐。广轩面南，榜曰"晚香书屋"，前有一个小小院落，叠湖石作假山，满种方竹无数。苏州没有方竹，我就向主人要了几枝新生的稚竹，和了泥土包扎起来，预备带回家去，这是我此行第一次的收获，不可不记的。

消夏湾在西山之北，据卢《志》说："水口阔三里，深九里，烟萝塞望，水树涵空，杳若仙乡，殆非人境。"可是我们要去泛舟，却并没有现成待雇的船只，难为蔡先生给我们设法，恰好他有一位族侄女，要送饭去给她丈夫吃，就让我们搭着她的船同去。她丈夫今年以一千五百万元新立了一个鱼簖，不幸在前几天被大风吹倒了一部分，这几天正在修葺，所以天天要送饭去。明明是一位世家女，却自己摇橹，并不假手他人，这是都市中的小姐们所想像不到的，不由得使我们肃然起敬。据说打鱼的利益很大，要是幸运的话，每天大鱼小鱼源源而来，一年间就可出本获利，不过半夜三更就要出门，风雨无间，也是非常辛苦的。我们浮泛水上，但觉水连天，天连水，一片空明，使人心目俱爽。蔡羽《消夏湾记》有云："山以水袭为奇，水以山袭尤奇也，再袭之以水，又袭之以山，中涵池沼，宽周二十里，举天下之所无，奇之奇，消夏湾是也。湾去郡城且百二十里，春秋时吴子尝从避暑，因名消夏。自吴迄今垂二千年，游而显者，不过三五辈，不为凡俗所有，可知已。"足见消夏湾之为消夏湾，自有价值。俗传当年山上还有吴王的避暑宫，下筑地道，可以把船只拖上山去，可是年久代远，宫和地道早就没有。据说前几年曾有人发见宫的遗址，有砖石的残壁，存在丛丛荆榛中，这究竟是不是避暑宫的所在，可也不可考了。不过宋明人的诗中，已有此说，如宋范成大诗云："蓼矶枫渚故离宫，一曲清涟九里风。纵有暑光无著处，青山环水水浮空。"又明高启诗云："凉生白苎水云空，湖上曾闻避暑宫。清簟疏帘人去后，渔舟占尽柳阴风。"

以吴王之善享清福，那么既有消夏湾，当然还有避暑宫，这是不足为奇的。

我们的船，有时容与中流，有时在荻岸边行进，常见荇藻萍莼和菱叶泛泛水上，有的还开着小小的白花，纯洁可爱。我用手杖撩了几根浮萍起来，忽有所感，因口占一绝："湖水沦涟满绿萍，随波逐浪总艰辛。托根无地归无所，一样飘零念个人。"个人是谁？小青兄是知道的，听了末二句，也不觉微微叹息。这一带本来莲花也是很多的，大约为了时期尚早，只见一朵挺立在田田莲叶之上，猩红照眼，在乱绿中分外鲜艳，这是吾家之花，不可无诗，因又胡诌了二十八字："消夏湾头一望赊，亭苔玉立有莲花。遥看瓣瓣胭脂色，疑是西施脸上霞。"看了红莲花，想入非非，又想到西施脸上去了，轻薄之消，自不能免。烟桥兄兴到，也成了一首五律："消夏湾头去，廿年宿愿成。一宵梅雨急，到处石泉鸣。先许红莲放，要同青嶂迎。倘迟两月至，可听采菱声。"船在石佛寺前停泊，让我们在寺中游息一下，约定送饭回来时，再来相接。这石佛寺实在没有甚么可看的，就鼋头山麓开了一个小小的洞，雕成几尊小小的佛像，雕工也很平凡。此寺何代兴建，已不可考，据《吴县志》说建于梁代，那么与包山寺一样古老了。临水有阁，可供坐眺，见壁间有亡友刘公鲁题字，如遇故人，烟桥兄赋诗有"忽从题壁怀公鲁，老去风流一例休"之句，不禁感慨系之。我一面啜茗，一而饱看湖光山色，乐而忘倦，因微吟着明代诗人王鏊的两首绝句："四山环列抱中虚，一碧玻璃十顷馀。不独清凉可消夏，秋来玩月定何如。""画船棹破水晶盘，面面芙蓉正好看。信是人间无暑地，我来消夏又消闲。"我这时的心中也正在这样想，这两首诗倒像是代我捉刀的。

在石佛寺坐息了一小时光景，那船又来了，把我们送到了汇里镇登岸，怀着满腔子的愉快回到了包山寺。难为云谷师早又备好了一大盘的白沙枇杷和一大盘的紫杨梅送到大云堂上，让我们既解了渴，又杀了馋。我随即把带回来的几枝方竹暂时种在芭蕉下，把浮萍养在水缸里，又将石佛寺里掘得的竹叶草和石上的寄生草种在一个泥盆子里，栗六了好一会，才坐下来休息。闲着无事，信手翻看案头的书本，发现了一本《洪北江诗文集》，翻了几页，蓦地看到一篇《游消夏湾记》，喜出望外，即忙从头读下去，读完之后，击节叹赏，的是一篇小品美文中的杰作，于是掏出怀中手册，抄录了下来："余以辛酉七月来游东山，月正半圭，花开十里。人定后，自明月湾放舟西行，凉风参差，骇浪曲折。夜四鼓，甫抵西山，泊所为消夏湾者。橘柚万树，与星斗并垂；楼台千家，共蛟蜃杂宿。云同石燕，竟尔回翔；天与白鸥，居然咫尺。舟泊水门，岸来素友。言采菱芡，供其早餐；频搜鱼虾，酌此春酒。奇石突户，乞题虫书；怪云窥人，时现鳞影。相与纵步幽远，攀跻藤葛。灵区种药，往往延年；暗牖栽花，时时照夜。晚辞同人，独宿半舫，莲叶千干，游鱼百头，怪响出波，奇香入梦。盖至夜光沉螯，湖浪冲霄，悄乎若悲，默尔延伫。此又后夜渔而燕息，先林鸟而遄征者焉。是为记。"游消夏湾归来，却于无意中给我读到这篇《消夏湾记》，也可算得是一件奇巧的事了。

用过了晚餐，月色正好，我们便又坐在廊下啜茗谈天，从饮食谈到了男女。烟桥兄说他是鲁男子，生平从没有过粉红色的梦，因转问闻达上人当初为甚么出家，可是受了失恋的刺激？上人回说并没这回事，他早年就心如止水，了无俗念，实在也就如一般人所说，看破了红尘而出家的。我和小青兄俩倚着三分薄醉，想起了三十年前如烟如梦的陈陈影事，不由得回肠荡气起来，便如泣如诉地倾筐倒箧而出。烟桥听了，大为感动，立成一诗，有"已分伶俜年少事，一般枨触两情痴"之句，是啊！我们俩都是情痴，已足足地痴了三十年了。不过我们正谈得出神，月儿被云影掩去，霎时间下起雨来，雨点先徐后急，愈急愈响，着在那两大丛的芭蕉叶上，仿佛奏着一种繁弦急管的交响乐。我侧耳听着，如痴如醉，反而连话匣子也关上了，沉默下来，这样不知听了多少时候，雨声并未间歇，芭蕉叶上仍是一片繁响。蓦听得小青兄放声说道："时光不早了，你难道不想睡了么？"我这时恰好想得了两句诗，便凑成一绝句作答道："跌宕茶边复酒边，清言叠叠涌如泉。只因贪听芭蕉雨，误我虚堂半夕眠。"烟桥兄点着头道："这两晚你作了两首芭蕉诗，都很不错，我们援着昔人王桐花、崔黄叶之例，就称你为周芭蕉吧。"我连说不敢不敢，只是偶然触机而已。于是大家就在这雨打芭蕉声中，各自安睡去了。

天公真是解事，不肯扫我们的兴，仍像前天一样，夜间尽自下雨，而一早就放晴了。一路泉声鸟语，把我们送到了镇下。闻达上人知道我除了游山以外，还得劚树拾石，因此特地唤香伙阿三带了筐子刀凿随同前去，难为他想得如此周到啊！一到镇下，就雇了一艘船，向石公山进发。石公山在包山东南隅，周二里许，三面环着湖水，山多石而少土，上上下下，都是无数的顽石怪石堆叠而成，正像小孩子们所玩的积木一般。我从船上远远地望去，就觉得此山不同于他山，它仿佛是一位端重凝厚的古之君子，风骨崚崚，不趋时俗，像缥缈、莫釐那么的高峰，到处都有，而像石公山的怕不多见吧？舟行约一小时有半，就到了山下，大家舍舟登山，从山径中曲折前去，但见高高低低、怪怪奇奇的乱石，连接不断，使人目不暇给。先过归云洞，洞高约二丈，相传旧时有大石垂在洞口，如云之方归，因以为名。洞形活似一座天然的佛龛，中立观音大士装金造像，高可丈许，宝相庄严，另有青龙石、鹦鹉石，都是象形。石壁上刻有昔贤的题诗题字很多，如徐纲的十二大字："读圣贤书，行仁义事，存忠孝心。"倒像是现代的标语。尤西堂的古风一章，秦敏树的石公八咏，都是歌颂本山的妙景。最近的有六十年前龙阳易实甫氏的七律一首，烟桥兄有意和韵，就把它抄了下来："石公山畔此勾留，水国春寒尚似秋。天外有天初泛艇，客中为客怕登楼。烟波浩荡连千里，风物凄清拟十洲。细雨梅花正愁绝，笛声何处起渔讴。"去洞再进，有御墨亭，游人胡乱题字题诗，都不可读，而墨污纵横，活像人身上生满了济疮，昔人称为"疥壁"，的是妙喻。石公禅院背山而湖，处境绝胜，其旁有翠屏轩与浮玉堂，可供小憩。由轩后石级迂回而上，见处处都是方形的大石，似乎用人工堆积而成，宛然是现代最新式的立体建筑，难道天工也知道趋时不成？最高处有来鹤亭，料想山空无人之际，真会有仙鹤飞来呢。其下有断山亭，望湖最好，远山近水，一一都收眼底，足以醒目怡神。

闻达上人的游山提调，做得十分周到，他知道这里没东西吃，早带来了生面条和一切作料，命香伙阿三做好了给我们吃。果腹之后，就继续出游。先到夕光洞，洞小而浅，石壁有罅似一线天，可是不能上去。据说另有一石好像一个倒挂的塔，斜阳返照时，光芒灿然，可惜此刻时光还早，无从欣赏。

洞外一块平面的石壁上，刻有一个周围十馀尺的大"寿"字，为明代王鏊所书，不知当时是为了祝某一大人物之寿呢，还是祝湖山之寿，这也不可考了。过去不多路，又见石壁上刻有"云梯"二大字，只因这里的石块略具梯形，因有此名，其实并无梯级，除了猿猴，恐怕谁也不能走上去的。再进就是本山第一名胜联云嶂，一块硕大无朋的石壁，刻着"缥缈云联"四个硕大无朋的字，而这里一带错综层叠、连绵衔接的，也全是无量数的硕大无朋的方形顽石，正如明人姚希孟所记："如崇丘者，如禅龛者，如夏屋者，如钓台者，皆突屼水滨而瞰蛟龙之窟，参差俯昂，离亘离属。"转折而上，便是联云嶂的第一名胜剑楼，高四五丈，宽十丈许，中间开出宽窄不一的五条弄来，弄中石壁，都锐刿如攒剑，因名剑楼，而五弄之中，以风弄为最著，仿佛是神工鬼斧，把一堵奇险的峭壁，从中间劈了开来，顶上却留着一个窟窿，透进天光，因此也俗称一线天。闻达上人并不取得我们的同意，先自矫捷地赶上前去，鼓勇而登。我和小青虽过中年，而腰脚仍健，不肯示弱，见弄中并没有显著的石级，只是在两旁突出的石块上攀跻上去，石上又湿又滑，必须步步留神，一失足就得掉将下去，也许要成千古恨了。我们一面用脚踏得着实，一面用手攀着上面的野树和藤葛，好容易跟着上人到达弄口，回头一瞧，不禁长长地吐了一口气，竟不信我们会这样冒险攀登上来的。烟桥兄脚力较差，没有这股勇气，只得被遗留在下面，抬着头望"弄"兴叹。我们当着弄口，小立半晌，领略了一阵不知所从来的飒飒凉风，才知道风弄之所以名为风弄。小青兄先就口占一绝句道："百尺危崖惊石破，才知幽弄得风多。攀缘直上临无地，笑傲云天一放歌。"我也和了两绝："奇石劈空惊鬼斧，天开一线叹神工。先登风弄骄风伯，更上层崖叩碧穹。""步步艰难步步愁，还须鼓勇莫夷犹。老夫腰脚仍如昨，要到巉岩最上头。"当下我们俩一递一迭地信口狂吟，悠然自得，转过身去，却见闻达上人又在攀登一座危崖，于是也贾着馀勇，手脚并用地攀援了上去，在这里高瞻远瞩，一片开旷，又是一个境界。从乱石堆里曲折盘旋而下，和烟桥兄会合，我们犹有童心，不免把他的畏葸不前调笑一番，烟桥兄却涎着脸，放声长吟起来道："我本无能，未登风弄；公等纵勇，不上云梯。"他明知云梯徒有其名，可望而不可即，却故意借此来调侃我们，这也足见他的俏皮处了。可是他虽怯于登山，而勇于作诗，三天来一首又一首的，随处成吟，这时他已和就了易龙阳那首刻在归云洞中的七律，得意地念给我们听："暂作西山三日留，晚凉我亦感如秋。云归有待尚虚洞，风至无边欲满楼。上下天光开玉垒，东南灵气尽芳洲。不闻梵呗空钟磬，惟与山僧杂笑讴。"两联属对工稳，字斟句酌，以视易氏原诗有过之无不及。

从联云嶂那边转下去，步步接近水滨，见有一大片平坦宽广的石坡，直展开到水里去，可容数百人坐，很像虎丘的千人石。闻达上人说："这是明月坡，三五月明之夜，啸歌于此，又是何等境界！"我留连光景，不忍遽去，很愿意等到月上时候，欣赏一下，因此得句："此心愿似明明月，明月坡前待月明。"因了明月坡，便又想起了明月湾，据说是当年吴王玩月之所，有大明湾、小明湾之分，湖堤环抱，形如新月，因以为名。明代诗人高启曾有诗云："木叶秋乍脱，霜鸿夜犹飞。扁舟弄明月，远度青山矶。明月处处有，此处月偏好。天阔星汉低，波寒芰荷老。舟去月始出，舟回月将沉。莫照种种发，但照耿耿心。把酒酹水仙，容我宿湖里。醉后失清辉，西岩晓猿起。"我因向往已久，便向上人探问明月湾所在，能不能前去一游？上人回说湾在此山之西，还有好一些水路，只因常有湖匪出没其间，还是以不去为妙。我听了，不觉怅然若失，于是身在明月坡上，而神驰明月湾中了。

在明月坡前滨水之处，有两块挺大的奇石差肩而立，闻达上人指点着那块伛偻似老人的说道："这就是石公，不是很像一位老公公么？"又指着那块比较瘦而秀的说道："这就是他的德配石婆，顶上恰长着一株野树，不是很像老太太头上簪着一枝花么？"我瞧着这石公婆一对贤伉俪，不胜艳羡之至！因为人间夫妇，往往不是生离，就是死别，那有像他们两口儿天长地久厮守下去的？因又胡诌了一绝句道："双石差肩临水立，石公耄矣石婆妍。羡他伉俪多情甚，息息相依亿万年。"当下向石公、石婆朗诵了一下，料想贤伉俪有知，也该作会心的微笑吧。这一带水边，很多五光十色的小石块，有黑色的，有绿色的，有纯白色的，有赭黄色的，有黑地白纹的，有灰色地而缀着小红点的，大概都被湖中波浪冲激而来。那时我如入宝山，看到了无数的宝石，一时眼花缭乱，也来不及掇拾，只检取了一二十块，又在大石上掘了好多寄生的瓦花和水苔，一起交与香伙阿三，纳入带来的那只筐子里，代为保管。这是我此行很大的收获，也是石公、石婆赐与我的绝妙纪念品。

昔人曾称石公山为"石之家"，奇峰怪石，有如汗牛充栋，所谓"皱"、"瘦"、"透"、"漏"石之四德，这里的石一一俱备。宋代佞臣朱勔的花石纲，弄得民怨沸腾，据说也就是取给石公山和附近的谢姑山的。千百年来，人家园林中布置假山，大都到这里来采石，所以皱瘦透漏的奇峰，已越采越少了。至于那些硕大无比朋的顽石，当然无从捆载以去，至今仍为此山眉目，清代诗人汪琬《游石公山》一诗中，写得很详细，兹录其一部分："……所遇石渐奇，一一烦寄录。或如城堞连，或如屏障曲。或平若几案，或方若棋局。虚或生天风，润或聚云族。或为猿猱蹲，或作羊虎伏。或如儿孙拱，或如宾主肃。或深若永巷，或邃若重屋。色或杂青苍，纹或蹙罗縠。累累高复下，离离断还属。旷或可振衣，仄或危容足。既疑雷斧劈，又似鬼工筑。不然湖中龙，蜕骨堆深谷。天公弄狡狯，专用悦人目……"这写石之大而奇，历历如数家珍，而末后几句，更写得加倍有力，石公有知，也该引为知己吧。

我盘桓在这明月坡一带，游目骋怀，恋恋不忍去，要不是大家催着我走，真想耽下去，耽到晚上，和石公石婆俩一同投入明月的该抱，作一个游仙之梦。记得明代王思任氏《游洞庭山记》中有云："……诸山之卷太湖也以舌，而石公独拒之以齿，胆怒骨张，而石姥助之。予仰卧于廿丈珊瑚濑上，太清一碧，斜睨万里湖波，与公姥戏弄，撩而不斗，乃涓涓流月，极力照人，若将翔而下者。李生辈各雄饮大叫，川谷哄然，竟不知谁叫谁答。吾昔山游仙于琼台，今水游仙于石公矣……"写月夜游赏之乐，何等隽永够味！我既到了这廿丈珊瑚濑上，却不能水游仙于石公，未免输老王郎一着，恨也何如！

我们重到翠屏轩中，喝了一盏茶，才回上船去，可是大家都有些恋恋不舍之意，因命船家沿着山下缓缓摇去，让我们把全山形势子细观察一下，有在山上瞧不见的，在船上却瞧清楚了。有一个像龙头一般伸在水里的，据说是龙头渚，而石公、石婆比肩立着，也似乎分外亲昵。我们的船摇呀摇的，直摇到了尽头处，方始折回来。我又掏出手册，把风弄、联云嶂、明月坡一带画了一个草图，打算把昨天在大云堂前花坛里所捡到的许多略带方形的小石块，带回去搭一座石公山雏型玩玩，那也算得不虚此行也。一路回去时，烟桥兄被好山好水引起了"烟士披里纯"（Inspiration，梁任公译音），提议联句来一首七律，由他开始道："七十二峰数石公（桥），烟波万顷接长空。风帆点点心俱远（青），山骨峻峻意自雄。萍藻随缘依荻岸（鹃），松杉肆力出芜丛。崩云乱石惊天阙（达），未许五丁夺化工（桥）。"单以这么一首七律来咏叹石公山，实在还不够，且把清初吴梅村的一首五古来张目："真宰劚云根，奇物思所置。养之以天池，盆盎插灵异。初为仙家囷，百仞千仓闭。釜鬲炊云中，杵臼鸣天际。忽而遇严城，猿猱不能缒。远窥楼橹坚，逼视戈矛利。一关当其中，飞鸟为之避。仰睇微有光，投足疑无地。循级登层巅，天风豁苍翠。疲喘千犀牛，落落谁能制。伛偻一老人，独立拊其背。既若拱而揖，又疑隐而睡。此乃为石公，三问不吾对。"一结聪明得很。

回到了包山寺中，啜茗小息。我因今日得了许多好石，却没有掘到野树，认为遗憾，闻达上人就伴我到他的山地上去，由他亲自带了筐子和刀凿，我策杖相随，还是兴高采烈。一路从山径上走去，一路留心着地下，上人知道我的目标所在，随时指点，做了一小时的"地下工作"，大的树桩因时令关系，掘回去也养不活，所以一概留以有待，只掘了许多小型的六月雪、山栀子、山竹、杉苗，连根带泥，装在筐子里，满载而归。可是回到大云堂上，却不见了手杖。这一枝手杖，是民二十六年冬间避寇皖南南屏山村时，房东太太赠与我的纪念品，丢了未免可惜，难为上人重又赶上山去，居然找了回来，真使我感激不尽！当下我又把那些野树一一种在地上或盆里，忙了好一会，还是不想休息，烟桥兄便又调侃我，做了一首诗："劚根剔石不寻常，也爱山栀有野香。鸟语泉声都冷淡，比来端为访花忙。"小青兄接口道："岂止冷淡，简直是一切不管！"我立时提出了抗议，说鸟语泉声，都是我一向所爱听的，岂肯冷淡，岂有不管，不过好的卉木，凡是可以供我作盆玩用的，也不肯轻轻放过罢了，于是也以二十八字为答:"奇葩异卉随心撷,如入宝山得宝时。寄语群公休目笑,鲰生原是一花痴。"他们见我已自承花痴,也就一笑而罢。这夜是我们在大云堂上最后的一夜,吃过了一顿丰盛的晚餐,又照例在廊下聊天,大家畅谈人生哲学,飞辞骋辩,多所阐发,好在调笑谑浪既不禁,谁驳倒了谁也并不生气。这大云堂上的三夜,至今觉得如啖谏果,回味无穷。

第四天早上,我们倍觉依依地和包山寺作别了,闻达上人直送我们到镇下,云谷师已先在那里相候,并承以寺产杨梅三大筐分赠我们,隆情可感!我们各自买了一些土产,就登轮待发,上人送到船上,珍重别去。十时左右,船就开了,一路风平浪静,气候也并不太热,缥缈峰兀立云表,似在向我们点头送别,可是石公山已在烟波深处了。船到胥口,停泊了一下,我因来时贪看大者远者的太湖,没有留意这一带风物,此刻便在船窗中细看了一下。唐代皮日休氏曾有《胥口即事六言二首》,倒是所见略同,诗云:"波光杳杳不极,雾景澹澹初斜。黑蛱蝶粘莲蕊,红蜻蜓袅菱花。鸳鸯一处两处,舴艋三家五家。会把酒船偎荻,共君作个生涯。""拂钓清风细丽,飘蓑暑雨霏微。湖云欲散未散,屿鸟将飞不飞。换酒梢头把看,载莲艇子撑归。斯人到死还乐,谁道刚须用机。"把这两首好诗录在这里,就算对证古本吧。

午后二时许,我们已回到了苏州,而这四天中所登临的明山媚水,仍还挂在眼底,印在心头,真的是推它不开,排之不去。在山中时,烟桥、小青二兄曾约我和闻达上人合作了一篇集体游记,我自己又把小石堆了一座石公山的雏型,和一盆消夏湾的缩景,朝夕自娱,并吸引了许多朋友都来欣赏,山竹、山栀、六月雪等分栽多盆,也欣欣向荣,于是更加深了我对于洞庭西山的好感,索性搜集材料,加以我个人的经历和观感,写了这一篇比较详细的游记。不过有两点使我不能无憾的,一则在苏州沦陷期间留沪八年,亡妇凤君曾和我约定承平后重返故乡时,定要一游洞庭,如今我已偿了宿愿,而凤君却长眠地下了;二则外患虽去,内忧未已,我在登临之馀,总觉得河山洵美,无奈是人谋不臧,胜利以来,忽忽两周年,却似乎乍见了旸谷初阳,顿时又瞧到虞渊斜日,黑地昏天,不知所届,以此言愁,愁可知矣!漫赋二绝句,以作本文的结束：

"游侣当年有凤俦，偏教避寇误清游。而今放棹烟波上，触拨孤鸾一段愁。"

"旸谷初阳乍吐光，虞渊斜日又昏黄。相煎相贼今何世，歌哭湖山下大荒。"

（《旅行杂志》1947 年第 21 卷第 10 期）

洞庭西山石公之游

升 祺

西山之游，毕究达到了目的。六月八日清晨，一行赶赴俞家湖头。俞家湖、席家湖，予等初犹未分，且在安定塔畔休憩。

清晨，踯躅于席家湖，水泥道上，娓娓话旧，引起无限乡思。隔岸渔村鸡唱，回荡于整个沉寂气氛中，别具风致。举首闲眺，但见湖色一碧，水天几无涯际。时已旭日初升，红霞映耀满湖，惜乎未及登莫釐峰，在东山之巅观赏日出。

斯时文昌、务本、锺秀、渡桥、保安等各单位络绎来集，余山渡船直候至八时始抵埠。大家一哄登舟，解缆升帆，满篷顺风，霎时即至余山。

蓦地风势骤紧，幸而波平浪静，虽船行倾斜，并不觉簸荡。

予自来洞庭后，到处逛玩，今得舟行湖面，水色山光，兴趣更浓。席家花园背山而湖，宫殿大厦与那颐和园，真是具体而微了，惜乎年久失葺，颓垣断壁，不胜沧桑之感。航行鱼簖中，一似重重长城，突围而出。

湾里真是世外桃源，漫山满谷林木，缀以粉墙黑瓦，曲折依稀，吠鸣乍闻，这真别有洞天了。

陆巷相约湾泊时，予尝去瞻王鏊家祠，惜乎时间局促，未得凭吊王阁老墓，颇觉怅怅。疾返舟，重西行，箭山鼍山，连串珠般对着石公山，形似渡岛，果太湖辟为国家公园，东西两洞庭之相连处，当以此地作长桥贯通，工程较易耳。

太湖古称具区，春秋时，范蠡泛五湖，其名凿凿可寻。东西两山之间，亦为一太湖面，三山扼于南，余山、鼋山拱其北，大小鼋山点布其间，渔艇帆舟，往来成趣。

舟近石公山，波涛顿作，待泊入坞埠，心始安定。斯时游兴所驱，一哄登陆。埠头有一村落，颇荒凉，较东山稍有逊色，林园果木亦似疏落不振。

石公山突入湖中，三面绕水，一面连接陆地，而与正脉似属中断。一路山道迂回，蔓草丛生，甫登山磴，得荒亭一座，景况酷似南通军山山麓，令人感慨系之，不忍流连，直穿而走。渐行渐高，石块零乱，叠于两侧。据云，石波罗，定睛看时，石上圆洞贯穿，微风吹激，泛泛乍闻，直是巧夺人工。出石门，见回廊一曲，中有石窟巍然，壁上书以朱色"归云洞"三字，洞内置有偶像多尊，石壁上并有一洞，恰值一指可挖，伸指入深，水点沥沥，谓可疗目，石块中得此清洌，固为神奇，无怪愚夫蠢妇之迷信也。

在关帝殿休息，并准备午餐。稍暇，予乃履巉披嵘，放任逛游。正从削壁上攀缘，蓦地得闻滴滴唤声，如莺出谷，宛转动人，予凝睇窥探，不知声自何处，继闻哈哈之声，举首一望，原来峭壁上某先生已先我登临。绕道上升，临崖下瞰，幽谷穿然，形似万丈深渊，不觉心胆欲裂矣。继乃邀王、龚等同探一线天，但见山坡石隙，一线中贯，予等侧身下探，在裂缝中行，自上而下，直抵山麓。

水浒耸峙两石，曰石公石婆，予等尝亲历其巅，其下即波涛冲激，兀兀欲垂。

东麓石坡壁立，镌有"缥缈云联"四个大字，对之不胜歆歔。又攀登云梯，惜乎险象环生，未竟至巅，继至夕光洞一瞻。为兴趣所驱使，予乃单独从石缝中上钻，及半，陡觉危险万状，已至骑虎难下之势，只得鼓足勇气，全恃背臀两手，乘势上堕，其时足已失效，最险处一窍其凹，势必悬空攀登，幸而洞口杂株蔓生，得升其巅，真可谓得庆再生了。回首下窥，顿觉目迷神眩，果举措失当，粉身碎骨矣。然果再倍比如是艰险之处，仍不足以阻予游兴也。

回关帝殿，午膳已置备妥善，分三桌，肴虽不丰，堪称精洁，此系保安医院代庖。午餐毕，略憩片刻，由王督学导游湖畔石涯。抚壁涉水，或匐或仰，或钻或履，颇尽曲折之趣。举首遥瞩，南望浙吴彼岸，疏林依稀，飘忽水面。更闻水面钟声不绝，发自身畔，荡漾湖面，读《石钟山记》，得今日伛偻石坎中，铮鈜镗鞳之声，始能领悟。其石备受波涛冲激，形成鳞状，予几疑石坎巨蟒潜居，裹足中折者屡。幸同涉者多，为提高戒惧心起见，前呼后应，别有一番乐趣。

后拟步行镇夏，为风势加紧，回抵埠头。据舟子告知，船行较速，乃登舟，解缆升帆，作龙洞之游。

（《莫釐风》1948年第3卷第1期）